VERGESSENE REICHE®

Tiefwasser

DIE AVATAR-TRILOGIE

BAND 3

RICHARD AWLINSON

Autor	Richard Awlinson
Deutsch von	Ralph Sander
Lektorat	Guido Hoelker
Korrektorat	Stefan Jamin und Oliver Hoffmann
Art Director, Satz und Gestaltung	Oliver Graute
Umschlagillustration	Jeff Easley

ISBN 3-935282-56-7

Originaltitel: Waterdeep

1. Auflage 2003.

Tiefwasser ist ein Produkt von Feder&Schwert.

U.S., CANADA, ASIA,
PACIFIC & LATIN AMERICA
Wizards of the Coast, Inc.
P.O. Box 707
Renton, WA 98057-0707
+1-206-624-0933

EUROPEAN HEADQUARTERS
Wizards of the Coast, Belgium
T Hosfveld 6d
1702 Groot-Bijgaarden
Belgium
+322-467-3360

Visit our website at http://www.wizards.com
Feder & Schwert im Internet: http://www.feder-und-schwert.com

Widmung

Für Andria.

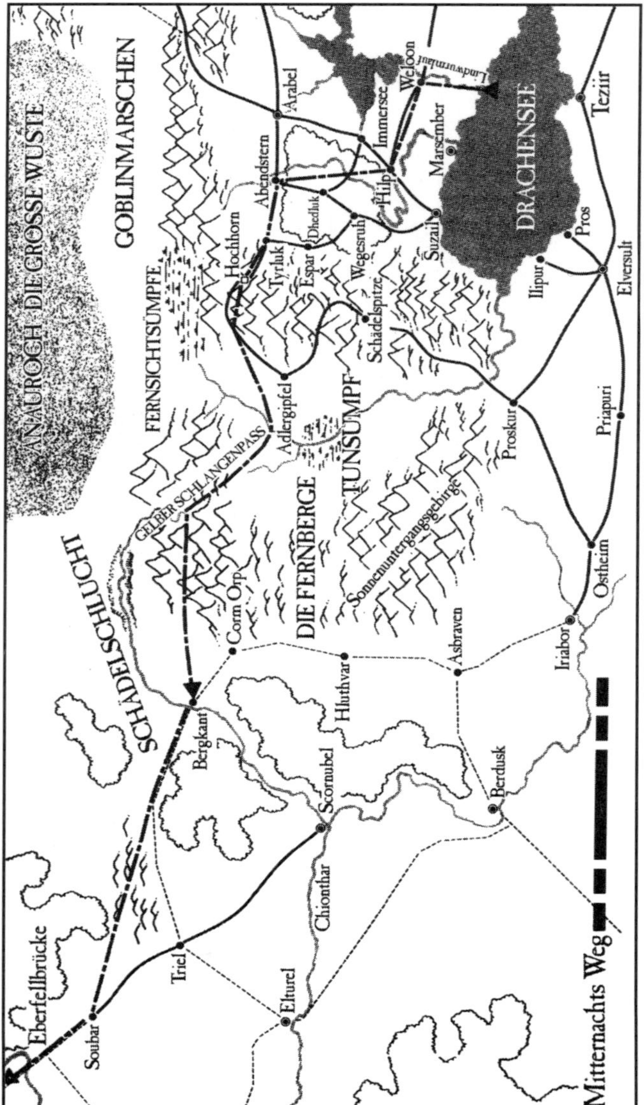
ANAUROCH DIE GROSSE WÜSTE
GOBLINMARSCHEN
FERNSICHTSÜMPFE
SCHÄDELSCHLUCHT
GELBER SCHLANGENPASS
DIE FERNBERGE
TUNSUMPF
Sonnenuntergangsgebirge
DRACHENSEE
Lindwurmlauf
Eberfellbrücke
Soubar
Triel
Elturel
Chionthar
Scornubel
Bergkant
Berdusk
Corm Orp
Hluthvar
Asbraven
Iriabor
Ostheim
Adlergipfel
Hochhorn
Tyrluk
Espar
Dhedluk
Abendstern
Arabel
Immersee
Weloon
Hilp
Marsember
Suzail
Wegesruh
Schädelspitze
Proskur
Priapuri
Elversult
Ilipur
Pros
Teziir
Mitternachts Weg

Calamastyrgasse
Mendeverstr.
Sulstrasse
Handelsallee
Schwerterstr.
Myrkuls Ruinen
MARKTPLATZ
Bazarstrasse
Tharleonstrasse
Schwarzstabs Turm
Keltarnstrasse
Selduthstrasse
Schwerterstrasse
Sirenenweg
Strasse des Silbers
Kriegerweg
Bergturm
Piergeirons Palast
Tiefwasserweg
Adlerhorst

Über den Autor

Richard Awlinson ist das
Pseudonym des Autors von
Schattental, Troy Denning.

Feder&Schwert präsentiert:

Die Avatar-Trilogie

Band Eins: Schattental
Band Zwei: Tantras
Band Drei: Tiefwasser

PROLOG

Die Patrouille kam aus Marsember und hatte den Auftrag, die Küstengehöfte rund um den Einsiedlerwald zu beschützen. Sergeant Ogden Rauhreiter war einer der besten in Cormyr und dafür bekannt, daß er seinen Sektor von Gesindel freihielt.

Zwölf Männer hatten unter Ogden gedient, allesamt typische Soldaten: ein halbes Dutzend junger Tunichtgute, zwei Säufer, zwei gute Männer und zwei Mörder. Die gefährlichen Aufträge gab Ogden den Mördern. Wie nicht anders zu erwarten, mangelte es dem Paar, das einen Pakt geschlossen hatte, Ogden auf die Liste ihrer potentiellen Opfer zu nehmen, an Gehorsam – auch wenn bislang keiner der beiden den Mut gefunden hatte, den Sergeanten anzugreifen.

Jetzt würden sie nie wieder Gelegenheit dazu bekommen. Ogdens Patrouille befand sich gut hundert Schritt nördlich des Einsiedlerwaldes – tot bis zum letzten Pferd. Der Purpurne Drache, das Wappen König Azouns IV., funkelte noch immer auf ihren Schilden, und ihre Rüstungen blitzten, wenn der Mondschein durch die dichten Wolken drang und auf die Leichen schien.

Doch Spucke und Politur waren längst bedeutungslos. Die Schakale und Krähen waren am Vortag gekommen und hatte eine blutige Bescherung hinterlassen. Iras Ohren fehlten, Phineas Zehen waren abgerissen. Die Krähen hatten Ogden eins Auge ausgepickt. Dem Rest war es noch schlechter ergangen; Teile ihrer Körper lagen über das Feld verstreut.

Auch ohne die Aasfresser hätte die Patrouille ein Bild des Grauens abgegeben. Sie waren über das Feld geritten, als der Grund plötzlich giftiges schwarzes Gas ausgestoßen hatte. Dafür hatte es keinen erkennbaren Grund gegeben. Das Feld lag nicht in unmittelbarer Nähe eines Vulkans, einer Marsch oder eines Sumpfs, im Umkreis von hundertsechzig Kilometern gab es nicht einmal eine Höhle, in der sich Gase sammeln konnten. Der schwarze Dampf war nur ein weiteres Beispiel für jenes Chaos, von dem die Reiche heimgesucht wurden.

Das hatte sich vor zwei Tagen abgespielt. Seitdem lagen die Toten in der Sonne. Ihre Gliedmaßen waren aufgedunsen und angeschwollen, manche waren gebrochen und standen in seltsamen Winkeln ab. Die dem Boden am nächsten Flächen der Körper waren schwarz vom Blut, das sich gesammelt hatte, während die zum Himmel gerichteten Partien von mattem Grau waren. Die beunruhigende rote Färbung ihrer Augen war das einzige Zeichen von Leben, das noch in Ogdens Patrouille verblieben war.

Da ihre Geister sie noch nicht verlassen hatten, waren sich die Soldaten ihres Zustands voll bewußt. Tot zu sein war nicht, wie sie es erwartet hatten. Sie waren darauf vorbereitet worden, sich in den ruhmreichen Heerscharen Tempus', des Gottes des Krieges, wiederzufinden, oder aber unter der eisigen Geißel der Jungfrau des Schmerzes, der Göttin Loviatar, ewiges Leid zu erfahren. Aber sie hatten nicht damit gerechnet, daß ihr Bewußtsein im Leichnam verharren würde, während das Fleisch verweste.

Als Ogden dann den Befehl erhielt, sich zu erheben und sich mit seinen Leuten in einer Reihe aufzustellen, waren er und seine Soldaten erleichtert, als sie feststellten, daß sie gehorchen konnten. Die Männer und Pferde standen auf, auch wenn sie steif und würdelos dastanden. Die Soldaten nahmen die Zügel ihrer toten Pferde und bildeten eine makellose Reihe, wie sie es als Lebende auch gemacht hätten.

Der Befehl, sich zu erheben, war aus Tiefwasser gekommen, in der neunzig Apostel der Verruchtheit und Korruption in einem schwach erleuchteten Tempel niederknieten. Der Raum war eben noch groß genug, um ihnen Platz zu bieten, und erinnerte mehr an das Innere einer muffigen Gruft als an das eines Tempels. Die Wände waren schwarz von Moder und Schleim. Zwei Fackeln, die hinter dem großen Steinaltar in Schädel gesteckt waren, sorgten für Licht.

Die Apostel trugen braune zeremonielle Roben, die aus einem schmutzigen, groben Material gefertigt waren. Sie starrten zu Boden und waren von solcher Angst vor der Gestalt an dem blutigen Altar erfüllt, daß sie kaum zu atmen wagten.

Der Mann am Altar war groß, dürr und aussätzig. Durch sein entstelltes Gesicht zogen sich Falten, es war von Geschwüren übersät. An den Stellen an Gesicht und Händen, an denen kleinere Verletzungen die kranke Haut zerstört hatten, hing stinkendes Fleisch in Fetzen herab. Der Mann gab sich keine Mühe, über seine Verfassung hinwegzutäuschen. Vielmehr genoß er seine Krankheit und sorgte dafür, daß jeder sie sehen konnte.

Seine Einstellung zu Krankheiten war nicht überraschend, denn die Gestalt am Altar war Myrkul, Gott des Zerfalls und Herr über den Tod. Er befand sich in tiefster Konzentration, da er telepathisch den Kontinent überspannte, um Ogdens Patrouille Befehle zu erteilen. Dieses Bemühen zehrte an Myrkuls Kräften, weshalb er gezwungen gewesen war, den Geist fünf treuer Verehrer an sich zu reißen, um die nötige Kraft zu erlangen. Wie die anderen Gottheiten der Reiche war auch Myrkul nicht länger allmächtig, nachdem er aus den Ebenen ausgestoßen worden war und sich in den Reichen einen menschlichen Wirtskörper – einen Avatar – hatte nehmen müssen.

Der Grund dafür war, daß jemand die Tafeln des Schicksals geraubt hatte, jene beiden Steintafeln, auf denen Ao – Herr über alle Götter – die Privilegien und Verantwortlichkeiten einer jeden Gottheit festgelegt hatte. Weder Ao noch die anderen Götter wußten, daß Myrkul und der inzwischen verstorbene Gott der Zwietracht die Tafeln geraubt hatten. Jeder von ihnen hatte eine an sich genommen und sie versteckt, ohne dem anderen etwas über ihren neuen Aufenthaltsort zu sagen. Beide Götter hatten gehofft, die Verwirrung, die das Verschwinden der Tafeln auslöste, dazu nutzen zu können, um ihre eigene Macht zu vergrößern.

Doch sie hatten falsch eingeschätzt, wie Ao auf den Diebstahl reagieren würde. Er hatte alle Götter aus den Reichen verbannt, ihnen de n größten Teil ihrer Kräfte geraubt und seinen Untergebenen untersagt, ohne die Tafeln in die Ebenen zurückzukehren. Die einzige Gottheit, die von seinem Zorn ausgenommen war, war Helm, Gott der Wächter, dem Ao die Bewachung der Himmelstreppen aufgetragen hatte, über die man in die Ebenen zurückkehren konnte.

Myrkul war nur noch ein Schatten seiner selbst, doch wenn er auf den Geist von Opfern zurückgreifen konnte, die ihm Energie spendeten, war er in der Lage, seine Magie einzusetzen. Im Augenblick nutzte er diese Magie, um die Patrouille aus toten Cormyrern zu inspizieren. Ihm gefiel, was er sah. Bei den Soldaten und ihren Pferden, die langsam verwesten, handelte es sich um Leichen. Doch sie waren nicht wirklich tot. Myrkul hatte Glück gehabt, daß er auf diese Patrouille aufmerksam geworden war, ehe sich ihre Geister von den Körpern hatten lösen können. Diese Zombies würden intelligenter und eleganter sein als die meisten anderen, da sie erst seit kurzem tot waren. Wenn die Soldaten erreichen sollten, was sich Myrkul von ihnen versprach, dann würden sie diesen zusätzlichen Vorteil auch brauchen.

Myrkul hatte Ogden in Richtung des Einsiedlerwaldes Aufstellung nehmen lassen und der Patrouille telepathisch seine Befehle erteilt. *In diesem Hain haben zwei Männer und eine Frau ihr Lager aufgeschlagen. In einer der Satteltaschen, die sie mit sich führen, ist eine Steintafel. Tötet die Männer und bringt mir die Frau und die Tafel.*

Bei der Tafel handelte es sich um die Tafel des Schicksals, die Tyrannos in Tantras versteckt hatte und die von einem anderen Gott und ein paar Menschen entdeckt worden war. Der Schwarze Fürst hatte versucht, durch eine Mobilmachung seiner Armee dieses Artefakt wieder an sich zu reißen, doch dieser gigantische Plan war ihm zum Verhängnis geworden. Die plündernden Horden hatten seine Gegner aufmerksam werden lassen, die ihrerseits alle Kräfte mobilisiert und Tyrannos vernichtet hatten.

Myrkul war entschlossen, einen nicht annähernd so riskanten Weg einzuschlagen. Während Tyrannos eine Armee losgeschickt hatte, würde Myrkul seine Tafel mit Hilfe einer Patrouille zurückholen. Auch würde Myrkul nicht den Fehler machen zu glauben, es sei eine Leichtigkeit, die Tafel in seiner Gewalt zu behalten, wenn er sie erst einmal wieder an sich genommen hatte. In diesem Augenblick wurde das Trio, das Tyrannos' Tafel hatte, von einem gnadenlosen Verräter verfolgt, der sich durch nichts davon würde abhalten lassen, den dreien oder sogar Myrkuls Zombies die

Tafel zu entreißen. Doch Myrkul wußte von den Plänen des Schurken, und er hatte bereits einen Boten ausgeschickt, um den Verräter zu entmutigen.

Während Myrkul über diese und viele andere Dinge nachdachte, tauchte in einem Teil Tiefwassers, der weit von Mrykuls modrigem Tempel entfernt lag, eine golden leuchtende Energiescheibe gleich neben einem Turm auf. Der makellose Turm war fast 15 Meter hoch und vollständig aus Granitblöcken. Selbst nahe der Spitze fanden sich weder ein erkennbarer Zugang noch ein Fenster, und er erinnerte sehr an eine polierte Steinsäule.

Ein alter Mann trat aus der goldenen Scheibe, drehte sich um und ließ das Portal mit einer Geste verschwinden. Trotz seines Alters wirkte der Mann rüstig und kräftig. Ein schwerer kastanienbrauner Umhang lag um seine dürren Schultern, der nicht ganz die Magerkeit seines Körpers verhüllte. Sein Gesicht war scharf geschnitten und schmal, seine Augen waren rege und wachsam, und er hatte eine auffallend lange Nase. Sein volles Haar war weiß, und die gleiche Farbe hatte auch sein Bart, der voll war wie eine Löwenmähne.

„Wen darf ich melden?" Die gebieterische Stimme ertönte aus dem unteren Teil des Turms, obwohl niemand zu sehen war, der gesprochen hatte.

Der Alte betrachtete den Turm geringschätzig, dann sagte er: „Wenn Khelben seinen Lehrer nicht mehr erkennt, bin ich hier wohl falsch."

„Elminster! Willkommen!" Ein schwarzhaariger Mann steckte Kopf und Schultern durch die Mauer in Höhe des ersten Stockwerks. Sein schwarzer Bart war gepflegt, seine braunen Augen blickten ruhig drein, und sein Gesicht besaß eine gewisse Attraktivität. „Kommt herein, Ihr wißt sicher noch, wo der Eingang ist."

„Natürlich", erwiderte Elminster und ging zum Fuß des Turms, wo er durch die Mauer trat, als handele es sich dabei um eine Tür. Er gelangte in einen Wohnraum, in dem sich Drachenhörner, eiserne Kronen und andere Trophäen aus den Abenteuern des Magiers dicht an dicht drängten. Elminster zog seine Meerschaumpfeife aus dem Umhang, entzündete sie an einer brennenden Kerze und nahm dann im bequemsten Sessel Platz.

Einen Moment später kam Khelben „Schwarzstab" Arunsun die Treppe herunter, nachdem er rasch einen purpurfarbenen Umhang über das einfache Gewand geworfen hatte, das er üblicherweise trug, wenn er allein war. Der dunkelhaarige Magier rümpfte die Nase, als ihm der süße Pfeifengeruch entgegenschlug, dann nahm er in dem Sessel Platz, der üblicherweise für Gäste reserviert war. „Willkommen in Tiefwasser, Freund! Was führt Euch... "

„Ich brauche deine Hilfe", sagte Elminster und deutete mit dem Stiel seiner Pfeife auf den jüngeren Magier.

Schwarzstab verzog das Gesicht. „Meine Magie ist nicht mehr..."

„Denkst du, das weiß ich nicht?" unterbrach ihn Elmisnter. „Es ist überall das gleiche. Vor nicht mal einem Monat ist meine Pfeife explodiert, als ich sie mit einem Zauber entzünden wollte, und als ich das letzte Mal einen Seiltrick versucht habe, mußte ich mich losschneiden."

Schwarzstab nickte. „Ich nahm telepathisch mit Piergeiron dem Paladinssohn Kontakt auf, aber am Ende konnte jeder in Tiefwasser unsere Gedanken empfangen."

Elminster nahm die Pfeife in den Mund und zog daran. „Das ist noch nicht einmal das schlimmste. Chaos regiert im Land. Die Vögel in Schattental haben begonnen, Erdlöcher zu graben, und im Arkhen strömt kochendes Blut."

„Hier ist es nicht besser", pflichtete der jüngere Magier bei. „Die Fischer wollen den Hafen nicht mehr verlassen, seit einige Boote von Makrelenschwärmen versenkt wurden."

Der alte Weise blies gedankenverloren einen Ring aus grünlichem Rauch in die Luft, dann sagte er: „Du kennst den Grund für all diese Probleme?"

Schwarzstab fühlte sich offenbar unwohl. „Ich weiß, daß alles damit begann, daß Ao die Götter wegen des Diebstahls der Tafeln des Schicksals verstieß. Mehr konnte ich leider nicht herausfinden."

Elminster inhalierte den Rauch seiner Pfeife, dann sagte er: „Ich hatte mehr Glück. Kurz nach der Ankunft der Götter wurde ich von vier Abenteurern aufgesucht – einer Magierin namens

Mitternacht, einem Kleriker namens Adon von Sune, einem Kämpfer mit Namen Kelemvor Lyonsbane und einem Dieb, Cyric. Sie behaupteten, sie hätten Mystra aus Tyrannos' Klauen befreit. Dann habe Mystra versucht, in die Ebenen zurückzugelangen, sie jedoch vernichtet worden, als Helm ihr den Einlaß verwehrte. Sie behaupteten weiter, mit ihrem letzten Atemzug hätte Mystra sie losgeschickt, um mich zu warnen, daß Tyrannos Schattental angreifen werde und um Hilfe zu bitten, damit die Tafeln des Schicksals gefunden werden."

Er machte eine kurze Pause, um zweimal an seiner Pfeife zu ziehen, dann fuhr er fort: „Zuerst glaubte ich kein Wort. Doch die Frau zeigte mir ein Medaillon, das die Göttin ihr gegeben hatte, und wie angekündigt griff Tyrannos Schattental an. Die vier schlugen sich gut bei der Verteidigung des Tals."

Der Weise verschwieg bewußt die Schwierigkeiten, mit denen die Helden zu kämpfen gehabt hatten, nachdem er während der Schlacht um Schattental verschwunden war. Die Bewohner hatten Mitternacht und Adon beschuldigt, ihn ermordet zu haben. Zum Glück hatte sich der Vorwurf aufklären lassen.

„Jedenfalls", so Elminster, „erfuhr ich bald, daß eine der Tafeln in Tantras sein sollte. Nachdem wir in Folge der Schlacht von Schattental kurzzeitig voneinander getrennt worden waren, traf ich in Tantras wieder mit Mitternacht, Kel und Adon zusammen."

„Und der Dieb... Cyric, sagtet Ihr?" fragte Schwarzstab. Er war ein aufmerksamer Zuhörer, und so war ihm nicht entgangen, daß Elminster in seinem letzten Satz diesen Namen ausgelassen hatte.

„Cyric verließ die Gruppe auf dem Weg nach Tantras. Ich weiß nicht, was sich zugetragen hat, doch es scheint, daß er seine Kameraden verraten hat. Er ist für das, was sich dann abspielte, nicht von Bedeutung. Der Gott Torm, der sich in der Stadt niedergelassen hatte, stellte sich Tyrannos im Kampf. Das anschließende Gefecht drohte, die ganze Stadt zu vernichten, doch Tantras wurde gerettet, weil Mitternacht die Glocke des Aylan Attricus schlug... "

„Was?" warf Schwarzstab ein. „Niemand kann die Glocke schlagen, nicht mal ich!"

„Sie hat es getan", bestätigte Elminster. „Se aktivierte den Magie abwehrenden Schild, der Tantras umgibt. Die Avatare beider Götter wurden vernichtet." Der alte Magier saß einen Moment schweigend da und zog an seiner Pfeife.

Schließlich fragte Schwarzstab: „Was geschah dann?"

Elminster blies weitere Rauchringe. „Dann kommen wir ins Spiel", sagte er nach einer Weile. „Mitternacht und ihre Freunde bringen die Tafel heirher."

Khelben überlegte, ob er einen Grund finden könnte, um eine so lange, gefährliche Reise zu unternehmen, aber ihm kam nichts in den Sinn, so daß er Elminster fragte: „Warum?"

Der lächelte. „Aus zwei Gründen", erläuterte er. „Erstens gibt es hier eine Himmelstreppe. Zweitens ist die andere Tafel hier, und es werden beide benötigt, damit die Götter in die Ebenen aufsteigen können."

„Eine Tafel ist in Tiefwasser?" fragte Schwarzstab. „Wo?"

„Dafür brauche ich deine Hilfe", sagte Elminster „Ich konnte nur in Erfahrung bringen, daß ich eine Tafel finden könnte, wenn ich nach Tiefwasser gehe."

Khelben verdrehte die Augen. „Tiefwasser ist groß."

Elminster legte die Pfeife weg. „Dann sollten wir anfangen zu suchen. Mir wäre es lieb, wenn wir die Tafel gefunden haben, ehe Mitternacht hier eintrifft."

1

BESUCHER

Mitternachts Augen, dunkel und unergründlich wie die Nacht, folgten dem Schatten, der sich hinter den emporragenden Wurzeln einer umgestürzten Weide regte. Ein kräftiger Wind wehte durch den Wald, ließ Blätter rauschen und Äste zittern. Die Bewegungen erfüllten den Wald mit Silhouetten von undeutlicher Form und Größe. Hoch über ihr zogen Wolkenfetzen am Mond vorüber und warfen tiefe Schatten auf den Hain, die an stumme Krieger gemahnten.

Mitternacht und ihre Gefährten hatten ihr Lager am südlichen Rand des Waldes aufgeschlagen, der die Form einer Träne hatte. Ihre Freunde schliefen unter einer kleinen Plane, die zwischen zwei Bäumen gespannt war. Einer der Männer, Kel, schnarchte so laut, daß es sich anhörte, als knurre ein Wolf.

Während die Männer ruhten, saß Mitternacht gut zwanzig Schritt von ihnen entfernt und hielt Wache. Sie war noch keine 30 Jahre alt und war mit einem schlanken Körper gesegnet, eine Frau von schwülem Charme. Ihre Brauen waren so dünn und schwarz, daß sie wie über ihre Augen gemalt aussahen, und ein langer, pechschwarzer Zopf reichte bis auf ihren Rücken. Der einzige Makel – wenn man davon sprechen wollte – waren die Sorgenfalten auf ihrer Stirn und in ihren Mundwinkeln, die nicht zu einer so jungen Frau zu passen schienen.

In den letzten Tagen waren diese Falten tiefer geworden. Adon, Mitternacht und Kel hatten sich an Bord einer kleinen Galeere befunden, die auf dem Weg zur Hafenstadt Ilipur war, von der aus sie sich einer Karawane in Richtung Tiefwasser anschließen wollten. Auf dem letzten Abschnitt der Reise, der sie über ein Gewässer namens Drachenmeer führte, war ein unnatürlich heftiger Sturm aufgekommen, der das Schiff fast in Stücke gerissen hätte und sich drei zermübende, lange Tage gehalten hatte. Das Schiff war nur durch den unermüdlichen und mutigen Einsatz seiner Mannschaft gerettet worden.

Der Kapitän, der bereits wegen einer zentischen Trireme nervös gewesen war, die ihnen folgte, war davon überzeugt gewesen, daß seine Passagiere für dieses Unwetter verantwortlich zu machen waren. Also hatte er sie bei der ersten Gelegenheit an Land gesetzt und sich nicht weiter um die drei Gefährten gekümmert.

Ein Rascheln aus Richtung des Zeltes war zu hören, und sofort drehte sich Mitternacht um. Sie sah, daß Adon auf sie zugeschlichen kam. In der rechten Hand hielt der Kleriker eine Keule, den er von einem der Seeleute erworben hatte. In der linken trug er ein Paar Satteltaschen. In einer der Taschen befand sich ein flacher Stein, gut dreißig Zentimeter breit und fünfundvierzig Zentimeter hoch – die Tafel des Schicksals, die sie in Tantras geborgen hatten.

Auch mitten in der Nacht, war Adons sandblondes Haar makellos gekämmt. Er war schlank, aber muskulös und wohlproportioniert. Seine grüne Augen funkelten, als reflektierten sie ein Licht in seinem Inneren. Adons Gesicht war symmetrisch, wenn auch etwas zu glatt, wenn man von der Narbe absah, die sich vom linken Auge bis hinunter zum Unterkiefer zog.

Die Narbe erinnerte auf unerfreuliche Weise auf die persönliche Krise, die der Kleriker in den letzten Wochen hatte ertragen müssen. In der Nacht der Ankunft, als Ao seine Götter verstieß, hatten alle Kleriker in den Reichen ihre Macht verloren. Wenn sie sich weiter als anderthalb Kilometer von ihrer jeweiligen Gottheit entfernten, wurden ihre Gebete für einfache Zauber nicht länger erhört. Anfangs hatte das den optimistischen Adon nicht erschüttern können, und er war seiner Göttin Sune treu geblieben.

Bei Tilverton war er bei einem Überfall verletzt worden. Zunächst hatte Adon befürchtet, sein Makel sei die Strafe für ein unbekanntes Vergehen gegen Sune. Dieses Gefühl hatte immer stärker von ihm Besitz ergriffen. Während der Schlacht um Schattental wurde Elminster in einen Unfall verwickelt, und Adon war außerstande gewesen, ihm zu helfen. Er war in Katatonie verfallen. Als er sich Wochen später endlich davon erholte, hatte er seinen Glauben an Sune verloren. Statt dessen widmete er sich mit Leidenschaft und Hingabe seinem Nächsten.

„Wieso bist du auf?" fragte Mitternacht gerade so laut, daß er sie trotz des Windes noch verstehen konnte.

Adon hockte sich zu ihr und erwiderte: „Wer kann schon bei einem solchen Lärm schlafen?" Mit einer Kopfbewegung deutete er auf den schlafenden Kel, dann sagte er: „Ich übernehme, wenn du müde bist."

„Noch nicht", erwiderte Mitternacht. Sie sah wieder zu der umgestürzten Weide. Der Schatten, der ihr zuvor aufgefallen war, befand sich noch immer hinter den emporragenden Wurzeln der Weide.

„Stimmt etwas nicht?" fragte Adon, der Mitternachts Interesse an dem Baum bemerkte. Er folgte ihrem Blick und sah die dunkle Gestalt. „Was ist das?"

Mitternacht zuckte die Achseln und antwortete: „Ein Schatten, den ich schon länger beobachte."

Der Mond brach zwischen den Wolken durch und tauchte den Hain in einen silbrigen Lichtschein. Jetzt erkannte Mitternacht einen Kopf und Schultern.

„Sieht aus wie ein Mann", stellte Adon flüsternd fest.

„So sieht es aus."

Der Kleriker sah zum Zeltdach. „Wir sollten Kel wecken."

Der Vorschlag war sinnvoll. Weder er noch die Magierin waren im Vollbesitz ihrer Kräfte. Wie bei allen Magiern waren Mitternachts Fähigkeiten mit dem Fall der Götter unzuverlässig geworden. Adon ging es nicht besser. Selbst wenn er noch an Sune geglaubt hätte, war sie viel zu weit entfernt, als daß sie ihm jetzt Kraft hätte spenden können.

Doch Mitternacht wollte Kel noch etwas schnarchen lassen. Sie war nicht davon überzeugt, daß der Schatten eine Gefahr darstellte, und wenn doch, dann wollte sie ihn nicht durch plötzliche hektische Aktivitäten vorwarnen. Außerdem waren sie und Adon geschickte

Kämpfer, auch ohne magische Fertigkeiten. „Wenn es sein muß, können wir es zu zweit mit ihm aufnehmen", sagte sie. „Aber ich glaube nicht, daß es dazu kommt."

Wieder schob sich eine Wolke vor den Mond und tauchte den Wald in Finsternis. Adon spähte zu dem Gewirr aus Wurzeln und wunderte sich, daß Mitternacht sich so sicher war. „Wieso?"

„Wenn das da ein Mann ist, dann will er uns nichts antun. Sonst er schon längst gehandelt", sagte Mitternacht. „Er würde nicht dasitzen und uns beobachten."

„Wenn er uns nichts tun wollte, wäre er längst hergekommen", gab Adon zurück.

„Nicht unbedingt", meinte Mitternacht. „Vielleicht hat er Angst."

„Wir sehen kaum aus wie Diebe", sagte Adon und wies auf sich und die Magierin.

Mitternacht antwortete nicht und vermied es, Adon anzusehen. Bei seiner Frage war ihr in den Sinn gekommen, daß der Schatten der Cyrics sein mochte, ihres fehlenden Kameraden. Es war erst ein paar Wochen her, daß er am Ashaba verschwunden war, doch schon jetzt schien es ihr, als seien seitdem Jahre vergangen. Ihr fehlte sein scharfer, düsterer Verstand, sein zurückhaltendes Wesen, sogar seine schlechte Laune.

Nachdem Mitternacht nicht auf seine Frage reagierte, drehte sich Adon zur Plane um. Sie faßte ihn an der Schulter, damit er nicht fortging. „Es könnte Cyric sein", murmelte sie.

Adon wirbelte herum und zischte: „Cyric? Unmöglich!"

„Wieso?" fragte Mitternacht und sah wieder den Schatten an. „Die Trireme, über die sich der Kapitän solche Sorgen machte, schien uns *tatsächlich* zu verfolgen."

„Das ist noch kein Grund zu der Annahme, Cyric könnte an Bord gewesen sein", erwiderte Adon. „Woher soll er wissen, daß wir Tantras verlassen haben? Woher sollte er wissen, welches Schiff wir nehmen würden?"

„Cyric hat seine Methoden", antwortete Mitternacht düster.

Adon runzelte die Stirn und hielt den Knüppel so fest, daß die Knöchel weiß hervortraten. „Das hat er in Tantras bewiesen."

Beide sahen zu Kel. Der hatte Cyric als letzter in Tantras gesehen. Ein zentischer Assassine hatte Kel angegriffen, jedoch war es ihm nicht gelungen, ihn zu töten. Als der Kampf vorbei gewesen war, entdeckte er Cyric in der Menge, der den Mordversuch beobachtet hatte.

Adon löste Mitternachts Hand von seiner Schulter und erklärte: „Ich hole Kel."

„Aber er wird Cyric töten", sagte Mitternacht mit sorgenvoller Stimme.

„Gut", gab Adon zurück und wandte sich wieder dem Zelt zu.

„Wie kannst du so etwas sagen?"

„Er hat sich den Zentilaren angeschlossen", gab Adon kurz angebunden zurück. „Hast du das schon vergessen?"

Gerüchten zufolge war Cyric mit einer der zentischen Armeen unterwegs gewesen, die Tantras angreifen sollten. Angesichts Cyrics Anwesenheit beim Anschlag auf Kels Leben glaubte Adon diesem Gerücht.

„Was erwartest du?" fragte Mitternacht, die noch nicht vom Verrat ihres Freundes überzeugt war. „Cyric ist ein Ränkeschmied. Wenn er vor der Wahl steht, sich Tyrannos' Truppen anzuschließen oder zu sterben, entscheidet er sich für ersteres. Das heißt nicht, daß er uns verraten hat."

„Es heißt auch nicht, daß er es *nicht* getan hat", sagte Adon über seine Schulter. Der Wind wurde heftiger und verwandelte den Hain in eine lärmendes Ungetüm raschelnder Ästen.

„Noch vor einigen Wochen war Cyric ein Freund und guter Verbündeter", sagte Mitternacht. „Oder hast *du* schon vergessen, daß er uns in Schattental das Leben gerettet hat?"

„Nein", räumte Adon ein und wandte sich wieder Mitternacht zu. „Ich weiß auch noch, daß Cyric mich der Axt des Henkers überlassen hätte, wenn du dich nicht geweigert hättest, mich zurückzulassen."

Mitternacht wußte nicht, was sie sagen sollte, denn er hatte recht. Nach Elminsters Verschwinden in der Schlacht um Schattental hatten die Bewohner der Stadt ein Gericht einberufen und

Adon und Mitternacht des Mordes an dem alten Weisen bezichtigt. Leider war Elminsters Verschwinden zugleich das Ereignis gewesen, das Adons katatonischen Zustand verursacht hatte. Daher war er nicht in der Lage gewesen, bei dem Prozeß etwas zu seiner Verteidigung zu sagen. Er und Mitternacht wurden für schuldig befunden und zum Tode verurteilt.

In der Nacht vor der Hinrichtung war Cyric zu Mitternacht gekommen, um sie befreien. Der Dieb hatte mit Abscheu auf Adons Zusammenbruch während des Verfahrens reagiert und den Kleriker nur mitgenommen, weil Mitternacht darauf bestanden hatte. Als das Trio auf dem Ashaba die Flucht antrat, behandelte Cyric Adon wie einen anhänglichen, aber lästigen Hund. Er sprach mit ihm nur dann, wenn er ihn beleidigen wollte, und ein paarmal schlug er ihn sogar. Mitternacht hatte sich mehrfach für Adon einsetzen müssen.

Während die Magierin über die Reise nachdachte, kam der Mond wieder durch, und abermals wurde der Wald in fahles Licht getaucht. Diesmal sah es aus, als würde der Mond eine ganze Weile scheinen, denn die letzten Wolken waren soeben vorübergezogen.

Adon nutzte die Gelegenheit, um Mitternacht in die Augen zu sehen. „Ich bin ihm nichts schuldig", sagte er. „Ich verdanke dir, daß ich in Schattental gerettet wurde."

„Dann möchte ich, daß du deine Schuld mir gegenüber einlöst", erwiderte Mitternacht und sah Adon durchdringend an. „Geh nicht davon aus, daß Cyric uns verraten hat, nur weil er dich in der Vergangenheit schlecht behandelte."

„Du kennst Cyric nicht so wie Kelemvor..."

Mitternacht hob die Hand, um den Kleriker zum Schweigen zu bringen. „Wirst du mir diesen Gefallen tun oder nicht?" fragte sie.

Er blickte verärgert drein. „Ich werde ihm nie vertrauen."

„Das verlange ich auch nicht von", gab Mitternacht zurück und sah wieder zu dem Schatten. „Ich will nur, daß du ihm eine Chance gibst. Töte ihn nicht sofort, wenn du ihn siehst."

Adons Gesicht ließ seine Frustration erkennen, also sah er weg. „Also gut... aber Kelemvor wirst du niemals dazu bewegen können."

Mitternacht atmete auf. „Mit dem Problem kann ich mich später noch befassen. Zuerst sollten wir besser herausfinden, was Cyric will."

Ohne auf eine Reaktion zu warten, kroch Mitternacht auf die Weide zu. Nasses Laub wurde unter ihren Händen und Knien zusammengedrückt und dämpfte das, was ansonsten ein lautes Rascheln gewesen wäre.

„Warte!" zischte Adon. „Du weißt nicht mal, ob er es ist."

„Wir müssen es so oder so herausfinden", gab Mitternacht zurück und hielt kurz inne. „Wenn er es nicht ist, kannst du Kelemvor aufwecken."

Mit einem frustrierten Seufzer warf Adon sich die Satteltaschen über die Schulter und machte sich bereit, zu der Magierin zu eilen, sollte sie Hilfe benötigen.

Mitternacht näherte sich weiter dem Baum. Das Pfeifen des Windes übertönte Kels Schnarchen nicht ganz, aber dämpfte es doch einigermaßen. Die Magierin umfaßte den Griff ihres Dolchs fester und erkannte, daß sie sich um so mehr einem Angriff aussetzte, je weiter sie sich von ihren Freunden entfernte. Wie Adon zutreffend bemerkt hatte, konnten sie nicht sicher sein, daß es sich bei dem Mann hinter dem Wurzelwerk um Cyric handelte. Es konnte sich auch um einen Dieb oder einen zentischen Spion handeln, der ihnen von Tantras aus gefolgt war. Doch Mitternacht fand, daß sie keine andere Wahl hatte als nachzusehen.

Sechs Meter weiter legte die Magierin eine Hand um einen Zweig und brach ihn knackend ab, doch der Schatten regte sich nicht. Als Mitternacht aber hinter sich blickte, sah sie, wie sich Kel umdrehte, nach dem Heft seines Schwerts griff und dann weiterschnarchte. Sie konzentrierte sich wieder auf die Wurzeln der Weide und rückte weiter vor.

Der Wind ließ nach und brachte eine unheimliche Stille mit sich. Von Norden war das Knacken von Zweigen und Ästen zu hören. Beunruhigt sah Mitternacht in die Richtung, aus der die Geräusche kamen, und machte mehrere große Silhouetten aus, die sich durchs Unterholz bewegten.

„Weck Kel!" rief sie Adon zu. „Da kommt etwas!" Sie sah wieder zu der Weide und stellte fest, daß der Schatten fort war.

60 Meter nördlich von ihnen bewegten sich 13 cormyrische Soldaten – vormals die Patrouille unter dem Kommando von Ogden Rauhreiter – in Richtung Süden voran, auf der Suche nach Mitternacht und ihren Begleitern. Den meisten Männern fehlten Ohren, Finger, eine Nase, manchem sogar eine Hand oder ein Fuß. Tiefe Wunden überzogen ihre Körper an den Stellen, die von den Aasfressern aufgerissen worden waren, um leicht an Nahrung zu gelangen. Den Pferden war es nicht besser ergangen, da man ihnen große Flächen Fell abgerissen und das zartes Fleisch aus dem Leib gebissen hatte.

Am Zelt legte Adon seine Hand auf Kelemvors Mund, dann schüttelte er den Kämpfer an der Schulter. Der muskulöse Krieger wachte abrupt auf und schleuderte Adon instinktiv fort, der auf dem Rücken landete. Kurz darauf erkannte der Kämpfer, daß es Adons Hand gewesen war, und er zog seinen Freund hoch, bis der neben ihm saß. Auf den Gedanken, sich bei ihm zu entschuldigen, daß er ihn zu Boden geworfen hatte, kam er nicht.

Kels Aussehen war so rauh wie seine Manieren. Er war knapp über eins achtzig groß, breitschultrig und sehr muskulös. Da er sich in den letzten drei Tagen nicht rasiert hatte, verdeckte ein schwarzer Bartansatz seine wie gemeißelt wirkenden Gesichtszüge, und seine grünen Augen verschwanden fast ganz unter den zusammengezogenen Augenbrauen. Der Krieger bewegte sich mit katzenhafter Eleganz, die das einzige Überbleibsel des Fluchs der Lykanthropie war, von dem er sich vor kurzem befreit hatte.

„Was ist?" fragte er und rieb sich den Schlaf aus den Augen.

„Etwas nähert sich von Norden", erwiderte Adon, warf sich die Satteltaschen wieder über die Schulter und hielt seine Waffe fest umklammert. „Mitternacht hat nicht gesagt, was es ist." Der Kleriker erwähnte weder den Schatten noch die Frage, ob es sich bei ihm um Cyric gehandelt haben könnte, da er versprochen hatte, den Dieb nicht beim ersten Aufeinandertreffen zu töten. Hätte er Kelemvor von Cyrics möglicher Anwesenheit erzählt, wäre das einem Bruch seines Versprechens gleichgekommen.

„Wo ist sie?" fragte Kelemvor und kniete sich hin.

Adon drehte sich zu dem Weidenbaum um, Mitternacht war nirgends zu sehen. „Gerade eben war sie noch hier", sagte er.

Kelemvor fluchte und zog sein Schwert aus der Scheide. „Dann sollten wir sie besser wiederfinden."

In diesem Augenblick hatte sich Mitternacht den Schatten im Norden ihres Lagers auf 45 Meter genähert. Sie machte die Silhouetten acht berittener Männer aus, hörte aber auch Geräusche, die von Männern dahinter stammen mußten. Die acht sichtbaren Reiter näherten sich langsam der Plane, so daß sich die Magierin nach einem Versteck umzusehen begann.

Gerade als sie etwas Geeignetes gefunden hatte und sich mit dem Rücken gegen eine Erle drückte, begaben sich Kelemvor und Adon auf die Suche nach ihr. Der Kämpfer war hinter die wirren Wurzeln eines umgestürzten Baums gekrochen, um dort nach ihr zu suchen, während sich Adon auf halber Strecke zwischen dem Zelt und den Wurzeln befand.

„Mitternacht?" flüsterte er. „Mitternacht, wo bist du? Ist alles in Ordnung?"

Obwohl sie Adons Frage deutlich hören konnte, erwiderte Mitternacht nichts. Die Reiter waren nur noch gut 30 Meter entfernt, und sie fürchtete, daß sie ihren antwortenden Ruf hören könnten. Sie umfaßte das Heft ihres Dolches fester und betete, daß die Reiter zufällig in den Wald geraten waren und keine bösen Absichten verfolgten. Doch als sie näher kamen, machte sie in der Dunkelheit rot leuchtende Augen aus. Ihr Gebet würde wohl nicht erhört werden.

Die Magierin drückte sich noch fester gegen den Baum und hoffte, daß sie mit dem Schatten des Stamms verschmolz. Sie durchsuchte die Taschen ihres Umhangs und stellte fest, welche Zauberkomponenten ihr zur Verfügung standen. Es war zu befürchten, daß sie diesen Kampf nicht ohne Magie gewinnen würden.

Während Mitternacht einen Zauber vorbereitete, drangen die Reiter weiter vor. Im fahlen Mondlicht war der erste, den sie ausmachten, der zwischen dem Weidenbaum und dem Lager kauernde Adon. Die zwei Reiter an der Spitze stürmten los, die sechs Reiter hinter ihnen schwärmten aus, um Mitternacht und Kelemvor aus ihren Verstecken zu treiben. Die übrigen fünf Reiter hielten sich weiterhin im Hintergrund und blieben nach wie vor Mitternachts Blicken verborgen.

Die beiden vorderen Angreifer ritten geradewegs auf Adon zu, sahen aber nicht die dunkle Gestalt, die 15 Meter hinter dem Kleriker in der Dunkelheit unter einem Busch mit breiten Blättern lauerte. Mit einem Mal erhob sich die Gestalt, hob einen Bogen und ließ die Sehne singen. Der Pfeil durchbohrte die Kehle des ersten Reiters und riß ihn aus dem Sattel. Der Mann landete auf dem linken Arm, drehte sich viermal um seine Achse und stand auf, das Schwert im Anschlag. Der Pfeil ragte nach wie vor aus seiner Kehle heraus, als er in den Wald stürmte, um nach dem Bogenschützen zu suchen.

Der zweite Reiter, der nichts vom Schicksal seines Gefährten mitbekommen hatte, ritt weiter auf Adon zu. Der Kleriker suchte Schutz hinter einem Baumstamm, der etwa zehn Fuß von dem Wurzelgeflecht entfernt lag. Der Angreifer legte sich schräg in den Sattel, bis seine Schulter nur noch knapp einen Meter vom Untergrund entfernt war, und hob sein Schwert.

Als der Kämpfer vorüberritt, sprang Kelemvor hinter dem Wurzelgeflecht hervor. Seine Klinge blitzte nur einmal auf, dann rollte der Kopf des Angreifers unter die Hufe seines Reittiers. Sofort verschwand der Krieger wieder hinter den Wurzeln, während seine Gedanken um den Pfeil kreisten, der den ersten Reiter aus dem Sattel geschleudert hatte. Kelemvor wußte, daß Adon den Pfeil nicht abgefeuert hatte, da sich der Kleriker direkt vor ihm befunden hatte. Er bezweifelte auch, daß es Mitternachts Tat war, da er sie nie mit Pfeil und Bogen gesehen hatte.

Die Überlegungen des Kämpfers wurden jäh unterbrochen, als die zweite Angriffswelle an Reitern folgte. Fünf der Männer ritten an Kelemvors Versteck vorbei, ohne langsamer zu werden, doch der sechste hielt nur drei Meter von den Wurzeln der Weide entfernt an.

Der unerträgliche Gestank von verwesendem Fleisch ließ Kelemvor gegen seinen Willen ausatmen. Der Kämpfer taumelte und hätte beinahe eine Angriffsfläche geboten. Als er die roten Augen des Reiters sah, wußte er, daß er sich vom Gestank seines Angreifers nicht aus der Ruhe bringen lassen durfte.

Um zwischen den Wurzeln der Weide hindurch zu kämpfen, stieg der verrottende Reiter ab und achtete darauf, daß sich sein Pferd zwischen ihm und Kelemvor befand. Dann stürmte er um sein Pferd herum und jagte sein Schwert durch das Wurzelwerk. Kelemvor wich der Klinge aus und schob seine eigene Waffe durch das Gewirr. Die Spitze bohrte sich in das schwammige Fleisch des Angreifers, doch der nahm davon keinerlei Notiz.

Als der Zombie Kelemvor erneut angriff, rollte sich Adon unter seinem Baum hervor, unter dem er die Satteltaschen – und damit auch die Tafel des Schicksal – versteckt zurückgelassen hatte. Er stand auf und stürmte in den Kampf, den Knüppel fest umfaßt. Der erste Schlag des Klerikers traf Kelemvors Widersacher am Hinterkopf. Zwar bereitete der Treffer dem Untoten keinen Schmerz, aber er ließ ihn zumindest zu Boden gehen. Kelemvor eilte um das Wurzelwerk herum, dann schlugen er und Adon auf den Leichnam ein, bis dieser nur noch aus einem guten Dutzend einzelner Stücke bestand.

Während der einzelne Zombie Kelemvor und Adon unterlegen war, suchten die fünf übrigen Reiter der zweiten Angriffswelle im Wald weiter nach dem flüchtigen Bogenschützen. Bislang hatten sie auch noch nicht die Frau zu Gesicht bekommen, die sie fangen sollten. Da sie fälschlich davon ausgingen, daß sie den Pfeil abgeschossen hatte, waren sie entschlossen, sie zu ergreifen, bevor sie tiefer in den Wald entkommen konnte.

In Wahrheit stand Mitternacht aber immer noch dicht an dem Baum, an dem sie zu Beginn des Gefechts Zuflucht gesucht hatte. In ihren Händen hielt sie eine Prise eines Pulvers und ihre Wasserflasche. Hätten Adon und Kelemvor ihren Angreifer nicht vernichtet, dann hätte sie mit den Komponenten einen magischen Eissturm erzeugt. Mit etwas Glück hätte der damit verbundene

Hagel die Reiter in Stücke gerissen – vorausgesetzt, der Zauber wäre nicht auf eine verheerende Weise fehlgeschlagen. Zum Glück war Mitternacht aber nicht in die Situation geraten, den Einsatz von Magie zu riskieren.

So wie Kelemvor war auch Mitternacht neugierig, was die Identität des Bogenschützen anging, der den ersten Zombie aus dem Sattel geholt hatte. Sie vermutete, daß es sich bei ihm um Cyric handelte, fragte sich aber, warum der Dieb sich nicht vor Beginn des Kampfs zu erkennen gegeben hatte, vorausgesetzt, sie lag mit ihrer Vermutung richtig. Vielleicht hatte er aber auch ihr Gespräch mit Adon mitgehört und war zu dem Schluß gekommen, daß er besser auf eine günstigere Gelegenheit wartete, um sich ihnen zu zeigen.

Während Mitternacht über den Bogenschützen grübelte, stürmten weitere vier Reiter an ihrem Baum vorüber und griffen Adon und Kelemvor an. Adon hatte inzwischen wieder die Satteltaschen an sich genommen, und er suchte mit Kelemvor weiter nach Mitternacht.

„Mitternacht?" rief Kelemvor. „Wo in Myrkuls Namen steckst du?"

Als Kelemvor und Adon das Getrappel weiterer Hufe hörten, drehten sich die beiden in Richtung der herannahenden Verstärkung um. Der Kleriker legte sich die Satteltaschen über die Schulter, dann brachten er und Kelemvor sich hinter dem Wurzelwerk der umgestürzten Weide in Sicherheit. Ihre Absicht war es, die Reiter erst zum Absteigen zu zwingen, ehe sie gegen sie kämpfen würden.

Bevor die Reiter jedoch die beiden Männer erreicht hatten, trat Mitternacht aus dem Schutz des Baumstamms hervor. In ihren Händen hielt sie nach wie vor die Komponenten für den Eissturm. „Kelemvor! Adon!" schrie sie. „Geht in Deckung!"

Sie träufelte ein wenig Wasser auf das Pulver, dann wirkte sie den Zauber. Sofort begann sich alles in ihrem Kopf schmerzhaft zu drehen, ihre Arme und Beine wurden schwer vor Müdigkeit, und ihre ganzer Körper begann zu zucken. Hunderte silberne Streifen schossen aus ihren Fingerspitzen, dann bildete sich gut sechs Meter hinter den Reitern eine kleine Wolke, die in die Baumkronen aufstieg. Im nächsten Augenblick regneten winzige Feuerbälle aus ihr herab. Die Wolke trieb auf Kelemvor und Adon zu und setzte alles unter sich in Brand. Innerhalb von Sekunden war Mitternacht von ihren Freunden durch eine Feuerwand getrennt. Der Zauber war ein völliger Fehlschlag.

Adon und Kelemvor erhoben sich, als sie die Wolke auf sich zukommen sahen. Nachdem Mitternacht ihnen zugerufen hatte, sie sollten in Deckung gehen, war den beiden klar gewesen, daß sie einen Zauber versuchen würde. Sofort hatten sie sich aus Angst vor den möglichen Folgen zu Boden geworfen.

Die vier Reiter hielten ihre Pferde gut drei Meter vor dem Paar an und stiegen ab, um sie durch das Gewirr aus Wurzeln hindurch anzugreifen. Während sich die wandelnden Leichen näherten, ergriffen ihre Reittiere vor dem nahenden Feuerregen die Flucht.

„Mitternacht ist auf der anderen Seite des Feuers", sagte der Kämpfer zu Adon. „Wenn ich ‚los' sage, dann rennst du in den Wald. Wir werden die Flammen einfach umgehen, zu Mitternacht eilen und dann von hier verschwinden."

Dem Kleriker blieb keine Zeit, um den Plan zu bestätigen, da die Zombies die andere Seite der Wurzeln erreicht hatten und zwei von ihnen sofort begannen, ihre Schwerter durch das Gewirr zu jagen. Die beiden anderen versuchten, um den Baum herumzugehen, um ungehindert angreifen zu können.

Kelemvor ging auf die beiden zu, die die Wurzeln umgehen wollten, während Adon stehenblieb, damit die anderen nicht einfach über das Hindernis hinwegkletterten. Als der zweite Zombie mit dem Schwert durch die Wurzeln stach, schlug der Kleriker mit seinem Knüppel auf die Klinge und zerschmetterte sie. Der Leichnam zischte verärgert, dann warf er sich in die Wurzeln und schob seine Arme hindurch, um den Kleriker zu ergreifen.

Kelemvor hatte sich unterdessen den zwei anderen Untoten in den Weg gestellt und sie daran gehindert, von der Seite anzugreifen. Der erste Leichnam versuchte eine Attacke, die der Krieger mühelos parierte, um dann die Schwerthand herunterhängen zu lassen. Der zweite schlug nach Kelemvors Kopf, doch der Kämpfer duckte sich und wich zurück.

Hinter Kelemvors Angreifern regneten die ersten Feuerbälle zu Boden. Das Unterholz fing sofort Feuer, und im nächsten Moment streckten sich die ersten Flammen nach dem Rücken der beiden.

„Los!" schrie Kelemvor und trat einem der Zombies gegen die Brust, woraufhin der rücklings ins Feuer fiel. Im gleichen Moment stürzte sich der zweite wild fuchtelnd auf den Krieger, doch der wehrte den Ansturm mit der Schulter ab und drängte den Untoten zurück, der zu seinem Kameraden in die Flammen stürzte. Sie fingen beide Feuer, was sie aber nicht davon abhielt, wieder aufzustehen und sich Kelemvor zu nähern. Der wandte sich ab und in den Wald zu seiner Rechten, im festen Glauben, die beiden Leichname würden ihn nicht einholen, weil das Feuer sie zuvor verzehren würde.

Adon wich einfach von dem Wurzelgeflecht zurück und stieg über den Stamm des umgestürzten Baums, dann floh er in die entgegengesetzte Richtung wie Kelemvor. Die Leichname versuchten, ihm zu folgen, doch in dem Moment hatte die Wolke sie erreicht und setzte sie in Brand.

Mitternacht stand auf der anderen Seite der Flammenwand und versuchte vergeblich zu sehen, wie es ihren Verbündeten erging. Ihre Arme und Beine zitterten immer noch und ihr Kopf pochte wie wild als Folge des fehlgeschlagenen Zaubers. Schließlich rief sie: „Kelemvor! Adon!"

Die Magierin hörte keine Antwort, vermutete aber, daß ihre Stimme von dem wütenden Feuer übertönt wurde, daß sie von ihnen trennte. Sie wußte nicht, ob sie um das Feuer herumgehen sollte, um zu ihren Freunden zu gelangen, oder ob es sinnvoller war, zu warten und darauf zu hoffen, daß die beiden zu ihr kamen.

Dann hörte sie gedämpftes Hufgetrappel hinter sich. Ohne sich erst umzudrehen, rannte die Magierin zurück in den Schutz der Erle. Der Reiter schoß an ihr vorbei, der Gestank von fauligem Fleisch folgte ihm und war so intensiv, daß Mitternacht nicht anders konnte, als zu würgen.

Der Zombie, der einst Ogden Rauhreiter gewesen war, riß sein Pferd herum und stellte sich vor die Magierin. Das Tier schnaubte und stieß einen so üblen Geruch aus, daß er nur aus den Lungen von etwas Totem und Verwesendem kommen konnte.

Mitternacht hob ihren Dolch auf eine Weise, von der sie hoffte, daß sie bedrohlich wirkte. Sie überlegte, ob sie nach einer Zauberkomponente greifen sollte, verwarf den Gedanken jedoch gleich wieder. Es wäre unmöglich, Magie einzusetzen, bevor der Reiter sie erreicht hatte. Abgesehen davon würde die Beschwörung vermutlich ohnehin nicht die gewünschte Wirkung zeigen.

Der Reiter steckte sein Schwert weg und ließ sein Pferd näher an Mitternacht herangehen. Im fahlen Mondlicht konnte die Magierin ihren Gegner deutlich erkennen. Sein Schild trug den Purpurnen Drachen von Cormyr. Der strahlende Helm reflektierte den Mondschein, und der lederne Brustpanzer glänzte vor Öl und Politur. Doch die graue Haut des Zombies löste sich wie geschrumpftes Leder von den Wangenknochen, und in einer eingefallenen Augenhöhle war ein einzelnes rotes Auge zu sehen.

Das Pferd mußte einmal ein prachtvolles, kräftiges und gepflegtes Tier gewesen sein, doch jetzt war die Kreatur nur noch furchteinflößend. Unangenehme schwarze Dämpfe entwichen bei jedem Atemzug aus den Nüstern, und die Zügel zogen die Lippen der Bestie zurück, um gewaltige Zähne zu blecken, die geschwungen und messerscharf zu sein schienen.

Mitternacht begann, um den Baum herumzugehen, wobei sie darauf achtete, Ogden nicht den Rücken zuzudrehen. Der Zombie lenkte sein Pferd hinter ihr her, um den Abstand zu ihr nicht zu vergrößern. Die Magierin hielt ihren Dolch auf den Leichnam gerichtet, anstatt sich abzuwenden und zu fliehen. Auch wenn die Chance nur gering war, ihn im Kampf zu besiegen, wäre es völlig sinnlos gewesen, vor ihm weglaufen zu wollen.

Schließlich kam der Reiter noch ein Stück näher und beugte sich vor, um sie zu packen. Mitternacht holte aus und fügte ihm eine tiefe klaffende Wunde am Brustkorb zu, doch das kümmerte den Leichnam nicht. Fünf eiskalte Finger schlossen sich um das Handgelenk der Frau und kugelten ihr fast den Arm aus, als der Zombie sie hochhob, um sie über den Rücken seines Pferdes zu ziehen.

Eine Hand, die kalt und hart wie Granit war, drückte sie auf den Sattel. Sie versuchte, sich aus ihrer Lage zu befreien und nach dem Angreifer zu schlagen, doch der drückte sie so unerbittlich auf das tote Pferd, daß Mitternacht völlig hilflos war. Der Reiter begann, sein Pferd anzutreiben.

Inzwischen hatte Kelemvor das Feuer umgangen und sah, wie der Zombie Mitternacht auf seinen Sattel zerrte. Sofort rannte der Kämpfer los, um den Reiter aufzuhalten.

Bevor das verwesende Pferd auch nur ein Dutzend Schritte hatte machen können, hatte Kelemvor es eingeholt. Der Kämpfer sprang aus dem Schatten hervor und traf den Zombie in der Körpermitte, wodurch er und Mitternacht aus dem Sattel geschleudert wurden. Das Pferd bäumte sich auf, Mitternacht landete auf dem Zombie und Kelemvor stürzte auf sie.

Sofort sprang der Kämpfer auf und hielt das Schwert zum Angriff bereit. Mit seiner freien Hand riß er Mitternacht hoch, während der Leichnam versuchte, nach Kelemvors Beinen zu treten. Der ging dieser Attacke mit einem Sprung nach hinten aus dem Weg.

„Alles in Ordnung?" fragte er Mitternacht und schob sie gleichzeitig mit der freien Hand weg, damit sie nicht in das Gefecht verwickelt wurde.

„Mir geht's gut. Wo ist Adon mit der Tafel?" Sie wich freiwillig ein Stück zurück, weil sie wußte, daß Kelemvor Platz zum Kämpfen brauchte und sie ihm mit ihrem Dolch kaum behilflich sein konnte.

Bevor Kelemvor reagieren konnte, zog der Zombie sein Schwert und führte einen Hieb, der auf den Bauch des Kämpfers abzielte. Kelemvor mußte einen Schritt nach hinten machen, was dem Leichnam Zeit verschaffte, um sich zu erheben. Der Krieger antwortete mit einer Rückhand, die der Zombie mühelos abwehrte, um dann eine Folge von gefährlichen Hieben folgen zu lassen.

Unterdessen hatte Adon, der die Tafel bei sich trug, das Feuer auf der anderen Seite umgangen. Der Kleriker sah, daß die meisten der verbliebenen Zombies von der feuerspeienden Wolke vernichtet worden waren. Einige Untote liefen noch durch den Wald, aber der Kleriker glaubte nicht, daß er in Gefahr war, solange er sich leise entfernte. Dann hörte er, wie Schwerter aufeinanderschlugen, und lief schneller.

Bei Kelemvor hielt sich Mitternacht am Rand des Zweikampfs auf. Mit dem Dolch in der Hand war sie bereit zuzuschlagen, sobald der Zombie eine Lücke in seiner Verteidigung erkennen ließ. Doch Ogden bewegte sich mit erschreckender Schnelligkeit und Eleganz. Bislang hatte sie es nicht gewagt, sich auch nur annähernd in Reichweite der untoten Kreatur zu begeben.

Kelemvor schlug zu, der Leichnam parierte und hieb dann nach dem Kopf des Kämpfers. Der duckte sich und riß sein Schwert hoch, so daß das Heft den Kiefer des Zombie zerschmetterte. Der Treffer zeigte bei dem Untoten jedoch keine Wirkung, und Kelemvor mußte auf ein Knie hinuntergehen und sich zur Seite wegrollen. Er konnte sich gerade noch rechtzeitig wieder aufrichten, um den nächsten Schlag des Leichnams zu blockieren.

Während Mitternacht den Kampf beobachtete, ohne eingreifen zu können, wurde ihr mit jedem Moment bewußter, daß Kelemvors Kräfte nachließen und er den Zombie allein nicht besiegen würde. Die Magierin überlegte, ob sie sich ihrer Fähigkeiten bedienen sollte, doch nach dem jüngsten Fehlschlag fürchtete sie, daß weitere Magie mehr schaden als nützen würde. So riskant es auch war, wußte sie, daß die einzige andere Wahl die war, den Zombie von hinten zu attackieren.

Gerade begann sie, sich hinter den Untoten zu begeben, da sah sie Adon durch das Gebüsch heranstürmen. Der Leichnam schien ihn nicht wahrzunehmen, daher beschloß die Magierin, dafür zu sorgen, daß der Kleriker auch weiterhin unbemerkt bleiben würde. Sie bewegte sich auf die Adon gegenüberliegende Seite und schleuderte in dem Moment ihren Dolch in die Seite des Zombies, als Kelemvor nach dessen Kopf schlug.

Die Klinge bohrte sich tief in Ogdens Rumpf. Der Zombie parierte einen weiteren Schlag, dann blickte er Mitternacht an und knurrte. Die kurze Ablenkung genügte Kelemvor, um seinen ersten Treffer zu landen und der Kreatur eine klaffende Wunde am Rücken zuzufügen. Der Leichnam wirbelte sofort zu dem Kämpfer herum und schlug wie verrückt nach ihm, so daß der Kämpfer Mühe hatte, den Hieben auszuweichen. Der Zombie hob erneut sein Schwert, und diesmal war Kelemvor so aus dem Gleichgewicht geraten, daß er den Schlag nicht würde abwehren können.

Adon trat aus dem Gebüsch hervor und schleuderte seine Keule in die Kniekehlen des Zombies. Der Leichnam fiel zu Boden, Kelemvor machte einen Schritt nach vorn und schlug der untoten Kreatur die Hand ab, während der Kleriker seinen Knüppel mit aller Wucht gegen die Nase des Zombies donnerte. Der Kämpfer hob sein Schwert ein weiteres Mal, und wenige Augenblicke später stellte Ogden Rauhreiter für sie keine Bedrohung mehr dar.

Einige Augenblicke lang stand Kelemvor da und schnappte über dem übelriechenden Leichnam nach Luft, zu erschöpft, um sich bei Adon und Mitternacht für deren Eingreifen zu bedanken.

Adon, den es in diesem Moment nicht kümmert, ob er Dank erhielt oder nicht, hielt es nicht für ratsam, daß sie lange ruhten. „Wir sollten besser von hier verschwinden", sagte er, zog Mitternachts Dolch aus dem Kadaver und deutete mit ihm in den Wald. „Da sind immer noch ein oder zwei Zombies unterwegs."

„Was ist mit dem Bogenschützen, der uns geholfen hat?" fragte Kelemvor keuchend. „Er könnte in Schwierigkeiten sein."

„Wenn sie ihn bis jetzt noch nicht gefunden haben, dann wird ihnen das auch nicht mehr gelingen", sagte Adon und warf Mitternacht einen wissenden Blick zu.

„Ich bin sicher, daß *dieser* Bogenschütze selbst auf sich aufpassen kann", fügte die Magierin an. Wenn es sich bei dem Bogenschützen um Cyric handelte, wie sie und Adon vermuteten, dann würde es ihm im Augenblick sicher nicht gefallen, wenn Kelemvor ihm durch den Wald nachrannte.

Der Krieger runzelte die Stirn. „Wißt ihr zwei etwas, das ich nicht weiß?"

Mitternacht machte sich in Richtung Norden auf den Weg. „Wir reden später darüber." antwortete sie.

2

DIE WARNUNG

„Die Männer werden heute nacht nicht ruhen", sagte Dalzhel, während er sich an der schiefen Tür vorbeischob.

Dalzhel, ein stämmiger Mann, der es auf fast einen Meter fünfundneunzig brachte, erinnerte in Statur und Gemüt an einen Bären. Er hatte breite, plumpe Schultern, einen dichten schwarzen Bart und einen langen Zopf, der ihm bis auf den Rücken reichte. Seine braunen Augen waren ruhig und wachsam.

Cyric reagierte nicht auf Dalzhels Bemerkung. Statt dessen beobachtete er aufmerksam seinen Lieutenant, der soeben den Raum betrat. Der Dieb und seine Männer befanden sich fünf Meilen nördlich von Abendstern im großen Saal einer Burg, von der nur noch eine Ruine übrig war. Der Saal war 15 Meter lang und sechs Meter breit, eine Seite des verstaubten Raums wurde von einem gewaltigen Kamin beherrscht, in dem ein Feuer brannte, das als einzige Lichtquelle diente. Mitten im Raum stand eine neun Meter lange Bankett-Tafel, die grau und rissig war, da sie niemand mehr pflegte. Am Tisch und im Saal verteilt stand ein gutes Dutzend klappriger Stühle.

Cyric hatte sich den am stabilsten aussehenden Stuhl genommen und vor dem Kamin Platz genommen. Mit seiner Hakennase, dem schmalen Kinn und den dunklen, stürmischen Augen paßten seine kantigen Gesichtszüge bestens zu verschlagenem Humor und finsteren Stimmungen. Auf dem Schoß lag ein Kurzschwert, das der Dieb erst vor kurzem erworben hatte. Der rötliche Schein der Klinge ließ kaum Zweifel daran, daß es sich um eine außergewöhnliche Waffe handelte.

Dalzhel trat ans Feuer und nahm seinen nassen Umhang ab. Darunter trug der zentische Soldat ein schwarzes Kettenhemd. Auch wenn die Rüstung mindestens fünfunddreißig Pfund wog, legte Dalzhel sie nur ab, wenn er sich schlafen legte – und das auch nur, wenn er wirklich sicher versteckt war.

„Ihr hättet kein dunkleres Lager aussuchen können", meinte Dalzhel und hielt seine Hände ausgestreckt. „Die Männer nennen diesen Ort die 'Spukhallen'."

Auch wenn Cyric es nicht aussprach, konnte er deren Eindruck nachempfinden. Die Ruine, die sich tief in einer Schlucht befand und dicht an der unberechenbaren Strömung des Sternwassers stand, war der verlassenste Ort, den er hatte wählen können. Die Burg war erbaut worden, noch bevor Cormyr zum Königreich aufstieg, doch immer noch waren viele der düsteren Mauern und schwarzen Türme intakt. Sie war rund hundert Schritt lang und fünfzig Schritt breit, und ihre Mauern reichten stellenweise bis zu neun Meter Höhe auf. Die Wachhäuser gaben keinen Hinweis auf das Alter der Burg, auch wenn ihre kunstvollen Gitter schon seit langer Zeit morsch waren.

Der große Saal, die Wohnräume, Küche und Ställe hatten sich einst an die Innenmauer der Feste gedrängt, Türen und Fenster öffneten sich zum Hof hin. Nur der große Saal, der aus dem gleichen schwarzen Granit errichtet worden war wie die Wachhäuser, war noch vollständig erhalten. Alle anderen Gebäude, von denen einige aus weicherem Material bestanden, waren zu Ruinen zerfallen.

Angesichts der Mischung aus eingestürzten Mauern und beeindruckenden Bauwerken wunderte es Cyric nicht, daß die Männer den Ort mit Unbehagen betrachteten. Dennoch hatte er kein Interesse an irgendwelchen Klagen. Dalzhel und der Rest der Truppen waren am Morgen an der Burg eingetroffen, damit also noch früh genug, um das Unwetter zu vermeiden, das den ganzen Nachmittag über getobt hatte. Cyric dagegen war erst bei Einsetzen der Abenddämmerung angekommen – müde, kalt und durchnäßt, nachdem er den Nachmittag über dem Unwetter ausgesetzt gewesen war. Er war nicht daran interessiert, sich die dummen Witze der Männer anzuhören.

Ohne auf die Stimmung seines Kommandanten zu achten, fuhr Dalzhel fort: „Irgend etwas befindet sich hinter dem äußeren Zwischenwall." Er versuchte, mit den Worten Cyrics Interesse zu wekken, während er die Schwertscheide abnahm und auf die verstaubte Tafel legte. „Jedenfalls behauptet die Wache das."

Cyric sorgte sich nicht darum, was außerhalb der Mauern lauern mochte, das seine Männer erschreckte. Er beschloß, das Thema zu wechseln, und fragte: „Wie geht es meinem Pony? Der Kleine hat gute Dienste geleistet, wenn man bedenkt, wie schnell ich geritten bin."

„Mit ein wenig Ruhe wird er sich erholen – vorausgesetzt, das Tier wird nicht vorher getötet", sagte Dalzhel und kehrte an den Kamin zurück. „Es gibt manchen, der grollt, es habe besser gegessen als die Männer."

„Es hat sich auch als nützlicher erwiesen!" gab Cyric zurück. Das Pony hatte in den letzten drei Tagen fast 240 Kilometer zurückgelegt. Ein Schlachtroß hätte nicht besser sein können. Er spielte mit dem Gedanken, demjenigen den Tod anzudrohen, der sich an dem Tier vergreifen wollte, verwarf ihn aber wieder. Der Befehl würde nur zu Unmut führen und für den einen oder anderen zu einer Herausforderung werden. „Wenn das Pony am Morgen noch lebt, bring es auf die Weide und laß es frei."

„Aye, das ist die beste Lösung", gab Dalzhel zurück und zeigte sich überrascht, daß sein Kommandant solches Mitgefühl erkennen ließ. „Die Männer sind übel gelaunt. Hätten wir nicht anderswo die Nacht verbringen können?"

„Und was würdest du vorschlagen?" knurrte Cyric und sah Dalzhel finster an. „Vielleicht Abendstern?"

„Natürlich nicht, Sir", antwortete der Soldat und versteifte sich, während er Haltung annahm.

Dalzhel hatte es als rhetorische Frage gemeint. Da er und alle Männer der Truppe zentische Rüstungen trugen, wäre es pure Dummheit gewesen, sich in einer Stadt in Cormyr einquartieren zu wollen.

Cyric wandte seinen Blick ab und sah ins Feuer. „Stelle niemals meine Befehle in Frage!"

Dalzhel erwiderte nichts.

Der Dieb mit der Hakennase beschloß, seinen Lieutenant weiter zu maßregeln, indem er auf ein unerfreuliches Thema zu sprechen kam. „Wo sind deine Kuriere?" forderte er barsch.

„Die haben von einem Ende Cormyrs bis zum anderen bei billigen Huren Unterschlupf gefunden", erwiderte Dalzhel, der mehr oder weniger in Habtachtstellung neben ihm stand.

Cyric hatte angeordnet, daß Posten alle Straßen überwachen sollten, die aus Cormyr herausführten. Dalzhel war die Aufgabe zugefallen, den Befehl umzusetzen. Bislang hatte nicht ein einziger Kurier Bericht erstattet.

„Und ich wäre bei ihnen", fuhr Dalzhel fort, „wenn meine Mutter mich nicht mit dem Verstand eines Ochsen versehen hätte."

Cyric sprang auf und wirbelte zu Dalzhel herum, das rötliche Kurzschwert in der Hand, vom Verlangen erfüllt, es dem Mann in die Brust zu rammen.

Der zentische Lieutenant seinerseits wich zurück und nahm seine Schwertscheide von der Tafel, dann sah er verwirrt in die wütenden Augen seines Kommandanten. Seine Antwort war vermessen gewesen, daran bestand kein Zweifel, doch Cyric hatte noch nie so heftig auf einen Anflug von Ungehorsam reagiert.

An der schiefen Tür wurde dreimal zaghaft geklopft. Die Störung ließ Cyric zur Besinnung kommen, er schob das Kurzschwert zurück in die Scheide und rief: „Herein!"

Sergeant Fane trat in den Raum ein. Er war ein stämmiger Mann mit einem struppigen roten Bart. Regenwasser tropfte von seinem Umhang, als er sich vor Dalzhel stellte und Meldung machte: „Alrik ist nicht mehr auf seinem Posten."

„Hast du nach ihm gesucht?" wollte Dalzhel wissen und legte seine Schwertscheide zurück auf die Tafel.

„Aye", erwiderte Fane, der es kaum wagte, Dalzhel in die Augen zu sehen. „Er ist nirgends zu finden."

Dalzhel fluchte tonlos, dann sagte er: „Weise einen anderen Mann seinem Platz zu. Wir werden uns am Morgen mit Alrik beschäftigen." Er wandte sich ab, um anzuzeigen, daß die Unterhaltung beendet war.

Fane blieb aber stehen und fügte an: „Alrik ist niemand, der desertieren würde."

„Dann verdoppele die Wachen", zischte Dalzhel ihn an und sah den Sergeant abermals an. „Aber die Männer sollen sich nicht bei mir beklagen. Und jetzt geh."

In Fanes Augen war Gereiztheit zu erkennen, auch wenn er nickte und durch die Tür nach draußen ging.

Während der Sergeant ging, wurde Cyric bewußt, daß er sich nicht besonders klug verhalten hatte. Die Männer waren ausnahmslos Mörder oder Diebe, und er brauchte Dalzhel, damit dieser ihm den Rücken freihielt. Es würde ihm nichts nützen, wenn sein eigener Leibwächter einen Groll gegen ihn hegte.

Als Form der Entschuldigung sagte Cyric schließlich: „Alles hängt von diesen Kurieren ab."

Dalzhel verstand, welche Absicht er mit der Erklärung verfolgte, und nahm sie mit einem Kopfnicken an. „Es sollte für die Kuriere nicht so schwierig sein, den cormyrischen Patrouillen aus dem Weg zu gehen. Das Unwetter hat die Straßen in Morast verwandelt und sie am Vorankommen gehindert. Man könnte meinen, daß Talos der Rasende etwas gegen uns hat."

„Aye", gab Cyric zurück und ließ sich wieder auf seinen Stuhl fallen. „Alle Gottheiten sind gegen uns, nicht nur der Gott der Stürme." Er dachte zurück, als er fünf Nächte zuvor Mitternachts Lager ausspioniert hatte und eine Horde Zombie-Reiter aufgetaucht war. Möglicherweise waren diese nur ein weiterer Aspekt des Chaos gewesen, von dem die Reiche heimgesucht wurden, doch Cyric hielt es für wahrscheinlicher, daß ein Gott sie geschickt hatte, damit sie Mitternacht und die Tafel in ihre Gewalt brachten.

„Es ist nicht so, als würde mir das Angst machen", sagte Dalzhel und beobachtete Cyric aufmerksam. „Doch dies hier scheint nichts zu sein, was gewöhnliche Soldaten normalerweise kennen. So etwas weckt Neugier."

Cyric schwieg, da jeder Mann, der von seinen Absichten gewußt hätte, womöglich versucht hätte, seinen Platz einzunehmen.

„Es muß wirklich böses Blut herrschen zwischen Euch und den dreien, die wir suchen", bohrte Dalzhel.

„Wir waren einmal... so etwas wie Freunde", erwiderte Cyric behutsam. Es würde nichts schaden, zumindest dies zuzugeben.

„Und was hat es mit diesem Stein auf sich?" fragte Dalzhel. Er versuchte, gleichmütig zu klingen, doch sein Interesse war alles andere als beiläufig. Cyric wollte den Stein, den die drei mit sich führten, mindestens so sehr, wie er an der Festsetzung des Trios interessiert war. Dalzhel hätte zu gern den Grund gewußt.

„Meine Befehle lauten, ihn zurückzuholen", antwortete er und versuchte, Dalzhel mit einem stechenden Blick zum Schweigen zu bringen. „Der Grund dafür kümmert mich nicht."

Cyric log. Vor der Schlacht von Schattental hatten er und seine Gefährten der Göttin Mystra geholfen, damit diese versuchen konnte, die Reiche zu verlassen. Der Gott Helm hatte ihr den Zutritt verweigert, solange sie nicht die Tafeln des Schicksals vorweisen konnte, die man Ao gestohlen hatte, dem mysteriösen Herrn über alle Götter. Cyric wußte nur wenig mehr über die Tafeln, doch er ging davon aus, daß Ao für ihre Rückgabe eine stattliche Belohnung zahlen würde.

Cyric hatte den größten Teil seines Lebens als Dieb und Kämpfer von der Hand in den Mund gelebt, ohne jemals eine Bestimmung oder ein Ziel zu sehen. Mehr als ein Jahrzehnt war ihm seine Existenz leer erschienen, doch es war dem Dieb nie gelungen, in seinem Leben einen höheren Sinn zu erkennen. Jedesmal, wenn er es versuchte, endete es so wie in Schattental, wo niemand von seinen Bemühungen wirklich Notiz nahm. Mehr als einmal war Cyric von den Menschen, denen er hatte helfen wollen, aus der Stadt gejagt worden.

Nach Schattental war Cyric endlich klargeworden, daß er nur an sich selbst glauben konnte, nicht aber an das abstrakte Konzept des „Guten", nicht an die Heiligkeit der Freundschaft, nicht einmal an die Hoffnung der Liebe. Wenn sein Leben einen Sinn haben sollte, dann mußte es sein eigenes Interesse sein. Nachdem er diesen Entschluß gefaßt hatte, begann Cyric einen Plan zu entwickeln, der seinem Leben nicht nur einen Sinn gab, sondern es ihm sogar erlauben würde, selbst über sein Schicksal zu entscheiden. Er würde die Tafeln des Schicksals zurückbringen und von Ao eine Belohnung erhalten, die ihn ganz sicher so reich machen würde wie einen König.

Ohne anzuklopfen kam jemand durch die Tür in den Raum gestürmt. Cyric stand auf und griff nach seinem Kurzschwert. Auch Dalzhel legte seine Hand um das Heft seiner Waffe und drehte sich zu dem Eindringling um.

„Ich bitte um Verzeihung, meine Herren Kommandanten!" Es war abermals Fane, der noch immer vor Nässe triefte. Sein Blick ruhte auf den Klingen in Dalzhels und Cyrics Hand, seine Brauen waren vor Schreck weit hochgezogen. „Ich wollte lediglich Meldung machen", keuchte er.

„Dann tu das!" herrschte Dalzhel ihn an.

„Edan ist auch nicht auf seinem Posten!" Fane zuckte zusammen, als er diese Worte sprach, als erwarte er, im nächsten Moment von Dalzhel geschlagen zu werden.

Der zentische Lieutenant runzelte nur die Stirn. „Er könnte sich zusammen mit Alrik entfernt haben."

„Edan *ist* unzuverlässig", räumte der Sergeant ein.

„Wenn gleich zwei Männer ihren Posten verlassen haben", mischte sich Cyric ein und sprach Dalzhel an, „dann ist deine Disziplin nicht halb so streng, wie du es behauptest."

„Ich werde mich darum am Morgen kümmern", brummte Dalzhel. „Aber... hast du die Wachen verdoppelt?"

„Nein", gab Fane zurück und wurde bleich. „Ich hatte das nicht für einen Befehl gehalten."

„Dann tu es jetzt", raunte Dalzhel. „Und dann suchst du Alrik und Edan. Deine Strafe für die Mißachtung eines Befehls hängt davon ab, wie schnell du sie wiederfindest."

Fane schluckte, sagte aber nichts.

„Weggetreten", meinte Dalzhel mürrisch, woraufhin der Sergeant kehrtmachte und den Raum verließ.

Dalzhel wandte sich Cyric zu. „Das ist übel. Die Männer sind unbeherrscht, und damit sind sie schlechte Kämpfer. Vielleicht würde sich ihre Laune bessern, wenn sie eine Belohnung vor Augen hätten. Dieses Halblingsdorf, das wir überfallen haben, lohnte sich ja kaum, um es zu brandschatzen."

„Ich kann nichts dafür, wie die Männer gelaunt sind. Wir haben unsere Befehle", log Cyric. Wenn er die Männer noch ein oder zwei Wochen unter seiner Kontrolle halten konnte, dann würden die Tafeln ihm gehören.

Dalzhel steckte sein Schwert nicht weg. „Sir, die Männer wissen es besser. Wir sind Euch von Tantras aus gefolgt, weil Ihr klug genug wart, unseren Tod dort zu verhindern. Aber wir haben nie daran geglaubt, daß Euer Befehl von der Zentilfeste kommt. Ihr seid so wenig ein zentischer Offizier, wie Ihr die Edle Dame von Silbrigmond seid. Das wissen wir schon seit langem. Unsere Loyalität gilt Euch, niemandem sonst."

Dalzhel machte eine Pause und sah Cyric in die Augen. „Einige wenige Antworten wären sehr hilfreich, um diese Loyalität aufrechtzuerhalten."

Cyric sah Dalzhel an, wütend über dessen halb ausgesprochene Drohung. Dennoch erkannte er die Wahrheit in diesen Worten. Die Männer waren widerborstig und rebellisch geworden. Ohne die Aussicht auf eine Belohnung würden sie bald desertieren oder meutern.

„Ich nehme an, ich sollte mich geschmeichelt fühlen, daß diese Männer mich ihrem Heimatland vorziehen", erwiderte Cyric und überlegte dann, was er Dalzhel verraten konnte.

Er könnte ihm von den Tafeln des Schicksals oder vom Sturz der Götter erzählen. Cyric konnte seinem Leibwächter auch sagen, er vermute, einer aus der Gruppe, der sie nachjagten, trage die Macht der toten Göttin Mystra in sich. Der Dieb mit der Hakennase schüttelte den Kopf. Wenn er diese Geschichte zum ersten Mal hören würde ... er würde sie wohl kaum glauben.

„Wonach sucht Ihr?" fragte Dalzhel, dessen Neugier durch Cyrics lange Pause noch gesteigert wurde.

„Ich kann dir dieses sagen", begann der Dieb und sah Dalzhel an. „Der Stein, den ich will, ist eine Hälfte eines Schlüssels zu sehr großer Macht. Die andere Hälfte befindet sich in Tiefwasser, wohin sich die Frau mit ihren Freunden begibt. Die Frau – Mitternacht – besitzt die Kraft, um diesen Schlüssel zu benutzen. Wir müssen sie und den Stein in unsere Gewalt bringen und dann nach Tiefwasser reiten, um dort nach dem Gegenstück des Steins zu suchen. Wenn wir es gefunden haben, wird Mitternacht ihn in das Schloß stecken, aber ich werde ihn in diesem Schloß drehen. Ich werde mächtiger sein als jeder andere Mann in den Reichen, und ich werde dich und die Männer mit Gold oder allem anderen belohnen, was ihr haben wollt."

Cyric sah wieder ins Feuer. „Mehr sage ich dazu nicht. Ich möchte nicht, daß jemand dem Irrglauben verfällt, er könnte meinen Platz einnehmen."

Dalzhel blickte Cyric eine volle Minute lang an und dachte über die Geschichte nach. Es war ein großes Versprechen, doch es war auch sehr vage. Cyric klang wie jemand, der erwartete, ohne eine Schlacht Herrscher werden zu können. Dalzhel hatte einst für einen unbedeutenden sembianischen Edelmann gekämpft, Herzog Luthvar Garig, dessen Größenwahn zur Auslöschung einer ganzen Armee geführt hatte. Dalzhel wollte eine derartige Erfahrung nicht noch einmal machen.

Doch Cyric sprach klar und überzeugt, was bei Luthvar nicht der Fall gewesen war. Dalzhel hatte seinen Kommandanten zudem zu keiner Zeit für einen Mann gehalten, der sich von seiner wilden Phantasie mitreißen ließ. Zudem herrschte in den Reichen das Chaos, und Dalzhel kannte die Legenden gut genug, um zu wissen, daß Könige lediglich Söldner waren, die genug Mut besaßen, um aus Anarchie ein Reich zu schaffen. So wie es aussah, stand er im Dienst eines eben solchen werdenden Königs.

„Jeden anderen Mann, der solche Versprechen macht", sagte Dalzhel, „würde ich als Narren bezeichnen und auf der Stelle verlassen. Doch Euch schwöre ich meine Treue, und genauso werden es die anderen machen."

Cyric lächelte so warmherzig, wie es ihm nur möglich war. „Sei vorsichtig mit dem, was du schwörst."

„Ich weiß, was ich mache", gab Dalzhel zurück. Er legte seinen Umhang um und steckte sein Schwert zurück in die Scheide. „Wenn Ihr mich entschuldigt, ich muß mich um unsere Männer kümmern."

Cyric nickte und sah Dalzhel nach, während er überlegte, ob sein Lieutenant ahnte, daß er gegen die Götter höchstpersönlich würde antreten müssen. Der Dieb zweifelte nicht daran, daß ein oder zwei Götter die Jagd auf Mitternacht eröffnen würden, sobald sie wußten, daß sie die Tafel besaß.

Daß er sie von Tantras aus verfolgt hatte, war mit der Absicht geschehen, Mitternacht und die Tafel in seine Gewalt zu bringen, sobald sie in Ilipur angedockt hätten. Doch kaum hatten sie sich auf dem Drachenmeer befunden, war ein Sturm aufgekommen, der möglicherweise nur ein weiteres chaotisches Phänomen war, das die Reiche heimsuchte, bei dem es sich aber auch um das Werk einer Gottheit handeln mochte.

Ganz gleich, welche der Ursache der Sturm auch hatte, auf jeden Fall hatte er Mitternachts Schiff in Richtung Norden getrieben. Cyric war ihnen nach Kräften gefolgt, doch letztlich war es nicht länger möglich gewesen, den Sichtkontakt zu wahren. Am Nachmittag des dritten Tages hatte das Unwetter endlich nachgelassen. Cyric war weiter Richtung Norden gesegelt und hatte mit seiner Vermutung richtig gelegen, daß die Galeere den Hafen von Marsember ansteuern würde. Rasch hatte er das kleine Schiff abgefangen, dann aber feststellen müssen, daß der abergläubische Kapitän seine Passagiere irgendwo in der Nähe der Mündung des Immerflusses an Land geschickt hatte. Cyric hatte das Schiff wenden lassen und auf einer Strecke von sechzig Meilen Späher an Land gehen lassen, die nach seinen alten Freunden Ausschau halten sollten.

Cyric selbst war derjenige gewesen, der Mitternachts Lager entdeckt hatte. Es lag in einem kleinen Wald an der Mündung des Immerflusses. Er hatte seine Begleiter losgeschickt, damit sie

Dalzhel und die fünfundzwanzig Mann Reserve holten, die auf dem Schiff geblieben waren. Dann hatte er sich dem Lager genähert und auf eine Gelegenheit gehofft, Mitternacht entführen oder die Tafel an sich reißen zu können.

Doch der Sturm hatte den Boden morastig werden lassen, wodurch sich seine Verstärkung verspätete. Noch bevor Dalzhel auch nur in die Nähe des Lagers gelangt war, tauchten die mysteriösen Zombie-Reiter auf, die Mitternacht und ihre Freunde angriffen. Ohne sich ihnen zu zeigen, war Cyric mit seinem Bogen seinen ehemaligen Freunden insoweit zu Hilfe gekommen, als daß er verhindert hatte, daß die Tafel den Untoten in die Hände fallen konnte.

Während des Kampfs war einer von Mitternachts Zaubern fehlgeschlagen und hatte den Wald in Brand gesetzt. Cyric war auf einer Seite des Feuers in der Falle gewesen, während sich Mitternacht und die Tafel auf der anderen Seite befanden. Sie, Adon und Kelemvor waren entkommen, ohne daß er ihnen hätte folgen können.

Als Dalzhel mit der Verstärkung eintraf, hatte sich Cyric gezwungen gesehen, einen gewagten Plan umzusetzen. Da er wenig Hoffnung hatte, Mitternacht und seine alten Freunde in Cormyr ausfindig zu machen, wo man Soldaten in zentischer Rüstung auf der Stelle töten würde, mußte Cyric Mitternacht dazu bringen, nach ihm zu suchen. Er entschied, sie in nördliche Richtung zu treiben und dafür zu sorgen, daß das Trio praktisch nicht zur Ruhe kam. Angreifen wollte er, nachdem sie Abendstern erreicht hatten.

Er postierte Patrouillen zu je sechs Mann entlang den Hauptrouten, die nach Süden führten. Diese Patrouillen sollten unauffällig bleiben, bis sie Mitternacht und deren Begleiter ausmachten. Dann sollten sie sie angreifen und nach Norden treiben.

Cyric und die restlichen seiner Zentilaren marschierten zu Fuß in nordwestlicher Richtung und waren nur nachts unterwegs, um keiner cormyrischen Patrouille in die Hände zu fallen. Unterwegs suchte Cyric die Städte Wheloon und Hilp auf und sorgte dafür, daß Mitternacht und ihre Gesellen ein unangenehmer Empfang erwartete, sollten sie versuchen, dort Rast zu machen. Nördlich von Hilp waren Cyrics Zentilaren auf ein abgelegenes Halblingsdorf gestoßen, das sie natürlich geplündert hatten. Von dort stammten auch Cyrics neues Schwert und das Pony.

Anschließend waren Dalzhel und die Männer zu Fuß weiter Richtung Norden gezogen und hatten an allen wichtigen Kreuzungen Späher postiert. Cyric hatte das Pony an sich genommen und war in andere Städte geritten, um auch dort dafür zu sorgen, daß Mitternacht und ihre Gefährten es bereuen würden, sollten sie beschließen, dort aufzutauchen.

Der Dieb mit der Hakennase fand, daß sein Plan gut und zugleich subtil war, doch solange er nichts von den Kurieren hörte, wußte er nicht, ob er funktionierte.

Fane rappelte an der Tür und unterbrach Cyrics Gedankengänge, dann trat er ein, ohne darauf zu warten, eingelassen zu werden. Sein Gesicht war so bleich wie ein Knochen. „Wir haben Alrik und Edan gefunden", sagte er. „Dalzhel bittet um Eure Anwesenheit."

Cyric wunderte sich, stand aber auf und griff nach seinem Umhang. „Geh voraus." Das Kurzschwert hielt er weiter in der Hand, nur für den Fall, daß Fane ihn in einen Hinterhalt lockte.

Sie gingen an der schräg stehenden Tür vorbei in den dunklen Innenhof. Cyrics Stiefel sanken bis zu den Knöcheln in den Morast ein. Ein heftiger Regen, der so kalt war, daß er schon fast Graupel hätte sein müssen, stach wie Nadeln in seinem Gesicht. Das unheimliche Heulen des Windes wurde von den Steinmauern der Feste zurückgeworfen.

In der gegenüberliegenden Ecke des Hofs war an der Stelle, die sich zwischen den einstigen Baracken der Wachen und der Schmiede befand, das Flackern mehrerer Fackeln zu sehen. Dort lag der Brunnen. Fane führte ihn über den Hof, wobei jeder Schritt von einem lauten Schmatzen begleitet wurde, das das Prasseln des Regens übertönte. Drei Männer standen unter den Dachgauben des inneren Walls und versuchten, sich und ihre Fackeln vor dem Regen zu schützen. Zwei der Männer sahen bewußt nicht zum Brunnen, der in gutem Zustand war, da er zu den wenigen Dingen gehörte, die von den zeitweiligen Gästen der Burg instandgehalten wurden.

Ein tiefes, wildes Stöhnen war aus dem Brunnen zu hören. An der blutverschmierten Querstange war ein graues Seil festgemacht, das nach unten in die dunkle Tiefe führte. Dalzhel trat vor und faßte das Seil. Ohne etwas zu sagen, begann er zu ziehen. Ein schmerzerfüllter Schrei drang aus dem Brunnen an ihre Ohren. Dalzhel ließ den Schreie einige Sekunden lang ertönen, dann löste er seinen Griff um das Seil.

„Was war das?" fragte Cyric und spähte in die Schwärze.

„Vermutlich Edan", sagte Dalzhel.

„Er lebt noch", fügte Fane an, auch wenn es eine überflüssige Bemerkung war. „Jedesmal, wenn wir versuchen, ihn hochzuziehen, beginnt er zu schreien."

Cyric hatte schon manchen langsamen Tod mitbekommen, und er hatte auch schon ein- oder zweimal selbst einen solchen verursacht, doch ihm drehte sich der Magen um, als er sich vorzustellen versuchte, was am anderen Ende des Seils geschehen sein mochte.

Fane zog sein Schwert, um das Seil zu durchtrennen.

Cyric faßte seinen Arm und wandte ein: „Nein, wir brauchen den Brunnen." Er wandte sich den beiden Männern mit den Fackeln zu. „Zieht ihn rauf und setzt seinem Leid ein Ende."

Sie wurden blaß, wagten aber nicht, ihm zu widersprechen.

Als nächstes führten Dalzhel und Fane ihn zur Latrine am äußeren Wall. Die Burg stand schon zu lange leer, als daß von der Latrine noch Gestank hätte ausgehen können, dennoch schlug ihm ein kupferner Geruch entgegen, der sich aus Blut und Galle zusammensetzte. Aus dem Inneren war ein wehleidiges Stöhnen zu hören.

„Alrik", sagte Fane nur.

Cyric spähte hinein. Alrik kniete – mit dem Gesicht in eine Ecke – in einer Lache seines eigenen Blutes. Seine Hände hielt er auf seinen Bauch gedrückt, aus dem Rücken ragte eine gezackte

Holzspitze heraus, die den Schluß nahelegte, daß man ihm einen Pfahl durch den Leib gejagt hatte. Wegen der Zacken konnte man ihn aber nicht wieder herausziehen, ohne Alrik gleichzeitig die Eingeweide herauszureißen.

Als Cyric sich aus dem engen Raum zurückzog, sagte Dalzhel: „Ich habe noch nie etwas derart Grausames gesehen. Ich werde meine Klinge in denjenigen treiben, der ..."

„Versprich nichts, was du vielleicht nicht zu halten wagst", sagte Cyric kühl. „Setzt Alriks Leiden ein Ende. Fane, weck jeden Mann auf und laß sie in Dreiergruppen patrouillieren."

„Die sind schon alle wach", antwortete der. „Ich hätte nicht ..." Er wurde von einem entsetzten Aufschrei unterbrochen, der aus dem inneren Wachhaus kam.

„Nein!" Dann folgte ein gellendes Kreischen, das selbst dann noch anhielt, als die Kehle des Mannes schon längst hätte heiser sein müssen.

Cyric drehte sich zum Wachhaus um, ohne eine Ahnung zu haben, was er dort vorfinden würde. Nur wenige Menschen waren zu so effizienter Brutalität fähig, mit der Alrik und Edan gequält worden waren. Dennoch lief der Dieb, so schnell er nur konnte. Wenn er Angst vor dem Mörder zeigen würde, dann würden seine Männer nicht länger hinter ihm stehen – und das wäre ein erster Schritt zur Meuterei.

Dalzhel und Fane folgten ihm dichtauf. Als sie das Wachhaus erreicht hatten, war der Schrei nicht mehr zu hören. Ein Dutzend Männer hatte sich im Treppenhaus versammelt und stand Schlange bis in den ersten Stock. Ihre Fackeln warfen ein flackerndes gelbes Licht an die Wände.

Sie merkten nicht, daß Cyric zu ihnen gekommen war, also mußte Fane sie anherrschen: „Aus dem Weg! Macht Platz!"

Als die Schaulustigen immer noch keine Anstalten machten, den Befehl zu befolgen, verschaffte sich Fane Platz, indem er die auf der Treppe Stehenden anrempelte, bis sie ihm aus dem Weg gingen. Cyric und Dalzhel folgten ihm, bis sie einen Durchgang erreicht hatten. Fünf Männer standen im angrenzenden Raum und betrachteten eine zusammengekrümmte Gestalt in der Mitte des Raums. Eine dunkle Lache bahnte sich den Weg zu ihren Füßen, und die Person, die auf dem Boden lag, krächzte kaum hörbar.

„Laßt eure Vorgesetzten einen Blick darauf werfen!" befahl Fane und verschaffte sich Platz.

Cyric und Dalzhel gingen unmittelbar hinter Fane in den Raum. „Setzt diesem Stöhnen ein Ende", verlangte Cyric. „Und heute nacht ist niemand allein unterwegs."

Fane gehorchte sofort und führte mit erschreckender Gefühllosigkeit den Gnadenstoß aus.

Ein Mann, der im Durchgang stand, brummte: „Und am Morgen setze ich mich ab!" Es war Lang, der gesprochen hatte, eine schlaksiger Kämpfer, der mit Schwert und Bogen umzugehen verstand. „Ich habe mich nicht bereiterklärt, gegen Ghule zu kämpfen."

Sofort zog Dalzhel sein Schwert und richtete es auf den Meuterer. „Du machst, was dir gesagt wird, nichts anderes!" sagte er schneidend. Cyric kam zu ihm und stellte sich Schulter an Schulter neben ihn. Wenn die Situation eskalierte, würden sie gemeinsam siegen oder untergehen.

„Ich für meinen Teil habe genug von der Gefahr und vom Plündern!" rief Mardug, der hinter ihnen stand. „Ich schließe mich Lang an!"

Ein Rascheln war die Treppe hinunter zu hören, was nahelegte, daß die anderen Männer zustimmend nickten.

„Dann werdet ihr mit Lang ins Reich der Toten gehen", sagte Dalzhel mit gleichmäßiger Stimme und drehte das Schwert in seiner Hand. Mit der Breitseite der Klinge schlug er Mardug auf den Kopf, der daraufhin auf die Knie niedersank.

Lang zog seine Klinge und schlug nach Dalzhels Rücken, doch Cyric wehrte den Angriff ab und parierte ihn mühelos mit seinem Kurzschwert. Dann trat er Lang in die Magengegend und schickte den Mann gegen den Türrahmen.

Bevor sich Lang erholen konnte, setzte Cyric die Spitze seines Schwerts an die Kehle des Meuterers. „In jeder anderen Nacht würde ich mit dir kurzen Prozeß machen", zischte er und zitterte vor Erregung. Eine noch nie gekannte Blutlust ergriff von Cyric Besitz, und er mußte all seine Kraft aufbieten, um sich davon abhalten, zuzustechen.

„Aber uns alle hat der Tod unserer Freunde tief getroffen", fuhr Cyric fort, „darum mache ich eine Ausnahme."

Der Dieb ließ einige Augenblicke lang die eingetretene Stille wirken, dann wandte er sich an Dalzhel. „Lang und Mardug können jetzt gehen", sagte er so laut, daß auch die Männer am Fuß der Treppe ihn verstehen konnten. „Wer will, kann sich ihnen noch anschließen. Doch jeder, der am Morgen noch hier ist, bleibt bis zum Ende bei mir."

„Aye." Dalzhel sah die beiden Meuterer an. „Verschwindet, bevor der Kommandant seine Meinung ändert."

Die zwei Männer gingen die Treppe hinunter, doch niemand machte Anstalten, sich ihnen anzuschließen.

Cyric blieb ruhig. Als er sein Schwert erhoben hatte, war er von dieser Blutlust überwältigt worden, die sich noch immer nicht gelegt hatte, sondern eher noch stärker geworden war. Auch wenn er beim Töten nie Reue empfunden hatte, war dies für ihn eine völlig neue Erfahrung. Er wollte Blut sehen, und er fragte sich, wie er überhaupt würde schlafen können, wenn es nicht dazu käme.

Nach einigen Augenblicken des Schweigens fragte Fane: „Und was sollen wir unternehmen?"

„Unternehmen?" fragte Cyric geistesabwesend.

„Wegen des Mörders", erwiderte Fane. Mit einer Zehenspitze drehte er den Toten um und betrachtete mit merkwürdiger Faszination die grotesken Wunden. „Wir müssen ihn doch finden."

„Das könnte ein sehr dummer Zug sein", überlegte Cyric und verzog das Gesicht, als er sah, wie Fane den Leichnam behandelte. „Wenn wir Leute ausschicken, damit sie nach dem Mörder suchen, geben wir sie seinen Angriffen preis."

In seinem Leben war Cyric vielen schlechten Menschen begegnet. Doch keiner von ihnen wäre zu dem fähig gewesen, was er heute Abend zu sehen bekommen hatte. „Die Männer sollen sich in Gruppen zu je sechs sammeln", ordnete der Dieb an. „Eine

Gruppe im großen Saal ..." Ein entsetzlich wehklagendes Wiehern von draußen unterbrach ihn.

„Der Stall", sagte Dalzhel.

Die Männer begannen zu murmeln, blieben aber stehen und warteten auf ihre Befehle.

Wieder wieherte das Pony, diesmal so durchdringend, daß Cyric eine Gänsehaut bekam. „Wir sollten besser nachsehen", sagte er, fürchtete sich aber schon jetzt vor dem, was sie dort womöglich erwartete.

Widerwillig machten sich die Männer auf der Treppe auf den Weg zum Stall, dicht gefolgt von Cyric und Dalzhel.

Als der Mann mit der Hakennase das Erdgeschoß erreicht hatte, war das Pony verstummt. Während er über den Hof ging, pfiff ein geisterhaftes Klagen durch die Burgruine. Vor dem Stall standen zehn Männer mit gezogenen Schwertern, spähten hinein und konnten sich nicht durchringen, hineinzugehen. Cyric drängte sich zwischen ihnen hindurch, nahm eine Fackel und ging in den Stall. Sein Schwertarm sehnte sich danach, nach etwas zu schlagen.

Das Pony lag tot in seinem Stall, ein schroffes Loch klaffte an der Stelle, an der sich sein Herz befunden hatte. Die Lippen waren vor Entsetzen zurückgezogen worden, und ein Auge war starr auf Cyric gerichtet.

Dalzhel kam näher und stellte sich neben seinen Kommandanten. Einen Moment lang stand er schweigend da, weil er nicht sicher war, ob Cyric um das Tier trauerte oder nicht. Dann bemerkte er etwas an dem Balken über dem Verschlag. „Seht!"

Mit Blut war ein Kreis aus kleinen Tropfen auf das Holz gemalt worden. Cyric erkannte sofort den Kreis der Tränen, das Symbol von Bhaal, dem Herrn des Mordes und Gott der Assassinen.

3

SCHWARZEICHEN

Kel hielt sein Pferd an und setzte den Wasserschlauch an, um einen Schluck zu trinken. Er dachte, er hätte Rauch gerochen, aber das war auch kein Wunder. Obwohl die Sonne an diesem Morgen nicht zu sehen gewesen war, war es brütend heiß. Über der Erde hing ein flackernder, wirbelnder, orangeroter Nebel, der alles in trockene Hitze tauchte.

Dieser Nebel hatte dem Boden alle Feuchtigkeit entzogen und die Straße zum Band aus feinem Staub gemacht, der sich bei Mensch und Tier gleichermaßen auf die Lunge legte. Die Pferde bewegten sich langsam und widerwillig voran und blieben nach wenigen Schritten immer wieder stehen, um nach dem kühlen Aroma eines Flusses oder Teichs zu schnuppern. Kel wußte, daß sie kein Wasser finden würden. Die Gruppe hatte schon mehrere Brücken überquert, doch jedes der Flußbetten hatte nur orangefarbenen, wirbelnden Nebel aufgewiesen.

Nachdem er den Staub aus seinem Mund gespült hatte, wandte Kel den Kopf nach links. Durch den Nebel war der Wald, der auf dieser Seite der Straße verlief, kaum zu erkennen. Wieder schnupperte er und war sich sicher, Rauch zu riechen, der einen fettigen Geruch von verbranntem Fleisch mit sich trug. Bilder von Schlachten, von dem Erdboden gleichgemachten Städten und Dörfern kamen ihm in den Sinn.

„Ich rieche Rauch", sagte Kel und sah zu seinen Gefährten.

Adon hielt an und schnupperte ebenfalls. „Ich auch", stimmte er zu. Er hielt den Kopf ein wenig weggedreht, um die Narbe unter seinem Auge zu verbergen. „Ich würde sagen, hier brennt es irgendwo."

„Wir sollten nachsehen", meinte Kelemvor.

„Wozu?" fragte Adon und machte eine ausholende Geste. „Mich würde es nicht überraschen, wenn die Luft an sich brennt."

Wieder schnupperte Kel. Er war nicht sicher, glaubte aber, versengtes Fleisch zu riechen. „Riechst du das?" fragte er. „Verbranntes Fleisch?"

Mitternacht hielt hinter Kel und Adon an, ihr schwarzer Umhang war grau vom Staub der Straße. Ihr Haar hatte sie zusammengebunden. „Ich rieche es auch", sagte Mitternacht und atmete tief durch. „Wie verkohltes Lammfleisch."

Adon sah sie an und seufzte. „Sicher ein Lagerfeuer", spekulierte er. „Laßt uns weiterreiten."

Gedankenverloren legte er eine Hand auf die Satteltaschen, in denen sich das Objekt seiner Sorge befand: die Tafel des Schicksals. Nichts war wichtiger, als mit ihr nach Tiefwasser zu gelangen. Adon wollte keinen einzigen Augenblick für einen Umweg verschwenden, schon gar nicht nach den Problemen der letzten Tage.

Kel wußte, was Adon Sorge machte. Nachdem sie den Zombie-Reitern entkommen waren, hatten sie sich nach Wheloon begeben, um sich auszuruhen. Dort war das Trio aber nur mit knapper Not entkommen, als Sarp Rotbart Kelemvor beschuldigt hatte, der Mörder eines dort ansässigen Händlers zu sein. Als die Stadtwache versucht hatte, den Kämpfer zu ergreifen, war das Trio gezwungen gewesen, auf gestohlenen Pferden zu fliehen.

Wenn Adon nicht wegen der Wachen von Wheloon besorgt war, dann aber auf jeden Fall wegen der Zentilare. Von Wheloon waren die drei nach Hilp und Suzail geritten. Von dort aus wollten sie über das Drachenmeer nach Ilipur übersetzen, um sich einer Karawane nach Tiefwasser anzuschließen.

Sie hatten es jedoch nur bis zur Sternwasserbrücke geschafft, als sie von sechs Zentilaren angegriffen wurden. Kel hatte sich dem Kampf stellen wollen, doch Adon war weise genug gewesen, auf eine Flucht zu drängen. Obwohl Kel für einen Kampf stark genug gewesen war, sahen sich Adon und Mitternacht wegen ihrer Erschöpfung nicht in der Lage, es mit je zwei Gegnern aufzunehmen.

Kel bezweifelte, daß die Zentilaren oder die Wache von Wheloon sie verfolgten. Letztere bestand aus Kaufleuten und Händlern, die sich spätestens nach einem Tagesritt sicher auf den Rückweg gemacht hatten. Noch sicherer war allerdings, daß die Zentilaren sie nicht verfolgten. In Cormyr konnten sie nur überleben, wenn sie sich am Tag versteckten und nachts vorsichtig ritten. Würde ein zentischer Soldat es wagen, sich am hellichten Tag zu zeigen, würde es nicht lange dauern, bis eine cormyrische Patrouille ihn aufspürte und tötete.

„Keine Sorge", sagte Kelemvor. „Wir haben bestimmt Zeit, um uns ein wenig umzusehen. Da bin ich mir sicher."

„Und worin bist du dir unsicher?" fragte Mitternacht. Sie hatte gelernt, daß es oft wichtiger sein konnte, was Kelemvor nicht sagte, als das, was er offen aussprach.

Der wußte, daß es sinnlos war, seine Sorge zu verbergen, und erwiderte: „Ich verstehe nicht, wieso wir auf cormyrischem Territorium Zentilaren treffen. Das ergibt keinen Sinn."

Mitternacht wurde etwas ruhiger. „Es ergibt einen Sinn. Sie dienen Cyric. Er versucht, uns davon abzuhalten, die südliche Route zu benutzen."

Kel und Adon tauschten einen wissenden Blick aus. „Wenn ich glauben sollte, daß Cyric uns in nördliche Richtung lotsen will", sagte er schneidend, „wäre das Grund genug, nach Süden zu gehen."

„Um jeden Preis", stimmte Adon nickend zu.

„Warum sagst du so etwas?" fragte Mitternacht.

„Weil Cyric meinen Tod will", erwiderte Kel.

Es war ein Thema, das nicht zum ersten Mal aufkam. Seit fast einer Woche versuchte Mitternacht, ihre Freunde davon zu überzeugen, daß Cyric sie nicht verraten hatte, indem er zu den Zentilaren gegangen war.

„Wessen Pfeile haben uns vor fünf Nächten gerettet?" fragte Mitternacht und bezog sich auf den mysteriösen Bogenschützen, der ihnen im Kampf gegen die untoten Reiter geholfen hatte. Sie blickte stur in den Wald, da sie überzeugt war, daß die beiden keine befriedigende Antwort finden würden.

„Ich weiß nicht", gab Kelemvor zurück, der es nicht zulassen wollte, daß Mitternacht das letzte Wort hatte. „Aber bestimmt nicht Cyrics. Er ist kein so schlechter Schütze, daß er mich verfehlt und statt dessen die Reiter trifft."

Mitternacht wollte protestieren, hielt es aber für besser, das Thema fallenzulassen. Kel würde seine Meinung nicht so leicht ändern. „Laßt uns weiterreiten", sagte sie statt dessen.

„Genau", pflichtete Adon ihr bei. „Jede Stunde, die wir reiten, bringt uns eine Stunde näher an Tiefwasser heran."

Kelemvor griff nach Adons Zügeln. „In den Wald", sagte er.

„Aber... " Frustriert darüber, daß Kel ihn nicht einmal in dieser einfachen Sache das Sagen überlassen wollte, riß Adon die Zügel an sich. „Ich werde nicht mitreiten", murrte er. „Da röstet jemand ein Schaf."

Kel reagierte verärgert auf Adons Starrsinn und kniff die Augen zusammen. Er vermied es aber, genauso stur wie Adon zu reagieren, und sagte statt dessen: „Wenn du recht hast, dann dauert es nur eine Minute. Wenn du dich irrst, verweigerst du jemandem, der in Not ist, unsere Hilfe."

Auch wenn er vernünftig klang, wollte Kel unter keinen Umständen weiterreiten, ohne der Sache auf den Grund gegangen zu sein. Der Rauch trug den Geruch des Todes durch Feuer mit sich, und für ihn hieß das, daß dort jemand in Schwierigkeiten war.

Jetzt, da er es konnte, war Kelemvor Lyonsbane darauf erpicht, jedem Hilfe anzubieten, der sie wirklich brauchte.

Fünf Generationen lang waren die Männer in Kels Familie gezwungen gewesen, wegen der Habgier ihres Vorfahren ihr kämpferisches Geschick zu verkaufen. Kyle Lyonsbane, ein ruchloser Söldner, hatte einst mitten in der Schlacht eine Magierin sich selbst überlassen, um ein feindliches Lager zu plündern. Aus Rache hatte sie ihn verflucht, so daß er sich in einen Panther verwandelte, wenn er von Habgier und Lust erfaßt wurde. Bei Kyles Nachfahren hatte sich der Fluch umgekehrt und war immer dann in Erscheinung getreten, wenn einer von ihnen versuchte, etwas Selbstloses zu tun.

Der Fluch war ein schlimmeres Gefängnis gewesen, als es sich jemand hätte vorstellen können. Kel war gezwungen gewesen, sich als Söldner zu verdingen, was ihn so unbarmherzig wie seinen Vorfahren hatte erscheinen lassen. Deshalb hatte er ein isoliertes und einsames Leben führen müssen.

So seltsam es auch erschien, hatte ausgerechnet Tyrannos, der Gott der Zwietracht, das für immer geändert. Durch eine komplizierte Abfolge von Ereignissen war es Kel gelungen, Tyrannos so zu manipulieren, daß der ihn von dem Fluch befreien mußte. Jetzt war er frei, um anderen zu helfen, und es war sein fester Entschluß, sich nie wieder von jemandem abzuwenden, der Hilfe brauchte.

Als Adon keine Anstalten machte, auf Kels Bitte einzugehen, war es Mitternacht, die zwischen den beiden vermittelte. Auch sie schnupperte und sagte: „Ich rieche verbranntes Fleisch." Trotz der Tatsache, daß sie noch wütend auf den Kämpfer war, weil der Cyric so rigoros verdammte, war Mitternacht einer Meinung mit Kel. „Komm, Adon. Er hat recht."

Adon seufzte und erklärte sich mit dem Umweg einverstanden. „Dann sollten wir es so schnell wie möglich hinter uns bringen."

Kel ritt voraus in den Wald. Dort schien der Nebel lichter, und es kam ihnen vor, als sei es dort auch nicht ganz so heiß. Soweit das Auge reichte, funkelte der Wald voller Sumachblätter in der Farbe des Blutes. Die Gefährten drangen weiter vor, hielten aber immer wieder an, um zu schnuppern und festzustellen, ob sie noch in die richtige Richtung gingen.

Bald fanden sie einen Pfad, der tiefer in den Wald führte. Mit jedem Schritt wurde der Geruch nach verkohltem Fleisch intensiver. Als der Weg zu schmal wurde und unter tiefhängenden Ästen hindurchführte, waren die drei gezwungen abzusteigen. Fünf Minuten lang waren sie zu Fuß unterwegs gewesen, als der Pfad einen kleinen Hügel hinaufführte. Hin und wieder kamen ihnen Rauchschwaden entgegen, die sich mit dem orangefarbenen Nebel mischten. Hier standen die Sumachbäume weiter auseinander und wichen schwarzen Eichen, die bis zu 25 Meter über die Kronen der kleineren Bäume ringsum hinausragten.

Inmitten eines Rings aus Eichen fand sich eine verkohlte und niedergewalzte Fläche mit einem Durchmesser von 15 Metern. Ein Feuer hatte auf der Lichtung gewütet. Hier und da lag verkohlter Schutt kniehoch. Obwohl das Dorf, das auf der Lichtung gestanden hatte, schon vor einer Weile niedergebrannt sein mußte, stiegen aus den Ruinen einiger Häuser immer noch dünne Rauchfahnen auf.

Mitternacht wies auf einen Steinhaufen rund um eine Grube und fand als erste die Sprache wieder. „Das muß ein Brunnen gewesen sein."

„Was ist hier passiert?" fragte Adon entsetzt.

„Mal sehen, ob wir es herausfinden können", sagte Kel und band sein Pferd an einem Sumachbaum an, woraufhin er begann, rußgeschwärzte Steine zur Seite zu schieben.

Das kleine Bauwerk, das keine fünfzehn Meter lang war, hatte man mit großer Sorgfalt errichtet. Ein gut gearbeitetes Fundament aus Mörtel und Stein reichte einen Meter zwanzig in die Erde hinab, und man hatte Schlamm benutzt, um die Wände zu spachteln und den Wind abzuhalten.

Schließlich stieß Kel auf eine winzige Hand. Wäre sie nicht faltig und runzlig gewesen, hätte er sie für die eines Mädchens gehalten. Rasch hatte er den restlichen Körper von Steinen befreit. Die Hand gehörte zu einer Frau, die nicht größer war als ein Kind. Sie war alt, Fette und Pigmente waren vor langer Zeit aus ihrer Haut gewichen und hatten sie fahl und rissig werden lassen. Ihr Gesicht wirkte nett, die Augen waren sogar im Tod noch freundlich und sanft.

Kel legte sie sanft auf den Grund neben ihrem zerstörten Heim.

„Halblinge!" rief Mitternacht. „Warum brennt jemand ein Halblingsdorf neider?"

Kelemvor schüttelte den Kopf. Halblinge trugen weder Gold noch andere Schätze zusammen, sie besaßen gewöhnlich kaum etwas, das für andere Geschöpfe von Wert war. Der Kämpfer ging zu seinem Pferd, um den Sattel abzunehmen.

„Was tust du da?" fragte Adon und überschlug, daß sie noch für mindestens zwei Stunden Tageslicht haben würden.

„Unser Lager aufschlagen", erwiderte Kel. „Das hier kann eine Weile dauern."

„Auf gar keinen Fall", protestierte Adon lautstark. „Wir sind hergekommen, und jetzt müssen wir weiter. Davon lasse ich mich nicht abbringen!"

„Jeder verdient eine Bestattung, egal wie klein er ist", sagte Kel und hielt lange genug inne, um Adon einen wütenden Blick zuzuwerfen. „Es gab einmal eine Zeit, da hätte ich dich daran nicht erinnern müssen!"

Adon konnte nicht überspielen, wie sehr ihn Kels Worte verletzt hatten. „Ich habe es nicht vergessen. Aber Tiefwasser ist Wochen entfernt, und jede Stunde, die wir verlieren, bringt die Welt dem Abgrund näher."

Kel warf seinen Sattel zu Boden, dann nahm er den Zügel aus dem Maul seines Pferdes. „Es könnte Überlebende geben, die unsere Hilfe benötigen."

„Überlebende?" kreischte Adon. „Bist du verrückt? Dieses Dorf ist bis zur letzten Ratte niedergemetzelt worden." Als Kel nicht reagierte, wandte sich Adon Mitternacht zu. „Auf dich wird er hören. Sag ihm, daß wir keine Zeit haben. Das hier kann Tage in Anspruch nehmen!"

Mitternacht reagierte nicht. Auch wenn sich Kel so stur wie immer verhielt, war das nicht der Mann, an den sie sich erinnerte. Der war egoistisch und gefühllos gewesen, während dieser Mann von dem Unglück verzehrt wurde, das Kreaturen widerfahren war, die er nicht einmal kannte. Vielleicht war sein Fluch viel stärker für seine Gefühlskälte und Selbstsucht verantwortlich gewesen, als sie es für möglich gehalten hätte. Vielleicht hatte er sich wirklich geändert.

Leider wußte Mitternacht aber auch, daß Adon recht hatte. Kel hatte sich einen schlechten Zeitpunkt ausgesucht, um seine neue Persönlichkeit zu demonstrieren. Vor ihnen lag eine lange Reise, und sie konnten es sich nicht leisten, auch nur einen Tag zu verlieren.

Die Magierin stieg ab und ging zu Kel. „Du hast dich stärker verändert, als ich je erwartet hätte", sagte sie. „Ich muß auch sagen, daß ich den sanften Kel mag. Aber jetzt ist dafür keine Zeit. Im Moment brauchen wir den alten Kel, den Mann, der sich nicht einmal von einem Titanen aus der Ruhe bringen läßt."

Er sah Mitternacht an. „Wenn ich mich von diesen Halblingen abwende, welchen Zweck hatte es dann, mich von meinem Fluch zu befreien?"

Adon antwortete an ihrer Stelle: „Wenn du zuläßt, daß die Reiche untergehen, was hast du dann davon, daß du von deinem Fluch befreit wurdest? Hör auf, an dich zu denken, und laß uns reiten."

Kel wandte sich dem Dorf der Halblinge zu und erwiderte über die Schulter: „Du mußt tun, was du tun mußt - und mir geht es nicht anders."

Mitternacht seufzte. Sie würden jetzt nicht mehr vernünftig mit ihm reden können. „Ich errichte unser Lager", sagte sie. „Wir müssen so oder so rasten, und hier sind wir eigentlich ziemlich versteckt." Sie band ihr Pferd an einen Baum und begann, an einem Bereich des Hügel Gebüsch und Unterholz zu entfernen.

Mit verstimmter Miene gab Adon Kels Sturheit nach und band auch sein Pferd an. Dann gab er Mitternacht die Satteltaschen und ging zu Kel.

„Ich schätze, du bist schneller fertig, wenn dir jemand hilft", sagte er mürrisch. Seine Worte klangen schroffer und nachtragender als beabsichtigt. Es war nicht sein Bestreben gewesen, den Halblingen keine Beerdigung zu gewähren, doch er konnte nichts daran ändern, daß er sich über Kelemvor ärgerte.

Der betrachtete Adon kühl. „Ich vermute, den Halblingen ist es egal, wer sie zur Ruhe bettet", erwiderte er.

Eineinhalb Stunden lang arbeiteten sie und bargen zwei Dutzend Leichen, von denen viele schrecklich verbrannt waren. Adons Stimmung wechselte von verärgert zu niedergeschlagen. Zwar waren drei männliche Halblinge umgekommen, als sie versucht hatten, das Dorf zu verteidigen, doch die meisten Toten waren Frauen und Kinder. Man hatte sie geschlagen, aufgeschlitzt und niedergetrampelt. Als sie in ihren Häusern Zuflucht gesucht hatten, waren die in Brand gesteckt und zum Einsturz gebracht worden.

Es gab keine Überlebenden, zumindest nicht in diesem Dorf, und es gab keinen Hinweis darauf, warum es zerstört worden war.

„Morgen heben wir ihre Gräber aus", sagte Kel, als er merkte, daß die Dämmerung allmählich einsetzte. „Bis Mittag sollten wir fertig sein." Er hoffte, dieser Aufenthalt sei vertretbar, da er Adon nicht noch weiter ärgern wollte.

„Ich habe nirgends so etwas wie einen Friedhof finden können", überlegte Adon. „Vielleicht wäre es besser, wenn wir sie noch heute verbrennen."

Kel runzelte die Stirn. Er vermutete, Adon wolle ihn zur Eile antreiben, doch er war auch kein Experte, was die Beerdigung von Halblingen anging. Wenn jemand etwas über die Zeremonie wissen konnte, dann Adon. „Ich denke darüber nach, während wir uns ausruhen", erwiderte der Kämpfer.

Sie kehrten zum Rand des Hügels zurück, an dem Mitternacht eine kleine Lichtung geschaffen und aus abgeschnittenen Zweigen Betten gemacht hatte. Als sich Kel und Adon näherten, rief sie ihnen zu: „Ich verhungere! Wo ist der Zwieback?"

„In meinen Satteltaschen", antwortete Kelemvor und wies auf seine Ausrüstung.

Mitternacht griff nach einer der Taschen, sah hinein und drehte sie dann um, so daß ein paar Krümel herausfallen konnten, weiter nichts.

Kel machte einen irritierten Eindruck. „Bist du sicher, daß das meine Taschen sind?" fragte er. „Es sollten sich ein Dolch, mein Umhang und die Handschuhe darin befinden. Außerdem ein Beutel mit Essen und einige Dutzend Stück Maiszwieback."

„Ich glaube schon", erwiderte Mitternacht. Sie griff nach einem anderen Paar Satteltaschen und drehte sie um. Die Tafel und Adons Spiegel kamen zum Vorschein, sonst nichts.

„Man hat uns beraubt!" schrie Adon. Umhang, Nahrung und Besteck waren aus seinen Taschen verschwunden.

Beunruhigt sah Mitternacht in ihre Satteltaschen. „Mein Dolch... mein Zauberbuch... mein Umhang..." Sie zog jedes Teil heraus, während sie es benannte. „Da fehlt nichts."

Die drei betrachteten einen Moment lang verblüfft ihr Lager, da sie nicht glauben konnten, daß sie jemand ausgeraubt haben sollte. Schließlich nahm Adon die Tafel und drückte sie an sich.

„Wenigstens haben wir sie noch", sagte er und steckte sie zurück in seine Satteltasche. Zwar würde ihm seine restliche Ausrüstung fehlen, doch er war erleichtert darüber, daß die Tafel noch da war, und fühlte sich trotz der anderen Verluste glücklich.

Kel war nicht so optimistisch. „Wir werden heute Nacht hungern müssen, wenn es mir nicht gelingt, uns etwas zu essen zu fangen", sagte er. „Vielleicht solltest du schon mal anfangen, ein Feuer für unser Essen zu machen, Adon." Er nahm Feuerstein und Stahl aus dem Beutel, den er sich umgehängt hatte, und gab beides dem Kleriker.

Mitternacht nickte, dann sammelte sie ihre Sachen ein und legte sie Adon hin. „Auf dem Weg hierher habe ich einen Walnußbaum gesehen. Seine Früchte sind bitter, aber sehr nahrhaft." Sie richtete sich auf und klopfte ihre Kleidung ab. „Paß auf die Sachen auf, die die Diebe zurückgelassen haben, Adon", sagte Mitternacht und machte sich auf den Weg in den Wald.

„Keine Sorge", antwortete Adon. „Es ist eine Sache, unbewachtes Gepäck zu durchwühlen, aber eine andere, etwas vor den Augen einer aufmerksamen Wache entwenden zu wollen."

„Das will ich hoffen", murmelte Kel und ging in entgegengesetzte Richtung in den Wald. Auch wenn er nichts sagte, hoffte der Kämpfer, auf einen Hinweis zu stoßen, der ihn zum Dieb führte.

Eine Stunde später kehrte Kelemvor nur mit einer großen Portion Nüsse zurück, die als Abendessen dienen mußten. Die Nacht war schnell hereingebrochen, so daß er weder Spuren noch Exkremente hatte finden können. Auch als er sich eine Weile neben dem Weg niedergelassen hatte und völlig ruhig gewesen war, hatte er außer dem Ruf einer Eule nichts hören können.

Mitternacht saß an einem kleinen Feuer und öffnete mit ihrem Dolch die klebrigen Hüllen. Auf ihrem Schoß lag ein Berg schrumpeliger Nüsse, die so appetitlich wirkten wie ein Haufen Kies. Adon hatte genug Holz zusammengetragen und zerteilte es in kleinere Stücke, die er dann ins Feuer legte.

„Kein Fleisch?" fragte er mit unüberhörbarer Enttäuschung. Er hatte bereits ein paar Nüsse gegessen und hoffte nun, daß Kelemvor etwas für das Abendessen mitbringen würde.

„Mehr als genug Fleisch", gab der zurück. „Aber alles noch auf Hufen und weit entfernt." Er nahm seine Satteltaschen und stocherte in der Hoffnung darin herum, der Dieb könne ein Stück Zwieback übersehen haben. Doch von ein paar Krumen abgesehen war die Tasche leer. Kel seufzte und beschloß, seine restlichen Habseligkeiten gut zu verstauen, damit die nicht auch noch verschwinden konnten. „Gib mir Feuerstein und den Stahl zurück", sagte er zu Adon.

„In deiner Tasche", gab der zurück und warf ein Stück Holz ins Feuer.

„Da ist nichts", sagte Kelemvor und stülpte die Taschen um.

„Dann sieh noch mal genau nach", gab Adon unwirsch zurück, da er sich darüber ärgerte, daß der Kämpfer kein Essen hatte finden können. „Ich habe beides vor einer halben Stunde hineingetan."

Kel wurde angst und bange. „Der Dieb ist zurückgekehrt", erklärte er schließlich.

Mitternacht griff nach ihren Satteltaschen und wollte sie ausschütten, doch sie waren ebenfalls leer. „Du Narr, mein Zauberbuch ist verschwunden!"

„Du solltest doch aufpassen...", begann Kel, hielt aber inne und kämpfte gegen seinen Zorn an, der ihm sein Hab und Gut auch nicht zurückbringen konnte. „Vergiß es. Wer auch immer dir etwas vor deinen Augen entwendet, kann kein normaler Dieb sein."

Mitternacht betrachtete Kel voller Erstaunen. „Du kannst nicht Kelemvor Lyonsbane sein!" Es war nicht seine Art, so nachsichtig zu sein. Die gelassene Haltung des Kämpfers machte Mitternacht verlegen, da sie selbst so wütend war. Doch konnte sie ihren Ärger nicht im Zaum halten. Ohne ihr Zauberbuch war sie machtlos.

Adon achtete nicht auf die beiden. Er griff nach den Satteltaschen, in denen sich die Tafel befand, und legte sie sich über die Schulter. Er kam sich wie ein Narr vor, daß er den Dieb hatte zurückkehren lassen, doch solange er im Besitz der Tafel war, konnte er mit diesem peinlichen Vorfall leben.

Kelemvor war zwar seiner Wut Herr geworden, doch war er längst nicht bereit, sich mit dem Verlust seiner Habseligkeiten einfach abzufinden. Er ging zum Rand des Lagers und durchsuchte aufmerksam das Gestrüpp. Nach einigen Minuten Suche stieß er auf einige Krümel. Leise rief er die Gefährten zu sich und zeigte ihnen seine Entdeckung.

Mitternacht eilte in den Wald, ohne sich darum zu scheren, wieviel Lärm sie dabei machte. Kel und Adon hielten sie auf, ehe sie zu weit entfernt war.

„Langsam", sagte der Kämpfer und legte eine Hand auf die Schulter.

„Wir haben keine Zeit!" gab sie zurück. „Der Dieb hat mein Zauberbuch!"

„Er wird heute nacht nicht weit kommen", erwiderte Kel. „Aber wenn er hört, daß wir uns nähern, finden wir ihn nie."

„Wie kommst du darauf, daß er nicht im Dunkeln fliehen kann?" fragte Mitternacht und befreite sich aus seinem Griff.

„Wir schwärmen aus und verhalten uns ruhig", nahm Adon die Situation in die Hand. Er wußte, daß Kel recht hatte, was den Punkt anging, sich ruhig zu verhalten. Aber er hielt es für unwahrscheinlich, anhand einiger Krümel den Dieb zu finden. „Wir brauchen noch einen anderen Hinweis, ehe wir wissen, in welche Richtung unser Dieb gegangen ist."

Mitternacht seufzte und tat, was der Kleriker vorgeschlagen hatte. Zehn Minuten später fand sie auf dem Boden eine kleine Kugel Wachs – eine der zusätzlichen Zauberkomponenten, die sich in einer ihrer Satteltaschen befunden hatte.

„Viel ist es nicht", stellte Adon fest und drehte die Kugel in der Hand hin und her, „aber es muß reichen." Er zeichnete eine Linie von der Stelle, an der Kel die Krümel entdeckt hatte, bis zu jenem Platz, an dem Mitternacht auf das Wachs aufmerksam geworden war. Der Weg wich in einem Winkel von 90 Grad von der Richtung ab, in die Mitternacht und Kelemvor ursprünglich hatten gehen wollen. „Ich würde sagen, irgendwo da drüben. Wir sollten uns beeilen."

Das Trio bahnte sich seinen Weg durch den Wald. Immer wieder zertrat einer von ihnen einen trockenen Ast, der mit lautem Knacken zerbrach. Einmal stolperte Adon und konnte ein Stöhnen nicht unterdrücken, als er zu Boden ging. Doch gewöhnten sich die drei rasch an die Dunkelheit und waren schnell in der Lage, sich leise zu bewegen.

Bald war vor ihnen der verräterische Schein eines Lagerfeuers zu sehen. Die Gefährten krochen langsam an die Lichtung heran.

Zwei Dutzend Halblinge, überwiegend Frauen und Kinder, saßen im Kreis um das Feuer. Sie trugen wie die toten Halblinge aus dem Dorf einfache Baumwollkleidung. Eine gesetzte Frau benutzte Kels Dolch, um Maiszwieback in kleine Happen zu schneiden. Drei saftige Kaninchen, die reichten, um die gesamte Gruppe zu sättigen, schmorten auf dem Lagerfeuer.

Mehrere Halblingskinder drängten sich unter einem Zelt, zu dem man Kels Umhang umfunktioniert hatte. Ein alter Mann trank Wein aus der Daumenkuppe von Kels Handschuh. Die Stimmung war weder ausgelassen noch melancholisch. Die Halblinge führten auch unter widrigen Umständen ihr Leben weiter, und Kel konnte nicht anders, als ihre Entschlossenheit zu bewundern.

Adon gab ihm ein Zeichen, sich links um das Lager herum zu bewegen, während er Mitternacht nach rechts schickte. Ohne ein Wort ließ er die beiden anderen wissen, daß er bleiben würde, wo er war.

Kel ging um das Lager herum, doch bereits nach sieben Schritten trat er auf einen Zweig. Die Halblinge sahen sofort in Richtung des Geräuschs, die Erwachsenen griffen nach großen Stökken, die sie als Waffen benutzen wollten.

Der Krieger zuckte die Achseln und trat auf die Lichtung. „Keine Angst", sagte er mit sanfter Stimme und hielt seine Hände so, daß sie die leeren Handflächen sehen konnten.

Die Halblingsfrau starrte Kel erstaunt und verängstigt an. Die anderen machten einen Schritt zurück, hielten ihre Waffen hoch und unterhielten sich in ihrer eigenen Sprache. Die Kinder weinten und versteckten sich hinter den Erwachsenen.

Kel kniete nieder, um nicht allzu furchteinflößend zu wirken. „Keine Angst", wiederholte er.

Im nächsten Moment betrat Mitternacht die Lichtung. „Wir wollen euch nichts tun", sagte sie mit angenehmer Stimme. Die Halblinge sahen sie erschrocken an, ergriffen aber nicht die Flucht.

Ein listiger, verstehender Ausdruck huschte über das Gesicht der Frau, dann wandte sie sich an Kel. „Was wollen? Zurückgekommen, um Rest zu erledigen?" Sie richtete den gestohlenen Dolch auf ihn.

Adon trat in den Lichtschein und nutzte die Gelegenheit, um zu sagen: „Nein, wir sind nicht die, die... "

„Pah!" fiel ihm die Frau ins Wort und richtete den Dolch nun auf ihn. „Große alle gleich. Kommen, um Halblingsstadt zu plündern!" Sie fuchtelte mit der Waffe. „Kriegen Berengaria nicht kampflos. Schneidet ab... "

„Bitte", rief Adon und wies auf den Dolch. „Das ist unser Messer, mit dem Ihr mich da bedroht!"

„Jetzt meins", gab sie zurück. „Kriegsbeute, wie Zelt... " – sie zeigte auf Kels Umhang – „... und Weinschlauch." Ihr Blick war auf seinen Handschuh gerichtet.

„Wir befinden uns nicht mit euch im Krieg", unterbrach sie Kel mit bemühter Geduld. Wenn man überlegte, daß sie in relativer Nähe zu Hilp lebten, schienen diese Halblinge bemerkenswert wild und unzivilisiert zu sein. Vielleicht waren sie in der Stadt nicht willkommen, zumal man Halblinge als Volk von Dieben betrachtete. Offenbar hatten sie sich diesen Ruf zu Recht.

„Wir im Krieg", knurrte sie. Sie nickte zwei Männern zu, die vortraten und Speere trugen, die auf einer Vorrichtung auflagen.

Obwohl die Arme der Männer zitterten, war Kel nervös. Bei ihren Speeren handelte es sich um Woomeras, eine besondere Waffe, deren Wirkung er schon gesehen hatte. Die Woomera war einfach nur ein neunzig Zentimeter langer Stock mit einer Kerbe, die sich über die gesamte Länge zog, und einer Vertiefung an einem Ende. Der Halbling legte seinen Speer in die Kerbe und benutzte den Stock wie einen verlängerten Arm, mit man unglaublich schnell und präzise arbeiten konnte. Die Waffe konnte so genau und gefährlich sein wie ein Bogen, wenn sie sich in den richtigen Händen befand.

Adon trat vor und achtete darauf, daß seine leeren Hände nach wie vor gut zu sehen waren. „Wir haben euer Dorf nicht vernichtet. Wir sind Freunde."

„Als Beweis", fügte Kel an, „schenken wir euch den Dolch, das Zelt und die Weinhaut." Er zeigte auf die Gegenstände, die er nannte.

Adon runzelte die Stirn, sagte aber nichts. Die „Geschenke", die Kel genannt hatte, gehörten allesamt ihm. Es war Kels Sache, wenn er sie ihnen schenken wollte.

Die Frau betrachtete die Helden lange, dann wiederholte sie ein Wort: „Schenken?"

Kel nickte. „Ja. Um euch zu helfen, das Dorf wiederaufzubauen."

„Was ihr wollen?" wollte Berengaria wissen und beäugte den Krieger mißtrauisch.

„Das Buch", sagte Adon, „sowie Kels Feuerstein und den Stahl. Wir benötigen diese Dinge, um überleben zu können."

Berengaria dachte nach, als plötzlich die Kinder zu kichern begannen. Sie sagte: „Gut. Wir alle... "

Mitternacht, die bislang nichts gesagt hatte, stieß auf einmal einen Wutschrei aus und stürmte zum Feuer. Kelemvor zog sofort sein Schwert und machte einen Satz an Berengaria und den beiden Greisen vorbei. „Was ist?" rief er.

„Mein Zauberbuch", brüllte die Magierin. „Sie haben es verbrannt!" Sie nahm Kel das Schwert aus der Hand und stocherte nach einem Stück verrußten Leders inmitten der Flammen. Kel wußte, daß Mitternacht in diesem Buch ihre Zauber aufbewahrte, um sie aus ihm täglich neu zu lernen. Daher konnte er verstehen, warum sie so wütend war. Trotzdem nahm er ihr das Schwert ab, da Feuer für eine Klinge genauso schädlich war wie für ein Buch.

Mitternacht starrte in das Feuer, eine Träne lief ihr über die Wange. „Weg", flüsterte sie.

„Es ist nicht so schlimm", sagte Kel und versuchte, sie zu trösten.

Mitternacht wirbelte herum. „Nicht schlimm?" schrie sie. „Du Idiot! Das waren meine Zauber... ohne sie bin ich nichts!"

Schweigen machte sich im Lager breit. Minutenlang starrte Mitternacht Kelemvor an, als hätte er persönlich das Buch ins Feuer geworfen. Dann zischte sie: „War die Bestattung der Halblinge das wert?" Sie wandte sich von ihm ab und sah ins Feuer.

Einen Moment später ging Berengaria auf Adon zu. „Immer noch Abmachung?" fragte sie zaghaft. „Immer noch Freunde?"

Adon nickte. Es brachte nichts, die Halblinge für das Geschehene zu bestrafen. „Wir sind noch Freunde. Ihr habt das nicht wissen können."

„Sie hat vielleicht das Zauberbuch nicht als solches erkannt", sagte eine deutliche männliche Stimme. „Aber das ist auch schon alles, was sie nicht verstanden hat." Ein hagerer Halbling betrat die Lichtung. Seine Haut war aschfahl, seine Augen hatten rote Ränder, und um seine Stirn lag ein nachlässig angelegter Verband.

Die beiden Halblinge wichen vor dem Neuankömmling zurück und tuschelten untereinander. Er kniete neben dem Feuer nieder und nahm zwei der Kaninchen. „Nehmt die hier", sagte er und reichte je eines Adon und Kelemvor. „Es gibt davon noch viel mehr, und das ist nicht mehr als recht für den Verlust, den ihr erlitten habt."

Kelemvor nahm das Kaninchen, aß aber nicht davon. Dieser Halbling bereitete ihm ein unangenehmes Gefühl, nicht nur, weil sich die anderen vor ihm fürchteten. „Wer bist du?" fragte er.

„Atherton Küfer", erwiderte der Halbling, ohne den Blick von dem Kämpfer zu nehmen. „Die meisten nennen mich Schnüffler. Nun eßt. Berengaria war heute Nacht keine gute Gastgeberin."

„Ja", fügte die Angesprochene an. „Wir können jederzeit mehr Kaninchen fangen." Die Frau legte den Dolch weg und lächelte.

Es war Adon nicht entgangen, daß Berengaria plötzlich nicht mehr gebrochen sprach. Für ihn war damit klar, daß die Halblinge sie zum Narren hatten halten wollen.

„Ihr habt die ganze Zeit über gewußt, daß wir euer Dorf nicht überfallen haben?" fragte Adon wütend. „Ihr habt uns bestohlen, während wir uns um eure Toten gekümmert haben!"

„Stimmt", erwiderte Berengaria und zuckte dabei zusammen. Dann wandte sie sich Kelemvor zu und fuhr fort: „Aber das ändert nichts an der Abmachung. Was geschehen ist, ist geschehen. Außerdem sind unsere Bedürfnisse groß."

Der Kämpfer brummte und biß von dem Kaninchen ab. Er hatte nicht vor, von den Halblingen zurückzufordern, was er ihnen gegeben hatte, denn Berengaria sprach die Wahrheit, was ihre Bedürfnisse anging. Dennoch gefiel es ihm nicht, seine Habseligkeiten unter falschen Voraussetzungen herzugeben.

Der Krieger kaute langsam und betrachtete Atherton Küfer. Schnüffler war größer und schmaler als die meisten seines Volks, und sein Auftreten hatte etwas Bedrohliches. Der große Halbling war der einzige Mann im Lager im Vollbesitz seiner körperlichen Kräfte. Das allein reichte, um ihn verdächtig zu machen. Dennoch war er zugleich der einzige, der die drei weder bestohlen noch belogen hatte, und Kelemvor war entschlossen, Ehrlichkeit und Respekt mit gleicher Münze zu bezahlen.

„Wo sind die anderen?" fragte er zwischen zwei Bissen. „Es waren nicht viele im Dorf, und ihr hier seid noch weniger."

„Die sind gegangen, um ihre Eitelkeit zu pflegen, während ihre Frauen im Wald verhungern", gab Schnüffler zurück.

Berengaria wandte sich von Mitternacht ab, die sie zu trösten versucht hatte, und sagte: „Die Männer waren auf der Jagd, als die Zentilaren... "

„Zentilare?" unterbrach sie Adon. „Bist du sicher?"

„Ja", erwiderte sie. „Sie trugen die Rüstung der Zentilfeste. Auf jeden Fall waren die Männer fort, sonst würde man sich in

Schwarzeichen eine andere Geschichte erzählen. Nun sind unsere Krieger unterwegs, um diese Söhne einer Sau aufzuspüren!"

„Und sich dann auch noch abschlachten zu lassen", fügte Schnüffler verbittert an.

Berengaria warf ihm einen drohenden Blick zu. „Ohne dich werden sie sehr gut zurechtkommen", herrschte sie ihn an.

Schnüffler schnaubte. „Sie sind in der Unterzahl, viel zu klein und viel zu dumm."

Kelemvor war der gleichen Meinung, sagte es aber nicht. Auch wenn die Halblinge die Verbrecher erwischten, würden die Zentilaren mit den unerfahrenen Kriegern kurzen Prozeß machen. Die Soldaten der Zentilfeste waren verschlagen, hinterlistig und kämpften nur dann, wenn sie sich ihres Sieges gewiß sein konnten.

Nach einer Pause fügte Schnüffler düster an: „Ich wünschte, ich wäre jetzt bei ihnen."

„Und warum bist du es nicht?" wollte Adon wissen und betrachtete den Halbling mißtrauisch, dessen finsteres Gebaren ihm nach wie vor nicht behagte.

„Sie wollten nicht, daß ich mitkomme", antwortete er.

„Es war sein Fehler, daß die Plünderer überhaupt herkamen", murrte Berengaria und zeigte mit einem knorrigen Finger auf den Halbling. „Er hatte ein eigenes Pony und ein magisches Schwert. Das wollten sie!"

Adon sah Schnüffler an: „Stimmt das?"

„Vielleicht", sagte der leise und hob den Blick. „Aber ich bezweifle es. Sie hätten nicht die ganze Stadt dem Erdboden gleichmachen müssen, um zu bekommen, was sie wollten. Sie erwischten mich, als sie hereingeritten kamen."

In den rotumrandeten Augen des Halblings zeichnete sich ein harter, distanzierter Blick ab. „Sagt, ihr reitet nicht zufällig nach Norden? Ich würde gern diese zentischen Schweine erwischen."

Kel schluckte einen Bissen und sagte: „Wie der Zufall so will..."

„Kel!" zischte Adon ihn schneidend an. „Wir haben unsere eigenen Probleme!"

Schnüffler baute sich vor Adon auf. „Ohne das Buch eurer Magierin werdet ihr alle Hilfe brauchen, die ihr bekommen könnt. Einen besseren Späher als mich werdet ihr außerhalb von Elfenbaum nicht finden."

Adon schüttelte entschieden den Kopf. „Ich fürchte... "

„Er kann mit mir reiten", meinte Kel. Seine Stimme war ein kehliges Grollen. „Wo hast du nur deinen Sinn für Höflichkeit gelassen?"

Der Kleriker sah den Krieger einen Moment lang an und war einmal mehr darüber verärgert, daß Kelemvor sich weigerte, auf ihn zu hören. Schließlich entschied er, nicht darüber zu streiten, solange der Kämpfer Entgegenkommen zeigte. „Dann brechen wir bei Anbruch des Tages auf", sagte Adon und legte soviel Befehlston in seine Stimme, wie er nur konnte.

Kelemvor wollte sich nichts sagen lassen. „Nein, die toten Halblinge... "

„... werden von diesen Halblingen beerdigt werden!" führte Adon den Satz weiter und zeigte mit einem fettigen Finger auf Kelemvor. „Diese Leute interessieren dich doch gar nicht! Du willst nur zeigen, daß der Fluch nicht mehr besteht. Glaubst du, das wissen wir nicht?" Er sah zu Mitternacht, die noch immer die Überreste ihres Zauberbuchs betrachtete. „Dein Beweis hat uns schon jetzt zuviel gekostet, Kel."

Der Kleriker legte Mitternacht eine Hand auf die Schulter. Er sah ins Feuer und fügte an: „Ich hoffe nur, wir kommen bis Tiefwasser, ohne auf Mitternachts Zauber angewiesen zu sein."

◆ ◆ ◆

Die vier verließen Schwarzeichen bei Tagesanbruch – hungrig, durchgefroren und naß. In der Nacht hatte sich der orangefarbene Nebel zu einem kalten Nieselregen gewandelt, der bis zum frühen Morgen angehalten hatte. Frühstück hatte es nicht gegeben. Die Halblinge hatten am Abend zuvor auch noch den letzten Zwieback aufgegessen, und im grauen Licht des Morgens konnte sich nur Kelemvor für das kalte Kaninchen begeistern.

Adon übernahm die Führung und schlug vor, nach Norden bis Abendstern zu reisen, um sich dann eine neue Route nach Tiefwasser zu überlegen. Schnüffler machte den Fehler zu sagen, er kenne eine Abkürzung. Adon bestand darauf, daß der Halbling mit ihm ritt und den Weg wies. Es war für keinen der beiden angenehm. Obwohl er den Glauben verloren hatte, führte Adon penetrante Unterhaltungen, doch Schnüffler war alles andere als ein geduldiger Zuhörer.

Kel, der einen düsteren und besorgten Eindruck machte, ritt gleich hinter ihnen. Zweimal hatte er versucht, sich bei Mitternacht zu entschuldigen, weil sie ihr Zauberbuch nicht mehr besaß, doch beide Male versagte seine Stimme, und er brachte nur ein Krächzen heraus.

Mitternacht bildete die Nachhut. Sie war immer noch zu verärgert, als daß sie hätte reden wollen. Sie spürte in der Magengegend ein Gefühl der Panik und der Sorge. Seit ihrem 16. Geburtstag hatte sie mit großer Sorgfalt jeden Zauber in dem Buch festgehalten, den sie lernte. Das Buch war fast zu einem Teil ihrer Seele geworden, ohne den sie sich leer und wertlos fühlte – so wie eine Mutter ohne ihr Kind.

Doch es war nicht alles verloren. Mitternacht wußte nach wie vor eine Reihe von Zaubern auswendig, die sie in ein neues Buch würde schreiben können. Einige davon waren so gebräuchlich, daß sie sie mit der Zeit und mit der Hilfe eines freundlichen Magiers mühelos wieder würde lernen können. Ein oder zwei Wochen Recherche würden es ihr ermöglichen, einige andere Zauber wieder zusammenzubekommen. Doch ein paar von ihnen, etwa die Macht der Halluzination und der Pflanzenwuchszauber, waren ihr so fremd, daß sie sie niemals wieder hinbekommen würde. Diese Zauber waren fort, und sie konnte nichts dagegen tun.

Insgesamt war die Situation nicht ganz so verheerend, wie sie zunächst geglaubt hatte. Leider hatte diese Erkenntnis aber nichts an Mitternachts Verärgerung geändert. Sie wollte jemandem die Schuld an der Vernichtung ihres Buchs geben, und da Kelemvor derjenige gewesen war, der sie nach Schwarzeichen geführt hatte, war er das nächstliegende Ziel.

In ihrem Herzen wußte Mitternacht allerdings, daß der Krieger für die Krise nicht verantwortlich war. Er hatte das Zauberbuch nichts ins Feuer geworfen, und nicht einmal die Halblinge hatten es aus böser Absicht verbrannt. Es war ein Mißgeschick gewesen, und sie würde nichts damit erreichen, wenn sie ihre Wut an ihren Freunden ausließ.

Doch Adon trug nicht dazu bei, daß sich jemand aus der Gruppe beruhigte. Wiederholt hatte er Kel dafür verantwortlich gemacht, daß der die Gruppe nach Schwarzeichen geführt hatte, und den deprimierten Kämpfer daran erinnert, daß das Zauberbuch ohne den von ihm gewünschten Umweg jetzt noch intakt wäre. Erstaunlicherweise hatte der Kämpfer die Zurechtweisung ohne Murren hingenommen. Adons wütende Worte am Abend zuvor hatten den schroffen Krieger schwerer getroffen, als es ein Schwert je hätte tun können, und das hielt Mitternacht dem Kleriker vor. Auch wenn der Verlust sie schmerzte, gefiel es ihr nicht, daß Kelemvor sich Vorwürfe machte.

Ihren melancholischen Gedanken nachhängend merkte die Magierin kaum, wie der Morgen verstrich. Gegen Mittag befand sich die Gruppe tief in den Wäldern, und sie hatte noch immer nichts unternommen, um sich mit Kelemvor zu versöhnen. Zum Teil lag das daran, daß der Pfad zu schmal war und sie nur hintereinander reiten konnten. Als Adon unerwartet einen Stopp einlegte, ritt Mitternacht neben den Krieger.

„Kel...", begann sie.

Adon wirbelte herum und hielt die Hand hoch, um ihr zu bedeuten, daß sie schweigen sollte. „Hört!"

Mitternacht wollte widersprechen, dann hörte sie ein lautes Rascheln von vorn. Es drang aus der Richtung an ihre Ohren, in der sie sich bewegen wollte. Das Geräusch hörte sich an wie eine Armee, die über eine Ebene marschierte, auf der getrocknetes Laub lag. Kreischen und Schnarren, gefolgt von dumpfen, fernen Schlägen, schallten bis zu der Gruppe.

„Was ist das?" fragte Mitternacht.

„Ich habe keine Ahnung", gab Adon zurück.

Schnüffler sprang ab. „Jetzt kann ich mich ums Mitreiten verdient machen", sagte er und eilte voraus.

Er verschwand um eine Kurve. Zehn Minuten lang warteten Mitternacht, Kel und Adon auf seine Rückkehr. Das Rascheln wurde lauter, bis man es als Getöse bezeichnen konnte, und aus den Geräuschen wurden Schreie und Stöhnen. Die Schläge nahmen einen Rhythmus an und entwickelten sich zu einem dröhnenden Donnern.

Schließlich kam Schnüffler zurück, seine kurzen Beine trugen ihn so schnell voran, wie es nur ging. „Weg vom Pfad", schrie er. „Los!"

Das Gesicht des Halblings war so von Panik erfüllt, daß niemand auf den Gedanken kam, eine Erklärung von ihm zu verlangen. Sie trieben ihre Pferde an und stürmten in den Wald, wo sie erst nach gut dreißig Schritt anhielten.

Als Schnüffler zu ihnen aufschloß, begann Adon eine Frage mit: „Was... "

Weiter kam der Kleriker nicht, da in diesem Moment eine 30 Meter große Platane ins Blickfeld kam, die sich auf dem Pfad fortbewegte und Dutzende von Ästen wie Arme schwingen ließ. Während sich die Wurzeln nach vorn streckten, schallte ein ohrenbetäubendes Knarren und Ächzen durch den Wald. Der Boden bebte, sobald die Wurzeln auf dem Pfad aufsetzten. Eine weitere Platane folgte ihm, dann mindestens 100 weitere.

Eine Stunde sah die Gruppe sprachlos mit an, wie ein finsterer Baum nach der anderen auf dem Pfad entlang schritt. Als der tausendste Baum sie passierte, dröhnten ihnen die Ohren, in ihren Köpfen drehte sich alles. Kelemvors Pferd war so nervös, daß er es nur mit großer Mühe bändigen konnte.

Schließlich war auch der letzte Baum vorüber, und die Gruppe konnte zum Pfad zurückkehren. Noch den ganzen Nachmittag dröhnten ihnen die Ohren, was eine Diskussion über dieses ungewöhnliche Ereignis unmöglich machte. Während sie weiterritten, fielen ihnen jedoch die unzähligen Löcher in der Erde auf, wo die Bäume gestanden haben mußten, bevor sie ihre Wurzeln aus dem Boden gerissen hatten und losmarschiert waren.

Kurz vor Einbruch der Abenddämmerung erreichten sie den Nordrand des Waldes. Abendstern lag vor ihnen, in einzelnen Fenstern brannten bereits Öllampen. Die Stadt war unbefestigt und bestand aus rund fünfzig Häusern von bemerkenswerter Größe. Die Gefährten ritten an den Stadtrand, dann hielten sie an. Die Erinnerungen an den Mord, den man ihnen hatte anhängen wollen, waren noch frisch.

Als Stadt, in der sich zwei Straßen kreuzten, verfügte Abendstern über Ställe, Schänken und Lebensmittelhändler am Stadtrand. Weiter zur Stadtmitte fanden sich Geschäfte, in denen Handwerker ihre Dienste anboten und Wein, Wolle, Geräte für die Feldarbeit und auch Pergament zum Kauf feilboten, wie Mitternacht bemerkte.

Die Straßen waren sauber und friedlich. Die Geschäfte hatten bereits geschlossen, aber überall waren Männer und Frauen unterwegs, die von den vier Fremden keinerlei Notiz nahmen.

Nachdem sie die Stadt für sicher genug eingeschätzt hatten, um sich länger hier aufzuhalten, trieb Adon sein Reittier voran. Mitternacht bat die Gruppe, kurz zu warten, damit sie an einem Pergamentgeschäft anhalten konnte. Sie hoffte, daß der Eigentümer noch da war und öffnete, doch so wie es aussah, schlossen in Abendstern nur die Geschäfte nicht bei Anbruch der Nacht, die für Reisende unverzichtbar waren. Mitternacht würde bis zum nächsten Morgen warten müssen, ehe sie Material für ein neues Zauberbuch kaufen konnte.

Auf Schnüfflers Vorschlag hin begaben sich die Helden zum „Einsamen Krug", dem einzigen Gasthaus in Abendstern. Das Haus war sauber und warm, eine willkommene Abwechslung nach dem Ritt durch die Kälte. Ein großer Speiseraum, in dem sich Reisende und Bewohner der Stadt drängten, beanspruchte den größten Teil des Erdgeschosses. Mitternacht bemerkte zufrieden, daß der Holzboden frei von Schmutz und Ruß war. Eine

Treppe an der linken Seite führte hinauf in die Gästezimmer in den oberen Stockwerken.

Schnüffler bestach den Wachmann, der an einem Pult postiert war und nach nicht registrierten Gruppen Ausschau hielt. Nachdem er das Geld des Halblings genommen hatte, betrachtete er Mitternacht. „Ihr seid nicht zufällig eine Thaumaturgin?" fragte er.

„Nein", antwortete Schnüffler an ihrer Stelle. „Nichts dergleichen. Sie ist Künstlerin, weiter nichts."

Der Wächter sah sie zweifelnd an. „König Azoun IV. hat erlassen, daß Zauberkundige jeglicher Art sich beim örtlichen Herold registrieren lassen müssen, wenn sie durch Cormyr reisen."

Schnüffler hielt ihm ein weiteres Goldstück hin. Der Wächtar steckte die Münze ein und meinte: „Aber wer will das heutzutage noch so genau prüfen, wenn so viele Leute auf den Straßen unterwegs sind?" Mit diesen Worten verließ er sein Pult und überließ es der Gruppe, mit dem Wirt des Gasthauses einig zu werden. Nachdem sie zwei Zimmer gemietet hatten, brachte der Wirt die vier zu einem Tisch im hinteren Teil des Schankraums.

Eine junge Kellnerin brachte ihnen sofort Bier und Wein und fragte die Gäste, was sie essen wollten. Minuten später kehrte sie mit dampfenden Tellern zurück, auf denen in Scheiben geschnittene Rüben, gekochte Kartoffeln und geröstetes Schweinefleisch angerichtet waren. Trotz ihrer schlechten Laune reichte das Aroma, um Mitternacht hungrig zu machen. Sie bediente sich großzügig bei den Rüben und den Kartoffeln, begnügte sich aber mit einer Scheibe Schweinefleisch.

Obwohl es ein gutes Essen war, verbrachte die Gruppe eine unerfreuliche Zeit mit dem Mahl. Mitternacht wollte sich bei Kel entschuldigen, jedoch nicht in Gegenwart der anderen. Adon und Schnüffler waren die einzigen, denen der Sinn nach Plaudern stand, auch wenn sie offenbar nicht miteinander reden wollten. Adon wollte die Laune mit einer Diskussion darüber verbessern, welche Route sie nehmen sollten, doch alle bestanden darauf, das Thema zurückzustellen. Kelemvor war in Gedanken versunken, und Mitternachts Geduld wurde dadurch strapaziert, daß Adon sich in seiner momentanen Rolle als Anführer der Gruppe erging.

Als sie aufgegessen waren, gingen die vier nach oben. Es war noch zu früh, um sich schlafen zu legen, doch sie waren den ganzen Tag mit hohem Tempo geritten, und morgen würde es nicht anders werden. In jedem der Dopplezimmer gab es ein kleines Fenster, von dem aus man das nächtlichen Sternenwasser sehen konnte.

„Wir Männer nehmen dieses Zimmer", sagte Adon und wies auf den rechten Raum. „Du nimmst das andere. Ich glaube nicht, daß sich jemand daran stört, wenn wir ein Bett umstellen."

„Das wird nicht ins Zimmer passen", meinte Schnüffler. „Ich teile mir ein Zimmer mit Mitternacht."

Kel runzelte eifersüchtig die Stirn, doch es war Adon, der einwandte: „Das kann ja wohl nicht dein Ernst sein!"

Mitternacht ignorierte Adon und lächelte. „Danke, aber ich ziehe Kels Gesellschaft vor."

Adon riß den Mund auf. „Aber du..."

„Ich glaube, es ist nicht nötig, daß du bestimmst, wer wo schläft, Adon", sagte Mitternacht mit ruhiger, fester Stimme.

Adon zuckte mit den Schultern. „Du hast den ganzen Tag kein Wort mit Kel gesprochen", erwiderte er. „Aber es geht mich nichts an, wenn du mit ihm die Nacht verbringen willst. Ich war nur umsichtig."

Schnüffler seufzte. Nachdem er den ganzen Tag bei Adon mitgeritten war, hatte er darauf gehofft, nicht auch noch die Nacht mit dem pedantischen Ex-Kleriker zu verbringen.

Mitternacht ging ohne ein weiteres Wort in ihr Zimmer. Als Kel ihr nicht folgte, sah sie in den Flur. „Kommst du oder nicht?"

Er schüttelte den Kopf, als müßte er ihn freibekommen, dann ging er in ihr Zimmer. Mitternacht schloß die Tür und ließ Adon und Schnüffler im Flur stehen.

Kel sah sich nervös um und spielte mit dem Verschluß seines Schwertgürtels. Schließlich öffnete er ihn und legte die Schwertscheide auf das Bett gleich neben ihm.

„Was ist?" fragte Mitternacht und streifte ihren feuchten Umhang ab. „Das ist nicht unsere erste gemeinsame Nacht."

Kel betrachtete sie und fragte sich, ob sie ihm vergeben oder ob sie ihn zu sich gelockt hatte, um sich an ihm zu rächen. „Dein Zauberbuch", sagte er. „Ich dachte, du wärst wütend."

„Das bin ich auch, und sogar noch viel mehr. Aber *du* hast es nicht verbrannt." Sie brachte ein Lächeln zustande. „Außerdem bekomme ich es mit etwas Zeit und Pergament wieder zusammen."

Er ließ nicht erkennen, daß er erleichtert über ihre Worte war.

„Verstehst du?" fragte sie. „Der Verlust des Buchs ist nicht deine Schuld. Die Halblinge haben es verbrannt. Du hättest es nicht verhindern können."

Kel nickte. „Danke. Aber Adon hat recht. Ich habe mich aus egoistischen Gründen zu diesem Dorf begeben."

„Es war nicht egoistisch", sagte sie und nahm seine Hand. „Es ist nicht falsch, Fremden zu helfen."

Einen Moment lang blieben Kels Finger schlaff und passiv, während seine smaragdgrünen Augen Mitternacht betrachteten. Dann erwiderte er ihren Griff und zog sie an sich. Ein Funke, der lange Zeit geschwelt hatte, erwachte zum Leben. Mitternachts Entschuldigung war weitreichender als beabsichtigt ausgefallen, doch das machte ihr nichts aus.

Später saß Mitternacht wach im Bett, während Kelemvor neben ihr schlief. Mit ihm zu schlafen war anders gewesen als zuvor in Tantras. Der Krieger war zärtlicher, umsichtiger gewesen. Sie hatte keinen Zweifel daran, daß er sich verändert hatte, nachdem der Fluch von ihm genommen worden war.

Doch der Fluch ihres Liebhabers – oder besser gesagt: das Fehlen dieses Fluchs – war nicht der Grund dafür, daß die Magierin nicht schlafen konnte. Dieser neue Kel war ansprechender und attraktiver als der, der er vor Tantras gewesen war. Mitternacht konnte nicht anders, als darüber nachzudenken, was dieser Unterschied für sie bedeutete. Er war auch gefährlicher, weil er mehr gab und somit auch mehr erwartete. Doch sie wußte nicht, wieviel sie geben konnte, denn ihre Kunst war schon immer ihre größte Liebe gewesen.

Außerdem mußte sie die Mission in Erwägung ziehen. Sie fühlte sich stärker zu Kel hingezogen, doch sie fürchtete, daß eine emotionale Bindung an ihn sie beeinflussen würde, wenn sie zwischen seiner Sicherheit und der Sicherheit der Tafel würde entscheiden müssen.

Im Gang war ein Schritt zu hören. Sie stand auf und legte sich den Umhang um. Vor einer Stunde hatte sie Schnüfflers leise Schritte gehört, als der Adons Zimmer verlassen hatte. Sie wußte nicht, wohin er gegangen war, doch sie wollte sich nicht einmischen. Er hatte seine Geheimnisse, so wie sie die ihren hatte.

Dieser Schritt aber war viel zu schwer gewesen, um von Schnüffler zu stammen, da Halblinge so leise liefen wie fallender Schnee. Mitternacht zog den Dolch und ging zur Tür.

In ihrem Kopf überschlugen sich Vorstellungen von Dieben und Mördern, während sie die Tür einen Spaltbreit öffnete und hinausspähte. Eine Öllampe über der Treppe beleuchtete den Korridor nur schwach. In ihrem Schein sah sie, daß ein Mann nahe der obersten Stufe stand und den Wirt wegschickte. Die andere Hand des Mannes steckte unter seinem Umhang. Langsam drehte er sich um und betrachtete den Gang. Für einen Moment sah Mitternacht seine Hakennase.

Cyric! Ihr Herz raste vor Freude und Angst. Sie trat in den Korridor. Der Dieb drehte sich um und sah sie, seine Augen waren weit aufgerissen.

„Cyric", flüsterte sie. „Es ist so schön, dich wiederzusehen."

„Du... ähm, ich bin auch erfreut, dich zu sehen", erwiderte er und zog seine Hand unter dem Umhang hervor.

„Was tust du hier?" fragte sie, nahm seinen Arm und führte ihn ein Stück weiter den Korridor entlang. Hier würde man sie nicht so leicht hören können, und Mitternacht wollte weder Kel noch Adon aufwecken. „Haben uns deine Pfeile vor den Zombie-Reitern bewahrt?"

Er nickte, seine Augen waren zu schmalen Schlitzen zusammengekniffen. „Ich darf annehmen, die Tafel ist sicher verwahrt?"

„Natürlich", nickte sie. „Die Zentilaren, die uns nach Norden treiben, gehören auch zu dir?"

„Ja. Ich wollte euch nach Abendstern lotsen." Wieder verschwand seine Hand unter dem Umhang.

Sie wurde ernst. „Wieso? Welche Gefahren lauern im Süden?"

Cyric überlegte einen Moment lang, dann lächelte er. „Die Streitkräfte von Tyrannos' Verbündeten", sagte er leise. „Der Schwarze Fürst ist nicht mehr, doch er hatte viele Verbündete. Die Zombie-Reiter waren noch die geringste Bedrohung." Der Dieb zog seine Hand abermals hervor und legte sie auf Mitternachts Schulter. „Darum bin ich hier."

Mitternacht überkam ein Gefühl der Furcht. „Wenn du hier bist, um dich uns wieder anzuschließen, müssen wir vorsichtig sein. Kel und Adon haben Tantras noch nicht vergessen."

Cyric zog rasch seinen Arm zurück. „Das meine ich nicht. Ich bin deinetwegen hier", sagte er, „und wegen der Tafel."

„Du willst, daß ich die anderen verlasse..."

„Sie können dich nicht beschützen", gab Cyric zurück. „Ich kann es."

Mitternacht schüttelte den Kopf und dachte an Kelemvor. „Das kann ich nicht", sagte sie. „Das werde ich auch nicht."

Cyrics Blick war mehrere Sekunden lang wütend. „Denk doch nach! Ist dir nicht klar, welche Macht du besitzt?"

Mitternacht schüttelte den Kopf. „Ich verlor mein ..."

„Mit den Tafeln können wir Götter sein!" raunte der Dieb.

Mitternacht hatte das ungute Gefühl, daß Cyric zu sich selbst sprach. „Bist du verrückt?" fragte sie. „Das ist Blasphemie!"

„Blasphemie?" Cyric lachte auf. „Gegen wen denn? Die Götter sind hier und legen die Reiche in Schutt und Asche, um nach den Tafeln zu suchen. Wir selbst sollten unsere einzigen Götter sein. Wir können unser eigenes Schicksal lenken."

„Nein!" Mitternacht machte einen Schritt nach hinten.

Cyric packte sie am Ellbogen. „Die Götter sind dir auf der Spur. Vor zwei Nächten hat Bhaal drei meiner besten Männer abgeschlachtet. Ich will dir die Einzelheiten ihres Todes ersparen."

Seine Augen schienen einen Moment lang rot zu glühen. „Hätte Bhaal ein oder zwei Tage bleiben wollen, dann hätte er alle meine Männer und mich dazu umgebracht", fuhr der Dieb fort. „Aber das tat er nicht. Weißt du, warum nicht?"

Mitternacht reagierte nicht.

„Weißt du, warum nicht?" wiederholte Cyric und packte sie fester. „Weil Bhaal dich und die Tafel will! Du wirst es nie bis Tiefwasser schaffen. Er wird Adon und Kel gefangennehmen und töten – auf eine Weise, die schmerzhafter ist als alles, was du dir vorstellen kannst."

„Nein." Mitternacht zog den Arm weg. „Das lasse ich nicht zu."

„Dann komm mit", beharrte Cyric. „Es ist deine einzige Chance... und *ihre*."

Ein Stück weiter den Gang entlang wurde die Tür zum Zimmer der Magierin geöffnet. „Mitternacht?" fragte Kel verschlafen.

Der Dieb schob die Hand unter den Umhang und legte sie um das Heft seines Schwerts.

„Geh!" sagte Mitternacht und schob Cyric zur Treppe. „Kel wird dich umbringen."

„Oder ich ihn", gab der Dieb zurück und zog blank. Die Klinge schimmerte schwach rötlich.

Der schläfrige Kämpfer trat hinaus auf den Gang, die Hose eilig festgezurrt, das Schwert in der Hand. Als er Cyric sah, rieb er sich die Augen, als könne er es nicht glauben, was er sah. „Du? Hier?" Der Krieger hob sein Schwert und kam näher.

Mitternacht trat zurück. „Zwing mich nicht, mich zwischen meinen Freunden zu entscheiden", warnte sie ihn.

Cyric warf ihr einen kühlen Blick zu. „Du wirst diese Entscheidung bald treffen müssen", sagte er, dann ging er die Treppe hinunter und verschwand in der Dunkelheit.

Kel folgte ihm nicht, da er wußte, daß Cyric in der Dunkelheit im Vorteil war. Statt dessen drehte er sich zu Mitternacht um. „Du hattest recht. Er ist uns gefolgt. Warum hast du mich nicht gerufen?"

„Er kam, um zu reden", erwiderte Mitternacht, die sich nicht sicher war, ob Kel wütend oder verletzt klang. „Du hättest ihn getötet."

In dem Moment kam Schnüffler die Treppe heraufgestürmt. Über die Schulter hatte er ein Seil gelegt, in den Händen hielt er ein Buch aus Pergament. Als er Mitternacht und Kel sah, wäre er um ein Haar über seine eigenen Füße gestolpert. „Ihr seid wach!"

„Ja", murrte Kelemvor. „Wir hatten einen Besucher."

„Ihr werdet bald noch mehr Gäste bekommen. Ein Trupp Zentilaren ist auf dem Weg hierher." Der Halbling gab Mitternacht das Buch, ohne zu erklären, woher er es hatte.

Kel öffnet die Tür zu Adons Zimmer. „Steh auf! Pack deine Sachen!" Dann sah er Mitternacht an. „Glaubst du immer noch, daß er nur reden wollte?"

„Du hast als erster die Waffe gezogen", gab sie zurück und zeigte auf sein Schwert.

„Könnt ihr das später klären?" unterbrach Schnüffler die beiden und nahm das Seil von der Schulter.

„Vielleicht haben wir ohnehin keine Chance", überlegte Kelemvor. „Wir werden es nie bis zum Stall schaffen ..."

„Ist nicht nötig." Schnüffler grinste breit. „Als die Zentilaren anfingen, sich umzuhören, habe ich die Pferde gesattelt. Sie stehen unter dem Fenster."

Kel schlug Schnüffler auf die Schulter und hätte ihn fast umgeworfen. „Guter Mann!" Dann wandte er sich Mitternacht zu. „Pack unsere Sachen, wir reden später."

Auch wenn ihr sein Tonfall nicht gefiel, begann Mitternacht, ihre Habseligkeiten zusammenzupacken. Unterdessen nahm der Kämpfer das Seil und band es um einen Balken. Adon und Schnüffler kletterten aus dem Fenster und ließen sich in den Sattel des ersten Pferdes nieder. Der Krieger warf ihnen Tafel und Ausrüstung zu. Einen Moment später kam Mitternacht mit den übrigen Taschen, stieg aus dem Fenster und kletterte hinunter zu ihrem wartenden Pferd. Kelemvor warf ihr das Gepäck zu und folgte ihr. Der Halbling führte sie über verschlungene Wege durch stille Gassen aus der Stadt, so daß sie nicht einmal einen von Cyrics Männern zu Gesicht bekamen.

4

HOCHHORN

Entspannt Euch, Freund Adon”, sagt Kae Deverell, ein robuster Mann mit rotem Haar und einer tiefen, amüsierten Stimme. Er saß am Kopf eines langen Tischs aus Eichenholz. Hinter ihm brannte ein Feuer in einem prachtvollen Kamin und tauchte den Raum in flackerndes gelbes Licht.

Zu Deverells Rechten saß Kelemvor, neben dem fünfzehn cormyrische Offiziere so aufgereiht saßen wie Pferde, die an einem Trog standen. Vor jedem Mann standen ein Krug mit Ale und ein Teller mit gebratenem Ziegenfleisch. Im Abstand von einigen Fuß standen eiserne Kerzenhalter, die das Licht des Kamins ergänzten.

Schnüffler saß gleich links von Deverell, direkt gefolgt von Adon. Auf dem Boden gleich neben dem Stuhl des Klerikers lagen die Satteltaschen, in denen sich die Tafel befand. Neben Adon hatte Mitternacht Platz genommen, die Wein anstelle von Ale trank. Links von ihr saßen sechs cormyrische Kriegsmagier.

Drei Mägde eilten zwischen dem Tisch und dem im Schatten liegenden Randbereich des Raums hin und her und sorgten dafür, daß jeder Becher gut gefüllt und jeder Teller stets belegt war.

„Ihr und Eure Freunde sind hier sicher”, fuhr Deverell fort und richtete seine Worte immer noch an Adon.

Der Kleriker lächelte und nickte, entspannte sich aber nicht.

Mitternacht war über Adons unhöfliches Verhalten zutiefst beschämt. Nachdem sie ihr Zauberbuch verloren hatte, konnte sie zwar mitfühlen, daß er Vorsicht walten ließ, doch er benahm sich so, als hätte die Gruppe am Wegesrand ihr Lager aufgeschlagen. Es gab in einer cormyrischen Feste keinen Anlaß für ein so beleidigendes Verhalten.

In Hochhorn war die Tafel sicher, sofern es denn überhaupt einen Ort in den Reichen gab, von dem man das behaupten konnte. Die Festung, die die einzige Straße über die Drachenkieferberge schützte, war für Verteidigungszwecke errichtet worden. Sie stand auf dem Gipfel eines schroffen Berges, und ihre geschwungenen Mauern thronten auf 300 Meter hohen Felsen. Nur drei Pfade, die allesamt schwer befestigt und bewacht waren, führten hinauf zu der gewaltigen Burg. Jeder dieser Wege endete zunächst vor einer Zugbrücke und dreifachen Toren, die die Feste zu einem extrem sicheren Ort in Cormyr machte.

Wegen des Chaos in den Reichen waren die Türme entlang des äußeren Walls ständig mit fünfundsiebzig schwer bewaffneten Männern und fünfundzwanzig Bogenschützen besetzt. Ein ähnlich starker Trupp wachte über den inneren Wall, und acht weitere Soldaten hielten am Eingang zum Turm der Feste permanent Wache. Die Unterkunft für Gäste war in Baracken für die zahlreichen Soldaten umgewandelt worden. Reisende hatten nun die Wahl, in den Bergen ihr Lager aufzuschlagen oder außerhalb der Festungsmauern in einem kalten, hastig errichteten Gästehaus zu nächtigen.

Den vier Gefährten war diese Unbequemlichkeit erspart geblieben, da Kae Deverell aus Harpen war und er die schlechte Behandlung wiedergutmachen wollte, die Mitternacht und Adon während ihres Verfahrens in Schattental hatten über sich ergehen lassen. Was die vier nicht wußten: Der cormyrische Befehlshaber hatte außerdem eine Nachricht von Elminster erhalten, der ihn bat, Mitternacht und ihren Gefährten Hilfe zu gewähren, wenn sie in seine Nähe kämen.

Deverell nahm einem Dienstmädchen einen Krug Ale aus der Hand und stellte ihn vor Adon. „Beleidigt nicht meine Gastfreundschaft, indem Ihr weniger trinkt, als Ihr vertragt", sagte er. „Nicht einmal eine Ratte gelangt ohne meine Erlaubnis nach Hochhorn."

„Ratten machen mir keine Sorgen", erwiderte Adon, der an Cyrics Besuch im Gasthaus denken mußte. Der Dieb hatte gesagt, Bhaal sei ihnen auf der Spur. Adon bezweifelte, daß die Verteidigungsanlagen von Hochhorn dem Fürsten des Todes standhalten konnten.

Ein überraschtes Murmeln machte sich an der Tafel breit, und Deverells Miene verfinsterte sich.

Bevor der Kommandant eine Beleidigung in Worte fassen konnte, sprach Mitternacht: „Bitte verzeiht Adon, Lord Deverell. Ich fürchte, seine Erschöpfung hat ihm den Sinn für Höflichkeit geraubt."

„Aber nicht meinen", warf Kelemvor ein und griff sich den Krug des Klerikers. Der Krieger hatte schon viele Abende mit Männern wie Deverell verbracht und wußte, was der von seinen Gästen erwartete. „Auf Euer Lordschaft", sagte er und leerte den Krug in einem Zug.

Deverell lächelte und wandte sich dem Kämpfer zu. „Danke, trinkfreudiger Kelemvor!" Der Befehlshaber griff sich einen vollen Krug und leerte ihn so schnell wie Kelemvor vor ihm. „Natürlich gebietet es die Pflicht des Gastgebers, daß wir Krug für Krug mit Euch mithalten!" Er rief eine der Serviererinnen zu sich und zeigte auf die Offiziere, die rechts von Kelemvor saßen. „Sorg dafür, daß kein einziger Krug leer wird, bis dieser Mann seinen Krug nicht mehr heben kann!"

Die Cormyrer jubelten , doch mehr als ein Mann verzog sein Gesicht, als er diese Anweisung hörte. Adon stöhnte innerlich ebenfalls auf. Wenn Kelemvor zu viel trank, konnte er schwierig werden. Der Kleriker fand, daß sie im Gästehaus vielleicht doch sicherer untergebracht gewesen wären.

Während die Offiziere allmählich ihren Jubel verstummen ließ, kam ein Page in den Raum gestürmt und eilte zu Deverell. Der nickte ihm zu, damit er näher trat. Obwohl der junge Mann ins Deverells Ohr flüsterte, bekam Schnüffler die Worte dank seines guten Gehörs mit.

„Herr, Captain Beresford läßt ausrichten, daß zwei Wachen nicht auf ihrem Posten am äußeren Wall sind."

Deverell runzelte die Stirn, dann fragte er: „Regnet es noch?"

Der Page nickte. „Aye. Die Tropfen sind so rot wie Blut und so kalt wie Eis." Der Junge konnte es nicht verhindern, daß Angst aus seiner Stimme herauszuhören war.

Deverell flüsterte nicht länger. „Dann sag Beresford, daß er sich keine Sorgen machen soll. Wir werden die beiden am Morgen disziplinieren. Ich bin sicher, daß sie sich nur vor dem sonderbaren Wetter verkrochen haben."

Der Page verbeugte sich und ging hinaus. Deverell richtete seine Aufmerksamkeit wieder auf die Tafel. „Was wird das eine Nacht werden!" rief er und sah zu Schnüffler. „Nicht wahr, mein kurzer Freund?"

Schnüffler lächelte und hob seinen Krug. „Ich werde noch lange daran denken."

Adon nahm sich vor, darauf zu achten, daß alles Zinn am Ende des Abends noch auf dem Tisch lag. Er hatte selbst miterlebt, daß die Gefährten des Halblings unverbesserliche Diebe waren, und Schnüffler hatte bereits Anlaß zum Zweifel gegeben, ob er klug genug war, das Eigentum seines Gastgebers unbehelligt zu lassen.

Nachdem sie aus dem Gasthaus in Abendstern entkommen waren, hatte Schnüffler versucht, sie zu einem Angriff auf die Zentilaren zu bewegen. Er war überzeugt davon, daß es Cyrics Bande war, die sein Zuhause zerstört hatte. Der Halbling war so darauf versessen gewesen, daß Kelemvor gezwungen gewesen war, ihn zu bändigen. Anschließend war Schnüffler zutiefst verärgert gewesen, doch letztlich war er bei der Gruppe geblieben, weil er sicher war, daß Cyric schon bald wieder auftauchen würde.

Es war eine logische Annahme. Die überstürzte Flucht aus dem Gasthaus hatte den Gefährten nur einen Vorsprung von einer Viertelstunde beschert. Fünfundzwanzig Reiter hatten sich an ihre Fährte geheftet, als sie aus der Stadt geflohen waren. Nach einem sechsstündigen, strapaziösen Ritt erreichte die Gruppe Tyrluk. Zu dem Zeitpunkt waren Cyric und seine schnellsten Reiter kaum noch zweihundert Schritt von ihnen entfernt. Adon hatte den Weg quer durch die Stadt angeführt und darauf gehofft, daß die örtliche Miliz Cyrics Zentilaren angreifen würde. Doch es war noch früh am Morgen gewesen, und falls irgendein Wachmann Cyrics Truppe gesehen hatte, dann war er nicht daran interessiert gewesen, Alarm zu schlagen.

Von Tyrluk aus hatten die Gefährten nur eine Richtung einschlagen können: in die Berge. Eine Stunde später trafen sie auf einen Trupp cormyrischer Gebirgssoldaten, die auf dem Weg nach Hochhorn waren. Es war ihnen nicht schwergefallen, den Hauptmann dieses Trupps davon zu überzeugen, daß ihr Verfolger Zentilaren waren, zumal die Gruppe sofort die Flucht ergriff, als sie die Cormyrer sahen. Der Hauptmann hatte zwar die Verfolgung aufgenommen, doch die Männer um Cyric waren mühelos entkommen. Auf dem freien Pfad konnten es die Bergponies der Cormyrer nicht mit den Pferden der anderen aufnehmen, auch wenn diese von dem langen Ritt ermüdet waren.

Der cormyrische Hauptmann hatte einige Späher losgeschickt, um die Spur der Zentilaren aufzunehmen, dann hatte er sich wieder auf seinen eigentlichen Weg gemacht und erklärt, von Hochhorn aus werde eine Patrouille auf Chargenpferden losgeschickt, die sich der Eindringlinge annehmen würde. Dieser Plan hatte Mitternacht gar nicht begeistern können, da sie noch immer nicht wollte, daß Cyric etwas zustieß, doch sie hätte sich kaum dagegen aussprechen können.

Nachdem Cyric verjagt worden war, hatte der Captain die Gruppe eingeladen, ihn nach Hochhorn zu begleiten. Der Rest der Reise war ohne weitere Ereignisse verlaufen. Nachdem sie die Festung erreicht hatten und der Captain seinen Bericht erstattet hatte, war Kae Deverell zu den Gefährten gekommen, um ihnen in der Feste Sicherheit und Komfort anzubieten. Nach sechsunddreißig Stunden im Sattel war keiner von ihnen bereit, dieses Angebot auszuschlagen. Kelemvor und Mitternacht waren froh darüber, daß sie eine Weile entspannen konnten, wenn auch nicht im Umgang miteinander. Seit Abendstern hatten sie kaum ein Wort gewechselt.

Adon mußte den Kopf schütteln, als er an die Beziehungen seiner Freunde dachte. Er konnte nicht verstehen, wieso Kelemvor und Mitternacht sich zueinander hingezogen fühlten. Je näher sie sich kamen, um so mehr stritten sie sich. Diesmal war Kelemvor wütend, weil Mitternacht ihn nicht geweckt hatte, als Cyric aufgetaucht war. Sie dagegen war verärgert, weil Kelemvor gegen ihren gemeinsamen alten Freund das Schwert gezogen hatte.

Der Kleriker mußte sich in diesem speziellen Fall auf die Seite des Kriegers stellen. Cyric hätte sich nicht ins Gasthaus geschlichen, wenn es nicht seine Absicht gewesen wäre, ihnen Schaden zuzufügen. Adon rieb sich gedankenverloren die häßliche Narbe unter seinem Auge, da er jedesmal, wenn er mit Kelemvor einer Meinung war, zögerlich wurde.

„Schmerzt es, Herr?"

Adon wurde aus seinen Überlegungen gerissen und sah die junge Frau an, die ihm die Frage gestellt hatte. „Schmerzt was?"

„Die Narbe, Herr. Ihr habt sie sehr heftig gerieben."

„Tatsächlich?" erwiderte Adon und ließ seine Hand in den Schoß sinken. Gleichzeitig drehte er den Kopf weg, damit die rote Narbe nicht so gut zu sehen war.

„Ich habe einen kleinen Becher mit einer schmerzstillenden Salbe. Könnte ich sie heute abend in Euer Zimmer bringen?" fragte sie hoffnungsvoll.

Adon konnte sich ein Lächeln nicht verkneifen. Es war lange her, daß sich ihm eine Frau so offensichtlich dargeboten hatte. Die Serviererin war hübsch genug und besaß einen prachtvollen Körper, der von viel harter Arbeit geformt war. Ihr hellblondes Haar hing ihr wie ein seidener Schal um die Schultern, ihre Augen strahlte eine Unschuld aus, die aber keinen Mangel an Erfahrung aufwies. Sie schien viel zu hübsch, um ihr Leben damit zu verbringen, in diesem trostlosen Außenposten Ale zu servieren.

„Ich fürchte, die Salbe wird nicht viel nützen", entgegnete Adon mit sanfter Stimme. „Aber deine Gesellschaft würde mir sehr zusagen."

Die Unterhaltung am Kopfende des Tischs verstummte, und Kelemvor betrachtete den Kleriker mit hoch erhobener Augenbraue.

Adon erkannte, daß er einen Fehltritt begangen hatte, und fügte rasch an: „Vielleicht können wir später über ... über ..."

„Herr?" fragte die junge Frau, die ungeduldig auf sein Gestottere reagierte.

„Bist du glücklich, als Dienstmädchen zu arbeiten? Du hast doch sichere andere Ambitionen. Wir könnten uns unterhalten und..."

„Mir gefällt, was ich tue", gab sie schnippisch zurück. „Und nach Unterhaltung steht mir der Sinn nicht."

Lord Deverell lachte donnernd. „Dein Charme ist bei ihm reine Vergeudung, Treen", sagte er zu der Frau und bekam abermals eine Lachkrampf.

Die Offiziere schlugen auf den Tisch und lachten ebenfalls. Kelemvor runzelte die Stirn, da er nicht sicher war, ob er den Witz nicht mitbekommen hatte oder ob die Situation eigentlich überhaupt nicht amüsant war. Schließlich beruhigte sich Deverell wieder. „Vielleicht hast du bei Kelemvor mehr Glück – ein wahrer Quell der Fruchtbarkeit, wenn ich jemals einen gesehen habe!"

Treen gehorchte ihrem Lehnsherrn und ging um den Tisch herum zu Kelemvor, dem sie mit einer Hand über den Arm strich. „Was meint Ihr, mein Quell?"

Mitternacht und Adon waren die einzigen, die nicht lachten.

Kelemvor nahm einen Schluck Bier, dann stellte er den Krug ab. „Warum nicht?" entgegnete er. „Irgend jemand muß ja Adons Unhöflichkeit wettmachen." Der Krieger versuchte bewußt, Mitternacht zu provozieren. Er war verwirrt und verletzt wegen ihrer Meinungsverschiedenheit über Cyric. Er vermutete fast, daß mehr dahinter steckte, als er erfaßte. Wenn sein Flirt Mitternacht verärgerte, dann wußte er, daß sie wenigstens ausreichend interessiert war, um eifersüchtig zu werden.

Als Treen ihre Finger unter Kelemvors Hemd schob, konnte sich Mitternacht nicht länger beherrschen. Sie schlug ihre Kelch mit großer Wucht auf die Tafel. „Das ist eine Sache, die Adon selbst machen sollte", sagte sie kühl.

Überraschtes Gemurmel machte sich breit. Kelemvor lächelte Mitternacht an, die ihm nur einen finsteren Blick zuwarf. Treen zog ihre Finger zurück und begann: „Wenn dieser Mann Euch gehört, Herrin ..."

„Er gehört niemandem", gab Mitternacht zurück und stand auf. Sie hatte keinen Zweifel daran, daß Kelemvor sie hatte verletzen wollen. Es war ihm gelungen. Die dunkelhaarige Magierin wandte sich Deverell zu. „Ich bin müde, Lord, und möchte mich gerne zur Ruhe begeben." Damit drehte sie sich auf dem Absatz herum und verschwand im dämmrigen Schatten.

Einige Augenblicke lang herrschte an der Tafel Schweigen, dann wandte sich Treen an Lord Deverell. „Es tut mir leid, mein Fürst, ich wollte..."

Der Angesprochene hob eine Hand. „Ein Scherz, der fehlschlug, Mädchen. Mach dir deswegen keine Sorgen."

Treen verbeugte sich, dann zog sie sich in die Küche zurück. Kelemvor leerte seinen Krug und hob ihn, damit er wieder aufgefüllt wurde.

Adon war froh, daß die Frau fortging. In den vor ihnen liegenden Tagen würde es noch schwierig genug werden, daß Mitternacht und Kelemvor sich verstanden. Der Kleriker wußte, daß die beiden sich liebten, auch wenn unangebrachte Wut sie davon abhielt, das zu erkennen. Wenn sie aber nicht bald ihre Gefühle in den Griff bekamen, würde die Reise sehr, sehr lang werden. Adon glaubte, es wäre besser gewesen, wenn Mitternacht ein Mann wäre... oder noch viel besser, wenn Kelemvor eine Frau wäre.

Der Page kam abermals in den Saal und ging zu Lord Deverell. Es wurde so ruhig, daß niemand das Flüstern hätte überhören können. „Herr, Captain Beresford trägt mir auf, Euch über das Verschwinden dreier Wachen am inneren Wall zu melden."

„Am inneren Wall?" rief Deverell aus. „Dort auch?" Er dachte einen Moment lang nach und sprach leise mit sich selbst. So wie die meisten Männer im Raum war auch er recht betrunken – zu betrunken, um Entscheidungen zu treffen. „Beresfords Disziplin muß große Mängel haben", sagte er schließlich. „Sag dem Captain, daß ich mich des Problems persönlich annehmen werde – gleich morgen früh."

Schnüffler sah Adon vielsagend an. Daß fünf Wachen in einer Nacht ihren Posten verlassen sollten, war merkwürdig. „Vielleicht sollten wir heute nacht nicht zu fest schlafen", flüsterte der Halbling und sah zu Kelemvor. Der Krieger hatte soeben seinen dritten Krug Ale geleert, seit Mitternacht gegangen war.

Adon nickte, ein ungutes Gefühl überkam ihn. „Ich werde sehen, daß ich seine Trinkwut ein wenig bändige." So wie Schnüffler gefiel es auch dem Kleriker nicht, in einer Burg zu schlafen, in der Wachen ihren Posten verließen. Er würde sich noch viel unbehaglicher fühlen, sollte Kelemvor volltrunken zu Bett gehen.

Bevor Adon Kelemvor allerdings ansprechen konnte, hob Deverell seinen Krug. „Laßt uns auf Kelemvor und Mitternacht trinken. Mögen sie ruhig schlafen...", er zwinkerte dem Kämpfer zu, „... wenn auch in getrennten Betten."

Gelächter machte sich breit, und die Offiziere riefen: „Hört, hört!"

„Ich weiß nicht, was Lady Mitternacht macht", sagte Kelemvor und hob seinen Krug, „aber der Quell wird heute nacht nicht schlafen!"

„Wenn du noch ein Ale trinkst", warf Adon ein, der ebenfalls aufstand, „dann liegt die Entscheidung darüber nicht mehr in deiner Hand. Komm, wir haben einen anstrengenden Ritt hinter uns und brauchen Erholung."

„Unsinn! Unsinn!" rief Lord Deverell, der sich darüber freute, daß sich wieder eine ausgelassene Stimmung einstellte. „Ihr könnt Euch morgen noch genug erholen. Mitternacht hat doch gesagt, sie wolle einen Tag damit verbringen, ihr Zauberbuch wieder zu erstellen."

„Das ist wohl wahr, Herr", erwiderte Adon. „Doch wir sind schon seit langer Zeit auf Reisen, und wir sind es nicht mehr gewohnt, so ausgiebig bedient zu werden. Kelemvor wird womöglich noch lange die Nachwirkungen dieses Abends spüren."

Der grünäugige Kämpfer warf Adon einen wütenden Blick zu und reagierte ablehnend auf diese Form der Bevormundung. „Ich werde morgen früh so stark sein wie mein Pferd", prahlte er, während er leicht schwankte. „Außerdem: Wer hat dich zum Anführer bestimmt?"

„Du", erwiderte Adon leise und sprach die Wahrheit. Kelemvor hatte seine Zielstrebigkeit verloren. Der Umweg nach Schwarzeichen war nur ein Beispiel für die plötzliche Unfähigkeit des Mannes gewesen, sich auf das Auffinden der zweiten Tafel zu konzentrieren. Jemand mußte die entstandene Leere füllen, doch Mitternacht war trotz ihrer Intelligenz nicht gewillt, die Führung der Gruppe zu übernehmen. Damit war nur noch Adon geblieben, der sie anführen konnte. Er schien entschlossen, genau das nach besten Kräften zu tun.

„Das ist nicht wahr", erwiderte Kelemvor langsam und ließ sich langsam in seinen Sessel sinken. „Ich würde keinem ungläubigen Kleriker folgen."

Adon zuckte zusammen, sagte aber nichts. Er wußte, daß der Krieger sehr verärgert und sehr betrunken sein mußte, um so verletzend zu sprechen.

Seufzend sagte der Kleriker: „Wie du meinst." Er nahm die Satteltaschen mit der Tafel an sich.

Kelemvor wurde mit einem Mal klar, daß er Adon abfällig behandelt hatte. „Es tut leid. Das hatte ich nicht sagen wollen."

„Ich verstehe schon", gab Adon zurück. „Auch wenn du dich nicht schlafen legst, versuch bitte, nicht zuviel zu trinken." Er wandte sich Lord Deverell zu. „Wenn Ihr mich entschuldigt, ich bin sehr müde."

Kae Deverell nickte und lächelte, froh darüber, daß der Spaßverderber endlich ging.

Nachdem sich Adon zurückgezogen hatte, wurde Kelemvors Laune noch finsterer. Er sprach nur noch wenig und trank noch weniger. Damit fiel es Schnüffler zu, Lord Deverells Fest zu beleben, was ihm auch gelang, indem er Geschichten und Gedichte rezitierte. Zwei Stunden später trank Lord Deverell ein Ale zuviel und sank schlafend in seinem Sessel zusammen.

Die sechs cormyrischen Offiziere, die ihren Kommandanten überdauert hatten, seufzten erleichtert und erhoben sich. Ungehalten über die fortgeschrittene Tageszeit hoben sie ihren Befehlshaber hoch und trugen ihn zu seinem Bett. Aus ihrer ungeduldigen Haltung schloß Schnüffler, daß ihnen derartige Aufgaben viel öfters zufielen, als ihnen lieb war.

Nachdem er Kelemvor in dessen Zimmer im zweiten Stock des Turms gebracht hatte, begab sich der Halbling eine Etage tiefer und sah nach Mitternacht und Adon. Beide schliefen fest, woraufhin er damit begann, den Turm der Feste genauer auszukundschaften.

Währenddessen trieb Adon durch den Nebel eines Schlafs, der so tief und friedlich war, wie schon lange nicht mehr. Auch wenn der Kleriker es nicht gemerkt hatte, bis er von der Tafel aufgestanden war, hatten die letzten zwei Tage im Sattel sehr an seinen Kräften gezehrt. Er hatte sich schlafen gelegt, ohne sich erst noch auszuziehen.

Dabei waren ihm aber nicht die verschwundenen fünf Wachen entfallen – und auch nicht die Bedrohung, die den Gefährten folgte. So blieb ein Teil seines Verstandes aufmerksam. Als er dann irgendwann mitten in der Nacht plötzlich hellwach war und sich schwach an einen Schrei erinnern konnte, zweifelte er keinen Moment daran, daß etwas nicht stimmte. Sein erster Gedanke war, daß Bhaal gekommen war, um sich die Tafel zu holen. Der Kleriker schob seine Hand unter den Strohsack und stellte beruhigt fest, daß die Satteltaschen noch dort waren.

Adon lag reglos da und wartete, ob ein weiterer Schrei ertönte. Die einzigen Geräusche, die er wahrnahm, waren sein eigenes erschrecktes Atmen und das Trommeln des Regens. Eine gute halbe Minute regte sich nichts in dem dunklen Raum. Adon begann zu vermuten, daß er den Schrei geträumt hatte. Er mußte innerlich lachen, da es lange her war, daß er sich das letzte Mal in der Dunkelheit gefürchtet hatte.

Doch Adon wußte, daß es eigentlich keinen Grund gab, sich über seine Angst lächerlich zu machen. Bhaal war auf ihrer Fährte, und vor dem Fürst des Mordes gab es nur einen Schutz: den Segen eines anderen Gottes. Adon konnte diesen Schutz nicht länger bieten, und einen Moment lang war er besorgt, daß es ein Fehler gewesen sein mochte, sich von Sune Feuerhaar abzuwenden. Der Kleriker strich über die häßliche Narbe unter seinem Auge. Gewiß war es ein Fehler gewesen, sich von ihr abzuwenden, nur weil sie diesen Makel nicht hatte verschwinden lassen. In einer Zeit, in der es soviel Unruhe ab, war es egoistisch von ihm gewesen, zu erwarten, daß sie sich seines verunstalteten Gesichts annahm. Jetzt konnte Adon diese Tatsache akzeptieren, so wie er seine Unvollkommenheit akzeptiert hatte.

Was er aber nicht akzeptieren konnte, war die distanzierte Einstellung der Götter gegenüber denen, die sie anbeteten. Von Jugend an hatte er Sune verehrt und geglaubt, die Göttin würde im Gegenzug über ihn wachen. Als sie zugelassen hatte, daß er verunstaltet wurde, war Adon in tiefste Verzweiflung versunken, da er erkannt hatte, daß Sune sich kaum um ihre Anhänger scherte. Es war ein langwieriger und mühseliger Prozeß für ihn gewesen, diese Erkenntnis zu verarbeiten. Sein Selbstvertrauen und sein Lebenswille waren erst zurückgekehrt, als er sich seinen Nächsten gewidmet hatte.

Doch diese veränderte Hingabe hatte dem Kleriker nicht den Glauben an Sune zurückgegeben. Je mehr er sich den anderen Menschen widmete, um so mehr lehnte er Sune – und mit ihr alle Götter – ab, da sie allesamt den Glauben ihrer sterblichen Anhänger mißbrauchten.

Leider war es aber der Glaube an Sune gewesen, der Adon klerikale Fähigkeiten verlieh. Ganz gleich, wie tief seine Empfindungen auch reichten, sie würden ihm nie jene Kräfte wiedergeben. Götter waren magisch und übernatürlich, und aus ihnen eigenen Gründen belohnten sie den festen Glauben an ihre Existenz mit einem winzigen Bruchteil ihrer Macht.

Die Tür zur Treppe wurde einen Spaltbreit geöffnet und setzte Adons Gedanken ein jähes Ende. Ein schmaler Streifen aus gelblichem Licht fiel in das Zimmer. Adon betrachtete die leicht geöffnete Tür und griff nach seiner Keule, während er sich so drehte, daß er die Füße auf dem Boden aufsetzen konnte.

Noch während der Kleriker aufstand, schoß aus der Türöffnung ein schwarzer Schatten auf ihn zu, und etwas Kaltes und Schweres traf ihn. Adon fiel nach hinten auf sein Bett und stieß einen leisen Schrei aus.

„Ruhig!" zischte Schnüffler. „Zieh das an."

Adon nahm das Kettenhemd hoch und zog es sich über den Kopf. „Was ist los?" fragte er.

Doch Schnüffler, der die letzten drei Stunden damit zugebracht hatte, sich mit jeder Falle im Turm der Feste zu beschäftigen, war schon wieder verschwunden. Als der Halbling den Fuß der Treppe erreichte, wurde die Tür zum Bankettsaal geöffnet. Sechs cormyrische Wachen stürmten mit Fackeln und Schwertern in den Raum.

„Jalur, hilf mir, die Türen zu verbarrikadieren!" befahl der Sergeant und zeigte mit seinem gezogenen Schwert auf den Eingang. „Kiel, Makare und ihr anderen – zur Treppe!"

Überrascht darüber, wie rasch die Cormyrer sich in die Feste zurückgezogen hatten, schlich sich der Halbling in Richtung Küche. Sein Ziel war der Raum unter Adons Zimmer, das Büro des Haushalters. Zu seinem Pech war das Büro verschlossen, so daß Schnüffler entweder den Schlüssel finden oder das Schloß knakken mußte. Danach müßte er die Möbel so umstellen, daß er die Kurbel erreichen konnte. Das alles würde Zeit kosten, Zeit, die er vielleicht nicht hatte. Der Halbling hatte keine Ahnung, gegen was die Wachen ankämpften, aber er wußte, daß es sie mit erschreckender Geschwindigkeit ereilt hatte.

Die Wachen wußten nicht viel mehr über ihren Widersacher als Schnüffler. Orrel hatte etwas in einer dunklen Ecke der inneren Mauer entlangkriechen sehen. Einen Moment später war ein schmächtig aussehender Mann aus dem Schatten hervorgetreten und gleichgültig zum Eingang der Feste gegangen. Orrel und ein anderer Wachmann war aus dem Foyer vorgetreten, um ihn zu stoppen, doch er hatte ihre Hellebarden mühelos zur Seite geschlagen und einen Dolch aus dem Ärmel gezogen, um sie beide mit einem einzigen Hieb zu töten.

Eine dritte Wache hatte Alarm ausgelöst, was ebenfalls tödlich geendet war. Der Fremde hatte einen Dolch geworfen, der sich durch die Kehle des Wachmanns gebohrt und den Schrei auf halber Strecke erstickt hatte. Fitch, der Sergeant, hatte den Überlebenden befohlen, sich zurückzuziehen. Er war sich zwar ein wenig albern vorgekommen, vor einem einzelnen Angreifer die Flucht zu ergreifen, doch die Mühelosigkeit, mit der der Mann getötet hatte, war ein sicheres Zeichen, daß es sich um keinen gewöhnlichen Assassinen handelte. Da der Auftrag lautete, den Turm der Feste zu beschützen, hielt Fitch es für das beste, wenn sie sich dorthin zurückzogen und sich verbarrikadierten, um dann einen Mann loszuschicken, der Verstärkung holen sollte.

Seine Strategie funktionierte nicht. Die Türen waren dick und schwer, sie waren darauf ausgelegt, Widerstand zu bieten, nicht aber, leicht beweglich zu sein. Während der Sergeant und ein Wachmann die Türflügel zuschoben, kam der Fremde aus dem Foyer herein. Der Wachmann war im nächsten Moment tot, nachdem der Angreifer seine Finger um den Kehlkopf des Mannes gelegt hatte.

Sergeant Fitch hob sein Schwert und rief den Männern auf der Treppe seinen letzten Befehl zu: „In Azouns Namen, sorgt dafür, daß er nicht nach oben gelangt!"

Im ersten Stock hörte Adon ein rasches Scharren, dem einige Worte folgten, die er aber nicht verstehen konnte. Eine flackernde Fackel beleuchtete den Treppenabsatz, der seinen von Mitternachts Raum trennte. Auch ihre Tür stand ein Stück weit offen, doch im Raum war es zu dunkel, als daß er etwas hätte sehen können. Die Magierin mochte noch dort sein, aber vielleicht hatte sie auch schon längst die Flucht ergriffen.

Links von Adon führte die Treppe in einer sanften Spirale im Uhrzeigersinn nach unten. Anderthalb Meter entfernt steckte eine weitere Fackel in einer Halterung und verbreitete ihr schwaches Licht auf den kalten Steinstufen. An der Stelle, an der die Treppe aus seinem Blickfeld geriet, waren die Schatten von vier cormyrischen Wachen zu sehen, die sich auf der Treppe nach oben zurückzogen. Jede Silhouette hielt eine Hellebarde.

Den Schatten nach zu urteilen, wurden sie von einem einzelnen Mann verfolgt. Einer der Cormyrer machte einen Satz. Im nächsten Augenblick war hektische Bewegung, dann drang ein schwaches Lachen die Treppe hinauf. Einen Moment später schrie ein Mann vor Schmerz auf.

Die drei übrigen Wachleute zogen sich eine weitere Stufe zurück. Adon konnte jetzt das Rückenteil ihrer Kettenhemden sehen, doch der Angreifer war noch immer nicht zu erkennen. Er konnte sich nicht vorstellen, daß ein einzelner Mann mit solcher Kraft vorstürmte, doch der Schatten ließ kaum einen anderen Schluß zu.

Der Kleriker bezweifelte nicht, daß der mysteriöse Angreifer der Tafel wegen hier war. Er ging zum Fenster in seinem Raum und öffnete die Läden. Eisiger heftiger Regen schlug ihm ins Gesicht. Adon ignorierte das Unwetter und legte die Tafel ins Fenster. Wenn es nötig war, würde er sie eher hinauswerfen, anstatt sie in Feindeshand fallen zu lassen. Mit ein wenig Glück würde einer von Deverells Männern sie am Fuß des Turms finden und mit ihr fliehen.

Als Adon zur Tür zurückkehrte und seinen Knüppel fest umklammert hielt, waren nur noch zwei Wachen übrig. Sie standen auf dem Treppenabsatz des ersten Stockwerks und stellten sich weiter dem Angreifer, der sich zwei Stufen unter ihnen befand. Als Adon den kleinen Mann sah, wunderte er sich über die Angst der Cormyrer.

Der Mann war nicht größer als einen Meter fünfunfdsechzig und von schlanker Statur. Sein kahler Kopf war mit grünen und roten Wirbeln tätowiert, doch das war auch schon einzige, was an ihm entfernt furchteinflößend wirkte. Unter den feinen Augenbrauen waren nervöse, hervorquellende Augen zu sehen, die Nase war unscheinbar. Das einzig wirklich Markante an dem gesamten Gesicht waren die großen Ohren und ein paar vorstehende Zähne. Das Gesicht war von der Art, die bei Adon Dankbarkeit weckte, daß er trotz der Narbe immer noch gut aussah. Der Körper des Fremden sah aus wie ein Haufen Knochen, die allein durch Sehnen und Willenskraft zusammengehalten wurden. Kleine Narben und Schnitte bedeckten ihn von Kopf bis Fuß.

„Was ist los?" rief Adon. „Stoppt ihn!"

Einer der Soldaten sah zu dem Kleriker. „Versucht es selbst – oder verschwindet!"

Um den Turm erhob sich mit einem Mal Lärm und Unruhe, da sich herumsprach, daß die Feste angegriffen wurde. Der Mann mit dem tätowierten Schädel drehte sich kurz um und lauschte, dann richtete er seinen Blick wieder auf die beiden Wachleute vor ihm. Der Fremde trat einen Schritt vor und schlug die Hellebarden zur Seite, als seien sie nichts weiter als Holzstöcke.

„Zurück!" schrie der zweite Cormyrer und trat nach dem Kahlköpfigen.

Der Stiefel des Wachmanns traf den Mann genau an die Stirn, der Treffer hätte ihn rückwärts die Treppe hinunterstürzen lassen müssen, doch der Kopf ging nur ein Stück nach hinten. Dann knurrte der kleine Mann und bewegte sich mit unglaublicher Schnelligkeit und Anmut, als er nach dem Bein griff und es brach. Der Wachmann schrie auf und stürzte. Der Laut, den sein Kopf machte, als er auf eine steinerne Stufe aufschlug, verhieß nichts Gutes.

Jetzt wußte Adon, warum die Wachen den Eindringling nicht hatten aufhalten können. Er war ein Avatar.

„Bhaal!" stieß Adon hervor und hob reflexartig seine Keule.

Der Avatar sah den Kleriker an und lächelte ihm bestätigend zu.

Angst überkam Adon, die er nicht verdrängen konnte. Als er dem Gott Tyrannos unter ähnlichen Umständen gegenübergetreten war, hatte Adon noch seinen Glauben gehabt, der ihm Kraft hatte geben können. Der Tod hatte ihm keine Angst gemacht, denn er hatte daran geglaubt, es sei eine große Ehre, im Dienst an Sune zu sterben – eine Ehre, die ihm im Leben nach dem Tod eine große Belohnung bringen würde.

Solche Garantien gab es jetzt nicht. Adon hatte sich von der Göttin losgesagt, und wenn er starb, dann erwarteten ihn nur endlose Verzweiflung und das Nichts. Schlimmer noch: es würde niemand da sein, um die Dinge zu richten. Bhaal würde die Tafel an sich nehmen und die Menschheit in Finsternis und Elend stürzen.

Der letzte Wachmann ließ seine Hellebarde fallen und zog sein Schwert. Er ging in Angriffsstellung und zeichnete langsam ein Verteidigungsmuster in die Luft.

Der Cormyrer wagte es, Adon einen kurzen Blick zuzuwerfen. „Seid Ihr auf meiner Seite?"

Adon schluckte. „Ja", sagte er schließlich. Der Kleriker kam aus seinem Zimmer und ging dort in Position, wo eben der andere Wachmann zu Fall gekommen war.

Der verbliebene lebende Soldat wechselte zur anderen Seite des Treppenabsatzes und hob sein Schwert. Er sorgte absichtlich für eine Lücke in seiner Verteidigung, auf die der Gott reagieren sollte, damit Adon angreifen konnte.

Ohne sich um die Falle zu scheren trat Bhaal vor, woraufhin Adon mit seiner Keule ausholte und auf den Kopf des Avatars zielte. Der Gott wich dem Schlag aus, und noch ehe der Cormyrer zuschlagen konnte, schlug der Fürst des Mordes ihm in den Magen. Der Mann verlor das Gleichgewicht und taumelte auf dem Treppenabsatz nach hinten. Nun stand Bhaal gleich neben Adon.

Der starrte in die Augen des Avatars und brachte seine Waffe in eine schützende Haltung vor sich. Der Cormyrer stolperte einen Schritt nach vorn und hob ebenfalls seine Waffe.

„Und jetzt?" fragte der Wachmann, der noch immer nach Luft schnappte.

„Angreifen!" schrie Adon.

Der Cormyrer gehorchte und führte von oben herab einen Schlag gegen Bhaal, der aber problemlos auswich und rückwärts in das Zimmer von Mitternacht auswich.

Die Tür flog auf, und Mitternacht stand im Eingang, den Dolch in der Hand. Sie hatte den Kampf schweigend mitverfolgt und den Verlust ihres Zauberbuchs verflucht, während sie auf eine Gelegenheit gewartet hatte, um sich in den Kampf einzuschalten. Diese Gelegenheit war jetzt gekommen, und sie jagte die Klinge in den Rücken des Avatars.

Bhaal riß überrascht die Augen auf. Als er begann, sich umzudrehen, nutzte Adon den Moment, um seinen Knüppel mit aller Gewalt in die Rippen des Avatars zu schlagen. Die Knie des Gottes gaben nach, und er fiel die Stufen hinunter, während er wütend brüllte.

Sechs Stufen tiefer blieb der Avatar liegen. Mitternachts Dolch steckte noch immer in seinem Rücken.

„Ist er tot?" fragte sie.

Bhaal erhob sich im gleichen Augenblick und sah die Magierin finster an, dann stieß er einen Fluch aus in einer Sprache, die kein Mensch jemals würde wiederholen können. Ohne sich um seine Verletzungen zu kümmern, sprang der Fürst des Mordes zurück auf den Treppenabsatz.

Der Cormyrer schrie und sprang dem Avatar mit aufblitzender Klinge entgegen, doch Bhaal stoppte den Wachmann mitten im Sprung und blockte seinen Schwertarm mit einem Schlag, der Knochen zerbrechen konnte, während er seine Finger in die Kehle des Mannes bohrte. Der Avatar kehrte auf den Treppenabsatz zurück und hielt den nach Luft ringenden Wachmann fest, dann ließ er den sterbenden Mann auf die Stufen stürzen, ohne sich weiter um ihn zu kümmern.

Da verstand Adon. Sie konnten den Avatar nicht aufhalten. Bhaal erfüllte den Leib mit seiner eigenen Lebensenergie.

Stiefelgetrampel und zahllose Schreie kündigten an, daß die Verstärkung in den Turm vorgedrungen war.

„Lauf, Mitternacht", rief Adon. „Wir können ihn nicht töten!"

Der Kleriker wandte sich seinem eigenen Zimmer zu, wo er die Tafel aus dem Fenster werfen wollte. Bhaal grinste, dann drehte er sich zu Mitternacht um.

„Adon!" schrie die Magierin. „Was machst du da?" Sie wollte nicht glauben, daß ihr Freund sie im Stich lassen wollte.

Mitternachts Aufschrei ließ Adon wieder zur Besinnung kommen. In seiner Sorge um die Tafel hatte er vergessen, daß sie wehrlos war. Er drehte sich um und hob den Knüppel, als Bhaal mit dem Rücken zu ihm stand. Eine bessere Gelegenheit würde sich nicht bieten.

Adon ließ den Knüppel auf Bhaals Hinterkopf niederfahren. Unter dem Aufprall der Waffe splitterte Knochen. Der überraschte Avatar schwankte und taumelte, so daß Adon für einen Moment glaubte, der Gott würde wirklich zu Boden ging.

Doch dann hob Bhaal eine Hand und tastete die Wunde ab. Als er seine Finger zurückzog, waren sie blutverschmiert. Ohne sich umzudrehen, trat er nach hinten und traf den Kleriker in die Rippen. Adon wurde in sein Zimmer geschleudert und stieß gegen sein Bett, dann sank er zu Boden, während er nach Luft schnappte und sich fragte, wie er je wieder würde aufstehen können.

Adon spürte, daß der Boden schwach zitterte, dann kratzte Metall über Metall. Er hatte keine Ahnung, was diese Vibration auslöste.

„Was ist da unten los?" rief Kelemvor von weiter oben. Seine Stimme klang noch heiser.

Bhaal sah nach oben, obwohl sein Kopf kaum noch mehr als eine blutige breiige Masse war.

„Bei Torms gepanzerter Faust!" fluchte Kelemvor und kam mit schweren, unsicheren Schritten die Treppe herab. „Ich möchte wissen, was ihr da eigentlich macht!"

Bhaal wandte sich wieder der Magierin zu. Den Krieger schien er nicht weiter zur Kenntnis zu nehmen. Mitternachts Herz raste vor Angst, während sie sich an der Tür festklammerte und nach einer Möglichkeit suchte, sich auch ohne Waffe zu verteidigen.

Die Wände warfen das Echo eines gewaltigen Aufschreis zurück. Kelemvor kam hinzugestürzt und holte mit seinem Schwert zu einem weiten Bogen aus. Bhaal wich mit seiner Schulter aus und ließ den Kämpfer auf dem Rücken landen, um ihn im nächsten Moment weiter die Treppe hinunterzuwerfen. Kelemvor verschwand so schnell aus Adons Blickfeld, wie er gekommen war.

Die sich anschließenden Laute und Flüche verrieten, daß die cormyrische Verstärkung Kelemvors Sturz gestoppt hatte – und durch ihn noch länger aufgehalten wurden. Adon zwang sich, aufzustehen. Sein Atem war stockend und schmerzhaft. Seine Tür befand sich genau gegenüber der von Mitternachts Zimmer, und er konnte sehen, wie sich Bhaal langsam der Magierin näherte.

Mitternacht blieb reglos stehen, während der Fürst des Todes näherkam. Sie hatte sich einen Weg überlegt, wie sie Bhaal aufhalten konnte, aber alles hing vom Element der Überraschung ab. Als der Gott die Schwelle zu ihrem Raum erreicht hatte, schlug sie ihm die Tür vor der Nase zu und benutzte sie als Waffe.

Bhaal hatte mit diesem Zug überhaupt nicht gerechnet. Der schwere Tür traf ihn mitten ins Gesicht, und der Avatar taumelte zwei Schritte zurück. Mitternacht schloß die Tür und schob den Riegel vor, dann stemmte sie sich zusätzlich gegen das schwere Holz. Diese Taktik würde den Gott nicht lange aufhalten, doch vielleicht brachte es ihr ein wenig Zeit ein, um über eine bessere Methode nachzudenken.

Bhaal stand mitten auf dem Treppenabsatz und starrte die geschlossene Tür an. Seinem Zorn machte er mit einer Folge gutturaler Flüche Luft.

Adon konnte gut verstehen, daß Mitternachts Schachzug den bösartigen Gott völlig verwirrt hatte. Aber ihm war dabei nicht klar, warum sich Bhaal so sehr auf sie konzentrierte. Vielleicht nahm der Gott an, daß sie die Tafel bei sich hatte. Oder er fürchtete ihre Magie mehr als Adons Knüppel, da er vielleicht nicht wußte, daß sie ihr Zauberbuch verloren hatte. Ganz gleich, was der Grund war, Adon wollte die Situation ausnutzen.

Er trat in die Türöffnung und sah die Treppe hinunter. Kelemvor und acht Cormyrer bildeten ein benommenes, ächzendes menschliches Knäuel.

Als der Kleriker seine Keule hob, vibrierte abermals der Boden unter seinen Füßen. Ein schwaches metallisches Klicken war von irgendwoher zu hören. Adon konnte sich nicht vorstellen, was die Ursache dafür sein mochte, und widmete sich ganz seinem bevorstehenden Angriff.

Im gleichen Moment stürmte Bhaal vor und trat gegen Mitternachts Tür. Der Bolzen riß heraus, und die Tür flog auf. Die Magierin wurde durch ihr Zimmer gewirbelt.

Adon verfehlte Bhaals Kopf, und sein Knüppel traf statt dessen den Boden. Der Schlag verursachte ein hohles Geräusch, und gleichzeitig lösten sich zwei Steine aus dem Treppenabsatz. Der Kleriker machte einen Schritt zurück und betrachtete ungläubig das Loch im Boden.

Bhaal drehte sich zu Adon um, das Gesicht des Avatars verriet dessen Verwirrung. Im nächsten Augenblick gab der gesamte

Treppenabsatz nach und riß den Fürst des Mordes sowie den Leichnam eines gefallenen Wachmanns mit sich. Mit ohrenbetäubendem Lärm schlug der Absatz ein Stockwerk tiefer auf. Staubwolken wirbelten aus der neu entstandenen Öffnung nach oben.

Mitternacht kroch aus der Tür, dann blickten sie und Adon einen Moment lang in das Loch. Als sich der Staub legte, entdeckten sie Bhaals verkrümmten Körper inmitten des Schutts. Der Hals war in einem Winkel zur Seite gedreht, daß er gebrochen sein mußte. Der kleine Körper schien an einem Dutzend Stellen von den Steinen zermalmt worden sein.

Doch der Avatar hatte nach wie vor seine Augen geöffnet. Sie starrten Adon mit unverhohlenem Zorn an. Der Gott ballte zuerst die linke, dann die rechte Hand zur Faust.

Mitternacht schnappte nach Luft. Sie konnte nicht glauben, daß der Avatar noch immer lebte.

„Was ist nötig, um dich zu töten?" schrie Adon ihn an.

Wie zur Antwort steckte Schnüffler seinen Kopf aus einem Loch unterhalb der Tür zum Zimmer des Klerikers – an der Stelle, an der sich der Balken hätte befinden müssen, der den Treppenabsatz trug.

„Hat das nicht gereicht?" fragte der Halbling. „In was habt ihr mich hineingezogen?"

„Was ist geschehen?" fragte Mitternacht, die noch immer verblüfft auf den eingestürzten Treppenabsatz sah.

„Es war eine Falle", bemerkte Schnüffler beiläufig. „Die letzte Verteidigungslinie. Die Treppenabsätze in diesem Turm sind so konstruiert, daß man sie zum Einsturz bringen kann – für den Fall, daß die Feste eingenommen wird und die Bewohner ihre Angreifer aufhalten wollen, um sich auf das Dach zurückzuziehen."

Während der Halbling sprach, zog Bhaal ein Knie an seine Brust und brachte sich in eine sitzende Position.

„Schon gut", sagte Adon und zeigte statt dessen auf den Avatar.

Schnüffler deutete auf die Oberkante von Adons Türöffnung. „Da ist eine Kurbel hinter der Tür!" rief er und unterstrich seine Worte mit Gesten. „Dreh sie!"

Der Kleriker machte einen Schritt nach hinten und entdeckte die Kurbel an der beschriebenen Stelle. Der Kleriker begann, sie zu drehen. Der Balken über ihm, der den Treppenabsatz der nächsten Etage trug, begann sich zu bewegen.

„Schnell!" schrie Schnüffler.

Mitternacht ging von der Tür zurück, da sie das Gefühl hatte, im Inneren ihres Zimmers besser aufgehoben zu sein, wenn der Absatz herabstürzte.

Adon drehte schneller an der Kurbel. Die tragenden Balken wurden langsam zurückgezogen, und ein erster Stein fiel heraus, dann noch zwei, dann ein Dutzend, bis der komplette Absatz nachgab.

Schnüffler steckte wieder den Kopf durch das Loch, Mitternacht kam erneut an die Türöffnung gekrochen. Schließlich hatte die cormyrische Verstärkung den ersten Stock erreicht, dicht gefolgt von Kel. Sie starrten in das Loch im Boden.

„Ist er tot?" fragte Schnüffler.

Adon schüttelte den Kopf. „Nein. Wenn der Avatar eines Gottes stirbt, hat das eine gewaltige zerstörerische Wirkung."

„Ein Gott!" wiederholte Schnüffler und wäre vor Schreck fast umgefallen.

Adon nickte. „Cyric hat nicht gelogen. Bhaal verfolgt uns." Der Kleriker wies auf den Schutt. „Das ist er."

Fast schien es wie eine Reaktion auf Adons Erkenntnis, daß sich die Staubwolke legte. Bhaal lag unter einem Steinhaufen, eine Hand und ein Fuß ragten heraus.

„Für mich sieht er tot aus", meinte Schnüffler.

Die Hand zuckte einmal, dann schob sie einen Stein zur Seite.

Mitternacht schnappte nach Luft. „Wenn wir ihn schon nicht töten können", rief sie Adon zu, „gibt es denn keine Möglichkeit, ihn irgendwie einzusperren?"

Adon runzelte die Stirn und schloß die Augen, um seine Erinnerung nach einer Lösung zu durchforsten. Schließlich schüttelte er den Kopf. „Nicht, daß ich wüßte."

Die Hand schob den nächsten Stein weg.

„Ins Erdgeschoß!" befahl der cormyrische Sergeant.

„Schnell, bevor er sich selbst befreit!" fügte Kelemvor an und führte die Truppe an – um in einem hoffnungslosen Kampf zu sterben, dachte Adon.

„Vielleicht sollten wir aufbrechen", überlegte Schnüffler.

Mitternacht hörte nicht zu. Kaum hatte er den Vorschlag ausgesprochen, formte sich in ihrem Geist ein Zauber, wie sie ihn noch nie gekannt hatte.

Die Magierin ging zurück in ihr Zimmer und durchsuchte ihren Umhang, um dann mit zwei Lehmkugeln und etwas Wasser zurückzukehren. Nachdem sie die erste Kugel eingetaucht hatte, zerrieb sie sie zwischen ihren Fingern und verteilte den Lehm auf dem Schutt unter ihr.

„Was machst du da?" fragte Schnüffler, der die Lehmklümpchen herabfallen sah.

„Ich umschließe ihn in Stein", erklärte Mitternacht ruhig, während sie den Lehm weiter zerrieb.

„Auf magische Weise?" wollte Adon wissen.

„Natürlich. Oder sehe ich aus wie ein Maurer?"

„Und wenn der Zauber fehlschlägt?" wandte Adon ein. „Du könntest den ganzen Turm vernichten."

Mitternacht runzelte die Stirn. Das Auftauchen des Zaubers hatte sie so sehr begeistert, daß ihr die Möglichkeit eines Fehlschlags gar nicht in den Sinn gekommen war.

Bhaal befreite sich von weiteren Steinen.

„Was haben wir zu verlieren?" fragte Mitternacht. Die Magierin schloß die Augen und konzentrierte sich auf die Magie. Rasch sprach sie den Zauber und zerrieb den restlichen Lehm der ersten Kugel.

Als sie die Augen wieder öffnete, hatte sich der Schutt in eine zähflüssige, durchsichtige Masse verändert, die die Farbe von Ale aufwies. Sie hatte Schlamm erwartet, kein Kiefernharz, doch wenigstens war Bhaals verdrehte Gestalt nun umschlossen. Seine haßerfüllten Augen waren auf Mitternacht gerichtet, während er versucht, sich zu befreien.

Kelemvor und die Cormyrer tauchten am Fuß der Treppe auf und blieben am Rand der Masse stehen. Einer der Männer versuchte, sein Schwert durch Bhaals Leib zu jagen, doch der Sirup packte die Klinge und ließ sie nicht wieder los.

„Was soll das?" wollte der Sergeant wissen. „Wie sollen wir ihn durch diese Masse hindurch angreifen?"

„Ich würde ganz davon absehen, ihn anzugreifen", rief Adon ihm zu. „Es sei denn, Ihr habt keine andere Wahl."

Mitternacht weichte die zweite Lehmkugel ein und verrieb sie über der gelblichen Masse.

„Was soll das nun wieder?" rief der Sergeant und zeigte mit seinem Schwert auf Mitternachts Hand.

Schnüffler antwortete für die Magierin. „Macht Euch darüber keine Gedanken. An Eurer Stelle würde ich ein wenig zurücktreten."

Mitternacht schloß wieder die Augen und rezitierte einen weiteren Zauber, der die zähflüssige Masse fest werden lassen sollte. Als sie fertig war, begann die goldene Flüssigkeit tatsächlich zu verhärten. Die Bewegungen des Avatars wurden immer langsamer und waren nach wenigen Sekunden völlig erstarrt.

Der cormyrische Sergeant klopfte mit seinem Schwert auf den Masse, und es klang, als würde er auf Granit schlagen.

„Wo hast du das gelernt?" fragte Adon.

„Das kam mir plötzlich in den Sinn", erwiderte sie mit schwacher und müder Stimme. „Ich verstehe es selbst nicht." Mit einem Mal wurde ihr schwindlig, und sie begriff, daß der Zauber ihr mehr abverlangt hatte, als sie gedacht hätte.

Adon sah Mitternacht einen Augenblick lang an. Ihm kam es so vor, als würde sie jeden Tag etwas Neues über die Magie lernen. Beim Gedanken daran, daß er seine eigene Macht verloren hatte, verspürte er unwillkürlich eine gewisse Eifersucht.

„Wird das halten?" fragte Kelemvor und trat gegen die Masse.

Adon betrachtete Bhaals Gefängnis. Die Masse hatte sich zu fünfundvierzig Zentimetern kristallinen Gesteins verhärtet, der in ihr befindliche Avatar starrte weiter Mitternacht an.

„Ich hoffe es", gab Adon zurück und richtete seinen Blick ebenfalls auf Mitternachts erschöpfte Miene.

5

EINE GRÜNE SONNE

Trotz einer Nacht, die von unruhigem Schlaf gekennzeichnet war, erwachte Mitternacht eine Stunde nach Sonnenaufgang auf. Feine Lichtstreifen bahnten sich ihren Weg an den Rändern der Fensterläden hindurch und tauchten den Raum in einen unheimlichen grünen Farbton. Sie legte sich ihren Umhang um und öffnete das Fenster. Wo sich die Sonne hätte befinden sollen, hing ein riesiges Facettenauge, das dem einer Fliege oder Spinne ähnelte. Es strahlte intensives grünes Licht aus, das den Himmel smaragdfarben erscheinen ließ und die grauen Berge rings um Hochhorn in grünliches Leuchten tauchte.

Mitternacht blinzelte und sah weg. Auf den inneren Wällen der Feste zogen die Wachleuten ihre Bahnen, ohne von dem Auge am Himmel Notiz zu nehmen. Die Magierin überlegte, ob sie sich das Ding vielleicht einbildete, doch als sie erneut hinaufsah, war das Auge immer noch da.

Mitternacht betrachtete die grüne Kugel einige Minuten lang, da sie von ihrer Abscheulichkeit auf sonderbare Weise fasziniert war. Dann kam sie zu dem Schluß, es sei sinnlos, sich von dem Ding fesseln zu lassen, und begann, sich anzukleiden.

Sie kam nur langsam voran, weil sie immer wieder gähnen mußte. Nachdem sie Bhaal in der Nacht festgesetzt hatte, war sie in einen rastlosen Schlaf gefallen, der ihr nicht half, wieder zu Kräften zu kommen. Obwohl der Angriff des Gottes ihr Angst gemacht hatte, war der Ritt von Abendstern hierher so anstrengend gewesen, daß sie die Augen nicht mehr hatte offenhalten können.

Ihr Schlummer war jedoch von kurzer Dauer gewesen. Zwei Wachen waren gekommen, um Holzbohlen statt des zusammengebrochenen Treppenabsatzes einzusetzen, und hatten sie mit ihrer Arbeit aus dem Schlaf gerissen. Mitternacht hatte die nächsten zwei Stunden damit verbracht, auf all die ungewohnten Geräusche in Hochhorn zu achten, dann endlich war sie in einen unruhigen Schlaf gefallen, um im Schein einer grünen Morgenröte zu erwachen.

Sie war immer noch schläfrig und erschöpft, doch Mitternacht wußte, daß es sinnlos war, sich wieder hinzulegen. Am Tag zu schlafen war für sie ohnehin nicht einfach, und der Lärm in der Burg machte es ihr nur noch schwerer. Außerdem war die Magierin zu sehr darauf erpicht, sich mit dem Zauber zu befassen, den sie in der letzten Nacht angewandt hatte.

Der Zauber war Mitternacht einfach in den Sinn gekommen, was sie freute, aber auch verwirrte. Magie war eine strenge Disziplin, die ein sorgfältiges, mühseliges Studium erforderlich machte. Die mystischen Symbole, die Magier in ihr Gehirn einbrannten, wenn sie einen Zauber lernten, beinhalteten Macht. Wurde der Zauber gewirkt, wurde die Energie freigesetzt, und jede Erinnerung an die Symbole wurde ausgelöscht, so daß sie erneut studiert werden mußten, ehe der Zauber ein weiteres Mal gewirkt werden konnte. Deshalb war das Zauberbuch Mitternachts wertvollster Besitz gewesen.

Doch der neue Zauber war ihr in den Sinn gekommen, ohne daß sie ihn hatte studieren müssen. Sie hatte ihn noch nie zuvor gesehen, und er war ihr wie ein Zauber vorgekommen, der ihre Fähigkeiten überstieg.

Voller Begeisterung beschloß Mitternacht, einen anderen Zauber heraufzubeschwören. Wenn sie nach Belieben mystische Symbole in ihr Gedächtnis holen konnte, war der Verlust ihres Zauberbuchs gar nicht so schlimm – vielleicht hatte er sich sogar als Glücksfall erwiesen.

Sie schloß die Augen und wischte jeden Gedanken beiseite. Dann erinnerte sie sich daran, wie Kel sie am Abend zuvor erzürnt hatte, und versuchte, sich die Symbole für einen Liebeszauber vorzustellen.

Aber nicht lange, denn nichts geschah. Sie wußte, daß auch nichts geschehen würde. Sie setzte sich und analysierte alle Einzelheiten der nächtlichen Ereignisse. Nachdem die eingebrochenen Treppenabsätze Bhaal nicht hatten töten können, war ihr klargeworden, daß die einzige Hoffnung darin bestand, den Gott festzusetzen. Dann war ihr eingefallen, wie das bewerkstelligt werden konnte.

Doch Mitternacht konnte sich an keines der mystischen Symbole des Zaubers erinnern. Ihr wurde klar, daß die Beschwörung in ihrer reinen, unverfälschten Form zu ihr gekommen war. Minutenlang rätselte sie, was geschehen war. Im wesentlichen waren die mystischen Symbole die Zauber, denn Symbole brachten Zauberkundige in Kontakt mit der Magie, die ihre Kunst antrieb. Es war unmöglich, einen Zauber zu wirken, ohne ein mystisches Symbol zu benutzen.

Plötzlich wurde Mitternacht alles klar, und sie verstand, was sich zugetragen hatte. Sie hatte keinen Zauber gewirkt, jedenfalls nicht in der Art, wie ihn sich die meisten Magier vorstellten. Statt dessen hatte sie direkt auf das magische Netz zugegriffen und dessen Kraft ohne Symbole oder Runen genutzt.

Mit einem flauen Gefühl in der Magengegend beschloß Mitternacht, sich erneut an dem Spruch zu versuchen. Diesmal konzentrierte sie sich auf den gewünschten Effekt, nicht auf die Symbole. Die Macht schwoll in ihr an, und intuitiv wußte sie, welche Worte sie sagen und welche Gesten sie beschreiben mußte, um die Magie zu zu formen.

Mitternacht legte eine Hand auf ihre Brust und strich mit den Fingern über eine glatte Linie entlang ihres Schlüsselbeins. An dieser Stelle war vor wenigen Wochen Mystras Anhänger mit ihrer Haut und ihrem Fleisch verschmolzen.

„Was hast du gemacht?" fragte sie und sah zum Himmel. Natürlich kam keine Antwort.

Während Mitternacht in ihrem Zimmer im ersten Stockwerk über das magische Netz nachdachte, standen ein Dutzend hungriger Offiziere einen Stock tiefer im Bankettsaal. Sie warteten seit über einer Stunde darauf, daß Deverell kam.

Schließlich kam er in den Raum gestolpert. Seine Augen waren klein und blutunterlaufen, seine Haut hatte eine blasse, gelbliche

Farbe. Sein Zustand hatte nichts mit Bhaals Angriff in den Nacht zu tun, denn er hatte den Kampf verschlafen und wußte nur davon, weil sein Diener ihm davon berichtet hatte.

Obwohl er weniger Bier als Deverell getrunken hatte, war Kel nicht so sehr an das starke Gebräu gewöhnt, so daß er sich in einer ähnlichen Verfassung befand wie der Kommandant. Kelemvor lag noch im Bett, nachdem er in der Nacht einem Dienstmädchen aufgetragen hatte, ihn nicht vor Mittag zu wecken. Auch Adon schlief noch, der nach einer ganzen Reihe von Träumen über Bhaal und verschiedene langsame Todesarten letztlich doch Ruhe gefunden hatte.

Schnüffler war als einziger der Gefährten zugegen, als sich Deverell niederließ. Jeder andere Gastgeber hätte das Fehlen von Schnüfflers Freunden als merkwürdig erachtet, womöglich sogar als unhöflich, doch Deverell störte sich nicht daran. Vielmehr fühlte er sich nicht ganz so schuldig, nachdem er erst so spät aufgestanden war, und etwas weniger Schuldgefühle waren ihm mehr als willkommen. Die Offiziere, die Nachtdienst hatten, würden über das Unvermögen seines Dieners murren, ihn zu wecken, und Deverell konnte es ihnen nicht verübeln. In jüngerer Zeit hatte es zu viele Gelegenheiten für ähnliche Bemerkungen gegeben, doch er fand, man könne ihm keinen Vorwurf daraus machen, wenn er sich in den einsamen Sälen von Hochhorn ein wenig unterhalten wollte.

Deverell winkte die Offiziere und Schnüffler heran. „Setzt euch", sagte er, „und eßt."

Die Offiziere nahmen ohne Kommentar Platz. Aus den Gesprächen, die der Halbling mitbekommen hatte, wußte er, daß die Cormyrer schlechte Laune hatten. Die meisten von ihnen hatten die Nacht auf kalten Festungswällen verbracht und wollten nichts sehnlicher, als sich hinlegen, auch wenn die Zeremonie vorschrieb, daß sie zuvor mit ihrem Herrn das Brot brachen.

Dienstmädchen brachten Schüsseln mit heißem Brei herein. Deverell betrachtete die Mehlsuppe und schob sie angewidert weg, doch Schnüffler legte einen kräftigen Appetit an den Tag und langte kräftig zu. Ihm war gekochtes Getreide wesentlich lieber als gebratenes Fleisch oder süßer Kuchen.

Einen Moment später wandte sich Deverell ihm zu. „Mein Majordomus sagt, Ihr seid in der Nacht in sein Büro eingebrochen."

Schnüffler schluckte eine Portion Haferflocken. „Es war nötig, Herr."

„Das habe ich gehört", erwiderte Deverell und schüttelte den Kopf. „Ich danke Euch für Euer schnelles Handeln."

„Nicht der Rede wert. Es war nur Dankbarkeit für Eure Gastfreundschaft." Obwohl er in Schwarzeichen aufgewachsen war, hatte Schnüffler genügend Paläste von innen gesehen, um zu wissen, was die Höflichkeit gebot.

Zustimmendes Gemurmel machte sich breit. Der Befehlshaber versuchte zu lächeln und neigte den Kopf. „Eure Worte sind höflich, doch ich muß mich entschuldigen. Ich versprach Euch sichere Zuflucht. Mein Versagen, dafür zu sorgen, ist eine grobe Verletzung meiner Gastgeberpflichten."

„Es war nicht Euer Fehler", sagte Mitternacht, die soeben den Raum betreten hatte.

Deverell und die Offiziere erhoben sich, um sie zu begrüßen. „Mitternacht", sagte Deverell. „Ihr seht gut aus."

Mitternacht lächelte und wußte das Kompliment zu schätzen, obwohl ihr klar war, daß man ihr die Müdigkeit ansah. Die Magierin näherte sich dem Tisch und sprach: „Ihr müßt kein schlechtes Gewissen haben. Bhaal hat uns angegriffen."

Wieder kam Gemurmel auf. Sie hatte das Gerücht bestätigt, das die ganze Nacht kursiert hatte. Einige Männer sahen nervös in die Richtung, in der Bhaal in seinem Bernsteingefängnis lag, doch niemand sagte etwas.

Schnüffler fügte an: „Ihr hättet nichts tun können. Niemand hätte ihn aufhalten können."

„Aber Ihr habt ihm das Vorankommen erschwert, Freund Halbling", erwiderte Deverell und bedeutete Mitternacht, sich zu setzen. „Vielleicht solltet *Ihr* das Kommando über die Wache übernehmen."

Einer der Offiziere, der schlaksige Pell Beresford, runzelte die Stirn. Mitternacht ging es nicht anders. In den Tagen, die sie

Schnüffler kannte, war er ihr ans Herz gewachsen. Sie war dankbar für sein Geschick, durch das er zweimal ihr Leben gerettet hatte. Die Aussicht, sich von ihm trennen zu müssen, gefiel ihr nicht.

„Ich weiß, daß Ihr noch nicht lange mit Mitternacht und ihren Freunden unterwegs seid", fuhr Deverell fort und setzte sich wieder. „Doch wenn Ihr bleiben wollt – mein Angebot ist ernst gemeint. Ich kann Männer mit scharfem Verstand gebrauchen."

„Ihr schmeichelt mir, Herr", sagte Schnüffler verblüfft. Menschen boten Halblingen selten verantwortungsvolle Posten an.

Mitternacht biß sich auf die Lippe. Wenn Schnüffler das Angebot annahm, würde sie ihm gratulieren und erfreut wirken müssen.

„Ich nähme gerne an", erwiderte der Halbling und sah in Deverells schläfrige Augen. „Doch mein Weg verläuft noch eine Weile an Mitternachts Seite."

Mitternacht atmete erleichtert auf.

Schnüffler fand offenbar, Deverell hätte eine umfassendere Erklärung verdient, und sprach weiter: „Ich habe noch eine Rechnung mit einer Bande Zentilaren offen, die uns verfolgen."

„Schwarzeichen", sagte Beresford und schob seine leere Schale weg.

Schnüffler nickte. „Woher wißt Ihr?"

„Vor Tagesanbruch ritten 40 Eurer Leute vorüber. Sie waren auf der Fährte eines Trupps Zentilaren, den eine unserer Patrouillen in der Nacht verscheucht hat."

„Zweifellos dieselben, die Euch verfolgt haben", stellte Deverell fest.

„Ich muß sofort aufbrechen!" rief Schnüffler und sprang auf. „Wohin sind sie geritten?"

„Geduld", sagte Deverell. „Sie sind zweifellos in Richtung Westen geflohen, und diese Ländereien gehören den Zentilaren – wenn sie jemandem gehören. Ihr werdet niemals die finden, die Ihr sucht, aber es gibt genug Böses, das Euch finden wird. Es wäre weise, der Rache abzuschwören und mein Angebot anzunehmen."

„Wenn es eine Frage der Rache wäre, dann würde ich das", seufzte Schnüffler. Er meinte es, wie er es sagte. So sehr er danach verlangte, es den Männern heimzuzahlen, die Schwarzeichen zerstört hatten, wußte er, daß es kein gutes Ende nehmen würde, wenn er ihnen in die Tunebene folgte.

Doch Schnüffler hatte keine Wahl. Als die Zentilaren sein Dorf angegriffen hattemn, hatten sie auch sein Schwert gestohlen. Soviel Böses auch in ihm war, mußte er es doch wieder an sich nehmen. Es besaß einen eigenen Willen, der lange über Schnüffler geherrscht und ihn gezwungen hatte, wahllos und oft zu morden. Hätte das Fehlen der roten Klinge ihn nicht fast wahnsinnig gemacht, wäre Schnüffler nur zu froh gewesen, endlich von ihr befreit zu sein.

Doch ein irritierendes Verlangen, das Schwert wieder in seinen Besitz zu bringen, beherrschte jeden seiner Gedanken, und seit seinem Verlust hatte er nicht eine Stunde geschlafen. Der vorherige Eigentümer des Schwerts war verrückt geworden.

Deverell, der die Verzweiflung in Schnüfflers Augen für Entschlossenheit hielt, sagte. „Ihr müßt tun, was die Ehre diktiert. Ganz gleich, wie sehr ich Euch brauche, kann ich Euch nicht befehlen, hier zu bleiben."

„Wohin willst du?" wollte Mitternacht wissen und stand auf.

„Ich will die Zentilaren finden, die mein Dorf vernichtet haben", antwortete der Halbling und sah zur Tür. „Wenn ich mich nicht irre, wolltest du ihnen aus dem Weg gehen."

Mitternacht ignorierte die spitze Bemerkung. „Du wirst dich deinen Leuten anschließen und mit ihnen gegen die Zentilaren kämpfen?" bohrte sie nach.

„Du weißt, daß sie mich nicht bei sich haben wollen", erwiderte Schnüffler gereizt.

„Wenn Ihr allein geht, stehen Eure Chancen zwanzig zu eins", sagte Deverell und schüttelte den Kopf.

„Bist du verrückt?" fügte Mitternacht an und packte Schnüffler an der Schulter.

Der bemerkte, daß die cormyrischen Offiziere dem Wortwechsel lauschten, und zögerte. Mitternacht wußte nichts vom Fluch des Schwerts, niemand wußte davon, und er hielt es für das beste, wenn niemand davon erfuhr. Schließlich zog sich der Halbling ein Stück zurück und erwiderte: „Ich bin schon in besser bewachte Lager eingedrungen!"

„Und dann?" fragte Mitternacht. „Willst du zwanzig schlafenden Zentilaren die Kehle aufschlitzen?"

Nur einem, dachte Schnüffler. Er hatte es oft genug getan. Doch er antwortete nur: „Ich muß gehen."

„Man wird dich töten!" herrschte Mitternacht ihn an und ballte die Fäuste, da der kleine Mann so unglaublich stur war.

„Vielleicht nicht", warf Deverell ein und wandte sich dem Halbling zu. „Wir entsenden oft bewaffnete Patrouillen in die Tunebene. Es ist wieder Zeit für eine solche Patrouille. Wenn Ihr mit ihr reitet, seid Ihr sicher, bis Ihr die Zentilaren findet, die Euer Dorf dem Erdboden gleichgemacht haben."

Ehe Schnüffler etwas erwidern konnte, wandte sich Deverell an Mitternacht. „Die Patrouille könnte auch Euch bis zum Gelben Schlangenpaß begleiten, wenn Ihr in diese Richtung reist."

Einigen Offizieren war die Erleichterung darüber anzusehen, daß sie auf Dauer dem Schutz der Feste zugeteilt worden waren.

„Das würden wir begrüßen", sagte Mitternacht. Sie und ihre Gefährten hatten noch nicht über die neue Route nach Tiefwasser gesprochen, doch sie wußte, daß Adon und Kelemvor einverstanden sein würden. Sie waren so weit nach Norden getrieben worden, daß die Tunebene und der Gelbe Schlangenpaß ein kleineres Risiko darstellten, als wieder nach Süden zu reisen und sich dort einer Karawane anzuschließen.

„Gut", sagte Deverell. „Ich werde dem Quartiermeister auftragen, Vorräte für Euch zusammenzustellen. Ihr braucht Bergponys, Kleidung, zusätzliche Waffen, Seile, eine Karte..."

◆ ◆ ◆

Cyric hockte hinter einem Findling, den durchnäßten Umhang eng um die Schultern gezogen. Zu allen Seiten bildeten schneebedeckte Gipfel den Horizont vor einem grauen Himmel. Cyrics Männer hatten auf der einzigen ebenen Fläche ihr Lager aufgeschlagen, die sie im Umkreis von Kilometern hatten finden können. Es handelte sich um ein Stück Grund am Fuß eines hoch aufragenden Hangs, das von mannshohen Felsen übersät war. Das Plateau endete an einem weiteren Hang, von dem aus man die Straße sehen konnte, die von Hochhorn herführte.

Ein schwacher, kalter Wind zog durch das Tal und trug den säuerlichen Geruch von Stinkwurz mit sich. Von ein paar dürren Büschen abgesehen, die an geschützten Stellen wuchsen, gab es nirgends einen Baum oder eine Pflanze, die höher aufragte als ein Zwerg.

Dalzhel stand neben Cyric und hatte ihm eben eine Bitte angetragen, die seine Männer geäußert hatten und die vernünftig klang.

„Sie können kein Feuer machen", erwiderte Cyric, der zudem auch nirgends Holz entdecken konnte, das für ein Feuer unverzichtbar gewesen wäre. Nach der Nacht, in der ein eisiger Nieselregen niedergegangen war, stand nun eine Sonne am Himmel, die aussah wie das Auge eines Insekts. Das hatte zwar die Berge in grünliches Licht getaucht, doch die Strahlen brachten keinerlei Wärme mit sich, was Cyrics entmutigte Männer nur noch mürrischer machte. Zum Glück waren am Mittag Wolken aufgezogen und hatten das Auge verdeckt. Es sah so aus, als würde es den ganzen Tag so kalt bleiben.

Die Kälte war Cyric egal. Auch wenn das Wasser in seiner Feldflasche gefroren war, wäre es ihm nicht wärmer gewesen, wenn er an einem knisternden Feuer gesessen hätte. Zwar verstand er nicht so recht, warum ihm so warm war, doch er vermutete, daß das rote Schwert etwas damit zu tun hatte.

„Wir sind für eine Reise durch die Berge schlecht vorbereitet", murrte Dalzhel, dessen Nase und Ohren von der Kälte schneeweiß waren. Er sah nach Westen, wo 18 von Cyrics Männern sich ins Geröllfeld gekauert hatten. „Den Männern ist kalt, sie haben Hunger."

Einer der zentischen Soldaten stieß ein wehklagendes Heulen aus, was er seit Anbruch des Tages im Abstand von wenigen Minuten bereits die ganze Zeit über getan hatte. Es machte die Pferde nervös und zehrte an Cyrics Geduld.

„Kein Feuer", wiederholte dieser. Auch wenn seine Männer froren, konnten sie kein Feuer machen, weil das Rauchwolken verursacht hätte, die man noch aus vielen Kilometern Entfernung sehen konnte. „Wenn unsere Spione Mitternacht ausmachen, setzen wir uns in Bewegung, und dann können sich die Männer aufwärmen."

„Ein schwacher Trost", gab Dalzhel zurück und rieb sich die Hände. „Bis dahin wird die Hälfte der Männer erfroren sein."

„Denk nach!" herrschte Cyric ihn an. Mit der Schwertspitze berührte er einen Fels. „Das sind wir." Er schob das Schwert ein paar Zentimeter in Richtung Osten. „Hier ist Hochhorn. Die Cormyrer sind über 500 Mann stark, und überall halten sich Patrouillen auf."

Dalzhel zuckte, als er den Namen Hochhorn hörte. In der Nacht zuvor hatten sie nur anderthalb Kilometer von der Festung entfernt ihr Lager aufgeschlagen, und eine Patrouille von fünfzig Cormyrern hatte sie überrascht. Nachdem Cyric etliche Leute durch sie verloren hatte, war er gezwungen gewesen, in die Berge zu fliehen.

Die Cormyrer auf ihren Ponys, die sich sicher im Terrain bewegten, hatten sie fast die ganze Nacht hindurch verfolgt. Die feindliche Patrouille war erst umgekehrt, als Cyrics Bande sie in einer engen Schlucht angegriffen hatte. Die zentischen Gesetzlosen hatten den Rest der Nacht gebraucht, um den Weg wiederzufinden und den Rastplatz zu entdecken, an dem sie sich jetzt aufhielten. Unterwegs hatte sich der zentische Sergeant Fane bei einem Sturz beide Beine gebrochen, zwei Pferde waren von einer Klippe gestürzt, und die Hälfte der Reittiere lahmte, da sie sich durch ein felsiges Gebiet hatten kämpfen müssen. Dalzhel hatte anfangs gekichert, als er sah, daß die Cormyrer auf Ponys ritten, doch jetzt hätte er sofort drei seiner Leute für ein Dutzend dieser Tiere gegeben.

Cyric legte die Schwertspitze auf einen Punkt nördlich der Stelle, die seinen Trupp markierte. „Die Fernsichtsümpfe, Heimat des Echsenvolks." Er wies nach Westen. „Dunkelburg, eine zentische Feste."

„Wenigstens haben wir aus der Richtung nichts zu befürchten", sagte Dalzhel. „Die Streitmacht von Dunkelburg wurde in den Schlachten um Schattental und Tantras stark dezimiert."

Fane heulte wieder, woraufhin die Pferde zu wiehern begannen. Beide Männer sahen in seine Richtung, dann widmeten sie sich wieder ihrer Unterhaltung.

„Wir haben sehr viel von Dunkelburg zu befürchten", gab Cyric schneidend zurück. „Angesicht der dezimierten Truppen wird der Befehlshaber der Garnison Jäger in die Tunebene schicken, um dort nach Rekruten zu suchen. Glaubst du, sie würden uns nicht verfolgen?"

Dalzhel nickte. „Doch." Eine Wolke stieg aus seinem Mund auf und verdeckte sein Gesicht. „Wir würden den Rest unseres Lebens Frondienst leisten müssen."

„Vorausgesetzt, sie erkennen uns nicht als Deserteure", fügte Cyric an.

Dalzhel schauderte. „Ich komme damit klar, gegen Cormyrer zu kämpfen – aber wegen Desertion gefoltert zu werden, ist eine ganz andere Sache."

„Du hast keine Wahl", gab Cyric zurück. Das Verlangen überkam ihn, seinen Stellvertreter auf der Stelle zu ermorden. Er hob sein Schwert, bis ihm klar wurde, was er da eigentlich machte, dann ließ er es wieder sinken. Der Dieb schloß die Augen und zwang sich zur Ruhe.

„Stimmt etwas nicht?" fragte Dalzhel.

Cyric öffnete die Augen und merkte, daß die Wut sich gelegt hatte, aber von Blutlust ersetzt worden war – einer Blutlust, die stärker und finsterer war als alles, was der Dieb jemals gefühlt hatte. Was Cyric dabei vor allem ärgerte, war die Tatsache, daß es nicht sein eigenes Gefühl war.

„Du solltest nach der Wache sehen", murmelte der Mann mit der Hakennase auf der Suche nach einem Vorwand, Dalzhel nicht mehr sehen zu müssen. „Gib mir sofort Bescheid, wenn du etwas von unseren Spionen hörst, die Hochhorn beobachten."

Dalzhel gehorchte sofort und ohne Rückfrage. Er wollte nicht die Anspannung verstärken, die seinem Vorgesetzten bereits anzusehen war.

Cyric seufzte , dann legte er das Schwert quer auf seine Knie. Die Klinge war blaß geworden und war nun beige statt von kräftig roter Färbung. Mitgefühl mit der Waffe überkam ihn.

Cyric mußte laut lachen. Mitleid mit einem Schwert zu haben war genauso wenig sein eigenes Gefühl wie der Durst, den er nach Dalzhels Blut verspürt hatte.

Wieder heulte Fane und ließ den Dieb mit einem gereizten Schaudern reagieren.

Töte ihn.

Cyric warf das Schwert von seinen Knien und sah, wie es auf dem felsigen Untergrund schlug. Die Worte, die eine leise Frauenstimme gesprochen hatte, waren unaufgefordert in seinen Geist gelangt.

„Du lebst", zischte Cyric das Schwert an. Die Kälte stach zum ersten Mal in seinen Ohren und seiner Nase.

Der Schwert blieb stumm.

„Sprich zu mir!"

Die einzige Antwort war Fanes mitleiderregendes Stöhnen.

Cyric hob das Schwert auf und verspürte sofort wieder wohlige Wärme. Der Wunsch, Fane zu töten, überkam ihn, doch er tat nichts, um diesem Verlangen zu folgen. Statt dessen lehnte sich der Dieb zurück und legte die Klinge wieder auf seine Knie.

„Ich habe nicht beschlossen, ihn zu töten", sagte Cyric und betrachtete finster die Waffe.

Vor seinen Augen wurde das Schwert immer blasser. Verlangen und Enttäuschung schlichen sich in sein Herz, und der Dieb fühlte sich völlig von einem Gefühl der Begierde vereinnahmt, während seine Umgebung immer mehr an Bedeutung verlor. Als die Klinge völlig weiß war, nahm er nichts mehr um sich herum wahr.

Hinter Cyric ertönte eine Frauenstimme. „Ich habe Hunger."

Er sprang auf und wirbelte herum. Ein Mädchen, das vielleicht vierzehn oder fünfzehn Jahre alt war, stand vor ihm. Die junge Frau trug ein durchsichtiges rotes Kleid, das ihre sich entwickelnde Weiblichkeit erkennen ließ, das aber gleichzeitig die hervortretenden Rippen sowie den vom nahenden Hungertod eingefallenen Magen zeigte. Schwarzes seidiges Haar umrahmte ein hageres Gesicht, und die Augen waren durch Müdigkeit und Verzweiflung tief eingesunken.

Hinter ihr erstreckte sich eine endlose weiße Ebene. Cyric stand inmitten einer Einöde, die so flach wie ein Tisch und leer wie die Luft war. Die Findlinge, die sich um ihn herum befunden hatten, waren verschwunden, und auch von dem Schwert, das quer auf seinen Knien gelegen hatte, war nichts mehr zu sehen.

„Wo bin ich?" fragte Cyric.

Die junge Frau ignorierte seine Frage und sank auf die Knie. „Cyric, hilf mir bitte", flehte sie ihn an. „Ich habe seit Tagen nichts mehr gegessen."

Der Dieb mußte nicht fragen, woher sie seinen Namen kannte. Die Frau und das Schwert waren eins. Sie hatte ihn auf eine Ebene gebracht, wo sie ihre wahre Form tarnen und eine ansprechendere Gestalt annehmen konnte.

„Schick mich zurück!" verlangte Cyric.

„Dann gib mir zu essen!"

„Was soll ich zu essen geben?" fragte er.

„Gib mir Fane", bettelte sie.

Diese Bitte hätte Mitternacht oder Kelemvor geschockt, doch Cyric schreckte nicht vor ihrer Abscheulichkeit zurück. Statt dessen runzelte er die Stirn und dachte über ihr Anliegen nach. Schließlich aber schüttelte er den Kopf. „Nein."

„Warum nicht?" wollte sie wissen. „Fane bedeutet dir nichts. Keiner deiner Männer bedeutet dir etwas."

„Das ist wahr", räumte Cyric ein. „Doch *ich* entscheide, wann sie sterben."

„Ich bin schwach. Wenn ich nichts zu essen bekommen, können wir nicht zurückkehren."

„Belüg mich nicht", warnte Cyric sie. Ihm kam eine Idee. Ohne den Blick von der jungen Frau zu nehmen, richtete er seine Aufmerksamkeit auf sein Inneres. Vielleicht manipulierte sie seine Phantasie und er konnte sich mit purer Willenskraft selbst befreien.

„Ich sterbe!" Sie taumelte ein paar Schritte nach vorn und brach vor dem Dieb zusammen.

Ihre Schreie störten Cyrics Konzentration. Sie waren nach wie vor in dem Ödland. Die Haut der jungen Frau war grau und stumpf geworden, und es sah wirklich so aus, als würde sie dahinscheiden. „Dann alles Gute", meinte Cyric.

Die Augen der Frau wurden glasig. „Bitte, hab Gnade mit mir!"

„Nein", knurrte der Dieb und erwiderte starr ihren Blick. „Auf gar keinen Fall."

Wie die wahre Natur des Schwerts sich auch immer gestaltete, gab es doch keinen Zweifel daran, daß es bösartig und verschlagen war. Cyric wußte, daß er sein Diener werden würde, wenn er dem Flehen nachgab.

Die Frau vergrub ihren Kopf unter ihren Armen und begann zu schluchzen. Cyric ignorierte sie und betrachtete seine Füße, während er versuchte, sich den grauen Fels vorzustellen, auf dem er gesessen hatte. Als das nicht funktionierte, blickte er zum Himmel hinauf und versuchte, die sanft geschwungenen Linien der Wolken über ihm zu erkennen.

Doch der Himmel blieb ein weißes Nichts.

Cyric starrte zum Horizont und suchte dort nach den weit aufragenden Gipfeln, von denen er noch vor wenigen Minuten umgeben gewesen war. Sie waren verschwunden.

Als könnte sie seine Gedanken lesen, sagte die junge Frau: „Unglauben wird dich nicht retten." Ihre Stimme war tiefer geworden, verführerischer und reifer.

Cyric blickte auf und sah, daß sie zur Frau geworden war, das rote Kleid verhüllte jetzt einen reifen Körper. Noch während er zusah, verwandelte sich das Nichts, in dem sie lag, zu einem Bett, das sie vom Boden hochhob.

„Du bist jetzt in meiner Welt", schnurrte die Frau. „Sie ist so real wie deine eigene."

Cyric wußte nicht, ob er ihr glauben sollte, doch er erkannte, daß das keinen Unterschied machte. Ob sie ihn wirklich in eine andere Welt gebracht hatte oder ob sie nur mit seinem Verstand spielte, war gleichgültig, wenn er diesen Ort nicht aus eigener Kraft verlassen konnte. Er mußte sie dazu bringen, ihn zurückzuschicken.

„Ich gehöre dir", schmachtete sie.

Trotz der dunklen Ringe unter ihren Augen war sie attraktiv, und Cyric hätte sich versucht fühlen können, wäre da nicht das Wissen gewesen, daß sie ihn nur in ihre Dienste zwingen wollte.

„Jedes Geschenk hat seinen Preis", sagte der Dieb. „Welchen Preis hast du?"

Die Frau versuchte, das Gespräch in eine andere Richtung zu lenken. „Ich halte dich warm, wenn die anderen frieren. Wenn du verwundet bist, heile ich dich. In der Schlacht gebe ich dir Kraft, damit du siegst."

Ihre Versprechen hörten sich interessant an, da er in den vor ihm liegenden Tagen Magie benötigen würde. Dennoch widersetzte er sich dem Verlangen, sich dem Bett zu nähern. „Was willst du dafür?"

„Nicht mehr als das, was jede Frau von ihrem Mann will", erwiderte sie.

Cyric reagierte nicht. Die Bedeutung einer solchen Aussage konnte mühelos verdreht werden. Er war entschlossen, das Schwert zu beherrschen, aber nicht von ihm zu seinem Diener verpflichtet zu werden.

„Das müssen wir schon genauer festhalten", sagte er kühl. „Ich füttere dich, wann und wo es mir gefällt. Im Gegenzug dienst du mir, deinem Herrn."

„Was?" schrie die Frau auf. Sie verzog das Gesicht zu einer grotesken zornigen Maske. „Du wagst es vorzuschlagen, daß ich *deine* Sklavin werde?"

„Du hast keine andere Wahl", erwiderte Cyric. „Diene mir oder verhungere."

„Du bist derjenige, der verhungern wird", zischte sie und entblößte zwei lange Reißzähne.

Hinter Cyric war ein lauter Knall zu hören, er wirbelte herum. Eine schmutzige graue Wand stand dort, wo sich gerade eben noch nichts befunden hatte. Zu seiner Rechten tauchte eine zweite, zu seiner Linken eine dritte Wand auf. In dem Moment, in dem die vierte Wand und die Decke Gestalt annahmen, drehte sich der Dieb gerade wieder um. Der Boden wurde hart und schmutzig, und dann stand der Dieb in einer Gefängniszelle.

Unter ihrem blutroten Kleid war der Körper der Frau zu einem grotesken Zerrbild von Weiblichkeit geworden. Ihr tief eingesunkenen Augen war kalt vor Haß und Boshaftigkeit. In ihrer Hand erschien ein Paar silberne Handfesseln. Sie trat auf Cyric zu. „Gib mir Fane!"

Mit ihren sehnigen Muskeln und den klauenartigen Fingern sah die Frau so aus, als könnte sie Cyric innerhalb von Sekunden aufschlitzen. Aber er wich nicht vor ihr zurück und ließ sich auch keine Angst anmerken. Rückzug hätte Kapitulation bedeutet und hätte ihn zu ihrem Sklaven gemacht. Lieber würde er im übelsten Kerker verrotten, ehe er einem anderen als sich selbst diente.

„Ich will Fane!" zischte die Frau und öffnete eine Fessel.

Als das Weib nach seinem Arm griff, schlug Cyric mit aller Kraft zu. Seine Faust traf genau ihren Kiefer und ließ die Frau zwei Schritte nach hinten taumeln. Fassungslos riß sie den Mund auf, während Cyric zum zweiten Schlag ausholte. Diesmal bekam die Frau seine Faust rechtzeitig zu fassen und stoppte ihn mitten in seiner Bewegung.

„Narr!" Mit der freien Hand legte sie eine Fessel um das Handgelenk des Diebes. „Dafür wirst du bezahlen!"

Cyric rammte seine andere Faust gegen den Kopf der Frau. Sie ließ die Handfesseln los und taumelte zurück, ihr Gesicht war von Verwirrung gezeichnet. „Ich kann dich töten!"

„Ja, wenn du verhungern willst", gab Cyric zurück und begann, die Kette in der Luft zu wirbeln, die an seinem Handgelenk festgemacht war. Da zwischen den beiden Fesseln fast zwei Fuß Stahlkette hingen, eigneten sie sich sehr gut als Waffe. „Bring uns nach Faerun zurück", befahl er.

Die Frau lächelte ihn höhnisch an. „Erst, wenn du mich nährst!"

„Dann werden wir beide sterben", erwiderte Cyric sachlich.

Er wirbelte weiter die Kette, der die alte Frau nur mit Mühe ausweichen konnte.

„Hör auf!" zischte sie ihn an. Ihr Gesichtsausdruck war eine Mischung aus Unglauben und Furcht. Es wäre ihr nie in den Sinn gekommen, daß der Dieb sie angreifen würde, obwohl er hier festsaß.

Cyric hörte aber nicht auf, sondern wirbelte die Kette weiter, bis sie auf einmal aus seiner Hand verschwand. Ohne auch nur einen einzigen Moment zu zögern, machte er einen Schritt nach vorne und schlug der Frau auf das Kinn. Sie steckte den Treffer mit einem schmerzhaften Aufstöhnen ein und fiel auf den Rücken.

„Du gehörst mir", brüllte Cyric. „Tu, was ich dir sage!"

Anstatt etwas zu erwidern, holte sie mit ihren Füßen aus und riß ihm von hinten die Beine weg. Er fiel ebenfalls zu Boden und landete auf seiner Schulter.

Die Frau sprang auf und machte einen Satz auf Cyric zu. Der rollte sich nach links weg, während ihre Klauen über seinen Rükken fuhren. Er kniete sich hin und sah der schreckerregenden Frau in die Augen. Die traf ihn mit dem Ellbogen am Kinn, wodurch sein Kopf nach hinten geschleudert wurde.

Cyric ließ es nicht zu, das Bewußtsein zu verlieren. Und er wich nicht zurück. Wenn er Herr über das Schwert werden wollte, dann durfte er sich nicht vom Angesicht des Geistes der Waffe in seiner abscheulichsten Form abschrecken lassen. Er grinste und ließ seine Faust gegen ihre Schläfe krachen, sprang dann sofort auf und legte seinen anderen Arm um ihren Hals.

Die Frau rammte ihre Faust in Cyrics Rippen und raubte ihm den Atem, doch der Dieb schaffte es, hinter die Frau zu gelangen und seine Hände zu verschränken. Mit aller Kraft schob er seinen Unterarm vor ihre Kehle.

Das Gesicht der Alten wurde bleich, sie knurrte. Dann krallte sie ihre dürren Finger in seinen Arm, doch Cyric drückte auch dann noch immer fester zu, als sich ihre Nägel tief in sein Fleisch einschnitten.

Als Cyric sie noch immer nicht losließ, gab die Frau es auf, sich in seine Arme zu krallen. Statt dessen versuchte sie, nach seinen Augen zu schlagen. Cyric drehte geistesgegenwärtig den Kopf zur Seite. Da sie so auch nichts erreichen konnte, versuchte sie nun, hinter sich zu greifen und ihr Finger in seinen Brustkorb zu jagen. Doch zu dem Zeitpunkt war sie bereits so geschwächt, daß der Angriff kaum Schaden anrichtete.

„Bring uns zurück", befahl Cyric. „Bring uns zurück, sonst schwöre ich dir, daß ich dich auf der Stelle töte!"

Die Arme der Frau wurde schlaff, aber Cyric behielt den Würgegriff bei. Nach einer Weile erschlaffte auch ihr gesamter Körper, und der Kopf fiel zur Seite. Ihre Augen waren aus den Höhlen hervorgetreten. Einige Momente später begannen die Umrisse ihres Gesichts unscharf zu werden und zu verwischen.

„Bring uns zurück", wiederholte Cyric, diesmal aber ruhiger. Er nahm nur noch einen weißen Schleier um sich herum wahr.

„Sir, ist Euch nicht wohl?"

Cyric blickte in Richtung der Stimme und erkannte Shepard, einen seiner Zentilaren. Hinter ihm standen weitere fünf Männer, die besorgt dreinblickten.

„Ich bin zurück!" sagte Cyric keuchend. Es stimmte. Er stand neben einem der Findlinge, sein Kurzschwert hielt er in der Hand. Die Klinge war so blaß wie Elfenbein.

„Verzeiht, Sir, aber wart Ihr irgendwo hingegangen?" fragte Shepard. Er und die anderen hatten ihn die letzte Minute über beobachtet, wie Cyric mit sich selbst geredet und mit seinem Schwert gerungen hatte. Einige der Männer – Shepard eingeschlossen – begannen zu vermuten, daß ihr Befehlshaber den Verstand verloren hatte.

Cyric schüttelte den Kopf, um wieder zu Sinnen zu kommen. Der Kampf konnte keine Illusion gewesen sein, alles war ihm so real erschienen.

Als Cyric nicht antwortete, überlegte Shepard: „Vielleicht hat die Kälte..."

„Mir ist warm genug", unterbrach Cyric ihn gereizt. „Kennst du die Strafe dafür, wenn du dich mir unerlaubt näherst?" Er wußte nicht, wie er erklären sollte, was geschehen war, und er hielt es für besser, das auch gar nicht erst zu versuchen.

„Ja, Herr", erwiderte Shepard. „Aber..."

„Geh fort, ehe ich diese Strafe zur Anwendung kommen lasse!" wies Cyric ihn an. Die Männer hinter Shepard atmeten erleichtert auf und zogen sich zurück. Die schlechte Laune ihres Befehlshabers hatte sie davon überzeugt, daß mit ihm alles in Ordnung war.

Nachdem er Cyric einen Moment lang herablassend angesehen hatte, verbeugte sich Shepard vor ihm. „Wie Ihr wünscht, Sir. Aber an Eurer Stelle würde ich Dalzhel einen Blick auf diese Kratzer werfen lassen." Dann wandte er sich ab.

Cyric betrachtete seine Unterarme und entdeckte tiefe Wunden. Er mußte lächeln. „Ich habe gesiegt", flüsterte er. „Das Schwert ist mein."

Der Dieb steckte die Waffe zurück in die Scheide, dann setzte er sich wieder hin. Er drückte seinen Umhang auf die Wunden und vertrieb sich die Zeit damit, Fanes Schreien zuzuhören. Sie wirkten auf ihn nicht mehr so aufreizend wie zuvor.

Nach einer Stunde kam Dalzhel zu ihm geeilt. Seine Miene verriet seine große Besorgnis. „Die Spione sind von Hochhorn zurückgekehrt", meldete er. Ihm fielen zwar die Kratzer an Cyrics Armen auf, doch er vergeudete keine Zeit damit, nach ihrer Ursache zu fragen.

Cyric stand auf. „Und?"

„Die Frau und ihre Gefährten sind auf dem Weg hierher."

„Macht alles für einen Hinterhalt bereit", wies Cyric an.

Dalzhel hob seine Hand. „Das ist noch nicht alles. Sie sind mit fünfzig Cormyrern unterwegs."

Cyric fluchte. Mit seinen zwanzig Männern konnte er gegen eine solche Patrouille nichts ausrichten. „Die Cormyrer werden früher oder später in eine andere Richtung reiten. Wir werden der Patrouille einfach folgen müssen."

Dalzhel schüttelte den Kopf. „Sie achten genau darauf, was sich hinter ihnen abspielt. Sie wollen nicht verfolgt werden."

„Dann reiten wir voraus und setzen Späher ein, die ihr Vorankommen auskundschaften."

Dalzhel lächelte. „Aye. Damit werden sie nicht rechnen."

„Dann sag den Männern, sie sollen sich bereitmachen", sagte Cyric und legte sich den blutigen Umhang um.

„Da wäre noch eine Sache", sagte Dalzhel.

„Und was?" wollte Cyric wütend wissen, während er nach seinen Satteltaschen griff.

„Der Späher an der Straße hat heute morgen vierzig Halblinge hier vorbeireiten sehen. Sie haben uns nicht gesehen, aber er glaubt, daß sie nach unserer Fährte gesucht haben."

„Halblinge?" fragte Cyric ungläubig.

„Aye. Sie befinden sich etwa einen halben Tag vor uns. Es ist nicht abzusehen, wann ihnen klar wird, daß sie uns verpaßt haben, und sie umkehren."

Cyric fluchte abermals. Es gefiel ihm nicht, zwischen Halblingen und Cormyrern gefangen zu sein. Mit den Halblingen wurde er fertig, doch eine Auseinandersetzung mit ihnen würde zuviel Aufmerksamkeit erregen.

Fane stieß einen Schrei aus, der das Blut in den Adern gefrieren ließ. Der Schrei wurde von den Bergen ringsum zurückgeworfen, weswegen die beiden Männer erschrocken zusammenzuckten. Angesichts der Cormyrer und der Halblinge war klar, daß sie etwas unternehmen mußten, um den Mann am Schreien zu hindern.

„Heute nacht", sagte Cyric listig und ignorierte Fane für einen Augenblick, „schickst du Männer aus, die eine falsche Fährte legen sollen. Schick die Halblinge in Richtung unserer Freunde in Dunkelburg."

Dalzhel grinste. „Darum seid Ihr der General. Aber was ist mit ..."

„Fane?" fiel ihm Cyric ins Wort. Ein schiefes Lächeln umspielte seinen Mund, während der Dieb zu ihm ging und die wegschickte, die sich um ihn kümmerten.

Dalzhel folgte ihm und fragte: „Was habt Ihr vor?"

„Er kann nicht reiten", erwiderte Cyric und zog sein Schwert. „Und selbst wenn er es könnte, würde er unsere Position verraten. Halt ihm den Mund zu."

Dalzhel runzelte irritiert die Stirn. Ihm gefiel der Gedanke nicht, einen seiner eigenen Leute zu töten.

„Mach schon", forderte Cyric ihn auf.

Der Lieutenant gehorchte automatisch, und Cyric jagte sein Schwert tief in die Brust der Verwundeten. Fane bäumte sich nur wenig auf und biß in Dalzhels Hand, als er versuchte, laut aufzuschreien. Im nächsten Moment bereits zog Cyric die Klinge aus dem Leichnam und wischte das Blut ab. Das Schwert hatte sein rötliches Leuchten zurückerlangt.

6

DIE TUNEBENE

Schnüffler stoppte sein Pony und sah sich um. Vor ihnen lag eine wogende See aus blaßgrünem Gras. Es war ein so klarer Tag, daß der Halbling ihr Ziel – das Sonnenuntergangsgebirge im Nordwesten – erkennen konnte. Die Gebirgskette war so weit entfernt, daß sie wie eine rötliche Wolke am Horizont wirkte.

Während der Halbling die fernen Berge betrachtete, begann das hohe Steppengras unter den Hufen seines Reittiers zu zischen und sich wie ein Meer aus Schlangen zu winden. Das Pony wieherte und stapfte mit den Hufen auf, da es über den Stopp nicht erfreut war. Seit dem Morgen war das Gras gegen die Knie der Pferde geschlagen, sobald diese stehengeblieben waren.

Schnüffler, der die Unannehmlichkeit für das Tier ignorierte, die durch dieses jüngste Chaos ausgelöst wurde, senkte seinen Blick und suchte den Boden nach Spuren anderer Reiter ab. Durch die unaufhörlichen Bewegungen fiel es ihm schwer, etwas zu erkennen, doch Schnüffler spielte nicht mit dem Gedanken, abzusteigen, um sich genauer umzusehen. Das Gras stand immerhin 90 Zentimeter hoch, und er verspürte nicht das Verlangen, seine Kräfte mit den Halmen zu messen. Dennoch entdeckte Schnüffler ein Dutzend Klumpen Erde, die von vorüberziehenden Pferden losgetreten worden waren.

Radnor, ein cormyrischer Späher mit tiefblauen Augen, kam zu Schnüffler geritten. Auch wenn er zunächst nur widerwillig die Hilfe des Halblings angenommen hatte, vor der Patrouille zu spähen, war Radnor nun froh, daß er sich dazu durchgerungen hatte. Der kleine Mann war im Fährtenlesen erfahren, und seine Sinne waren so scharf, wie Radnor es nur selten beobachtet hatte. Angesichts der Aufgabe, die man ihm aufgetragen hatte, konnte der Späher Hilfe gut gebrauchen.

Radnor sollte dafür sorgen, daß die Patrouille unentdeckt blieb, während sie die Tunebene überquerte, jene Prärie zwischen dem Sonnenuntergangsgebirge und den Drachenkieferbergen. Die Ebene lag zwischen dem von Dunkelburg und dem von Hochhorn kontrollierten Gebiet, die beide versuchten, das Niemandsland unter ihre Herrschaft zu bekommen. Hochhorn entsandte zu diesem Zweck regelmäßig Patrouillen in die Ebene.

Dunkelburg dagegen versuchte, durch Strohmänner, Banditen und andere niederträchtige Charaktere an Einfluß zu gewinnen. Jedesmal, wenn eine cormyrische Patrouille in den Ebenen jemandem begegnete, konnte der Captain der Patrouille nicht sicher sein, ob er einem zentarischen Handlanger gegenüberstand oder nicht. Normalerweise bestand der Auftrag einer Patrouille darin, verdächtige Personen zu suchen und zu verhören. Doch Captain Lunt, der Führer dieses Trupps, wandte eine andere Strategie an. Da sein Befehl lautete, bis zum Gelben Schlangenpaß vorzudringen, der nahe Dunkelburg gelegen war, hatte er Radnor angewiesen, einen Weg zu suchen, der jeden Kontakt mit dem Bewohnern der Ebene mied.

Bislang hatte Radnor seine Arbeit hervorragend gemacht. Die Patrouille hatte Hochhorn vor fünf Tagen verlassen und vor zwei Tagen den Fluß Tun überquert, und noch immer war sie von niemandem bemerkt worden.

„Welche Zeichen, mein Freund Halbling?" fragte Radnor. So wie Schnüfflers Pony begann auch das Reittier des Spähers an zu schnauben und zu trampeln.

Schnüffler zeigte auf die aufgewühlte Erde. „Eine weitere Gruppe, die nach Dunkelburg reitet. Ich würde höchstens zwanzig Reiter vermuten, die auf Chargenpferden unterwegs sind."

Dies war die zehnte Ansammlung von Spuren, auf die sie auf dem Weg nach Dunkelburg stießen, doch keiner der beiden bemerkte etwas dazu. Statt dessen fragte Radnor: „Wieso Chargenpferde?"

Schnüffler lächelte. Es gefiel ihm immer wieder, seine Fähigkeiten als Späher unter Beweis zu stellen. „Der Schritt ist zu weit für ein Pony, die Spur ist nicht geordnet. Die Pferde sind lebhaft, darum geben die Reiter ihnen viel Freiraum. Zugpferde trotten, Chargenpferde sind ungestüm."

Radnor lehnte sich in seinem Sattel vor und betrachtete die Erdklumpen. „Ja, das sehe ich."

Das Pony des Halblings wieherte verärgert und machte ein paar Schritte weg von Radnor und zog etliche Grasbüschel aus, die sich um seine Beine gelegt hatten. Die beiden Späher verstanden diesen Wink und ließen ihre Ponys weitertraben, während sie sich unterhielten.

„Irgend etwas in Richtung Norden?" fragte Schnüffler.

„Vor zwei oder drei Tagen ist dort eine Karawane vorübergezogen."

Schnüffler legte die Stirn in Falten. „Irgendwelche Spuren von diesen lahmenden Pferden?"

Radnor schüttelte den Kopf. „Nur Ochsen, die die Wagen ziehen."

Das Interesse des Halblings an den lahmenden Pferden machte den cormyrischen Späher neugierig, doch er machte sich nicht die Mühe, um eine Erklärung zu bitten. Schon zweimal war Schnüffler über seine Frage mit einer oberflächlichen Antwort hinweggegangen.

Schnüffler wollte nicht sagen, daß die lahmenden Pferde zu Cyrics Trupp gehörten. Der Halbling wußte das, da er bei einem Erkundungsritt, den er kurz nach dem Aufbruch von Hochhorn allein unternommen hatte, auf das hastig verlassene Lager der Gruppe gestoßen war. Es gab dort viele rauhe Felsen, an denen die Pferde mit ihren Hufen angeschlagen waren, und Spuren lahmender Tiere hatten von dem Lager fortgeführt. Cyrics Männer hatten sonst wenig zurückgelassen, von ein paar Essensresten und dem blutleeren Leichnam eines der Männer abgesehen. Schnüffler wußte durch diesen Leichenfund, daß sein Schwert im Besitz von Cyrics Gruppe war. Er kannte keine andere Waffe, die Blut trank.

Der Halbling hatte diese Entdeckung nicht gemeldet, da er verärgert über den Befehl gewesen war, jeglichen Kontakt mit Fremden zu meiden. Lord Deverell hatte vorgeschlagen, Schnüffler sollte mit der Patrouille reiten, wenn er hoffte, die Männer zu finden, die sein Dorf verwüstet hatten. Doch kurz nach dem Aufbruch aus Hochhorn hatte der Captain der Patrouille, dem es nur darum ging, den Gelben Schlangenpaß zu erreichen, den Befehl erteilt, Deverells Zusage widersprach. Der Halbling war entschlossen, Lunt dazu zu bringen, das Versprechen seines Kommandanten zu halten, auch wenn er dafür die Patrouille mitten in Cyrics Lager würde führen müssen.

Zwei Tage, nachdem sie Hochhorn verlassen hatten, war der Halbling auf eine zerrissene Woomerasehne gestoßen, was er sofort Radnor gemeldet hatte. Die Sehne bedeutete, daß auch seine Kameraden auf der Suche nach Cyric waren. Um ihret- und seinetwillen wollte Schnüffler den zentischen Dieb als erster zu fassen bekommen. Der Halbling konnte nicht alle von Cyrics Männern töten, doch er konnte wenigstens den umbringen, der sein Schwert hatte – und auf diese Weise verhindern, daß ein anderer aus seinem Dorf in den Besitz dieser Waffe gelangte. Zum Glück hatte die Halblingstruppe keine Ahnung, wo sie nach dem Zentilaren suchen mußte, und ritt geradewegs nach Dunkelburg.

Zwei Tage nach dem Fund der Woomera hatte Schnüffler immer wieder eine Spur eines lahmenden Pferdes entdeckt oder einen Reiter auf einem lahmenden Pferd weit entfernt am Horizont erblickt – immer weit vor der Patrouille. Zuerst hatte ihn das verwirrt, denn Kelemvor hatte ihm erzählt, daß Cyric es auf Mitternacht und auf die Steintafel abgesehen hatte, die Adon bei sich trug. Angesichts dessen konnte er nicht verstehen, warum sich die Truppe vor der Patrouille befand, als würde sie vor ihr fliehen.

Doch dann war Schnüffler klargeworden, daß Cyrics Männer die Cormyrer beobachteten. Von da an hatte der Halbling darauf geachtet, daß er entlang der südlichen Flanke patrouillierte, da sich die Spione dort aufhielten und er als einziger von ihnen Notiz nehmen würde.

Nachdem Schnüffler einige Augenblicke lang gedankenverloren geschwiegen hatte, sagte Radnor: „Ich begebe mich besser auf meinen Posten zurück. Haltet immer Ausschau nach Ärger." Er ritt mit seinem Pony zurück zur nördlichen Flanke.

Der Halbling löste sich lange genug aus seinen Gedanken, um auf die Worte des Spähers zu reagieren. „Das werde ich", rief Schnüffler ihm nach. „Macht Ihr dasselbe."

Radnor war neben Kelemvor und Mitternacht einer der wenigen Menschen, die der Halbling leiden konnte. Obwohl er ein bewanderter Späher war, der in der cormyrischen Armee einen bedeutenden Posten einnahm, fühlte Radnor sich nicht von Schnüfflers Fähigkeiten als Späher bedroht. Ganz im Gegenteil: Er hatte sogar wiederholt die scharfe Auffassungsgabe des Halblings gelobt.

Je mehr Zeit Schnüffler in der Gegenwart von Menschen zubrachte, um so besser konnte er sie leiden. Anders als die Bewohner von Schwarzeichen empfanden sie seine ernste Art weder als beleidigend noch als arrogant. Vielmehr respektierten sie ihn deswegen und behandelten ihn wie einen der ihren, was bei Beziehungen zwischen Menschen und Halblingen nur selten vorkam.

Doch Schnüffler wußte, daß diese wachsende Akzeptanz seinen Untergang bedeuten konnte. Je wichtiger ihm seine Gefährten wurden, um so mehr wuchsen seine Schuldgefühle, daß er beabsichtigte, sie zu hintergehen. Der Halbling hatte sogar schon mit dem Gedanken gespielt, Radnor und Kelemvor auf Cyrics Spione hinzuweisen, doch bislang hatte er dieser Versuchung widerstehen können.

Es konnte aber dazu kommen, daß ihm die Entscheidung darüber aus der Hand genommen wurde. Seit zwei Tagen hatte er von den Spionen keine Spur mehr entdeckt. Schnüffler fürchtete, daß Cyrics Bande die Patrouille aus den Augen verloren hatten oder einfach nur gezwungen gewesen waren, wegen ihrer lahmenden Pferde anzuhalten.

Der Halbling verspürte Hilflosigkeit. Er konnte die Patrouille verlassen und allein nach Cyric suchen, doch die Tunebene war zu weitläufig, um ohne Hilfe auf Suche zu gehen. So frustrierend es auch war, konnte er doch nur warten, bis die Spione wieder auftauchten. Cyric hatte Mitternacht und die Tafel nicht für so lange Zeit verfolgt, um sie jetzt so einfach ziehen zu lassen.

Doch selbst wenn die zentischen Spione nicht zurückkehrten, vermutete der Halbling, daß er auch ohne das Schwert würde überleben können. Schnüffler hatte nicht geschlafen, seit sie aus Schwarzeichen aufgebrochen waren, und er war permanent vom Verlangen nach seiner gestohlenen Waffe erfüllt gewesen, doch es gab keine Zeichen, die auf einen beginnenden Wahnsinn schließen ließen. Es war sogar denkbar, daß sich sein Zustand nicht verschlechtern würde. Vielleicht besaß er die Willenskraft, um das Fehlen des Schwerts zu ertragen, vielleicht aber auch nicht.

◆ ◆ ◆

35 Kilometer südlich von Schnüffler und der cormyrischen Patrouille befand sich ein riesiges Marschgebiet, das als der Tunsumpf bekannt war. Der Sumpf, der sich mitten in der Ebene befand, war ein übelriechender, abscheulicher Ort. Die meisten Reisenden setzten alles daran, ihn zu meiden, da gefährliche, boshafte Bestien im Schutz seiner Gewässer lauerten.

Solche Bestien bereiteten Cyric jedoch keine Sorge; er wußte, daß der Sumpf nichts aufzuweisen hatte, was finsterer war als sein eigenes Herz. Der Dieb und seine Männer hatten die abgeschiedene Gegend genutzt, um am Nordrand des Sumpfs ihr Lager aufzuschlagen. Er und Dalzhel sprachen über das Scheitern ihrer Spione, die Cormyrer aufzuspüren.

„Wo sind sie?" brüllte Cyric. Seit zwei Tagen hatten sie nichts mehr von der Patrouille gesehen.

„Wenn ich es wüßte, wäre ich ihnen schon längst auf den Fersen", gab Dalzhel zurück.

Cyric drehte sich um und starrte zum anderen Ufer des Tun. Dessen langsam plätschernde Strömung hatte die kupferne Farbe von kochendem Blut angenommen. Trotz seiner Frustration wirkte der ungewöhnliche Anblick auf den Dieb beruhigend. Ohne sich zu seinem stämmigen Lieutenant umzudrehen, sagte er: „Mein Plan ist nutzlos, wenn wir Mitternacht nicht finden können."

„Vielleicht finden wir sie ja doch", erwiderte Dalzhel.

Der Mann mit der Hakennase drehte sich zu ihm um und sah so verächtlich an, daß Dalzhel unwillkürlich nach dem Heft seines Schwerts griff.

„Ich kenne Mitternacht", sagte Cyric. „Sie wird ihre Freunde nicht verraten, doch sie wird mich auch nicht verraten."

„Ich würde nie mein Leben von den Launen einer Frau abhängig machen", murrte der Lieutenant.

„Ich habe dich auch nicht darum gebeten", erwiderte Cyric gleichmütig. „Ich will nur, daß du sie findest. Hätte ich doch nicht auf dich gehört, als du auf die Idee kamst, wegen dieses Stalls anzuhalten ..."

„All unsere Pferde wären inzwischen lahm, und die Cormyrer hätten wir dann auch aus den Augen verloren", sagte Dalzhel und merkte plötzlich, daß seine Hand noch immer auf dem Schwert ruhte. Er zog sie langsam zurück. „Wenigstens haben wir jetzt frische Pferde."

Der Dieb seufzte. Sein Stellvertreter hatte natürlich recht. Pferde waren nicht wie Menschen. Man konnte sie nicht zwingen, auf verkrüppelten Beinen weiterzulaufen. „Wenn sie von Dunkelburg gefangengenommen wird..."

„Das wird Dunkelburg nicht gelingen", erklärte Dalzhel ruhig. „Die meisten Trupps sind viel weiter südlicher als wir auf Beutezug unterwegs. Ich habe Wachen in der Nähe der drei Gruppen postiert, die die Patrouille abfangen könnten."

Cyric riß beunruhigt die Augen auf. „Woher weißt du, daß uns nicht einer deiner Wachposten in den Rücken fällt?"

Dalzhel zuckte mit den Schultern. „Dieses Risiko müssen wir eingehen. Wenn Mitternacht und ihre Gefährten sich von den Cormyrern trennen und nach Süden reiten, gibt es keine andere Möglichkeit, um sicher zu sein, daß wir sie als erste erblicken werden."

Cyric ging ein Gedanke durch den Kopf und legte eine Hand auf Dalzhels Schulter. „Die Gruppen von Dunkelburg arbeiten in den südlichen Städten?" fragte er.

„Alle zehn, von denen wir wissen, Herr."

„Wir können doch davon ausgehen, daß Tyrannos die meisten Patrouillen vom Gelben Schlangenpaß abgezogen hat, um Schattental und Tantras anzugreifen, nicht wahr?" fragte der Dieb und sah in die Ferne.

„Aye", erwiderte Dalzhel nachdenklich. Er verstand nicht, worauf sein Kommandant hinauswollte. „Das ist anzunehmen."

Cyric grinste. Ursprünglich hatte er geglaubt, Mitternacht und ihre Begleiter würden sich im Schutz der Cormyrer halten und der Drachenkieferstraße folgen, bis sie Proskur erreichten. Es war eine logische Annahme gewesen, da der Westteil der Tunebene fest im Griff von Dunkelburg war. Sobald sie Proskur erreicht hatten, konnte sich Mitternachts Gruppe problemlos einer Karawane anschließen, die nach Tiefwasser zog.

Aber die cormyrische Patrouille war in Richtung Westen geritten, und das zwang den Dieb zum Umdenken. Cyric war zu dem Schluß gekommen, daß die Soldaten Mitternacht durch die abgeschiedenen Regionen der nördlichen Tunebene eskortierten. Sobald sie die Ebene überquert hatten, würde die Patrouille umkehren, und Mitternacht würde nach Süden reiten. Der Dieb war davon ausgegangen, daß Mitternacht und ihre Gefährten die Fernberge südlich von Dunkelburg überqueren und versuchen würden, die geschützte Stadt Hluthvar zu erreichen.

Doch Cyric vermutete nun, daß er sich geirrt hatte. „Was, wenn Mitternacht nicht nach Hluthvar reitet?"

„Welches andere Ziel sollte sie haben?" fragte Dalzhel und rieb sich das Kinn.

„Der Gelbe Schlangenpaß liegt genau westlich von Hochhorn", sagte Cyric und sah in nordwestliche Richtung.

„Nicht einmal ein Bettler kommt da durch, wenn Dunkelburg es ihm nicht gestattet", widersprach Dalzhel. „Eure Freunde würden das niemals versuchen!"

„Das würden sie", erwiderte der Dieb. „Wir sind nicht die einzigen, die vermuten, daß der Paß frei ist."

Dalzhel riß erschrocken die Augen auf. „Ich werde den Männern befehlen, das Lager abzubauen. Wir können in einer Stunde aufbrechen."

◆ ◆ ◆

Am siebten Morgen nach dem Aufbruch von Hochhorn erwachte die cormyrische Patrouille am Fuß des Gelben Schlangenpasses. Seinen Namen verdankte er einem furchterregenden gelben Drachen, der hier vor Hunderten von Jahren gelebt hatte. Inzwischen wirkte der Paß aber ruhig und sicher.

Im hellen Licht des Morgens wirkte der Gelbe Schlangenpaß genauso beeindruckend wie in der Abenddämmerung. Ein breiter, tiefer Cañon schlängelte sich vom Herzen des Sonnenuntergangsgebirges bis in die Tunebene. Volle Koniferen und Pappeln mit weißer Rinde bedeckten den Talboden an allen Stellen, an denen die gewaltigen roten Felsen ihre Ausläufer nicht quer durch den grünen Teppich schoben. Diese Klippen führten wie die Treppenstufen eines Titanen bis hinauf zum Gipfel der Gebirgskette.

Steile, wie Dornen geformte Bergspitzen umgaben das Tal wie spitze Zahnreihen und bildeten Cañonwände, die so steil und glatt waren wie Schieferplatten. Die Bergspitzen waren tiefrot gefärbt und verliehen dem ganzen Tal eine unheimliche, düstere Aura. Hier und da schoß ein schmaler Gebirgsbach über die Cañonwände und verwandelte sich in einen feinen Nieselregen. Der Weg wand sich durch das Tal und stieg langsam zum in der Ferne gelegenen Gipfel hinauf.

Mitternacht betrachtete die Szene gebannt und ängstlich zugleich. Im Angesicht des Gelben Schlangenpasses kam sie sich mit einem Mal harmlos und unbedeutend vor, als könnte sie sich in seinen Weiten verlieren. Die Magierin wußte, daß die Schönheit des Passes trügerisch war. So wie auf jedem Weg, der durch ein Gebirge führte, lauerten unzählige potentielle Gefahren, die von rätselhaften Fieberanfällen bis zu Lawinen reichen konnten.

Wären die Gefahren ausschließlich natürlichen Ursprungs gewesen, hätte sie keinen Grund gehabt, sich zu ängstigen. Doch die

Zentilaren beherrschten den Gelben Schlangenpaß, und Mitternacht bezweifelte nicht, daß sie sie und die Tafel so sehr in ihre Gewalt bringen wollten, wie es offenbar auch jeder andere wollte. Zum Glück schienen sich ihre Hoffnungen zu bestätigen, daß die Zentilaren sich vom Paß zurückgezogen hatten.

Hauptmann Lunt und Adon kamen zu ihr. „Meine Männer und ich werden jetzt umkehren", sagte Lunt.

Mitternacht sah den Hauptmann an. Er war etwa vierzig Jahre alt, sein lockiges schwarzes Haar war von grauen Strähnen durchzogen. „Wir danken Euch für Eure Eskorte, Hauptmann. Durch Euch haben wir viel Zeit gewonnen."

Lunt sah hinauf zu den Bergen. „Auch wenn die Zentilaren abgezogen sind, gibt es auf diesem Paß noch andere Gefahren." Er machte eine kurze Pause, dann bekam er einen entschlossenen Eindruck, als habe er sich soeben in einer schwierigen Sache entschieden. „Zum Teufel mit den Befehlen – wir begleiten Euch."

Mitternacht sah Hauptmann Lunt an und lächelte. „Wieviel wißt Ihr über unsere Reise?" fragte sie.

„Nicht viel. Kommandant Deverell sagte, Faeruns Sicherheit hänge von Eurem Erfolg ab." Der cormyrische Offizier machte eine weitere Pause, dann sagte er: „Aber ich meine es so, wie ich es gesagt habe: Wir kommen mit."

„Wir würden uns freuen, von Euch begleitet zu werden, Captain", sagte Adon. „Aber Kommandant Deverell wollte aus einem bestimmten Grund, daß Ihr hier kehrtmacht. Eine kleine Gruppe kommt in den Bergen besser zurecht."

Lunts Miene verfinsterte sich. „Ihr habt recht." Er wandte sich Mitternacht zu. „Dann bis sich die Schwerter trennen."

„Bis sich die Schwerter trennen", erwiderte Mitternacht.

Hauptmann Lunt kehrte zu seinen Männern zurück. Die Cormyrer brachen ohne weitere Zeremonie auf, lediglich Schnüffler und Radnor tauschten als Zeichen ihrer Freundschaft die Dolche aus. Der Halbling warf die Satteltaschen über den Rücken seines Ponys, dann saß er auf. „Sollen wir aufbrechen?" fragte er. „Es sieht nach einem langen Weg aus."

„Du reitest vor, Schnüffler", befahl Adon und packte den Sattel seines eigenen Ponys. „Ich folge dir, dann Mitternacht und Kelemvor."

Kelemvor stöhnte daraufhin auf, doch als die anderen ihn erwartungsvoll ansahen, sagte er nichts.

Schließlich fragte Adon: „Worin besteht das Problem, Kel?"

Der Krieger sah weg und nestelte an seinen Satteltaschen. „Nichts. Ich habe nur an den aufgewirbelten Staub gedacht, weiter nichts."

„Tut mir leid", erwiderte Adon verwirrt. Es war nicht Kelemvors Art, sich über etwas so banales wie die Reihenfolge beim Reiten zu beklagen. „Aber wir brauchen eine Nach..."

„Adon, laß uns beide doch die Plätze tauschen", unterbrach Mitternacht ihn. „Ich vermute, Kelemvors Unmut hat weniger mit dem Staub als mit meiner Gesellschaft zu tun."

Adon runzelte die Stirn. „Das ist wirklich lächerlich", sagte er aufbrausend. „Seit wir in Abendstern waren, streitet ihr beide euch nur noch!"

Mitternacht ignorierte ihn und setzte sich auf ihr Pony. „Du reitest vor, Schnüffler."

Der Halbling setzte sein Reittier prompt in Bewegung, doch Adon war entschlossen, seinen Standpunkt klarzumachen. Er saß ebenfalls auf und holte rasch die Magierin ein. „Bei Kelemvor kann ich so etwas ja verstehen, aber nicht bei dir, Mitternacht!"

Von hinten rief Kelemvor: „Es liegt an Cyric, seinetwegen ist sie so durcheinander..."

Mitternacht drehte sich im Sattel um. „Ich? Du bist als einziger durcheinander, aber das ist ja nicht neu." Ihre Worte kamen ihr hohl und hitzig vor, so wie es bei wütenden Äußerungen oft der Fall war.

„Mitternacht", mischte sich Adon ein. „Kel hat recht, was Cyric angeht. Wieso kannst du das nicht einsehen?" Ohne auf ihre Antwort zu warten, sah er den Krieger an: „Und du trägst genauso viel Schuld daran..."

„Wer hat dich denn gefragt?" herrschte Kelemvor ihn an und verwarf Adons Worte mit einer abfälligen Handbewegung.

Schnüffler unterbrach den Streit, indem er sagte: „Ich denke, ich reite schon mal ein Stück vor." Als niemand auf ihn zu achten schien, zuckte der Halbling kurz mit den Schultern und trieb sein Pony an.

Nach einer kurzen Pause fuhr Adon fort: „Ihr seid beide nur starrköpfig." Mit jeder Sekunde wurde er erregter. „Ihr dürft es nicht zulassen, daß Euer Zwist sich auf unsere Mission auswirkt."

„Adon, sei ruhig", zischte Mitternacht und trieb ebenfalls ihr Pony an.

Der Kleriker scherte sich nicht um ihre Bemerkung, sondern sagte: „Ob es euch gefällt oder nicht, aber wir stecken zusammen in dieser Sache ..."

„Adon", fiel Kelemvor ihm ins Wort. „Eine von deinen Predigten wird das Problem auch nicht lösen."

Die Bemerkung des Kriegers ließ den Kleriker für eine Weile verstummen, doch der Rest des Tages war geprägt von erbitterten Streitigkeiten und langen Phasen eisigen Schweigens. Die Bergponys, die Lord Deverell ihnen mitgegeben hatte, legten den von Koniferen gesäumten Weg langsam zurück. Jedesmal, wenn sie ihre Hufe aufsetzten, wurden kleine Staubwolken aufgewirbelt. Die Zeit verstrich nur langsam. Jede Minute, in der die Luft von dem Staub durchsetzt war, erschien wie eine Stunde, jede Stunde wie ein endloser, ermüdender Tag. Zweimal führte Schnüffler sie seitlich in den Wald, um zentischen Karawanen aus dem Weg zu gehen. Davon abgesehen, legten die Gefährten trotz ihrer wachsenden Erschöpfung keine Pause ein, da die Verärgerung auf allen Seiten so groß war, daß sie sogar während des Ritts zu Mittag aßen, um nicht zusammensitzen zu müssen.

In seinem Herzen wußte Kelemvor, daß Adon recht hatte – wie so oft in letzter Zeit. Der Krieger und die Magierin durften es nicht zulassen, daß ihr Zorn sich abträglich auf die Mission auswirkte. Es hing zuviel davon ab, daß sie erfüllt wurde.

Mitternacht gingen ganz ähnliche Gedanken durch den Kopf, doch sie war entschlossen, sich nicht als erste zu entschuldigen. Kelemvor war derjenige gewesen, der den Streit in Hochhorn vorsätzlich in die Länge gezogen hatte. Zudem glaubte die Magierin, daß sie recht hatte, was Cyric anging. Es stimmte, daß ihr alter Freund selbstgerecht und käuflich war, doch Kelemvor war nicht anders gewesen, und ihm war es ermöglicht worden, Wiedergutmachung zu leisten. Es war ungerecht, genau dies Cyric zu verwehren. Mitternacht würde ihren Freund nicht so schnell aufgeben.

Schließlich setzte die Dämmerung ein. Schnüffler führte die Gruppe vom Pfad fort hinein in ein Waldstück nahe einer Klippe. Von ihr aus konnte man den Teil des Tals überblicken, den sie bereits zurückgelegt hatten. Auf diese Weise konnten sie bis zum Einbruch der Nacht überschauen, ob ihnen jemand folgte.

Als Mitternacht sich an den Rand der Klippe begab, machte sich Enttäuschung in ihr breit. Der Hain, in dem sie in der Nacht zuvor ihr Lager aufgeschlagen hatten, war noch immer zu sehen.

Adon packte alles aus und band die Pferde an, dann verschwand er mit der Tafel im Wald. Der Kleriker ärgerte sich über den kindischen Streit zwischen Mitternacht und Kelemvor, und in dieser Nacht wollte er einfach nur allein sein. Schnüffler zog sich ebenfalls in den Wald zurück, jedoch nur, um nach Nahrung zu suchen.

Es wurde bereits sehr dunkel, als Mitternacht ihre Schlafmatte ausbreitete. Sie war allein mit Kelemvor und hatte nichts besseres zu tun, also beschloß sie, den morgigen Tag angenehmer werden zu lassen. Nachdem sie die Umhänge, Ersatzwaffen und alles andere durchgesehen hatten, was ihnen von Deverells Quartiermeister mit auf den Weg gegeben worden war, stieß sie endlich auf einen Beutel mit Lebensmitteln. Die Magierin holte ein paar Stück Zwieback heraus und reichte Kelemvor einen davon.

Der Krieger nahm ihm mit einem mürrischen Brummen an.

„Adon hat recht", sagte Mitternacht schließlich. „Wir dürfen nicht zulassen, daß unsere Gefühle sich auf unsere Mission auswirken."

„Keine Angst", murmelte Kelemvor. „Den Fehler werde ich nicht noch einmal machen."

Mitternacht schleuderte den Beutel zu Boden. „Warum bist du ..."

„Cyric", unterbrach er sie.

Sie schnaubte aufgebracht. „Cyric wird uns nichts tun. Vielleicht können wir ihn sogar von unserer Sache überzeugen, wenn du nicht dein Urteil durch dein Mißtrauen beeinflussen lassen würdest!"

„Cyric hat sich mein Mißtrauen verdient", sagte Kelemvor ruhig. „Und wenn, dann ist dein Urteil beeinflußt." Der Krieger erkannte, daß jede weitere Diskussion nur wieder in einen Streit münden würde, also wandte er sich abrupt ab und ging zu seinem Schlafplatz. Wütend über die schroffe Art, mit der Kelemvor die Unterhaltung beendet hatte, ging Mitternacht zur Klippe und ließ sich dort nieder.

Zwanzig Minuten später erschrak Schnüffler sie, als er plötzlich an ihrer Seite auftauchte. Sie hatte nicht gehört, daß der sich der Halbling ihr genähert hatte.

„Jeder ist heute nacht früh schlafen gegangen", sagte er, machte eine Tasche auf und bot Mitternacht ein paar Beeren an. „Ich fürchte, ich habe zu viele gepflückt."

Aus dem Wald drang ein Knacken an seine Ohren, doch da Mitternacht offenbar nichts gehört hatte, beschloß er, sich später mit dem Geräusch zu befassen. „Ich halte heute nacht Wache", bot der Halbling an. „Ich kann sowieso nicht schlafen."

Mitternacht nickte und nahm eine Handvoll Himbeeren aus der Tasche. Die Schlaflosigkeit des Halblings war ihr schon längst aufgefallen. Sie vermutete, daß es mit dem magischen Schwert zusammenhing, das man ihm in Schwarzeichen gestohlen hatte. Sobald sie ihn aber auf das Schwert hatte ansprechen wollen, war er auf andere Themen ausgewichen. Daher hatte sie es aufgegeben, mehr darüber in Erfahrung bringen zu wollen. Statt dessen fragte sie: „Hast du Adon gesehen?"

Schnüffler nickte. „Ich verstehe nicht, warum du und Kelemvor von ihm Befehle entgegennehmt."

„Im Moment ist er weiser als einer von uns beiden."

„Er ist ein Narr."

Wieder knackte etwas im Wald, und nun hatte auch Mitternacht es gehört. „Ich werde nachsehen, was das war", flüsterte der Halbling und stand auf. „Vermutlich ist es nichts. Ich bin gleich zurück."

Während Schnüffler im Wald nördlich des Lagers verschwand, blieb Mitternacht sitzen und betrachtete die Stelle, an der der Halbling in den Wald gegangen war.

Knapp eine Minute später hörte sie hinter sich eine vertraute Stimme. „Deine Gefährten werden immer kleiner, Mitternacht."

Die Magierin drehte sich um und sah einen Mann vor sich stehen, der einen dunklen Umhang trug und die Kapuze übergezogen hatte. Dennoch war seine Hakennase deutlich zu erkennen.

„Cyric!" zischte Mitternacht.

Der Dieb lächelte. Seine Zentilaren schlichen zu Fuß durch den Wald und kreisten das Lager ein. Während Cyric darauf wartete, daß der Lieutenant seine Leute in Stellung brachte, war sein Blick auf Mitternacht und den Halbling gerichtet gewesen. In der Hoffnung, die Magierin doch noch aus freien Stücken an seine Seite zu bekommen, wollte der Dieb eine letzte Gelegenheit nutzen, um mit Mitternacht allein zu sprechen.

„Aye", erwiderte Cyric. „Du hast doch nicht geglaubt, du könntest mich so leicht loswerden, oder etwa doch?"

„Was machst du hier?" wollte sie wissen und stand auf.

Das Gesicht des Diebes wurde ernst, er verschränkte die Arme vor der Brust. „Ich bin hier, um dich zur Vernunft zu bringen."

Nördlich des Lagers waren weitere Geräusche zu hören, als trockene Zweige zertreten wurden. Mitternacht sah zum Wald hinüber. „Wenn Kelemvor dich sieht, wird er dir die Kehle..."

„Soll er ruhig. Es wird Zeit, daß wir das hinter uns bringen."

Wie auf ein geheimes Zeichen hin brüllte Kelemvor los: „Cyric! Diesmal entkommst du mir nicht." Der Kämpfer kam durch die Nacht gestürmt, das Schwert in der Hand.

Mitternacht stellte sich schnell vor Cyric. „Steck dein Schwert weg, Kel. Er ist hier, um zu reden."

Kelemvor wurde langsamer und versuchte, um die Magierin herumzugehen. Der Dieb stand völlig ruhig da, eine Hand um das Heft seines Schwerts gelegt.

Von außerhalb des Lagers ertönte auf einmal ein Schrei, dann rief Adon: „Aufwachen! Wir sind eingekreist!" Er kam aus dem Wald gelaufen und hielt seine Keule hoch. Die Satteltaschen mit der Tafel lagen über seine Schulter.

Cyric zog sein Schwert.

Mitternacht ignorierte Adons verspätete Warnung und sagte: „Kelemvor, Cyric, legt eure Waffen nieder!" Sie blickte von einem zum anderen, doch beide Männer ignorierten ihre Worte.

Adon stellte sich zu Kelemvor.

„Es war eine Dummheit von dir, herzukommen", sagte der Kleriker und sah Cyric finster an. „Aber du wirst nicht lange genug leben, um eine solche Dummheit noch einmal zu begehen."

„Nein!" widersprach Mitternacht. „Er ist gekommen, um zu reden!"

„Wenn er das gesagt hat, dann lügt er", fauchte Adon sie an. „Seine Männer schleichen durch den Wald, um uns einzukreisen."

Cyric fuchtelte mit seinem rosafarbenem Kurzschwert. „Wenn ihr es so wollt, alte Freunde", zischte er, „dann soll es so sein." Er stieß einen heiseren Befehl aus: „Dalzhel!"

Vom Waldrand war zu hören, wie abermals trockene Zweige zertreten wurden. Kelemvor und Adon sahen über die Schulter. Hundert Schritt entfernt traten ein Dutzend Schatten aus dem Wald hervor.

Kelemvor blickte wieder zu Cyric. „Du wirst mit uns sterben, das weißt du ja."

„Niemand wird heute nacht sterben", sagte Mitternacht und ging auf den Kämpfer zu.

Der Krieger schnaubte kurz, dann schob er die Magierin grob aus dem Weg. „Da wäre ich nicht so sicher."

„Stop!" befahl Mitternacht, doch niemand hörte auf sie.

Kelemvor hob sein Schwert und stürmte vor, dicht gefolgt von Adon, der den Knüppel bereithielt.

Cyric stellte sich zuerst Kelemvors Ansturm und wich dessen Schlag aus. Als der Kämpfer an ihm vorbeigelaufen war, richtete er sich wieder auf, doch Adon erreichte ihn fast im gleichen Augenblick und holte mit dem Knüppel zu einem Schlag aus, mit dem er einem Giganten den Schädel hätte spalten können.

Cyrics Kurzschwert blitzte auf und blockierte Adons Schlag auf halber Strecke. Der ganze Körper des Klerikers zitterte, dann taumelte er einen Schritt zurück und schüttelte ungläubig den Kopf. Der Dieb trat nach Adons Knöcheln und traf den Kleriker völlig überraschend, der im gleichen Moment zu Boden ging.

Dann holte Cyric nach Adon aus. Kelemvor konnte aber die rote Klinge abwehren und nach dem Kopf des Diebes schlagen. Cyric tauchte weg, und der Krieger machte wieder einen Schritt nach vorn, um einen Hieb zur Kehle seines Gegners zu führen.

Mitternacht schrie auf. Der Kampf war so plötzlich ausgebrochen, daß sie ihn nicht hatte verhindern können. Jetzt fühlte sie sich unfähig, ihm Einhalt zu gebieten. Die Magierin blickte nach Norden und sah, wie einer der Schatten mit seinem Schwert auf die Kämpfenden zeigte. Schnüffler war noch nicht zurückgekehrt, und die Magierin konnte nur hoffen, daß die Männer, die aus dem Wald kamen, ihn nicht schon längst getötet hatten.

Mitternacht wußte, daß sie diese Männer aufhalten mußte. Sie beschloß, das Risiko einzugehen, einen magische Feuerwand vor ihnen entstehen zu lassen. Angesichts der gegenwärtigen Instabilität der Magie und der jüngsten Veränderungen ihrer Beziehung zum magischen Netz wußte sie nicht, ob der Zauber richtig funktionieren würde. Doch wenn Cyrics Männer in den Kampf eingreifen konnten, dann war alles zu spät. Mitternacht griff in ihr Gewand und holte eine Prise Phosphor hervor, die als Zauberkomponente dienen sollte.

Die notwendigen Gesten und Worte für die Feuerwand kamen Mitternacht einfach so in den Geist, doch zu ihrer Verwunderung gab es keinen Hinweis darauf, was sie mit dem Phosphor machen sollte.

Während Mitternacht ihren Zauber vorbereitete, blockierte Cyric Kelemvors Hieb ab. Ihre Klingen schlugen heftig aufeinander, doch die Parade hielt. Während Kelemvor vor Überraschung seine Augen aufriß, zog Cyric sein Schwert nach unten und versuchte, nach der ungeschützten Brust des Kriegers zu schlagen.

Kelemvor rettete sich nur mit Mühe, indem er den Dieb in die Magengegend trat. Cyric wurde zur Klippe hin geschleudert und ging keine zwei Meter davon entfernt zu Boden.

Unterdessen waren seine Männer auf gut siebzig Schritt herangekommen. Mitternacht verstreute den Phosphor in einem Halbkreis um sich, dann griff sie nach ihrer Magie, um eine Feuerwand zu schaffen.

Die weißen Körnchen fielen einfach nur zu Boden.

Im nächsten Moment war vor den heranstürmenden Zentilaren ein lauter Knall zu hören. Leuchtende gelbe Rauchfahnen stiegen aus dem Boden zwischen Mitternacht und Cyrics Männern auf. Die Rauchfahnen bewegten sich in der leichten Brise wie Getreideähren, während Dalzhel und seine Männer langsamer wurden, da sie nicht wußten, was sie von dieser merkwürdigen Magie halten sollten.

Kelemvor, Adon und Cyric nahmen von dem fehlgeschlagenen Zauber nichts wahr, sondern kämpften weiter. Der Dieb kam ebenso wieder auf die Beine wie Adon.

Der Kleriker und Kelemvor bewegten sich langsam vorwärts. Cyric wich zurück, um Zeit zu gewinnen, damit er sich eine Strategie überlegen konnte. Gut drei Meter hinter ihm ging es steil nach unten.

Da bemerkte Kelemvor einen Schatten, der sich von hinten an den Dieb mit der Hakennase heranschlich. Er reichte dem Mann gerade einmal bis zur Hüfte und konnte nichts anderes sein als ein Halbling.

„Deine Schwerttechnik hat sich verbessert", stellte Kelemvor fest und versuchte, Cyrics Aufmerksamkeit weiter auf sich zu lenken. „Oder liegt das an der Klinge, die du jetzt besitzt?"

„Das wirst du schon bald erfahren", erwiderte Cyric.

Kelemvor nickte Adon zu, dann griffen sie von entgegengesetzten Seiten an. Cyric machte einen Schritt zurück, als er plötzlich hinter sich leises Getrappel hörte.

Schnüffler sprang in dem Moment los, da der Dieb sich umdrehen wollte. In der Tunebene hatte der Halbling darauf gehofft, er könnte das Schwert für immer vergessen. Doch ein einziger Blick auf die Waffe ließ das Verlangen wiedererwachen, es an sich zu reißen.

Cyric trat zur Seite und packte Schnüffler am Arm, um ihn dann gegen Adon zu wirbeln. Einen Augenblick später mußte er sich gegen Kelemvor zur Wehr setzen und schaffte es kaum, dem mächtigen Hieb auszuweichen.

Doch Kelemvor beschränkte sich nicht auf sein Schwert. Er trat Cyric zwischen die Beine und schleuderte ihn drei Schritt nach hinten. Jetzt stand der Dieb vornübergebeugt unmittelbar an der Klippe und schnappte nach Luft.

Kelemvor trat abermals zu und riß Cyric diesmal von den Beinen. Der Dieb landete so unglücklich, daß sein Schwertarm verdreht unter seinen Körper geriet und er bedenklich an der Klippe entlangbalancierte. Ein Schrei kam über seine Lippen, der aus Schmerz und Zorn geboren war.

Als Dalzhel seinen Kommandanten aufschreien hörte, schwor er, sich nicht länger von dem merkwürdigen Rauch aufhalten zu lassen. Er stürmte auf die sich windenden und zuckenden gelblichen Ranken aus Rauch zu. Als er merkte, daß sie ihm nichts anhaben konnte, winkte er seinen Leuten, ihm zu folgen.

Während sich die Zentilaren näherten, machte Kelemvor einen Schritt nach vorn, um Cyrics Leben zu beenden.

Mit kraftvoller Stimme schrie Mitternacht: „Halt, Kelemvor!"

Der reagierte, ohne den Blick von Cyric abzuwenden. „Nein." Dann hielt er die Spitze seines Schwerts an die Kehle des Mannes.

Adon und Schnüffler rappelten sich auf und bemerkten die heranstürmenden Zentilaren. Der Kleriker hob die Satteltaschen mit der Tafel auf, während Schnüffler im Schatten verschwand.

„Wenn du ihn tötest", rief Mitternacht, „dann sterben wir auch."

Den Blick immer noch auf Cyric gerichtet, sagte Kelemvor: „Wir werden nicht als einzige sterben!"

„Wir müssen überhaupt nicht sterben", rief Adon und sah wieder zu den Zentilaren, die jetzt nur noch dreißig Schritt entfernt waren. Ihnen rief er zu: „Halt, sonst stirbt Cyric!" Der Kleriker zeigte auf Cyric, der immer noch unter Kelemvors Klinge lag.

Dalzhel erster Instinkt sagte ihm, den Mann mit der Narbe anzugreifen. Doch als er sah, in welcher mißlichen Lage sich sein Befehlshaber befand, blieb er stehen und bedeutete seinen Untergebenen, ebenfalls anzuhalten. „Herr?" fragte der stämmige Lieutenant.

Zum ersten Mal wagte Cyric, sich zu bewegen. Langsam zog er seinen Schwertarm unter seinem Körper hervor. „Wartet dort."

Kelemvor runzelte die Stirn. „Und was machen wir jetzt?" fragte er Adon. „Die Zentilfeste hat Cyric geschickt, um die Tafel an sich zu nehmen. Er wird nicht aufgeben."

Cyric lachte bitter. „Da irrst du. Die Zentilfeste ist nicht länger mein Herr. Ich will die Tafel für mich selbst."

„Um deinen Machthunger zu stillen", gab Kelemvor zurück.

Cyric ignorierte ihn. „Ich habe zwanzig Männer. Wir können uns zusammenschließen. Wir alle wollen die Tafeln in die Ebenen zurückbringen."

Adon schnaubte. „Du wirst uns im Schlaf die Kehle durchschneiden."

„Kannst du ins Herz eines Mannes blicken, Adon?" rief Mitternacht. „Bist du ein Paladin, daß du sagen kannst, wann ein Mann die Unwahrheit spricht?"

Der Kleriker erwiderte nichts.

„Woher willst du wissen, was er beabsichtigt?" Mitternacht war erleichtert, daß ihre Freunde Cyric nun zumindest anhören mußten.

Nach einer langen Pause reagierte Kelemvor mit einer Gegenfrage: „Und woher willst *du* wissen, was er beabsichtigt?"

„Ich weiß es nicht", gestand Mitternacht ein. „Aber er war unser Freund. Er verdient unser Vertrauen, bis er es mißbraucht."

„Das hat er doch schon längst getan!" gab Kelemvor zurück.

Schnüffler kehrte mit einem langen Seil zur Gruppe zurück, in seinen Augen war ein Leuchten zu sehen, das ihn wie besessen wirken ließ. Ein Ende des Seils band er um einen Felsblock an der Klippe.

Dalzhel beobachtete den Halbling aufmerksam, bereit, sofort loszuschlagen.

„Was machst du da?" fragte Mitternacht.

„Ich werde ihn in Schach halten, während ihr drei an dem Seil entlang nach unten klettert", erwiderte Schnüffler. „Ihr seid längst in sicherer Entfernung, ehe diese Männer wieder nach unten geritten sind."

„Und du?" wollte Adon wissen.

Der Halbling zuckte mit den Schultern. „Ich denke mir schon noch etwas aus."

In Wahrheit hatte er sich längst einen Plan zurechtgelegt: Er wollte Cyric töten und dann sein ihm abgenommenes Eigentum zurückholen. Mit etwas Glück würde er am Seil weit genug nach unten klettern, um an der Klippe Halt zu finden, ehe das Seil durchtrennt wurde. Es war ein riskanter Plan, doch nur auf diese Weise konnte er seine Freunde retten und sein Schwert wieder an sich nehmen.

Cyric wunderte sich über den Erfindungsreichtum des Halblings. „Ich weiß, wann ich besiegt bin", log der Dieb, der hoffte, Zeit gewinnen zu können, und sah Mitternacht an. „Wenn ihr mich gehen laßt, dann werde ich mit meinen Männern abziehen und euch nie wieder belästigen."

„Er lügt!" schrie Schnüffler und zog den Knoten fest.

„Daran besteht kein Zweifel", sagte Adon. „Aber wenigstens überleben wir so die Nacht."

„Ich möchte ihn immer noch töten", warf Kelemvor ein und drückte die Schwertspitze gegen Cyrics Kehle. „Kannst du diese Männer nicht mit einem Zauber aufhalten?"

„Nein", erwiderte die Magierin. „Ich möchte es nicht mal versuchen."

Kelemvor seufzte frustriert. „Na gut, Cyric, dann darfst du weiterleben ... für den Augenblick zumindest. Steh auf."

Cyric erhob sich langsam und war sich völlig der Tatsache bewußt, daß Kelemvor ihn mit einer minimalen Bewegung töten konnte.

„Euer Befehl, Herr?" fragte Dalzhel.

„Sag ihm, er soll mit seinen Leuten bis zum Fuß dieser Klippe zurückreiten", wies Kelemvor ihn an, ohne seinen Blick von dem Dieb zu nehmen.

Cyric zögerte. „Woher weiß ich, daß du mich freilassen wirst?"

„Meine Versprechen sind besser als deine", sagte Kelemvor verächtlich. „Das weißt du ganz genau. Wenn sie weg sind, kannst du an dem Seil nach unten klettern. Und jetzt gib ihnen den Befehl."

Cyric zögerte. Er zweifelte nicht daran, daß der Krieger sein Versprechen einhielt, doch er war Mitternacht und der Tafel so nahe, daß der Dieb es nicht ertrug, beide entkommen zu sehen.

Kelemvor verstärkte nur minimal den Druck auf sein Schwert, im gleichen Augenblick hatte er die Haut aufgeritzt. „Ich weiß nicht, wie lange ich der Versuchung noch widerstehen kann", warnte der Kämpfer ihn. „Schick sie fort!"

Cyric wußte, daß er keine andere Wahl hatte. Kelemvor konnte ihn mit einer einzigen Bewegung töten. „Tu, was er sagt, Dalzhel", wies der Dieb ihn an.

Dalzhel nickte und steckte sein Schwert weg. Bevor er aufbrach, wandte er sich Kelemvor zu: „Wenn Ihr ihn nicht unversehrt frei laßt, dann kommen wir wieder."

Dann drehte sich der Lieutenant um und zog sich mit seinen Soldaten zurück.

Minuten später begab sich Adon an den Waldrand und spähte in die Dunkelheit. „Ich glaube, sie sind weg."

„Gut", sagte Schnüffler. „Dann können wir ihn ja töten."

Kelemvor schüttelte den Kopf. „Ich breche nicht mein Wort", murmelte er finster und begann, seinen Gefangenen zum Seil zu manövrieren. „Wenn ich dich je..."

„Die Chance wirst du nicht bekommen!" rief Cyric.

Ohne sein Kurzschwert wegzustecken, legte er sich das Seil um die Hüfte und über die Schulter. Dann machte er sich daran, die Klippe nach unten zu klettern. Mit der freien Hand gab er immer ein weiteres Stück Seil nach, während er in der anderen nach wie vor seine Waffe hielt.

„Tu nichts, was mich bedauern lassen könnte, dich gerettet zu haben", rief Mitternacht ihm zu.

Der Dieb brummte nur etwas und stieg weiter ab.

Während er Cyric nachsah, stieß Schnüffler einen Laut der Enttäuschung aus. Unglaubliche Verzweiflung überkam ihn, und da wußte der Halbling, daß er sein Schwert nicht aufgeben konnte. Er zog seinen Dolch, packte das Seil und schlang seine Beine darum, im nächsten Moment folgte er bereits Cyric auf dem Weg nach unten.

Als Cyric merkte, daß etwas an dem Seil riß, glaubte er einen Moment lang, Kelemvor habe es durchtrennt. Doch als er nicht abstürzte, wußte er, daß etwas anderes geschah. Er sah nach oben und erkannte, daß der Halbling ihn verfolgte.

„Ich will mein Schwert!" schrie Schnüffler.

„Komm und hol es dir!" erwiderte Cyric, unterbrach seinen Abstieg und machte sich zum Kampf bereit.

Im nächsten Augenblick hatte der Halbling ihn erreicht und schlug nach ihm. Cyric konnte den Hieb mühelos abwehren und schleuderte den Dolch des Halblings in die Nacht.

Daß Schnüffler keine Waffe mehr hatte, konnte ihn nicht abschrecken. Er rutschte weiter, bis er auf Cyrics Schultern landete. Mit einer Hand hielt er sich am Seil fest, mit der anderen versuchte er, Cyrics Schwertarm zu greifen.

Cyric riß seinen Arm los, dann legte er die Klinge an den Hals des Halblings. „Du bist verrückt", zischte er.

Schnüffler widerstand der Versuchung, nach der Waffe zu greifen. Er wußte nur zu gut, daß er völlig Cyrics Gnade ausgeliefert war. „Gib mir das Schwert", flehte er ihn an.

Als der Dieb zu verstehen begann, warum Schnüffler diesen verrückten Angriff auf ihn unternommen hatte, begann sich ein hämisches Grinsen auf seinem Gesicht abzuzeichnen. „Solange ich es besitze, wirst du wohl niemals Ruhe geben, richtig?"

Der Halbling wollte mit einer Lüge antworten, doch ihm wurde klar, daß es keine Sinn hatte. Selbst wenn Cyric dumm genug sein sollte, ihm zu glauben, würde Schnüffler ihn doch weiter verfolgen müssen. „Du hättest es nicht nehmen sollen", sagte er und griff vergeblich nach dem Schwert.

„O doch, das hätte ich", antwortete Cyric und zog die Klinge über Schnüfflers Kehle.

Oben an der Klippe konnten die drei Gefährten nicht Schnüfflers Röcheln hören. Sie sahen nur, wie eine kleine Gestalt in die Finsternis stürzte.

Einige Momente lang standen Mitternacht, Adon und Kelemvor reglos vor Schock da, unfähig zu glauben, daß der Halbling nicht mehr war. Cyric kletterte weiter nach unten, und Mitternacht versuchte, Schnüfflers Namen zu rufen, doch außer einem erstickten Keuchen kam nichts über ihre Lippen.

Bei Kelemvor war das nicht der Fall. „Cyric!" brüllte er.

Der Dieb sah auf und erkannte, daß der Kämpfer sein Schwert hob, um das Seil zu durchtrennen. Zum Glück hatte er damit gerechnet. Als Kelemvors Klinge das Seil durchtrennte, fand Cyric an der Felswand Halt.

Adon sah, wie das Seil nach unten fiel, doch Cyrics Silhouette verschmolz einfach mit der Felswand. „Wir sollten besser sofort aufbrechen", murmelte der Kleriker. „Cyric lebt noch, und ich glaube nicht, daß er sein Wort halten wird."

7

AUF DEM WEG ZUM GIPFEL

Der Nachmittag war gekommen und verstrichen, doch die Arbeit war noch immer nicht erledigt. Vor dem inneren Wachhaus von Hochhorn versuchte ein Dutzend cormyrische Soldaten, mit Rollen und Seilen Bhaal mitsamt seinem Gefängnis aus Bernstein vom Grund anzuheben. Zuvor hatten die Steinmetze Stützpfeiler an der Wand festgemauert, die bis hoch über das Tor reichten. Die Soldaten versuchten nun, Bhaal auf diese Pfeiler zu hieven, um ihn dort als Trophäe festzumachen.

Im schwindenden Licht der einsetzenden Dämmerung war Kommandant Kae Deverell vor dem Wachhaus auf und ab gegangen, in seiner Faust hatte er eine zusammengeknüllte Pergamentrolle gehalten. Der Krone des Purpurnen Drachen, das Siegel König Azouns, klebte noch immer an der Stelle der Rolle, an der der Kommandant das Wachs aufgebrochen hatte. Deverell klatschte das Pergament gegen sein Bein, als würde die Arbeit schneller vorangehen, wenn er seiner Frustration freien Lauf ließ.

Die Nachricht aus Suzail war gegen Mittag eingetroffen: *Feldmarschall Herzog Bhereu ist auf dem Weg nach Hochhorn, um Vorwürfe von Trunksucht und schwindender Moral zu untersuchen In Krisenzeiten wie diesen muß ein derartiges Verhalten um jeden Preis vermieden werden. Betrachtet seinen Empfehlungen als meine Wünsche. König Azoun IV.*

„Trunksucht und schwindende Moral!" zischte Deverell. „Das werden wir ja sehen!"

Der Kommandant hatte einen Plan, wie er Herzog Bhereu davon überzeugen konnte, daß der König falschen Informationen aufgesessen war. Aus diesem Grund sollten seine Männer den Gott des Mordes über dem Wachhaus aufhängen. Wenn Bhereu nach Hochhorn kam, würde der Feldmarschall Bhaal direkt in die Augen sehen. Der Herzog hätte keine andere Wahl, als nachzufragen, was es mit dieser Trophäe auf sich hatte. Wenn Deverell es ihm dann erklärte, würde Bhereu melden müssen, daß in Hochhorn alles in bester Ordnung war. Trinker und Feiglinge würden es wohl kaum schaffen, einen Gott gefangenzunehmen.

Ein kräftiger Wind kam auf, der einen kalten Regen mit sich brachte. Deverell sah in Richtung des Windes und entdeckte eine schwarze Wolkenfront, die sich der Festung näherte. Die Wache erwartete eine kalte Nacht.

Der Kommandant wandte sich Pell Beresford zu, dem Hauptmann der Nachtwache: „Man erwartet mich zum Abendessen. Sieh zu, daß der Bernstein angehoben und festgemacht wird."

Pell zog seine Kapuze enger um sein Gesicht und betrachtete die Wolkenfront. „Wenn Ihr gestattet, Sir. Es wäre vielleicht klüger, das Ding bis zum Morgen liegenzulassen. Der Wind könnte ihm übel mitspielen."

Deverell sah in die gleiche Richtung, schüttelte aber den Kopf. „Ich will es da oben sehen, wenn die Sonne aufgeht. Du mußt einfach dafür sorgen, daß es gut befestigt wird."

Der Kommandant ging fort, ohne noch etwas zu sagen. Er sah weder, wie die Augen seines Untergebenen vor Zorn brannten, noch bemerkte er, daß Bhaal seine Hand – die einzige Stelle des Avatars, die nicht im Bernstein eingeschlossen worden war – zur Faust ballte.

„Wie Ihr wünscht", zischte der Hauptmann der Wache.

Pell mußte sich eingestehen, daß nicht nur der Bernstein ihm ein Gefühl der Angst einflößte. Seiner Meinung nach war dieses Ding nichts, was man als Beute präsentierte. Die Kreatur in ihrem Inneren und Deverells Trunkenheit hatten vielen guten Männern das Leben gekostet.

Wenn der Vorfall einmalig gewesen wäre, hätte Beresford ihn nicht als so beunruhigend empfunden. Doch es kam oft vor, daß der Hauptmann bis weit nach Sonnenaufgang Wache schob, weil der Kommandant die für die Morgenschicht vorgesehenen Offiziere bis tief in die Nacht zu Trinkgelagen verdingte. Pell wartete auf den Morgen, an dem Deverell ansprechbar vorfinden würde, von einem nüchternen Deverell ganz zu schweigen. Daß sein Posten nun auch noch ausgerechnet einem Halbling angeboten worden war, hatte das Faß zum Überlaufen gebracht.

Daher hatte der Hauptmann einen Reiter nach Suzail entsandt, um eine förmliche Beschwerde einzulegen. Er hatte nicht erwartet, daß der König den Feldmarschall schicken würde, um der Sache auf den Grund zu gehen, doch Pell wußte auch, daß diese Beschwerde nicht die erste über Deverell gewesen war. Welchen Grund es auch geben mochte, Herzog Bhereu war für den nächsten Tag angekündigt – und wenn dieser groteske Bernsteinklotz bis dahin nicht über dem Wachhaus hing, um Kae Deverells „Befähigung" zu beweisen, hätte Pell auch nichts dagegen.

Doch Deverell hatte ihm einen direkten Befehl erteilt, und Beresford war ein zu guter Offizier, als daß er einen Befehl verweigert hätte. Als wäre es seine eigene Idee gewesen, machte sich Pell daran, die Aufgabe hinter sich zu bringen, und nach nicht mal einer Stunde hing der Bernstein dort, wo er sollte. Da Deverell nicht länger Unruhe verbreitete, hatten die Männer endlich zügig arbeiten können.

Beresford verbrachte den Rest der Nacht in seinen Umhang gehüllt, ging von Zeit zu Zeit seine Runden und achtete darauf, daß die Männer wachsam und auf ihren Posten waren. Gut ein Dutzend Mal ging der Hauptmann unter dem aufgehängten Bhaal hindurch und blieb jedesmal stehen, um zu überprüfen, ob die Trophäe noch sicher hing. Pell stellte sogar zwei Männer bei dem Bernsteinklotz auf, für den Fall, daß er vom Sturm losgerissen würde.

In der Dunkelheit konnten aber weder Beresford noch seine Leute erkennen, daß der Gott des Mordes mit seiner freien Hand das Seil löste, das ihn festhielt. Als der nächtliche Wind nachließ und das graue Licht der ersten Dämmerung hinter den Gipfeln im Osten auftauchte, wurde Bhaals Gefängnis nur noch von einem dünnen Strang gehalten.

Pell stand an der westlichen Mauer und genoß diese bevorzugte Zeit seiner Wache. Die Nachtluft konnte nun nicht noch kälter werden, und die Burg lag so ruhig da wie eine Schneewehe.

Nur das gelegentliche Husten und die Unterhaltungen im Flüsterton hallten von den Mauern wider. Es war eine friedliche Phase, in der ein Mann seine Gedanken auf ein Frühstück und ein warmes Bett richten konnte.

Doch ein lauter Knall sagte dem Hauptmann, daß er an diesem Morgen einen solchen Luxus wohl nicht genießen würde. Beresford wandte sich seinem Pagen zu und sagte: „Weck Kommandant Deverell und sag ihm, daß seine Trophäe zu Boden gestürzt ist." Dann machte sich Pell auf den Weg zu Bhaals Gefängnis. Niemand mußte ihm berichten, was geschehen war, der Lärm war eindeutig gewesen.

Was der Hauptmann dann aber am Tor vorfand, war weitaus schlimmer als alles, was er erwartet hatte. Der Bernstein lag mitten im Durchgang, zerbrochen und... leer! Die beiden Wachposten waren erschlagen worden und lagen tot darunter, ihr Blut hatte sich auf den Pflastersteinen verteilt. Zwei weitere Männer knieten neben dem Bernstein und sammelten Bruchstücke auf, als handele es sich bei ihnen um zwei Kinder, die die Scherben der Lieblingsvase ihrer Mutter aufsammelten, die sie unglücklicherweise umgeworfen hatten.

„Wo ist Bhaal?" wollte Pell wissen und trat gegen die Bruchstücke.

Die Wachmänner standen auf. „Hier ist er nicht, Sir", antwortete einer von ihnen.

„Das sehe ich auch", gab der Hauptmann zurück und zeigte auf Bhaals zerschmettertes Gefängnis.

„Er war schon weg, als wir hier eintrafen", erklärte der zweite, der immer noch einige Splitter in der Hand hielt.

Pell fühlte, wie sich eine eisige Hand um sein Herz legte. Er konnte nicht verstehen, wie der Avatar seine Gefangenschaft hatte überleben können, doch das war nicht der richtige Zeitpunkt, um sich über diese Frage Gedanken zu machen. „Gebt Alarm. Weckt jeden Mann auf..."

In dem Moment kam Beresfords Page aus dem Tor gerannt. „Bhaal, Sir! Er ist im Gemach von Lord Deverell!"

Ohne ein Wort zu verlieren, rannten Pell und die Wachen in Richtung der Feste, um in weniger als einer Minute die Haupttreppe hinaufzustürmen. Als sie die oberste Ebene erreichte hatten, drückte der Hauptmann die Tür zum Gemach des Kommandanten auf und stürmte mit gezogenem Schwert hinein.

Ein Dutzend Wachen stand im Kreis, die Hellebarden gesenkt und auf eine reglose Gestalt gerichtet. Beresford schob sich durch den Kreis. Auf dem Boden lag eine hagere, leblose Person. Die Tätowierungen ließen keinen Zweifel daran, daß es sich um den Mann handelte, der im Bernstein eingeschlossen worden war. Doch das Feuer war aus seinen Augen verschwunden, und er wirkte in keiner Weise bedrohlich. Pell hatte keinen Zweifel, daß seine Seele ihn schon vor langer Zeit verlassen hatte.

„Wer hat ihn getötet?" fragte der Hauptmann.

„Niemand", antwortete der Page. „Ich habe ihn so vorgefunden."

Pell sah auf. „Wo ist Kommandant Deverell?"

Der Page ließ seinen Blick wandern, schließlich antwortete er: „Er ist weg, Herr."

◆ ◆ ◆

Kelemvor machte einen weiteren Schritt, stolperte und trat einen Stein los, der den Hang hinunterflog. Der Krieger holte tief Luft, dann riß er an den Zügeln seines Ponys und machte wieder einen Schritt. Schreckliche Kopfschmerzen dröhnten in seinem Schädel.

In der Hoffnung, seine Gedanken auf etwas anderes als diese Schmerzen lenken zu können, dachte Kelemvor zurück an die letzten Tage. Nach Schnüfflers Tod waren er, Mitternacht und Adon weiter den Gelben Schlangenpaß hinaufgestiegen. Zwei Tage später waren die Gefährten auf einen gewaltigen Vorhang aus schwarzem Nichts gestoßen. Es handelte sich nicht um ein stoffliches Objekt, sondern vielmehr um eine Begrenzung, die sie nicht sehen ließ, was sich dahinter befand.

Unglücklicherweise hatte sich diese Barriere über die ganze Breite des Cañons erstreckt, was ihnen jede Hoffnung genommen hatte, sie zu umgehen. Das Trio hatte einige Minuten lang darüber diskutiert, was es mit dem Vorhang auf sich haben mochte. Sie waren zu dem Schluß gekommen, daß es sich entweder um einen fehlgeschlagenen Zauber oder um eines der vielen chaotischen Phänomene handelte, die die Reiche heimsuchten. Welche Herkunft das Hindernis auch haben mochte, so war doch keiner von ihnen darauf versessen, einen Schritt hindurch zu wagen. Adon hatte einen Zweig durchgeschoben, und als er ihn aus der Schwärze zog, war das andere Stück in dem Vorhang verschwunden.

Die Gruppe hatte beschlossen, es nicht zu wagen, in das Nichts vorzudringen. Statt dessen hatte Kelemvor auf einen schmalen, erst vor kurzem geebneten Steig gedeutet, der an der südlichen Wand des Cañons nach oben führte. Sie waren schließlich diesem Steig gefolgt, in der Hoffnung, daß derjenige, der ihn geschaffen hatte, sich im Sonnenuntergangsgebirge auskannte. Das war nun eineinhalb Tage her; dreieinhalb Tage waren seit Schnüfflers Tod vergangen.

Der Pfad nach oben hatte als ein steiler Weg voller durcheinandergeworfener Felsblöcke und rosigen Staubs begonnen und sich zu einem im Zickzack verlaufenden Weg entwickelt, auf dem Kelemvor sich nun abmühte. Bei jedem Schritt sank er entweder mit seinem Fuß im Sand ein, oder aber er balancierte bedenklich auf einem lockeren Stein. Ein Dutzend Schritte über ihm endete der steile Hang in einem Rücken, der zwischen zwei spitz aufragenden Gipfeln gelegen war. Dahinter war nichts als der blaue Himmel zu sehen, doch das konnte Kelemvor nicht trösten. Zu oft hatte er einen solchen Bergrücken überwunden, nur um zu sehen, daß in der Ferne der nächste auf ihn wartete.

Ein eisiger Wind fegte über den Gebirgskamm und stach in sein Gesicht. Der Krieger legte eine kurze Ruhepause ein. Allein das Atmen war schon beschwerlich, und diese Tätigkeit genügte, um seinen Kopf noch heftiger schmerzen zu lassen. Zweihundert Schritte hinter Kelemvor bewegte sich Adon auf dem Steig langsam vorwärts, und gut tausend Schritte hinter ihm legte Mitternacht an einer Stelle eine Rast ein, an der der Weg eine Kehre machte. Um zu vermeiden, daß einer dem anderen Steine vor die Füße trat, hatte Kelemvor vorgeschlagen, daß sie einen Sicherheitsabstand zwischen sich bringen. Mitternacht hatte diesen Vorschlag ins Extrem umgesetzt.

Unterhalb und links von Mitternacht konnte Kelemvor noch immer den schwarzen Vorhang sehen, der sie von ihrem Weg durch den Paß abgebracht hatte. Zur Rechten wand sich der Cañon zurück bis zur Tunebene. In Luftlinie maß diese Strecke keine 50 Kilometer, doch wegen der kurvenreichen Wege, die sich durch das Tal wanden, war sie mehr als doppelt so lang. Ein Teppich aus Pinien erstreckte sich von der Ebene bis zum Ansatz des Hangs, endete dort jedoch abrupt und drang an keiner Stelle höher vor.

Kelemvor zweifelte nicht daran, daß Cyric und seine Zentilaren irgendwo dort unten unterwegs waren und sich nach Kräften bemühten, zu ihnen aufzuschließen. Was den Krieger überrascht hätte – wäre er denn in der Lage gewesen, sie zu sehen –, waren die vierzig Halblinge, die sich am Eingang zum Cañon befanden. 100 Kilometer vor Dunkelburg war einer ihrer Späher auf Cyrics Spur gestoßen, und sofort waren die Männer aus Schwarzeichen in Richtung Norden geritten, um sie zu verfolgen. Sie waren eben erst auf Schnüfflers Leiche gestoßen, und so sehr sie sich auch darüber wunderten, was ihm widerfahren sein mochte, wußten sie nun mit Sicherheit, daß sie auf dem richtigen Weg waren.

Ohne etwas von den Halblingen zu ahnen, richtete Kelemvor seinen Blick auf das Gelände vor ihm. Nahe bei ihm wuchsen einige winzige weiße Blumen aus Grasbüscheln, die an Brotschimmel erinnerten. Hie und da klammerten sich blaßgrüne Flechten an die größten der rostroten Felsen. Keine andere Pflanze konnte in diesem strengen Klima gedeihen, und der Anblick der kargen Landschaft gab dem Kämpfer ein Gefühl der Entmutigung und der Isolation.

„Komm schon, Adon", rief Kelemvor in der Hoffnung, daß ein wenig Anfeuerung auch ihn in eine bessere Stimmung brachte. „Früher oder später müssen wir den Gipfel erreichen."

„Eher später", erwiderte Adon angestrengt.

Kelemvor schauderte und kletterte weiter. Durch den anstrengenden Aufstieg war er ins Schwitzen gekommen, während der Wind ihn frösteln ließ. Der Krieger überlegte, ob er die Winterkleidung anziehen sollte, die Deverells Quartiermeister ihnen mitgegeben hatte, doch dann entschied er sich dagegen. Je mehr er trug, um so mehr würde er schwitzen.

Der Berghang war ein kalter und einsamer Ort, und der Krieger bedauerte es von Herzen, daß er ausgerechnet hier sein Leben aufs Spiel setzte. Als sich das Trio auf den Weg nach Tiefwasser gemacht hatte, war ihm die Mission noch verlockend vorgekommen. Jetzt, da Schnüffler tot war und zwischen ihm und Mitternacht diese Probleme herrschten, kam sich Kelemvor wieder wie ein Söldner vor.

Seine Verärgerung über Mitternacht färbte auf seine Laune ab, und er wußte es auch. Zweimal war Cyric zum Greifen nah gewesen, und beide Male hatte die Magierin den Dieb entkommen lassen. Der Kämpfer verstand nicht, wieso sie so blind für Cyrics Verrat war.

Kelemvors Liebe zu Mitternacht machte alles nur noch schlimmer. Als sie den Dieb gerettet hatte, war es dem Krieger wie ein Verrat vorgekommen. Er wußte, daß sich zwischen Mitternacht und Cyric nichts abspielte, was für ihn Grund zur Eifersucht gewesen wäre, doch diese Gewißheit war nur einen schwacher Trost.

Der Kämpfer hatte hundertmal versucht, seinen Zorn zu erklären. Mitternacht hatte nicht gesehen, wie Cyric während der Ritterbruck-Verschwörung von Arabel als Spion von einem Lager ins andere gewechselt war. Sie wußte nicht, wie verschlagen er sein konnte. Die naive Magierin glaubte ernsthaft, daß der Dieb einen ehrbaren Charakter besaß und er ihnen helfen würde.

„Das sollte jetzt wirklich besser der Gipfel sein", rief Adon. „Ich habe die Lust am Klettern verloren."

„Vielleicht wärst du ja lieber durch den Vorhang gegangen", erwiderte Kelemvor und deutete auf den schwarzen Schild, der das Tal blockierte.

Adon machte eine Pause und sah nach unten, als denke er ernsthaft über die Worte des Kriegers nach. Dann sagte er: „Führe mich nicht in Versuchung."

Kelemvor lachte leise, dann machte er den nächsten Schritt. Sein Fuß fand sicheren Halt, während ihm ein Wind entgegenwehte, der so kräftig war, daß er Mühe hatte, sich auf den Beinen zu halten. Der Krieger blickte hoch und stellte fest, daß er den

Gebirgskamm erreicht hatte. Vor ihm fiel die Gebirgskette gleichmäßig ab. Er war auf dem Gipfel angekommen.

Der Steig verlief auf den anderen Seite des Sattels hinunter zu einem schroffen Bergkamm, der sich wie der Rücken eine gewaltigen Buchs über 25 Kilometer erstreckte, bis er in eine kleine Kette aus Gipfeln überging, die alle so spitz wie Nadeln waren. Auf dem Kamm gabelte sich der Weg. Der häufiger benutzte Pfad verlief nach links und führte in ein Tal mit sattem grünem Gras und weiter bis in einem dicht bewaldeten Cañon, der sich in westlicher Richtung wand und im fernen Grasland verschwand.

Der andere Steig verlief auf der rechten Seite des Kamms und führte an einem kleinen Gebirgssee entlang. Von dort aus verlief der Pfad weiter bis zu einem Abfluß, dann folgte er einem Flußlauf hinunter in eine steilwandige Schlucht in nordwestlicher Richtung.

Nachdem Kelemvor das vor ihm liegende Bild studiert hatte, drehte er sich um und winkte Adon zu. Die Last kam dem Krieger nicht mehr so schwer vor, und seine düstere Stimmung schwand, als hätte er wieder von Lord Deverells köstlichem Ale getrunken.

„Das ist der Gipfel!" schrie er.

Adon sah auf, zuckte mit den Schulter und legte seine Hand ans Ohr. Kelemvor konnte nicht laut genug rufen, um den Wind zu übertönen, also beschrieb er eine bogenähnliche Bewegung, zeigte auf die entlegene Seite des Passes und hob die Arme als Zeichen des Triumphs.

Adons Augen leuchteten auf, und er begann an den Zügeln seines Ponys zu ziehen, damit es ihm schneller folgte. Kelemvor hätte auch Mitternacht ein entsprechendes Zeichen gegeben, doch sie war so weit zurückgefallen, daß er fürchtete, sie völlig zu entmutigen.

Wenige Minuten später hatte Adon den Gipfel auf Händen und Knien krabbelnd erreicht.

„Sind wir endlich oben angekommen?" keuchte der Kleriker. Er war so außer Atem, daß er nicht den Kopf heben konnte, um sich umzublicken.

„Sieh es dir doch an", gab Kelemvor zurück.

Nachdem er wieder zu Atem gekommen war, erhob sich Adon und sah hinunter zum See. Der Anblick besserte seine Laune so, wie es auch bei Kelemvor der Fall gewesen war. „Wir haben's geschafft! Von jetzt an geht die Reise bergab weiter."

Mit einem Blick zu Mitternacht fragte Kelemvor: „Wie macht sie sich?"

Adon wandte sich um und fühlte sich mit einem Mal schlecht. „Schnüfflers Tod macht ihr noch immer zu schaffen."

Kelemvor reichte Adon die Zügel seines Ponys, dann ging er den Steig zurück, doch im gleichen Moment legte der Kleriker ihm eine Hand auf die Schulter, um ihn zurückzuhalten. „Nicht!"

„Aber sie ist doch erschöpft", wandte Kelemvor ein und sah den Kleriker an. „Und ich habe noch genug Kraft, um sie zu tragen."

„Sie will keine Hilfe", erwiderte Adon. Zwei Stunden zuvor hatte er ihr angeboten, die Zügel ihres Ponys zu übernehmen, doch die Magierin hatte ihm nur damit gedroht, ihn in eine Krähe zu verwandeln.

Kelemvor sah zu Mitternacht, die sich nur langsam vorankämpfte. „Es wird Zeit, daß wir uns aussprechen."

„Da bin ich ganz deiner Meinung", rief Adon voller Erleichterung darüber, daß der Krieger endlich zur Besinnung gekommen war und seine Sturheit aufgab. „Aber laß sie erst aus eigener Kraft den Aufstieg beenden. Das ist jetzt nicht der richtige Zeitpunkt, um ihr zu unterstellen, sie könnte sich nicht länger auf den Beinen halten."

Kelemvor war nicht dieser Meinung. „Vor fünf Minuten hätte ich mein Schwert dafür gegeben, daß mich jemand nach oben trägt. Ich glaube nicht, daß sie es falsch auffassen wird."

Der Kleriker schüttelte nachdrücklich den Kopf. „Glaub mir. Klettern gibt einem Zeit zum Nachdenken. Trotz der Krämpfe in den Beinen, trotz des Pochens in den Ohren und des Nebels in deinem Kopf fördert Klettern das Denken."

Der Kämpfer runzelte die Stirn. Bei ihm hatte es nur einen rasenden Kopfschmerz gefördert. „Wirklich?"

„Ja, wirklich", beharrte Adon und ließ die Schulter des Kriegers los. „Auf dem Weg nach hier oben sind mir einige Dinge durch den Kopf gegangen. Mitternacht hat Cyric gerettet, und dann hat

Cyric Schnüffler getötet. Würdest du dich an ihrer Stelle nicht auch dafür verantwortlich fühlen?"

„Natürlich würde ich das!" erwiderte Kelemvor sofort. „Und ich habe ihr gesagt..." Er brach mitten im Satz ab, als er sich an den erbitterten Streit erinnerte, der Schnüfflers Tod gefolgt war.

„Genau", meinte Adon nickend. „Und was hat sie gesagt?"

„Das ergab keinen Sinn", gab Kelemvor abwehrend zurück. „Sie sagte, es sei unser Fehler, daß Schnüffler tot ist. Sie sagte, Cyric sei gekommen, um zu reden, aber wir hätten ihn angegriffen." Der Krieger legte die Stirn in Falten. „Willst du damit sagen, daß sie recht hat?"

Adon wurde ernst. „Wir haben als erste angegriffen."

„Nein", widersprach Kelemvor und hob seine Hand, als wolle er eine Attacke abwehren. „Ich töte nicht so schnell, das habe ich nicht mal gemacht, als ..." Er ließ seinen Satz unvollendet.

„... als Tyrannos dich noch nicht von deinem Fluch befreit hatte?" fuhr Adon an seiner Stelle fort. „Du bist besorgt, du könntest immer noch wie ein Tier sein, auch wenn der Fluch dich nicht mehr kontrolliert."

Kelemvor sah weg.

„Wir haben alle unsere Selbstzweifel", erwiderte der Kleriker, der spürte, daß dies eine gute Gelegenheit war, mit dem Kämpfer offen zu reden. „Bei mir ist es so, daß ich mich frage, ob es richtig war, mich von Sune abzuwenden."

„Ein Mann muß seinem Herzen folgen", erwiderte der Krieger und drückte die Schulter seiner Gefährten. „Du hättest nichts anderes tun können." Kelemvors Gedanken kehrten zu dem zurück, was Mitternacht über ihren Angriff auf den einstigen Verbündeten gesagt hatte. „Könnte es sein, daß wir uns irren, was Cyric angeht?"

Adon zuckte mit den Schultern. „Mitternacht denkt das jedenfalls."

Kelemvor stöhnte leise auf.

Der Kleriker fügte rasch an: „Aber ich bin davon überzeugt, daß wir recht haben. Cyrics Männer hatten unser Lager eingekreist, daher bezweifle ich, daß er nur reden wollte. Es ist nicht verkehrt, als erster zuzuschlagen, wenn das Ziel einem Schaden zufügen will."

Adon machte eine Pause und ließ seine Worte auf Kelemvor wirken. Schließlich kam er auf den wesentlichen Punkt zu sprechen. „Aber das ist nicht wichtig. Wichtig ist, wie du und ich auf Mitternacht reagiert haben."

„Wie meinst du das?" wollte Kelemvor wissen und sah wieder in Richtung der Magierin. Sie war immer noch auf dem Weg zum Gipfel und kam dabei zwar nur langsam, aber beständig voran.

„Als ich darauf zu sprechen kam, daß es vielleicht falsch von uns war, ihn zu attackieren, fühltest du dich von mir angegriffen, nicht wahr?"

Kelemvor nickte.

„Was glaubst du, wie sich Mitternacht fühlt? Seit Schnüfflers Tod hast du kaum ein Wort mit ihr gewechselt. Ich habe ihr unentwegt Predigten über Cyric gehalten. Meinst du nicht auch, daß sie sich schlechter fühlt als wir?"

„Vermutlich", murmelte Kelemvor und sah zu Boden. Mitternacht machte immer einen so gefaßten Eindruck, daß es ihm nie in den Sinn gekommen war, sie könnte die gleichen innerlichen Qualen leiden.

Adon betrachtete den Krieger, der mit gesenktem Kopf dastand, und fuhr fort: „Wenn wir die Schuld an Schnüfflers Tod auf sie schieben, dann ist anzunehmen, daß sie sich – ganz gleich, wie sehr sie es nach außen hin auch abstreitet – selbst auch die Schuld daran gibt."

„Also gut", sagte Kelemvor und sah zur westlichen Seite des Gebirgskamms und damit fort von Adon und Mitternacht. „Ich verstehe, worauf du hinauswillst. Sie fühlt sich auch so schon schlecht genug, ohne daß wir sie mit der Nase draufstoßen müssen."

Kelemvor schämte sich seit Abendstern für sein Verhalten. Ohne Adon anzusehen, sagte er: „Das Leben war viel einfacher, als der Fluch mich davon abhielt, an einen anderen als mich selbst zu denken. Wenigstens hatte ich da noch eine Ausrede, wenn ich egoistisch war." Der Krieger schüttelte verärgert den Kopf. „Ich habe mich überhaupt nicht verändert! Ich bin noch immer verflucht!"

„Sicher", gab Adon zurück. „Aber nicht mehr oder weniger als jeder andere Mann."

Kelemvor sah wieder hinunter zu Mitternacht. „Ein Grund mehr, zu ihr zu gehen und sie zu tragen. Ich kann mich für meine schroffen Worte entschuldigen."

Adon schüttelte den Kopf und begann sich zu fragen, ob der Kämpfer irgend etwas von dem verstanden hatte, was er ihm gesagt hatte. „Noch nicht. Mitternacht kommt sich jetzt schon wie eine Last vor, und wenn du ihr anbietest, sie zu tragen, wird sie das in ihrem Glauben nur noch bestätigen. Setz dich und warte, bis sie aus eigener Kraft hier ankommt."

Obwohl sich zu allen Seiten Wolken zusammenzogen, machte Kelemvor, was der Kleriker gesagt hatte. Der Sattel war kein Ort, an dem man sich während eines Sturms aufhalten sollte, doch Adons Worte erschienen ihm weise zu sein. Und selbst wenn ein Unwetter losbrach, würde der Abstieg auf der westlichen Seite nur einen Bruchteil der Zeit in Anspruch nehmen, die die Helden für den Aufstieg im Osten benötigt hatten.

Adon ging zu seinem Pony und durchsuchte, was sie an Vorräten von Hochhorn noch mit sich führten. Im nächsten Moment zog er eine Landkarte auf Pergament heraus und hielt sie wegen des Windes mit sicherem Griff fest, während er sie aufmerksam studierte.

Kelemvor dachte derweil über die Veränderungen nach, die Adon durchgemacht hatte. Das Selbstbewußtsein des Klerikers war zurückgekehrt, doch dazu hatte sich ein Mitgefühl gemischt, das ihm in Tantras noch gefehlt hatte. Was diese Wandlung ausgelöst haben mochte, war dem Krieger nicht klar. Aber er war froh über die neu entdeckte Weisheit – auch wenn Adon noch immer tausend Worte brauchte, um das zu vermitteln, was er auch mit zehn hätte erledigen können.

„Du überraschst mich, Adon", sagte Kelemvor nach einer Weile und betrachtete seinen Freund, der sich intensiv mit der Karte beschäftigte. „Ich hätte nicht gedacht, daß dir die Wege des Herzens so vertraut sind."

Adon blickte auf. „Ich bin so erstaunt wie du."

„Vielleicht ist Sune näher, als du denkst", überlegte der Kämpfer mit den grünen Augen und dachte darüber nach, was der Kleriker über seine Bedenken gesagt hatte, sich von seiner Göttin abgewendet zu haben.

Adon lächelte traurig, als er daran dachte, welche Distanz er zu seiner merkwürdigen Gottheit empfand. „Das bezweifle ich." Er wurde nachdenklich, doch nach einem kurzen Moment war er wieder voll bei der Sache. „Aber ich danke dir trotzdem dafür."

Kelemvor verspürte Verlegenheit angesichts der ungewohnten Sentimentalität des Augenblicks und sah weg, um Mitternacht zu beobachten, die sich immer noch abmühte. Sie bewegte sich nur langsam und machte bei jedem Schritt eine Pause, während ihr Blick auf den Boden unmittelbar vor ihr gerichtet war. Der Krieger stellte fest, wie sehr er ihre Anmut bewunderte, die ihre innere Stärke widerspiegelte.

Sorge erfüllte ihn plötzlich. „Wird Mitternacht das alles überleben?" fragte er.

„Das wird sie", erwiderte Adon, ohne den Blick von der Karte zu nehmen. „Sie ist so robust wie du und ich."

Kelemvor betrachtete weiter die Magierin. „Das meine ich nicht. Wir sind bloß zwei Soldaten, die sich zur falschen Zeit am falschen Ort befinden. Doch in ihr steckt mehr." Er erinnerte sich an das Amulett, das sie für Mystra getragen hatte. „Das alles betrifft sie. Könnte es sein, daß ihre Magie – ich weiß nicht, wie ich das ausdrücken soll – daß ihre Magie sie irgendwie verändern wird?"

Adon wurde nachdenklich und ließ die Karte sinken. „Ich kenne mich mit Magie nicht aus", antwortete er schließlich. „Und selbst wenn, würde das nicht helfen. Es besteht gar kein Zweifel daran, daß Mitternachts Kraft stetig zunimmt. Was das zu bedeuten hat, wird wohl niemand sagen können, doch ich vermute, daß es sie verändern wird."

Als spüre sie, daß sie Gegenstand der Unterhaltung war, sah Mitternacht auf. Sie blickte in Kelemvors Augen, und der Krieger empfand eine Woge der Euphorie. „Ich würde es nicht ertragen, sie zu verlieren. Ich habe sie schließlich gerade erst gefunden", sagte er.

„Sei vorsichtig, mein Freund", erwiderte Adon. „Mitternacht allein wird entscheiden, ob man sie gefunden hat oder nicht."

Plötzlich ließ der Wind nach. Graue Wolken hatten sich aus allen Richtungen kommend über dem Gebirge zusammengezogen. Mitternacht war noch gut fünfhundert Schritte vom Gipfel entfernt, und immer noch widerstand Kelemvor der Versuchung, zu ihr zu gehen. Wenn es regnete, dann regnete es eben. Er war entschlossen, sie nicht unglücklich zu machen, indem er ihr half.

Adon gab Kelemvor die Karte, ohne den Wetterumschwung zu bemerken. „Sieh dir das an", sagte er. „Der kürzeste Weg nach Bergkant führt durch den westlichen Cañon." Der Kleriker deutete auf die Schlucht, die auf der Karte eingezeichnet war. „Aber wenn wir ein kleines Boot bauen, könnten wir schneller sein, indem wir uns auf dem Streckfluß mittreiben lassen." Er zeigte auf den Fluß, der sich aus dem kleinen See ergoß. „Was meinst du?"

Kelemvor kümmerte sich nicht um die Mappe, sondern betrachtete den Fluß und sagte: „Ich dachte, nach dem Ashaba hättest du von Booten vorläufig genug."

Adon schnitt eine Grimasse, als er sich an die schwierige Reise von Schattental zur Schwarzfederbrücke erinnerte, doch er blieb weiter unbeeindruckt. „Das könnte uns eine Woche Zeit sparen."

Kelemvor schüttelte nur den Kopf. Adon hatte vielleicht etwas in Sachen Menschenkenntnis dazugelernt, doch wenn es darum ging, die beste Route zu finden, besaß der Kleriker nicht mal den Orientierungssinn eines Maultiers. „Ganz gleich, welches Floß wir auch bauen, es wird den wilden Wassern in diesem Cañon nicht standhalten können", erklärte der Krieger und zeigte auf das zerklüftete Tal unterhalb des Sees. „Selbst wenn es nicht zerbricht und uns unter Wasser reißt, werden wir an einem der Wasserfälle unser Leben verlieren."

Adon betrachtete den Cañon. „Natürlich. Ich verstehe, was zu meinst."

Fünf Minuten später war der Himmel unheilvoll düster geworden. Mitternacht war nur noch ein paar Schritte vom Gipfel entfernt, und Kelemvor konnte es kaum erwarten, daß sie es endlich geschafft hatte. Er dachte daran, wie sich seine eigene Laune gebessert hatte, als er auf dem Gipfel angekommen war, und er war entschlossen, die Gelegenheit zu nutzen, um sich bei ihr zu entschuldigen. Dann würde der Rest der Reise wesentlich angenehmer verlaufen.

Mitternacht legte langsam die letzten Schritte zurück und trat dann auf den Gebirgskamm. Sie atmete erleichtert aus, als sie sah, daß sie tatsächlich den Gipfel erreicht hatte.

Kelemvor konnte sich nicht länger zurückhalten. „Da bist du ja", sagte er begeistert.

Mitternacht sah sich um. „Das sehe ich auch." Auch wenn Kelemvors fröhlicher Tonfall nicht zu überhören war, teilte sie seine Freude nicht.

Die Magierin war noch immer wütend, auch wenn sie nicht länger wußte, warum das eigentlich so war. Anfangs hatte Mitternacht Schnüfflers Tod auf Kelemvor und Adon geschoben. Immerhin hatten sie Cyric ohne Provokation angegriffen, und dann war eines dem anderen gefolgt. Doch allmählich begann sie zu glauben, daß ihr alter Freund sie zum Narren hielt. Sie wünschte, sie hätte gesehen, was sich zwischen Cyric und dem Halbling abgespielt hatte, als beide am Seil gehangen hatten. Hatte Cyric sich nur selbst verteidigt, oder war Schnüffler einem kaltblütigen Mord zum Opfer gefallen?

Ein heftiger, schwarzer Regen begann niederzugehen. Das Wasser war so kalt, daß es Eis hätte sein müssen, und an den Stellen, an denen es die Haut der Gefährten traf, bildeten sich juckende rote Ringe.

Die umliegenden Gipfel warfen ein heulendes Echo zurück, das nicht so irritierend gewirkt hätte, wenn der Wind geweht hätte. Doch die Luft regte sich kein bißchen. An einem anderen Ort oder zu einer anderen Zeit hätten sie sich wohl über den schwarzen Regen oder über das unnatürlichen Heulen gewundert, doch im Moment erschien es nur wie eine weitere Widrigkeit.

Kelemvor schüttelte den Regen ab und rief aus: „Von hier aus geht nur noch talwärts."

„Dann schlage ich vor, daß wir uns sofort auf den Weg machen, bevor uns dieser Regen völlig verbrennt", erwiderte Mitternacht, stieg auf ihr Pony, zog an den Zügeln und machte sich auf den Weg ins Tal.

Die frostige Art der Magierin wirkte auf Kelemvor und Adon regelrecht entmutigend. Während sie sich daran machten, ihr zu folgen, flüsterte Kelemvor: „Wie lange sollen wir noch warten, bis sie uns vergibt?"

„Ich würde nicht darauf wetten wollen", erwiderte Adon.

Sie hatten fast zwei Tage benötigt, um die östliche Seite des Sattels zu bezwingen, doch für den Abstieg auf der westlichen Seite brauchten sie gerade mal ein Viertel dieser Zeit. Der schwarze, juckende Regen ließ sie frösteln, doch noch vor Einsetzen der Dämmerung erreichten sie den Gebirgskamm, der den See vom dem bewaldeten Cañon trennte. Kelemvor bemerkte im westlichen Tal einen schmalen Felsvorsprung. In einer Nische an dessen Fuß, die vor dem völlig unnormalen Wetter schützte, stießen sie auf Moos, das ihnen eine weiche Unterlage bieten konnte. Nachdem sie geregelt hatten, wer wann Wache hält, und eine fade Mahlzeit heruntergeschlungen hatten, machte sich die Gruppe für eine trostlose Nacht bereit, die ihnen zumindest Schlaf bringen würde.

Die ersten beiden Wachen verliefen ereignislos, abgesehen davon, daß es während der zweiten aufhörte zu regnen. Trotzdem schlief Mitternacht – die für die dritte Wache eingeteilt war – nur wenig. Sie wußte, daß der Versuch vergeblich war. Statt dessen versuchte sie, sich mit der Frage zu beschäftigen, warum ihre Magie gegen Cyrics Männer versagt hatte. Die Magierin konnte nicht verstehen, warum anstelle von Feuer nur Rauchfahnen aufgestiegen waren. Sie hatte die Gesten und Worte exakt so wiedergegeben, wie sie in ihrem Geist aufgetaucht waren.

Alles mögliche konnte für dieses unerwartete Resultat verantwortlich sein. Vielleicht waren vor ihrem geistigen Auge einfach nur die falschen Gesten und Worte erschienen. Vielleicht war die Form der Magie aber auch dadurch verändert worden, daß sie zuvor den Phosphor zu Boden geworfen hatte. Doch es war ebensogut möglich, daß der Zauber schlicht fehlgeschlagen war, so wie es seit der Nacht der Ankunft immer wieder geschehen war.

Mitternacht konnte aus dem gesamten Vorfall nur einen Schluß ziehen: Ihre Beziehung zum Netz war eindeutig anders als die der normalen Magier. Sonst wäre die Beschwörung – ganz gleich, ob sie korrekt war oder nicht – gar nicht erst zu ihr gekommen.

Doch die meiste Zeit der Nacht verbrachte Mitternacht damit, über den Kampf auf der Klippe nachzudenken. Immer und immer wieder hörte sie Kelemvor, der sie bat, Cyrics Männer zurückzuhalten, damit er den Dieb töten konnte, und sie hörte, wie sie dieses Anliegen rundweg ablehnte. Dann sah sie das Bild vor sich, wie Schnüffler Cyric an dem Seil folgte, und wieder sah sie, wie seine Silhouette zu Boden stürzte. Und schließlich hörte sie Kelemvor, wie er ihr die Schuld am Tod des Halblings gab.

Als die Zeit für ihre Wache anbrach, hatte Mitternacht den Entschluß gefaßt, ihre Gefährten zu verlassen. In Abendstern hatte Cyric ihr gesagt, sie bringe das Leben ihrer Freunde in Gefahr. Der Dieb hatte versucht, sie zu überreden, daß sie sich ihm anschloß, anstatt bei Kelemvor und Adon zu bleiben. Doch der Tod von Schnüffler hatte sie davon überzeugt, daß Cyric recht hatte. Solange sie bei dem Kämpfer und dem Kleriker blieb, drohten ihnen Gefahr – von Cyric, den Zentilaren und Bhaal.

Eine Stunde vor Sonnenaufgang kam Mitternacht zu der Ansicht, daß es vertretbar war, ihre Gefährten unbewacht zurückzulassen. Die Nacht war ohne Zwischenfälle verstrichen, und die beiden waren unterhalb der Klippe in Sicherheit. Die Magier sattelte alle Ponys, zog die Tafel aus ihrem Versteck gleich neben Adon und band sie am Sattel ihres eigenen Reittiers fest.

Dann verabschiedete sie sich stumm von ihren Freunden und führte die drei Ponys weg. Kelemvors und Adons Tier würde sie irgendwann unterwegs zurücklassen, wenn sie weit genug geritten war, um sicher zu sein, daß es für sie schwierig werden würde, sie einzuholen.

8

GEFÄHRLICHE ÜBERQUERUNG

Mitternacht kniete hinter dem verdrehten Stamm eines Nußbaums. Hinter ihr befand sich ein kleines Stück Rasenfläche, jenseits der Prärie ragte das Sonnenuntergangsgebirge in den Himmel, wo sie vor vier Tagen Kelemvor und Adon zurückgelassen hatte. Der Morgen war trist und grau, doch hinter den Gipfeln tauchte die Sonne die Wolken in gleißenden Weiß.

Der dürre Nußbaum stand auf einer Klippe, von der aus man den Streckfluß überblicken konnte. Ein schmales Feld, das sich bei Hochwasser füllte und die Fluten etwas bremste, trennte das östliche Flußufer vom Damm. Sowohl die Ebene als auch der Hang waren mit hohem, wirrem Buschwerk bewachsen. Ein ausgetretener Pfad führte von der Klippe zu einem Gasthaus mit Stall gleich auf einer kleinen Lichtung am Flußufer.

Das flache Gebäude war aus Flußgestein und Mörtel gebaut. Der Stall war aus krummen Brettern zurechtgezimmert, die man aus den verdrehten Nußbäumen geschnitten hatte. Über dreißig Ponys und Pferde standen dort zusammengedrängt. Ein Ende des Pferchs erstreckte sich bis in den Streckfluß, so daß die Tiere immer mit Wasser versorgt waren.

Vor dem Gasthaus lagen zwei tote Zentilaren, Kurzspeere ragten aus ihrer Brust heraus. Ein weiterer zentischer Wachmann war in der Türöffnung zusammengebrochen. Auf der Lichtung verstreut lagen dreißig Halblinge, schwarze Pfeile steckten in ihrer Brust. Eine Handvoll der kleinen Krieger hatte das Gasthaus erreicht und acht Fensterläden aus der Verankerung gerissen. Unter drei Fenstersimsen war die Steinwand mit Blut bespritzt, die Leichen von Halblingen lagen unter zwei anderen Fenstern.

Mit Trauer im Herzen wurde Mitternacht klar, daß sie auf die Männer aus Schwarzeichen gestoßen war, dem Dorf von Schnüffler. Da sie nur vier Stunden am Tag schliefen, hatten die Halblinge den Gelben Schlangenpaß in einem Zug überquert. Vor zwei Nächten waren sie an Adon und Kelemvor vorbeigeritten, und am letzten Abend hatten sie endlich ihre Beute eingeholt. Die Gruppe hatte kurz vor Sonnenaufgang angegriffen und die Wachposten mit einer Salve von Speeren überrascht, die sie mit ihrem Woomeras abgefeuert hatten.

Hätten sie sich damit zufriedengegeben, dann wären die Halblinge möglicherweise stolz und unversehrt nach Schwarzeichen zurückgekehrt. Die Zentilaren im Gasthaus, die erfahren und diszipliniert waren, hatten die Schreie ihrer Wachposten gehört und zahllose Pfeile aus den Fenstern des Gebäudes abgefeuert. Die meisten der kleinen Kämpfer waren gefallen, lange bevor sie sich dem Gasthaus hatten nähern können.

Mitternacht empfand eine sonderbare Wut auf die Halblinge. Über dreißig von ihnen waren gestorben, doch erreicht hatten sie überhaupt nichts. Der idiotische Angriff hatte den Trupp ausgelöscht, und die wenigen Überlebenden konnten den kräftigen und größeren Männern im Nahkampf nichts anhaben.

Es war zwar nicht zu übersehen, daß die Halblinge diesen Kampf verloren hatten, doch Mitternacht wurde bewußt, daß es noch Überlebende geben mochte. Wenn das der Fall war, dann mußte die Magierin ihnen helfen. Zum Teil rührte diese Überzeugung aus der Tatsache her, daß sie sich wegen Schnüfflers Tod schuldig fühlte, doch die Magierin war auch eine mitfühlende Frau, die unnötiges Leid verabscheute. Sie konnte einfach nicht den Gedanken ertragen, auch nur einen Halbling den Launen eines Zentilaren zu überlassen.

Mitternacht wollte sich aber auch aus einem anderen Grund zum Gasthaus begeben. Schon seit langem vermutete sie, daß Cyrics Zentilaren für den Überfall auf Schnüfflers Dorf die Verantwortung trugen, und der blinde Angriff der Halblinge auf den Dieb und seine Leute sprach eine deutliche Sprache, der ihren

Verdacht bestätigte. Wenn dem so war, dann befand sich Cyric im Gasthaus, und seine Anwesenheit würde bedeuten, daß er sein Versprechen gebrochen hatte, ihr nicht zu folgen. Die Magierin mußte mit eigenen Augen sehen, ob ihre Vermutungen richtig waren.

Mitternacht kroch fort von dem Baum und zog sich zurück bis zu dem trockenen Wasserlauf, an dem sie ihr Pony angebunden hatte. Als die Magierin sich dem Tier näherte, begann es zu trampeln und zu schnauben.

„Was willst du?" fragte Mitternacht. „Wir haben Bergkant vor einer Stunde verlassen, du kannst nicht schon wieder hungrig sein."

Natürlich erwiderte das Pony nichts. Mitternacht schüttelte den Kopf und seufzte schwer, da sie sich ein wenig albern vorkam, sich mit einem Tier zu unterhalten, als könne es antworten. Die Magierin war von einer solchen Einsamkeit erfaßt worden, daß sie das Geschöpf bereits wie ein menschliches Wesen betrachtete. Ihr fehlte Adon, und noch mehr fehlte ihr Kelemvor. Als sie sich vom Lager weggeschlichen hatte, war ihr nicht danach gewesen, sich mit ihren Freunden auszusöhnen. Doch jetzt sehnte sie sich danach, den Streit zurückzunehmen, der zwischen ihnen geherrscht hatte.

Dafür war es jedoch zu spät. Die Magierin hatte eine Mission zu erfüllen, und sie wußte, daß es besser war, Kelemvor und Adon vorläufig zu vergessen. Vielleicht hatte sie deswegen auch begonnen, das Reittier wie einen Gefährten zu betrachten.

Immerhin hatte Mitternacht dieses neue Empfinden gute Dienste geleistet. Zweimal war dem Pony ein Geruch aufgefallen, der es erschrocken hatte. Hätte die Magierin sich nicht so gut auf die Stimmungen ihres Reittiers eingestellt, wäre ihr die Nervosität des Ponys nicht aufgefallen und sie wäre mitten in eine Katastrophe geritten. Beim ersten Mal konnte Mitternacht so einer Goblinpatrouille aus dem Weg gehen. Es wäre zwar ein leichtes gewesen, mittels ihrer Magie zu entkommen, doch Mitternacht war es lieber, das nicht versuchen zu müssen.

Beim zweiten Mal war dem Tier ein Geruch in die Nase gestiegen, der es massiv verängstigt hatte. Als die Magierin sich daraufhin genauer umgesehen hatte, war sie auf einen der wenigen Patrouillen gestoßen, die von Dunkelburg nach wie vor im Gelben Schlangenpaß unterhalten wurden. Mitternachts Magie hätte es wohl auch mit den Zentilaren aufnehmen können, doch die Patrouille war mit dem Transport der drei Meter großen Statue eines Humanoiden beschäftigt gewesen. Als sie in deren leere Augen geblickt und dann bemerkt hatte, daß sie sich aus eigener Kraft bewegte, war Mitternacht klargeworden, daß es sich bei der Statue um einen Golem handelte. Sofort hatte sie die Flucht angetreten, da Golems von Natur aus gegen Magie so gut wie immun waren.

Davon abgesehen war die Reise entlang des Gelben Schlangenpasses ereignislos verlaufen. Die letzte Nacht hatte sie in einem kleinen Gasthaus in Bergkant verbracht. Auch wenn die meisten der Einwohner kühl und distanziert waren, erwies sich der Gastwirt als ein freundlicher Mensch, der nichts dagegen hatte, seinen Kunden gute Ratschläge mit auf den Weg zu geben. Als Mitternacht ihn gefragt hatte, wo sie ein schnelles Pferd kaufen konnte, ohne Aufsehen zu erregen, war ihr die Stallung empfohlen worden, die die Magierin nun erreicht hatte. Zum Glück hatte sich Mitternacht vorsichtig genähert, nachdem es bereits in Bergkant von Zentilaren gewimmelt hatte. Mit ihrer Vermutung, in dem Stall könnte es noch mehr von ihrer Art geben, hatte sie völlig richtig gelegen.

Das Pony rieb seinen Kopf an Mitternachts Arm, da es nach etwas Eßbarem suchte. Die Magierin ignorierte das und nahm dem Tier die Satteltaschen ab. Ohne Adon oder Kelemvor, die die Tafel hätten bewachen können, wollte sie die Taschen mit dem Artefakt nicht unbeaufsichtigt lassen.

Sie begann, den Hang hinabzugehen, dabei aber immer im Schutz der dichten Büsche zu bleiben und weder Steine loszutreten noch Zweige zu zerbrechen. Als die Magierin den Fuß der Klippe erreicht hatte, setzte ein kalter Nieselregen ein, der faulig stank, als sei in den Wolken etwas gestorben. Im Gasthaus blieb alles dunkel und ruhig.

Mitternacht blieb stehen, um nach einem Hinweis auf einen Wachposten Ausschau zu halten. Dann hörte sie aus dem Inneren des Gebäudes den schwachen Hall tiefen Gelächters dringen. Eine helle Stimme rief: „Nicht noch einmal, ich flehe euch ... aaaaaaah!"

Immer darauf bedacht, hinter den Büschen verborgen zu bleiben, ging die Magierin zur südlichen Seite des Gasthaus. Die helle Stimme schrie abermals, verstummte dann aber. Sekunden später wurde aus dem stinkenden Nieselregen ein heftiger Schauer, während Mitternacht den Rand der Lichtung erreichte. Sie blieb gut dreißig Meter vom Gebäude entfernt stehen, wo sie einen guten Blick auf den Bereich zwischen Gasthaus und Fluß hatten.

Vier Zentilaren standen bis zur Brust im Wasser und hielten einen drei Meter langen Baumstamm fest, damit er nicht von der Strömung mitgerissen wurde. In den mittleren Teil des Stamms hatten sie ein tiefe Kerbe geschnitten, in der zwei lange Stangen miteinander im rechten Winkel verbunden worden waren. An das äußere Ende dieser Stangen hatten die Zentilaren je einen Halbling festgebunden und seine Arme freigelassen, damit er schwimmen und sich über Wasser halten konnte.

Das teuflische Ergebnis dieser Konstruktion war, daß sich ein Gefangener nur dann über Wasser halten konnte, wenn er seinen Kameraden zwang, unter Wasser zu tauchen. Zwei durchnäßte Halblinge lagen bereits am Ufer, einer tot, der andere von Hustenanfällen geschüttelt, die seinem geschwächten Körper schwer zu schaffen machten.

Vier weitere Zentilaren standen am Ufer, lachten leise und schlossen Wetten ab, welcher der beiden Gefangenen überleben würde. Ein weiterer Mann stand ein Stück weit von ihnen entfernt. Ihn schien das grausame Treiben nicht zu interessieren. Er war ein großer Mann mit geflochtenem schwarzen Haar, einem vollen, buschigen Bart und einem glänzenden schwarzblauen Kettenhemd.

Eine Gestalt in einem Umhang löste sich von den vier wettenden Zentilaren und ging zu dem einsam dastehenden, schwarzhaarigen Mann, während er seinen Umhang enger um seine Schultern zog. Mitternacht erkannte in ihm sofort Cyric.

„Komm schon, Dalzhel, mach mit", rief der Dieb mit der Hakennase.

„Ihr verschwendet nur Zeit, Sir."

Cyric sah zu der Folter, die sich im Wasser abspielte. „Unsinn. Die Männer vergnügen sich." Er fügte nicht an, daß ihm der Zeitvertreib ebenfalls gefiel.

„Was ist mit der Frau? Wir sollten ihr nachreiten."

„Nicht nötig", erwiderte Cyric selbstsicher. „Die Spione in Bergkant haben sie gesehen und mir mitgeteilt, daß sie allein unterwegs ist." Er machte eine Pause und lächelte. „Sie wird zu uns kommen."

Die Zentilaren begannen zu grölen, und Mitternacht sah, daß einer der Gefangenen sich an die Wasseroberfläche gekämpft und seinen Gefährten unter die Wellen gedrückt hatte.

„Noch ein Plan, Herr?" fragte Dalzhel und ignorierte völlig die begeisterten Schaulustigen.

Cyric nickte und warf den strampelnden Halblingen einen Blick zu, der ihn lachen ließ. „Sie wird uns direkt in die Arme reiten", sagte er beiläufig.

Mitternacht fuhr sich mit der Zunge über die Lippen und schmeckte Schweiß. Sie hatte fast genau das getan, was er gesagt hatte. Genaugenommen konnte sie immer noch jeden Moment gefangengenommen werden.

Dalzhel hob zweifelnd eine Augenbraue. „Selbst wenn sie weiß, wo sie uns finden kann, glaube ich nicht, daß sie Euch noch vertrauen wird, nachdem Ihr den Halbling getötet habt."

„Mir vertrauen?" wiederholte Cyric amüsiert und stützte sich auf Dalzhel breiter Schulter ab. „Ich erwarte nicht, daß sie mir noch vertraut. Ich werde nicht länger Spiele mit ihr spielen."

Dalzhel legte verwirrt die Stirn in Falten. „Warum sollte sie sich uns dann anschließen?"

Cyric lachte noch lauter und zeigte auf den Fluß. „Die Furt", sagte er. „Sie ist die einzige im Umkreis von 100 Kilometern. Sie muß hier entlang kommen."

Verlegenheit machte sich auf Dalzhels Gesicht breit, und dann lächelte er breit. „Natürlich, Herr. Wir locken sie in einen Hinterhalt."

„Ohne Kelemvor, der uns stören könnte, werden wir sie gefesselt und geknebelt haben, noch bevor sie ihren ersten Zauber wirken kann."

Mitternachts Herz fühlte sich an wie ein Eisblock. Kelemvor hatte recht gehabt. Cyric war ein Verräter. Sie brauchte keinen weiteren Beweis mehr. Die Magierin atmete leise aus und schluckte ihre Wut herunter. Das eisige Gefühl in ihrem Herzen blieb, und sie schwor, daß Cyric dafür würde bezahlen müssen.

Der Schauer entwickelte sich zu einem Wolkenbruch. Vom Fluß her war ein unheimliches Heulen zu hören. Der übelriechende Regen fiel so, als würde er von einem heftigen Wind angetrieben. Die Luft regte sich jedoch überhaupt nicht, während Mitternacht den Regen einfach ignorierte. Seit der Nacht der Ankunft hatte sie Dinge erlebt, die tausendmal schlimmer waren.

Cyric und Dalzhel waren aber nicht annähernd so gelassen wie sie. Als sie dieses Heulen in den Spukhallen zum letzten Mal gehört hatten, waren sie um etliche gute Soldaten ärmer geworden. Beide Männer sahen mit finsterer Miene zum Himmel.

„Ich sehe nach den Wachposten", sagte Dalzhel.

Mitternacht spürte, wie sich ihre Haare vor Schreck aufrichteten. Sie hatte keine Wachposten gesehen, und da sie bislang auch unentdeckt geblieben war, hatten sie sie umgekehrt ebenfalls nicht bemerkt. Etwas stimmte hier nicht.

„Ich erledige die Halblinge", murrte Cyric und wandte sich wieder seinen Leuten und den Gefangenen zu.

Mitternacht sah, daß die Soldaten die Gefangenen vergessen hatten. Auch sie wußten noch, was beim letzten Mal geschehen war, als sie ein solches Geräusch umgeben hatte. Mehrere Zentilaren legten nervös die Hand auf das Heft ihrer Schwerter und sahen sich hastig um, stets darauf gefaßt, Bhaal irgendwo zu entdecken.

Als sich Dalzhel abwandte, rief Cyric ihm seinen letzten Befehl nach. „Wenn Mitternacht nicht binnen der nächsten Stunde auftaucht, brechen wir nach Bergkant auf."

„Aye", gab Dalzhel zurück, „vorausgesetzt, wir kämpfen nicht gerade um unser Leben."

„Das wirst du", flüsterte Mitternacht. „Das schwöre ich dir." Auch wenn sie nicht verstand, warum Cyric so beunruhigt war, beabsichtigte sie, aus seiner Furcht den größten Nutzen zu ziehen.

Ihr vorrangiges Ziel war es aber, die Halblinge zu befreien. Auch wenn sie fürchtete, ihre Magie könnte fehlschlagen, blieb ihr keine andere Wahl, als sich genau darauf zu verlassen. Sie holte sich die Worte und Gesten für telekinetische Magie ins Gedächtnis. Ein normaler Telekinese-Zauber bewegte Objekte in horizontaler oder vertikaler Richtung. Die Magierin setzte darauf, daß sie die Enden der Seile mit genug Geschick bewegen konnte, um sie lösen.

Sofort setzte sie ihren Zauber um, doch zu ihrem Erstaunen begannen sich alle Seile im näheren Umkreis zu lockern, nicht nur die, die die Halblinge festhielten. Die beiden Gefangenen wurden von dem Folterinstrument befreit und von der Strömung mitgetragen. Ein Stück weiter begannen sie, an Land zurückzukehren. Ihre Seile machten sich unterdessen daran, an Land zu schwimmen, als handele es sich bei ihnen um Schlangen. Die Schnur, die die Stangen miteinander verband, löste sich ebenfalls und kroch auf den Baumstamm, rollte sich zusammen und schlug nach einem der Zentilaren.

Cyrics Männer stießen erstaunte Rufe und wütende Flüche aus. Der Dieb rannte in Richtung Ufer. „Tötet die Gefangenen! Tötet sie sofort!" Er zog sein Kurzschwert, dessen rosa Klinge in dem grauen Licht besonders bedrohlich wirkte.

Seine Männer setzten sich sofort in Bewegung, um den Befehl auszuführen, und zogen ihre Klingen. Die Halblinge schwammen so schnell, wie sie nur konnten, und die Männer schlugen unbeholfen nach ihnen, mal nach den Flüchtenden, mal nach den Seilen, die sie verfolgten. Die Halblinge waren erschöpft und bemühten sich nach Kräften, die Köpfe über Wasser zu halten. Die Strömung war stark genug, und der Fluß brachte sie aus der Gefahrenzone. Cyric knurrte wütend und watete ins Wasser, um einen der Flüchtenden aufzuhalten.

Als Mitternacht sah, daß sich die lebenden Seile in ihre Richtung bewegten, kehrte sie hinter die Büsche zurück und begab sich zum Fluß. Die Seile änderten ihre Richtung und krochen weiter auf die Magierin zu.

Einer der Zentilaren bemerkte, was die Seile machten, und rief: „Seht doch! Sie sind hinter etwas her!"

Cyric betrachtete die Seile einen Moment lang, dann befahl er: „Sieh nach, was es ist!" Gleichzeitig verlagerte er seine Position, um seine Beute abzufangen.

Mitternacht wich weiter zurück und bewegte sich durch die Büsche. Wenn der Zentilare nicht bereits auf die generelle Richtung aufmerksam geworden wäre, hätte er von dem plötzlichen Rascheln vermutlich nichts mitbekommen. Doch die Seile strebten weiter unablässig auf sie zu, und es war unmöglich, daß der Soldat die Geräusche überhörte, die Mitternacht machte, als sie sich zu einem neuen Versteck begeben wollte. Im nächsten Moment sah der Mann die zusammengekauerte Gestalt im Gebüsch.

„Da ist jemand!" brüllte er und blieb stehen. „Eine Frau!"

Mitternacht stand auf, bereit, die Flucht anzutreten.

Im gleichen Moment drehte sich Cyric nach ihr um und erkannte den vertrauten schwarzen Umhang der Magierin. „Mitternacht!" rief er. „Endlich bist du hier!" Ohne seinen Blick von dem Dickicht abzuwenden, streckte er seinen Arm aus und packte den Halbling, der an ihm vorüberzog.

„Ja, das bin ich!" knurrte sie. In diesem Moment beschloß die Magierin, nicht wegzulaufen. Bislang waren Cyric und seine Männer nicht auf sie losgegangen, doch das würden sie sicherlich machen, wenn sie die Flucht antrat. Je länger Cyric redete, um so mehr Zeit hatte Mitternacht, um einen Fluchtplan zu entwickeln. „Und ich weiß jetzt, was du wirklich bist!"

Cyric zuckte mit den Schultern. „Und das wäre?" Mit einer lässigen Bewegung zog er den Halbling zu sich und schlitzte ihm die Kehle auf.

„Ein Monster!" schrie Mitternacht, die völlig perplex war. „Du wirst dafür bezahlen!"

Der Hauch eines Zweifels huschte über Cyrics Gesicht. Er ließ den Halbling zurück ins Wasser gleiten, dann watete er ans Ufer. Seine Männer wollten auf Mitternacht zulaufen, doch er winkte sie zurück. „Nein", sagte der Dieb. „Das werde ich nicht. Wir waren einmal Freunde, weißt du noch?"

„Das ist vorbei!" Die Magierin dachte daran, Cyric zu töten, und prompt wußte sie auch den richtigen Zauber dazu, doch sie wirkte ihn nicht. Bevor Cyric starb, sollte er durch sie erfahren, warum sie ihn bestrafte. „Du hast mich betrogen, Cyric. Du hast uns alle betrogen, und bei Aurils blauer Haut werde ich ..."

„Sei vorsichtig, bei wem du etwas schwörst", warnte Cyric sie und trat ans Flußufer. „Die Göttin der Kälte hört mehr auf meine Überredungskunst als ..."

Die Augen des Diebs traten vor Schreck hervor, seine Lippen formten ein einziges Wort: „Nein!"

Cyrics unerklärliche Furcht ließ Mitternacht zögern. Sie nahm eine Bewegung hinter sich wahr, und dann sprang der Angreifer sie auch schon an. Eine unerbittliche Hand preßte ihr den Mund zu und verbrannte ihre Lippen an den Stellen, an denen sie die Haut berührte. Ein stählerner Arm legte sich um ihren Bauch und brachte ihre Eingeweide dazu, sich vor Abscheu zu drehen.

Mitternacht versuchte, ihren Todeszauber zu wirken, doch es war ihr nicht möglich. Das Ding hielt sie so fest, daß sie weder den Mund aufmachen konnte, um die Worte zu sprechen, noch in der Lage war, die Gesten für diesen Zauber zu beschreiben. Der Angreifer hob sie mühelos hoch und zog sich mit ihr ins Gebüsch zurück.

◆ ◆ ◆

Als der Tag zur Nacht wurde, hielt keine Dunkelheit Einzug. Der Himmel funkelte in tausend verschiedenen Farben, als sei er mit glitzernden Edelsteinen übersät. Kelemvor konnte nicht leugnen, daß das flackernde Licht eine gewisse makabre Schönheit ausstrahlte. Aber er wäre mit den üblichen Sternen und dem Mond am Himmel viel glücklicher gewesen, und er beneidete Adon darum, daß der eine Zuflucht vor der unheimlichen Nacht gefunden hatte.

Adon saß im Schneidersitz vor einem kleinen Feuer, seine Aufmerksamkeit war auf die gelben Flammen gerichtet. Zwar wußte er, daß Kelemvor neben ihm saß, daß es Nacht war und daß sie am Ufer des Streckflusses ihr Lager aufgeschlagen hatten, doch er war sich dieser Dinge nicht wirklich bewußt. Seine Verstand hatte sich in sich selbst zurückgezogen, indem er den verschlungenen Pfaden der Gebetsmeditation gefolgt war.

„Und? Schon irgendwas gefunden?" fragte der Kämpfer. Auch wenn er in solchen Dingen nicht sonderlich versiert war, war ihm so, daß inzwischen etwas hätte passieren sollen.

Die Unterbrechung störte die Trance, und Adon kehrte mit schwindelerregender Geschwindigkeit in die Realität zurück. Der Kleriker schloß die Augen und schüttelte den Kopf, während er seine Finger in den kalten Schlamm bohrte.

Er hatte seit Anbruch der Dämmerung vor dem Feuer gesessen, nichts gegessen, nichts getrunken und nicht einmal sein Gewicht verlagert. Sein Rücken schmerzte, seine Beine waren taub, seine Augen brannte. Verärgert über Kelemvors Störung fragte er: „Wie lange geht es jetzt?"

„Die halbe Nacht, vielleicht sogar länger", murmelte der Krieger und zweifelte daran, daß es weise war, die Meditation des Klerikers zu unterbrechen. „Ich habe in der Zwischenzeit ein Dutzend mal neues Feuerholz geholt."

Er erwähnte nicht, daß sie jemand beobachtete. Wenn er es Adon jetzt sagte, dann würde der Kleriker überrascht reagieren, und die mysteriöse Gestalt wüßte, daß sie entdeckt worden war.

Adon drehte den Kopf hin und her und ließ seine Verärgerung zusammen mit der Steifheit in seinem Genick verschwinden. Kelemvor konnte er nicht vorwerfen, daß der so ungeduldig war, und die Störung hatte nichts am Ergebnis der Trance geändert. „Ich habe nichts gefunden", berichtete der Kleriker mit der Narbe. „Sune kann mich nicht hören ... oder sie will mir nicht antworten."

Adon war deswegen weder überrascht noch enttäuscht. Kontakt mit Sune aufzunehmen, war Kelemvors Idee gewesen. Auch wenn es ein verzweifelter Plan ohne echte Aussichten auf Erfolg war, hatte sich der Kleriker bereiterklärt, da sie durch einen Versuch nichts zu verlieren hatten.

Der Kämpfer war dagegen enttäuscht. Er brach einen Zweig durch und warf ihn ins Feuer. „Dann ist Mitternacht verloren", sagte er traurig.

Adon legte eine Hand sanft auf die Schulter seines Freundes. „Wir werden sie finden."

Kelemvor schüttelte den Kopf. „Sie ist seit vier Nächten verschwunden. Wir werden sie nie finden."

Der Kleriker konnte nichts erwidern. Als sie sie verlassen hatte, war Mitternacht in Richtung Norden geritten, genau in die Schlucht des Streckflusses. Auf dem Rücken ihres robusten Bergponys konnte Mitternacht auf der ersten Etappe nicht länger als drei oder vier Stunden geritten sein. Doch zu Fuß hatten Adon und Kelemvor einen vollen Tag benötigt, um die Lichtung zu finden, auf der sie ihre beiden Reittiere angebunden hatte. Als sie endlich auf die Hauptroute zurückgekehrt waren, hatte Mitternacht einen Vorsprung von eineinhalb Tagen.

Daß sie sie verlassen hatte, war an sich schon beunruhigend genug. Doch nachdem sie Mitternachts Spur wiedergefunden hatten, war Kelemvor auch auf ein gutes Dutzend Pferde aufmerksam geworden, die ihr folgten. Er und Adon waren zu dem Schluß gekommen, daß es sich um Cyric und dessen Leute gehandelt haben mußte.

„Tja, und was sollen wir jetzt machen?" fragte Kelemvor.

Adon hatte nicht eine einzige Idee, und er wünschte sich, Kelemvor würde aufhören, nach Antworten zu suchen. Doch er wußte auch, daß jemand eine Entscheidung treffen mußte, und da Mitternacht verschwunden war, sollte es nicht Kelemvor sein. Also stand Adon auf und faltete die Karte auseinander, die Deverell ihnen mitgegeben hatte. Nach einem kurzen Moment legte er einen Finger auf eine Stelle, die ein Stück weit flußabwärts gelegen war. „Wir werden nach Bergkant reisen", sagte er. „Mitternacht wird ein kräftiges Pferd brauchen, wenn sie die Ebenen überqueren will, und wir ebenfalls."

Adon begann, Erde ins Feuer zu treten, doch Kelemvor stoppte ihn. Er legte eine Hand auf das Heft seines Schwertes und sah in Richtung Fluß. Fünfzig Schritt von ihnen entfernt befand sich die Frau, die sie beobachtet hatte. Sie war auf dem Weg zu ihnen.

Der Kleriker folgte Kelemvors Blick. „Bist du das, Mitternacht?" rief er.

Die Frau kam näher. „Nein, das bin ich nicht", erwiderte sie. Ihre Stimme war sanft und melodisch. „Darf ich mich trotzdem eurem Lager nähern?"

Nachdem er die halbe Nacht damit verbracht hatte, ins Feuer zu starren, waren seine Augen nicht an die relative Dunkelheit gewöhnt. Selbst im unheimlichen funkelnden Schein des Himmels konnte er die mysteriöse Frau nicht völlig klar erkennen. Dennoch antwortete er: „Du bist hier willkommen."

Sekunden später trat sie in den Schein des Feuers, und Adon schnappte nach Luft. Die Frau war so groß wie Kelemvor, hatte seidiges braunes Haar und tiefbraune Augen. Ihre Haut war blaß, doch der funkelnde Himmel tauchte sie in ein vielfarbiges Licht, das ihrer Schönheit etwas unirdisches verlieh. Ihr Gesicht hatte eine ovale Form und war so schmal, daß es einen krassen Gegensatz zur Fülligkeit ihrer faszinierenden Figur darstellte. Einen ebensolchen Kontrast zu ihrer besonderen Schönheit bildete die zerlumpte Kleidung, die zu jemandem paßte, der in der Wildnis lebte.

Hoffnung überkam Adon. Vielleicht waren seine Gebete doch erhört worden. „Sune?"

Die Frau errötete. „Du schmeichelst mir."

Adon konnte nicht anders, als die Stirn zu runzeln, als seine kurzzeitige Begeisterung verebbte.

Die Frau bemerkte die Reaktion des Klerikers und täuschte ihrerseits ebenfalls Enttäuschung vor, als sie sagte: „Wenn an eurem Lager nur die Göttin der Schönheit willkommen ist ..."

Kelemvor hob eine Hand und warf ein: „Sei nicht beleidigt. Wir hatten nicht erwartet, daß sich jemand unserem Lager nähert, schon gar nicht du... ich meine, eine hübsche Frau."

„Eine hübsche Frau", wiederholte sie nachdenklich. „Glaubst du das?"

„Gewiß", sagte Adon und verbeugte sich. „Adon von ... nun, einfach Adon und Kelemvor Lyonsbane zu deinen Diensten."

Die Frau verbeugte sich ebenfalls. „Angenehm. Javia von Chauntea zu euren Diensten."

„Angenehm", erwiderte Adon. Wenn sie Chauntea diente, der Großen Mutter, dann war diese Frau eine Druidin. Das erklärte, warum sie sich in der Wildnis aufhielt.

„Ich habe dein Gebetsfeuer beobachtet", erklärte Javia. „Hast du zu Sune gebetet?"

„Ja", antwortete Adon mit finsterer Miene.

Javia betrachtete die Narbe im Gesicht des Klerikers. Ihr mitfühlender Blick zeigte, daß sie die Pein verstand, die dieser Makel für einen Anhänger der Göttin der Schönheit bedeutete.

Adon drehte den Kopf weg, um die Narbe zu verbergen.

Javia errötete wieder und lächelte schüchtern. „Vergib mir. Ich begegne nicht oft Reisenden, ich habe vergessen, wie man sich richtig verhält."

„Was machst du hier draußen?" fragte Kelemvor.

Die Frau spürte das Mißtrauen des Kämpfers und sagte: „Es könnte sein, daß ich eure Gebete gestört habe ..."

„Keineswegs, Javia", protestierte Adon und nahm ihre Hand, um sie zu einem Baumstamm neben dem Feuer zu führen. „Nimm doch bitte Platz."

„Ja", sagte Kelemvor mürrisch. „Die Gebete haben unsere Probleme ohnehin nicht gelöst."

Javia hob beunruhigt die Augenbrauen. „Sag so etwas nicht!"

„Ich wollte nicht ...", begann Kelemvor, der vor Javias heftiger Reaktion zurückschreckte. Dann aber entschied er, daß es besser war, ehrlich zu sein und zu erklären, was er gemeint hatte. „In unserem Fall trifft es zu." Er zeigte auf Adons Wange. „Alle Gebete der Welt helfen nicht, um ihn von dieser Narbe zu befreien, und Adon hat sie davongetragen, als er in Sunes Diensten stand."

„Doch sicherlich nicht in Sunes Diensten!" rief Javia aus. Ihre Stimme war tadelnd. „Sie ist nicht die Göttin eines schmutzigen Krieges."

„Glaubst du, sie würde mich deswegen leiden lassen?" fragte Adon, dessen Trauer allmählich wieder die Oberhand gewann. „Weil ich für die falsche Sache gekämpft habe?"

Javias Gesichtszüge wurden wieder sanfter, und sie sah Adon an. „Deine Sache mag die richtige gewesen sein", sagte sie. „Doch zu erwarten, daß eine Göttin ihrem Verehrer dient ..." Sie ließ den Satz unvollendet, als wisse Adon nur zu gut, daß er so etwas nicht erwarten konnte.

Der spürte, wie Zorn in ihm aufstieg. „Wenn nicht einem Verehrer, wem dann?" wollte er wissen.

Javia blickte einen Moment lang verwirrt drein, als habe sie über diese Frage noch nie nachgedacht. Dann endlich antwortete sie: „Sich selbst, wem sonst?"

„Sich selbst", wiederholte Adon mit beleidigtem Tonfall.

„Ja", erwiderte Javia. „Sune beispielsweise kann sich nicht mit dem Wohlergehen eines jeden Anhängers widmen. Die Göttin der Schönheit darf nur an Schönheit denken. Wenn sie über etwas Häßliches nachdenkt, ganz gleich, wie kurz und zu welchem Zweck, dann gelangt diese Häßlichkeit in ihre Seele. Würde das geschehen, dann hätten wir nicht länger ein reines Ideal – alle Schönheit würde dann auch ein gewisses Maß an Häßlichkeit beinhalten."

„Sag mir", forderte der Kleriker ärgerlich, „was glaubst du, welchen Wert Anhänger für einen Gott haben?"

Kelemvor seufzte. Für den Krieger gab es viele Dinge, die es wert waren, diskutiert zu werden – doch Religion gehörte nicht dazu.

Javia sah Adon lange Zeit an. Schließlich antwortete sie mit freundlicher und doch herablassend klingender Stimme: „Wir sind wie Gold."

„Wie Gold", wiederholte Adon und spürte bereits, daß die Bedeutung von Javias Worten nicht an deren Oberfläche zu finden war. „Wir sind also die Münzen in einer göttlichen Geldbörse?"

Javia nickte. „Etwas in dieser Art, ja. Wir sind der Reichtum. Die Götter messen an uns ihren ..."

„... ihren Status", fiel Adon ihr ins Wort. „Sag mir, welcher Wettstreit läuft im Augenblick? Ist er es wert, daß die Welt vernichtet wird?"

Javia sah hinauf zum funkelnden Himmel, dann erwiderte sie ohne Reaktion auf Adons Verärgerung: „Ich fürchte, dies ist kein Spiel. Die Götter kämpfen um die Kontrolle über die Reiche und die Ebenen."

„Dann wünsche ich mir, daß sie ihren Kampf anderswo austragen", sagte Kelemvor hitzig und streckte sein Hand zum Himmel aus. „Wir wollen daran nicht teilhaben."

„Diese Wahl steht uns nicht zu", sagte Javia ernst und hob ihren Zeigefinger, als wäre Kelemvor ein Kleinkind, das man zurechtweisen mußte.

„Wie kannst du ihnen nur so ergeben sein?" wunderte sich Adon und schüttelte ratlos den Kopf. „Wir bedeuten ihnen nichts."

Auch wenn er anderer Meinung war als Javia, war der Kleriker froh, daß sie zu ihrem Lager gekommen war. Trotz der Heftigkeit ihrer Diskussion fühlte er sich mehr mit sich im Reinen, als es seit vielen Jahren der Fall gewesen war. Javias beharrlicher Widerspruch half ihm, einzusehen, daß es richtig gewesen war, den Glauben an Sune aufzugeben. Einer Göttin zu dienen, die sich nichts aus ihren Verehrern machte, war eine reine Dummheit. Es war verkehrt. Die Menschheit hatte zu viele Probleme, als daß sie ihre Energie für die unproduktive Verehrung eitler Gottheiten verschwenden konnte.

Die Diskussion zog sich noch gut zwanzig Minuten lang hin, ohne zu einem Ergebnis zu führen. Javia war in ihrem Glauben unerschütterlich, und Adon war so entschlossen ketzerisch, daß sie ihre Meinungsverschiedenheiten nicht überwinden konnten.

Als die Unterhaltung zu einem sinnlosen und sich wiederholenden Streit ausartete, legte sich Kelemvor schlafen. „Wenn die beiden Kleriker für den Rest der Nacht streiten wollen", murmelte er, als er die Augen zumachte, „dann können sie auch Wache halten."

9

IN SCHLECHTER GESELLSCHAFT

Der Weg bog nach Süden ab und verlief am Fuß einer Hügelkette entlang. Die Sonne verlieh den Büscheln von gelblichem Gras, die versprengt auf dem staubigen Grund wuchsen, einen goldenen Schimmer. Hier und da lockerten rötliche Klippen die karge Hügellandschaft auf, und das helle Licht des Morgens ließ den sandigen Fels feurig aufleuchten.

Ohne Vorwarnung und ohne erkennbaren Grund ging auf einmal einer der Felsvorsprünge in Flammen auf und brannte einige Minuten, bis er dann in sich zusammenfiel. Brennende Felsblökke stürzten vom Hügel herab und entfachten kleinere Feuer an den Stellen, an denen sie mit dem Gras in Berührung kamen.

Bhaal, der nun den Leib von Kae Deverell als Avatar benutzte und von der mysteriösen Selbstentzündung des Gesteins keine Notiz nahm, führte sein Pferd und das von Mitternacht in die Hügel. Auch wenn die Magierin über die Selbstentzündung besorgt war, fehlte ihr die Kraft, um sich gegen die Richtungsänderung auszusprechen. Mitternacht hatte eher das Gefühl, zu schlafen, anstatt wach zu sein, und der Schmerz hatte sie nahezu in ein Delirium versetzt. Die Stellen, an denen Bhaal seine Hand auf ihren Mund, ihre Lippen und ihr Kinn gelegt hatte, brannten unvermindert. Dem Bauch der Magierin erging es noch schlechter. Ihre Eingeweide wanden sich noch immer von der unreinen Berührung durch den Gott des Mordes.

Als die Pferde sich an den Aufstieg machten, schaukelte Mitternacht hilflos in ihrem Sattel hin und her. Sie war zu erschöpft und entmutigt, um sich festklammern zu können, und blieb nur deswegen auf ihrem Pferd sitzen, weil es ihr nicht möglich war, herunterzufallen. Bhaal hatte ihre Hände an den Sattelknauf und ihre Füßen an den Steigbügeln festgebunden.

Hätte sie nicht selbst diese letzten dreißig Stunden erlebt, dann hätte Mitternacht niemals glauben können, daß ein menschliches Wesen soviel aushalten konnte. Nachdem er die Magierin von der Konfrontation mit Cyric fortgerissen hatte, hatte Bhaal sie gefesselt und geknebelt, was ihr jede magische Aktion unmöglich machte. Dann hatte der Gott Mitternacht zu einem bereitstehenden Pferd geschleppt und im Sattel festgebunden, um auf seinem eigenen Pferd aufzusitzen und mit ihr davonzureiten.

Der Gott des Mordes hatte ein zermürbendes Tempo vorgelegt. Er war einen ganzen Tag und eine ganze Nacht geritten, ohne eine Rast einzulegen oder ihr wenigstens zu erklären, was er mit ihr vorhatte. Mitternacht fürchtete, daß ihre Knochen von dem unablässigen Hin und Her zermahlen würden, wenn nicht die Pferde zuvor zusammenbrachen. Das Pferd, das die Magierin trug, ließ in dem Moment die eigene Erschöpfung erkennen, als es mit einem Huf gegen einen Stein stieß und stolperte. Mitternacht mußte sich nach links lehnen, um nicht aus dem Gleichgewicht zu geraten. Die Satteltasche mit der Tafel, die nach wie vor über ihre Schulter gelegt war, verrutschte, und ein stechender Schmerz jagte durch ihre Wirbelsäule.

Mitternacht stöhnte auf. Als Bhaal sie entführt hatte, war er nicht auf die Idee gekommen, ihr die Satteltasche abzunehmen, statt dessen hatte er sie mit einer Lederschnur festgebunden. Die Tasche hatte mittlerweile die Schulter der Magierin wundgerieben, und eine warme Feuchtigkeit breitete sich von dieser Stelle bis zu ihrem Rücken aus.

Bhaal hielt an und drehte sich zu ihr um. „Was willst du?"

Da sie wegen des Knebels nicht sprechen konnte, schüttelte Mitternacht den Kopf, um ihm zu verstehen zu geben, daß ihre Äußerung nichts zu bedeuten hatte.

Der üble Gott runzelte die Stirn, dann ritt er weiter.

Mitternacht atmete erleichtert auf. Trotz der Schmerzen an ihrer Schulter wollte sie nicht, daß Bhaal ihr die Satteltasche abnahm. Die Magierin klammerte sich immer noch an die Hoffnung, die Flucht ergreifen zu können. Wenn sich diese Gelegenheit ergab, dann wollte sie die Tafel des Schicksals bei sich haben.

Bedauerlicherweise vermochte sie aber nicht zu sagen, was sie eigentlich genau machen wollte, wenn ihr die Flucht gelingen würde. Wenn sie Bhaal nicht außer Gefecht setzen konnte, was eher unwahrscheinlich war, würde er sie ohnehin wieder aufspüren. Die Magierin fragte sich, was Kelemvor machen würde. Als Krieger hatte ihm sicher schon einmal Gefangenschaft gedroht, und genauso sicher kannte er sich mit Fluchtmöglichkeiten aus. Selbst Adon wüßte wohl eine Lösung. Er hatte die Götter studiert und würde es wissen, wenn Bhaal irgendeine Schwäche besaß.

Mitternacht sehnte sich nach der Gegenwart ihrer beiden Freunde. In ihrem ganzen Leben war sie noch nie einsamer und verängstigter gewesen als in diesem Augenblick. Doch trotz des Wunsches nach ihrer Gesellschaft und ihren Ratschlägen bedauerte sie nicht, daß sie ihre Verbündete zurückgelassen hatte.

Wären sie mit ihr an der Furt gewesen, dann hätte Bhaal sie beide ermordet. Kelemvors Tod hätte der Magierin vermutlich jeglichen Willen geraubt, ihren Kampf weiterzuführen. Mitternacht durfte nicht zulassen, daß das geschah.

Die Magierin verfluchte sich dafür, daß sie versucht hatte, die Halblinge zu retten. Dadurch hatte sie die Tafel in Gefahr gebracht; zudem bezweifelte sie, daß sie auch nur ein Leben hatte retten können. Doch dann wurde Mitternacht klar, daß es nichts ausgemacht hätte, wäre sie den Überlebenden nicht zur Hilfe geeilt. Bhaal hätte sie so oder so aufgespürt. Was sie letztlich wirklich ärgerte, war die Tatsache, daß sie es ihm so einfach gemacht hatte.

Plötzlich ließ der Gott des Mordes die Pferde wieder anhalten. Sie hatten den Gipfel eines Hügels erreicht, und Mitternacht konnte in alle Richtung Dutzende von Kilometern weit sehen. 25 Kilometer hinter ihnen erstreckte sich eine orangerote Ausdehnung nach Süden – der Wald, der in der Nacht zu ihrer Linken gelegen hatte.

Bhaal stieg ab, nahm seinem Pferd das Zaumzeug ab und band es an.

„Die Pferde brauchen eine Rast", murmelte er und löste Mitternachts Fesseln. Sobald der Avatar ihre Haut berührte, wurde sie rot und begann zu jucken. „Steig ab."

Mitternacht gehorchte nur zu gern. In dem Moment, da ihre Füße den Boden berührten, packte Bhaal ihr Handgelenk. Sengender Schmerz raste durch ihren Arm bis hinauf in die Schulter und ließ sie gepeinigt aufschreien.

„Versuch nicht, wegzulaufen", zischte Bhaal. „Ich bin stark, und du bist immer noch schwach." Davon überzeugt, daß er ihr klargemacht hatte, wie sich die Dinge verhielten, ließ der gefallene Gott sie los.

Durch den neuerlichen Schmerz kehrte das volle Bewußtsein in die Magierin zurück. Sie zog den Knebel aus ihrem Mund und überlegte, ob sie sich ihrer Magie bedienen sollte, entschied sich jedoch dagegen. Der Gott des Mordes hätte weder ihre Fesseln gelöst noch zugelassen, daß sie sich von ihrem Knebel befreite, wenn er nicht auf einen möglichen Angriff vorbereitet gewesen wäre.

Statt dessen räusperte sich die Magierin und fragte: „Was willst du von mir?"

Bhaal starrte Mitternacht an, erwiderte nichts. Das Gesicht des Avatars – Deverells Gesicht – war bleich und kränklich gelb. Die Augen waren eingesunken, die Haut spannte sich über die Knochen wie Leder auf einer Trommel.

„Halte deine Hände so zusammen", sagte Bhaal und drückte ihre Handflächen aneinander.

Mitternacht spielte mit dem Gedanken, sich ihm zu widersetzen, gehorchte dann aber doch. Sie war in diesem Augenblick einfach zu erschöpft, um aufzubegehren, und es war nützlicher, wenn sie Bhaal glauben machte, sie habe jegliche Hoffnung aufgegeben.

Während sie machte, was er forderte, wiederholte sie ihre Frage: „Was willst du von mir?"

Bhaal holte eine Lederschnur hervor. „Dich", antwortete er.

Diese Antwort kam für Mitternacht nicht überraschend. Als der Gott des Mordes sie in seine Gewalt gebracht hatte, war sie noch davon ausgegangen, daß er es nur auf die Tafel abgesehen hatte. Nachdem er sie aber nicht sofort getötet hatte, war der Magierin klargeworden, daß er vermutlich etwas anderes von ihr wollte. „Mich? Wieso?"

Bhaal band die Daumen der Magierin zusammen und hielt inne, um über die Antwort nachzudenken, dann schließlich sagte er: „Du wirst Helm töten."

Er sprach so schnell und leise, daß Mitternacht glaubte, sie hätte ihn falsch verstanden. „Ich soll Helm töten?" fragte sie. „Hast du das gerade gesagt?"

Der Gott des Mordes band ihre kleinen Finger zusammen und wiederholte die Prozedur bei den anderen. Es war nicht zu übersehen, daß der Gott ihre Hände auf eine Weise zusammenband, die es ihr unmöglich machte, auf ihre Magie zuzugreifen. „Ja, du sollst Helm töten", bestätigte er schließlich.

„Ich kann keinen Gott töten!" erwiderte Mitternacht verblüfft.

„Du hast Torm getötet", knurrte Bhaal. „Und Tyrannos." Er zog die Schnüre so fest, daß es schmerzte.

„Ich habe nur die Glocke Aylan Attricus' geschlagen! Ich habe Tantras gerettet. Tyrannos und Torm haben sich gegenseitig umgebracht!"

„Bescheidenheit ist nicht nötig", sagte Bhaal. Schließlich hatte er Mitternachts Hände komplett gefesselt und trat einen Schritt zurück. „Myrkul ist derjenige, der wütend ist über den Tod des Schwarzen Fürsten. Nachdem Tyrannos meine Assassinen vernichtet hatte, war ich sehr froh, ihn sterben zu sehen."

„Aber ich habe ihn nicht getötet... und auch nicht Torm. Ich *kann* Helm nicht töten!" beteuerte Mitternacht und fuchtelte mit ihren gefesselten Händen. Bhaals falsche Ansichten ärgerten und erschreckten sie zugleich. Wenn er sie entführt hatte, damit sie Helm vernichtete, dann hatte der gefallene Gott einen schrecklichen Fehler gemacht. „Es war die Glocke!" wiederholte sie.

Bhaal zuckte mit den Schultern und nahm den Sattel von ihrem Pferd. „Das läuft auf das gleiche hinaus. Du hast die Glocke geläutet, was niemand sonst machen konnte. Und nun wirst du Helm umbringen."

„Selbst wenn ich es könnte", erwiderte Mitternacht, die nach einer Stelle suchte, an der sie sich hinsetzen konnte, „würde ich es nicht machen. Das solltest du wissen."

„Nein", gab Bhaal schneidend zurück. Er warf ihren Sattel zu seinem. „Wir wissen, daß du machst, was dir gesagt wird."

„Wie kommst du darauf?" fragte Mitternacht. Sie fand es bemerkenswert, daß Bhaal von Myrkul wie von einem Verbündeten sprach. Die Magierin beschloß, das beste aus ihrer Gefangenschaft zu machen und soviel möglich aus dem Gott des Mordes herauszuholen.

Bhaal sah sie unnachgiebig an. „Auch wenn du deine Freunde verlassen hast, wissen wir, wieviel sie dir bedeuten."

„Was soll das heißen?"

Bhaal ging um ihr Pferd herum und nahm die Gebißstange heraus. „Das dürfte doch wohl offensichtlich sein, oder etwa nicht?"

„Kelemvor und Adon haben mit der Sache nichts mehr zu tun", gab die Magierin zurück, die gegen zunehmend Angst ankämpfte.

„Das ist uns klar", seufzte Bhaal und hockte sich hin, um die Zügel der Tiere aneinander zu binden. „Und so wird es auch bleiben, vorausgesetzt, du machst, was wir wollen."

„Das kann ich nicht", brüllte sie und sprang auf. „Ich habe nicht die nötige Macht. Du bist doch von uns beiden der Gott, oder nicht? Warum kannst du eine so einfache Tatsache nicht verstehen?"

Bhaal betrachtete sie mit seinen toten, pechschwarzen Augen. „Es fehlt dir nicht an Macht", sagte er. „Du weißt bloß noch nicht, wie du sie einsetzen mußt. Darum brauchst du Myrkul und mich."

„Euch brauchen?" erwiderte Mitternacht. Der Gedanke, den Gott des Mordes und den Gott des Todes zu „brauchen", ließ ihr einen Schauder des Ekels über den Rücken laufen.

„Denkst du, es ist einfach, mit der Macht eines Gottes umzugehen?" fragte Bhaal und kam zurück zu ihr. „Ohne uns wirst du ausbrennen. Die Göttin der Magie war sehr mächtig, als sie ihre Kräfte auf dich übertragen hat."

„Die Kräfte eines Gottes?" fragte Mitternacht. In Gedanken kehrte sie zurück zu jener Nacht, als sie während des Gebets zu Mystra zusammengebrochen war – die Nacht der Ankunft. Als die Reiche selbst in ein übernatürliches Chaos geschleudert worden waren, hatte sich ihr eigenes Leben verändert.

Seit einigen Wochen wuchs in ihr der Verdacht, daß sie Mystras Macht in sich trug. Mitternacht hatte versucht, die Veränderung in ihrer eigenen Magie auf das Chaos zurückzuführen, das in den Reichen herrschte, doch war es immer schwieriger geworden, die Zeichen zu ignorieren. Ihre magischen Fähigkeiten waren umfassender geworden, sie benötigte nicht länger ihr Zauberbuch, und sie konnte Zauber anwenden, die sie nie gelernt hatte.

Doch daß sie Wahrheit vermutet hatte, änderte nichts daran, wie sehr sie deren Bestätigung traf. Die Enthüllung des Gottes des Mordes verblüffte und erschreckte Mitternacht, und sie konnte einfach nicht anders, als sich allem zu sperren, was damit verbunden war.

Bhaal nutzte Mitternachts Benommenheit, um sie weiter unter Druck zu setzen: „Als er uns ins Exil geschickt hat, nahm unser Meister uns alle Kraft. Jetzt bist du die einzige, die Helm die Stirn bieten kann." Der Gott der Assassinen wandte sich von ihr ab und sah zum Himmel. „Wenn wir jemals in die Ebenen zurückkehren sollen, dann mußt du den Gott der Wächter vernichten."

„Wäre es nicht einfacher, Helm die Tafeln des Schicksals zurückzugeben?" fragte sie Bhaal. „Wird Lord Ao nicht die Ebenen dann wieder für die Götter öffnen, wenn er die Tafeln erhält?"

Bhaal wirbelte herum, eine Augen funkelten vor Zorn. „Denkst du, es macht uns Spaß, in dieser kläglichen Welt gefangen zu sein? Dieses Schauspiel hat mich alle meine Verehrer gekostet!" herrschte er sie an. „Wir würden die Tafeln sofort zurückgeben, wenn das möglich wäre!"

Mitternacht war nicht sicher, ob sie ihm glauben sollte. Nach allem, was sie gehört hatte, kämpften die Götter miteinander, weil jeder von ihnen die Ehre haben wollte, sie Ao zurückzugeben. Doch Bhaals Worte waren Anlaß genug, um daran zu zweifeln.

„Soll das heißen, es ist unmöglich, die Tafeln zurückzubringen?" hakte die Magierin nach.

Der Gott zeigte auf die Satteltasche, die über ihrer Schulter lang. „Was glaubst du denn, warum wir zulassen, daß du die eine immer noch in deinem Besitz hast? Sie ist nutzlos!"

„Nutzlos?" wiederholte Mitternacht und spürte, wie ihr Mut sank.

„Wir können nicht an die zweite Tafel gelangen. Niemand kann es!" erklärte Bhaal und fuchtelte wütend mit seiner Hand. „Wenn wir nicht beide Tafeln wiederbringen, wird Helm uns nicht auf die Ebenen zurücklassen. Deshalb mußt du ihn töten."

„Was ist mit der anderen Tafel passiert? Wurde sie zerstört?"

Bhaal grinste höhnisch. „In gewisser Weise kann man das so sagen. Sie ist in der Knochenburg in Myrkuls Reich der Toten." Er zeigte nach unten. „Und dort wird sie auch bleiben, bis wir aus den Reichen befreit werden."

„Wenn du weißt, wo sie ist, warum kannst du nicht ..." Mitternacht hielt mitten im Satz inne, als ihr klar wurde, wie dumm ihre Frage war. Die Götter waren aus den Ebenen verbannt worden. Das Reich der Toten war Myrkuls Zuhause, und da es sich dabei um den Hades handelte, war ihnen der Zutritt dorthin offenbar ebenfalls verwehrt.

Bhaal ließ Mitternacht einen Moment lang über seine Worte nachdenken, dann sagte er: „Verstehst du jetzt? Wir stehen auf der gleichen Seite. Wir wollen auf die Ebenen zurückkehren, und du willst, daß wir uns aus Faerun zurückziehen. Doch du mußt Helm töten, damit es dazu kommen kann. Kannst du das nun verstehen?"

Mitternacht antwortete nicht sofort. Ihr war bewußt geworden, daß sie – wenn sie in der Lage war, Helm zu töten – auch fähig sein mußte, die andere Tafel aus der Knochenburg zu holen. Doch diese Überlegung wollte sie Bhaal nicht wissen lassen, auch wenn er behauptete, er wolle die Tafeln gleichfalls zurückbringen. Auch nach dreißig Stunden im Sattel war ihr Geist noch klar genug, um nicht den Worten zu vertrauen, die der Gott des Mordes sprach.

Doch wenn ihr Plan funktionieren sollte, mußte sie mehr Informationen erhalten. „Wenn ich Helm töten soll, um die Reiche zu retten, dann wirst du mir einige Fragen beantworten müssen. Ich möchte sicher sein, daß du jede andere Möglichkeit ausgeschöpft hast."

„O ja, das haben wir", erwiderte Bhaal und setzte sich auf seinen Sattel.

Mitternacht glaubte zwar nicht, daß die Worte des gefallenen Gottes der Wahrheit entsprachen, doch sie ließ ihn in dem Glauben. „Die Götter sind aus den Ebenen verbannt worden, aber doch sonst niemand. Warum hast du nicht einen Sterblichen losgeschickt, damit er die zweite Tafel aus dem Reich der Toten holt?"

Bhaal ließ für einen kurzen Moment den Mund aufstehen, der ihr genügte, um zu erkennen, wie überrascht er war. „Das ist nicht so einfach, wie es sich anhört", sagte er dann.

Mitternacht entging nicht Bhaal entsetzter Gesichtsausdruck. Sie konnte es nicht fassen, daß der Gott des Mordes und der Gott der Toten nicht an eine so simple Lösung gedacht haben sollten.

„Beantworte meine Frage", forderte sie. „Warum habt ihr keinen Sterblichen geschickt, damit der die Tafel holt? Es muß doch Möglichkeiten geben, damit ein Mensch ins Reich der Toten gelangt."

„Es gibt Möglichkeiten", räumte Bhaal ein.

„Und wie?" fragte Mitternacht, während sie sich ihm gegenüber auf ihren eigenen Sattel setzte.

Der Gott der Assassinen verzog Deverells ausgemergeltes Gesicht zu einer finsteren Grinsen. „Indem sie sterben", sagte er.

Mitternacht legte die Stirn in Falten. Das war nicht die Antwort, die sie hatte hören wollen. „Du kannst *versuchen*, mich zur Kooperation zu zwingen, indem du Kelemvor und Adon bedrohst, aber du wirst mir nicht vertrauen können, wenn du mir nicht diese Fragen beantwortest. Warum habt ihr keinen Sterblichen losgeschickt, damit er die zweite Tafel des Schicksals holt?"

Bhaal betrachtete sie lange Zeit mit seinen haßerfüllten Augen. Dann senkte er den Blick und erklärte: „Wir haben es versucht. Lord Myrkul hat Dutzende seiner treuesten Priester zur Drachenspeerburg geschickt und ..."

„Drachenspeerburg?" unterbrach ihn Mitternacht. Nach allem, was sie wußte, war die Drachenspeerburg kaum mehr als eine Ruine entlang des Weges nach Tiefwasser.

„Ja", bestätigte Bhaal kopfnickend. „Unter ihr befindet sich eine .." Er hielt inne, als suche er nach einem passenden Wort. „... eine Brücke zwischen dieser Welt und dem Reich der Toten."

„Und wieso habt ihr dann die andere Tafel nicht längst?" fragte Mitternacht. Durch die Erwähnung der Drachenspeerburg hatte Bhaal ihr bereits gesagt, was sie wissen wollte: Jetzt kannte sie den Eingang ins Reich der Toten. Sie hielt es für besser, nicht länger bei diesem Thema zu verweilen, sonst würde Bhaal noch seinen Fehler erkennen.

Bhaal zuckte mit den Schultern und sah weg. „Die Sterblichen gehen hinein, aber sie kommen nicht wieder heraus. Das Reich der Toten ist ein gefährlicher Ort für die Lebenden."

„In welcher Hinsicht?" fragte Mitternacht und verlagerte ihre Sitzhaltung auf dem Sattel. „Sicherlich werden Lord Myrkuls Priester ..."

„Wir haben genug über das Reich der Toten geredet", herrschte Bhaal sie an und stand wütend auf. „Du *wirst* uns helfen, Mitternacht... sonst werden deine Freunde für deine Dummheit und deinen Starrsinn büßen."

Mitternacht starrte Bhaal an und täuschte Überraschung und Entrüstung vor, sagte aber nichts. Der plötzliche Zorn des üblen Gottes verriet ihr, daß sie eine Frage zuviel gestellt hatte.

Bhaal zeigte auf den Boden gleich neben ihrem Sattel. „Schlaf, solange du Zeit dafür hast", grollte er. „Wir brechen auf, sobald die Pferde ausgeruht sind." Mit diesen Worten wandte er sich ab und gestattete sich ein zufriedenes Grinsen. Bislang war mit der Magierin alles so gelaufen, wie Myrkul es vorausgesagt hatte.

◆ ◆ ◆

Kelemvor hielt den Wald südlich des Weges unablässig im Auge. Hunderte von tiefschwarzen Schatten lauterten auf rostfarbenen Ästen und kreischten wild ein dunkles Ding an, das sich im Unterholz aufhielt. Während der Krieger zusah, sprang ein einsames Eichhörnchen von einem Baum und hüpfte bis zur Mitte der staubigen Straße. Es hatte buschige Ohren, einen ebensolchen Schwanz, und seine Augen waren dunkler als sein Fell. An den Stellen, an denen die Sonnenstrahlen auf das Tier trafen, absorbierte das dunkle Fell das Licht. Der Nager erinnerte mehr an einen winzigen Dämon als an ein Eichhörnchen.

Kelemvor ritt weiter auf das kleine Tier zu, das unerbittlich stehenblieb und den Reiter und dessen Pferd mit wilden Augen betrachtete.

„Merkwürdige Geschöpfe", bemerkte Adon.

„Sie scheinen sich überhaupt nicht natürlich zu verhalten", pflichtete Kelemvor ihm bei.

Im Wald zerbrach ein Zweig mit einem lauten Knall. Die große Gruppe Eichhörnchen, die sich in den Bäumen aufgehalten hatte, kreischte vor Wut und sprang zu Boden. Innerhalb von Sekunden richtete sich fluchend ein Mann auf, der aufschrie, als die Nager sich auf ihn stürzten. Kelemvor und Adon konnten den Mann nicht genau genug sehen, um zu erkennen, ob er ein Jäger war oder jemand mit weniger ehrbaren Absichten, um in einem Wald zu lauern.

„Sie sind zu bösartig", fügte Kelemvor mit Blick auf die Eichhörnchen an.

Der Kämpfer hoffte darauf, daß Adon nicht beharren würde, dem heimgesuchten Mann nachzustellen. Der Kleriker machte es sich allmählich zur Angewohnheit, Fremde zu befragen, und Kelemvor begann das immer stärker zu stören. Vor vierundzwanzig Stunden hatten sie Mitternachts Pony nahe einer Furt bei Bergkant entdeckt. Ihnen waren auch die fast vierzig toten Halblinge und die Hinweise auf brutalste Folter hinter dem Gasthaus nicht entgangen. Auch wenn sie nicht sicher waren, wie sie ihren Fund interpretieren sollten, waren Kelemvor und Adon zu der Annahme gelangt, daß Cyric Mitternacht in seine Gewalt gebracht hatte.

Seitdem hatten sie unablässig im Sattel gesessen und an jedem Lagerfeuer, das sie entdeckt hatten, nach ihrem Feind Ausschau gehalten. Kelemvor fand diese methodische Suche ermüdend. Er wußte, daß Cyric seinen Vorsprung nur weiter ausbaute, während Adon Zeit vergeudete, um ehrbare Kaufleute zu belästigen.

Doch der Kleriker war davon überzeugt, daß sie endlich zu dem Dieb aufgeschlossen hatten. „Diesem Mann nach", befahl er, doch Kelemvor machte keine Anstalten, diesen Befehl zu befolgen.

„Ich werde nicht noch mehr Zeit vergeuden", gab er zurück. „Cyric ist irgendwo vor uns, und wir werden ihn nicht zu fassen bekommen, wenn wir einem Holzfäller nachstellen."

„Ein Holzfäller", rief Adon aus. „Warum sollte sich ein Holzfäller soweit von der nächsten Stadt entfernt aufhalten?"

„Dann eben ein Jäger", gab Kelemvor zurück.

„Du bist also sicher, daß er nicht einer von Cyrics Wachposten ist?"

„Nein", sagte Kelemvor, „aber..."

„Dann müssen wir ihn aufhalten."

„Nein", beharrte der Kämpfer. „Wir können nicht hinter jedem Stein nachsehen, ob Cyric da sitzt. Wenn wir so weitermachen, werden wir ihn ganz sicher verlieren."

Adon verstand Kelemvors Beweggründe für dessen Argument, doch er glaubte, daß der flüchtende Mann mehr war als nur ein Jäger. „Das stimmt. Aber Jäger lauern nicht am Wegesrand, das kannst du mir glauben."

Kelemvor seufzte. Seit kurzem war es immer schwieriger geworden, sich über längere Zeit gegen Adon zu behaupten. Mit einem Blick auf das schwarze Eichhörnchen trieb der Krieger sein Pferd zum Galopp an. Das robuste Tier durchbrach mühelos das Dickicht am Waldrand. Ein Dutzend kleiner Nager sprangen fast gleichzeitig von den Bäumen, um Kelemvor und dessen Reittier mit winzigen Krallen und Zähnen anzugreifen. Das Pferd ignorierte sie und stürmte weiter, während Kelemvor fluchte und sich die Tiere vom Leib riß.

Der Mann, den sie jagten, war nirgendwo zu sehen.

„Und nun?" fragte der Krieger.

Adon schleuderte das letzte der Eichhörnchen zurück in den Wald, dann sagte er: „Wir haben zu lange diskutiert. Er ist weg."

Links von ihnen vernahm Kelemvor gedämpftes Hufgetrappel. Er drehte sein Pferd, um hinterzureiten, und bedeutete Adon, ihm zu folgen. Je eher sie den Mann faßten, um so schneller wäre der Kleriker damit einverstanden, weiter Mitternacht zu folgen.

Während er ritt, behielt Kelemvor den Waldboden im Auge, und nach einigen Minuten hielt er sein Pferd an. Er hatte weder einen einzigen Hufabdruck gesehen noch weggetretene Steine oder abgeknickte Zweige, also keines der Anzeichen für eine Fährte, der sie folgen konnten.

„Wo ist er?" fragte Adon.

Kelemvor bedeutete seinem Freund, ruhig zu sein, dann lauschte er intensiv. Das Hufgetrappel war nicht mehr zu hören, doch tief aus dem Wald hörte er etwas anderes: das leise Wiehern eines müden Pferdes.

Er wendete sein Tier in Richtung dieses Geräuschs und ritt langsam weiter. „Mir nach... aber leise."

Nicht einmal eine Minute später hörte er leises Stimmgemurmel. Kelemvor stieg ab und gab Adon die Zügel, dann bewegte er sich mit gezogenem Schwert langsam durch das Unterholz voran. Er kam nur sehr langsam weiter, weil der Boden mit trockenem Laub und Zweigen übersät war, die es fast unmöglich machen, sich lautlos zu bewegen.

Schließlich gelangte er an den Rand einer kleinen Lichtung, auf der ein Reiter in einer zentischen Rüstung stand und die Zügel einen erschöpften Pferds hielt. Neben diesem Reiter stand ein großer Mann mit schwarzem Bart, und hinter dem Pferd befand sich noch jemand, der aber größtenteils durch das Tier verdeckt wurde. 30 Meter von dem Trio entfernt lagen sieben Zentilaren auf dem Waldboden und schliefen. Die Rüstungen waren säuberlich neben ihnen aufgestapelt worden.

Kelemvor wurde bewußt, daß Adon recht hatte. Der Mann am Wegesrand war ein Wachposten gewesen.

„Und du bist sicher, daß sie dir nicht folgen konnten?" fragte der bärtige Mann.

„Ich bin völlig sicher", erwiderte der Wachposten.

Der dritte Mann mischte sich ein. „Wir können kein Risiko eingehen, Dalzhel. Kelemvor ist zwar ein Dummkopf, aber er verfügt über ein gewisses Geschick."

Das war Cyrics Stimme!

Kelemvors Herz raste vor Wut und Aufregung. *„Dummkopf!"* murmelte er. „Wir werden ja noch sehen, wer der Dummkopf ist, wenn mein Schwert deinen Hals aufschlitzt." Das einzige, was den Krieger davon abhielt, sofort anzugreifen, war die Tatsache, daß er Mitternacht nirgendwo sehen konnte. Er würde nicht ihr Leben aufs Spiel setzen, nur um seinen Rachedurst zu stillen.

Cyric sprach weiter zu Dalzhel. „Weck die Männer auf."

„Aber die haben noch keine drei Stunden geschlafen!" wandte der ein.

„Weck sie auf!" herrschte Cyric ihn an. Zum Wachposten sagte er: „Du reitest noch einmal auf dem gleichen Weg zurück. Stelle fest, daß die beiden Männer dir wirklich nicht gefolgt sind."

Während sich Dalzhel und der Wachposten daran machten, ihre Befehle auszuführen, zog sich Kelemvor von seinem Versteck zurück. Er mußte versuchen, vor dem Posten wieder bei Adon zu sein. Doch der stämmige Krieger war es nicht gewohnt, durch Gebüsche zu schleichen. In seinem Bemühen, schneller als der zentische Soldat zu sein, verfing sich seine Scheide an einem Busch und verursachte ein lautes Rascheln. Kelemvor fluchte stumm und erstarrte in der Hoffnung, Cyric und seine Männer hätten davon nichts mitbekommen.

Doch Cyric, Dalzhel und der Wachposten hielten alle inne und sahen in die Richtung des Kämpfers.

Kelemvor wurde klar, daß er nur zwei Möglichkeiten hatte: Angriff oder Rückzug. Er entschied sich so, wie er es immer machte: Er sprang aus seinem Versteck und griff an. Die plötzliche Attacke überraschte seine Gegner völlig.

Dalzhel war der erste, der in Kelemvors Laufrichtung stand. Der große Zentilare hatte seine Waffe noch nicht aus der Scheide gezogen, als Kelemvor bereits zu einem Schlag in die ungeschützte Seite des Mannes ausholte. Der Zentilare trat unterdessen einen Schritt vor und blockte den Hieb ab, indem er seine Faust gegen Kelemvors Ellbogen donnerte.

Der Schlag war so heftig, daß der Krieger fast sein Schwert losgelassen hätte. Dalzhel griff nach Kelemvors Handgelenk, doch der Kämpfer riß sich los und machte einen Satz nach hinten. Das gab dem Zentilaren Gelegenheit, seine Waffe zu ziehen, doch Kelemvor erhielt genug Freiraum, um abermals anzugreifen.

Dieser Schlagabtausch lief so schnell ab, daß Cyric und der Wachposten überhaupt keine Zeit hatten, um zu reagieren. Wären Dalzhels Reflexe nicht derart schnell gewesen, hätte Kelemvor alle drei Männer töten können, ehe einer von ihnen seine Waffe gegen ihn hätte erheben können. Doch der erste Schreck war vorüber, und nun zogen auch Cyric und der Wachposten ihre Schwerter.

Kelemvor betrachtete seine Gegner. Zwar war das nicht sein Kampfstil, dennoch wußte er, daß er vorsichtig vorgehen mußte. Dalzhel hob sein Schwert hoch über sich und lud ihn praktisch zu einem Vorstoß in die fehlende Deckung ein. Kelemvor ging auf diese Finte aber nicht ein. Er hegte keinerlei Absicht, sich näher an den Zentilaren zu begeben, als es unbedingt nötig war.

Während Kelemvor und Dalzhel sich ansahen, ging Cyric um das Pferd des Wachposten herum und blieb weit genug entfernt, um nicht in der Reichweite des Schwertes von Kelemvor zu sein. Der Wachposten trat vor und stellte sich rechts von Kelemvor auf, damit war er dem Kämpfer näher, als es dem lieb war.

„Kel, mein Freund", sagte Cyric. „Darf ich dir Dalzhel vorstellen? Allein könntest du vielleicht mit ihm fertigwerden, aber bei einem Verhältnis von drei zu eins..."

Während Cyric noch prahlte, besserte Kelemvor seine Chancen ein wenig auf. Seine Klinge blitzte nur einmal kurz auf, doch das genügte, um dem Wachposten eine tiefe klaffende Bauchwunde beizubringen. Vor Schmerz schreiend, taumelte der Mann zurück und sackte zusammen.

„Zwei zu eins", berichtigte er Cyric und hielt seine Schwert wieder in Abwehrhaltung.

Adon, der bei den Pferden wartete, hörte den Schrei. Er band Kelemvors Pferd an einem Ast fest, dann hob er seine Keule und trieb sein Reittier durch das Unterholz voran.

Dalzhel gestattete es sich, daß sich seine Verärgerung einen Moment lang in seinem Gesicht widerspiegelte. Ihm wurde klar, wie gefährlich Kelemvor wirklich war. Cyric wäre besser beraten, wenn er ihn diesen Kampf allein austragen ließ. Doch der massige Zentil wagte es nicht, das auszusprechen. Cyric war viel zu eitel, als daß er auf einen solchen Vorschlag eingegangen wäre.

Aus dem Augenwinkel bemerkte Kelemvor, daß die sieben schlafenden Zentilaren erwacht waren. Sie begannen, ihre Helme aufzusetzen und nach ihren Waffen zu greifen.

Ohne Dalzhel auch nur einen Moment lang zu ignorieren, wandte sich Kelemvor an Cyric: „Bevor ich dich töte, will ich von dir wissen, wo Mitternacht ist."

Ein höhnisches Lächeln umspielte Cyrics Mund. „Wenn du ihretwegen hier bist, dann wirst du für nichts sterben. Du, Dalzhel und ich – wir könnten sie nicht mal gemeinsam retten."

In dem Moment hatte Adon die Lichtung erreicht. Rechts von ihm stand Kelemvor Cyric und einem weiteren Mann gegenüber, während sich ein Stück entfernt sieben Zentilaren daran machten, Cyric zu Hilfe zu eilen. Adon nahm sich vor, dafür zu sorgen, daß sie gar nicht erst bis dorthin gelangen konnten. Er hatte schon mehr als einmal gesehen, daß sich Kelemvor gegen zwei Gegner gleichzeitig mühelos behaupten konnte, doch gegen acht oder neun Widersacher würde sogar er erhebliche Schwierigkeiten bekommen. Der Kleriker trieb sein Pferd an und stürmte weiter.

Als Kelemvor Adon auf die Lichtung reiten hörte, griff er an und attackierte Dalzhel mit einer Serie hoher Schläge. Cyric führte einen Hieb an die Seite des Kriegers, doch Kelemvor konnte ihn mühelos abwehren und Cyric einen Tritt in die Magengegend versetzen, der ihn nach hinten taumeln ließ.

Unterdessen brach Adon zwei Schädel, als sein Pferd durch das Lager der Zentilaren walzte. Er machte kehrt und griff erneut an, doch diesmal waren die Männer bereit und standen in einer lokkeren Formation zusammen. Erst im letzten Augenblick lenkte Adon sein Pferd nach links. Der Mann, den er sich als Ziel ausgesucht hatte, schaffte es zwar noch, sein Schwert blockierend hochzureißen, doch die Wucht des heranstürmenden Reittiers war stärker als er. Das Schwert flog in hohem Bogen durch die Luft, während die Keule den Brustkorb des Mannes zerschmetterte. Ein zweiter Zentilare geriet unter die Hufe des Tiers. Im nächsten Moment entfernten sich Reiter und Pferd schon wieder.

Am anderen Ende der Lichtung stürzte sich Dalzhel in dem Moment, da Kelemvor Cyric aus dem Weg getreten hatte, auf den Krieger und versuchte, ihn am Bauch zu treffen. Kelemvor blockte ihn mit einer nach unten gerichteten Bewegung ab, dann tauchte Dalzhels Fuß wie aus dem Nichts auf und traf ihn am Kopf. Vor Kelemvors Augen wurde alles dunkel, und seine Knie drohten, unter ihm wegzuknicken. Der Krieger kippte nach rechts weg, während er versuchte, den Abstand zu Dalzhel zu vergrößern.

Während Kelemvor zu Boden ging, setzte Adon zu einem dritten Ansturm auf die verbliebenen Zentilaren an. Die drei Männer standen dicht aneinander gedrängt da, ihren Gesichtern war Angst anzusehen. „Verschwindet von hier!" rief Adon und trieb sein Pferd an.

Die drei Zentilaren sahen sich unsicher an, dann blickten sie zu ihren toten und schwerverletzten Kameraden. Im nächsten Moment machten sie kehrt und rannten davon. Adon folgte ihnen weit genug, um sicher zu sein, daß sie nicht zurückkehrten. Ihm war nicht bewußt, daß Kelemvor in Schwierigkeiten war.

Tatsächlich war der Kämpfer dem Tode nah. Er versuchte, sich von Dalzhel fortzurollen, stieß dabei aber gegen Cyrics Beine. Sofort drückte der Dieb die Spitze seines Schwerts an die Kehle des Kriegers und verharrte in dieser Position. Kelemvor regte sich nicht, sondern erwartete, daß Cyric irgend etwas sagte.

Der Dieb blieb jedoch stumm und suchte in den Augen seines alten Freundes nach einem Anzeichen von Angst. Zu seiner Enttäuschung verriet die Miene des Mannes Zorn und Haß, doch keine Spur von Angst. Auch wenn Cyric widerwillig den Mut seines alten Verbündeten bewundern mußte, reichte diese Bewunderung nicht, um sein Leben zu verschonen.

Kelemvor sah, wie sich der Blick des Diebes verhärtete. Er wußte, daß Cyric beschlossen hatte, ihn zu töten. Der Krieger holte mit der linken Hand aus und schlug mit seinem Unterarm gegen das Handgelenk seines Gegners. Durch den Schlag schaffte er es, die Klinge von seinem Hals wegzubringen. Die strich zwar leicht über seine Haut, doch es trat kein Blut aus. Gleichzeitig wirbelte der Krieger herum und trat gegen Cyrics Knöchel, so daß der Dieb das Gleichgewicht verlor.

Während Kelemvor um sein nacktes Überleben kämpfte, kam Adon zu der Überzeugung, daß die Zentilaren nicht zurückkommen würden. Er wendete sein Pferd, um zum anderen Ende der Lichtung zurückzukehren. Gerade sah er noch, wie Cyric zu Boden ging und Kelemvor sich wegrollte. Dalzhel stürmte vor, um seinem gestürzten Kommandanten zu helfen, doch der Kämpfer rollte sich genau auf die Füße des Zentilaren zu. Kelemvor schlang seine Arme um die Knöchel des stämmigen Mannes und brachte auch Dalzhel zu Fall, der fluchte und mit dem Heft seines Schwertes auf Kelemvors Rücken schlug.

. Adon spornte sein Pferd an, um in den Kampf eingreifen zu können, als Cyric gerade wieder aufstand.

Auch wenn er Dalzhel zu Fall gebracht hatte, konnte es Kelemvor mit dem bärtigen Mann in einem Kampf ohne Waffen nicht aufnehmen. Dalzhel war nicht nur deutlich stärker, sondern er war auch ein erfahrener Ringer. Der Mann arbeitete sich an Kelemvors Rücken entlang nach oben und nahm die Kehle des Kämpfers in einen stählernen Griff. Kelemvor drehte sich und zog am Arm seinen Widersachers, doch er konnte den Würgegriff nicht lockern.

Cyric war den beiden näher als Adon. Der Dieb betrachtete die beiden Kämpfer und suchte nach einer Gelegenheit, um seine Klinge in Kelemvors Rücken zu jagen. Im nächsten Moment kam Adon herangeritten, und Cyric drehte sich ihm zu. Der Kleriker hielt in sechs Metern Entfernung inne und griff nicht an. Auch wenn er einen taktischen Vorteil dadurch hatte, daß er auf dem Pferd saß, hinderte ihn das zugleich daran, sein Ziel sorgfältig auszuwählen. Wenn er von seinem Roß aus zuschlug, war zu befürchten, daß er nicht nur Cyric oder den zentischen Soldaten tötete, sondern auch Kelemvor zu Tode trampelte.

„Laß ihn in Ruhe!" rief Adon und hob seine Keule.

Dalzhel sah Cyric an, falls der einen Befehl geben wollte, doch er schüttelte nur den Kopf, woraufhin der Zentilare sich weiter seinem Bemühen widmete, Kelemvor zu erdrosseln.

„Jetzt sind nur noch wir vier übrig", stellte Cyric fest, da ihm auffiel, daß Adon die anderen Männer entweder getötet oder verjagt hatte.

„Ich garantiere dir, daß du das nicht überleben wirst, Cyric. Laß Kelemvor frei und sag mir, wo Mitternacht ist", drohte Adon.

Cyric brach in ein fast wahnsinniges Gelächter aus, ganz offensichtlich genoß er die Ironie der Situation. Während er, Adon und Kelemvor kämpften, sah sich Mitternacht einer viel größeren Gefahr als dem Tod gegenüber.

„Was soll das?" wollte Adon wissen. „Was hast du mit ihr gemacht?"

Cyric schaffte es, seine Belustigung wieder in den Griff zu bekommen. „Ich? Ich habe mit ihr gar nichts gemacht", sagte er. „Bhaal hat sie – und da wir nun im Begriff sind, uns gegenseitig umzubringen, wird er sie auch behalten."

„Bhaal?" rief Adon. „Du lügst."

Cyric machte eine ausladende Bewegung, die die gesamte Lichtung einschloß. „Siehst du sie irgendwo?" fragte er. „Ich lüge nicht. Wir alle haben sie verloren."

Als Dalzhel das hörte, lockerte er seinen Griff soweit, daß er Kelemvor nicht länger würgte, ohne ihn aber loszulassen. Cyrics Worte hatten ihn begreifen lassen, daß dies ein sinnloser Kampf war. Keine der beiden Seiten hatte Mitternacht und die Tafel, und er sah keinen Nutzen darin, wegen einer sinnlosen Blutrache zu töten oder selbst getötet zu werden.

„Ich weiß, daß ich hier ein Außenseiter bin", sagte der stämmige Leutnant und betrachtete Adon und dessen Knüppel. „Aber ich habe es nicht eilig, zu sterben, was mindestens drei von uns erwarten dürfte."

Niemand hatte etwas dagegen einzuwenden. Dalzhel und Cyric waren eindeutig im Vorteil gegenüber Kelemvor. Doch sobald sie den Kämpfer getötet hatten, gab es nichts mehr, was Adon davon abhielt, loszustürmen. Was dann passieren würde, vermochte keiner von ihnen mit Gewißheit zu sagen, doch Dalzhel vermutete, daß entweder er oder Cyric dem Reiter zum Opfer fallen würde.

Dalzhel sprach weiter: „Wenn drei von uns sterben, bekommt niemand das, was er will. Der Überlebende – sofern es einen geben wird – dürfte kaum in der Lage sein, die Frau vor Bhaal zu retten."

„Was willst du damit sagen?" keuchte Kelemvor.

„Du und dein Freund, ihr seid gute Kämpfer", sagte Dalzhel ohne Umschweife. „Das gilt auch für Cyric und mich. Gemeinsam haben wir die Chance, Bhaal zu schlagen, doch..."

„Lieber sterbe ich hier", gab Kelemvor zurück und versuchte wieder, sich aus dem Griff des Mannes zu befreien.

„Schön und gut", warf Cyric ein, während er weiter den Kleriker beobachtete. „Aber was hat Mitternacht davon? Wenn Dalzhel dich tötet, dann wird Adon Dalzhel umbringen..."

„Zuerst werde ich dich töten", unterbrach ihn Adon.

„Ich bin sicher, daß du das versuchen würdest", gab Cyric zurück. „Doch was geschieht mit Mitternacht? Ganz gleich, wer hier wen tötet, Bhaal behält Mitternacht und die Tafel. Wollt ihr das?"

Die Worte des Diebes wirkten auf Kelemvor. Er vertraute Cyric nicht, doch das war im Moment egal. Er war im Begriff, getötet zu werden, und das bedeutete, daß er Mitternacht nicht würde retten können. Was Dalzhel vorschlug, würde ihm die Gelegenheit geben, ihr zu helfen. Kelemvor mußte einfach nur auf den unvermeidlichen Verrat des Diebes gefaßt sein.

„Was denkst du, Adon?" fragte er den Kleriker.

Cyrics Gesicht ließ erkennen, wie überrascht er war. Er hatte vor dem Kleriker nur geringen Respekt, und als sie noch gemeinsam gereist waren, hatte Kelemvor nicht anders gedacht. „Sag nicht, daß du diesem Narren jetzt das Denken überläßt!" rief der Mann mit der Hakennase.

Kelemvor ignorierte den Dieb und wartete auf Adons Antwort.

„O ja, komm schon, Freund Adon. Laß uns doch einen Waffenstillstand schließen, bis wir Mitternacht gerettet haben", sagte Cyric sarkastisch. „Dann kann sie ja wählen, in wessen Gesellschaft sie sich weiterhin befinden will."

Es hatte einmal eine Zeit gegeben, da hätte Adon diesen Vorschlag ohne Zögern angenommen. Doch er war nicht mehr der naive Mensch, den der Dieb noch in Erinnerung hatte. Dennoch war das, was Cyric und Dalzhel vorschlugen, die einzige Hoffnung, die er für Mitternacht sehen konnte.

„Wir sind einverstanden", sagte Adon schließlich. „Aber ich weiß, daß du dein Wort nicht halten wirst." Der Kleriker machte eine Pause und sah dem Dieb in die Augen. „Wie ich bereits auf dem Ashaba einmal gesagt habe, Cyric, weiß ich, wer und was du bist. Glaub nicht für einen einzigen Augenblick, wir könnten unaufmerksam sein."

„Dann wären wir uns einig", erwiderte Cyric rasch und ging über die Bemerkung des Klerikers hinweg. Er wandte sich Dalzhel zu. „Laß Kelemvor aufstehen, und dann wollen wir uns bereitmachen, um mit unseren Freunden loszureiten."

„Wir sind keine Freunde", warnte Kelemvor ihn und rieb sich seinen Hals.

Cyric lächelte flüchtig. „Wie du willst."

Dalzhel hob sein Schwert auf, steckte es weg und wandte er sich Kelemvor zu. „Gut pariert. Mögen unsere Klingen versagen, ehe wir sie wieder kreuzen."

Auf Kelemvor wirkte dieser archaische Söldnergruß auf eine traurige Weise angemessen. Der Kämpfer fand sich wieder einmal in der Situation, einem ungewissen Ziel nachzujagen, und das mit Gefährten, denen er nicht vertrauen konnte. Es war so wie damals, als er Lord Galroy geholfen hatte, einige Herden „gestohlener" Pferde von den ehrbaren Viehzüchten von Kulta „zurückzubringen". So wie die Hunderte von anderen Missionen, auf die er sich des Profits wegen begeben hatte, als er noch unter dem Einfluß des Fluchs gestanden hatte.

Kelemvor steckte sein Schwert ebenfalls weg und erwiderte: „Aber erst, wenn die Beute unseren Rücken gebrochen hat."

Die beiden Männer vervollständigten das Ritual mit dem traditionellen Zeichen des Respekts, indem sie sich gegenseitig an den Handgelenken packten und an ihren Armen zogen. Kelemvor merkte, wie fest und sicher Dalzhels Griff war.

10

DIE EBERFELLBRÜCKE

Die vier Reiter Cyric, Dalzhel, Adon und Kelemvor hielten ihre Pferde auf einer Hügelkuppe an. Nach drei anstrengenden Tagen, die sie nun im Sattel hinter sich hatten, war die unfreiwillige Allianz zwischen ihnen immer noch intakt.

In dieser Nacht war der Mond nicht zu sehen, doch die Wolken, die in Mustern mit geometrischer Präzision vorüberzogen, waren von einem milchigem Leuchten durchwirkt. Das Ergebnis war ein wechselhaftes silbriges Licht, das die Landschaft in ein der Dämmerung gleichendes Leuchten tauchte.

Von der Anhöhe aus konnte man die glitzernden Strömungen eines Flusses überblicken. Vor der Gruppe und zu ihrer Linken wurde der Fluß von fünf Steinbögen überspannt: der Eberfellbrükke. Unmittelbar vor der Brücke befand sich zu beiden Seiten des Weges die Überreste einer ständigen Zeltstadt. Von ihr verblieben waren nur noch Brandflecken, ein paar verkohlte Pferdekadaver und die rußgeschwärzten Fundamente der beiden einzigen dauerhaften Gebäude dieser Stadt. Zu beiden Seiten dieser verlassenen Siedlung bedeckte mannshohes Gebüsch die Hochwasserebenen des Flusses.

Kelemvor fragte sich gar nicht erst, was mit der Nomadenstadt geschehen sein mochte. In diesen Zeiten des Chaos hätte es durch alles mögliche ausgelöst werden können.

„Die geflügelten Pferde sind dort drüben", sagte Adon und deutete auf einen Punkt, der rund 30 Meter östlich der Brücke gelegen war. Zwei Pegasi flogen tief über den Himmel.

„Dann nichts wie los", meinte Dalzhel schroff und trieb sein Pferd an.

Gut zehn Minuten zuvor hatten sie die Pegasi zum ersten Mal gesehen, woraufhin die vier darüber diskutiert hatten, ob es weise war, die fliegenden Pferde zu jagen. Adon hatte sich in der Debatte durchgesetzt, da er erklärt hatte, die Pegasi seien so intelligent wie ein Mensch und könnten ihnen helfen, wenn sie Mitternacht und Bhaal gesehen hatten.

Was die vier Reiter nicht wußten, war die Tatsache, daß die Objekte ihrer Suche sich auf dem am nächsten gelegenen verbrannten Grundstück befanden. Mitternacht schlief gefesselt und geknebelt, während ihr Kopf auf der Satteltasche mit der Tafel lag, und Bhaal beobachtete die ausgelassen tobenden Pegasi. In seinen Augen brannte Hunger auf das Leben der beiden.

Schließlich konnte sich der Gott des Mordes nicht länger beherrschen, er beschloß, die geflügelten Pferde zu ergreifen. Wenn Mitternacht in der Zwischenzeit zu fliehen versuchte, war das nicht weiter schlimm. Myrkuls Plan sah ohnehin vor, daß sie die Flucht zur Drachenspeerburg antreten sollte. Wenn das schon etwas früher als geplant geschah, würde es nach Bhaals Meinung nichts ausmachen. Der gefallene Gott hatte mit dem Gedanken gespielt, die Tafel mitzunehmen, sich aber dann doch dagegen entschieden. Wenn die Magierin erwachte und feststellte, daß die Tafel verschwunden war, würde sie erkennen, daß er gelogen hatte, als er ihr erklärt hatte, die Tafel sei wertlos. Außerdem würde sie ihm nur im Weg sein, wenn er jagte.

Bhaals Überlegungen wurden jäh unterbrochen, als er in dem Gebüsch vor sich ein Pferd wieherte hörte. Die Pegasi segelten noch immer durch die Luft, doch er war sicher, daß das Geräusch vom Boden gekommen war. Das bedeutete, daß sich jemand dort aufhielt. Geräuschlos kletterte der Gott des Mordes aus dem Fundament und verschwand im dichten Gebüsch.

Eine Minute später war Mitternacht sicher, daß Bhaal sie wirklich unbeaufsichtigt zurückgelassen hatte, und so öffnete sie die Augen und setzte sich auf. Sie begann, ihre Hände in den Fesseln vor und zurück zu bewegen, so wie sie es schon den ganzen Tag immer wieder gemacht hatte. Inzwischen hatte sie sie auf diese Weise so gedehnt, daß sie sich möglicherweise von ihnen befreien konnte.

Unterdessen bäumte sich Dalzhels Pferd am Rand eines trokkenen Flußlaufs auf. Am gegenüberliegenden Ufer raschelte etwas in dem dürren Gebüsch. Der zentische Leutnant griff nach seinem Schwert, im nächsten Moment sprang eine männliche Gestalt über die Hecke. Wieder bäumte sich das Pferd auf und trat mit den vorderen Hufen aus. Zwei dumpfe Laute waren zu hören, als die Hufe den Angreifer trafen.

Die dunkle Gestalt knurrte und packte dann einen der Vorderläufe des Pferdes. Ein hohles Knacken war zu hören, dann begann Sehnen und Knorpel zu krachen. Als das Pferd wieder zu Boden ging und vor Panik und Schmerz wieherte, fehlte ihm ein Bein. Dalzhel brachte sich mit einem Sprung in Sicherheit, während sein Reittier unter ihm zusammenbrach.

Auf der anderen Seite stand Kae Deverell, der kaum noch menschlich aussah. Sein Körper war aufgedunsen und hatte eine teigige Konsistenz angenommen, die im silbrigen Schein der leuchtenden Wolken noch widerwärtiger erschien. Da der Körper ohne die Absicht benutzt worden war, ihn zu erhalten, war er von Kopf bis Fuß mit Wunden und Blutergüssen überzogen. Der stechende Gestank von Infektionen umgab den Avatar.

Die vier Reiter wußten sofort, daß sie Bhaal gefunden hatten – oder besser gesagt: daß Bhaal sie gefunden hatte. Kelemvor überwand den Brechreiz und trieb sein Pferd voran, während er sein Schwert hob. Bhaal hob eine Faust und stürmte voran. Kelemvor ließ die Zügel los und hielt sich am Sattelknauf fest, damit er sich zu Bhaal herunterbeugen konnte.

Sie kollidierten krachend, und Kelemvors Schwert schnitt sich durch weiches Fleisch. Doch Bhaals Faust fand ebenfalls ihr Ziel. Der Krieger rutschte aus den Steigbügeln und landete auf dem Rücken. Der Aufprall preßte ihm die Luft aus den Lungen.

Cyric griff als nächster ein, indem er in dem Moment über Kelemvor sprang, als der zu Boden ging. Das Schwert des Diebes blitzte auf. Ein durchdringendes Zischen war zu hören, als sich die rote Klinge in den Avatar bohrte. Bhaal brüllte vor Wut auf und drehte sich um. Der Gott des Mordes bohrte seine Hand ins Fell, dann riß er einen langen Streifen Fleisch aus der Flanke des Pferdes, auf dem der Dieb geritten war. Cyrics Reittier bäumte sich laut wiehernd auf, trat um sich und warf seinen Reiter ab.

Während Cyric zu Boden fiel, zog sich Bhaal in die Hecke am anderen Ufer zurück.

Adon trieb sein Pferd an und verfehlte Kelemvor nur knapp, als der Krieger aufzustehen versuchte. Die Hufe landeten genau vor Kelemvors Nase, dann galoppierte Adon los, um Bhaal zu verfolgen. Das Pferd des Klerikers stürmte in die Hecke und wurde mitten in der Vorwärtsbewegung gestoppt, da es ihm nicht möglich war, das dichte Gebüsch zu durchdringen, in das sich Bhaal zurückgezogen hatte. Das Pferd rutschte an dem steilen Ufer nach unten und strauchelte, während Adon in das Flußbett abgeworfen wurde.

Als sich der Kleriker und seine drei Begleiter erholt hatten, war Bhaal bereits verschwunden. Cyrics Pferd hatte die Flucht angetreten, die Tiere von Kelemvor und Adon liefen nervös in dem trocken Flußlauf auf und ab, und Dalzhels Pferd lag wimmernd auf dem Grund. Das linke Bein war in Kniehöhe abgetrennt worden, an der Stelle war nur ein weißer, rundlicher Knochen zu sehen.

Dalzhel näherte sich dem verletzten Tier von hinten und setzte seinem Leiden ein schnelles Ende. Anschließend sagte er: „Kein Tier sollte so etwas erleben müssen."

„Und auch kein Mensch", fügte Adon an. „Und doch sind wir jetzt hier."

Cyric gesellte sich zu ihnen. Seine Augen funkelten vor Begeisterung, die Klinge seines Schwert war tiefrot. „Dalzhel, du übernimmst die Spitze", befahl er. „Kel, Adon, ihr deckt die Flanken. Wir treiben ihn raus."

„Und machen dann was?" wollte Dalzhel wissen.

Der stämmige Zentilare schien ein vernünftiger und keineswegs durch und durch schlechter Mann zu sein, daher konnte Kelemvor nicht verstehen, warum er einem Anführer wie Cyric folgte. In den drei Tagen, die sie nun gemeinsam unterwegs waren, hatte

Kelemvor begonnen, den Mann in einem gar nicht so schlechten Licht zu sehen.

„Wir töten Bhaal, was sonst?" erwiderte Cyric.

„Du bist verrückt", erwiderte Kelemvor kopfschüttelnd.

Cyric drehte sich zu ihm um. „Verrückt?" rief er. Der Dieb hob sein Schwert, achtete aber darauf, daß er keinen bedrohlichen Eindruck machte. Er wollte nur, daß Kelemvor die Klinge betrachtete. „Verrückt? ... Vielleicht. Aber *hiermit* habe ich Bhaal verletzt. Stell dir vor, ich habe einen Gott verletzt!"

„Wir haben ihn verjagt", sagte Adon. „Das ist alles." Er nahm etwas aus dem sandigen Boden und hielt es hoch, so daß alle es sehen konnte: eine abgetrennte Hand. „Wir können den Avatar in kleine Stücke hauen, trotzdem werden wir Bhaal niemals töten."

„O nein", beteuerte Cyric. „Ich kann ihn vernichten – ich fühle es!"

„Vielleicht töten wir Bhaal, vielleicht auch nicht", murmelte Kelemvor. „Aber deshalb sind wir nicht hier. Wir sind hier, um nach Mitternacht zu suchen."

„Seht doch!" Adon zeigte zum Himmel. Die Wolken hatten sich so angeordnet, daß sie wie eine Formation perfekter Rhomben aussahen. Doch das hatte den Kleriker nicht aufmerksam werden lassen. Die Pegasi flogen davon.

„Sie fliehen", sagte Adon. „Sie müssen Bhaal gesehen haben."

Kelemvor nickte. „Wir müssen uns beeilen."

„Warum?" fragte Dalzhel. „Adon sagte doch gerade, wir könnten nicht..."

„Bhaal hat Mitternacht in seiner Gewalt, und er hat die Tafel. Er könnte sich zum Aufbruch bereitmachen", erwiderte der Kämpfer.

Als Kelemvor den Satz ausgesprochen hatte, befand sich Cyric auf halber Höhe des Ufers. Kelemvor war schon bald dicht hinter dem Dieb, und Adon und Dalzhel blieb nichts anderes übrig, als den beiden zu folgen.

Als sie das Flußbett verlassen hatten, teilten sie sich in zwei Gruppen auf. Dalzhel und Cyric übernahmen die linke Seite,

Adon und Kelemvor die rechte. Durch das dichte Buschwerk verloren sich die beiden Gruppen schon rasch aus den Augen. Kelemvor und Adon bewegten sich so leise wie möglich, damit weder Cyric noch Bhaal ihre Position feststellen konnte. Mitternacht war irgendwo hier in der Nähe. Wenn sie sie fanden, würde sich der Dieb gegen sie wenden, sobald sie in Sicherheit war. Sie bevorzugten es, ihm diese Möglichkeit so schwierig wie möglich zu machen.

Dalzhels überraschter Aufschrei ließ sie wissen, daß er und Cyric den Gott des Mordes gefunden hatten. Kelemvor und Adon liefen sofort in die Richtung, aus der der Schrei gekommen war, vermieden es aber weiterhin, allzuviel Lärm zu machen. Als sie den Schauplatz des Kampfs erreicht hatten, war Kelemvor äußerst überrascht. Dalzhels stämmige Form huschte in ein paar Schritt Entfernung an ihm vorbei, seine schwarze Rüstung glänzte im Silberschein der leuchtenden Wolken. Bhaal folgte dem zentischen Leutnant mit nur vier Schritt Abstand, gleich dahinter rannte Cyric geräuschlos dem üblen Gott hinterher, um eine Gelegenheit für einen Überraschungsangriff zu bekommen.

Kelemvor wollte ihnen nacheilen, doch Adon riß ihn noch eben zurück. „Sollen sie sich mit Bhaal beschäftigen", flüsterte der Kleriker. „Wir suchen derweil Mitternacht."

Ohne Vorwarnung blieb Bhaal stehen, drehte sich um und begann, Cyric zu jagen, während mit dem scharfen Knochen nach ihm hieb, der aus seinem Armstumpf herausragte. Es folgte ein Hieb mit der anderen Hand, dem Cyric nur mit Mühe ausweichen konnte, bevor er mit einem wüsten Schlag parierte und zurückwich.

Dalzhel merkte schließlich, daß sein Verfolger sich längst damit befaßte, seinen Kommandanten zu verfolgen. Er machte kehrt und eilte hinter Bhaal her.

Der Gott des Mordes ignorierten den Zentilaren und folgte weiter Cyric. Seine ganze Aufmerksamkeit war auf die rote Klinge gerichtet, als sei sie das einzige, was zählte. Der Dieb blieb stehen und machte eine plumpen Satz nach vorn. Bhaal wich ihm mühelos aus, doch Cyric ließ einen heftigen Tritt folgen und traf den Avatar am Brustkorb.

Bhaal fiel aber nicht hin, sondern packte Cyrics Bein und grinste. Der Dieb dachte daran, was Bhaal mit Dalzhels Pferd gemacht hatte, drehte sich um und versuchte, sich mit einem Satz in Sicherheit zu bringen. Zu seinem Glück schaffte es Cyric, sein Bein loszureißen, und er landete mit einer Rolle. Bhaal grinste spöttisch und eilte vor, wobei er sich genau in dem Moment aus Dalzhels Reichweite entfernte, als der Zentilare sein Schwert hob.

Cyric fürchtete, nicht genug Zeit zu haben, um aufzustehen, daher rollte er sich einfach weiter. Bhaal war nur einen Meter hinter ihm, bereit, sofort zuzuschlagen, sobald der Dieb aufhörte, sich zu bewegen.

„Sie brauchen Hilfe", stellte Kelemvor flüsternd fest.

„Denkst du, sie würden uns helfen?" erwiderte Adon.

„Nein, aber..."

„Schone deine Kräfte", unterbrach ihn der Kleriker. „Ob es Bhaal oder Cyric ist, du kannst sicher sein, daß wir den Sieger töten müssen."

Hätte Cyric allein gegen den Gott der Assassinen gekämpft, dann wäre Kelemvor Adons Wunsch ohne Zögern nachgekommen. Der Dieb hatte den Tod verdient. Doch bislang hatte Dalzhel sich ihnen gegenüber sehr fair verhalten. Es gefiel Kelemvor nicht, untätig dabeizustehen, während der zentische Leutnant sein Leben aufs Spiel setzte.

Adon spürte, welche Gedanken seinem Freund durch den Kopf gingen, also entschied er sich für einen überzeugenderen Grund, sich aus dem Kampf herauszuhalten. „Das ist die beste Gelegenheit, um Mitternacht zu befreien... solange Bhaal mit Cyric beschäftigt ist."

Kelemvor seufzte und nickte. „Dann laß uns sie suchen gehen."

Adon begann, um den Kampf herum zu schleichen.

Mitternacht, die nur 60 Meter entfernt war, hatte es endlich geschafft, eine Hand aus ihren Fesseln zu befreien. Augenblicke zuvor hatte sie aus dem Gebüsch einen Schrei gehört; sie wußte, daß

Bhaal jemanden angriff. Auch wenn Mitternacht keine Ahnung hatte, wer das Opfer war, wollte die Magierin ihm zu Hilfe eilen. Sie befreite sich von den Lederschnüren und ihrem Knebel, legte behutsam die Satteltasche über ihre Schulter, um dann über den Rand des Fundaments zu spähen.

Während Kelemvor und Adon einen großen Bogen um den Kampf machten, konnte der Krieger nicht anders, als stehenzubleiben und zuzusehen. Dalzhel bekam Bhaal endlich zu fassen und schlug mit aller Kraft zu. Die Klinge schoß geradewegs auf das Genick des Mannes zu.

Der Gott des Mordes tauchte vor dem Angriff mit einem lässigen Bewegung zur Seite weg. Er drehte sich um und setzte sich mit dem Stumpf zur Wehr, indem er den Knochen tief in die Schulter des Soldaten bohrte. Dalzhel schrie auf und ließ sein Schwert fallen, ging aber weder zu Boden, noch wich er zurück. Statt dessen machte der Soldat einen Schritt nach vorn, um mit dem Gott zu ringen, während er versuchte, mit seiner linken Hand nach den Augen des Avatars zu greifen.

Cyric ließ diese kurze Verschnaufpause nicht ungenutzt, sondern stand auf und näherte sich Bhaal. Wieder hatte der Avatar dem Dieb seinen Rücken zugewandt. Cyric hob sein Schwert und stürmte voran, während er hoffte, die von Dalzhel geschaffene Ablenkung durch dessen Ringen mit dem gefallenen Gott nutzen zu können.

Adon packte Kelemvor an der Schulter und lenkte seine Aufmerksamkeit auf etwas anderes. „Wer ist das?"

Der Kleriker zeigte auf eine dunkle Silhouette, die sich auf Händen und Knien dem Kampf näherte. Wegen des dichten Gebüschs und der schlechten Lichtverhältnisse konnte Kelemvor den Schatten nicht genau genug erkennen. Er vermochte nicht einmal zu sagen, ob es sich um einen Mann oder eine Frau handelte.

„Ich kann es dir nicht sagen", erwiderte Kelemvor leise. „Aber wer immer das auch sein mag, er interessiert sich für diesen Kampf." Er sah wieder hinüber zu dem Gefecht.

Cyric befand sich hinter Bhaal. Der Dieb griff mit einem Hieb an, der so heftig war, daß er hoffte, den Avatar bis zum Brustbein zu spalten. Bhaal jedoch hörte ihn kommen und wich aus, indem er sich flink aus Dalzhels Griff löste. Der Gott der Assassinen bekam Cyrics Arm zu fassen und nutzte dessen Vorwärtsbewegung, um ihn in das drei Meter entfernte Gebüsch zu schleudern.

Als Cyric an Dalzhel vorbeischoß, hob dieser sein Schwert auf und jagte die Klinge tief in den Brustkorb des Avatars. Bhaal knurrte und trat dem zentischen Soldaten in die Magengrube. Dalzhel wurde nach hinten gewirbelt und landete auf dem harten Boden.

Der Gott des Mordes zog sich beiläufig Dalzhels Schwert zwischen den Rippen hervor und warf es zur Seite. Dann sprang er seinen Widersacher an und jagte seinen Armstumpf in Dalzhels Kehle. Der Mann schrie kurz auf, dann verstummte er.

Cyric rappelte sich auf und schüttelte den Kopf. Er hatte Dalzhel schreien gehört, und er wußte, daß Bhaal seinen Leutnant getötet hatte. Doch der Dieb empfand nichts, was an Trauer erinnerte, statt dessen verspürte er eine unbestimmbare Leere in der Magengegend. Dalzhel war ein wertvoller Adjutant gewesen, Cyric würde dieser Mann fehlen.

Als sie den schrecklichen Schrei hörte, wußte Mitternacht, daß Bhaal erneut getötet hatte. Durch das Gebüsch sah sie, wie sich der Avatar erhob und sich dem nächsten Opfer zuwandte. Um wen es sich dabei handeln mochte, konnte sie im schwachen Licht der Nacht nicht erkennen. Doch ganz gleich, wer es war, Mitternacht wollte ihn nicht dem gefallenen Gott überlassen.

Die Magier dachte an die Beschwörung für einen Lichtblitz. Seit sie Bhaal in Hochhorn festgesetzt hatte, war es ihr nicht mehr gelungen, einen Zauber erfolgreich zu wirken. Es gab keinen Grund zu der Annahme, daß es jetzt funktionieren würde, doch das war egal. Sie konnte Bhaals Opfer auf keine andere Weise helfen, und wenn sie nichts unternahm, würde der Gott des Mordes ohnehin töten. Nachdem ihr die notwendigen Gesten und Worte in den Sinn gekommen war, stellte sich die Magierin hin und zeigte auf den Avatar.

Adon und Kelemvor sahen beide, wie sich die Silhouette erhob, dann hörten sie eine Frauenstimme, die einen Zauber sprach.

„Magie!" zischten die Männer gleichzeitig. Sie drückten sich flach auf den Boden. Zwar wußten sie nicht, was sie erwartete, aber es war so gut sicher, daß es etwas gefährliches werden würde.

Mitternacht beendete ihren Spruch, und im nächsten Moment schoß ein Lichtblitz aus ihrem Finger, der sich plötzlich in eine Kugel aus gleißendem Licht verwandelte. Die grelle Sphäre erhob sich über das Dickicht und hing wie eine winzige Sonne hinter Kelemvor und Adon am Himmel. Im Umkreis von mindestens hundert Schritt war es so hell wie im Schein der Mittagssonne.

In der Helligkeit erkannten Kelemvor und Adon dann auch, wessen Werk dieser Zauber war. „Mitternacht!" riefen sie und standen gleichzeitig auf.

Bhaal und Cyric bemerkten ebenfalls das Auftauchen der winzigen Sonne, konnten aber nicht erkennen, wodurch sie verursacht worden war, da die Kugel zwischen ihnen und Mitternacht hing. Sie sahen nur einen Kreis aus strahlendem Licht.

Cyric fluchte, dann richtete er seine ganze Aufmerksamkeit auf den Avatar. Er wußte nicht, woher das Licht kam, er wußte jedoch, daß er ohne Dalzhels Hilfe sich nicht lange gegen den Gott des Mordes würde behaupten können. Der Dieb vergeudete keine Zeit damit, Kelemvor und Adon zu verfluchen. Er wußte, daß es dumm war, damit zu rechnen, sie würden ihm zu Hilfe eilen.

Nachdem der Gott einen Moment lang mit zusammengekniffenen Augen die winzige Sonne betrachtet hatte, wandte er sich wieder dem Dieb zu und kam näher. Cyric schlug nach ihm, doch Bhaal wich mühelos aus und versetzte der Schwerthand des Diebs einen Schlag. Cyric trat nach seinem Gegner, in der Hoffnung, ihn von sich fernzuhalten. Der Avatar blockierte einfach den Fuß und kam noch ein Stück näher, um seinem Widersacher einen Haken gegen den Kiefer zu donnern, der so hart wie Granit war.

Cyrics Ohren dröhnten, in seinem Kopf drehte sich alles. Wieder versuchte er, mit dem Schwert zuzuschlagen, aber Bhaal landete einen weiteren Treffer. Der Dieb fühlte, wie sein ganzer Körper schlaff wurde. Der Gott des Mordes traf ihn abermals am Kiefer, dann in den Magen, und dann traktierte er Cyric mit einer solchen Folge von Schlägen, daß der schließlich seine Waffe fallenließ und halb bewußtlos zu Boden ging.

Während Bhaal auf Cyric einschlug, eilten Adon und Kelemvor zu Mitternacht. Der fehlgeschlagene Blitz der Magierin hing hinter ihnen am Himmel, der gleißende Schein warf scharf gezeichnete Schatten auf ihre Gesichter, doch das war nicht weiter von Bedeutung. Mitternacht erkannte sofort ihre Stimmen und eilte zu ihnen.

„Wie habt ihr mich gefunden?" rief die Magierin und nahm Kelemvor in den Arm. Sie wirbelte ihn so herum, daß die winzige Sonne hinter ihr war und sie sein Gesicht sehen konnte. „Egal. Es ist einfach nur schön, euch beide wiederzusehen. Ich bin so froh, daß ihr immer noch..."

Die Magierin stockte mitten im Satz. Sie wollte „lebt" sagen, doch das brachte ihre Aufmerksamkeit zurück zu dem einen Mann, der immer noch mit dem Gott der Assassinen kämpfte. Sie hatte sein Gesicht noch immer nicht gesehen.

„Wer kämpft da mit Bhaal?" fragte sie und zeigte über ihre Schulter. Sie konnte noch immer nicht den Blick von Kelemvors Gesicht abwenden.

Kelemvor und Adon sahen in Richtung des Kampfs und mußten blinzeln, um etwas erkennen zu können. „Cyric", antwortete Kelemvor. „Wir sind zusammen hier."

Mitternacht hob verblüfft eine Augenbraue. „Zusammen?"

„Das ist eine lange Geschichte", warf Adon ein. „Wir haben jetzt keine Zeit für Erklärungen..."

Die winzige Sonne flammte weißglühend aus und schmerzte Kelemvor und Adon in den Augen. Ein Donnerschlag ertönte plötzlich, dann warf sie ein heftiger Stoß zu Boden.

Nach dem blendenden Blitz wurde das Dickicht recht düster. Nur das silbrige Licht der geometrischen Wolken sorgte für ein wenig Helligkeit. Bhaal ließ den blutenden Cyric zu Boden fallen und sah dorthin, wo sich eben noch die Lichtkugel befunden hatte.

15 Meter von ihm entfernt stand Mitternacht auf, während ihre Gefährte noch immer auf dem Boden lagen und sich die Hände vor die Augen hielten.

„Du bist entkommen", rief Bhaal der Magierin zu. „Dafür muß ich dich bestrafen!"

Ohne etwas zu erwidern, sah Mitternacht von ihm zum dem übel zugerichteten Cyric, dann wieder zurück in das Gesicht des Avatars. Ohne den Blick von dem niederträchtigen Gott abzuwenden, hob sie die Satteltaschen auf, die zu Boden gefallen waren, und legte sie über ihre Schulter. Ihren Freunden sagte sie: „Steht auf."

Doch Kelemvor und Adon hatten in die Lichtkugel gesehen, als die explodiert war. Als sie jetzt ihre Augen öffneten, sahen sie nur ein gleichmäßiges Weiß.

„Ich bin blind!" schrie Kelemvor.

Zu seiner Linken stöhnte Adon: „Ich ... ich kann auch nichts sehen!"

„Dann verhaltet euch ruhig", sagte Mitternacht. „Macht nicht auf euch aufmerksam."

Die Magierin mußte sich darüber keine Gedanken machen. Bhaal hatte anderes im Sinn. Ihm war nie in den Sinn gekommen, daß Mitternacht irgendetwas anderes machen könnte als zu fliehen, wenn sie sich von ihren Fesseln befreit hatte. Jetzt mußte er sie wieder gefangennehmen, sonst würde die Frau merken, daß er ihre Flucht hatte arrangieren wollen. Wenn das geschah, würde sie vielleicht dahinterkommen, was er und Myrkul wirklich von ihr wollten. Der gefallene Gott ging auf Mitternacht zu.

„Bleib, wo du bist", warnte Mitternacht ihn.

Bhaal kicherte. „Warum denn? Du hast nicht die Kraft, um mich zu töten – noch nicht!"

Vor Kelemvors Augen veränderte sich das Weiß zu einem Grauton. Vielleicht war seine Blindheit nur vorübergehend.

„Wir müssen etwas unternehmen", flüsterte Adon, dessen Sehkraft soweit zurückgekehrt war, daß er einen Umriß von etwas sehen konnte, das sich Mitternacht näherte.

„Was denn?" erwiderte Kelemvor.

„Angreifen. Vielleicht können wir Mitternacht..."

„Das können wir nicht, ich sehe noch immer nichts."

Adon verstummte, da er wußte, daß Kelemvor recht hatte. Solange sie nicht klar und deutlich sehen konnten, bestand die Gefahr, daß sie Mitternacht nur behinderten.

Während sich der Gott des Mordes weiter der Magierin näherte, begann sich Cyric zu regen. Der Dieb war überrascht, daß er noch lebte, da sich jeder von Bhaals Schlägen wie ein Treffer mit einem Hammer angefühlt hatte. Sein Körper schmerzte von Kopf bis Fuß, und jeder Atemzug ließ nur noch mehr Schmerzen wie in Wellen durch seinen Torso wandern. Dennoch wußte der Dieb, daß er handeln mußte, wenn er nicht die Gelegenheit verpassen wollte, Mitternacht und die Tafel des Schicksals in seine Gewalt zu bekommen.

Er hob sein Schwert auf. „Du hast Bhaals Blut gekostet", flüsterte er. „Wenn du mehr willst, dann mußt du mir helfen."

Ja, mehr, erwiderte das Schwert. *Ich werde dir helfen.* Die Worte wurden von einer verführerischen Frauenstimme in seinem Kopf gesprochen.

Das Heft des Schwertes erwärmte sich, und Cyric fühlte, wie Kraft in seinen Körper zurückströmte. Er kniete sich hin, dann stand er langsam auf und stolperte dem Gott des Mordes hinterher.

Bhaal hielt in seiner Bewegung inne. „Ergib dich, Mitternacht", sagte er und fügte dann an: „Und gib mir die Tafel."

„Nein", gab sie zurück und machte einen Schritt zurück.

„Es gibt keine andere Möglichkeit", meinte Bhaal und deutete auf Kelemvors Gestalt.

Mitternacht holte sich den Zauber für einen weiteren Lichtblitz ins Gedächtnis, dann zeigte sie auf Bhaal. „Ich habe sogar sehr viele Möglichkeiten. Und die meisten beinhalten deinen Tod."

Der Gott des Mordes betrachtete die Frau mit einem gewissen Unbehagen. Er wußte nur zu gut, daß sie in der Lage sein mochte, ihre Drohung wahrzumachen. „Wenn du meinen Avatar zerstörst, wird das deine Freunde umbringen – und dich vielleicht dazu", sagte er. „Das weißt du ja."

Mitternacht runzelte die Stirn. Sie erinnerte sich an die gewaltige Energie, die außerhalb von Tantras freigesetzt worden war, als Torm und Tyrannos sich gegenseitig vernichtet hatten. Mystras Tod hatte eine Burg in Cormyr dem Erdboden gleichgemacht. In diesem Punkt sprach Bhaal die Wahrheit. Sie konnte ihn nicht töten, ohne gleichzeitig auch ihre Freunde umzubringen.

In dem Moment sah sie, daß sich Cyric Bhaal von hinten näherte, das Schwert zum Schlag erhoben. Der Körper des Diebs war so entsetzlich zugerichtet, daß er kaum noch zu erkennen war. Mitternacht konnte es fast nicht glauben, daß er sich noch regen konnte, ganz zu schweigen davon, sich lautlos zu bewegen, wie er es gerade machte.

„Du hast einfach keine Wahl", sagte der gefallene Gott.

Bevor Bhaal darauf aufmerksam werden konnte, daß ihre Augen auf etwas anderes gerichtet waren, sah sie wieder in sein Gesicht.

„Ich werde so oder so sterben", erwiderte sie. „Was habe ich also zu verlieren?"

Cyric war nur noch zwei Schritte von Bhaal entfernt. Mitternacht gab den Zauber für den Lichtblitz auf und dachte an einen Teleportationszauber. Die Magierin wußte, daß es eine Verzweiflungstat war, denn sie konnte sich nicht daran erinnern, wann zum letzten Mal ein Zauber so ausgegangen war, wie er sollte. Wenn dieser Zauber jedoch funktionierte, dann wäre das Ergebnis ein deutliches besseres, als wenn sie sich Bhaal ergeben oder in der Explosion sterben würde, die Cyrics Angriff zur Folge hätte.

Bhaal verzog Deverells aufgeplatzte Lippen zu einem Lächeln. „Wenn du machst, was ich sage, werden deine Freunde überleben."

Cyrics Stiefel kratzte über einen Stein. Das Gesicht des Avatars verriet, daß Bhaal das Geräusch gehört hatte. Er wirbelte in dem Moment herum, in dem der Dieb sein Schwert nach vorn stieß – und die rote Klinge tief in Bhaals Brust jagte.

„Du Narr!" schrie der Gott des Mordes.

Die Klinge nahm eine satte weinrote Farbe an, der gefallene Gott heulte vor Wut auf. Es war ein Aufschrei, der so laut wie ein Donner und so unheimlich wie das Heulen eines Geistes war.

„Wenigstens habe ich einen Gott getötet, bevor ich sterben muß", preßte Cyric triumphierend zwischen den zusammengebissenen Zähnen heraus. Im gleichen Augenblick wirkte Mitternacht ihren Zauber.

Bhaals Schrei verstummte, sein Körper explodierte. Dann fiel die Erde unter Mitternacht und ihren Gefährten zurück.

◆ ◆ ◆

Eine flackernde ockerfarbene Flamme. Eine Kerze, die in einem Flaschenhals steckte und mitten auf einem Holztisch stand, dessen Holz grau und spröde und so trocken wie Zunder war. Ein wackliger, harter Stuhl in einem dunklen, feuchten Raum, verborgen in den Abwasserkanälen von Tiefwasser.

Dazu war sein Ruhm verkommen.

Ao würde dafür bezahlen, schwor Myrkul. Dem Gott der Toten gefiel es nicht, in bescheidenen Verhältnissen untergebracht zu sein. Es gefiel ihm nicht, sich vor den Sterblichen zu verstecken. Und vor allem gefiel es ihm nicht, in den Reichen gefangen zu sein. Für all diese unwürdigen Dinge würde Ao – und mit ihm Helm – bezahlen.

Doch er mußte behutsam vorgehen. Der Gott der Toten hatte erlebt, was passierte, wenn man unvorsichtig war. Tantras war eine Katastrophe gewesen, und es war nur seiner Weitsicht zu verdanken gewesen, daß Myrkul nicht das gleiche Schicksal wie Tyrannos erlitten hatte. Er befand sich jetzt im Reich der Sterblichen. In gewisser Weise war auch er sterblich, da er nun ausgelöscht werden konnte – so wie Tyrannos und Mystra und Torm.

Man stelle sich nur vor, daß der Herrscher über die Toten sterben würde. Der Gedanke hätte Myrkul laut lachen lassen, wäre er nicht so beunruhigend gewesen.

Nein, es half nichts, mit den Rivalen auf Konfrontationskurs zu gehen. Er mußte in seinem Versteck bleiben, in dem ihn seine

Feinde nicht finden konnten und wo sie ihn auch nicht vermuten würden. Er mußte mit Hilfe von Agenten arbeiten, komplexe Pläne entwerfen und Alternativen planen, so wie er es mit Mitternacht und der Tafel des Schicksals gemacht hatte.

Es wäre eine Leichtigkeit gewesen, die dunkelhaarige Magierin zu töten und die Tafel an sich zu nehmen. Der Gott der Toten hatte überall seine Agenten und Priester, und niemand konnte die unerbittliche Serie von Attacken überleben, die er ins Leben rufen konnte. Aber dann hätten seine Anhänger ihm die Tafel nach Tiefwasser bringen müssen, und keiner von ihnen war für diese Aufgabe annähernd so geeignet wie Mitternacht.

Natürlich hegte Myrkul nicht die Absicht, die Tafel dieser Frau zu überlassen. Er würde sich erst dann sicher fühlen, wenn er beide Tafeln des Schicksals in seinen Händen hielt. Das war ein zweiter Grund, warum er nicht den Tod der Magierin bestimmt hatte: Er brauchte sie, damit sie zur Knochenburg ging und auch die zweite Tafel holte.

Der Herr der Toten verband mit diesen Plänen weitere, die alle von dieser Frau abhängig waren. Bhaal hatte einfach Mitternachts komplette Gruppe gefangennehmen wollen, um dann ihre Freunde als Geiseln zu benutzen, damit sie die zweite Tafel holte. Doch bislang hatte Mitternacht eine beunruhigende Standfestigkeit zur Schau gestellt, und Myrkul war sicher, daß sie derart simple Druckmittel problemlos in ihr Gegenteil verkehren konnte. Es war ratsamer, sie mit einigen Tricks dazu zu bringen, genau das zu tun, was er wollte. Er würde sie glauben machen, daß es ihre eigene Idee war, die zweite Tafel zu bergen. Um das zu erreichen, hatte Bhaal sie in seine Gewalt gebracht, damit der sie glauben machen konnte, sie hätte ihm das Versteck der zweiten Tafel entlockt.

Doch auch dieser Plan hatte einen Haken, der dem Gott der Toten durchaus bewußt war. Sobald die Frau beide Tafeln hatte, war es ein Leichtes für sie, sich zu Helm zu begeben. Damit das nicht passierte, hatte Myrkul Bhaal angewiesen, sie in der Nähe der Drachenspeerburg entkommen zu lassen, sobald sie wusste, daß die Burg der geheime Eingang ins Reich der Toten war.

Bei Drachenspeer hatte Myrkul für sie eine Falle aufgebaut, durch die er zum einen in den Besitz der ersten Tafel gelangen würde und durch die Mitternacht zum anderen gezwungen würde, sich ins Reich der Toten zu begeben und die Tafel aus der Knochenburg zu holen. Natürlich konnte man mit keiner Strategie jede Eventualität berücksichtigen. Deshalb hatte Myrkul es sich zur Gewohnheit gemacht, mit Bhaal Kontakt aufzunehmen, um von ihm bestätigt zu bekommen, daß alles nach Plan lief.

Der Gott der Toten konzentrierte sich auf den Kerzenschein. Die Flamme zuckte und flackerte. Myrkul wartete darauf, daß sich die Flamme in den aufgedunsenen häßlichen Kopf von Bhaals Avatar verwandelte.

Doch die Flamme blieb eine Flamme.

Myrkul versuchte es noch einmal mit seiner Variation eines Verständigungszaubers, doch die Flamme blieb beharrlich eine Flamme. Der Gott zog die Möglichkeit in Erwägung, daß das magische Chaos den Zauber hatte fehlschlagen lassen, doch er verwarf den Gedanken gleich wieder. Wenn das Chaos daran schuld gewesen wäre, hätte die Magie zu irgendeinem anderen Resultat geführt. Sein Zauber dagegen hatte einfach nicht funktioniert.

Das konnte nur bedeuten, daß Bhaal nicht mehr existierte. Der Avatar war zerstört worden, die Essenz des Gottes des Mordes hatte sich in den Reichen und den Ebenen verteilt. Der Gedanke beunruhigte Myrkul, und nicht nur, weil es ihn an seine eigene Sterblichkeit erinnerte. Von allen Göttern waren er und Bhaal sich am nächsten gewesen. Bhaal hatte über den Prozeß des Tötens und Mordens gewacht, während Myrkul über die herrschte, die bereits tot waren. Sie hatten eine symbolische Beziehung gehabt. Der eine konnte ohne den anderen wohl kaum existieren.

Myrkul nahm sich einen Moment Zeit, um den Tod eines anderen Gottes zu beklagen, dann konzentrierte er sich wieder auf seine Pläne. Als sie das letzte Mal Kontakt gehabt hatten, war ihm von Bhaal zugetragen worden, daß die Frau vom Eingang ins Reich der Toten wußte. Folglich würde sie sich zur Drachenspeerburg begeben. An seinem Plan änderte sich nichts, abgesehen davon, daß die Frau ohne Eskorte bis zur Burg gelangen würde. Er konnte noch immer seine kleine Überraschung ins Spiel bringen und ihr die erste Tafel entreißen.

Myrkul war dennoch alles andere als glücklich. Wenn sie Bhaal besiegt hatte, dann hatte Mitternacht die Macht, um sich gegen seine Falle zur Wehr zu setzen und die erste Tafel mit ins Reich der Toten zu nehmen. Wenn sie in der Knochenburg erfolgreich war, besaß sie beide Tafeln. Nach der Rückkehr in die Reiche mußte sie dann nur noch eine Himmelstreppe finden, was nicht weiter schwer war, und Helm die Tafeln überreichen.

Wenn das geschah, wäre Myrkul erledigt.

Er und Tyrannos hatten die Tafeln des Schicksals gestohlen. Inzwischen hatte Ao das mit Sicherheit herausgefunden. Myrkul bezweifelte, daß ihn eine Belohnung erwartete, wenn er lediglich zurückgab, was er zuvor selbst an sich gerissen hatte. Auch wenn der Gott der Toten davon gegenüber Bhaal nicht hatte verlauten lassen, hatte er für keine der beiden Tafeln irgendeinen Verwendungszweck. Seine einzige Absicht hinter dem Begehren, sie zu bergen, bestand darin, sicher sein zu können, daß niemand sie jemals in die Ebenen zurückbringen konnte. Myrkul ging nämlich davon aus, daß der Gott aller Götter ihn vernichten würde, sobald die Tafeln wieder aufgetaucht waren.

Dem Gott der Toten war allerdings auch klar, daß ein Verhindern ihrer Rückgabe das Problem nur vorläufig löste. Früher oder später würde es Ao zuviel werden, darauf zu warten, und er würde seine Strafe so oder so vollstrecken. Wenn Myrkul überleben wollte, mußte er als erster zuschlagen. Und genau deshalb – durch eine weitere, komplizierte Serie von Plänen – hatte der Gott der Toten dafür gesorgt, daß Mitternacht die zweite Tafel beschaffte.

Nach dem Diebstahl der beiden Tafeln des Schicksals hatten Myrkul und Tyrannos jeder eine an sich genommen und versteckt. Tyrannos hatte seine Tafel in Tantras, Myrkul die andere Tafel in der Knochenburg sicher untergebracht, mitten im Herzen des Reichs der Toten. Damit niemand das Artefakt stehlen konnte, hatte Lord Myrkul eine Falle aufgebaut.

Sobald Mitternacht die Tafel aus dem Reich der Toten brachte, würde sie die Bewohner dieses Reichs und alle Geister der Toten freisetzen. Wenn das geschah, würde Myrkul bereits in Lauerstellung warten. Er würde Mitternacht töten und ihr die zweite Tafel abnehmen. Auf die gleiche Weise, wie er Tyrannos' Avatar in Tantras mit Energie versorgt hatte, würde er die Seelen der Toten bändigen – diesmal für seinen eigenen Avatar.

Danach würde er bereit sein, um Ao gegenüberzutreten. Myrkul war sich nicht sicher, ob die Energie von sogar einer Million Seelen genügte, um zu siegen. Vor allem war es dem Gott der Toten zuwider, sich seinen Feinden zu offenbaren. Doch dieser verzweifelte Plan war seine einzige Chance, aus der sicheren Niederlage einen Sieg zu machen.

Sollte aber Mitternacht ihre Tafel ins Reich der Toten mitnehmen, dann würde Myrkuls Plan noch riskanter werden. Wenn sie mit beiden Tafeln in die Reiche zurückkehrte, würde es schwierig werden, sie in dem Durcheinander ausfindig zu machen, das durch das Herausdrängen der Massen aus dem Totenreich entstehen würde. Die Magierin könnte es schaffen, an ihm vorbeizukommen und die Tafeln zu Helm zu bringen.

Myrkul wußte, daß der sicherste Weg der war, dafür zu sorgen, daß sie die erste Tafel nicht mit ins Reich der Toten nahm. Er würde an der Drachenspeerburg zusätzliche Vorkehrungen treffen müssen, um dafür zu sorgen, daß die Magierin die Tafel aus Tantras verlor.

◆ ◆ ◆

Das Schwert hielt er immer noch in der Hand. Das wußte Cyric, mehr aber nicht. Seine Gedanken wanderten ziellos durch den Nebel, in den sich sein Verstand verwandelt hatte.

Er fühlte sich, als wäre er zu Tode geprügelt worden.

Fäuste. Fäuste so hart wie Stein. Bhaal, der ihn besinnungslos schlug, seinen Kiefer, seine Rippen, seine Nase zertrümmerte, dann plötzlich aufhörte und sein Werk nicht vollendete. Cyric erinnerte sich daran, daß er aufgestanden war und trotz seiner schweren Verletzungen auf den Gott des Mordes eingestochen hatte.

Das war sein Untergang gewesen. Der Avatar hatte sich weiß verfärbt und war dann in einer Explosion vergangen. Cyric fragte sich, wo er jetzt wohl war. Wahrscheinlich im Reich der Toten, ging es ihm durch den Kopf.

Nein, er lebte. Sein Kopf schmerzte viel zu sehr, und die Schmerzen in seinem Brustkorb waren nur dann zu spüren, wenn er Atem holte.

Der Mann mit der Hakennase machte die Augen auf und stellte fest, daß es dunkel war. Er lag mit dem Gesicht nach unten im Schnee, offenbar mitten auf einem Weg. Rings um ihn erhoben sich langsam drei Gestalten.

„Wo sind wir?" fragte Adon und betrachtete die verschneiten Felder zu beiden Seiten der Straße. Seine Sehkraft war völlig wiederhergestellt worden.

„Ich hoffe, wir sind näher an Tiefwasser", antwortete Mitternacht müde. „Jedenfalls wollte ich uns dahin bringen." Ihre Arme und Beine waren schwer wie Blei. Der letzte Zauber hatte sehr an ihren Kräften gezehrt.

„Wie sind wir hergekommen?" murmelte Kelemvor und rieb seine Augen. Er konnte wieder besser sehen, doch für ihn tanzten auf dem Schnee noch immer Lichtpunkte umher.

„Ich habe uns mit einem Zauber hergebracht", erwiderte die Magierin. „Aber erwarte keine Erklärung, wie ich das gemacht habe."

Cyric entschied, weiter liegenzubleiben. Er war im Verhältnis drei zu eins unterlegen, und er bezweifelte, daß er sich hätte bewegen können, selbst wenn er es versucht hätte. Mit der Rückkehr aus der Bewußtlosigkeit waren auch die Schmerzen immer schlimmer geworden.

Kelemvor lachte leise, wenn auch ein wenig nervös. „Es ist so schön, dich wiederzusehen", sagte er und nahm Mitternacht in die Arme. An der Eberfellbrücke war die Begrüßung für seinen Geschmack zu kurz ausgefallen. „Ich kann noch immer kaum glauben, daß du lebst."

„Warum sollte dich das überraschen?" fragte Mitternacht und erwiderte seinen herzliche Umarmung.

Adons Stimme nahm einen ersten Tonfall an, als er sagte. „Nach der Art, wie du weggelaufen bist..."

„Es war gut, daß ich das gemacht habe", unterbrach sie ihn und löste sich aus Kelemvors Umarmung. Sie konnte es nicht fassen, wie rasch das belehrende Benehmen des Klerikers sie reizte. „Sonst wärt ihr beide tot!"

„Wir wären tot?" rief Adon aus und wich frustriert ein paar Schritte zurück. „Bhaal hat nicht..."

Bevor er seinen Satz vollendet hatte, stolperte er über Cyric und fiel zu Boden. Nur Adons erstaunter Aufschrei sorgte dafür, daß niemand das erstickte Aufstöhnen des Diebes hören konnte. Cyric hielt die Augen geschlossen und regte sich weiter nicht. Seine einzige Hoffnung bestand darin, seine Rivalen glauben zu machen, er sei harmlos.

Kelemvor kam herüber und verpaßte Cyric einen leichten Tritt in die Seite. „Sieh mal, was hier wie ein Haufen Dung auf der Straße liegt", brummte der Krieger und fühlte Cyrics Puls. „Und er lebt sogar noch."

Der Dieb achtete darauf, daß er sein Schwert fest umschlossen hielt.

„Cyric!" zischte Adon und sah zu Mitternacht. „Warum hast du ihn mitgebracht?"

„Glaub mir, ich habe das nicht absichtlich gemacht", herrschte sie ihn an und betrachtete den reglosen Körper des Diebs. „Außerdem dachte ich, daß ihr mit ihm zusammenarbeitet."

„Das haben wir auch", sagte Kelemvor. Er zog sein Schwert aus der Scheide. „Aber das ist jetzt vorüber."

Cyric warf aus einem halb geöffneten Auge einen Blick zur Seite, während er versuchte, die Kraft aufzubringen, um sein Schwert zu heben.

Adon stellte sich zwischen Kelemvors Klinge und Cyrics Körper. „Wir können ihn nicht kaltblütig umbringen."

„Was?" Der Krieger sah ihn fassungslos an. „Vor zehn Minuten wolltest du nicht, daß ich mit ihm zusammen gegen Bhaal kämpfe." Er versuchte, um den Kleriker herumzugehen.

„Zu der Zeit war er für uns gefährlich", sagte Adon und veränderte seine Position, um zwischen dem Schwert des Kriegers und dem reglosen Dieb zu bleiben. „Das ist jetzt nicht mehr der Fall."

„Ich habe gesehen, wie er einen ertrinkenden Halbling getötet und einen anderen gefoltert hat", warf Mitternacht ein, die mit einem anklagenden Finger auf Cyric zeigte.

„Wir können ihn nicht töten, wenn er wehrlos ist", beharrte Adon. Er sah an Kelemvor vorbei und wandte sich an die Magierin.

Mitternacht ließ sich jedoch nicht so leicht überzeugen. „Cyric hat den Tod verdient."

„Es ist nicht unser Recht, über unseresgleichen zu richten", sagte Adon leise und hielt nach wie vor den Kämpfer zurück. „So wenig wie es das Recht der Harfner war, dich und mich zum Tode zu verurteilen."

Kelemvor dachte mit Erschrecken an diesen Vorfall zurück, dann steckte er seine Waffe zurück in die Scheide. Während der Schlacht von Schattental war Elminster spurlos verschwunden. Die Einwohner waren zu dem Schluß gekommen, daß jemand den Weisen ermordet haben mußte, und dann hatten sie Adon und Mitternacht fälschlich dieses Verbrechens beschuldigt. Hätte Cyric sie nicht aus dem Gefängnis geholt, wären die beiden zweifellos hingerichtet worden.

„Das hier ist etwas anderes", beharrte Mitternacht. „Er hat uns verraten, er hat mich zum Narren gehalten." Sie griff nach Kelemvors Schwert.

Der Krieger hielt aber sein Heft fest umschlossen. „Nein", sagte er. „Adon hat recht."

„Wenn wir ihn töten", fügte Adon an und deutete auf den hilflos am Boden liegenden Cyric, „dann sind wir ebensolche Mörder wie er. Willst du das?"

Mitternacht dachte einen Moment lang darüber nach, dann zog sie ihre Hand zurück. „Also gut, dann laßt ihn liegen. Er wird ohnehin sterben." Sie wandte sich ab und machte sich auf den Weg.

Kelemvor sah Adon an, damit der etwas sagte, was sie machen sollten.

„Wir sollten einen wehrlosen Mann nicht umbringen", erklärte der Kleriker. „Aber wir müssen ihm auch nicht helfen. Er kann uns nicht mehr schaden. Er hat all seine Männer verloren, und wenn wir uns beeilen, schaffen wir einige Meilen Abstand zu ihm, bevor er erwacht." Er folgte Mitternacht. „Schnell, ehe sie uns wieder entwischt."

Sie holten die Magierin ein, dann fragte Kelemvor: „Wohin gehen wir?"

Mitternacht blieb stehen.

Auch wenn es nur knapp war, befanden sie sich immer noch in Hörweite von Cyric. Hätte sie in seine Richtung gesehen, dann wäre ihr aufgefallen, daß er seinen Kopf drehte, um ihr zuzuhören.

„*Ich* gehe zur Drachenspeerburg", sagte die Magierin und stemmte die Hände in die Hüften.

„Dann gehen wir alle zur Drachenspeerburg", erwiderte Adon ruhig. „Müssen Kelemvor und ich uns die Wache teilen, damit du nicht wieder wegläufst, Mitternacht?"

„Die Götter selbst sind gegen mich", warnte die Magierin die beiden und sah von einem zum anderen. „Ihr riskiert euer Leben."

„Wir würden mehr riskieren, wenn wir dich allein ziehen ließen", gab Adon zurück und begann zu lächeln.

Kelemvor nahm Mitternacht am Ellbogen und drehte sie so, daß er ihr in die Augen sehen konnte. „Ich gehe mit dir, Mitternacht."

Die Hingabe ihrer Freunde bereitete ihr ein warmes Gefühl ums Herz, dennoch war sie immer noch nicht bereit, deren Angebot anzunehmen. Auch wenn sie zu beiden sprach, galten ihre Blicke nur den Augen des Kriegers. „Es ist eure Entscheidung, aber zuvor solltet ihr mich besser anhören. Irgendwo unter der Drachenspeerburg gibt es eine Brücke ins Reich der Toten."

„In Tiefwasser?" rief Kelemvor ungläubig. Er dachte an den berühmten Friedhof der Stadt, dessen Bezeichnung allerdings „Die Stadt der Toten" lautete.

„Nein, das *Reich* der Toten", wiederholte die Magierin und sah Adon an. „Die andere Tafel befindet sich in Myrkuls Burg."

Kelemvor und Adon schwiegen verblüfft und sahen sich an, da sie kaum glauben mochten, daß sie die Ruhestätte der Seelen meinte.

„Es ist nicht schlimm, wenn ihr beschließt, nach Hause zurückzukehren", sagte Mitternacht, die die Verwunderung der beiden als Zögern auslegte. Sie löste sich aus Kelemvors Griff um ihren Ellbogen. „Ich glaube, ihr solltet wirklich besser nicht mitkommen."

„Ich denke, wir sollten die Entscheidung treffen", sagte Adon und erholte sich von seinem Schock.

„Aye! So leicht wirst du uns nicht loswerden", fügte Kelemvor an und nahm Mitternacht wieder am Ellbogen.

Jetzt war es an Mitternacht, erstaunt zu sein. Sie hatte sich nicht der Hoffnung hingeben wollen, daß Kelemvor und Adon sie wirklich aus freien Stücken begleiten wollten. Doch jetzt hatten sie die Absicht erklärt, genau das zu machen, und sofort fühlte sich Mitternacht unermeßlich viel selbstsicherer und nicht mehr so einsam. Sie warf sich in Kelemvors Arme und küßte ihn lange und innig.

11

DIE DRACHENSPEERBURG

Der Hügel stieg so sanft an, daß Adon kaum merkte, bergauf zu gehen. Zwischendurch stoppte der Kleriker und nahm die Satteltasche mit der Tafel auf die andere Schulter. Das war das bei weitem Aufregendste, was er in den letzten gut vier Stunden getan hatte.

Zusammen mit Kelemvor und Mitternacht war Adon nun seit fünf Tagen auf der menschenleeren Straße unterwegs. Im Westen zogen sich breite Halme hohen goldenen Grases über die schneebedeckte Steppenlandschaft. Knapp eine Meile östlich von ihnen erhoben sich die dunklen Felswände der Hohen Bergheide, und vor ihnen erstreckte sich Meile um Meile die schnurgerade und tödlich langweilige Straße nach Tiefwasser. Adon hätte nie geglaubt, sich jemals so sehr zu wünschen, eine steile Bergroute unter seinen Füßen zu spüren, doch in diesem Moment hätte er bereitwillig einen Kilometer dieser Strecke gegen dreißig Kilometer eingetauscht, die durch ein unwegsames Gebirge führten.

Obwohl sie den ganzen Morgen bereits ein hohes Tempo hielten, um die Strecke so schnell wie möglich hinter sich zu bringen, waren Adons Zehen taub. Acht Zentimeter tiefer Schnee lag auf der Straße und durchdrang selbst die hervorragend gefetteten Stiefel, die ihnen der Quartiermeister von Hochhorn mitgegeben hatte. Angesichts des klaren leuchtenden Himmels würde in Kürze sogar noch mehr Schnee fallen.

Auch wenn sie nach Norden gingen, war die Witterung für diese Jahreszeit doch recht früh umgeschlagen. Die Bergheide lag bereits unter einer weißen Schicht, und auf den Bächen, die im

Herzen dieses rauhen Landes entsprangen, hatten sich dünne Eisschichten gebildet.

Adon kam es fast so vor, als würden die Götter der Natur sich verschwören, um seine Reise schwierig und kalt zu gestalten. Ihm war jedoch klar, daß die ungewöhnliche Kälte nur ein Zeichen für die Abwesenheit eben dieser Götter war. Ohne ihre Aufsicht lief die Natur Amok und änderte sich ständig, sobald eine sinnlose Kraft die Vorherrschaft über die anderen gewann.

Das unberechenbare Wetter war nur ein Grund mehr, daß er und seine Gefährten mit ihrer Mission erfolgreich sein mußten. Ohne eine geordnete Abfolge der Jahreszeiten würde es nur kurze Zeit dauern, bis die Bauern ihre Felder nicht mehr würden bestellen können und die Bevölkerung in ganzen Landstrichen hungern müßte.

Während Adon über die Bedeutung ihres Auftrags nachdachte und über die düsteren Aussichten, ihn zu erfüllen, war von der anderen Seite der Anhöhe ein durchdringendes Bellen zu hören. Sofort drehte er sich um und winkte Kelemvor und Mitternacht zu, damit sie augenblicklich die Straße verließen, dann begann er, für sich selbst nach einem Versteck zu suchen. Die Landschaft war so extrem karg, daß er sich schließlich damit zufriedengeben mußte, hinter einem struppigen Busch zu knien.

Eine Meute grauer Tiere tauchte auf der Anhöhe auf. Der Kleriker kniff die Augen zusammen und sah genauer hin. Zwölf Wölfe überquerten sie in einer geraden Linie. Eine zweite Reihe folgte, dann noch eine und noch eine, bis schließlich eine ganze Kolonne Wölfe im Gleichschritt zur Straße marschiert kamen.

Während sich die Kolonne näherte, überlegte Adon, ob er die Flucht antreten oder weiter hinter seinem armseligen Busch verharren sollte. Einer der Wölfe bellte einen schneidenden Befehl. Die erste Linie befand sich auf Höhe des Verstecks des Klerikers, dann drehte jeder der Wölfe ruckartig den Kopf herum, um ihn anzustarren. Jede nachfolgende Reihe übernahm das Manöver, während der Zug an ihm vorbeimarschierte.

Adon gab sein Versteck auf und begab sich an den Straßenrand, während er ungläubig den Kopf schüttelte. Kelemvor und Mitternacht kamen zu ihm.

„Eine schön einstudierte Parade", merkte der Kämpfer an und betrachtete die Wölfe mit kritischem Blick. Sein Tonfall war so beiläufig, als hätten sie eine menschliche Armee vor sich, nicht eine Horde Tiere, die in Reih und Glied marschierte.

Mit vorsätzlichem Desinteresse fragte Mitternacht: „Ich frage mich, wohin sie auf dem Weg sind."

„Baldurs Tor oder Elturel", meinte Kelemvor mit nach Süden gerichtetem Blick.

„Wie kommst du denn darauf?" wollte Adon verwundert von dem Kämpfer wissen.

„Hast du denn nichts davon gehört?" fragte Mitternacht und hob ihre Augenbraue, um ihrem Unglauben Ausdruck zu verleihen.

„Im Süden rebellieren die Schafe", ergänzte Kelemvor.

Der Kleriker stemmte die Hände in die Hüften. „Wie kann..."

Kelemvor und Mitternacht begannen schallend zu lachen, während Adon vor Wut rot anlief und sich wieder der Straße zuwandte.

„Es ist nicht witzig, wenn die Ordnung zusammenbricht", gab er giftig zurück, doch Mitternacht und Kelemvor mußten daraufhin noch lauter lachen.

Adon sah weg, doch nachdem er fünf Minuten lang die vorbeimarschierenden Wölfe betrachtet hatte, mußte er selbst lachen. „Rebellierende Schafe", murmelte er. „Wie seid ihr bloß darauf gekommen."

„Wofür sonst braucht man eine Armee aus Wölfen?" erwiderte Kelemvor grinsend.

Dann endlich war auch die letzte Reihe an ihnen vorübergezogen. Der Schnee auf der Straße war von den Tieren zertreten worden, und als Kelemvor wieder auf den Weg zurückkehrte, versank er bis zu den Knöcheln im Morast.

Er fluchte, dann sagte er: „Wir brauchen Pferde."

„Das stimmt, aber wir haben keine", entgegnete Adon und folgte ihm zurück auf die Straße. „Hier draußen werden wir niemals

Pferde finden. Und wenn wir von unserer Route abweichen, werden wir uns höchstwahrscheinlich verlaufen."

In den fünf Tagen, die sie nun rigoros marschierten, waren sie nur einer einzigen kleinen Gruppe aus sechs verwegenen Kriegern begegnet. Auch wenn die freundlich genug gewesen waren, den dreien zu bestätigen, daß sie sich auf dem richtigen Weg zur Drachenspeerburg befanden, hatten sie sich jedoch beharrlich geweigert, ihnen auch nur ein Pferd abzutreten.

„Wenn wir in dem Tempo weitermachen, dann werden die Reiche schon ein ganzes Jahr tot sein, wenn wir die Drachenspeerburg erreichen", klagte Kelemvor, dessen Humor schlagartig wie weggewischt war.

„Da wäre ich nicht so sicher", entgegnete Adon. „Wir müssen schon ziemlich nahe sein. Vielleicht befindet sie sich schon hinter der nächsten Anhöhe da vorn." Der Kleriker war fest entschlossen, sich nicht von der plötzlichen schlechten Laune des Kämpfers anstecken zu lassen.

Kelemvor schnaubte und trat in den Schlamm, der in hohem Bogen über die Straße spritzte. „Nahe? Wir sind ja nicht mal auf annähernd hundertfünfzig Kilometer an die Burg herangekommen!"

Adon versteifte sich angesichts der bissigen Erwiderung. Auch wenn Mitternacht wieder bei ihnen war, sah sich der Kleriker nach wie vor als der Anführer der Gruppe. Es war keine Position, die ihm gefiel, doch Kelemvor hatte mehr Interesse daran gezeigt, sich mit Mitternacht zu beschäftigen, anstatt das Kommando zu übernehmen. Was die Magierin anging, schien sie sich damit zu begnügen, daß ein anderer sie anführte, auch wenn sie von Rechts wegen die Anführerin der Gruppe hätte sein sollen. Adon verstand nicht, warum sie vor ihrer Verantwortung zurückschreckte, vermutete aber, daß Kelemvor der Grund dafür war. Womöglich fürchtete sie, der Kämpfer würde keine Frau lieben können, die das Sagen hatte. Welchen Grund es auch geben mochte, blieb es Adon überlassen, die Gruppe zu führen. Er fühlte sich in dieser

Rolle äußerst unwohl, dennoch war er entschlossen, sein Bestes zu geben.

„Ich bin sicher, daß die Drachenspeerburg ganz nahe ist", sagte Adon und hoffte, Kelemvors Laune zu bessern. „Wir müssen einfach nur einen Fuß vor den anderen setzen."

„*Du* setzt vielleicht einen Fuß vor den anderen", fuhr Kelemvor ihn an, dann wandte er sich Mitternacht zu: „Du hast uns mit einer simplen Handbewegung von Eberfell fortgebracht, warum versuchst du das nicht noch mal?"

Mitternacht schüttelte den Kopf. „Ich habe schon daran gedacht. Aber es ist zu riskant, vor allem, da die Magie so aus den Fugen geraten ist. Ich habe das nur gemacht, weil wir andernfalls tot gewesen wären. Wir können von Glück reden, daß wir nicht in der Großen Wüste gelandet sind."

„Woher wissen wir, daß es uns nicht doch nach dort verschlagen hat?" murrte Kelemvor.

Mitternacht begab sich zum Rand der morastigen Straße und machte sich wieder auf den Weg. „Ich bin sicher", erwiderte sie.

Mitternacht war erleichtert gewesen, daß der Teleportationszauber funktioniert hatte, und das nicht nur, weil er ihnen das Leben gerettet hatte. Es war das erste Mal seit Hochhorn, daß ihre Magie so funktioniert hatte, wie sie sollte. Auf dem Gelben Schlangenpaß waren statt einer Feuerwand nur harmlose Rauchsäulen aufgestiegen, und an der Furt hatte sie die Seile eher zufällig mit Leben erfüllt. Sogar an der Eberfellbrücke hatte ihr erster Zauber grundlegend versagt und anstelle eines Blitzes eine Lichtkugel entstehen lassen.

Die Magierin hatte befürchtet, daß sie die Veränderung in ihrer Beziehung zur Magie falsch verstanden hatte. Als sie eine Beschwörung vorgenommen hatte, waren vor ihrem geistigen Auge nur Worte und Gesten aufgetaucht, niemals aber ein Hinweis auf die notwendige Zauberkomponente und deren Anwendungsweise. Zunächst hatte das Mitternacht irritiert, und sie war voller Sorge gewesen, sie könnte etwas falsch interpretiert haben. Doch bei keinem der Zauber, die sie gewirkt hatte, war irgendeine Komponente erforderlich gewesen. Die Magierin war schließlich zu der Überzeugung gelangt, daß kein Medium – unter anderem eben jene Zauberkomponente – für die Übertragung der mystischen Energie mehr notwendig war, weil sie direkt auf das magische Netz zugreifen konnte.

Der Horizont wirkte mit einem Mal sehr weit entfernt, dann wurde Mitternacht klar, daß sie die Kuppe des sanft ansteigenden Hügels erreicht hatten. Sie sah sich um und erkannte nun, daß die Anhöhe der bei weitem höchste Punkt ringsum war und einen guten Blick auf die vor ihnen liegende Landschaft ermöglichte.

Zwanzig Schritt hinter der Magierin versuchte Adon noch immer, Kelemvor anzufeuern. „Wer weiß, vielleicht sind wir von der Drachenspeerburg nur noch 15 Kilometer entfernt."

„Wenn du es genau wissen willst", unterbrach Mitternacht ihn, während sie die ausladende Ruine rechts des Weges betrachtete, „ist es nicht mal mehr so weit."

Adon und Kelemvor blickten auf, dann eilten sie zu ihr. Am Fuß der Hohen Bergheide gelegen, standen über drei Hügel ausgebreitet die zerfallenden Wände und eingestürzten Spitzen einer verlassenen Zitadelle. Aus der großen Entfernung war es schwierig zu sagen, wie groß die Burg war, doch nach dem ersten Eindruck zu urteilen, übertraf sie die Festung von Hochhorn.

„Was haben wir denn da?" fragte Kelemvor. Er sah die Straße entlang, doch weder Mitternacht noch Adon bemerkten das.

„Die Drachenspeerburg, was denn sonst?" erwiderte Adon. Er hätte zwar nicht gewußt, woher er eine Bestätigung für seine Worte hätte bekommen können, doch er war ziemlich sicher, daß es auf dem Weg nach Tiefwasser keine zweite Ruine gab, die derart groß war.

„Ich meine doch nicht die Burg", herrschte Kelemvor ihn an. Er zeigte die Straße entlang, wo in einer Entfernung von gut anderthalb Kilmetern zehn Karawanenlenker den Weg verlassen hatten. Sie befanden sich auf einer langsamen Flucht in Richtung der Burg, gefolgt von einem Dutzend träger Angreifer.

„Jemand hat es auf eine Karawane abgesehen", rief Mitternacht.

„Der Kampf spielt sich nicht sonderlich schnell ab", sagte Adon, der die beiden Gruppen beobachtete. „Vielleicht sind die Angreifer Untote."

„Da könntest du recht haben", meinte Kelemvor und sah den Kleriker an. „Und die Lenker bewegen sich so langsam, weil sie von der langen Verfolgungsjagd vermutlich erschöpft sind." Der Blick des Kriegers verriet sein Verlangen, sich in den Kampf einzumischen.

Adon verfluchte stumm seinen Gefährten. Das Trio konnte natürlich ohne Mühe ein oder zwei Untote schlagen, doch es war ein Dutzend Kreaturen, das die Karawane attackierte. Nicht einmal mit Mitternachts Magie konnten sie so viele Geschöpfe niederringen. Er wünschte, Kelemvor würde den Wert ihres eigenen Lebens bedenken, so wie es praktisch jeder machte. Doch der Kämpfer war längst kein gewöhnlicher Mann mehr, vorausgesetzt, er war das überhaupt jemals gewesen. Ein gewöhnlicher Mann würde nicht darauf drängen, Einlaß ins Reich der Toten zu erlangen, und er hätte sich auch nicht zu einer Mission bereiterklärt, die eine solche Reise erforderlich machte.

„Wir können uns nicht einmischen", sagte Adon wohlüberlegt und tat so, als würde er lediglich laut denken. „Wenn wir umkommen, werden die Reiche untergehen."

Adon vermutete, daß Mitternacht sich nicht auf eine Karawane einlassen würde, wenn er dagegen war. Doch Kelemvor würde jeden Befehl ignorieren, die Lenker sich selbst zu überlassen. Deshalb wollte der Kleriker, daß der Kämpfer die Entscheidung aus eigenem Antrieb traf. Außerdem wollte Adon nicht allein die Verantwortung auf sich nehmen, wenn sie die Karawane ihrem Schicksal überließen.

Mitternacht betrachtete die Szene, die sich vor ihnen abspielte, und wog Adons Worte gegen ihren Wunsch zu helfen ab. Wenn sie die Lenker im Stich ließen, würde sie sich für alle Zeit schuldig fühlen. Doch die Magierin war sich auch der Tatsache bewußt, daß jede Hilfe eine Gefahr für die Tafel bedeutete.

„Wir können nicht eingreifen", sagte sie, während sie sich abwandte. „Es steht zuviel auf dem Spiel."

Adon atmete erleichtert aus.

„Ich kann nicht für euch sprechen", grollte Kelemvor und betrachtete mürrisch seine Gefährten. „Aber ich kann Unschuldige nicht ihrem Tod überlassen. Das habe ich viel zu oft ..."

„Denk mit deinem Kopf, nicht mit deinem Herzen, Kel", sagte Mitternacht mit überraschend sanfter Stimme. „Wenn selbst die Götter gegen uns sind, können wir nicht..."

„Aber sie werden sterben", warf Kelemvor ein und zog seinen Arm von ihr fort. „Wenn du das zuläßt, bist du nicht besser als Cyric."

Nichts konnte die Magierin mehr reizen als ein Vergleich mit dem Dieb. „Mach, was du willst", fuhr sie ihn an. „Aber mach es ohne mich!"

Mitternachts wütende Entgegnung verärgerte Kelemvor, doch das konnte ihn nicht davon abhalten, in den Kampf einzugreifen. Er hatte noch kein Dutzend Schritte zurückgelegt, da rief Adon: „Warte!"

Der Kleriker konnte nicht zulassen, daß die Gruppe ein weiteres Mal gespalten wurde. Ganz gleich, welchen Gefahren noch vor ihnen lagen, hatten sie ein bessere Überlebenschance, wenn sie sich ihnen gemeinsam stellten. „Wir können die Untoten nicht in die Burg vordringen lassen, sonst werden wir vom Reich der Toten abgeschnitten."

„Stimmt", murmelte Mitternacht mürrisch. Sie wußte nicht, ob sie verärgert darüber sein sollte, daß Kelemvor Adon gezwungen hatte, seine Meinung zu ändern, oder ob sie sich freuen sollte, daß der Kleriker einen Weg gefunden hatte, um ein Eingreifen zugunsten der Karawane zu rechtfertigen.

„So langsam, wie dieser Kampf vonstatten geht, können wir die Burg noch vor den Untoten erreichen." Adon seufzte. „Vielleicht ist der innere Wall noch in einem Zustand, um zur Verteidigung zu dienen."

„Wenn das der Fall ist", sagte Kelemvor, „dann lassen wir die Lenker herein und halten die Untoten draußen. Damit bekommt die Karawane die besten Chancen..."

„Wir auch", stimmte Mitternacht ihm zu. Es gefiel ihr nicht, in das Kampfgeschehen einzugreifen, doch zumindest war Kelemvor bereit, kein unnötigen Risiko einzugehen. „Wenn wir schon eingreifen wollen, sollten wir uns aber besser beeilen." Die drei Gefährten machten sich mit schnellen Schritten auf den Weg zur Burg.

Zehn Minuten hinter ihnen näherte sich ein einsamer Reiter der Bergkuppe. Nachdem seine einstigen Freunde ihn zurückgelassen hatten, war Cyric an den Wegesrand gekrochen, wo er – von der Energie des Schwertes gespeist – in einen tieferen Schlaf gefallen war, als er es je für möglich gehalten hätte. Es war kein friedlicher Schlaf gewesen, denn er war vom Gestank des Todes und von den Schreien der Verfluchten heimgesucht worden, doch er hatte sich bemerkenswert erholen können.

Nach einem Marsch von zwei Tagen war er dann auf die sechs Reiter gestoßen, denen schon Mitternacht und ihre Gefährten begegnet waren. Der Dieb erzählte den Reitern eine ausgeklügelte Geschichte, wie er von dem Trio ausgeraubt und dem Tod überlassen worden war. Die Reiter berichteten ihm mitfühlend, daß die Schurken auf dem Weg vor ihm unterwegs waren. Trotz seiner durchdachten Geschichte weigerten sie sich, Cyric eines ihrer Pferde zu überlassen. Statt dessen boten sie ihm an, ihn bis zum nächsten Stall mitzunehmen. Noch in der gleichen Nacht tötete er sie alle sechs – fünf von ihnen im Schlaf. Dann nahm er sich ein Pferd, einen Bogen sowie einen Köcher voller Pfeile und ritt in Richtung Norden, um Mitternacht und ihre Begleiter zu verfolgen.

Als Cyric nun die Bergkuppe erreicht, wurde ihm klar, daß er seine Feinde gerade im richtigen Moment eingeholt hatte. Die Drachenspeerburg war rechts der Straße gelegen und Mitternacht und die anderen begaben sich soeben hinter die äußere Mauer. Der Dieb sah die Karawane, die sich auf das Tor zu bewegte, gefolgt von ungelenken Angreifern. Cyric erkannte, daß ein Gefecht unmittelbar bevorstand, spannte den gestohlenen Bogen und trieb sein Pferd an. Er wollte nicht die Gelegenheit verpassen, seinen alten Freunden ein paar Pfeile in den Rücken zu schießen.

Am äußeren Wall der Drachenspeerburg hatte Mitternacht schon fast alle Hoffnung aufgegeben, das zerfallene Gemäuer verteidigen zu können. Die äußere Mauer wies so viele Löcher auf, daß man schon eine Armee benötigte, um sie zu verteidigen. Doch zum Glück war die innere Mauer in einem besseren Zustand. Alle vier Türme standen noch, und die Mauern waren mehr oder weniger intakt. Das innere Tor hing schräg in den Angeln, sah aber so aus, als könnte man es immer noch schließen.

Nach einer raschen Inspektion erklärte Kelemvor: „Die innere Mauer können wir verteidigen. Mitternacht, geh du zum südwestlichen Turm und gib uns Bescheid, sobald die Karawane die äußere Mauer erreicht hat." Der Krieger begab sich hinter das innere Tor und begutachtete die Scharniere. „Adon und ich werden das hier schließen, wenn die Zeit gekommen ist."

Mitternacht stieg schnell auf die Mauer und eilte zum Turm im Südwesten. Bei ihm handelte es sich um den höchsten und sichersten der noch verbliebenen Türme der Drachenspeerburg. Eine Wendeltreppe verlief entlang der Mauer, die zum Hof gerichtet war, und in die Räume konnte man nur über diese Treppe gelangen, die selbst über lediglich zwei Zugänge verfügte – einen vom Hof aus und einen von der Mauer aus. Vor langer Zeit hatte man jeden dieser Eingänge sicher verschließen können, sollte die Mauer überwunden oder der Hof gestürmt werden, doch die Türen waren schon vor langem aus den Scharnieren gerissen worden.

Mitternacht betrat das Treppenhaus und eilte hinauf in den obersten Raum des Turms. Der hatte einst als eine Art Büro für jemand Bedeutendes gedient, vielleicht für den Haushalter oder den Verwalter. Ein schwerer, von der Zeit gezeichneter Schreibtisch stand nahe der Tür, an zwei Wänden hingen die Überreste von Teppichen, die verschossen und von Motten zerfressen waren. In der Mitte des Raums hing ein rostiger Leuchter an der

Decke, in drei der Halter steckten noch immer die Stümpfe alter, vergilbter Kerzen. Damit die Kerzen mühelos angezündet werden konnten, war der Leuchter an einem rußigen Seil befestigt, das durch ein System von Rollen lief und an einem Haken an der Wand festgemacht war.

Der Raum verfügte über zwei kleine Fenster. Von dem einen aus konnte Mitternacht den äußeren Wall überschauen und das Wegstück zwischen dem äußeren und dem inneren Tor sehen. Das andere Fenster erlaubte einen Blick auf den inneren Wall sowie das innere Tor.

Kelemvor und Adon hatten einen langen Stamm aufgetrieben, den sie dazu benutzten, das Tor zu schließen. Mitternacht konnte sehen, daß trotz allem eine Lücke zwischen Tor und Mauer klaffen würde, doch sie fühlte sich so sicherer. Das Tor würde auf jeden Fall helfen, um den inneren Wall zu verteidigen.

Trotz eines deutlich gesteigerten Gefühls der Sicherheit ärgerte sich Mitternacht, daß Kelemvor sie in diesen Konflikt hineingezogen hatte. Um seine Tugendhaftigkeit als Krieger zu befriedigen, setzte er das Leben aller drei aufs Spiel – und dazu auch das Schicksal der Welt. Dennoch war Mitternacht davon nicht überrascht. Der Kämpfer war schon immer ein kurzsichtiger und starrköpfiger Mann gewesen, daran hatte sich auch nichts geändert, als Tyrannos ihn von seinem Fluch befreit hatte. Der einzige Unterschied war der, daß er nun nicht mehr für den kleinsten Gefallen eine Bezahlung verlangte, sondern darauf beharrte, jedwede Ungerechtigkeit aus der Welt zu schaffen, die ihm unter die Augen kam.

Doch auch wenn es frustrierend und unpraktisch war, glaubte Mitternacht, mit Kelemvors Starrsinn leben zu können, allerdings erst, nachdem die Tafeln wieder zurück in den Ebenen waren. Bis dahin würde sie nicht länger zulassen, daß ihre Gefühle ihrer Pflicht im Weg standen, selbst wenn das bedeutete, daß sie zu ihrem Geliebten auf Distanz gehen mußte.

In diesem Moment war es Mitternachts Pflicht, sicherzustellen, daß ihre Freunde nicht von der eintreffenden Karawane überrascht würden. Solange sie aber Kelemvor und Adon beobachtete, kam sie dieser Pflicht nicht nach. Die Magierin stellte sich an das andere Fenster.

Nach einer Viertelstunde erreichte der erste Karawanenlenker das äußere Tor und trieb seine vier verängstigten Lastpferde zur Eile an. Von seinen untoten Verfolgern konnte Mitternacht keine Spur entdecken, was sie aber auch nicht erwartet hatte. Zombies waren langsam, und es war leicht, sie weit hinter sich zu lassen – jedenfalls für den Augenblick. Das wahre Problem lag darin, daß sie unerbittliche Verfolger waren und ihre Beute irgendwann zu erschöpft war, um weiter zu fliehen.

Mitternacht kehrte an das erste Fenster zurück. „Sie sind an der äußeren Mauer!" rief sie.

Adon und Kelemvor hatten soeben die schweren Flügel des Tores geschlossen und zogen ihre Waffen. Sie stellten sich zu beiden Seiten der verbliebenen Lücke auf. In seiner Phantasie konnte sich Kelemvor bereits vorstellen, wie die Lenker ihm ihre Dankbarkeit bekundeten.

Adon dagegen dachte überhaupt nicht an die Lenker. Die Satteltaschen mit der Tafel hingen über seine Schulter, doch er wünschte sich, er hätte die Artefakte Mitternacht gegeben, damit sie sie sicher verwahren konnte. Neben der Gefahr, daß sie ihm gestohlen werden konnten, würden die Satteltaschen während des Kampfs nur im Weg sein. Bedauerlicherweise war es jetzt zu spät, um daran noch etwas zu ändern.

Mitternacht begab sich wieder an das nach vorne gelegene Fenster. Die zehn Karawanenlenker warteten vor dem äußeren Tor und spähten hindurch, als fürchteten sie sich vor dem Inneren der Drachenspeerburg mehr als vor ihren Verfolgern. Es handelte sich bei ihnen um eine merkwürdige Truppe, die gestreifte Umhänge mit großen Kapuzen trugen, unter denen ihre Gesichter völlig verborgen blieben.

Mitternacht wunderte sich, daß sie es scheinbar gar nicht eilig hatten. Die Untoten konnten nicht so weit hinter ihnen zurückgefallen sein, als daß sie Zeit vergeuden konnten.

„Ihr da in der Karawane! Begebt euch in die Feste!" rief sie ihnen schließlich zu.

Ohne große Eile setzten sich die Lenker in Bewegung. Die vordere Hälfte der Karawane hatte es durch das innere Tor geschafft, als der erste Untote durch ein Loch in der äußeren Mauer kletterte. Der Zombie trug den gleichen gestreiften Umhang wie die Lenker, jedoch war seine Kapuze heruntergezogen und ließ einen strohigen Zopf schwarzen Haars, Augen ohne einen Funken Leben und teigig graue Haut erkennen.

Mitternacht vermutete, daß irgendein schreckliches Wesen die Karawane überfallen, die Hälfte oder mehr ihrer Reisenden getötet und die Leichen gegen ihre Kameraden geschickt haben mußte. Vier weitere Untote drangen in den äußeren Wall vor und folgten unbeirrt der Karawane, deren Lenker keinen Blick nach hinten richteten, sondern sich völlig darauf konzentrierten, ihre Pferde in Richtung des inneren Tores zu lenken.

Unten an der Mauer waren Adon und Kelemvor damit befaßt, das Tor ein wenig zu öffnen, damit die Lenker mit ihren Pferden genug Platz hatten. Die Zombies folgten so langsam, daß Kelemvor sicher war, die Tore noch in aller Ruhe schließen zu können, nachdem die Lenker in Sicherheit waren.

Vom Turmfenster aus beobachtete Mitternacht, wie auch der letzte der Zombies durch die äußere Mauer stieg. Etwas an dieser Verfolgung erschien ihr merkwürdig. Es war alles viel zu langsam und zu gelassen abgelaufen. Auch gefiel ihr nicht, wie die Lenker auf ihr Hilfsangebot reagiert hatten – ohne ein bestätigendes Wort und ohne ein Dankeschön.

Als der erste Lenker das Tor erreichte, stieg Kelemvor ein erstickender Gestank von Tod und Zerfall in die Nase. Einen Moment lang irritierte ihn dieser Gestank, weil die Untoten noch viel zu weit entfernt waren, als daß er sie hätte riechen können. Als ihm dann bewußt wurde, wie gemächlich sich die Karawane bewegte, begann der Krieger zu vermuten, daß die Lenker nicht das waren, was sie vorgaben.

„Mach das Tor zu!" brüllte er Adon zu und packte den Stamm, den sie zuvor benutzt hatten, um das Tor in seine gegenwärtige Position zu bringen.

„Was ist los?" entgegnete der Kleriker verwirrt. So wie Kelemvor hatte er auch einen üblen Gestank wahrgenommen, doch er war davon ausgegangen, daß es an ihren Pferden oder ihrer Last lag.

Der Kämpfer fluchte und drückte dem Kleriker ein Ende des Stamms in die Hand. „Es sind Zombies! Alle! Jetzt mach das Tor zu!"

Adon begann zu verstehen, nahm den Stamm und brachte es unter dem Tor in Position.

Doch es war bereits zu spät. Der erste Zombie drängte durch die Lücke. Unter der gestreiften Kapuze sah Adon ein aufgedunsenes, lebloses Gesicht. Die dünnen Lippen des Dings waren zu einem grotesken Grinsen nach hinten gezogen und ließen eine Reihe abgebrochener gelber Zähne erkennen.

Das Ding hob einen Arm und schlug nach dem Kleriker.

Adon tauchte weg und griff nach seiner Keule, mußte dafür aber den Stamm loslassen. Einen Moment lang wünschte sich der Kleriker, noch immer in Sunes Gnade zu stehen und damit in der Lage zu sein, Untote abzuwehren. Dieser Wunsch wurde um so deutlicher, als zwei weitere Lenker durch die Lücke eindrangen.

Kelemvor packte sein Schwert und schlug nach dem Hals des ersten Zombies. Der Kopf wurde sauber abgetrennt, doch der Rumpf blieb aufrecht stehen und begann, wild um sich zu schlagen. Dann griffen die nächsten beiden Zombies an und konzentrierten sich auf Adon. Einer landete einen kräftigen Schlag in die Rippen des Klerikers, der andere ohrfeigte ihn so heftig, daß ihm der Kopf dröhnte.

„Lauf los!" schrie Kelemvor, der einem Zombie einen Arm abschlug und dann einen Schritt zurückwich.

Adon wollte gehorchen, stolperte aber über den Stamm und stürzte beinahe. Er holte mit der Keule aus und schlug nach dem Zombie, der ihm am nächsten stand. Knochen wurden zerschmettert, als bei dem Aufprall die Schläfe in den Schädel gedrückt wurde. Der Untote hielt sich aber unbeirrt auf den Beinen. Zwei weitere Lenker traten vor, einer auf jeder Seite des Klerikers.

Mitternacht hörte mehrere dumpfe Schläge, als die Waffen ihrer Freunde die Zombies trafen, und rannte zu dem Fenster, von dem aus sie die innere Mauer überschauen konnte. Sie sah, wie Kelemvor auf drei der Untoten einschlug, die Adon umstellt hatte. Zwei weitere Lenker drängten durch das Tor, und die Magierin wußte, daß sich noch viele mehr der Burg näherten.

Kelemvor holte aus und riß einem Lenker die Kapuze herunter. Dessen Augen waren matt und leblos, die Haut teigig und grau. Der Kämpfer schlug abermals zu, woraufhin der Untote einen Arm einbüßte, aber sofort zum Gegenangriff überging.

Mitternacht wußte, daß ihre Bedenken gerechtfertigt gewesen waren: Adon und Kelemvor waren so gut wie tot, die Tafel war praktisch verloren, wenn sie nicht alle drei herausholen konnte. Die Magierin mußte an den schweren Deckenleuchter denken und ging zur Wand, um das Seil zu lösen. Der Leuchter krachte zu Boden, und sie machte sich daran, das Seil abzuschneiden und aufzurollen.

Unten im Hof war Adon sicher, daß er verloren war. Der Kleriker war von drei Zombies umgeben, gegen die seine Keule nichts auszurichten vermochte. Jedenfalls machten ihnen die Treffer nichts aus, die er ihnen zufügte. Mit jeder Sekunde drängten mehr Untote auf den Hof vor. Er zerschmetterte einem der Lenker die Rippen, er konnte sogar hören, wie sie zerbrachen, doch dann zuckte er zurück, als der Zombie mit vier widerwärtigen Fingern nach seinem Gesicht griff.

Links von Adon traf Kelemvors Schwert sein Ziel und köpfte einen Untoten, was für einen Moment dafür sorgte, daß niemand zwischen den beiden Gefährten stand. Adon nutzte die Gelegenheit, um die Tafel an Kelemvor abzugeben.

Die Satteltaschen trafen den Kämpfer an der Schulter und wickelten sich um seinen linken Arm. Darauf bedacht, das Artefakt an sich zu nehmen, wandten sich die Zombies der Tafel zu und ließen von dem Kleriker ab. Adon und Kelemvor wußten nichts davor, daß Bhaal vor seiner Vernichtung Myrkul noch hatte wissen lassen, wo Mitternacht die Tafel aufbewahrte. Dementsprechend hatte der Gott der Toten die Zombies angewiesen, alle Satteltaschen an sich zu nehmen, die die drei Helden mit sich führten.

Auch wenn Adon nicht wußte, woher die Zombies ihre Informationen hatten, wurde ihm fast sofort klar, daß sie es auf die Tafel abgesehen hatten und wußten, wo sie sich befand. „Lauf los!" rief er Kelemvor zu, während er gleichzeitig nach vorn trat und einem der Leichname den Schädel zerschlug. „Verschwinde von hier!"

Kelemvor glaubte, sein Freund zeige sich lediglich von der noblen Seite, und rief: „Nein!" Im nächsten Moment fraß sich seine Klinge durch einen der Zombies.

Das Ding ging nicht zu Boden, statt dessen gesellten sich noch zwei weitere seiner Art dazu. Alle drei Untoten schlugen nach dem Krieger, der keine andere Wahl hatte, als nach hinten auszuweichen. Er hatte noch immer nicht bemerkt, daß Adon längst nicht mehr angegriffen wurde, und fuhr fort: „Ich habe dich hier reingezogen, ich hole dich hier auch wieder raus!"

„Das bezweifle ich", brüllte Mitternacht. Sie stand auf der Mauer hinter Kelemvor, das hastig aufgerollte Seil in der Hand. Die Magierin ließ ein Ende des Seils in den Hof herab, das andere zog sie um die nächste Zinne und begann, es festzuzurren.

Kelemvor schlug nach einem Bein und jagte seine Klinge tief in das Knie eines Angreifers. Der Zombie drängte weiter vor, ohne von der Wunde Notiz zu nehmen, die jeden lebendigen Mann sofort zu Fall gebracht hätte. Die beiden anderen Angreifer konnten schmerzhafte Treffer gegen seine Rippen landen, des weiteren kamen zwei weitere Untote hinzu und begannen, nach ihm zu schlagen. Der Krieger wich wieder ein paar Schritte zurück, bis er mit dem Rücken gegen die Wand stand.

Adon hatte gesehen, was Mitternacht vorhatte, und erkannte, daß er nur wenig tun konnte, um Kelemvor zu helfen, also schrie er: „Pack das Seil, Kel! Ich bin in Sicherheit!" Mit diesen Worten wandte er sich ab und rannte zur nächsten Treppe.

Mitternacht hatte ihren Knoten gerade fertiggestellt und kehrte zum Rand der Mauer zurück. Das Seil endete gut zweieinhalb Meter über dem Boden, also in Kelemvors Reichweite. Der Krieger war jedoch so sehr damit beschäftigt, die Zombies abzuwehren, daß er nicht zu klettern beginnen konnte.

Die Magierin begann statt dessen, sich am Seil nach unten zu lassen. Unmittelbar vor seinem Ende stoppte sie. Mitternacht wußte, daß sie nicht kräftig genug war, um den Krieger hochzuziehen, doch sie hoffte, daß er mit ihrer Hilfe das Seil packen konnte, um so schnell wie möglich den Zombies zu entkommen. „Kel, gib mir deine Hand!" rief sie.

Der Krieger blickte auf und sah Mitternachts ausgestreckte Hand, als die Zombies mehrere Treffer landeten. Er holte erzürnt mit seinem Schwert aus und sorgte damit für etwas Raum. Dann nahm er die Satteltaschen und drückte sie Mitternacht in die Hand.

„Nimm schon!" brüllte er.

Zunächst wollte Mitternacht nicht gehorchen. Doch dann richteten die Zombies ihre Aufmerksamkeit auf die Magierin und ignorierten den Kämpfer völlig. Sie nahm die Satteltaschen an sich, legte sie sich über die Schulter und kletterte wieder nach oben. Der Krieger blieb unterdessen unten stehen und schlug weiter auf die Untoten ein.

Sekunden später hatte es auch Adon auf die Mauer geschafft und half Mitternacht nach oben. Als sie neben Adon stand, drehte sie sich um und rief: „Ich bin in Sicherheit, Kel! Komm schon!"

Sofort steckte der Krieger sein Schwert weg und ignorierte die Zombies, griff nach dem Seil und kletterte so schnell er konnte nach oben, wo Mitternacht das Seil in dem Moment durchtrennte, als auch er in Sicherheit war. „Folgt mir!" sagte sie.

Sie führte sie zurück zum Turm und stürmte durch die erste Tür, die sich auf ihrem Weg befand. Auch wenn in diesem Raum weder der eiserner Deckenleuchter hing und hier auch kein alter

Schreibtisch stand, war er dem sehr ähnlich, aus dem sie das Seil mitgenommen hatte.

Als sie alle in dem Zimmer waren, fragte Adon: „Und jetzt?"

„Wir müssen uns einen Plan ausdenken", erwiderte Mitternacht und steckte ihren Dolch weg. „Und das sollten wir machen, bevor die Zombies einen Weg finden, wie sie hier hinaufgelangen können."

Kelemvor ging zum Fenster und sah, wie die Untoten an der inneren Mauer umherirrten. „Es tut mir leid, daß ich euch in diese Sache hineingezogen habe", sagte er. „Ich dachte nur ... ach, verdammt, ich habe überhaupt nicht gedacht."

„Du mußt dir nicht die Schuld geben", erwiderte Adon und packte die Schulter des Kämpfers. „Diese Zombies hätten uns so oder so angegriffen. Jemand hat sie geschickt, damit sie die Tafel holen."

„Das war Myrkul", seufzte Mitternacht. „Ich sagte euch ja, daß er und Bhaal gemeinsame Sache gemacht haben. Vermutlich hat er versucht, mit Bhaal Kontakt aufzunehmen und herausgefunden, daß ich mit der Tafel entkommen bin."

„Ob Myrkul sie geschickt hat oder nicht", brummte Kelemvor. „Mich sollte man bei lebendigem Leib häuten und rösten." Er nahm Adon die Satteltaschen ab und holte die Tafel heraus. „Vielleicht kann ich sie dazu bringen, mir zu folgen."

Der narbengesichtige Kleriker steckte die Tafel zurück in die Satteltasche. „Nein, Kel. Wir haben eine bessere Überlebenschance, wenn wir zusammenbleiben." Adon hatte die Tafel ganz bewußt Kelemvor gegeben, weil er glaubte, daß sie bei ihm am besten aufgehoben war, wenn es zur nächsten Schlacht kam. Schließlich war er der beste Kämpfer von ihnen.

Kelemvor runzelte die Stirn und legte sich die Satteltaschen über die Schulter, als Adon sie nicht wieder an sich nehmen wollte.

Adon spürte, in welcher Stimmung sich der Kämpfer befand, und so sagte er: „Es ist besser, daß es so gekommen ist. Anderenfalls hätten uns die Zombies völlig unerwartet angegriffen."

„Adon hat recht", fügte Mitternacht an und berührte Kelemvors Arm. Sie hatten nichts davon, wenn sich der Krieger Vorwürfe machte, und Mitternacht wollte ihn auch nicht so erleben. „Wollen wir doch mal sehen, ob wir den Eingang ins Reich der Toten finden können. Immerhin wollten wir so oder so hier herkommen."

„Wo sollen wir anfangen?" fragte Kelemvor und spähte aus dem Fenster. Zu seinem Schrecken sah er, daß viele der Untoten die Treppen erreicht hatten und auf die Mauer gelangt waren – und schlimmer noch: sie waren auf dem Weg zum Turm.

Der Kämpfer trat vom Fenster zurück und sagte: „Wir verschwinden wohl besser von hier ..."

Ein lautes Scheppern ließ die drei Gefährten zusammenfahren. Mitternacht packte Kelemvor am Arm und zog ihn vom Fenster zurück, dann zeigte sie auf einen Pfeil, der auf dem Boden lag. An der gegenüberliegenden Steinwand zeugte ein frischer Kratzer von der Stelle, an der der Pfeil getroffen hatte. Kelemvor hob ihn auf und wunderte sich: „Zombies benutzen Pfeil und Bogen nicht. Wo kommt der her?"

„Darum können wir uns später kümmern", sagte Adon, der fürchtete, daß die Zombies nur ein Teil der Falle waren. „Wir müssen hier raus!" Er eilte auf der Treppe voran nach unten.

Sie gingen auf der Wendeltreppe an drei Räumen vorbei und hielten erst an, als sie das Parterre erreicht hatten. Hier nahmen sich die Helden einen Moment Zeit, um in den Raum zu sehen, der zu ebener Erde lag. Dessen einzige Tür war die, in der sie gerade standen.

„Wir gehen besser nach unten in den Keller", meinte Adon hektisch und setzte seinen Weg die dunkle Treppe hinunter fort.

„Warte! Wir sitzen dort in der Falle!" gab Kelemvor zu Bedenken.

„Wir sitzen ohnehin schon in der Falle!" erwiderte Mitternacht und folgte dem Kleriker.

„Außerdem werden die Zombies wahrscheinlich erst mal nach oben gehen, da sie dich und Mitternacht auf der Mauer gesehen haben", fügte Adon an. „Vielleicht können wir uns nach draußen schleichen, wenn sie auf dem Weg nach oben sind."

Kelemvor nickte und ließ Adon in das düstere und feuchte Kellergeschoß vorangehen. Das gedämpfte Plätschern von fließendem Wasser wurde von den Wänden zurückgeworfen, auch wenn keiner von ihnen die Quelle dieses Geräuschs ausmachen konnte. In der Mitte der zum Innenhof gerichteten Wand befand sich weit oben ein kleines Fenster, das sich auf ebenerdiger Höhe zur inneren Mauer hin öffnete. Durch diese Öffnung fiel das wenige Licht, das diesem Raum vergönnt war.

Adon spielte kurz mit dem Gedanken, durch dieses Fenster zu fliehen, verwarf diese Idee aber sofort wieder. Die Öffnung war groß genug, um für Luftzirkulation und Licht zu sorgen, doch weder Kelemvors noch Mitternachts Schultern hätten hindurchgepaßt.

In dem Raum befand sich nur vermoderter Unrat: Säcke mit verdorbenem Getreide und Fässer mit umgekipptem Wein – offenbar zurückgelassen von Reisenden, die den Turm vorübergehend als Unterkunft benutzt hatten –, leere, verrottende Fässer und ein verschimmeltes Seil, das an einen von Würmern angefressenen Eimer angebunden war. Der Holzboden des Raums war vermodert und aufgequollen.

Während Adon und Kelemvor darauf horchten, ob die Zombies die Treppe herunterkamen, erkundete Mitternacht den Raum und brach hier und da mit ihrem Dolch Holzstücke heraus.

Nach fünf Minuten schüttelte Adon den Kopf und fluchte. „Die Untoten machen nicht das, was wir erhofft hatten, Mitternacht. Die, die im Hof umhergelaufen sind, befinden sich noch immer dort." Der Kleriker machte eine Pause und sah Kelemvor an. „Wir sitzen in der Falle."

„Ich gehe voran", brummte der Kämpfer. „Vielleicht können wir uns den Weg freikämpfen."

„Noch nicht", sagte Mitternacht, die sich noch immer über den Boden wunderte. In den anderen Räumen des Turms war der Boden nicht verrottet, und sie konnte nicht verstehen, warum das hier anders war. Dann kam ihr wieder der Eimer mit dem Seil in den Sinn, eine Kombination, die normalerweise bei Brunnen verwendet wurde. Sie begab sich zur Mitte des Raums. „Kel, nimm dein Schwert und versuch, eine dieser Holzbohlen anzuheben. Schnell!"

Auch wenn er irritiert war, machte der Kämpfer, worum sie ihn gebeten hatte. Ein Bereich des Bodens, der gut einen Meter zum Quadrat groß war, ließ sich anheben. Das gedämpfte Plätschern veränderte sich im gleichen Moment zu einem leisen Rauschen.

„Was ist das?" fragte Kelemvor.

„Ein unterirdischer Flußlauf", erwiderte Mitternacht und kniete neben dem Krieger nieder. „Das ist eine Wasserversorgung für Notfälle, wenn die Burg belagert wird."

Adon lächelte und zeigte in das Loch. „Dahin werden die Zombies uns nicht folgen."

„Vorausgesetzt, wir sind mutig genug, um dorthin voranzugehen." Kelemvor steckte den Kopf in die Öffnung und spähte in die Finsternis.

„Was siehst du?" fragte Mitternacht.

„Eine Höhle", murmelte er. „Aber es ist zu dunkel. Ich kann den Grund nicht sehen." Er hob wieder den Kopf.

Mitternacht kniete neben ihren Freunden und betrachtete das Loch. Sie konnte nur Finsternis dort sehen, doch nach dem Geräusch zu urteilen, mußte unter dem Turm ein recht großer Strom fließen.

Kelemvor nahm das Seil, an dem der Eimer angebunden war. „Ich schätze, wir werden diesem Ding vertrauen müssen." Er band ein Ende des Seils um einen Deckenträger, dann packte er es und kletterte ein kleines Stück hinauf, um zu testen, ob der Knoten fest genug war.

Adon setzte eine finstere Miene auf. „Vielleicht wäre es ratsamer, nach einem anderen ..."

Im Raum wurde es geringfügig dunkler, als blocke etwas das Licht ab. Ohne seinen Satz zu beenden, drehte sich Adon zum

Fenster um und sah die Gestalt eines Mannes, der davor kniete. Er hatte eine allzu vertraute Hakennase.

„Vorsicht!" schrie Adon, dem klar wurde, daß er Cyric als einziger sah. Der Kleriker machte einen Satz auf Kelemvor zu und riß ihn zu Boden.

Mitternacht drehte sich um, etwas zischte an ihrem Ohr vorbei und traf Adon mit einem dumpfen Geräusch. Der Kleriker stöhnte laut auf und fiel neben ihr auf die Knie.

„Was ist? Stimmt etwas nicht?" fragte Mitternacht.

Adon antwortete nicht. Er verdrehte seine Augen und kippte nach vorn auf die Öffnung zu. Mitternacht beugte sich vor und griff nach seiner Schulter, bekam aber einen Pfeil zu fassen, der zwischen seinen Rippen steckte. Der brach im nächsten Moment ab, und damit entglitt der Kleriker dem Griff der Magierin. Augenblicke später hörte sie tief unter sich ein lautes Platschen. Adon war in den unterirdischen Fluß gestürzt.

„Adon!" sagte sie atemlos, unfähig, zu verstehen, warum sie ihrer blutverschmierten Hand einen abgebrochenen Pfeil hielt.

Kelemvor verstand dagegen sehr gut. Er starrte Cyric an, der den nächsten Pfeil anlegte. „Ich bringe dich um!" brüllte der Kämpfer und stach mit seinem Schwert durch das Fenster nach draußen.

„Du hast deine Chance verpaßt", erwiderte der Dieb und wich mühelos vor dem Schwert zurück. „Aber du solltest wissen, daß ich eben auf dich gezielt habe. Dieser verrückte Kleriker ist mir in die Schußbahn gesprungen."

„Aber *ich* habe meine Chance noch nicht verpaßt", zischte Mitternacht und wandte sich dem Fenster zu. Beim Klang von Cyrics Stimme war ihr Herz zu Eis erstarrt, und das hatte sie auf die perfekte Methode gebracht, um ihn zu töten. Die Beschwörung für einen Eiskegel entstand vor dem geistigen Auge der Magierin. Sie zeigte mit dem Finger auf das Fenster und ließ ihrer Magie freien Lauf.

Cyric warf sich zu Boden und rollte zur Seite weg, da er mit irgendeinem abscheulichen magischen Tod rechnete. Statt dessen barst eine Woge aus schwarzem Frost aus dem Fenster hervor. Während sich der Dieb auf dem Boden krümmte, zog sich der Frost zu einer schwarzen Kugel zusammen und schoß an ihm vorbei. Er prallte von einer Mauer der Feste an die andere, die Steine wurden mit Reif und Eiszapfen überzogen, dann zerfielen sie zu Staub. Schließlich flog die Kugel in hohem Bogen über eine Mauer und bewegte sich in Richtung der Hohen Bergheide, wobei sie eine Spur eisiger Zerstörung nach sich zog.

Der Dieb atmete erleichtert auf, während er sich weiter von dem Fenster entfernte. Jetzt, da Kelemvor und Mitternacht wußten, daß er sie verfolgte, würde es wesentlich schwieriger werden, sie zu töten.

Nachdem er gesehen hatte, wie Mitternachts Zauber nicht den gewünschten Effekt gezeigt hatte, spähte Kelemvor vorsichtig aus dem Fenster. Von Cyric war nichts zu sehen. „Du hast ihn verfehlt", berichtete er, war aber von Adons plötzlichem Tod noch wie benommen, als daß er wirklich hätte reagieren können.

Die Magierin reagierte nicht. Sie lag zusammengerollt auf dem Boden, schnappte nach Luft und war schweißgebadet. Ihr Körper schmerzte von Kopf bis Fuß, und ihr war so, als würde allein ihre Willenskraft dafür sorgen, daß ihr Geist nicht den Körper verließ. Sie erinnerte sich an Bhaals Warnung, sie würde sich selbst verbrennen, wenn sie nicht lernte, wie sie mit Mystras Magie umzugehen hatte.

Das war genau das, was sie glaubte, getan zu haben. Jeder Zauber zehrte an den Kräften eines Magiers, und ein Teil der Ausbildung bestand darin, die Toleranz des Körpers für magische Energien zu erhöhen. Doch Mitternacht, die erst seit kurzem die Fähigkeit besaß, unerschöpfliche Magie einzusetzen, besaß noch nicht die Ausdauer, um solchen Energien standhalten zu können. Theoretisch konnte sie mit ihrer Magie alles bewirken, was sie wollte, doch sie begriff nun, daß ein solches Unterfangen sie zu einer leblosen Hülle machen könnte.

Als Kelemvor sich umdrehte, befürchtete er, genau das zu sehen. „Mitternacht!" keuchte er.

Zum ersten Mal, seit Adon ihm die Tafel des Schicksals anvertraut hatte, legte Kelemvor sie zur Seite. Er ließ die Satteltaschen zu Boden sinken, kniete neben Mitternacht nieder und nahm sie in seine Arme. „Wie kann ich dir helfen?" fragte der Kämpfer leise. „Was kann ich tun?"

Mitternacht wollte ihm sagen, er solle sie festhalten, sie an sich drücken und wärmen, doch sie hatte Angst, auch nur ein Wort zu sprechen. Im Augenblick brauchte sie ihre gesamte noch verbliebene Kraft, um das Bewußtsein nicht zu verlieren.

Kelemvor hörte von der Treppe her das Schlurfen schwerer Schritte. Er wußte, daß die Zombies ihr Versteck entdeckt hatten. Sein erster Gedanke war, die Treppe hinaufzustürmen, um anzugreifen, doch er wußte, daß die Untoten ihn in Stücke reißen würden. Dann wäre Mitternacht ihnen völlig hilflos ausgeliefert.

Statt dessen trennte er das Seil von dem Eimer ab und band es um Mitternachts Taille. Er wollte sie langsam in die Höhle hinablassen und ihr dann folgen.

Doch ihm wurde im gleichen Moment klar, daß die Zeit vielleicht nicht mehr reichte, um den Plan umzusetzen. Der erste Zombie tauchte in der Türöffnung auf, als Kelemvor Mitternacht gerade in der Öffnung im Boden verschwinden ließ. Zwei weitere wandelnde Leichen drangen in den Raum ein.

Mitternacht nahm nur wahr, daß Kelemvor sie in die Dunkelheit hinabließ, und sie spürte, wie allmählich ihre Kräfte zurückkehrten. Die Höhlenwände warfen das Gurgeln und Plätschern des Wasserlaufs unter der Feste zurück, der sich mit einem Mal unglaublich laut anhörte, fast schon wie ein kleiner Fluß.

Einige Augenblicke später stoppte die Abwärtsbewegung, und sie hing mitten in der Dunkelheit. Auch wenn es sich so anhörte, als sei sie nicht sehr weit von der Wasseroberfläche entfernt, gab es keinen Anhaltspunkt für die Magierin, der ihre Vermutung bestätigen oder widerlegen konnte. Mitternacht sah nach oben und entdeckte eine rechteckige Form, die geringfügig heller war als ihre Umgebung. Irgendwelche Schemen bewegten sich in diesem dämmrigen Licht, doch sie konnte nichts genaues erkennen.

Im Kellergeschoß ignorierte derweil der erste Untote Kelemvor und griff nach den Satteltaschen, in denen sich die Tafel des Schicksals befand. Der Kämpfer merkte, daß das Seil sein Ende erreicht hatte, und sofort griff er nach seinem Schwert, um nach dem Zombie zu schlagen. Der Arm des Monsters fiel ab und ließ die Satteltaschen fallen, doch bevor Kelemvor das Artefakt wieder an sich nehmen konnte, waren die beiden anderen Zombies bei ihm und attackierten Kelemvor gemeinschaftlich.

Der Kämpfer schlug vergeblich auf sie ein. Er traf den Untoten, dessen Arm er bereits abgeschlagen hatte, und fügte ihm eine klaffende Bauchwunde bei, die ihn für einen kurzen Moment stoppte. Ohne Rücksicht auf ihre eigene Sicherheit stürmten die beiden anderen weiter auf Kelemvor ein und attackierten ihn wild.

Kelemvor blieb keine andere Wahl, als sich weiter von der Tafel zurückzuziehen. Er stolperte rücklings in die Öffnung in der Mitte des Raums und packte im letzten Augenblick das Seil, um zu verhindern, daß er nach unten stürzte. Es gelang ihm, einen Hieb gegen einen der Untoten zu führen und dessen Kopf vom Rumpf zu trennen. Ein weiterer Zombie attackierte die Hand, mit der sich Kelemvor an dem Seil festklammerte. Instinktiv schlug der Kämpfer nach ihm und landete einen Treffer, doch es gelang ihm nicht, die Bewegung seines Schwerts rechtzeitig zu stoppen, das er mit solchem Schwung geführt hatte, daß es das Seil durchtrennte.

Mitternacht hörte Kelemvor aufschreien, dann gab das Seil nach, das sie in der Luft gehalten hatte. Sie fiel in den Wasserlauf, spürte, wie sie von der Strömung erfaßt wurde, und rang darum, den Kopf über Wasser zu halten. Obwohl sie noch immer von dem fehlgeschlagenen Zauber erschöpft war, wußte sie, daß sie jede Kraftreserve finden mußte, wenn sie nicht ertrinken wollte.

Zwei laute, klatschende Geräusche waren links von ihr zu hören, als Kelemvor und das Schwert, das er losgelassen hatte, ins Wasser stürzten. Die Magierin versuchte, in diese Richtung zu schwimmen, doch sie war zu geschwächt, um gegen die Strömung anzukommen.

Einen Augenblick später rief Kelemvor nach ihr: „Mitternacht? Wo bist du?"

„Hier", krächzte sie. In dem rauschenden Wasser konnte sie kaum ihre eigene Stimme hören, daher würde sie sicher nicht bis zu ihrem Geliebten getragen werden. Mitternacht versuchte, zu dem Kämpfer zu schwimmen, doch die Strömung zog sie unerbittlich mit sich.

Kelemvor war kräftiger als Mitternacht, versuchte aber gar nicht erst, an ein mögliches Ufer des unterirdischen Flusses zu gelangen. Er wußte, daß die Magierin sich stromabwärts befinden mußte, und er war fest entschlossen, sie nicht zu verlieren. Es war schon schlimm genug, daß die Tafel in Myrkuls Hände gefallen war, doch Kelemvor wollte sich ein Leben ohne Mitternacht nicht vorstellen.

Der Krieger schwamm mit aller Kraft mit der Strömung und wechselte ab und zu von der linken zur rechten Seite und zurück, um festzustellen, ob sich Mitternacht dort irgendwo aufhielt. Es war ein guter Plan, jedoch hatte der Kämpfer nicht einkalkuliert, wie schnell er schwimmen konnte, so daß er schon nach kurzer Zeit die Magierin unbemerkt überholt haben mußte und sich nun so weit vor ihr befand, daß er keine Hoffnung hegte, sie noch aufzufinden.

Kelemvor setzt seine Suche noch eine Viertelstunde lang fort, dann jedoch übermannte ihn Erschöpfung, und er konnte nichts anderes mehr machen, als sich auf sein eigenes Überleben zu konzentrieren. Eine weitere Viertelstunde lang riß der Fluß den Kämpfer und die Magierin weiter mit sich und immer tiefer hinein in die völlige Dunkelheit. An einigen Abschnitten stand das Wasser bis zur Höhlendecke, so daß Mitternacht und Kelemvor glaubten, sie würden jeden Augenblick ertrinken. Doch erreichten sie wieder eine höhere Passage, die sie auftauchen und gierig nach Luft schnappen ließ. Zu anderen Zeiten wurden sie gegen Felsblöcke und Höhlenwände geworfen. Trotz der Schmerzen bei diesen Zusammenstößen versuchten sie beide, sich an der nassen, rutschigen Oberfläche festzuhalten, um sich aus der Strömung befreien zu können.

Keiner von beiden ertrank bei dieser unfreiwilligen Reise, aber es gelang ihnen auch nicht, sich aus dem Fluß zu ziehen. Kelemvor und Mitternacht wurden blindlings weiter durch die Dunkelheit gezogen. Sie nahmen nur die Strömung und die Kälte wahr, das Gewicht ihrer vollgesogenen Kleidung und den Geschmack des stinkenden Wasser, das sie bei fast jedem Atemzug unwillkürlich schlucken mußten.

Nach einer Weile - Kelemvor wußte nicht, wie lange er im Wasser gewesen war oder wie viele Kilometer er mit dem Fluß zurückgelegt hatte – wurde der Flußlauf weniger kurvig, und die Strömung ließ in ihrer Heftigkeit nach. Der Kämpfer begann, sich seiner Kleidung zu entledigen, weil die nur weiter zu seiner Ermüdung beitrug. Dann vernahm er aber ein sonderbares schlürfendes Geräusch, das von den Höhlenwänden zurückgeworfen wurde. Er hielt inne und lauschte intensiv. Das Geräusch schien aus der Mitte des Stroms vor ihm zu kommen.

Er schwamm an den Rand des Flusses, als auf einmal die Strömung wieder stärker und das Schlürfen lauter wurde. Kelemvor wandte sich von dem Geräusch ab und begann mit aller noch verbliebener Kraft mit den Armen auszuholen, während die Strömung ihn herumreißen wollte. Der erschöpfte Kämpfer aktivierte seine letzten Kraftreserven. Endlich hatte er den Sog überwunden und wurde weiter flußabwärts getragen.

Dem Krieger wurde klar, daß er soeben einem Strudel entkommen war, der zum Glück nicht allzu stark gewesen war, da Kelemvor sich sonst niemals daraus hätte befreien können. Dennoch hatte ihn die Anstrengung auch seine letzte Kraft gekostet.

Dann dachte er an Mitternacht.

Er schrie ihren Namen. „Da ist ein Strudel im Fluß. Schwimm auf die rechte Seite!" Er rief diese Warnung immer und immer wieder, bis er schon längst nichts mehr von dem Geräusch des Sogs hören konnte.

Selbst wenn sie nah genug gewesen wäre, um seine Worte zu hören, hätte Mitternacht nichts tun können, um der Gefahr aus dem Weg zu gehen. Sie war viel zu erschöpft, um zu schwimmen, geschweige denn, sich von ihrer vollgesogenen Kleidung zu befreien. Ihre Arme und Beine waren wie betäubt, ihre Lungen brannten bei jedem Atemzug, und ihr Verstand war wegen ihrer Erschöpfung nicht in der Lage, einen zusammenhängenden Gedanken zu fassen.

Als der Strom sich begradigte, ließ Mitternacht sich in die Flußmitte treiben und war erleichtert darüber, daß die wilde Strömung endlich nachließ. Während sie vor sich ein schlürfendes Geräusch hörte, das beständig lauter wurde, hielt sie den Kopf über Wasser und schaffte es, zehnmal in Folge tief durchzuatmen. Als der Fluß wieder schneller wurde, streckte die Magierin ihre Beine vor sich aus und fühlte, wie sie in eine Kreiselbewegung geriet und nach unten gezogen wurde.

Sie war in den Strudel geraten, ohne zu erkennen, um was es sich dabei eigentlich handelte, und nun scherte sie sich kaum darum. Mitternacht hielt einfach nur den Atem an und entspannte sich, während das Wasser sie mit sich riß.

12

SCHWARZES EIS

Während Mitternacht und Kelemvor versuchten, sich vor dem Ertrinken zu retten, schoß der fehlgeschlagene Zauber unkontrollierte durch die Hohe Bergheide. An den Stellen, an denen die Kugel auftraf und abprallte, verwandelte sich die Erde in schwarzes Eis. Sie prallte von einem Ahornbaum ab und ließ die Säfte im Stamm erstarren, sie schlug in einen Hirsch ein und ließ das Blut in den Adern des Tiers gefrieren.

Nach fast einer Stunde rollte die schwarze Kugel in ein Flußbett, aus dem es kein Entkommen gab. Sie schoß bergab und prallte von einem Ufer zum anderen, während sie ein Band aus schwarzem Eis hinter sich herzog. Der Wasserlauf ergoß sich in eine schmale, felsige Schluvht, in der die Kugel von Wand zu Wand geworfen wurde und tropfende Quellen in schwarze Eiszapfen verwandelte.

Während die Kugel sich ihren Weg durch den Cañon bahnte, trug der unterirdische Strom Kelemvor immer weiter von dem Strudel fort. Schließlich verlangsamte sich die Strömung weiter, und das Wasser füllte die Höhle vollständig aus. Zunächst machte sich der Kämpfer darüber keine Gedanken, weil seine Lungen voller Luft waren und der Strom ihn durch mindestens ein Dutzend ähnlicher Passagen gezogen hatte. Doch als bereits zwei Minuten verstrichen, ohne daß etwas geschah, sehnten sich die Lungen des Kriegers nach einem nächsten Atemzug. Er schwamm bis dicht unter die Decke, um dort nach Luftblasen zu suchen, jedoch ohne Erfolg. Ihm wurde allmählich schwindlig, und er preßte eine Hand auf Mund und Nase, um sich daran zu hindern, reflexartig einzuatmen. Für gut eine weitere Minute blieb der Kämpfer völlig von Wasser eingeschlossen.

Als Bewußtlosigkeit ihn zu übermannen drohte, stoppte die Strömung. Der Krieger ließ sich wieder nach oben treiben und nahm über sich im Wasser ein schwaches, grünliches Leuchten wahr. Kelemvor wurde klar, daß er die Höhlen hinter sich gelassen hatte. Doch seine Lungen verlangen noch immer nach frischer Luft, und eine unvernünftige Stimme wollte ihn dazu verleiten, doch endlich durchzuatmen.

Kelemvor hielt sich die Hand aufs Gesicht gedrückt, während er mit der wenigen noch verbliebenen Kraft in Richtung Wasseroberfläche schwamm. Nach gut zehn Sekunden hatte er es geschafft, und er atmete ein Dutzend Mal tief durch, ehe er sich seiner Umgebung widmete.

Er trieb in einem kleinen Bergsee, der genaugenommen kaum größer war als ein Teich. Gut 30 Meter entfernt machte er einen kleinen Strand aus, und rechts von ihm stürzte ein Wasserfall von einer rund 25 Meter hohen Klippe in den See. Der schmale Fluß, der den Wasserfall nährte, verlief durch eine enge, felsige Schlucht.

Etwas Schwarzes, Rundes schoß durch die Schlucht und prallte dabei von einer Wand gegen die andere. Auch wenn Kelemvor nicht sah, welche Spur der Verwüstung die Kugel hinter sich herzog, schwante ihm Übles. Er begann, in Richtung des Ufers zu schwimmen, wobei er gegen seine Erschöpfung und das unerträgliche Gewicht seiner Kleidung ankämpfte. Er überlegte, ob er stoppen sollte, um sich Hose und Stiefel auszuziehen, doch das hätte ihn zuviel Zeit gekostet.

Kelemvor hatte die Hälfte der Strecke bis zum Ufer zurückgelegt, als die Kugel die Klippe erreichte. Der Wasserfall verwandelte sich zu einer Kaskade aus schwarzem Eis. Die Kugel wurde in die Luft gewirbelt, dann stürzte sie auf den See zu.

Als Kelemvor sah, was aus dem Wasserfall geworden war, schwamm er schneller, obwohl seine Gliedmaßen entsetzlich schmerzten. Die Kugel näherte sich unausweichlich dem See, Kelemvor war nur noch acht Meter vom Ufer entfernt, als sie auf die Wasseroberfläche auftraf.

Unter der Kugel bildete sich eine kreisrunde Fläche aus schwarzem Eis, die Kugel prallte ab, traf noch zweimal auf das Wasser und hinterließ abermals Eisflächen, die sich auszuweiten begannen, während die Kugel aus dem See sprang.

Kelemvor schwamm weiter. Drei Meter vor dem Ufer wurden seine Füße von einem eisigen Griff umschlossen. Der Krieger trat sich frei, und schwamm zwei weitere Züge, dann berührten seine Hände das Ufer. Plötzlich wurde das Wasser vor allem um seine Beine eiskalt. Er versuchte aufzustehen, mußte dabei aber feststellen, daß Oberschenkel und Taille in den unerbittlichen Griff des Eises geraten waren. Bei dem Versuch, sich zu befreien, warf er sich nach vorn und landete in dem flachen Wasser, sein Kinn reichte nur knapp über die Uferlinie hinaus.

Das Eis breitete sich weiter aus bis zu den Schultern des Kämpfers, und es drohte, seine Arme und seine Brust zu umschließen. Kelemvor durfte das nicht zulassen. Er erhob seinen Rumpf aus dem See und wartete, während das Wasser unter ihm gefror. Als es seine Hände erreicht hatte, bewegte er sie in Richtung Ufer und achtete darauf, daß sich sein Oberkörper nach wie vor über der Wasserlinie befand.

Das Eis kam zum Stillstand, als es sich in Höhe seines Kinns befand. Nach einem Moment völliger Stille begann der See zu ächzen und zu krachen, da er sich an das größere Volumen des gefrorenen Wassers anpaßte. Die Eisdecke hob sich um einige Zentimeter und rückte gut einen Meter vor, womit Kelemvor in seinem eisigen Gefängnis praktisch an Land war.

Während der Kämpfer wartete, ob es weitere Anpassungen geben würde, analysierte er seine Situation. Von der Taille bis zu den Knien war er in einer Schicht schwarzen Eises gefangen. Von den Knien abwärts konnte er seine Beine in dem kalten Wasser darunter bewegen. Nach dem zu urteilen, was er fühlen konnte, war das Eis etwa 30 Zentimeter dick.

Vor ihm bedeckte eine gut fünf Zentimeter dicke Schneeschicht die vereinzelten Büschel Strandgras sowie etliches Treibholz und den Strand. Dahinter erhob sich eine steile, drei Meter hohe

Sandbank. Diese war mit einigen Zentimetern Erde bedeckt, die genug Nahrung für ein paar krumme Zwergpinien bot, von denen ein süßlicher Zitronenduft ausging.

Der See selbst lag in einem Hohlraum am Fuß der Hohen Bergheide. Links von Kelemvor sorgte normalerweise ein großer Bach dafür, daß das Wasser aus dem See abfloß, doch auch er war jetzt schwarz und zu Eis erstarrt.

Nach der kurzen Bestandsaufnahme seiner Umgebung war für Kelemvor klar, daß es nichts gab, was ihn auf eine einfache Weise aus seinem Gefängnis hätte befreien konnte. Also versuchte er, durch ruckartiges Reißen aus dem Eis freizukommen. Als ihm das nicht gelang, stieß er einen zornigen Schrei aus.

Sein Schrei wurde von allen Seiten so laut und klar zurückgeworfen, daß der Kämpfer sich nur noch verzweifelter fühlte. Kelemvor schrie erneut auf und grub seine Finger in den Sand, um wieder mit aller Macht zu ziehen. Von der anstrengenden Reise auf dem Fluß waren seine Arme schwer wie Blei, dennoch ließ er in seinem Bemühen nicht nach.

Schließlich begannen Kelemvors Muskeln zu zucken, dann zitterte er und erkannte, wie kalt es eigentlich war. Die Luft stach an seinen Fingern und in seinem Gesicht, während sein Rumpf kribbelte, als stächen tausend eisige Nadeln auf ihn ein.

Am meisten sorgte er sich um seine Füße. Trotz der fest geschnürten Gamaschen und der gut gefetteten Stiefel waren seine Füße völlig naß. Kelemvor vermutete, daß das Stechen in seinen Zehen das erste Anzeichen für Erfrierungen war. Wenn er sich nicht bald befreite, dann würde er mindestens seine Zehen verlieren, vielleicht würde er sogar erfrieren.

Eine Krähe landete auf dem unteren Zweig der ihm am nächsten stehenden Pinie und sah den gefangenen Kämpfer mit hungrigem Blick an. Kelemvor zischte ihn an, doch der Vogel blieb im Baum sitzen, um geduldig darauf zu warten, daß der Mann starb. Der Vogel konnte es sich leisten, sich in Geduld zu üben. Angesichts des vollen Federkleids und des wohlgenährten Körpers würde es noch eine ganze Weile dauern, ehe das Tier wirklich unter Hunger leiden würde.

Kelemvor gefiel es nicht, so angeschaut zu werden, als wäre er ein Frühstück. „K...komm morgen wieder", rief er dem Vogel zu und stotterte wegen der Kälte. „Ich werde hier auf dich warten."

Die Krähe blinzelte, flog aber nicht fort. Auch wenn der Vogel es nicht eilig hatte, sich seinem Mahl zu widmen, wollte er offenbar seinen Fund nicht anderen Aasfressern überlassen.

Kelemvor griff ein Stück Treibholz und warf es nach dem schwarzen Vogel. Das Objekt verfehlte sein Ziel und traf den Baum daneben. Der Vogel betrachtete die wackelnden Zweige, dann sah er wieder zu seiner Beute.

„Laß mich doch einfach nur allein", knurrte Kelemvor und fuchtelte mit der Hand. „Laß mich wenigstens würdevoll sterben."

Der Kämpfer war von der Hoffnungslosigkeit überrascht, die er empfand. Er hatte nie einen Kampf vorzeitig beendet, doch er hatte auch noch nie eine solche Angst empfunden.

Er vermied es, sich zu eindringlich mit dieser Angst zu beschäftigen. Er hatte dem Tod viele Male gegenübergestanden, jedoch war ihm eine Situation nie so ausweglos vorgekommen wie diese. Der Kämpfer fürchtete sich vor etwas anderem als dem Tod. Er sagte sich, daß er sich so aufregte, weil er den Zombies die Tafel überlassen hatte.

Doch er wußte, daß dies eine Lüge war. Auch wenn Kelemvor wußte, wie wichtig es war, die Tafel an Helm zurückzugeben, würde ihr Verlust ihn nicht so sehr schmerzen, wie es jetzt der Fall war. Der wahre Grund war Adons Tod und die Ungewißheit, was mit Mitternacht geschehen sein mochte. Auch wenn er nicht wissen konnte, was ihr widerfahren war, hatte der Krieger kaum einen Zweifel daran, daß sie in den Strudel gezogen worden war.

Hör auf zu denken, ermahnte er sich plötzlich. Hör auf damit, bevor es zu spät ist. Kelemvor wollte auf einmal am liebsten schlafen gehen, damit er aufwachen und herausfinden konnte, daß die Untoten und der unterirdische Fluß nichts weiter als ein schlechter Traum gewesen waren.

Doch der Kämpfer wagte es nicht, seine Augen zu schließen. Trotz seiner wachsenden Desorientierung wußte Kelemvor, daß Schlaf unter diesen frostigen Umständen tödlich sein konnte.

Das Zittern verging, seine Muskeln begannen, sich zu versteifen. Kelemvor wußte, daß er dem Tod immer näher kam. Er trat um sich, und mit den Fäusten trommelte er auf das schwarze Eis, das ihn umschloß.

Das Eis brach nicht, es zerplatzte nicht, es gab in keiner erkennbaren Weise nach. Er war so gut wie tot, und doch lebte er noch. Ihm ging der Gedanke durch den Kopf, daß er damit quasi untot war, so wie die Karawanen-Zombies, und er mußte unwillkürlich kichern.

Doch der Untod war besser als das, was Adon und Mitternacht widerfahren war.

Kelemvor ermahnte sich. Über die Vergangenheit nachzudenken, brachte nur weiteres Leid. Er mußte erst einmal überleben, dann konnte er noch immer nachdenken.

Das war allerdings leichter gesagt als getan. Hätte Kelemvor nicht darauf beharrt, die Karawane zu retten, wäre er nicht so starrköpfig gewesen, dann würden seine Freunde jetzt noch leben. Doch der Kämpfer war stur geblieben, so wie immer. Vielleicht hatte er den Tod ja verdient.

„Hör auf damit!" herrschte er sich in der Hoffnung an, sich so aus seinen Gedanken zu reißen.

Die Krähe stieß einen leisen Ruf aus, als wolle sie Kelemvor anhalten, sich weiter seinem Sterben zu widmen.

„Dann nimm dir doch einen Dolch oder einen scharfkantigen Stein", murmelte Kelemvor. „Ich kann mich nicht mit bloßen Händen umbringen."

Der Vogel legte den Kopf schräg, schüttelte sein Gefieder und starrte Kelemvor ungehalten an.

Kelemvor streckte sich nach vorn und bekam ein anderes Stück Treibholz zu fassen. Die Krähe machte sich bereit, jeden Moment hochzufliegen, doch Kelemvor stand der Sinn nicht danach, nochmals etwas nach dem Vogel zu werfen. Er hielt den Ast wie eine Keule, dann drehte er sich soweit nach rechts, wie er konnte, und schlug mit aller Wucht auf das Eis.

Ein lautes Knacken hallte über den See und wurde von der Felswand an der gegenüberliegenden Seite zurückgeworfen.

Kelemvor versuchte, sein Bein zu bewegen, doch nichts geschah. Er holte zu einem weiteren Schlag aus, wieder knackte etwas, und dann zerbrach das Holzstück in zwei Teile. Das eine Ende schlitterte über das Eis davon, während der Kämpfer nur noch einen einen guten halben Meter langen Holzpfahl in der Hand hielt.

Die Krähe krächzte mehrere Male, stieß sich dann vom Ast ab und landete knapp außerhalb Kelemvors Reichweite, um abermals zu krächzen.

Kelemvor überlegte, ob er den Stock nach dem Vogel werfen sollte, entschied sich aber dagegen. Das abgebrochene Stück Holz taugte zwar nicht viel als Werkzeug, aber er hatte nichts anderes griffbereit. Anstatt sich mit dem Vogel zu befassen, hielt er den Pfahl so wie einen Dolch und hieb mit dem spitzen Ende auf das Eis ein.

Es schien unter dem Schlag nachzugeben, und so hämmerte er immer weiter, bis seine Bewegungen immer unkontrollierter wurden. Schließlich hielt Kelemvor inne, um zu sehen, was er bewirkt hatte. Er sah, daß er das spitze Ende zu einem stumpfen Ende geschlagen hatte. Seine Hand pulsierte durch die Anstrengung der Hiebe, doch diese Aktion hatte seinen Körper ein wenig erwärmt.

Im schwarzen Eis war nur eine minimale Einbuchtung zu sehen. Es war viel fester als das Treibholz, und die Bemühungen, es zu brechen, waren völlig vergeblich gewesen. Wenn er sich aus dem Eis befreien wollte, dann benötigte er etwas viel Härteres.

Kelemvor dachte an den Feuerstein und den Stahl, den er in seinem umgehängten Beutel mit sich trug, doch den Gedanken verwarf er rasch wieder. Sie waren so winzig, daß sie gerade reichten, um ein Lagerfeuer zu entzünden. Sie hätten sich vielleicht geeignet, wenn er sie am Ende des Holzpfahls hätte befestigen können, doch dafür fehlten ihm die Mittel. Wenn er sich erst einmal befreit hatte, würde er ohnehin beides benötigen, um ein Feuer zu entfachen. Er könnte zwar mit dem Feuerstein über das Eis kratzen, doch ihm war schon jetzt klar, daß es ein sinnloses Unterfangen sein würde.

Kelemvor betrachtete wieder das Ufer. Mit dem Stück Holz, das er in der Hand hielt, konnte er andere Objekte erreichen. Allerdings handelte es sich dabei lediglich um weitere Holzstücke und um den Vogel. Verzweiflung überkam Kelemvor, da er einsehen mußte, daß er nichts tun konnte, um sich zu befreien. Das Eis war zu dick und zu hart. Er würde sterben, so wie die anderen...

„Denk nicht daran„ ermahnte er sich. „Wenn du an sie denkst, untergräbst du nur deine eigene Moral und stärkst den Wunsch, selbst zu sterben.“

Kelemvor aber wollte leben, auch wenn ihn diese Erkenntnis ein wenig überraschte.

Die Krähe kam in Reichweite des Kämpfers und schien von Kelemvor keinerlei Notiz zu nehmen, auch wenn nicht wirklich zu erkennen war, worauf der Vogel seine schwarzen Augen gerichtet hatte. Vielleicht wollte die Krähe den Kämpfer testen, um festzustellen, wie lange es dauern würde, ehe er endlich starb.

„Deinetwegen werde ich mich nicht beeilen", knurrte Kelemvor.

Die Krähe legte den Kopf ein wenig schräg, öffnete den Schnabel und stieß einen zischenden Laut aus. Kelemvor stellte sich vor, wie der Schnabel nach seinen Augen hackte und wie sich die spitzen Krallen in seine Ohren und seine Nase bohrten. Unwillkürlich zuckte er zusammen.

Dann kam ihm eine Idee, die aber nicht aus Weisheit geboren war, sondern aus der Irrationalität des Verstandes eines Mannes, der im Begriff war, den Kältetod zu sterben. Er schabte mit dem Fingernagel über das Eis und stellte fest, daß er nur ein wenig von der obersten Schicht weggekratzt hatte. So benommen er mittlerweile schon war, wußte er doch, daß er längst tot sein würde, ehe es ihm gelingen könnte, sich mit seinen Nägeln aus dem Eis freizukratzen.

Die Krallen der Krähe waren dagegen viel schärfer als seine eigenen, und der Kämpfer erkannte die vielfältigen Verwendungsmöglichkeiten für den Schnabel.

Als würde das Tier seine Gedanken erahnen, betrachtete es Kelemvor vorsichtig.

Kelemvor legte den Kopf auf seine Arme, hielt aber ein Auge weit genug geöffnet, um den Vogel zu beobachten. Es war ein angenehmes Gefühl, den Kopf irgendwo auflegen zu können. Er merkte, daß es ihm schließlich doch noch warm geworden war. Der Krieger war extrem schläfrig und glaubte, daß die Reise auf dem Fluß sich schließlich doch noch auswirkte. Er machte beide Augen zu.

Nach zehn Minuten beschloß die Krähe, sich näher mit dem reglosen Mann zu beschäftigen. Zweimal flatterte sie vor ihm in der Luft, ohne auf ihm zu landen. Dann endlich ließ sie sich gut einen Fuß vor Kelemvors Kopf nieder und sah ihm ins Gesicht. Der Mann hatte seine Augen fest geschlossen, sein Atem war so flach, daß von ihm praktisch nichts mehr zu merken war.

Die Krähe machte einen Satz nach vorn und pickte dem Kämpfer in die Nase. Als Kelemvor sich nicht regte, pickte sie fester zu und riß ein winziges Stück Fleisch heraus.

Kelemvor schreckte hoch und sah vor sich einen schwarzen Umriß. So benommen er auch war, wußte der Kämpfer doch sofort, daß die Krähe für seine Schmerzen verantwortlich war. Er versuchte, den Vogel zu schnappen, doch seine rechte Hand bekam nur gut gefettetes Gefieder zu fassen, während seine Linke ein Bein des Vogel so fest packte, daß es sofort brach.

Die Krähe stieß einen durchdringenden Schrei aus und zappelte mit dem freien Bein. Kelemvor kniff die Augen zu, als sich die Krallen in seine Augenbraue bohrten. Der Kämpfer schrie vor Schmerz auf, woraufhin der Vogel nur noch wütender reagierte und versuchte, sich in sein Augenlid zu bohren, um ihm ein Auge herauszureißen.

Kelemvor ließ den Vogel los und bedeckte sein Gesicht. Im nächsten Moment war der Vogel in die Lüfte aufgestiegen. Der Kämpfer wischte sich das Blut von der Braue und sah dem Vogel nach. Der kurze Kampf hatte Adrenalin durch Kelemvors Körper gejagt, und der Krieger konnte klar genug denken, um sich die Frage zu stellen, ob er ernsthaft geglaubt hatte, er könnte mit der Klaue einer Krähe sechs Zoll Eis wegkratzen.

„Elendes Federvieh", rief Kelemvor und berührte die Wunde an seiner Stirn.

Die Krähe kreiste einige Male um ihn, dann flog sie in Richtung Westen davon. Beunruhigt stellte der Kämpfer fest, daß die Sonne allmählich sank und ihm noch allenfalls zwei Stunden Tageslicht zur Verfügung standen.

Er fühlte sich einsam und verängstigt und wünschte sich, er hätte den Vogel nicht verscheucht. Auch wenn der nur darauf gewartet hatte, ihm das Fleisch von den Knochen zu zerren, hatte er ihm wenigstens Gesellschaft geleistet.

Kelemvor merkte, daß seine Beine von den Schenkeln abwärts taub waren und daß seine Hände eine bläuliche Färbung angenommen hatten. Er lief Gefahr, zum Eisklotz zu werden. Der Kämpfer begann, mit Armen und Beinen zu wedeln, und hoffte, daß er so die Blutzirkulation förderte.

Doch das war nur eine vorübergehende Lösung. Wenn er überleben wollte, mußte er sich insgesamt warm halten. Zum Glück schien es so, daß die Dinge, die sich in seiner Reichweite befanden, dafür geeignet waren.

In der Hoffnung, daß er nicht wieder nur einer sinnlosen Idee folgte, die durch die Kälte entstanden war, begann der Kämpfer Materialien zu sammeln, mit denen er ein Feuer entfachen konnte. Er streckte sich, soweit er nur konnte, und wischte den Schnee zur Seite, um Grasbüschel mitsamt den Wurzeln aus dem Sand zu ziehen. Das Gras stopfte er in sein Hemd und hörte auch nicht auf, als es sich bereits ausbeulte. Der Krieger hatte mehr instinktiv als bewußt gehandelt, denn er hatte schon tausendfach ein Feuer entfacht, weshalb er sich lieber auf seine Intuition als auf seinen benommenen Geist verließ.

Dann sammelte er alles Treibholz, das er zu fassen bekam, und trennte die größeren Stücke von den kleineren. Innerhalb weniger Minuten hatte er drei verschiedene Holzstapel vor sich liegen, dann wählte er die sechs größten Stücke aus und legte sie links von sich so hin, daß sie eine kleine Unterlage bildeten. Aus Erfahrung wußte er, daß die Flammen das Eis sofort verdampfen lassen würden, doch zunächst mußte das Feuer vom Eis ferngehalten werden.

Kelemvor holte eine Handvoll Gras hervor und rieb es fest, bis es trocken war, dann legte er es auf die Unterlage und wiederholte den Vorgang so oft, bis er eine brauchbare Menge Zunder zusammen hatte. Er holte den Feuerstein und den Stahl aus seinem Umhängebeutel und begann, die beiden aneinander zu reiben. Nach angstvollen und schmerzhaften Minuten fand ein Funke Nahrung, ein Grashalm begann zu brennen, dann noch einer, und nachdem das Feuer richtig entfacht worden war, legte er mehr Gras nach und hielt einige Zweige über die Flammen, um sie zu trocknen.

Nach höchstens einer halben Minute begann Kelemvor zu zittern und konnte die Zweige nicht länger festhalten. Er legte sie ins Feuer, wo das Holz zunächst zu rauchen begann und dann Feuer fing. Vorsichtig blies der Kämpfer in die Flamme, bis auch die beiden anderen Zweige brannten.

Er steckte Feuerstein und Stahl weg, und nur wenige Minuten später befand sich vor ihm kleiner Kreis aus orangeroten, tänzelnden Flammen. Der Windhauch wirbelte um den Kämpfer herum, wehte Asche und Rauch in sein Gesicht, bis er husten mußte und seine Augen brannten. Doch das kümmerte den Krieger nicht. Für ihn kam der Rauch einem Parfüm gleich, und der Husten war ein vertretbarer Preis, den er dafür zu zahlen hatte. Schon bald hörte er auf zu zittern, sein Rumpf fühlte sich warm an.

Nach weiteren zehn Minuten war Kelemvors Verstand wieder glasklar. Von der Taille abwärts war er nach wie vor erschöpft und wie betäubt, aber die Schläfrigkeit war verschwunden. Das Feuer hatte durch seine Hitze bereits eine kleine Einbuchtung im Eis verursacht, und Kelemvor war erleichtert, zu sehen, daß es wie ganz normales Eis schmolz. Jetzt mußte er nur noch einen Weg finden, um es zu brechen.

Er überlegte, ob er ein zweites Feuer an der Stelle entfachen sollte, an der seine Hüften im Eis verschwanden, doch er verwarf diese Idee, da er nicht an genug Treibholz herankommen konnte, um soviel Eis wegzuschmelzen. Was er benötigte, war etwas hartes, mit dem er das Eis abschlagen konnte.

Der See war von Klippen, Findlingen und Steinen aller Art umgeben, doch es befand sich nicht einmal ein Kieselstein in Kelemvors Reichweite. Alles war unter dem Sandstrand begraben.

Wäre Kelemvor noch halb erfroren und benommen gewesen, dann hätte er die Bedeutung seines letzten Gedanken wohl nicht erkannt. So aber hatte er seine Gedanken wieder beisammen und war hellwach. Mit neu erwachter Entschlossenheit nahm er sich das stabilste Stück Treibholz und begann, im Sand vor ihm zu suchen.

Nach nicht einmal 15 Zentimetern stieß der Kämpfer auf den ersten Stein, der allerdings rund war und sich vor allem zum Werfen eignete. Er grub weiter.

Der zweite Stein war bereits besser. Er war in etwa so groß wie der erste, doch seine schroffere Seite eignete sich eher, um das Eis abzuschlagen. Er legte ihn zur Seite, grub aber noch weiter.

Gut 30 Zentimeter unter der Oberfläche fand Kelemvor dann den perfekten Stein. Er war dunkelgrau und ohne besondere Merkmale, aber für den Kämpfer war er schöner als ein Diamant. Das eine Ende war so breit, daß man es gut festhalten konnte, während die andere Seite spitz zulief.

Kelemvor nahm den Stein und schlug nahe seiner Hüfte auf die Eisplatte. Kleine schwarze Splitter flogen umher. Ein gutes Dutzend Mal schlug er immer wieder auf diese Stelle und versuchte, einen Riß im Eis zu verursachen. Das Resultat waren jedoch nur Dutzende Splitter mehr.

Am Kopf des Hangs bemerkte er auf einmal ein Flattern. Die Krähe war zurückgekehrt und landete unter ihrem Baum, mit dem einen Bein trat sie nicht auf.

Kelemvor bemerkte das verletzte Bein und sagte: „Es tut mir leid."

Die Krähe legte den Kopf schräg und beobachtete ihn. Da sie auf nur einem Bein nicht lange stehen konnte oder wollte, hockte sie sich so auf den Boden, als säße sie in einem Nest.

Der Kämpfer lächelte schwach und hielt den Stein hoch. „Sieht so aus, als würde das Abendessen noch eine Weile auf sich warten lassen", fügte er an.

Die Krähe nickte zweimal. Wäre Kelemvor noch so benommen gewesen wie zuvor, hätte er die Reaktion des Vogels vermutlich so gedeutet, als hätte der ihm sagen wollen: „Aufgeschoben ist nicht aufgehoben."

Der Kämpfer beschloß, die Krähe zu ignorieren, und begann statt dessen, vor seiner Brust auf das Eis zu hauen, da es an dieser Stelle dünner war. Zu seiner großen Erleichterung brach ein großes, zackiges Stück heraus. Von dort arbeitete er sich weiter vor bis zu seiner Taille, bis er einen Riß geschaffen hatte, der mehr oder weniger in Richtung seiner Hüfte verlief.

Er arbeitete gut zwanzig Minuten lang, zwischendurch legte er immer wieder etwas Treibholz nach, damit die Flammen Nahrung hatten. In dieser Zeit gelang es ihm, den Riß bis zu seiner Hüfte auszuweiten. Als die Sonne hinter den Hügeln der Bergheide verschwand und der Himmel eine rosa Farbe annahm, hatte sich das Feuer so weit vorgearbeitet, daß es durch das Eis brach und im Wasser versank. Dadurch entstand einen halben Meter links von ihm ein zischendes und rauchendes Loch im Eis.

„Nein!" rief Kelemvor.

Ein furchterregendes Stöhnen des Windes war die einzige Reaktion auf seinen Ausruf.

Augenblicklich wurde dem Kämpfer wieder kalt. Er versuchte, sich aus dem Eis zu ziehen, da er hoffte, daß der geschaffene Riß reichte, um ihn zu befreien. Seine Hüften bewegten sich keinen Finger breit.

Kelemvor wollte mehr Gras hervorholen, um ein neues Feuer zu entzünden, doch er mußte feststellen, daß er es zum größten Teil aufgebraucht hatte. Schlimmer war aber noch, daß nur noch wenige Stücke Treibholz in seiner Reichweite lagen. Selbst wenn er ein zweites Feuer machte, würde es nicht für die Nacht reichen.

Er schlug mit der Stirn gegen das Eis und fluchte. Seine Finger und Hände wurden bereits wieder taub, und er wußte, daß in seinem Körper nicht mehr viel Wärme vorhanden war.

„Freunde!" schrie er. „Vergebt mir! Bitte, Mitternacht! Oh, Mitternacht!" Immer wieder schrie er ihren Namen hinaus, bis er das

Echo nicht mehr ertrug, das ihm seine eigenen Worte von allen Seiten zurückwarf.

Als er aufhörte zu schreien, kam die Krähe ans Ufer geflogen, achtete aber sorgfältig darauf, daß sie weit genug von ihm entfernt war. Sie krächzte dreimal, als wollte sie Kelemvor sagen, er solle doch endlich aufgeben und sterben.

Die Ungeduld des Vogels machte den Kämpfer zornig. „Noch nicht, Federvieh!" zischte er. Er packte den ersten Stein, den er ausgegraben hatte, und warf ihn nach der Krähe. Obwohl er den Vogel um ein großes Stück verfehlte, verstand der die Aufforderung und flog in die Dämmerung davon. Nachdem der Vogel verschwunden war, nahm Kelemvor wieder den großen Stein und schlug wütend auf das Eis zu seiner Linken. Wenn er schon sterben mußte, dann würde er bis zum letzten Atemzug kämpfen

Kelemvor war so verärgert, daß er nicht die feinen Risse bemerkte, die er im Eis verursachte. Nach nur fünf Minuten entstand ein langer Riß im schwarzen Eis, der bis zu dem Loch reichte, an dem sich das Feuer durchgefressen hatte. Nach weiteren zehn Minuten hatte er eine Verlängerung bis hin zu seiner Hüfte geschaffen.

Als die letzten warmen Farben der Abenddämmerung den violetten Tönen der Nacht wichen, gab das Eis unterhalb von Kelemvors Brust nach. Der Kämpfer zog sich nach vorne, da er nicht länger vom Eis festgehalten wurde. Er schaffte es, an Land zu kommen, wo er sich keine Zeit nahm, um seine Befreiung auch nur mit einem Gedanken zu feiern. Statt dessen begann er sofort, Gras und Holz zusammenzutragen.

Nachdem er ein Feuer entfacht hatte, zog Kelemvor seine Hose und die Stiefel aus, um seine Beine und Füße zu begutachten. Die Beine waren aufgedunsen und bleich, doch er ging davon aus, daß sie sich mit genügend Zeit und Wärme wieder erholen würden. Seine Füße befanden sich dagegen in wesentlich schlechterer Verfassung. Sie waren weiß und taub und fühlten sich eiskalt an.

Kelemvor hatte oft genug in Schlachten gekämpft, die bei kaltem Wetter geführt wurden. Er wußte, wie Erfrierungen aussahen.

13

BÖSES ERWACHEN

Mitternacht erwachte aus einem tiefen Schlaf. Ihr Körper schmerzte und war steif. Sie hatte von einem trockenen Bett in einem warmen Gasthaus geträumt, um so verwirrter und desorientierter war die Magierin, als sie die Augen aufmachte und sich in einer gänzlich anderen Umgebung wiederfand. Die Finsternis war so vollkommen, daß sie ihre eigene Nase nicht sehen konnte. Sie lag mit dem Gesicht in kühlem Sand, zur Hälfte an Land, zur Hälfte im Wasser, das um sie herum plätscherte. Hinter ihr ergoß sich ein Wasserfall in einen kleinen Teich.

Der Wasserfall erinnerte Mitternacht an ihre Reise auf dem unterirdischen Fluß, an den unangenehmen Sturz in den Strudel. Danach war die Magierin in dem dunklen Teich dahinter gelandet und war ziellos umhergetrieben, bis sie das Ufer gefunden hatte, an dem sie nun lag.

Mitternacht konnte es nicht wissen, doch seitdem waren zehn Stunden vergangen. Erschöpft vom fehlgeschlagenen Kältezauber und dem Kampf gegen die Strömung, war sie in einen erholsamen Schlaf gefallen, sobald die akute Gefahr vorüber war. Die Magierin fühlte sich körperlich und geistig wiederbelebt, aber emotional war sie immer noch völlig erschöpft. Adon war tot, und dieses Wissen lag finster auf jeglicher Freude über ihr eigenes Überleben.

Mitternacht wollte irgendwem die Schuld an Adons Tod geben, und Kelemvor war der am besten geeignete Sündenbock. Hätte der Krieger nicht darauf bestanden, dieser Karawane zu helfen, dann hätten die Untoten die Gruppe nie in die Falle locken können, und Cyric hätte sie nicht völlig unvorbereitet angetroffen.

Doch dieses Argument war sehr schwach, und Mitternacht wußte das. Es gab einfach zu viele Zufälle. Daß sich Cyric so rasch erholen würde, war undenkbar gewesen, und die Magierin konnte sich noch immer nicht erklären, wie ihm das gelungen war. Doch angesichts der Tatsache, daß es geschehen war, konnte es gar nicht ausbleiben, daß der Dieb sie einholen und angreifen würde. Mitternacht war für diese Möglichkeit genauso blind gewesen wie Kelemvor, und es war nicht fair, dem Krieger die Schuld zu geben, nur weil der nicht vorausgesehen hatte, was ihr selbst gleichfalls entgangen war.

Wenn jemand für Adons Tod verantwortlich war, dann am ehesten noch Mitternacht selbst. Sie hätte ihre Freunde niemals dazu überreden sollen, Cyric nicht zu töten, solange sie die Gelegenheit dazu hatten. Die Magierin hatte mit eigenen Augen gesehen, wie brutal er geworden war, und sie hätte wissen sollen, daß seine Willenskraft und Unbarmherzigkeit ihm die Kraft geben würden, um sie zu verfolgen.

Sie würde diesen Fehler nicht noch einmal machen. Es gab nichts, was sie tun konnte, um Adon zurückzubringen, doch wenn sie jemals aus dieser Höhle entkam und Cyric begegnete, würde sie den Tod des Klerikers rächen.

Der Gedanke an ein Entkommen aus dieser Umgebung ließ sie an Kelemvor denken, von dem sie annahm, daß er sich ebenfalls in dieser Höhle befand. Der Krieger war hinter ihr in den Strom gefallen, und das war das letzte Mal, daß sie von ihm etwas wahrgenommen hatte. Es war keineswegs unvernünftig, von der Annahme auszugehen, daß er hinter ihr mit in den Strudel gerissen worden war. Er saß möglicherweise nur zehn Meter von ihr entfernt und ging in der Dunkelheit seinen Gedanken nach.

„Kelemvor!" rief Mitternacht und stand auf.

Ihre Stimme wurde von den nicht erkennbaren Wänden der Höhle zurückgeworfen, war aber über den Wasserfalls kaum zu hören.

„Kelemvor, wo bist du?"

Wieder antwortete nur das Echo.

Ein deprimierender Gedanke ergriff von ihr Besitz. Ihr war es gelungen, nicht zu ertrinken, doch das war keine Garantie dafür, daß es dem Kämpfer ebenso ergangen war. Immerhin hatte er die

Tafel bei sich, und es dürfte schwierig gewesen sein, sich vor dem Ertrinken zu retten, wenn er gleichzeitig die Satteltaschen mit sich geführt hatte.

„Kelemvor", rief sie noch verzweifelter als zuvor. „Antworte mir!"

Es kam keine Antwort.

Mitternacht fürchtete, seinen ertrunkenen Körper unter dem Wasserfall auf dem Teich treiben zu sehen, dennoch zog sie ihren Dolch und wirkte den Zauber, der für magisches Licht sorgte. Der Dolch begann in strahlend weißem Licht zu leuchten. Auf einmal wurde er so heiß, daß sie ihn nicht länger halten konnte. Ihre Finger brannten vor Schmerz, sie ließ den Dolch los und kniete am Ufer, um ihre Hand in das kühlende Wasser des Teichs zu halten. Sie war irritiert, daß ihre Magie abermals fehlgeschlagen war.

Der Dolch leuchtete aber auch auf dem Boden liegend noch hell genug, so daß Mitternacht sehen konnte, daß sie am Ufer eines dunklen Teichs stand. Secsh Meter von ihr entfernt ergoß sich der Wasserfall aus einem Loch in der Decke in den Teich und wirbelte dessen Oberfläche so auf, daß sich auf den kleinen Wellen Schaumkronen bildeten. Die Decke war vier bis fünf Meter hoch und gewölbt wie das Innere einer Kathedrale. Hunderte von Stalaktiten hingen von ihr herab, ihre Spitzen glänzten feucht. In jeder Ecke führten düstere Tunnels und Alkoven weiter in die Tiefen der Höhle hinein.

„Kel!" rief Mitternacht noch einmal.

Wieder wurde ihre Stimme von den Wänden zurückgeworfen und schließlich vom Tosen des Wasserfalls übertönt. Sie war allein und im Untergrund gefangen. Adon war tot und Kel war verschwunden – möglicherweise ebenfalls tot.

Als sollte die finstere Erkenntnis der Magierin unterstrichen werden, wurde ihr Dolch auf einmal dunkler und nahm einen rötlichen Farbton an. Sie sah zu Boden und erkannte, daß er sich in eine Pfütze aus geschmolzenem Eisen verwandelt hatte, das langsam versickerte und Mitternacht allein in der Dunkelheit zurückließ.

Die Magierin dachte über ihre Situation nach. Wenn es sich als unmöglich erweisen sollte, aus dieser Höhle zu entkommen, konnte sie das immer noch auf ihre eigene Weise lösen. Angesichts der Unzuverlässigkeit der Magie würde das zwar nicht ohne Risiko geschehen, doch wenn es keine andere Option gab, würde Mitternacht nicht zögern, ihr Glück zu versuchen.

Als der Magierin klar war, daß es für sie einen Weg aus der Höhle gab, konnte sie ruhiger denken. Der zweite Punkt betraf die Tatsache, daß sie allein war. Adon war ohne jeden Zweifel tot. Wenn Cyrics Pfeil ihn nicht umgebracht hatte, dann der Sturz oder der Strom, in den er gefallen war. Das einzige Indiz dafür, daß Kelemvor ertrunken war, entsprang aber ihrer Vermutung, die ihren Ursprung in Einsamkeit und Furcht hatte und nicht in einer klaren Überlegung. Immerhin war Kelemvor stärker als sie, und sie war auch nicht umgekommen. Selbst mit der Tafel auf der Schulter waren seine Überlebenschancen größer als ihre eigenen. Sie hatte durchaus Grund zu der Annahme, daß er in einem anderen Teil dieser Höhle ans Ufer gespült worden war.

Auch wenn sie nicht genau wußte, wo sie war, ging Mitternacht davon aus, daß sie sich nach wie vor unter oder in der Nähe der Drachenspeerburg befand. Laut Bhaal befand sich der Eingang ins Reich der Toten ebenfalls unter der Burgruine.

Mitternacht kam zu dem Schluß, es sei wohl am besten, die Höhle genauer zu erkunden. Mit ein wenig Glück würde sie entweder Kelemvor oder das Reich der Toten finden. Bedauerlicherweise benötigte sie in jedem Fall Licht. Die Magierin überlegte, ob sie mit dem geschmolzenen Metall ihres Dolchs etwas entzünden sollte, um es als Fackel zu benutzen, doch sie hatte nichts bei sich, was lange genug gebrannt hätte.

Sie hatte keine andere Wahl, als erneut einen Versuch zu machen und ihre Magie einzusetzen. Mitternacht löste die Scheide ihres Dolchs vom Gürtel und holte sich eine Beschwörung vor ihr geistiges Auge, die Licht erzeugen sollte. Diesmal entstand ein greller Blitz, der ihr in den Augen schmerzte und weiße Punkte vor ihren Augen tanzen ließ.

Es dauerte einige Augenblicke, dann konnte Mitternacht wieder normal sehen, mußte aber erkennen, daß sie erneut von völliger Dunkelheit umgeben war. Abermals hatte ihre Magie versagt. Mitternacht beschloß, zunächst ohne Licht auszukommen und machte sich am Ufer entlang auf den Weg. Sie bewegte sich langsam und vorsichtig weiter und testete bei jedem Schritt mit einem Fuß und ausgestreckten Armen, ob sich vor ihr irgendein Hindernis befand.

Immer wieder rief sie nach Kelemvor, und nach einer Weile stellte Mitternacht fest, daß das Echo ihrer Stimme Hinweise auf die Größe und Form der Höhle gab. Je länger es dauerte, bis sie ihre eigene Stimme hörte, um so weiter war sie von der Höhlenwand entfernt. Indem sie sich im Kreis drehte und Kelemvors Namen rief, bekam sie einen Eindruck von der Form der Höhle.

Dank dieser Entdeckung hatte sie nach kurzer Zeit den Teich umkreist. Er schien einen Durchmesser von etwa hundert Schritt zu haben, auch wenn es schwierig war, daß in Anbetracht der gewundenen Uferlinie mit relativer Sicherheit zu sagen. Der einzige hörbare Zufluß war der Wasserfall, und durch einen kleinen Bach am anderen Ende der Höhle strömte das Wasser wieder ab.

Da sie keinen anderen Ausgang hatte finden können, folgte Mitternacht dem Bachlauf. Unablässig rief die Magierin Kelemvors Namen und ging dabei stets in die Richtung, aus der das Echo am längsten brauchte, um zu ihr zurückzukehren. In der absoluten Finsternis war es schwierig, Zeiten und Entfernungen zu schätzen. Dennoch war Mitternacht schon bald klar, daß die Höhle von gewaltiger Größe war.

Sie folgte dem geschlängelten Bach für einen geschätzten Zeitraum von zwei Stunden. Hin und wieder öffnete sich der Korridor in weit ausladende Räume. Nach dem Echo zu urteilen, klang es so, als würde jeder dieser Räume zu Dutzenden von Alkoven und Seitengängen führen. Auch wenn sich die Magierin die Zeit nahm, in all diese Abzweigungen zu rufen, war sie klug genug, sich nicht von dem Bach zu entfernen, denn er war das einzige zuverlässige Mittel, um sich zu orientieren. Wenn Kelemvor ebenfalls in den Strudel geraten war, dann vermutete sie, daß sie ihn am ehesten fand, wenn sie dem Wasserlauf folgte.

Schließlich mündete der Bach in einen weiteren großen Raum und bildete dort einen weiteren Teich, den Mitternacht gründlich untersuchte, ohne aber einen Ausgang zu finden. Am anderen Ende des Teichs war ein leises Gurgeln zu hören, das die Annahme zuließ, daß das Wasser dort in eine weitere unterirdische Passage abfloß. Frustriert setzte sich die Magierin hin.

Lange Zeit versuchte Mitternacht dahinterzukommen, was mit Kelemvor geschehen sein mochte und was er danach wohl unternommen hatte. Je länger sie über die Möglichkeiten nachdachte, um so mehr kam sie zu der Überzeugung, daß er sich nach Tiefwasser begeben würde. Vorausgesetzt, er hatte überlebt – was die einzige Möglichkeit war, die die Magierin in Erwägung ziehen wollte –, dann fielen ihr zwei Dinge ein, von denen sie annehmen konnte, daß sie ihn zu dieser Entscheidung führen würden. Erstens mußte die Tafel nach Tiefwasser gebracht werden. Zweitens war Mitternachts letztendliches Ziel ebenfalls die Stadt der Herrlichkeit, und wenn sie beide eine Chance hatten, sich wiederzusehen, dann war es dort.

Während die Magierin über Kelemvors Situation nachdachte, schwebte eine weiße Silhouette aus einem der Seitengänge in die Höhle. Sie hatte in etwa die Gestalt eines Mannes, schien aber ausschließlich aus Licht zu bestehen. Im Umkreis von sechs Meter erhellte sie ihre Umgebung.

„Wer seid Ihr?" rief Mitternacht erschreckt und neugierig zugleich.

Die Gestalt drehte sich um und näherte sich ihr bis auf drei Meter, blieb stehen und betrachtete sie, ohne ein Wort zu sagen. Sie hatte die Gesichtszüge eines kräftig gebauten Mannes: ein voller Bart, ein kantiger Kiefer und ruhig dreinblickende Augen, alles geformt aus Licht. Der Körper, der gleichfalls nichts weiter als Licht war, wies die Muskulatur eines Mannes auf, der mit harter Arbeit vertraut war – möglicherweise ein Schmied.

Nachdem die weiße Silhouette sie einen Moment lang angesehen hatte, wandte sie sich ab und ging in den Korridor, der dem gegenüber gelegen war, aus dem sie hervorgetreten war.

„Wartet", rief Mitternacht und erhob sich. „Ich habe mich verlaufen, helft mir!"

Die weiße Gestalt nahm von ihr keine weitere Notiz. Die Magierin lief ihr nach und gab sich alle Mühe, in dem beleuchteten Kreis um sie herum zu bleiben. Nach wenigen Schritten wich der Sand Kieseln, und die wiederum wichen größeren Steinen. Trotz des gefährlichen Untergrunds eilte Mitternacht hinter der weißen Erscheinung her, fest entschlossen, weder diese Lichtquelle noch die mysteriöse Silhouette aus den Augen zu lassen.

Mitternacht merkte schon bald, daß die Erscheinung einem Gang folgte, der mehr oder weniger in eine Richtung verlief. Immer wieder öffnete sich der Tunnel in einen großen Raum, und jedesmal fürchtete Mitternacht, sie könnte die Silhouette verlieren, da in diesen Abschnitten spitze, steil aufragende Steine sowie plötzliche Senken und abfallender Boden das Vorankommen erschwerten. Einmal wäre sie beinahe in ein tiefes Loch gestürzt, ein anderes Mal mußte sie über einen Graben springen. Doch obwohl sie über kurze Strecken einfach blindlings drauflosaufen mußte, schaffte es Mitternacht, dicht hinter der Erscheinung zu bleiben.

Nach einem anstrengenden Marsch von gut und gerne fünf Stunden schwebte die Silhouette in einen weiten, dunklen Bereich. Die Decke war in etwa fünf Meter hoch, doch das gegenüberliegende Ende des Raums konnte sie nicht ausmachen. Während sie der Erscheinung weiter folgte, klang das Echo der Steine, die sie lostrat, fern und gedämpft. Die Magierin rief Kelemvors Namen, doch der Klang ihrer Stimme verlor sich in der Dunkelheit, was bei ihr den Eindruck erzeugte, daß der Raum immens groß sein mußte.

Mitternacht lief weiter, stets dicht hinter der Erscheinung. Nach fünf Minuten erreichten sie eine glatte Wand aus gehauenem Granit. Ein äußerst erfahrener Steinmetz hatte die Steine so nahtlos aneinandergesetzt, daß Mitternacht nicht einmal die Klinge eines Dolchs zwischen zwei Steine hätte treiben können. Der Granit selbst war so perfekt geschnitten und poliert worden, daß auch der geschickteste Dieb keinen Halt hätte finden können.

Die Mauer erstreckte sich in beide Richtungen, soweit sie das im Licht der Silhouette sehen konnte, und sie reichte fünf Meter nach oben, um dort mit der Decke präzise abzuschließen. Mitternachts Puls begann vor Aufregung zu rasen, während sie der Erscheinung folgte und dabei mit einer Hand über den makellosen Stein strich.

Schließlich erreichten sie eine gepflasterte Straße, die quer zur Mauer verlief. Anders als bei der Mauer war der Straße ein unglaubliches Alter anzusehen. Einige der Pflastersteine waren gebrochen oder eingesunken, während andere aus dem Grund gerissen worden waren und verstreut herumlagen.

Die Straße verlief durch einen bogenförmigen Tunnel unter der Mauer hindurch, und ein schweres Fallgatter verschloß beide Enden des Gewölbes. Zu beiden Seiten des ersten Bogens gab es mehrere kleinere Ausbuchtungen, die gerade groß genug waren, daß ein Mann aufrecht in ihnen stehen konnte. Diese Tunnel waren mit schweren, bronzebeschichteten Türen verschlossen.

Die Tür des ihr am nächsten gelegenen Tunnels hing schräg in ihren Scharnieren und stand offen. Die Silhouette schwebte ohne Zögern in das Gewölbe. Mitternacht huschte an der Tür vorbei und folgte ihr. Auch in diesem Raum war makellose Arbeit geleistet worden. Jeder Stein war völlig exakt geschnitten und so auf den anderen gesetzt, daß nicht die kleinste Lücke zu sehen war. Die Mittelsteine hatten sich über einen Zeitraum, den Mitternacht auf mindestens tausend Jahre schätzte, nicht mal um den Bruchteil eines Zentimeters gesenkt.

Am anderen Ende des Tunnels fand sie eine ebenfalls ein wenig offenstehende Tür vor. Die Erscheinung glitt durch den Spalt und verschwand, während Mitternacht erst noch die Tür etwas weiter öffnen mußte, was nur mit lautem Knarren möglich war, da die Scharniere offenbar schon seit langem nicht mehr geölt worden waren.

Die Straße führte weiter geradeaus, wurde aber jetzt von Bordsteinen und Fußwegen gesäumt. Zu beiden Seiten der Straße standen einstöckige graue Gebäude. Sie waren aus glatt gehauenem

Stein erbaut und wiesen einen einfachen und klaren architektonischen Stil auf. Im Parterre führte eine Tür ins Innere des jeweiligen Hauses, im ersten Stockwerk konnte man von ein oder zwei quadratischen Fenstern aus die Straße überblicken. Ohne Ausnahme war jedes dieser Gebäude von bester handwerklicher Qualität, auch wenn hier und da ein paar Anzeichen für Zerfall zu erkennen waren – lockere Steine oder Lücken zwischen den Blöcken.

Doch es waren nicht die Gebäude, die Mitternachts Interesse weckten. Die weißen Erscheinungen von Tausenden von Männern und Frauen waren überall zu sehen und tauchten die gesamte Stadt in ein blasses, funkelndes Licht. In den Straßen erhob sich das unheimliche Geschwätz ihrer Unterhaltungen zu einem Summen.

Als sie diese Fülle von Erscheinungen an einem einzigen Ort erblickte, wurde es Mitternacht klar, daß hier Geister zusammenkamen, die alle von der Art der Erscheinung waren, dem sie bis in diese Stadt gefolgt war. Im nächsten Moment kam sie zu dem Schluß, daß es sich bei den weißen Formen um die Seelen der Toten handelte. Mitternacht bemerkte, daß keine der Seelen von ihr Notiz nahm, während sie auf der Straße weiterging. Auch wenn sie Angst verspürte, war sie fest entschlossen, sich nicht von ihrer Furcht beeinflussen zu lassen. Wenn diese Stadt das Reich der Toten war, dann war hier irgendwo die andere Tafel des Schicksals verborgen. Es war ihre unverrückbare Absicht, diese Tafel zu finden, sie an sich zu nehmen und dann so schnell wie möglich wieder von hier zu verschwinden. Danach konnte sie sich auf die Suche nach Kelemvor machen.

Nachdem sie den ersten Block zur Hälfte hinter sich gebracht hatte, kam ein Seelengeist auf Mitternacht zu. Er hatte die Form eines älteren Mannes, die Stirn war in Sorgenfalten gelegt, und an der Stelle seiner Augen befanden sich verwirrt wirkende, leere Sphären.

„Jessica?" fragte der Mann und griff nach Mitternachts Hand. „Bist du das? Ich wollte nicht von hier weg, ehe du nicht hier bist."

Mitternacht zuckte zurück und vermied es, von dem Mann berührt zu werden. „Nein, Ihr sucht eine andere Frau."

„Bist du sicher?" fragte der Geist enttäuscht. „Ich kann nicht länger warten."

„Ich bin nicht Jessica", antwortete Mitternacht mit fester Stimme, dann fügte sie etwas sanfter an: „Keine Sorge, ich bin sicher, sie taucht auf, wenn ihre Zeit gekommen ist. Ihr könnt auf sie warten."

„Nein, das kann ich nicht", herrschte der Geist sie an. „Ich habe keine Zeit – das wirst du schon noch merken!" Dann wandte er sich ab und schwebte davon.

Nachdem er verschwunden war, ging Mitternacht weiter die Straße entlang. Wiederholt wurde sie von Geistern angesprochen und gefragt, ob sie eine Geliebte oder eine Freundin war, doch nur wenige der Fragenden wirkten dabei so verwirrt wie der alte Mann. Mitternacht mußte nur höflich verneinen, dann konnte sie ihres Weges ziehen.

Während der ersten beiden Häuserblocks war die Straße mit leeren Geschäften gesäumt, zu denen oft eine Wohnung im Stockwerk darüber gehörte. In vier der Gebäude warf Mitternacht einen Blick. Jedesmal wurde sie von einer kleinen Gruppe von Erscheinungen begrüßt – zweimal wurde sie sogar eingeladen, sich zu ihnen zu gesellen, einmal begegnete man ihr mit desinteressierter Schroffheit, und einmal mit der recht feindseligen Aufforderung, sie solle verschwinden.

Je weiter Mitternacht in die Stadt vordrang, um so faszinierter war sie von der wohlüberlegten Planung, die bei ihrer Erbauung an den Tag gelegt worden war. Die Straßen trafen alle im rechten Winkel aufeinander, und die Häuserblocks schienen von einheitlicher Größe zu sein. Dennoch wirkten die Unterkünfte weder eintönig noch uninteressant. Die Gebäude waren mit stoischer Kunstfertigkeit entworfen worden. Sie hatten klare, glatte Formen und symmetrische Flächen, die funktional und zugleich schön anzusehen waren. Die Außenwände waren alle mit einfachen eingefrästen Linien verziert, die das rechteckige Aussehen der Gebäude widerspiegelten. Die Türen befanden sich stets in der Mitte der Fassade, zu beiden Seiten fanden sich je eine gleiche Zahl von Fenstern. Diese simple Architektur hatte auf Mitternacht eine entspannende, friedliche Wirkung.

Der dritte Block der Stadt wurde von einem einzigen Gebäude eingenommen, das sich bis hinauf zur Höhlendecke erstreckte. Dieses Gebäude wies weder Fenster noch Türen auf, die einzige Öffnung war ein großer Torbogen, der sich exakt in der Mitte des Blocks befand. Mitternacht begab sich zu diesem Torbogen und betrat das gewaltige Bauwerk.

Sie kam auf einen weitläufigen Binnenhof, der zu drei Seiten bis zum zweiten Stockwerk von einer Promenade gesäumt wurde. Dahinter führten Durchgänge in großzügig bemessene Räume. Ein großes Gebäude, das von Säulen aus feinstem weißen Marmor getragen wurde, beherrschte das Ende des Hofs zu Mitternachts Linken. Der Altar vor seinem Eingang legte den Gedanken nahe, daß es sich um einen Tempel handelte.

Am entgegengesetzten Ende des Hofs hielten sich Dutzende von Geistern am Rand eines marmornen Brunnens auf, in dessen Mitte ein Fontäne hoch in die Luft schoß und sich dort in Nebel auflöste. Eine seltsame Harmonie, die beunruhigend und besänftigend zugleich war, ging von diesem Brunnen aus, und Mitternacht fühlte sich zu diesem Wasserspiel hingezogen.

Die Geister nahe dem Wasser schienen Anwesenheit überhaupt nicht wahrzunehmen, also ging sie näher heran und warf einen Blick ins Wasser, das glasklar war, zugleich aber so schwarz wie Bhaals Herz und so ruhig wie Eis war. Die Magierin hatte das Gefühl, in eine andere Welt zu blicken, in der Friede und Ruhe herrschten.

Unter dem Wasser lag eine große Ebene aus schimmerndem Licht, das sich in alle Richtungen soweit ausbreitete, wie Mitternacht blicken konnte. Es schien ihr, als könnte sie bis zum Rand der Reiche blicken. Die Ebene war völlig ohne irgendein markantes Merkmal, jedenfalls wenn man davon absah, daß Millionen von winzigen Gestalten auf ihr umhereilten.

Während sie diese wundersame Ebene betrachtete, wurde Mitternachts Trauer um Adon und ihre Befürchtungen wegen Kelemvors Verschwinden von einem Gefühl von Gelassenheit und Bestimmung ersetzt. Es war ihr, als würde es nicht mehr lange dauern, bis sie mit ihren alten Freunden wieder zusammentreffen würde. Mitternacht wußte nicht, warum sie so empfand, doch sie vermutete, daß es etwas mit der weiten Ebene darunter zu tun haben mußte.

Eine tiefe, rauhe Stimme riß die Magierin aus ihren Gedanken: „Es tut mir leid, Euch hier zu sehen."

Mitternacht blickte auf und sah, daß eine Erscheinung sie angesprochen hatte. Der Geist war vertraut, und sie konnte nicht anders, als erschrocken zusammenzuzucken. Die Stimme war die von Kae Deverell, doch sie würde mit dessen Gestalt für immer Bhaal verbinden.

„Es muß Euch nicht leid tun", erwiderte Mitternacht.

Deverell setzte sich auf den Rand des Brunnens. „Und Eure Freunde – ich vergesse ihre Namen –, wie ergeht es ihnen?"

„Wo Kelemvor ist, weiß ich nicht", sagte sie. „Aber Adon ist irgendwo hier unten."

„Und der Halbling?" fragte Deverell. „Wie geht es Schnüffler?"

„Er starb am Gelben Schlangenpaß", antwortete Mitternacht. Sie führte es nicht weiter aus, weil der Gedanke an Cyrics Verrat ihr zu große Schmerzen bereitete.

Deverell seufzte. „Ich hatte gehofft, ich würde bessere Neuigkeiten erfahren."

Ein Geist machte einen Satz durch Deverell hindurch und tauchte in den Brunnen ein, um dann in einer langgezogenen, eleganten Spiralbewegung auf die Ebene zuzusinken. Der ehemalige Kommandant tauchte eine Hand ins Wasser und sah dem Geist mit einer Mischung aus Neid und Furcht nach.

„Vergessen... wie zieht es uns doch an", sagte Deverell nachdenklich. Er schloß seine Augen, als nehme er einen tiefen Schluck aus seinem Krug auf Hochhorn. Obwohl seine Hand die gläserne Oberfläche des Wassers nicht störte, entzog die dunkle Flüssigkeit den Schmerz und den Zorn, die damit einhergingen, daß man tot war. Sie entzog dem Cormyrer auch die Erinnerungen an sein Leben.

Schließlich zog er die Hand zurück. Die Zeit, in das Wasser zu springen, würde für ihn noch früh genug kommen.

Sobald sie starben, wurden die Seelen der Toten von Myrkuls Magie zu einem Ort wie diesem gezogen, wie es ihn zu Tausenden gab, hier zum Brunnen von Nepenthe – einem Brunnen, gefüllt mit dem schwarzen Wasser des Vergessens. In normalen Zeiten war Myrkuls Anziehung so stark, daß ein Seelengeist sofort in das dunkle Wasser sprang, um auf der Ebene der anderen Seite wieder aufzutauchen.

Da Myrkul jedoch aus seinem Zuhause verbannt worden war, hatte sich die Wirkung seiner Magie deutlich abgeschwächt. Viele Seelengeister fanden die Kraft, sich seiner Anziehung zu widersetzen, wenn auch nur vorübergehend. Überall in den Reichen versammelten sich Seelengeister und versuchten vergeblich, dem letzten Ruf des Todes zu widerstehen.

Deverell riß seine Gedanken von dem Brunnen los und widmete sich wieder Mitternacht. „Sagt mir, wer hat nun die Tafeln? Was wird mit Cormyr und mit den Reichen geschehen?"

„Kelemvor hat eine der Tafeln", sagte Mitternacht, ohne zu wissen, daß sie log. „Die andere ist irgendwo hier zu finden."

„Hier?" fragte Deverell perplex. „Was sollte sie hier machen?"

„Sie ist in der Knochenburg", erklärte Mitternacht. „Myrkul hat sie geraubt."

„Dann sind die Reiche dem Untergang geweiht", erwiderte Deverell.

„Ja, es sei denn, ich gelange zur Burg und kann die Tafel an mich nehmen", sagte sie und tauchte ihre Finger in das glitzernde Wasser des Brunnens. Anders als bei Deverell verursachten ihre Finger Ringe auf der Oberfläche. Das Wasser war kühl und besänftigend.

„Nicht!" rief Deverell und griff nach ihrem Arm. Seine Finger gingen durch ihren Körper hindurch und verursachten ein kühles, taubes Gefühl. „Ihr lebt!"

„Ja", sagte Mitternacht widerwillig, da sie nicht wußte, wie sie Deverells Reaktion deuten sollte.

„Zieht Eure Hand aus dem Wasser!"

Mitternacht gehorchte und fragte sich, ob sie den Seelengeist möglicherweise mit ihrem Handeln beleidigt hatte.

Deverell wurde sofort ruhiger. „Ihr lebt – und das bedeutet, daß es Hoffnung gibt", sagte er. „Aber nicht, wenn Ihr Euch von dem Wasser Eure Erinnerung entziehen laßt. Was ist nun mit der Knochenburg?"

„Dort befindet sich die andere Tafel", erklärte sie. „Ich muß in die Burg gelangen und die Tafel holen. Könnt Ihr mich dort hinbringen?"

Deverells blasse Form schien noch bleicher zu werden, wenn das überhaupt möglich war. „Nein", erwiderte er leise und wandte sich ab. „Ich bin noch nicht bereit für den Brunnen von Nepenthe. Und selbst wenn – ich war noch nie im Reich der Toten."

„Das hier ist nicht das Reich der Toten?" fragte Mitternacht verwundert.

„Nicht einmal annähernd." Deverell schüttelte den Kopf. „Den anderen zufolge befinden wir uns in Kanaglym."

„Kanaglym?"

„Erbaut von den Zwergen, als die Hohe Bergheide noch fruchtbar und warm war."

Mitternacht konnte sich nicht vorstellen, daß es jemals eine Zeit gegeben haben sollte, in der die Hohe Bergheide fruchtbar, geschweige denn warm gewesen war. „Aber hier sind nirgendwo Zwerge", erwiderte sie und sah sich um

„Nein", pflichtete Deverell ihr bei. „Sie haben hier nie gelebt, zumindest nicht für längere Zeit. Kanaglym trocknete binnen eines Jahres nach ihrer Fertigstellung aus. Die Zwerge bohrten einen tieferen Brunnen an der Stelle des alten, und schließlich stießen sie auf einen unerschöpflichen Wasservorrat: das Wasser des Vergessens. Nach etwa einem Monat erkannten sie, daß sie einen Fehler begangen hatten, und sie benannten ihren Brunnen um in den Brunnen von Nepenthe. Einen Monat später hatten sie fast alle Kanaglym wieder verlassen. Diejenigen, die zu stur waren, sich evakuieren zu lassen, vergaßen einfach, wo sie lebten, und wanderten durch die Dunkelheit."

„Dann ist das hier nicht Myrkuls Reich", sagte Mitternacht seufzend. „Bhaal sagte, unter der Drachenspeerburg gebe es einen Eingang ins Reich der Toten. Ich dachte, ich hätte ihn gefunden."

„Das habt Ihr auch", entgegnete Deverell und deutete mit einem Kopfnicken auf den Brunnen.

„Unter Wasser?"

„Aye. Die Zwerge haben für diesen Brunnen so tief gegraben, daß sie auf Myrkuls Reich gestoßen sind", erklärte Deverell.

„Dann sollte es doch einfach sein", meinte Mitternacht mit einem Blick auf das dunkle Wasser. „Ein einfacher Wasseratmungsz..."

„Nein", unterbrach sie Deverell. „Nicht durch das Wasser. Es nimmt Euch Eure Gefühle und Erinnerungen."

Mitternacht war deswegen nicht weiter besorgt. „Ich habe andere Methoden, um durchzukommen." Sie dachte an eine Teleportation, doch im gleichen Moment hatte sie auch schon eine bessere Idee. Es war etwas, das als Weltenwandel bezeichnet wurde, durch den eine ultradimensionale Verbindung zwischen verschiedenen Ebenen geschaffen wurde.

Mitternacht hatte noch nie zuvor von diesem Zauber gehört, aber sie hatte eine gute Vorstellung davon, warum sie in der Lage sein würde, ihn anzuwenden. Ohne über diese Sache wirklich bewußt nachzudenken, erkannte sie, daß sie nicht nur wußte, wie sie den Zauber anwenden mußte, sondern auch, wie er aufgebaut war, welche Theorie ihn funktionieren ließ und daß Elminster den ursprünglichen Zauber entwickelt hatte.

Die Magierin war verblüfft. Es gab keinen Grund, warum sie dies alles wissen sollte. Die Information war einfach in ihrem Verstand aufgetaucht. Sie beschloß festzustellen, was sie sonst noch alles machen konnte. Mitternacht durchforstete ihre Erinnerung nach einer vollständigen Liste aller Zauber von Elminster. Im nächsten Moment wurde ihr Geist von Informationen überflutet, wie sie einen Zauber beschwören mußte, wie er aufgebaut war und welche Theorie hinter jedem der Zauber steckte, die von Elminster entwickelt worden waren. Die Fülle an Informationen hatte etwas Erschreckendes, und sie lenkte ihre Gedanken ab von der Magie des alten Magiers. Mitternacht mußte an einen interessanten Zauber denken, den sie einmal miterlebt hatte und bei dem ein Magier eine magische Hand ohne jeglichen Körper zwischen sich und einem Angreifer hatte entstehen lassen. Sie suchte in ihrem Geist nach diesem Zauber, und tatsächlich tauchte er sofort auf. Wieder wußte sie alles über seine Anwendung bis hin zu der Tatsache, daß ein Magier namens Bigby ihn vor einigen Jahrhunderten erfunden hatte.

Mitternacht wurde klar, daß sie auf irgendeine Weise enzyklopädisches Wissen über Magie besaß, fast so, als hätte sie Zugriff auf ein mystisches Buch, in dem jeder Zauber verzeichnet ist, der jemals erfunden wurde. Es gab keinen Zweifel daran, daß diese neue Fähigkeit mit Mystras Macht zu tun hatte, doch die Magierin verstand nicht, warum dieses Wissen in diesem Moment zu ihr gekommen war. Vielleicht hatte es damit zu tun, daß sie jetzt einem Ausgang aus den Reichen so nahe war. Oder es war einfach nur eine weitere Entwicklung in ihrer sich erweiternden Beziehung zum magischen Netz der Welt. Welchen Grund es dafür auch geben mochte, Mitternacht fühlte sich durch diese Erkenntnis ermutigt. Sie würde jeden Vorteil gut gebrauchen können, wenn die sie die Tafel des Schicksals aus der Knochenburg holen sollte.

Ihre Überlegungen zur Tafel brachten Mitternachts Gedanken zurück zu Deverell und dessen Wunsch, ihr behilflich zu sein. Sie sah ihn an und fragte: „Ihr seid doch schon tot, wieso interessiert Euch da, was mit den Reichen geschieht?"

„Die Ehre eines Mannes stirbt nicht mit seinem Körper", erwiderte Deverell. „Als ein Harfner habe ich geschworen, mich für das Gute einzusetzen und das Böse zu bekämpfen, wo immer es mir auch begegnet. Dieser Schwur bindet mich, bis ich ..." Er brach ab und deutete mit einer Kopfbewegung auf den Brunnen.

„Ich hoffe, daß das noch lange hin ist", erwiderte Mitternacht.

Deverell sagte nichts. Er wußte, daß er nicht die Willenskraft besaß, dem Brunnen noch viel länger zu widerstehen. „Ihr seht müde aus. Vielleicht solltet Ihr Euch ein wenig ausruhen, bevor Ihr Euch auf den Weg macht", sagte er. „Ich werde auf Euch aufpassen."

„Ja, das ist eine gute Idee", gab Mitternacht zurück. Sie wußte nicht, wie lange es her war, daß sie zum letzten Mal geschlafen hatte, aber sie nahm nicht an, daß sie im Reich der Toten dazu Gelegenheit bekommen würde.

Sie begaben sich in eine Ecke des Binnenhofs, und Mitternacht legte sich hin. Es dauerte lange, ehe sie einschlafen konnte, und als es dann passierte, wurde sie von Träumen und bösen Vorzeichen geplagt. Dennoch schlief sie solange wie möglich, und als sie wieder wach wurde, fühlte sich ihr Körper – wenn auch nicht ihr Geist – bereit, die Reise fortzusetzen.

Mitternacht stand auf und streckte sich, als sie bemerkte, daß Tausende von Seelengeistern auf dem Binnenhof zusammengekommen waren.

„Es tut mir leid", erklärte Deverell. „Nachdem Ihr eingeschlafen seid, hat sich herumgesprochen, daß eine lebende Frau anwesend ist. Sie sind alle gekommen, um Euch zu sehen, sie wollen Euch keinen Schaden zufügen."

Als Mitternacht in die neidischen Gesichter der Erscheinungen sah, taten sie ihr unendlich leid. „Das ist schon in Ordnung", sagte sie. „Wie lange habe ich geschlafen?"

Deverell zuckte mit den Schultern. „Ich bedauere, aber hier besitze ich kein Zeitgefühl mehr."

Mitternacht wollte losgehen, dann kam ihr ein Gedanke, und sie sah zu Deverell. „Wenn jemand in der Drachenspeerburg zu Tode kommt, würde seine Seele dann nach Kanaglym kommen?"

Deverell nickte. „Natürlich. Der Brunnen von Nepenthe ist von den Ruinen aus der nächste Zugang zum Reich der Toten."

Mitternacht wandte sich ab und rief in die Menge: „Kelemvor, bist du hier?" Die Seelengeister gerieten in eine Bewegung, die

Unbehagen zu bedeuten schien, sie sahen sich gegenseitig an, doch niemand trat vor. Mitternacht atmete erleichtert aus.

Wieder rief die Magierin der Menge etwas zu, doch diesmal rechnete sie fest mit einer Reaktion: „Adon? Wie sieht es mit dir aus? Komm her, damit wir uns unterhalten können." Mitternacht war sich nicht sicher, was sie empfinden würde, wenn sie mit einem toten Freund sprechen sollte, aber sie mußte es wenigstens versuchen. „Adon, ich bin es, Mitternacht."

Adon zeigte sich nach wie vor nicht.

Nach fünf Minuten sagte Deverell: „Vielleicht hat er Angst, oder er konnte dem Brunnen nicht länger widerstehen."

Mitternacht schüttelte den Kopf. „Nein, das paßt nicht zu Adon. Er gibt nicht so schnell auf."

Deverell sah sich in der Menge um. „Nun, er tritt auf jeden Fall nicht vor. Ich glaube nicht, daß Ihr hier noch etwas erreichen könnt, wenn Ihr weiter auf ihn wartest."

Mitternacht nickte zögernd. „Vielleicht ist es auch besser so. Es hätte uns beiden nur Schmerzen bereitet."

„Wenn Ihr dann soweit seid", sagte Deverell und zeigte mit einer leuchtenden Hand auf den Brunnen von Nepenthe.

Mitternacht nahm ihren ganzen Mut zusammen und nickte. „Jetzt oder nie."

Deverell führte sie durch die versammelten Seelengeister. Als er den Brunnen von Nepenthe erreicht hatte, blieb er stehen und wandte sich Mitternacht zu. „Bis sich die Schwerter trennen."

Deverells Worte berührten Mitternacht, da sie sie als Zeichen für den Respekt eines Kriegers erkannte. „Möge Euer edles Herz Eure Seele retten", erwiderte sie.

Die Magierin betrachtete noch einmal die Geister, die gekommen waren, um sie zu sehen. Sie suchte nach Adons vertrautem Gesicht oder einem anderen Hinweis darauf, daß er hier war, um sich von ihr zu verabschieden. Die Menge aber war und blieb ein Schwarm von leidenschaftslosen und fremden Gesichtern.

Mitternacht wandte sich dem Brunnen zu und versuchte sich vorzustellen, was sie auf der weißen Ebene darunter vorfinden würde. Voller Hoffnung, daß ihre Magie sich wenigstens jetzt als zuverlässig erweisen würde, begann sie mit Elminsters Zauber für den Weltenwandel. Eine schimmernde Energiescheibe nahm über dem Brunnen Gestalt an. Mitternacht atmete tief durch und machte einen Schritt nach vorn.

◆ ◆ ◆

Cyric stand vor einer kleinen Herberge, in der Hand hielt er die Zügel seines Pferdes. Die Herberge lag inmitten der kargen Steppe zwischen der Drachenspeerburg und Dolchfurt. Die Taverne und die Quartiere befanden sich in einem Steingebäude, das im Schatten von sechs Ahornbäumen stand. Der Stall lag fünfzig Schritt nach Westen entfernt, der Pferch war an einen kleinen Bachlauf gebaut worden, um den Tieren ständig frisches Wasser zur Verfügung zu stellen.

Der Strom wurde aber jetzt von Kadavern verstopft, der Stall war niedergebrannt worden. An der Taverne lag das Schild „Zum müden Greifen“ im Schnee, halb verbrannt und unleserlich. Die Fensterläden waren zerschmettert und zersplittert, rußige Rauchfahnen stiegen aus den Fenstern auf.

Gibt es da noch etwas für mich? fragte das Schwert den Dieb. Die Worte formten sich in seinem Geist, als wären es seine eigenen Gedanken gewesen.

„Das bezweifle ich", erwiderte Cyric. „Aber ich werde mich umsehen." Er und das Schwert – in Gedanken betrachtete er es als eine „Sie" – waren in die Gewohnheit verfallen, sich gegenseitig als Gefährten anzusehen – vielleicht sogar als Freunde, wenn so etwas möglich sein konnte.

Ich bitte dich darum. Egal was, ich brauche Nahrung, ich verkümmere.

„Ich will es versuchen", erklärte Cyric ernst. „Ich bin ebenfalls hungrig."

Keiner der beiden hatte etwas zu sich genommen, seit sie den sechs glücklosen Kriegern das Pferd abgenommen hatten. Der Dieb vermutete, daß sich das Schwert in einer weit schlechteren Verfassung befand als er. Auf dem ersten Teil ihrer unfreiwilligen

Fastenperiode hatte das Schwert seine dunkle Macht benutzt, um ihn davor zu bewahren, Hunger zu verspüren. Nach der Drachenspeerburg jedoch war das Schwert selbst zu schwach geworden, um den Dieb weiter zu ernähren.

Das war vor zwei Tagen gewesen. Nun schmerzte Cyrics Magen vor Hunger, und die Erschöpfung hatte ihn leichtsinnig und schwach werden lassen. Er und das Schwert benötigten beide dringend Nahrung.

Doch es hatte sich keine Gelegenheit ergeben, um sich zu laben. Nachdem Mitternacht versucht hatte, ihn zu töten, war Cyric in den Turm vorgedrungen, um sie und Kelemvor dorthin zu verfolgen, wohin sie auf dem Weg waren. Doch als er die ersten Stufen auf der Treppe nach unten festgelegt hatte, waren ihm die Untoten mit der Tafel entgegengekommen. Der Dieb war davon ausgegangen, daß die Geschöpfe den Krieger und die Magierin getötet hatten.

Also hatte er sich an die Verfolgung der Zombies gemacht, um ihnen bei der erstbesten Gelegenheit die Tafel zu entreißen. Bislang allerdings hatte die Karawane der Untoten ihm nicht die Chance gegeben. Sie hatten sich in die verschneiten Ebene westlich der Straße begeben, wo sie von vorüberziehenden Karawanen nicht bemerkt werden konnten. Dann waren sie Richtung Norden abgebogen und in einen schwerfälligen, aber unermüdlichen Trott verfallen. Ihren Marsch hatten sie dabei bislang nicht ein einziges Mal unterbrochen.

Da die Straße der Karawanen in nordwestlicher Richtung verlief und sie sich stur nach Norden begeben hatten, waren sie in der Nähe des Gasthaus wieder auf diese Straße getroffen. Aus einem sicheren Versteck im Schnee hatte Cyric beobachtet, wie die Untoten die Herberge dem Erdboden gleichmachten, um dann unerbittlich weiterzuziehen. Auch wenn sich der Dieb nicht sicher war, warum die Zombies die Taverne zerstört hatte, vermutete er, daß es sich um einen Fehler handelte. So weit, wie sie sich von der Hauptroute entfernt hatten, war es den Kreaturen eindeutig darauf angekommen, nicht entdeckt zu werden. Wahrscheinlich waren sie angewiesen worden, jeden zu töten, der in Sichtweite geriet. Also hatten sie die Herberge verwüstet, als sie auf sie gestoßen waren. Die Zerstörung eines Gasthaus an einer so stark frequentierten Route war natürlich keineswegs der richtige Weg, möglichst unentdeckt zu bleiben, aber Zombies waren nicht intelligent genug, um einen solchen Aspekt zu bedenken.

Nun, da die Untoten längst hinter dem Horizont verschwunden waren, hielt Cyric es für unbedenklich, in der Herberge nachzusehen, ob sie jemanden lebend zurückgelassen hatten. Er band sein Pferd an einem Ahornbaum an, dann betrat er die Taverne. Ein gutes Dutzend Leichen lagen auf dem Boden zwischen den Tischen und in den Ecken. Es schien so, als hätten die Männer versucht, mit Feuer gegen die Zombies anzugehen, denn überall auf dem Boden lagen erloschene Fackeln. An manchen Stellen hatten die Flammen noch weitere Nahrung gefunden und vereinzelte Feuer gelegt, die noch immer schwelten. Es sah so aus, als wäre die Herberge nur knapp dem Schicksal entgangen, ein Raub der Flammen zu werden.

„Wie denkst du darüber, Blut von Toten zu trinken?" fragte Cyric sein Schwert.

Wie denkst du denn darüber? erwiderte es. *Sieht irgendeiner noch einigermaßen gut aus?*

„So hungrig bin ich nun auch wieder nicht", antwortete der Dieb angewidert.

Aber ich, gab das Schwert tonlos zurück.

Cyric zog sein Schwert aus der Scheide und ging hinüber zum Leichnam einer stämmigen Frau, die eine Schürze umgebunden hatte. In der Hand hielt sie den Griff eines Schlachtermessers, doch die Klinge war abgebrochen. Ihre Kehle wies Quetschungen von der Hand auf, die sie erwürgt hatte. Cyric kniete neben ihr nieder und machte sich bereits, die Klinge seines Schwerts zwischen ihre Rippen zu schieben.

„Sie ist tot", sagte ein Mann mit beherrschtem Tonfall. „Sie sind alle tot."

Cyric stand rasch auf und drehte sich um. Ein untersetzter Mann mit Halbglatze stand in einer Türöffnung, in den Händen eine gespannte Armbrust.

„Schießt nicht", sagte Cyric und hob langsam die Hände. Er ging davon aus, daß der Mann genug gesehen hatte, um glauben zu müssen, daß der Dieb keine ehrbaren Absichten hegte. Der baute aber lediglich darauf, solange zu warten, bis er die Situation zu seinem Vorteil umkehren konnte. „Das ist nicht so, wie es Euch erscheinen mag."

Der stämmige Mann runzelte die Stirn. „Was ist los mit Euch? Wieso habt Ihr solche Angst?" Er unterstellte Cyric keine hinterhältigen Absichten, er befand sich vielmehr in einem Schockzustand und hatte vergessen, wie es auf andere Leute wirkte, wenn man selbst eine tödliche Waffe in der Hand hielt.

Cyric nahm seinen Mut zusammen und deutete mit einem Kopfnicken auf die Armbrust. „Ich dachte, Ihr würdet mich für einen ..."

„Für einen Zombie halten?" schnaubte der Mann, sah auf die Armbrust und wurde rot im Gesicht. „So durcheinander bin ich nun auch wieder nicht."

Der Mann begab sich hinter die Bar und legte die Waffe weg. „Wollt Ihr Euch zu mir gesellen für ein Ale? Es geht aufs Haus. Wie Ihr seht, hat man mir mein Geschäft kaputtgemacht."

Cyric steckte sein Schwert weg und ging zur Theke. „Danke, sehr gerne."

Der dickliche Mann schenkte Cyric einen Krug Ale ein, stellte ihn auf die Theke und goß sich dann auch einen Krug ein. „Man nennt mich Farl", sagte er und streckte seine Hand aus.

Cyric schüttelte sie. „Angenehm, ich bin Cyric", erwiderte er und zwang sich, so warmherzig wie nur möglich zu klingen. „Wie habt Ihr das hier überlebt?

Der Mann runzelte die Stirn. „Ein Zombie-Angriff", murmelte er. „Ich war im Keller, als es geschah. Ich schätze, ich hatte einfach nur Glück."

Der Dieb kniff ein wenig die Augen zusammen und starrte den Wirt einen Moment lang eindringlich an. „Ja", sagte er dann. „Man kann wohl sagen, daß Ihr Glück hattet."

„Tja, trinken wir auf das Glück, Cyric!" rief Farl aus und leerte seinen Krug in einem Zug.

Nachdem Cyric ihn dabei beobachtet hatte, setzte auch er zum Trinken an. Bedauerlicherweise rebellierte sein leerer Magen, als der sich mit dem starken Gebräu füllte, und er konnte nicht austrinken. Er stellte den Krug ab und klammerte sich an die Theke.

„Seid Ihr krank?" fragte Farl beiläufig. Er war noch immer zu fassungslos und zu schockiert, um sich wirklich um den Fremden kümmern zu können, doch er war auch ein zu wachsamer Gastgeber, als daß ihm der Zustand seines Gastes nicht aufgefallen wäre.

„Nein", antwortete Cyric. „Ich habe seit einer Woche nichts mehr zu essen gehabt."

„Das ist nicht gut", murmelte Farl reflexartig und schenkte sich noch einmal ein. Er trank aus, hielt sich den Ärmel vor den Mund und rülpste leise. Schließlich kam es dem fetten Mann in den Sinn, daß Cyric vielleicht gerne etwas essen würde.

„Wartet einen Moment", sagte der Wirt und schüttelte den Kopf über seine eigene Gedankenlosigkeit. „Ich hole Euch etwas aus der Küche, ich muß sehen, was noch dort ist." Er schenkte sich abermals ein, dann ging er aus dem Schankraum.

Farl ist ein saftiger Happen, drängte das Schwert.

„Aye, das ist er. Aber du mußt dich noch gedulden", sagte Cyric.

Ich kann nicht länger warten!

„Wie lange du warten kannst, entscheide ich!" herrschte der Dieb seine Waffe an.

Ich verblasse.

Cyric reagierte nicht. Er kam sich dumm vor, daß er sich mit einem Schwert stritt. Viel bedeutender war jedoch, daß der fordernde Tonfall der Waffe etwas Unverschämtes hatte. Allerdings wußte er auch, daß sein Schwert die Wahrheit sprach. Die Klinge hatte bereits eine weiße Färbung angenommen.

Ohne mich hättest du dich nicht von den Verletzungen erholt, die Bhaal dir zugefügt hat! bedrängte ihn das Schwert. *Willst du etwa, daß ich verhungere?*

„Ich werde dich nicht verhungern lassen", sagte Cyric geduldig. „Aber ich entscheide, womit ich dich nähre."

Farl kam durch die Tür hereingeschlurft und trug ein großes Tablett. „Mit wem habt Ihr gesprochen?" fragte er.

Du schuldest mir Farl! zischte das Schwert ihn an.

„Ich redete mit mir selbst", sagte der Dieb. „Das ist eine der Gefahren, wenn man allein reitet."

Farl stellte das Tablett auf der Theke ab. Er hatte das Beste zusammengetragen, was seine Küche zu bieten hatte: geröstete Gans, gebratene Tomaten, eingelegte Wurzeln, getrocknete Äpfel. „Laßt es Euch schmecken", erklärte er. „Wenn Ihr es nicht eßt, muß ich es wegwerfen."

„Dann werde ich soviel essen, daß mich mein Pferd nicht mehr tragen kann", erwiderte Cyric und bemerkte, daß Farl so viel Essen gebracht hatte, daß es ihm für eine ganze Weile reichen würde. „Könnte ich noch einen Krug Bier haben?" bat er. „Dann kann ich es besser runterspülen."

„Natürlich", murmelte Farl, nahm den Krug und füllte ihn auf. „Nehmt, soviel Ihr wollt", sagte er und lächelte ihn schwach an.

„Seid versichert", gab Cyric zurück und nahm mit der einen Hand den Krug, während er mit der anderen sein Schwert zog. „Das werde ich machen."

Der Dieb hob seinen Arm über das Tablett hinweg und schlug schnell zu. Er jagte die Klinge tief in die Brust des dicken Mannes, während der Gastwirt noch immer ein flüchtiges Lächeln auf den Lippen hatte.

Farl machte einen vergeblichen Versuch, nach seiner Armbrust zu greifen. Noch während er voller Verwunderung die Augenbrauen hochgezogen hatte, fiel er hinter der Theke in sich zusammen. Damit die Klinge in der Brust des Mannes steckenblieb, ließ Cyric rasch das Heft los.

Dann nahm sich der Dieb ein Stück Gans und biß davon ab. Schließlich lehnte er sich über die Theke und sah nach seinem Schwert. Mit vollem Mund sagte er: „Laß es dir schmecken."

14

DIE WEISSE EBENE

Als Mitternacht durch die Scheibe trat, fühlte sie, wie sie aus Kanaglym verschwand und in der weißen Ebene auftauchte. In ihrem Geist war es, als hätte sie sich nicht bewegt, als sei er ein Anker, an dem ihr Körper festgemacht war.

Sobald Mitternacht einatmete, verätzten Dämpfe ihr Rachen und Nase. Als sie versuchte, ihren Blick auf etwas zu konzentrieren, sah sie vor sich nur Weiß. Ebensogut hätte sie in die Sonne blicken können. Der Boden unter ihr bebte, als sei er lebendig und rastlos, und eine Million monotoner Stimmen ließen in der Luft ein Gemurmel umherschwirren, das ihr eine Gänsehaut bereitete.

Nur allmählich konnte sie etwas sehen. Die schimmernde Scheibe für den Weltenwandel hing neben ihr mitten in der Luft. Es erschien ihr nicht ratsam, ein solches Portal zwischen den Ebenen offen zu lassen, also konzentrierte sie sich darauf, es zu schließen. Im nächsten Augenblick verschwand der Durchgang.

Erst dann begannen die Informationen, die ihre Sinne zusammentrugen, sich allmählich zu einem Bild zu ordnen. Sie stand auf einer endlosen, kreidebleichen Ebene inmitten von mehr Menschen, als sie jemals hätte zählen können. Im Gegensatz zu den Seelengeistern von Kanaglym hatten diese Kreaturen stoffliche, faßbare Körper. Hätte sie es nicht besser gewußt, wäre die Magierin davon überzeugt gewesen, daß die Menschen auf dieser Ebene lebten.

Rechts von der Magierin befand sich eine nach Tausenden zählende Menge, alle blickten in die gleiche Richtung. Die Aufmerksamkeit aller war auf den Himmel gerichtet, als würde man dort etwas beobachten, das Mitternacht nicht sah. Als sie die Toten betrachtete, erhob sich zu einer Seite ein Gemurmel, das wie eine

Welle auf einem stürmischen Ozean auf sie zuschoß. Schließlich schlug diese Woge über ihr derart laut zusammen, daß Mitternacht das Gesicht verzog.

„Tyr!" schrie die Menge.

Tausende von Anbetern hatte den Namen ihres Herrn gerufen. Mitternacht konnte sich den gellenden Ruf vorstellen, wie er über die Leere zwischen den Ebene schallte und Tyrs Ohren weit oben in den Reichen erreichte.

„Tyr, Gott der Gerechtigkeit, Hüter der Waagschalen, beantworte diesen Ruf deiner Getreuen!" riefen die Anbeter laut und deutlich, obwohl die Worte aus unendlich vielen Mündern kamen. „Wann wirst du uns erlösen, uns, die wir unser Leben deinem Ruhm gewidmet haben, der Verbreitung der Wahrheit und der Gerechtigkeit in jeden Winkel unserer Welt? Hör den Ruf derer, die dich anbeten! Sieh, hier ist Mishkul der Mächtige, der König Lagost Gerechtigkeit widerfahren ließ! Hier ist der Weise, der zwischen den Städten Ornik und Tulbegh richtete, und hier ist Qurat von Proskur, der..."

Das Gebet schallte unablässig weiter und kündete von der Loyalität der Anhänger Tyrs, wobei die Leistungen eines jeden einzelnen von ihnen aufgeführt wurden. Nach der Größe der Menge zu urteilen, würde die Litanei Tage dauern. Die Magierin zog sich zurück und hielt Ausschau nach einem Hinweis auf den Standort der Knochenburg.

Immer wieder traf sie auf dicht gedrängt stehenden Menschenmassen, deren Größe sich oft zwischen 5.000 und 10.000 bewegte. Einmal traf Mitternacht auf ein Dutzend Frauen, die sich geißelten und ihre Ergebenheit zu Loviatar hinausschrien, der Herrin des Schmerzes. Dann begegnete sie den Anbetern Ilmaters, die in einer Gruppe von tausend Mann Schulter an Schulter dastanden und beharrlich schwiegen. Hin und wieder sah sie Gruppen, die so alte Götter priesen, daß ihre Namen in den Reichen längst vergessen worden waren.

Nach einer Wanderung von mehreren Stunden wurde Mitternacht klar, daß sie sich ohne Richtungsangabe im Reich der Toten niemals würde zurechtfinden können. Sie hielt einen rundlichen Mann an und fragte: „Könnt Ihr mir sagen, wie ich die Knochenburg finden kann?"

Vor Schreck riß er die Augen auf. „Nein, das kann ich nicht", gab er schroff zurück. „Woher soll ich wissen, wo sie ist – und warum wollt Ihr es wissen?" Er wandte sich ab und verschwand in der Menge.

Mitternacht hielt drei weitere Personen an und stellte ihnen dieselbe Frage. Alle drei reagierten auf verblüffend ähnliche Weise. Jeder behauptete, nichts über die Lage der Burg zu wissen, und jeder machte ihr klar, daß es dumm von ihr war, danach zu fragen. Sie beschloß, nicht weiter nach dem Weg zur Burg zu fragen. Aus irgendeinem Grund beunruhigte die Frage die Toten.

Links von Mitternacht schrie jemand. Die Magierin drehte sich um und sah, daß ein Fleischberg eine Frau angriff. Die Menge hatte sich von dem Kampf zurückgezogen, so daß Mitternacht freie Sicht hatte.

Die Frau schien etwa 40 Jahre alt zu sein, ihr Haar war so schwarz wie das von Mitternacht, wies aber einige graue Strähnen auf. Viel interessanter war aber der Anhänger, den sie trug: ein blau-weißer Stern in einem Kreis – Mystras Symbol.

Was die Frau angriff, war abscheulich. Der Kopf erinnerte an den eines Mannes mit Nase, Mund und Ohren. Doch der Mund war voller matter Reißzähne, von denen gelbe Galle heruntertroff. Die Augen glühten rot wie heiße Kohle. Der Kopf saß auf einem grotesken Rumpf, dessen Umfang größer war als der eines Fasses, und mit langen, spindeldürren Armen, die von den Schultern herabbaumelten. Schwammige Wülste, die wie mit lederner Haut überzogen waren, saßen an den Stellen, an denen Muskeln hätten sein sollen. An einem Dutzend Stellen floß aus alten Wunden übelriechender grünlicher Schleim. Die Beine der Kreatur waren so schmächtig, daß sie kaum den Leib trugen. Doch der Fleischberg verfolgte die Frau mit bemerkenswerter Wendigkeit.

„Komm her, Weib!" knurrte er. Die Stimme der Bestie war so tief und guttural, daß Mitternacht kaum ein Wort verstand. In der einen Hand trug der Fleischberg einen Säbel, in der anderen Handfesseln.

Da sie wenig über das Reich der Toten wußte, zögerte die Magierin, sich einzumischen, doch ihre Unentschlossenheit hielt nicht lange an. Sie konnte nicht zulassen, daß eine Anhängerin Mystras angegriffen wurde. „Laß sie!" rief Mitternacht.

Als die Frau ihre Worte hörte, kam sie zu ihr geeilt. Das Ding blieb abrupt stehen, runzelte die Stirn und schüttelte den Kopf, als könne es nicht glauben, was es da gehört hatte. Dann murmelte es: „Sie gehört Myrkul."

Als genüge diese Erklärung, hetzte die Bestie weiter und schlug die Handfesseln gegen den Kopf der Frau. Mystras Anhängerin sackte zusammen.

„Halt!" rief Mitternacht und ging auf das Ding zu. „Wenn du sie anrührst, bringe ich dich um!"

Das Ding hielt abermals inne und sah sie an. Schließlich grölte es: „Umbringen? Wenn ich sie anrühre, bringst du mich um?" Der Fleischberg begann auf eine Weise zu kichern, die den fetten Leib in Schwingungen versetzte, dann kniete er sich hin und legte eine Fessel um das Handgelenk der Frau.

Ein mächtiger Zauber der Einkerkerung entstand in Mitternachts Geist. Die Magierin zögerte einen Moment, dann spürte sie das magische Netz um sich herum. Es war stark und stabil, nicht so unsicher und unkalkulierbar wie in den Reichen. Mitternacht lächelte und wiederholte den Zauber laut.

Das Ding legte die andere Hand der Frau in Fesseln.

Nachdem der Zauber vollständig war, trat Mitternacht auf den Fleischberg zu und sagte: „Ich habe dich gewarnt."

Der Angreifer der Frau sah auf und grinste höhnisch, dann richtete er sich auf und trat vor Mitternacht. „Verrotte in der..."

Die Magierin streckte eine Hand aus und berührte die üble Kreatur, womit der Zauber ausgelöst wurde. Der Fleischberg hielt in der Bewegung inne, dann erstarrte er förmlich. Im nächsten Moment wurde die Monstrosität von einer dunklen Sphäre umschlossen, von der sie in den weißen Untergrund gezogen wurde.

Dort würde sie in künstlichem Schlaf verharren, bis jemand sie befreite.

Mitternacht erbebte, dann setzte sie sich hin und schloß die Augen. Als sie sich dem Fleischberg in den Weg gestellt hatte, war sie wütend und entschlossen gewesen, doch jetzt, da der Kampf vorüber war, fühlte sie sich unerwartet schwach und ängstlich. Auch wenn sich das magische Netz als stabil erwiesen hatte, als es darauf angekommen war, zitterte Mitternacht bei dem Gedanken daran, was hätte geschehen können, wenn ihr Zauber mißlungen wäre.

Sie versuchte, den Gedanken an ein mögliches, aber nicht eingetretenes Scheitern zu verdrängen. Der Zauber hatte fehlerfrei gewirkt, und sie erkannte, daß sie keinen Grund für die Annahme hatte, außerhalb der Reiche könnte die Magie instabil sein. Für einen Moment blieb Mitternacht mit geschlossenen Augen sitzen.

„Kenne ich Euch?" fragte plötzlich ein Mann.

Die Stimme kam Mitternacht bekannt vor, sie konnte sie aber nicht zuordnen. Sie öffnete die Augen und stellte fest, daß sie von mindestens hundert Menschen angestarrt wurde. Die Frau, die sie gerettet hatte, war nirgends zu sehen. Sie war verschwunden, ohne sich zu bedanken.

Der Mann, der sie angesprochen hatte, stand direkt vor ihr. Er trug ein rotes Gewand mit Goldverzierung. Er war Rhaymon von Lathander.

„Was tut Ihr hier?" fragte Mitternacht und stand auf. Das letzte Mal, daß sie ihn gesehen hatte, war während des Prozesses in Schattental gewesen. Da war er noch sehr lebendig gewesen.

„Dann kenne ich Euch!" rief Rhaymon erleichtert. „Ich hatte recht!"

Der Kleriker beantwortete aber nicht Mitternachts Frage. Gestorben war er im Wald außerhalb von Schattental, als der Ast einer Eiche lebendig geworden war und ihn erwürgt hatte. Er wollte ungern über dieses Erlebnis sprechen.

„Ihr kennt mich", bestätigte Mitternacht. „Ihr sagtet gegen Adon und mich aus, als man uns vorwarf, Elminster ermordet zu haben."

Er legte die Stirn in Falten. „Elminster? Aber er ist nicht tot... oder?"

„Nein", sagte Mitternacht. „Das Verfahren war ein Fehler."

Wieder runzelte er die Stirn, als er sich an den Prozeß gegen Mitternacht zu erinnern versuchte. Seit er ins Reich der Toten gekommen war, hatte seine Erinnerung ihm zu entgleiten begonnen. Dennoch schien er sich daran erinnern zu können, daß Mitternacht nicht hingerichtet worden war. „Ich weiß nicht mehr viel über das Verfahren", gab er schließlich zu. „Aber Ihr seid entkommen. ‚Ein strahlender Morgen war die finstere Nacht wert', wie Lathander es sagen würde."

„Ich weiß nicht, ob ich das so sagn würde", erwiderte Mitternacht und dachte an die Männer, die Cyric umgebracht hatte, um sie zu befreien.

Rhaymon schien ihr Unbehagen nicht zu bemerken. „Es war mutig von Euch, diese Frau zu retten", sagte er, erhob dann aber mahnend einen Finger. „Doch es war auch sehr dumm. Ihr werdet sie nicht retten, wenn Ihr nur einen von ihnen aufhaltet."

„Was war das für ein Ding?" fragte Mitternacht und wies auf die Stelle, an der sie den Fleischberg festgesetzt hatte.

„Einer von Myrkuls Schergen", erklärte Rhaymon. Mitternachts Herz machte einen Satz, und plötzlich fühlte sie sich sehr verwundbar. Sie merkte, daß die Umstehenden sie immer noch anstarrten. „Ich wünschte, sie würden mich nicht so ansehen", sagte Mitternacht und betrachtete finster die Menge.

Rhaymon wandte sich um und sprach zu den Schaulustigen: „Geht – es gibt hier nichts zu sehen."

Als die Menge nicht reagierte, faßte er Mitternacht am Ellbogen und führte sie weg. „Stört Euch nicht an ihnen. Sie sind neugierig wegen Eurer Augen."

„Wegen meiner Augen?"

„Ja. Vorhin hattet Ihr die Augen geschlossen. Die Toten tun das nicht, müßt Ihr wissen." Rhaymon blieb stehen und betrachtete sie einen Moment lang. „Ich nehme an, das heißt, Ihr lebt, richtig?"

„Und wenn?" fragte Mitternacht und sah fort, um eine direkte Antwort auf Rhaymons Frage zu vermeiden.

„Nichts. Das ist einfach ungewöhnlich", erklärte der Kleriker und führte sie weiter. „Die meisten Toten setzen keine Magie ein, es sei denn, sie sind Leichname. Lebt Ihr oder seid Ihr untot?"

Sie seufzte. „Ich lebe, Rhaymon. Und ich benötige Eure Hilfe."

„Was wollt Ihr?" fragte er und führte sie um eine Gruppe Greisinnen herum, die sich vor Lachen am Boden wälzten. Sie verehrten Lliira, die Göttin der Freude.

„Ich suche die Knochenburg", sagte Mitternacht. „Das Schicksal der Welt hängt davon ab, daß ich Erfolg habe." Mehr sagte sie nicht. Solange Rhaymon nicht bereit war, ihr zu helfen, schien es ihr angebracht, so wenig wie möglich zu verraten.

„Die Knochenburg?" rief er aus. „Die liegt in Myrkuls Stadt!"

„Ist das hier nicht Myrkuls Reich?" fragte Mitternacht.

Er schüttelte den Kopf. „Nicht ganz. Aber Ihr könnt recht einfach dorthin gelangen."

„Werdet Ihr mir helfen?"

„Was Ihr sagt, muß wahr sein", gab er zurück. „Sonst würdet Ihr nicht das Leid riskieren, das Euch dort erwartet. Ich bin sicher, Lathander würde wollen, daß ich tue, was ich kann."

„Danke", sagte Mitternacht. „Wohin müssen wir gehen?"

Rhaymon zeigte nach rechts: „In Richtung Westen."

„Westen?" wunderte sich Mitternacht und suchte den Himmel nach etwas ab, das ihre eine Orientierung hätte geben können. „Woher wißt Ihr, daß dort Westen ist?"

Er lächelte. „Das weiß ich nicht. Aber wenn man tot ist, erlangt man ein Gefühl für diesen Ort, das ich nicht erklären kann. Ihr müßt mir einfach vertrauen – und genauso in hundert anderen Punkten."

Angesichts der Schwierigkeiten, denen sie bislang begegnet war, schien es Mitternacht weise, genau das zu tun.

Rhaymon führte sie durch die Menge, blieb hin und wieder stehen oder bog zur Seite ab, um sicher zu sein, daß sie nicht einem Schergen über den Weg liefen. Nach einem Marsch, der etliche Stunden zu dauern schien, begann Mitternacht allmählich zu stolpern.

„Wie weit ist es noch?" fragte sie.

„Noch sehr weit", antwortete Rhaymon und ging gleichmäßig weiter.

„Wir müssen einen Weg finden, um schneller dorthin zu gelangen", keuchte Mitternacht. „Ich muß mich in Tiefwasser mit Kel treffen."

„Es gibt keine schnellere Methode", antwortete Rhaymon. „Es sei denn, Ihr wollt die Aufmerksamkeit der Schergen erregen. Doch sorgt Euch nicht. Zeit und Entfernung verhalten sich hier ganz anders. Ob es einen Tag oder einen Monat dauert, die Knochenburg zu erreichen, ist völlig egal, da währenddessen auf Toril nur ein Bruchteil der Zeit vergeht."

Sie gingen noch einige Stunden weiter, bis die Magierin erschöpft war. Sie brach zusammen und schlief, während Rhaymon über sie wachte. Nach langer Zeit wachte sie auf und fühlte sich erholt. Sie konnten ihren Marsch fortsetzen, und Mitternacht nutzte die Gelegenheit, sich von Rhaymon berichten zu lassen, was er über Myrkuls Reich wußte.

Der Kleriker paßte sich an Mitternachts Geschwindigkeit an, um auf gleicher Höhe mit ihr zu gehen, dann erklärte er: „Myrkul hat zwei Domänen: seine Stadt im Hades, zu der wir uns jetzt begeben und über die er herrscht, und die Dämmerebene. Das ist eine Halbebene außerhalb seiner Stadt, über die er im Rahmen seiner Pflichten wacht. Wenn jemand in den Reichen stirbt, wird sein Geist zu einem der vielen tausend Portale zwischen den Reichen und den beiden Domänen des Gott des Todes gezogen. Der Geist von Myrkuls Getreuen begibt sich direkt in dessen Stadt im Hades."

In dem Moment blieb Rhaymon stehen und unterbrach seine Ausführungen. „Ihr könnt vermutlich vor Eurem Freund Kelemvor in Tiefwasser ankommen."

„Wie?" fragte Mitternacht und blieb ebenfalls stehen. Der Gedanke, das Reich der Toten als Abkürzung zu benutzen, gefiel ihr.

„Bestimmt gibt es zwischen Tiefwasser und Myrkuls Stadt ein Portal", antwortete der Kleriker. „Wenn es Euch gelingt, aus der Stadt zu entkommen, dann könnt Ihr über dieses Portal in die Reiche und damit nach Tiefwasser gelangen."

„Vielen Dank für den Hinweis", gab Mitternacht düster zurück und ging weiter.

Rhaymon schloß zu ihr auf und fuhr fort: „Zwar gelangen Myrkuls Getreue sofort in seine Stadt, doch alle anderen kommen erst einmal in die Dämmerebene, die eigentlich ein Warteplatz für die Geister der Toten ist. Hier ernten Myrkuls Schergen – die einst wohl seine Anhänger waren – die Geister der Ungläubigen und Treulosen..."

„Der Ungläubigen und Treulosen?" unterbrach ihn Mitternacht.

„Die Treulosen sind die, die ihre Götter hintergangen haben", erläuterte Rhaymon. „Die Ungläubigen verehren keine Götter."

„Was machen die Schergen mit diesen Geistern?" fragte Mitternacht und dachte an Adon und dessen Bruch mit Sune.

„Sie werden in Myrkuls Stadt gebracht, wo sie für alle Ewigkeit leiden. Jedenfalls kann ich mir das so vorstellen", erwiderte Rhaymon. „Ich weiß es nicht genau... aber ich bin sicher, Ihr werdet es früh genug herausfinden."

„Zweifellos", meinte die Magierin finster.

„Nachdem die Schergen die Geister der Ungläubigen und Treulosen eingesammelt haben, warten die Gläubigen darauf, daß ihre Götter sie in ihre endgültige Ruhestätte in den Ebenen holen."

„Warum ist die Dämmerebene dann so überfüllt?" wunderte sich Mitternacht mit einem Blick auf die umherströmenden Massen.

Rhaymon runzelte die Stirn. „Dies ist unsere letzte Prüfung", sagte er. „Mit nur ein oder zwei Ausnahmen haben die Götter entschieden, uns hier zu lassen, bis wir bewiesen haben, daß wir würdig sind."

„Mir kommt das hartherzig vor, treue Anhänger einfach im Stich zu lassen", meinte Mitternacht.

„Sie haben uns nicht im Stich gelassen", widersprach er rasch. „Eines Tages kommen sie, uns zu holen."

Mitternacht nahm diese Antwort hin, auch wenn ihr klar, daß Rhaymons Erklärung aus Hoffnung geboren war, nicht aus Wissen. Wenn die Götter um das Wohl ihrer Anhänger besorgt gewesen wären, wäre die Dämmerebene nicht so überlaufen gewesen.

Zwei Tage lang waren sie unterwegs, während Rhaymon weiter über diese Ebene sprach. Mitternacht erfuhr nur wenig, was wirklich von Bedeutung gewesen wäre. Nach einer Weile wurden die Menschen immer spärlicher, und am Horizont tauchte ein dunkler Streifen auf. Mitternacht war sicher, daß sie sich nun Myrkuls Stadt näherten.

Dann hatten der Kleriker und die Magierin einen Punkt erreicht, an dem keine umherziehende Seele mehr zu sehen war. Der Streifen hatte sich zu einem dunklen Band ausgeweitet, der von einer Seite der Ebene bis zur anderen Seite verlief.

Rhaymon blieb stehen. „Ich habe Euch so weit gebracht, wie ihch kann", eröffnete er. „Ab hier bin ich Euch keine Hilfe mehr."

Mitternacht seufzte und versuchte zu lächeln, obwohl sie sich einsam und verlassen vorkam. „Ihr habt mehr getan, als ich hätte erwarten dürfen", erwiderte sie leise.

Rhaymon wies auf das linke Ende des Bandes. „Soweit ich weiß, ist der Zugang zur Stadt irgendwo dort drüben", sagte er. „Ich habe Euch hergeführt, weil Ihr Euch von hier aus der Mauer nähern könnt, ohne den Schergen zu begegnen, die durch das Tor ein und aus gehen."

Mitternacht nahm seine Hand. „Worte können nicht ausdrükken, wie dankbar ich Euch bin", erklärte sie. „Ihr werdet mir fehlen."

„Und Ihr mir", erwiderte er. Nach einer Pause gab er ihr noch einen letzten Rat. „Mitternacht, dies ist nicht die Welt der Lebenden. Was Euch grausam und boshaft scheinen mag, ist hier völlig normal. Ganz gleich, was Ihr in Myrkuls Stadt vorfindet, denkt daran, wo Ihr seid. Wenn Ihr Euch mit den Schergen anlegt, werdet Ihr nie wieder von hier fort können."

„Ich werde es mir zu Herzen nehmen", sagte sie. „Versprochen."

„Gut. Mögen die Götter Eurem Weg gnädig sein."

„Und mögt Ihr Euren Glauben behalten", gab sie zurück.

„Das werde ich", antwortete Rhaymon. „Versprochen." Dann wandte er sich ab und ging zurück zu den anderen Seelen auf der Dämmerebene.

Mitternacht sah zu Myrkuls Stadt und machte sich auf. Zwei Stunden später hörte sie ein unheilvolles Stöhnen, und Verwesungsgeruch machten ihr zu schaffen. Die Magierin ging weiter, so schnell sie konnte. Das Stöhnen wurde nach und nach zum unterdrückten Heulen, und der Gestank von Zerfall wurde immer schlimmer, bis die Luft so dick war, daß man sie buchstäblich hätte schneiden können. Die Mauer vor Mitternacht ragte immer weiter in den Himmel, je näher sie ihr kam. Sie sah, daß die Oberfläche wogte und sich wand, als sei sie lebendig.

Sie fragte sich, ob die Mauer aus Schlangen bestand. Das hätte erklärt, warum nirgends Wachen zu sehen waren. Auf die konnte Myrkul verzichten, wenn die Mauer bereits abschreckend genug war.

Mitternacht ging weiter, bis sie von der Mauer nur noch 15 Meter entfernt war. Das unterdrückte Heulen wurde zur Kakophonie aus erstickten Schluchzern, während der Gestank des Zerfalls so stark wurde, daß er ihr fast die Sinne raubte. Die Magierin sah, daß sie sich geirrt hatte, was die sich windende Mauer anging. Was sie für Schlangen gehalten hatte, waren in Wahrheit Tausende zappelnder Beine.

Die Mauer bestand aus menschlichen Körpern. Männer und Frauen lagen dort 15 Meter hoch gestapelt, die Körper zur Stadt hin gewandt. Die größten Menschen gaben der Mauer Masse und Höhe, während die kleineren dazu dienten, Lücken und Löcher auszufüllen. Sie alle wurden von einer Art grünlichem Mörtel gehalten, der Mitternacht an gehärteten Schimmel erinnerte.

Die eklige Barriere war bereits fast schon genug für Mitternacht, die Reise zu beenden. Lange Zeit konnte sie einfach nur dastehen und die Mauer ansehen. Sie hatte eigentlich über die Mauer klettern wollen, doch sie konnte sich nun nicht dazu durchringen, sich an den Beinen festzuhalten und hochzuziehen. Statt dessen beschloß sie, auf Magie zurückzugreifen, und bediente sich eines Levitationszaubers.

Sofort verlor sie den Boden unter den Füßen und stieg empor. Hier und da packte Mitternacht ein zappelndes Bein, um ihren Aufstieg zu lenken, dann brachte sie sich in eine Position wenige

Zentimeter über der Mauer, wobei sie darauf hoffte, auszusehen wie ein weiterer Körper im Mauerwerk.

Ein Schwall aus Geheul und Gekreische schlug ihr entgegen. Sie zuckte zusammen und hielt sich die Ohren zu. Auf der anderen Seite der Mauer waren die Schreie der Toten wegen des Raums zwischen der Dämmerebene und Myrkuls Stadt nur gedämpft zu hören gewesen. Doch als Mitternacht sich über die Mauer gezogen hatte, war sie von der Halbebene in den Hades gewechselt.

Die Luft auf der anderen Seite der Mauer roch widerwärtig, sie hatte etwas Ätzendes und Stechendes, das sich in ihre Nase und ihren Hals brannte, sobald sie atmete. Der graue Himmel ließ nur einen schwachen Lichtschein durch, der bis in die Stadt gelang. Hier und da durchdrangen Lichtpunkte von der Größe von Nadelstichen den düsteren Himmel. Nach dem, was Rhaymon ihr gesagt hatte, vermutete Mitternacht, die winzigen Lichter seien jene Portale zwischen Myrkuls Reich und den verschiedenen Punkten in den Reichen.

Die Stadt lag in einer Senke, die von der Mauer sanft nach innen abfiel und bis zum Horizont reichte. Die Metropole war so gewaltig, daß Mitternacht selbst vom höchsten Punkt der Mauer nur sehen konnte, daß die gegenüberliegende Seite wie ein Schleier nicht voneinander zu trennender Details wirkte.

Entlang der Innenseite der Mauer verlief eine breite Straße. Sechs Meter von Mitternacht entfernt trieben 30 mit Peitschen bewehrte Schergen einige hundert Sklaven in Richtung der Magierin. Als die Gruppe sich unterhalb von Mitternacht befand, sah sie, daß die Sklaven einander auffallend ähnlich sahen: graues Haar, gelbgraue Haut und ausdruckslose graue Augen. Die Menschen, die sie tragen mußten, waren viel markanter. Da war eine Frau mit vorstehenden Zähnen, ein Mann mit einer großen Nase und dahinter eine fettleibige Frau mit einem dreifachen Kinn.

Auch wenn die Magierin nichts lieber getan hätte, als die Sklaven zu befreien, hielt sie sich Rhaymons Warnung vor Augen, sich nicht mit den Schergen anzulegen. Mitternacht sah einfach fort, und nachdem der Sklavenzug seines Weges gegangen war, blickte sie wieder auf die Stadt.

Auf der anderen Seite der am Rand verlaufenden Straße stand eine endlose Reihe von gut zehnstöckigen Gebäuden, die aus braunem Stein gebaut waren. Diese Häuser hatten mal identisch ausgesehen, doch der Zerfall des Alters hatte sie im Lauf der Zeit zu einer Vielzahl verschiedener Formen verdreht. Einige waren noch immer in bestem Zustand, während andere so zerfallen waren, daß sie mehr oder weniger nur noch aus einem Haufen Steine bestanden, der jeden Moment in sich zusammenfallen konnte. Bei wieder anderen fanden sich verdrehte Minarette und krumme Türme, die inzwischen so verformt worden waren, daß kaum noch zu erkennen war, wie sie ursprünglich einmal ausgesehen haben mochten.

Als Mitternacht die Gebäude betrachtete, bemerkte sie, daß Bauwerke in ähnlicher Verfassung Gruppen bildeten.

Dann fiel ihr auf, daß die gesamte Stadt in Bereiche von annähernd gleicher Größe eingeteilt war. Die Areale, in denen bestens erhaltene Häuser standen, waren in ordentliche Blöcke zusammengefaßt, zwischen denen schnurgerade, saubere Straßen verliefen. Dort, wo die zerfallenden Bauwerke standen, waren die Straße so mit Schutt übersät, daß es praktisch unmöglich schien, sich auf ihnen fortzubewegen. In den Abschnitten, in denen die verdrehten, grotesken Gebäude standen, verliefen die Straßen krumm und schief und so gewunden, daß sie fast ein Labyrinth bildeten. Es war nichts von einem Bauwerk zu erkennen, das wie eine Knochenburg aussah, und Mitternacht wußte nicht, an welcher Stelle sie mit ihrer Suche anfangen sollte.

Sie wußte nur, daß sie sich von dieser Mauer entfernen mußte. Nachdem sie eine weitere Sklavenkarawane hatte passieren lassen, stieß Mitternacht sich ab und schwebte nach unten zur Straße. Einen Moment lang hielt sie inne, um die Lage zu erkunden. Eine Gruppe von drei Schergen bewegte sich in ihre Richtung, zwei weitere näherten sich aus dem Block gleich vor ihr. Zum Glück waren beide Gruppen noch mehr als 150 Meter entfernt, so daß Mitternacht auf der Straße davoneilen konnte, die sich vor ihr erstreckte. Nachdem sie gut zehn Sekunden lang gerannt war, bog sie in einen Stadtteil aus zerfallenen Gebäuden, der von der Mauer aus verlassen ausgesehen hatte.

Die Straßen waren mit Schutt übersät und menschenleer. Auf den Fensterbänken standen rußende gelbe Lampen, die schäbige Lichtkreise auf die Straße warfen. Als Mitternacht an einer dieser Lampen vorüberging, atmete sie schwefelhaltigen Dampf ein. Sie mußte husten, und ihre Haut brannte an den Stellen, an denen sie von dem schwarzen Rauch berührt worden war.

Die Magierin bog in eine Seitengasse ab und kletterte über einen Berg aus Schutt, der halb so hoch war wie eines der Gebäude. Dann eilte sie auf der anderen Seite nach unten und rannte in die Gasse, die in eine andere Straße mündete. Sie lief nach links, bis sie die Hälfte der Straße zurückgelegt hatte. Erst dann war sie sicher, daß die Schergen sie nicht finden würden. Mitternacht stieg über einen anderen Berg aus Schutt und fand sich in einer Sackgasse wieder.

Sie benötigte jemanden, der ihr den Weg zeigen konnte. In einer Stadt von dieser Größe war es unmöglich, die Knochenburg ohne fremde Hilfe zu finden. Selbst wenn ihr bekannt gewesen wäre, wo sich die Burg befand, war ihr die Stadt so fremd, daß sie nichts weiter als einen einfachen Fehler machen mußte, und schon konnte sie tot sein. Mitternacht erkannte, daß sie Hilfe herbeirufen mußte.

Sofort kam ihr die Beschwörung für Monster in den Sinn, zusammen mit all den überflüssigen Informationen über ihren Schöpfer und der damit verbundenen Theorie. Sie wollte jedoch kein Monster. Nachdem sie einen Moment lang über den ursprünglichen Zauber nachgedacht hatte, erkannte Mitternacht, wie sie ihn an ihre Bedürfnisse anpassen konnte.

Der Zauber war so angelegt, daß derjenige, der ihn wirkte, ein nicht näher bezeichnetes Monster zu Hilfe holen konnte. Doch anstelle eines Monsters wollte Mitternacht eine Person herbeiholen, auch wenn sie nicht wußte, wer es sein sollte. Indem sie ein paar Fingerbewegungen anpaßte und die Betonung der Sprachkomponente des Zaubers veränderte, war die Magierin recht sicher, daß sie nun jemanden rufen konnte, der sich in Myrkuls Stadt auskannte und der bereit war, ihr zu helfen.

Mitternacht fürchtete sich ein wenig vor dem, was sie versuchen wollte. Normalerweise wagten es nur die erfahrensten Magier, einen Zauber zu verändern oder gar zu erfinden. Doch angesichts des Wissens, das ihr zur Verfügung stand, und der Stabilität des magischen Netzes auf der Ebene war Mitternacht überzeugt davon, erfolgreich zu sein.

Nachdem die Magierin noch einmal die Änderungen durchgegangen war, vollzog sie die Beschwörung. Einen Moment später kam jemand über den Schutt zu ihr in die Sackgasse gekrochen. Mitternacht wartete ungeduldig und war bereit, sofort in einem der Gebäude zu verschwinden, wenn es nicht der Besucher war, den sie erwartete.

Auf dem Schutthaufen kam ein Halbling in Sicht. Er blieb stehen und sah Mitternacht nachdenklich an. Haar, Haut und Augen waren so matt und ausdruckslos wie bei den Sklaven, die die Magierin von der Mauer aus beobachtet hatte. Der Halbling unterschied sich von diesen Sklaven lediglich in der Größe.

Atherton Cooper hatte keine Ahnung, was ihn in diese Gasse geführt hatte. Bis gerade eben war er damit beschäftigt gewesen, eine strampelnde Frau einzumauern.

„Schnüffler?" fragte Mitternacht und betrachtete den kleinen Mann vorsichtig.

Die Falten auf der Stirn des Halblings wurden noch tiefer. Etwas an der Stimme war ihm vertraut, und er glaubte auch, den Namen zu erkennen, den die Frau gesprochen hatte. Dann erinnerte er sich: Schnüffler war *sein* Name. „Ja ... das stimmt", stellte er fest. „Wer..."

Noch bevor er die Frage ausgesprochen hatte, wußte er die Antwort. Er war einmal mit der Frau befreundet gewesen, die nun vor ihm stand. „Mitternacht!" rief er aus und rutschte auf dem Schutt nach unten. „Was machst du hier?"

Die Magierin streckte dem Halbling ihre Arme entgegen. „Nicht, was du glaubst", erwiderte sie. „Ich lebe."

Mitternachts Bemerkung, am Leben zu sein, löste in Schnüffler eine schmerzliche Erkenntnis aus. Er blieb ein Stück vor ihr stehen. „Ich bin tot", sagte er. Unerfreuliche Erinnerungen kamen ihm ins Gedächtnis zurück. „Warum hast du zugelassen, daß Cyric mich tötet?" wollte er wissen.

Mitternacht wußte keine Antwort. Sie hatte nicht erwartet, auf Schnüffler zu stoßen, daher war sie nicht darauf vorbereitet, demjenigen, den Cyric ermordet hatte, zu erklären, wie sich diese Tat rechtfertigen ließ. „Ich würde diese Entscheidung nicht noch einmal so treffen", sagte sie und ließ die Arme sinken.

„Das ist ein schwacher Trost", zischte er. „Sieh dir an, was du getan hast!" Er strich mit einer Hand über seinen Körper.

„Ich habe nicht dafür gesorgt, daß Cyric dich tötet", gab Mitternacht verärgert zurück. „Du hast dich auf ihn gestürzt."

„Ich mußte es!" rief Schnüffler aufgebracht, während immer mehr Erinnerungen zurückkehrten. „Er hatte mein Schwert. Ich mußte es zurückholen, sonst wäre ich verrückt geworden."

„Wieso?" fragte Mitternacht. Sie setzte sich hin, um mit dem Halbling auf Augenhöhe zu sein.

„Es ist böse und verflucht", erklärte er, sah die Magierin aber noch immer nicht an. „Wenn man es verliert, muß man es wieder in seinen Besitz bringen. Der Mann, dem ich es gestohlen hatte, wollte es mir wieder abnehmen und ist gestorben. So, wie ich gestorben bin, weil ich es Cyric entreißen wollte."

Mitternacht verstand mit einem Mal, warum Schnüffler in der Stadt der Toten war. Indem er nur nach dem Schwert gestrebt und nur dafür gelebt hatte, hatte er Verrat an seinem Gott geübt.

„Dann bist du einer von den Treulosen", sagte sie.

Endlich wandte sich Schnüffler um und sah ihr in die Augen. „Ja, das nehme ich an."

„Und was heißt das?" fragte Mitternacht. „Was ist dein Schicksal?"

Der Halbling zuckte mit den Schultern, dann sah er wieder fort, als kümmere ihn sein Schicksal nicht. „Ich bin einer von Myrkuls

Sklaven. Ich werde die Ewigkeit damit verbringen, Ungläubige einzumauern."

Mitternacht atmete heftig ein.

„Weshalb bist du besorgt?" fragte Schnüffler. Er sah sie an, sein Gesichtsausdruck zeigte Irritation. „Ich dachte, du verehrst Mystra? Nicht, daß es hier unten viel ausmacht, ob man glaubt oder nicht. Die Dämmerebene ist von den vergessenen Seelen überlaufen, die ihren Göttern am treuesten gedient haben."

„Ich bin nicht um mich besorgt", sagte die Magierin. „Einige Wochen, nachdem er dich tötete, hat Cyric auch Adon umgebracht. Adon starb ohne Glaube an die Götter."

„Dann muß er in die Mauer", sagte Schnüffler und schüttelte betrübt den Kopf. „Wahrscheinlich werde ich ihn dort einmauern."

„Kannst du denn gar nichts m..."

„Nein!" fiel der Halbling ihr schroff ins Wort. „Er hat sein Schicksal gewählt, als er noch lebte. Daran läßt sich jetzt nichts mehr ändern. Wenn du mich deswegen gerufen hast ..."

„Nicht deswegen", entgegnete Mitternacht traurig und aufgebracht über die knappe Antwort des Halblings. Sie fragte, ob er genauso unwillig sein würde, ihr bei der Suche nach der Tafel zu helfen. In der Hoffnung, bestimmender auszusehen, erhob sich Mitternacht. „Du mußt mich zur Knochenburg bringen."

Schnüffler riß die Augen auf. „Du weißt ja gar nicht, was du da von mir verlangst! Wenn sie uns zu fassen bekommen, werden sie ..." Er hielt inne und dachte über seine Lage nach. Die Schergen konnten überhaupt nichts machen, was schlimmer hätte sein können als das, was er derzeit machte.

„Wenn du mir nicht hilfst", sagte Mitternacht und packte den Halbling an den Schultern, „dann werden die Reiche untergehen."

„Was habe ich damit zu tun?" gab Schnüffler zurück und wich ein Stück nach hinten. „Mit etwas Glück geht dann auch Myrkuls Stadt unter."

„Hilf mir, daß ich die Tafel des Schicksals finde und nach Tiefwasser zurückkehre", sagte Mitternacht und folgte Schnüffler. „Ich werde dein Leiden beenden."

Er blieb stehen. „Und wie?"

„Das weiß ich noch nicht, doch ich werde einen Weg finden."

Der Halbling hob skeptisch eine Augenbraue.

„Vertrau mir", bat sie ihn. „Was hast du zu verlieren?"

Natürlich hatte er nichts zu verlieren. Wenn die Schergen ihn dabei erwischten, wie er Mitternacht half, würden sie ihn für alle Ewigkeit foltern – und genau das machten sie ja schon längst.

„Also gut, ich werde dir helfen", sagte der Halbling. „Aber sei dir bewußt, daß du ein sehr großes Versprechen abgelegt hast. Wenn du es nicht hältst, könnte man dich zu den Treulosen zuordnen, sobald du hierher zurückkehrst."

„Ich weiß", sagte Mitternacht. „Laß uns gehen."

Schnüffler wandte sich um und begab sich zu dem Schuttberg am Ende der Sackgasse. Mehrere Stunden lang führte er Mitternacht durch ein Labyrinth aus gewundenen Gassen und schuttübersäten Straßen. Hin und wieder begaben sie sich in einen Bereich, in dem die Straßen frei waren und gerade verliefen. Diese Abschnitte brachte der Halbling immer sehr schnell hinter sich, um sie in eines der zerfallenden, schäbigen Viertel zu führen.

Mitternacht war froh, daß Schnüffler ihr den Weg wies. Auch wenn sie wahrnahm, daß sie sich in den tiefergelegenen Teil der Stadt bewegten, hatte sie jegliche Orientierung längst verloren. Selbst der Halbling mußte von Zeit zu Zeit stehenbleiben und einen der Treulosen nach dem Weg fragen. Die angegebene Richtung ließ er sich immer von zwei oder drei anderen ihrer Art bestätigen.

„Die Treulosen", so erklärte er ihr, „sind nicht vertrauenswürdig. Sie schicken einen aus bloßer Gewohnheit geradewegs in ein Rudel Schergen."

Als er merkte, daß sich Mitternacht vor Erschöpfung kaum noch auf den Beinen halten konnte und mehr stolperte, als daß sie ging, führte er sie auf das Dach eines zerfallenden Gebäudes. „Du mußt dich ausruhen", erklärte er. „Hier oben bist du sicher."

„Danke", erwiderte Mitternacht und stützte den Kopf auf ihre Arme. Als sie zum Himmel blickte, bemerkte sie winzige Lichtpunkte, die sie an Sterne erinnerten.

Schnüffler merkte, was Mitternacht sah, und sagte: „Das sind die Tore zu den Reichen."

„Bist du sicher?" fragte die Magierin. Nach dem, was sie von Rhaymon gehört hatte, war sie zum gleichen Schluß gekommen. Doch da einer der winzigen Punkte ihre Fluchtroute sein würde, konnte es nicht schaden, absolut sicher zu sein.

„Was sollte es sonst sein?" entgegnete der Halbling. „In Myrkuls Stadt gibt es keine Sterne am Himmel."

„Wenn das der Ausgang ist", überlegte Mitternacht und rollte sich auf die Seite, „warum benutzen die Toten und die Schergen sie nicht?"

Schnüffler zuckte mit den Schultern. „Was hält die Menschen davon ab, zu den Sternen zu reisen? Sie sind zu weit entfernt und sicher gibt es Barrieren, die so etwas verhindern würden. Du solltest dich besser ausruhen und etwas essen, wenn du etwas zu essen mitgebracht hast."

„Ich werde mich ausruhen", erwiderte Mitternacht und wurde sich bewußt, daß sie seit Tagen nicht mehr gegessen hatte. Doch es war unbedeutend. Selbst wenn sie Nahrung mitgebracht hätte, wäre es ihr nicht möglich gewesen, es bei sich zu behalten. Der Gestank und die Schreie der Toten waren einfach zu überwältigend.

Nach einigen Stunden setzen sie und der Halbling ihren Marsch in Richtung des tieferliegenden Teils der Stadt fort. Schnüffler führte sie Meile um Meile durch mit Schutt übersäte Straßen und durch gewundene Gassen. Schließlich blieb er auf einer schräg hängenden Brücke stehen, die einen Fluß überspannte, in dem sich schwarzer Schlick langsam weiterbewegte.

„Wir sind fast da", sagte er. „Bist du bereit?"

„Ja", erwiderte Mitternacht. Trotz ihrer Angst sagte sie die Wahrheit. Dank Schnüffler fühlte sie sich so ausgeruht, wie es nur möglich war, nachdem sie sich fast eine Woche lang durch Myrkuls Reich bewegt hatte.

Das Paar ging die Straße entlang und bog dann in eine Gasse ein, die sich durch eines jener chaotischen Stadtviertel schlängelte. Minuten später breitete sich ein entsetzliches Stöhnen in den

Gassen aus. Schnüffler wurde langsam und bewegte sich vorsichtiger voran. Mitternacht war einen halben Schritt hinter ihm.

Die Gasse machte einen scharfen Knick nach links. Der Gestank von Verwesung und Zerfall wurde so intensiv, daß Mitternacht zu würgen begann. Sie tippte auf Schnüfflers Arm, woraufhin er stehenblieb und wartete, bis sie sich an den Gestank gewöhnt hatte. Nach einigen Minuten gingen sie wieder weiter und gelangten auf einen breiten Boulevard, auf dessen gegenüberliegender Seite sich abermals eine aus Menschen aufgebaute Mauer befand.

Daß sie schon zuvor eine solch abscheuliche Barriere gesehen hatte, änderte nichts daran, wie erschreckend der Anblick auch diesmal war. Mitternachts Magen drehte sich abermals um. Der Blick auf die Mauer erzürnte und deprimierte sie zugleich, weil sie wußte, daß Adon das Schicksal dieser glücklosen menschlichen Bausteine teilen würde.

„Das ist die Knochenburg", sagte Schnüffler und zeigte auf eine große, elfenbeinfarbene Spitze, die weit über die menschliche Mauer hinwegragte. „Und das ist der Turm der Feste."

Mitternacht konnte nicht glauben, was sie vor sich sah. Hinter der Mauer, gerade einmal 30 Meter entfernt, erhob sich ein spiralförmiger Turm, der aus Menschenknochen errichtet worden war. Der Turm lief in eine Plattform aus, auf der – von sechs magischen Kerzen umgeben und sichtbar für jeden, der die Knochenburg sehen konnte – eine Steintafel lag. Die Magierin erkannte sofort, daß es sich dabei um das Gegenstück zu der Tafel handelte, die nun Kelemvor bei sich trug.

So wie ein Jäger, der eine besondere Beute zur Schau stellte, präsentierte Myrkul seine Tafel auf eine Weise, die es allen seinen Subjekten erlaubte, sie zu bewundern.

„Da ist sie!" flüsterte Mitternacht.

Schnüffler seufzte. „Ich weiß. Wie willst du sie an dich nehmen?"

„Da bin ich mir noch nicht sicher", erwiderte die Magierin und dachte über die Situation nach. „Das ist zu leicht. Es wäre unsinnig, die Tafel derart unbewacht zu präsentieren."

„Glaub nicht, sie wäre unbewacht", warnte Schnüffler. „Es gibt Tausende von Wachen."

„Wie das?" wollte Mitternacht wissen.

„Wenn wir die Tafel sehen können, dann ist das auch allen Schergen und Herzögen und Prinzen möglich, die sich in Sichtweite der Knochenburg befinden."

„Herzöge und Prinzen?" fragte Mitternacht.

„Was glaubst du, wer die Schergen befehligt?" gab Schnüffler zurück. „Die Herzöge herrschen über die Stadtviertel. Die Prinzen herrschen über die Herzöge. Jeder von ihnen ist mißgünstiger als seine Vasallen."

Mitternacht nickte. Wenn Myrkuls Hof so wie andere war, dann würde es keinen Mangel an Herzögen und Prinzen rund um die Knochenburg geben. „Was noch?"

„Die beste Methode zum Schutz eines Schatzes besteht darin, den Dieb glauben zu machen, er sei unbewacht – und ihn dann festzusetzen, wenn er versucht, ihn zu stehlen. Ich würde annehmen, daß sich ein paar Schutzzeichen in der Nähe der Tafel befinden."

Mitternacht machte sich nicht die Mühe, Schnüffler zu fragen, woher er soviel über Diebstahl wußte. Auch wenn er sich für einen Späher ausgegeben und in dieser Funktion seine Befähigung auch unter Beweis gestellt hatte, war es kein großes Geheimnis, daß viele Halblinge das Handwerk des Stehlens lernten, um überleben zu können. In diesem Moment war Mitternacht dankbar dafür, daß es bei ihm offenbar auch so war. Sie wäre natürlich niemals so dumm gewesen, sich die Tafel anzueignen, ohne nach wahrscheinlichen Abwehrmechanismen Ausschau zu halten, doch es war gut, daß der Halbling ihr Mißtrauen teilte. „Sonst noch etwas?"

„Das genügt", sagte Schnüffler. „Tausend Wachen und ein oder zwei Fallen werden so gut alles beschützen, es sei denn, du hast sehr starke Magie zur Hand."

Auch wenn sie wußte, daß der Halbling die letzte Bemerkung gemacht hatte, um ihr Selbstbewußtsein zu stärken, fühlte sich

Mitternacht kaum ermutigt. „Wollen wir hoffen, daß es genügt." Sie betrachtete den Turm einen Moment lang und überlegte, wie sie am besten vorging. „Wir machen uns unsichtbar ..."

„Das nützt nichts", unterbrach Schnüffler sie. „Die Schergen – und vor allem die Herzöge – werden das auf den ersten Blick erkennen."

Mitternacht runzelte die Stirn, dann überlegte sie sich einen anderen Plan. „Also gut. Dann fliegen wir eben nach oben, ich setze die magischen Schutzzeichen außer Kraft, wir nehmen die Tafel an uns, dann verschwinden wir."

Schnüffler dachte über ihren Plan nach. „Und wie lange wirst du dafür benötigen?" Er sprach sie ganz bewußt in der zweiten Person an, da er Mitternacht nicht begleiten konnte.

„Nicht lange", sagte die Magierin beruhigend.

„Wahrscheinlich schon zu lange", erwiderte Schnüffler. „Sie werden schon hinter dir her sein, wenn du oben ankommst, vielleicht sogar noch früher."

„Und was soll ich sonst machen?" fragte Mitternacht.

„Du denkst dir besser einen anderen Plan aus", sagte der Halbling. „Du kannst dein Versprechen nicht halten, wenn man dich gefangen nimmt."

Mitternacht verfiel für längere Zeit in Schweigen und versuchte, einen anderen Weg auszuarbeiten, um an die Tafel zu gelangen. Schließlich sagte sie: „Das wird funktionieren. Ich werde unsere Fluchtroute vorbereiten, bevor ich die Tafel anfasse. Und anstatt uns auf den Weg zur Tafel zu machen, lassen wir sie einfach zu uns kommen. Wir werden im nächsten Augenblick verschwunden sein."

„Das sollte funktionieren", meinte Schnüffler. „Aber bevor du es versuchst, werde ich mich von dir verabschieden."

„Verabschieden?" fragte Mitternacht. „Du kommst nicht mit mir zurück?"

Schnüffler schüttelte den Kopf. „Nein. Ich bin tot. In den Reichen wäre ich untot, und dann ginge es mir noch elender, als es hier der Fall ist."

Mitternacht nahm die Hand des Halblings. „Du wirst nie wissen, was mir deine Hilfe bedeu..."

„Es kümmert mich auch nicht", unterbrach Schnüffler sie gereizt. Er konnte nicht anders, als die Tatsache zu verabscheuen, daß Mitternacht gehen und ihn zurücklassen würde. „Vergiß nicht dein Versprechen."

Er löste sich von ihr und ging fort.

Mitternacht sah ihm nach, verwirrt und verletzt von seinem abrupt kühlen Verhalten. „Ich werde es nicht vergessen", sagte sie.

Schnüffler ging um eine Ecke und war verschwunden.

Mitternacht sah noch einen Augenblick lang in die Richtung, in die er gegangen war, und kam sich wieder einsam und sehr verängstigt vor. Die Magierin schwor, nach der Rückgabe der Tafeln an Helm einen Weg zu finden, wie sie Schnüffler helfen konnte, und das nicht nur wegen ihres Versprechens.

Doch zunächst einmal mußte sie die Tafel an sich nehmen und Myrkuls Stadt verlassen, ehe man sie töten konnte. Die Magierin holte sich Elminsters Weltenwandel ins Gedächtnis. Sie dachte daran, was Rhaymon darüber gesagt hatte, wie sie den Weg nach Tiefwasser finden konnte, und so begann sie, sich den Zauber genauer anzusehen, um zu verstehen, wie Elminster ihn zusammengesetzt hatte.

Eine Viertelstunde äußerster Konzentration war erforderlich, um die komplizierte Konstruktion des Magiers zu durchblicken und zu verstehen. Eine weitere Viertelstunde war erforderlich, um den Zauber so zu ändern, daß die andere Seite des Portals den Ausgang nach Tiefwasser finden würde. Nachdem sie damit fertig war, wußte Mitternacht noch immer nicht mit Sicherheit, ob sie nahe der Stadt der Herrlichkeit erscheinen würde. Hätte sie gewußt, welcher der unzähligen Lichtpunkte über der Stadt nach Tiefwasser führte, dann wäre die Veränderung viel einfacher gewesen. So aber würde sie auf die Tatsache vertrauen müssen, daß sie ihr Bestes gegeben hatte.

Zufrieden mit ihren Vorbereitungen nahm Mitternacht die Beschwörung für den Weltenwandel vor. Ein gewaltiger Strom magischer Energie schoß durch ihren Körper und ließ sie augenblicklich ermüden. Doch das war nicht beunruhigend oder überraschend, wenn man berücksichtigte, welch gewaltige Magie sie heraufbeschwor.

Eine schimmernde Energiescheibe entstand vor Mitternacht, und sie hätte sich gewünscht, hindurchschauen zu können, um zu sehen, was sich auf der anderen Seite befand. Doch dafür fehlte ihr die Zeit. Als nächstes setzte sie zum Telekinese-Zauber an und vollzog ihn, wobei sie als Ziel die Tafel erfaßte. Im nächsten Moment reagierte die auf ihren Vorstoß, glitt aus ihrer Halterung und erhob sich knapp darüber in die Luft.

Ohne weitere Zeit zu vergeuden, holte Mitternacht die Tafel zu sich. Diese reagierte erst langsam, wurde dann schneller und schoß förmlich auf die Magierin zu. Auch wenn Mitternacht nichts hören konnte, weil die Schreie der Ungläubigen in der Mauer zu laut waren, hatte sie das Gefühl, daß ein wilder Chor aus überraschten Rufen und erzürnten Aufschreien überall in den Vierteln rund um die Burg angestimmt wurde. Wenn irgendwer seinen Blick auf die Tafel gerichtet hatte, dann konnte ihm nicht entgangen sein, daß jemand im Begriff war, Myrkuls Trophäe zu stehlen.

Als sollte Mitternachts Verdacht bestätigt werden, kam etwas auf der anderen Seite der Mauer in Sicht. Große, fledermausähnliche Flügel streckten sich zu beiden Seiten eines fetten, gefiederten Rumpfs aus. Durch die Facettenaugen und die hervorstehenden Reißzähne wirkte der Kopf der Kreatur wie eine Kreuzung zwischen einem Vampir und einer Fliege.

Die Tafel kam in Mitternachts Reichweite, und sie nahm sie an sich. Sofort spürte sie eine Magie, die so kräftig war, daß sie sie ohne einen Zauber feststellen konnte. Etwas stimmte nicht, denn die andere Tafel war nicht von einer magischen Aura umgeben gewesen. Die Magierin vermutete, daß Myrkul das Artefakt selbst mit einem Zauber oder einem Sigil versehen hatte.

Doch das war im Moment das geringste Problem. Ein Dutzend weitere Schergen hatten sich hinter der Mauer erhoben, und hundert weitere Gestalten näherten sich von der anderen Seite des knochenbleichen Turms der Feste. Mitternacht blieb keine Zeit, sich erst näher mit der Tafel des Schicksals zu beschäftigen.

Sie trat durch die Scheibe und fand sich in einem kurzen Korridor aus Licht wieder, dem sie ein Stück weit nach oben folgen mußte. Als sie das letzte Mal den Weltenwandel initiiert hatte, war sie nur durch die Scheibe getreten und in der Dämmerebene aufgetaucht. Einen Tunnel hatte es nicht gegeben. Die Magierin befürchtete, daß ihr ein Fehler unterlaufen war, als sie Elminsters Zauber verändert hatte.

Dann sah Mitternacht, daß gut neun Meter vor ihr eine Wand aus Wasser das Ende des Korridors bedeckte, so als würde sie durch das Innere eines Brunnens nach oben laufen. Sie überlegte, wie sie den Zauber verändert hatte, damit der sie zur Quelle in Tiefwasser brachte, durch die man umgekehrt ins Reich der Toten gelangte. Ihr wurde klar, daß der Zauber exakt so funktioniert hatte, wie es von ihr vorgesehen war. Auf der anderen Seite des Wassers lag Toril.

Mitternacht rannte den Rest durch den Korridor und blieb an der Wasserwand stehen. Sie drehte sich um und versuchte, das Portal zu schließen.

Die schimmernde Scheibe blieb aber, wo sie war, und der Scherge mit den Fledermausflügeln, der aus der Knochenburg emporgestiegen war, drang soeben in das andere Ende des Korridors vor. Mitternacht versuchte erneut, das Portal zu schließen, doch abermals scheiterte sie.

Die Kreatur grinste und bleckte dabei ihre zackigen Reißzähne. „Das wird nicht funktionieren", zischte die Kreatur, der Stimme so klang, als würde Metall über Stein schaben. „Wo immer die Tafel hingeht, folgen wir ihr."

Zwei weitere der Ungeheuer flogen mit in das Portal.

„Wie ist das möglich?"

„Das ist unwichtig", erwiderte die Kreatur. „Gib uns die Tafel zurück."

Dann verstand Mitternacht. Die Magie, die sie an der Tafel festgestellt hatte, entpuppte sich als einer der hinterhältigen Fallen

Myrkuls. Er hatte dafür gesorgt, daß es unmöglich war, die Tafel zu stehlen und dabei den Wächtern zu entkommen. Der Gott der Toten konnte sich einer Vielzahl von Zaubern bedient haben, um die Tafel zu einem Leuchtfeuer für seine Untergebenen zu machen.

Wie er das genau angestellt hatte, war in diesem Moment allerdings gleichgültig. Viel wichtiger war, daß Mitternacht nicht mit der Tafel nach Tiefwasser gehen durfte, da sie ansonsten Myrkuls Horden freigesetzt hätte. Die Tafel würde den Schergen die Tür öffnen und sie hindurchlocken. Sie konnte das so wenig zulassen, wie sie mit der Tafel ins Reich der Vasallen des Gott der Toten zurückkehren konnte.

Mitternacht wurde klar, daß sie den Korridor blockieren mußte, und im nächsten Moment hatte sie dafür auch schon den perfekten Zauber gefunden. Es war eine prismatische Sphäre, ein Kegel aus funkelnden Farben, die von den Schergen niemals durchdrungen werden konnte. Während die von außen danach schlugen und daran kratzten, wäre sie in ihrem Inneren in Sicherheit.

„Deine letzte Gelegenheit, Frau", sagte der Scherge und kam auf sie zu. „Es gibt kein Entkommen."

„Das glaubst du", erwiderte Mitternacht.

Sie vollzog den Zauber, und fast im gleichen Augenblick war sie von einer schimmernden Sphäre umgeben, die auch den Weg nach Tiefwasser versperrte.

Mitternachts Körper fühlte sich an, als würde er brennen, ihr Kopf schmerzte so heftig, daß sie kaum denken konnte. Innerhalb weniger Minuten hatte die Magierin zwei der stärksten Zauber gewirkt, die Magiern bekannt waren. Die Anstrengungen hatten ihren Preis gefordert, doch das war nicht so wichtig. Die Magierin war solange sicher, wie die prismatische Sphäre hielt. Im Falle von Mitternacht konnte das eine sehr lange Zeit sein.

15

DIE STADT DER HERRLICHKEIT

Nachdem Kelemvor sich aus dem Eis befreit und eine lange Nacht an einem kleinen Feuer verbracht hatte, war er schließlich losgezogen, um die Hohe Bergheide zu verlassen und sich auf seinen eiskalten Füßen zur Karawanenroute zu begeben. Dort hatte er sich niedergelassen und ein loderndes Feuer entfacht.

Während seine Füße allmählich auftauten, hatte Kelemvor überlegt, was er nun machen sollte. Mitternacht war in den Strudel gezogen worden, und er hatte keine Ahnung, was danach aus ihr geworden war. Doch es war ihm so erschienen, daß ihre Überlebenschancen so groß waren wie seine eigenen, zumal sie sich auf ihre Magie verlassen konnte. Daher konnte der Kämpfer davon ausgehen, daß sie noch lebte.

Allerdings half ihm das nicht viel weiter, weil er davon noch immer nicht wußte, wo sie sich befand. Vielleicht würde sie versuchen, den Zombies die Tafel abzunehmen, sofern sie überhaupt wußte, daß diese sie in ihren Besitz gebracht hatten. Wenn nicht, hatte sie sicherlich versucht, ins Reich der Toten zu gelangen, um die andere Tafel zu bergen. Dann bestand immer noch die Möglichkeit, daß Mitternacht ihn für tot hielt. Was sie in diesem Fall unternehmen würde, vermochte er in keiner Weise zu sagen.

Dem Krieger wurde rasch klar, daß er Mitternachts Verhalten nicht vorhersagen konnte. Das einzige, was ihm sicher erschien, war die Tatsache, daß sie sich nach Tiefwasser begeben würde.

Nachdem er zu diesem Schluß gekommen war, hatte der Kämpfer mit dem Gedanken gespielt, die von den Zombies gestohlene Tafel auf eigene Faust zurückzuholen. Aber er war allein, hatte keine Waffe mehr, und die Erfrierungen behinderten ihn, und damit waren seine Erfolgsaussichten äußerst gering. Außerdem war da noch die verbissene Art der Untoten zu bedenken, mit der sie zu Werke gegangen waren. Die ließ die Vermutung zu, daß sie sich längst nicht mehr in der Drachenspeerburg aufhielten. Wahrscheinlich waren sie schon längst auf dem Weg zu ihrem Herren, und wo der sich versteckt halten mochte, war für den Kämpfer ein völliges Rätsel.

Er hatte letzten Endes beschlossen, nach Tiefwasser zu reisen, da er dort auf Mitternacht warten konnte. Wenn sie nicht dort eintraf, würde er Hilfe rekrutieren und eine Suche nach der Tafel und seiner Geliebten beginnen.

Zum Glück hatte Kelemvor seine Pläne fertig, bevor seine Füße auftauten. Als das Gefühl in seine Gliedmaßen zurückkehrte, war es dem Kämpfer nicht möglich, an irgend etwas anderes als an den Schmerz zu denken, den er empfand. Es war ihm, als wäre er in ein Faß mit siedendem Wasser getreten, und diese Qual hatte seit vierundzwanzig Stunden unablässig angehalten.

Eine Gruppe von zehn Reitern, die es besonders eilig hatten, kamen des Weges und lenkten Kelemvor von seinem Schmerz ab. Sie hatten Kelemvor ein Ersatzpferd zur Verfügung gestellt und ihm angeboten, mit ihnen nach Tiefwasser zu reiten.

Eineinhalb Tage später waren sie an den Überresten des Gasthauses „Zum müden Greifen" angekommen, dessen Besucher und Personal aus keinem erkennbaren Grund abgeschlachtet worden waren. Die Gruppe hatte das mit Verwunderung zur Kenntnis genommen, bis einer der Reiter den Wirt entdeckt hatte. Seine Leiche war völlig blutleer. Sofort hatten die Händler den Überfall einem Vampir zugeschrieben, doch Kelemvor hatte den Verdacht geäußert, daß es sich bei den Angreifern um jene Zombies handeln könnte, die ihn und seine Gefährten in der Drachenspeerburg angegriffen hatten.

Sieben Tage später hatte die Gruppe in einer Entfernung von 800 Metern zur Straße ihr Lager aufgeschlagen und feststellen müssen, daß der Kämpfer recht hatte. Mitten in der Nacht waren ein Dutzend Zombies in das Lager vorgedrungen und hatten den Wachposten und die Hälfte der Gruppe getötet, ehe jemand wußte, was eigentlich los war. Kelemvor, der die gestreiften Gewänder der Untoten wiedererkannt hatte, war darum bemüht gewesen, eine Verteidigung zu organisieren. Doch die Händler waren in Panik geraten, und diejenigen, die nicht niedergemetzelt wurden, rannten blindlings hinaus in die Nacht. Der Krieger, der wegen der Erfrierungen noch immer humpelte, schaffte es bis zu seinem Pferd und trat die Flucht an.

Das war vor nunmehr drei Tagen geschehen. Seitdem hatte er sich mit den Zombies ein zermürbendes Katz-und-Maus-Spiel geliefert. Die Untoten waren ebenfalls auf dem Weg nach Tiefwasser, mieden dabei aber die Straße und stellten sich mit ihrem Versteckspiel höchst ungeschickt an. Immer wieder ritt Kelemvor bis in ihre Nähe, um sicherzustellen, daß sie weiter in nordwestlicher Richtung unterwegs waren. Die Zombies ließen ihn durch Späher überwachen, und mehrere Male versuchten sie, ihn in einen Hinterhalt zu locken. Der Erfolg ihrer Bemühungen war der, daß der Kämpfer seit dem Angriff auf die Händler nicht mehr geschlafen hatte.

Kelemvors Schlafmangel forderte seinen Preis. Während sein Pferd im leichten Galopp seines Weges ritt, mußte er sich auf die Landschaft konzentrieren, um nicht einzuschlafen. Rechts von ihm erstreckte sich eine schneebedeckte Ebene, soweit das Auge reichte. Kelemvor wußte, daß irgendwo dort die Zombies unterwegs waren. Links von ihm zog sich ein breiter Streifen Sand entlang, bei dem sich nur um die Schwertküste handeln konnte. Dahinter erstreckte sich ein glitzerndes, azurblaues Gewässer bis zum Horizont: das Schwertermeer.

Die Straße hatte gerade einen kleinen Hügel überwunden, als das Pferd aus eigenem Antrieb anhielt, schnaubte und mit dem Vorderhuf auftrat. Kelemvor beugte sich vor, um den Hals des Pferdes zu tätscheln, als er sah, daß sein Reittier etwas schuppiges zertreten hatte. Erst hielt der Kämpfer es für eine Schlange, doch dann sah er Flossen und Kiemen.

Es war ein Fisch.

Kelemvor sah die Straße entlang, an der die Ebene von Tausenden von zappelnden und zuckenden Fischen übersät war, die alle in Richtung Landesinnere krochen. Es wirkte fast so, als wäre die See auf einmal nicht mehr interessant genug, und die Fische begaben sich an Land, um woanders nach einem besseren Gewässer zu suchen. Auch wenn der Krieger den Anblick als irritierend empfand, bereitete er ihm keine Angst. So wie fast jeder in den Reichen hatte auch Kelemvor sich daran gewöhnt, derart seltsame Dinge zu sehen zu bekommen.

Von der Hügelkuppe konnte er aber auch Tiefwasser sehen. Die Stadt war nur noch gut anderthalb Kilometer entfernt und endete vor einem befestigten Tor, das sich fast am Strand der Schwertküste befand. Südlich dieses Tores lag das Schwertermeer, auf dem hier und da die Segel von großen Frachtschiffen zu sehen waren. Im Norden erhob sich ein steiler Hang nur wenige Fuß hoch aus der weißen Prärie. Je weiter der Hang nach Osten verlief, um so steiler und höher wurde er, bis man ihn schließlich mit Fug und Recht als Klippe bezeichnen konnte.

Entlang dieser Klippe verlief eine hohe Stadtmauer, die in regelmäßigen Intervallen von mächtigen Türmen unterbrochen wurde. Richtig durchbrochen wurde sie aber erst in der Mitte des Hangs, an dem die Klippe so hoch und steil aufragte, daß kein Mensch sie hätte bezwingen können. Hinter der Mauer erhoben hundert trotzige Türme stolz ihre Spitzen gerade hoch genug, um von außerhalb der Stadt noch erkennbar zu sein. Der Kämpfer hatte keinen Zweifel daran, daß er endlich die Stadt der Herrlichkeit vor sich sah.

Hinter Tiefwasser erhob sich ein kleiner Berg rund 200 Meter hoch und wachte über die Stadt, die seinen Namen trug. Auf dem Gipfel des Tiefwasserberges stand ein einsamer Turm, um den Schwärme enormer Vögeln kreisten. Selbst auf diese Entfernung konnte Kelemvor gut die Form ihrer Flügel erkennen.

Der Kämpfer trieb sein Pferd voran, doch es bewegte sich nur zögernd, da es versuchte, sich einen Weg durch die Fischwanderung hindurch zu bahnen, als bewege es sich auf einer morastigen Straße.

Als Kelemvor sich dem Tor näherte, sah er, daß die großen Vögel über Tiefwasser gar keine Vögel waren. Zwar glichen ihre Flügel und Köpfe denen von großen Adlern, doch ihre Leiber und die Pranken waren die von Löwen. Es handelte sich um Greife, auf deren Rücken Reiter saßen. Der Kämpfer überlegte, wie mühelos er sich wohl hätte fortbewegen können, hätte er ein solches Tier besessen.

Kelemvor war so müde und so vom Anblick der Greife gefesselt, daß er – als sein Pferd plötzlich wieder anhielt – fast nicht gemerkt hätte, daß er das Tor erreicht hatte. Zwei bewaffnete Männer standen vor ihm, beide trugen schwarze Schuppenrüstungen, in die ein umgedrehter goldener Halbmond eingehämmert worden war, den neun silberne Sterne umgaben. Hinter ihnen stand ein dritter Mann, der eine Kombination aus grünem Leder und schwarzem Kettenhemd trug, das nur den goldenen Halbmond aufwies. Über ein Dutzend ganz ähnlich gekleideter Männer standen im Tor und waren mit anderen Reisenden beschäftigt.

„Bleibt stehen und nennt Euren Namen sowie den Grund für Eure Anwesenheit", sagte der erste Wachmann. Er vermied es, dem verdreckten Krieger zu nahe zu kommen. Zwar war man ungewaschene Reisende gewöhnt, doch dieser Mann wirkte heruntergekommener als üblich.

„Kelemvor Lyonsbane", erklärte der Kämpfer seufzend. Er wußte, daß er übel roch. Ihm war kalt, er war hungrig, schmutzig und erschöpft, und er vermutete, daß er noch viel schlechter aussah.

„Was führt Euch her?"

Kelemvor begann, leise zu lachen. Die einzige Antwort, die ihm in den Sinn kam, war die, daß er gekommen war, um die Welt zu retten. Er fragte sich, ob die Wachen ihm das wohl glauben würden.

Der andere Wachmann trat vor und machte einen gereizten Eindruck, da er Kelemvors Verhalten für Respektlosigkeit hielt. „Was gibt es da zu lachen?"

Kelemvor biß sich auf die Lippe und versuchte, ernst zu bleiben. Die Euphorie der Erschöpfung hatte ihn überwältigt, und es fiel ihm schwer, seine Belustigung unter Kontrolle zu halten. „Nichts. Entschuldigt. Da waren diese Zombies, denen ich gefolgt bin ..."

Die beiden Wachmänner kicherten daraufhin, doch der Mann in der grünen Rüstung trat vor. „Zombies?" fragte er. Sein Dienstherr hatte ihm gesagt, daß es in den kommenden Wochen Schwierigkeiten mit Zombies geben könnte.

„Sie haben uns angegriffen und einen meiner Freunde getötet", erwiderte Kelemvor.

„Wie war nochmal Euer Name?" wollte der Wachmann wissen.

„Kelemvor Lyonsbane."

Der Wachmann riß die Augen auf. Das war einer der Leute, auf die er wartete. „Wo sind die beiden anderen? Mitternacht und Adon von Sune?"

„Das habe ich doch gerade gesagt", brüllte Kelemvor ihn an. Er war verärgert, daß er sich wiederholen mußte. Zwar wußte er, daß seine Launen eine Folge seiner Übermüdung waren, doch er konnte sie nicht kontrollieren. „Zombies haben uns angegriffen! Adon ist tot, Mitternacht ist verschwunden! Sie wird irgendwo hier sein, ich muß sie finden!"

„Beruhigt Euch, Ihr seid hier in Sicherheit", sagte der Wachmann, der mit einem Mal erkannte, daß sein Dienstherr wohl viel besser mit dem zusammenhanglosen Gerede des Reisenden zurechtkommen würde. „Ich bin Ylarell. Wir haben Euch erwartet."

„Ach ja?" fragte Kelemvor. Sein Geist machte wieder abrupt einen Satz. „Da draußen sind irgendwo Zombies unterwegs, Ihr müßt sie finden!"

„Das werden wir", murmelte Ylarell. „Hier in der Stadt werden die Zombies Euch nichts tun. Und jetzt kommt mit mir – jemand möchte Euch sehen." Der Wachmann nahm die Zügel von Kelemvors Pferd und führte es durch das Tor.

Nachdem sie einen breiten Streifen schneebedeckten Grases überquert hatten, geleitete Ylarell den Kämpfer zur nächsten Mauer. Er wechselte dort ein paar Worte mit einer Wache, und dann brachte er Kelemvor in die Stadt. Auch wenn der Kämpfer in seinem Leben schon etliche Städte zu Gesicht bekommen hatte, machte ihn die Größe und Pracht von Tiefwasser sprachlos. Auf den Straßen wimmelte es von Karren und Fußgängern, die alle irgend etwas Wichtiges zu erledigen schienen. Der salzige Geruch des Hafens wehte über die Dächer zur Linken, wo sich große Lagerhäuser mit schäbigen Wohngebäuden abwechselten. Rechts von ihm drängten sich Gasthäuser und Ställe dicht an dicht – so dicht, daß Kelemvor nicht erkennen konnte, wie Karawanen zu den Gebäuden gelangen sollte, die nicht in vorderster Front standen.

Als sie weiter in die Stadt vordrangen, säumten Geschäfte und edle Gasthäuser die Straßen. Sie erreichten eine Wohngegend, in der prachtvolle Bauten und sogar die eine oder andere Villa entlang des gewundenen Weges standen. Schließlich blieb Ylarell vor einem großen Turm stehen.

„Wen darf ich melden?" tönte eine Stimme aus dem Fuß des Turms, obwohl Kelemvor dort weder ein Fenster noch eine Tür entdecken konnte.

„Ylarell von der Wache, in seiner Begleitung Kelemvor Lyonsbane."

Plötzlich tauchte dort eine Tür auf, wo eben noch eine Mauer gewesen war, und ein großer, schwarzhaariger Mann kam aus dem Turm heraus. „Seid gegrüßt, Kelemvor! Ich bin Schwarzstab Arunsun, Freund und Verbündeter von Elminster. Wo sind Eure Gefährten?"

Ylarell antwortete anstelle des Kämpfers. „Er ist in keiner guten Verfassung, mein Herr."

Schwarzstab nickte verständnisvoll und zog sich in den Turm zurück. „Bring ihn herein."

Ylarell half Kelemvor vom Pferd und brachte ihn in ein kleines Wohnzimmer. Augenblicke später führte Schwarzstab einen weiteren Mann in den Raum, der zwar alt, aber mindestens so robust wirkte wie Schwarzstab. Sein volles Haar und sein Bart umgaben das kantige Gesicht des Mannes wie eine Löwenmähne.

„Elminster!" knurrte Kelemvor. In seinem erschöpften Zustand fiel es dem Kämpfer nicht schwer, dem alten Weisen die Schuld an allem zu geben, was er und seine Freunde hatten erdulden müssen. Es war für den Krieger offensichtlich, daß Elminster Tiefwasser lange vor ihm und nicht unter annähernden Strapazen erreicht hatte.

„Ich sollte Euch vom Magen bis zur Speiseröhre aufschlitzen", grollte der Kämpfer.

„Kaum möglich, da es mir an einem Magen fehlt", erwiderte Elminster ungerührt. „Und jetzt erzähl mir, was aus deinen Freunden geworden ist."

Kelemvor berichtete von den Ereignissen an der Drachenspeerburg und holte weit genug aus, um Bhaal und Cyric zu erwähnen. Als er fertig war, saßen Schwarzstab und Elminster schweigend da und dachten über die Auswirkungen dessen, was Kelemvor erzählte hatte, auf ihre Pläne nach.

Schließlich stöhnte Elminster frustriert auf. Er hatte nicht damit gerechnet, daß Mitternacht aus eigener Kraft Zugang zu Myrkuls Reich finden würde. „Wenn sie sich allein auf die Suche nach der zweiten Tafel begeben hat, dann sind die Reiche in großen Schwierigkeiten."

Kelemvor wurde ermutigt von Elminsters unausgesprochener Annahme, Mitternacht habe den Sturz in den Strudel überlebt. Doch die Sorge des Weisen darüber, daß Mitternacht allein nach der zweiten Tafel suchen könnte, wirkte auf ihn alles andere als ermutigend.

Schwarzstab stand auf und begann bereits einen Plan zu formulieren, um den Schaden in Grenzen zu halten. „Ylarell, hol Gower und treffe dich mit uns am Gasthaus zur offenen Pforte. Dann stelle eine Patrouille zusammen, um nach den Zombies zu suchen, die Kelemvor angegriffen haben. Wir müssen diese Tafel sofort wieder in unseren Besitz bekommen."

Auch Elminster stand nun auf. „Der Weiher des Verlustes, mein Freund?"

Schwarzstab nickte. „Gower wird uns den Weg zeigen."

Mehr sagten die beiden Magier nicht. Sie wußten beide, was zu tun war. Tief unter dem Tiefwasserberg befand sich der Weiher des Verlustes, der den nächsten Zugang zu Myrkuls Reich darstellte. Sie würden sich in den Hades begeben, um Mitternacht und die Tafel zu retten, sofern das jetzt überhaupt noch möglich war. Elminster und Schwarzstab wandten sich um und waren im Begriff, ohne eine Erklärung hinauszugehen.

Kelemvor fragte sich, ob sie wohl vergessen hatten, daß er sich auch noch im Raum befand. „Wartet auf mich!" forderte er.

Schwarzstab betrachtete den Kämpfer mit einer Mischung aus Verärgerung und Nachsicht. „Das geht über Eure Fähigkeiten hinaus, Freund. Ihr habt schon sehr viel geleistet, überhaupt bis hierher zu kommen."

„Ich komme mit", erwiderte Kelemvor, der gereizt darauf reagierte, wenn man ihn bemutterte.

„Ihr könnt Euch kaum konzentrieren", wandte Schwarzstab ein.

„Ich werde Euch trotzdem folgen", drohte der Kämpfer.

Schwarzstab sah Elminster an, der Kelemvor kühl berechnend betrachtete. „Er könnte sich als nützlich erweisen", meinte der Magier schließlich. „Gib ihm ein Stärkungsmittel."

Schwarzstab hob seine Hand, und einer Phiole mit einer trüben grünen Flüssigkeit erschien in ihr. Er gab Kelemvor den Trank und sagte: „Das wird Eure Ermüdung unterdrücken ... jedenfalls vorübergehend."

Auch wenn es ihn interessierte, was genau sich in der Phiole befand, fragte Kelemvor nicht danach. Die Magier waren offenbar nicht in der Laune, Entgegenkommen zu zeigen, und er hielt es für ratsamer, seine Fragen aufzusparen, bis es eine wirklich wichtige Gelegenheit gab. Der Kämpfer schluckte den Trank, und wie Schwarzstab versprochen hatte, fühlte er sich augenblicklich ausgeruht.

Ohne weiter auf Kelemvor zu achten, verließen die Magier den Turm und eilten in südlicher Richtung durch ein Labyrinth aus Gassen und Straßen, bis sie ein ansehnliches, großes Gasthaus erreicht hatten. Auf dem Schild über der Tür stand geschrieben „Gasthaus zur offenen Pforte".

Schwarzstab und Elminster traten ein und gingen geradewegs ins Hinterzimmer, ohne die Blicke der anderen Gäste zur Kenntnis zu nehmen. Kelemvor folgte ihnen und nahm am einzigen Tisch Platz.

Ohne etwas zu fragen, brachte eine Kellnerin jedem von ihnen einen Krug Ale, dann ging sie und schloß hinter sich die Tür.

Der Eigentümer des Gasthauses zur offenen Pforte war ein geschäftstüchtiger ehemaliger Krieger namens Durnan der Wanderer. Weder die Gäste noch Kelemvor wußten, was Schwarzstab und Elminster bekannt war: Durnan war einer der mysteriösen Lords von Tiefwasser, jenes geheimen demokratischen Rates, der die Stadt regierte.

So wie bei Durnan steckte auch hinter dem Namen des Gasthauses mehr, als man vermutet hätte: Er stand für einen tiefen Schacht, der in die Höhlen unter dem Tiefwasserberg führte. Dieser Schacht war der Grund, warum Schwarzstab seine Gäste hergebracht hatte, auch wenn Kelemvor annahm, daß sie hier lediglich mit Gower zusammentreffen wollten, wer das auch immer sein mochte.

Schwarzstab und Elminster saßen da, ohne ein Wort zu sagen, und Kelemvor hatte nicht vor, ihr Schweigen zu brechen. Ihre Anwesenheit machte ihn ehrfürchtig, doch er fand auch, daß sie sich unhöflich einem Mann gegenüber benahmen, der auf ihr Geheiß die Reiche durchquert hatte. Doch das war jetzt bedeutungslos. Sie waren seine einzige Chance, wieder mit Mitternacht vereint zu werden, und er würde ihre schroffe Art über sich ergehen lassen, wenn er sie wiedersehen konnte.

Nach zehn Minuten betrat ein stämmiger, breitschultriger Mann das Kontor. Ylarell und ein Zwerg mit einer roten Nase folgten ihm. Schwarzstab machte sich nicht die Mühe, die Anwesenden einander vorzustellen, sondern sprach sofort den Zwerg an „Gower, du mußt uns zum Weiher des Verschwindens führen."

Der Zwerg seufzte. „Das wird Euch einiges kosten."

„Dein Preis?" fragte Elminster mißtrauisch, da er daran gewöhnt war, daß Zwerge den Wert ihrer Dienste oft maßlos überschätzten.

„Fünfzehn... nein, besser zwanzig Krüge Bier", erwiderte Gower, da er fand, daß er auch gleich ein wenig höher pokern konnte.

„Einverstanden", antwortete Schwarzstab, der wußte, daß Durnan den Preis zahlen würde, ohne ihn von ihm zurückzufordern. „Aber erst nach unserer Rückkehr. Wir brauchen dich in nüchternem Zustand."

„Jetzt sieben und..."

„Eines, bevor wir aufbrechen, das ist mein letztes Wort", murrte Schwarzstab. Er wandte sich dem breitschultrigen Mann zu. „Durnan, können wir deine Quelle benutzen?"

Der Angesprochene nickte. „Könnt Ihr Gesellschaft gebrauchen, die Euch in den Weiher folgt?"

Elminster, der von Durnans Geschick wußte, wandte sich Schwarzstab zu. „Wenn er mit dem Schwert so gut ist, wie er behauptet ..."

Durnan schnaubte angesichts Elminsters Worte. „Ich hole meine Klinge und Gowers Krug."

Schwarzstab ging in den nächsten Raum vor, wo sich ein Brunnen im Inneren des Hauses fand. Durnan kam zu ihnen, brachte Gowers Ale mit, ein funkelndes Schwert, ein Seil und ein halbes Dutzend Fackeln. Nachdem er die Fackeln verteilt und seine eigene an der Wandlampe entzündet hatte, stellte Durnan einen Fuß in den Eimer des Brunnens. „Laß mich langsam nach unten, Ylarell. Ich bin schon länger nicht mehr hier gewesen."

Ylarell ließ Durnan in den Brunnen hinab, dann Schwarzstab, Elminster und Gower, und schließlich stellte sich auch Kelemvor in den Eimer und packte das Seil.

„Dann nichts wie los", sagte der Kämpfer.

Ylarell begann zu kurbeln, und Kelemvor sank einige Minuten lang durch den Schacht nach unten. Drei Meter über dem Grund griff Schwarzstab aus einem Tunnel nach ihm und zog den Kämpfer zu sich. Kelemvor stieg aus dem Eimer, dann wandte sich Schwarzstab an den Zwerg: „Zeig uns den Weg, Gower."

Der machte sich gar nicht erst die Mühe, seine Fackel zu entzünden, sondern marschierte sofort los. Durnan folgte ihm, dann die beiden Magier und schließlich Kelemvor. Sie stiegen hinab in ein Labyrinth aus teilweise eingestürzten Zwergentunneln und natürlichen Durchgängen. Hin und wieder mußte die Gruppe durch dampfendes Wasser waten, das stellenweise so hoch stand, daß Durnan Gower tragen mußte, damit dessen Kopf trocken blieb. Schließlich erreichten sie einen Abschnitt, auf dem der Boden glatt war und in einem unangenehm steilen Winkel abfiel. Kelemvor war sicher, daß jeder, der hier hinfiel, bis zum Ende des Gangs rutschen würde.

Durnan hatte den gleichen Gedanken und sagte: „Ich mache das Seil fest, dann können wir uns nach unten lassen."

„Unsinn", meinte Gower, der am Kopf des steil abfallenden Gangs saß. „Dafür brauchen wir kein Seil."

Mit diesen Worten stieß er sich ab und rutschte in die Dunkelheit.

Durnan, Elminster und Schwarzstab warfen sich zwar herausfordernde Blicke zu, doch sie zögerten, dem Zwerg auf dessen Weise zu folgen. Schließlich legte Elminster seine Hand auf einen Findling und sagte: „Hier kannst du das Seil festmachen."

Durnan machte genau das, und erst dann folgte die Gruppe dem Zwerg in die Dunkelheit. Gower wartete bereits unten auf die Gruppe und grinste herablassend. Der Korridor hatte sich zu einem Raum erweitert, der die Ausmaße einer Kathedrale hatte, so daß die Fackeln es nicht schafften, die Decke oder die gegenüberliegende Seite zu beleuchten. Die leuchtenden weißen Geister Hunderter, vielleicht sogar tausender Menschen trieben ziellos in der Höhle umher.

„Der Weiher des Verlustes ist dort drüben", sagte Gower und zeigte auf die Mitte des Raums. „Aber irgend etwas stimmt hier nicht."

„Wer sind die?" fragte Kelemvor und deutete auf die seltsamen Silhouetten.

Elminster machte sich nicht die Mühe, ihm zu antworten. Seine Aufmerksamkeit war auf eine schimmernde Kuppel aus funkelnden Lichtern gerichtet, auf die Gower gezeigt hatte.

Schwarzstab sah Elminster an. „Denkt Ihr, was ich denke?"

„Ja", sagte Elminster und sah Schwarzstab ernst an.

Beide betrachteten wieder die Kuppel.

„Was? Was denkt Ihr denn?" wollte Kelemvor wissen und steckte seinen Kopf zwischen den beiden Magiern hindurch.

Wie gewohnt bekam er von ihnen keine Antwort, doch sie beide vermuteten, daß es sich um eine prismatische Sphäre handelte, einen der mächtigsten Abwehrzauber, den ein Magier wirken konnte. Sie versuchten, dahinterzukommen, was diese Sphäre dort zu suchen hatte.

Im nächsten Moment näherten sie sich beide der Kuppel, ohne ein Wort zu sagen. Durnan, Gower und Kelemvor folgten ihnen, auch wenn die beiden weit weniger behutsam waren als der Kämpfer. Sie hatten schon zuvor mit Schwarzstab zusammengearbeitet, und sie waren sicher, daß er ihnen schon erzählen würde, wenn es etwas gab, was sie wissen sollten.

Als die Gruppe die Kuppel erreicht hatte, wurde offensichtlich, daß diese in einem kleinen, von Steinwänden umgebenen Weiher steckte. Es schien so, als befinde sich die untere Hälfte außerhalb ihrer Sichtweite. Der Kegel hatte eine so perfekte Paßform, daß es an keiner Stelle auch nur die winzigste Lücke zwischen ihr und dem Gestein gab. Über die Sphäre zuckten fortwährend rote, orangefarbene, gelbe, grüne, blaue, violette und indigofarbene Blitze.

Die Magier gingen einige Minuten lang um den Brunnen herum und begutachteten die Kugel aus nächster Nähe. Schließlich fragte Schwarzstab: „Was haltet Ihr davon?"

Elminster runzelte die Stirn und sah zu Kelemvor: „Könnte das Mitternachts Werk sein?"

Der Kämpfer zuckte die Achseln. Er hatte keine Ahnung, was der Kegel darstellte und ob Mitternacht sie geschaffen haben konnte oder nicht. „Ich kann Euch nur sagen, daß sie unterwegs immer mächtiger und mächtiger geworden ist. Einmal hat sie ..." Er suchte nach dem Wort, das die Magierin benutzt hatte, um zu beschreiben, wie sie sie von einer Stelle gepflückt und an anderer Stelle wieder abgesetzt hatte. „Sie hat uns vier von der Eberfellbrücke bis zur Drachenspeerburg ‚teleportiert'."

Elminster riß die Augen auf. „Tatsächlich?"

„Dann kann das ihr Werk sein", folgerte Schwarzstab.

In der Sphäre hatte sich Mitternacht inzwischen seit etlichen Stunden ausruhen können. Die Magierin erholte sich von dem Weltenwandel und der Beschwörung der prismatischen Sphäre, die sie in rascher Folge gewirkt hatte. Sie hatte keine Ahnung, daß bereits Hilfe eingetroffen war. Die ohrenbetäubenden Schreie Tausender Schergen übertönten die Stimmen von Elminster und Begleitung.

Zum Glück waren die Geräusche das einzige, was in den Kegel hatte vordringen können. Etliche Schergen hatten sich gegen die Sphäre geworfen oder versucht, sie mit Zaubern zu brechen. Doch jedesmal hörte Mitternacht einen Wut- oder Schmerzensschrei, sobald der Kegel den Angriff auf den Angreifer zurückgelenkt hatte.

Solange die Sphäre aufrechterhalten wurde, waren Mitternacht und die Reiche vor den Schergen sicher. Doch der Zauber würde nicht mehr lange halten, und die Magierin fürchtete, daß es sie fast all ihre wiedergewonnene Kraft kosten würde, um den Zauber erneut zu wirken. Das würde sie und die Reiche zwar wieder für eine Weile vor den Schergen schützen, doch es war nur eine vorübergehende Lösung.

Mitternacht wagte es auch nicht, die Sphäre zu verlassen, solange sie kein Mittel gegen Myrkuls Falle gefunden hatte. Bis dahin mußte die Tafel in der Sphäre bleiben, da sie ansonsten einen Durchgang für die Schergen zwischen Myrkuls Reich und ihrem Ziel schuf, was auch immer das sein mochte.

Dann wurde der Magierin mit einem Mal klar, daß sie eine dauerhafte Beschwörung anwenden konnte, um die prismatische Sphäre unendlich lange aufrechtzuerhalten. Die Gesten und Worte kamen in ihren Geist. Der Zauber würde zwar genauso anstrengend sein wie eine Erneuerung der Sphäre, aber diesen mußte sie nur einmal wirken.

Seufzend sprach Mitternacht den Zauber. Die Anstrengung kostete sie viel Kraft, aber sie erschöpfte sie nicht völlig. In gut acht Stunden würde sie die Kraft besitzen, um die Magie zu überbieten, die Myrkul bei der Tafel angewendet hatte.

Außerhalb der Sphäre waren Kelemvor und die anderen vier, die zu ihrer Rettung gekommen waren, noch immer verwirrt.

„Diese Dinger halten nicht für alle Zeit", sagte Schwarzstab. „Und wenn Mitternacht ihn gewirkt hat, dann dürfte sie sich wohl irgendwo hier in der Nähe aufhalten."

„Ja – ohne jeden Zweifel in der Sphäre", sagte Elminster. „Das ist der Sinn und Zweck einer solchen."

„Sie ist in dem Ding?" fragte Kelemvor. Er lief darauf zu, doch Durnan hielt ihn zurück.

„Nicht, mein Freund", sagte er. „Wenn Ihr sie berührt, dann bleibt von Euch nicht genug übrig, um die Hunde zu füttern."

„Und wie sollen wir sie da rausholen?" rief Kelemvor.

„Vielleicht wollen wir das überhaupt nicht", sagte Elminster seufzend und strich sich über seinen Bart. „Der Magier, der eine prismatische Sphäre wirkt, kann ein- und austreten, wie es ihm beliebt. Wenn Mitternacht sich dort drin befindet, dann gibt es einen Grund dafür."

„Und was machen wir dann?" wollte Kelemvor wissen.

„Wir lassen sie wissen, daß wir hier sind", sagte Schwarzstab. „Wenn ich bis drei zähle, rufe wir alle so laut wie möglich ihren Namen."

Diese Taktik hätte vielleicht funktioniert, wäre da nicht diese Kakophonie aus den Schreien der Schergen auf der anderen Seite der Sphäre hin zu Myrkuls Stadt gewesen. So aber verloren sich ihre Stimmen in dem Mahlstrom aus Lärm, und Mitternacht hörte nichts davon, daß ihr Name gerufen wurde.

Als nächstes versuchte die Gruppe, Dinge in die Sphäre zu werfen: Kleidung, Steine, Ringe. Nichts konnte sie durchdringen. In den meisten Fällen schleuderte die Kugel die Objekte dem entgegen, der sie geworfen hatte. Schwarzstab versuchte sogar, mit einem Telepathie-Zauber die Kugel zu durchdringen, doch entweder schlug der fehl, oder aber die Sphäre wehrte ihn ab. Der bärtige Magier jedenfalls stand zwanzig Minuten lang sprachlos da. Kelemvor fand, daß Schwarzstabs Schweigen eine willkommene Abwechslung von der herablassenden Art des Magiers war.

„Nun, Elminster, was machen wir jetzt?" fragte Kelemvor und verschränkte die Arme vor der Brust.

„Wir warten", erwiderte der. „Das Ding bricht nach ein oder zwei Stunden zusammen."

Also setzten sie sich hin und warteten ab. Nach einer Weile kamen ein paar der Seelengeister hinüber und unterhielten sich mit Elminster und Schwarzstab über Belanglosigkeiten, während Kelemvor, Durnan und Gower von Aberglauben erfüllt jeden Kontakt mit den Toten vermieden. Von Zeit zu Zeit konnte die eine oder andere Silhouette nicht länger dem Ruf des Weihers widerstehen und versuchte, trotz der Sphäre vorzudringen. Einige wurden zurückgeworfen, andere vergingen in einem weißen Blitz.

Vier Stunden später stand Schwarzstab auf. „Das ist doch lächerlich. Niemand kann eine prismatische Sphäre so lange aufrechterhalten."

„Mitternacht kann es offenbar", gab Elminster zurück.

„Ich werde sie zerlegen", verkündete Schwarzstab.

„Das dürfte nicht sehr weise sein", erwiderte der ältere Magier. „Selbst wenn du alle Zauber ohne einen Fehlschlag wirken kannst, können wir es nicht wagen, die Sphäre aufzulösen, solange wir nicht wissen, warum sie sie hat entstehen lassen."

„Ihr könnt die Sphäre zerlegen?" fragte Kelemvor. Er sprang auf und eilte zu Schwarzstab.

„Ja", erklärte Elminster. „Es ist eine höchst komplizierte und langwierige Prozedur."

„Erzählt mir davon!" verlangte Kelemvor. So wie Schwarzstab war er es leid, noch länger zu warten.

„Na gut", seufzte Elminster. „Es scheint so, als hätten wir im Moment ohnehin nichts besseres zu tun. Eine prismatische Sphäre besteht genaugenommen aus sieben magischen Sphären, die jede gegen eine bestimmte Art von Angriffen schützen."

„Um sie zu zerlegen", fuhr Schwarzstab fort, „muß man zunächst einen Eiskegel wirken, um die rote Sphäre zu zerstören, die vor gewöhnlichen Waffen wie Pfeilen, Speeren ..."

„Und vor Steinen schützt, auf denen eine Nachricht steht", beendete Kelemvor den Satz für ihn.

„Genau", erwiderte Schwarzstab. „Als nächstes muß man ..."

„Wir müssen doch gar nicht die ganze Sphäre zerlegen", rief Kelemvor.

Schwarzstab runzelte die Stirn angesichts der Tatsache, daß der Kämpfer ihn einfach unterbrochen hatte.

Doch Kelemvor ignorierte die Reaktion des Magiers und fuhr fort: „Ihr müßt lediglich die erste Sphäre aufheben, dann können wir etwas hineinwerfen, um Mitternacht auf uns aufmerksam zu machen."

Elminster blickte zweifelnd drein. „Mir gefällt das nicht ..."

„Welche andere Wahl haben wir denn?" entgegnete Durnan und tat zum ersten Mal seine Meinung kund. „Wir können nicht ewig hier unten bleiben. Ich muß mich auch wieder um mein Geschäft kümmern."

„Also gut", lenkte Elminster ein, griff in sein Gewand und holte eine seiner markanten Meerschaumpfeifen hervor. Er reichte sie Kelemvor. „Die sollte sie wiedererkennen. Aber versuch, sie nicht kaputtzumachen. Wenn du mir dann die Ehre erweisen würdest, Schwarzstab?"

„Mit Vergnügen", gab der Magier zurück.

In der Sphäre hatte Mitternacht unterdessen soeben die Art von Myrkuls Falle herausgefunden. Er hatte mächtige Variationen eines Lokalisierungszaubers und eines aufrechterhaltenen Portals miteinander kombiniert, um sicherzustellen, daß die Schergen überallhin folgen konnten, wohin die Tafel auch gebracht wurde. Der Lokalisierungszauber diente als Leuchtfeuer, das die Position der Tafel angab, während der aufrechterhaltene Portal dafür sorgte, daß der Dieb seinen Fluchtweg nicht verschließen konnte.

Zum Glück hatte Mitternachts prismatische Sphäre nicht ihre Fluchtroute verschlossen, sie blockierte sie lediglich. Sie konnte sie verlassen, ohne daß die Schergen ihr folgen konnten. Da sie dafür gesorgt hatte, daß die Sphäre dauerhaft bestehenblieb, würde sie niemals ihre Wirkung verlieren. Auf diese Weise würde die Tür zwischen Myrkuls Stadt und den Reichen niemals geschlossen werden, doch im Durchgang existierte nun ein unüberwindliches Hindernis.

Noch während Mitternacht über diese Entdeckung nachdachte, kam auf einmal etwas in die Sphäre geflogen und landete auf ihrem Schoß. Sie sprang auf und hätte fast einen Schritt aus der Sphäre hin zu den wartenden Schergen gemacht.

Dann hob die Magierin das Objekt auf und entdeckte, daß es sich um eine Pfeife handelte – allerdings um eine ganz besondere und vertraute.

Außerhalb der Sphäre hatte sich Erleichterung breitgemacht, da Schwarzstabs Zauber nicht fehlgeschlagen war. Außerdem hatte Kelemvor die Pfeife in die Sphäre werfen können, ohne daß sie zurückgeworfen wurde.

„Und wenn sie die Pfeife nicht wiedererkennt?" fragte Kelemvor.

In diesem Moment trat Mitternacht aus der Sphäre, in einer Hand die Tafel, in der anderen Elminsters Pfeife. „Gehört die einem von euch?" fragte sie.

„Mitternacht!" jubelte Kelemvor.

Sie fielen sich in die Arme und drückten sich aneinander, doch zuvor hatte Elminster ihr noch seine Pfeife aus der Hand reißen können.

Eine lange, unbehagliche Minute standen Schwarzstab, Elminster, Durnan und Gower da und warteten, während sich die wiedervereinten Liebenden küßten und umarmten. Als es offensichtlich wurde, daß die beiden von ihrer Umgebung nichts mehr wahrnahmen, räusperte sich Elminster.

„Vielleicht sollten wir uns den dringenden Angelegenheiten widmen?" schlug er vor.

Mitternacht und Kelemvor lösten sich nur widerwillig voneinander.

Elminster zeigte auf die Sphäre und sah Mitternacht an: „Vielleicht bist du ja so gut und erklärst mir, warum du dich einen Tag lang da drin versteckt hast."

„Nicht hier", warf Gower ein. „Ich habe Durst, und Ihr schuldet mir noch neunzehn Krüge Ale!"

„Einen Moment, Gower", sagte Schwarzstab ungeduldig. „Können wir einfach so aufbrechen?"

Mitternacht nickte. „O ja, das geht", sagte sie. „Wir können gehen. Diese Sphäre ist auf Dauer dort."

Elminster und Schwarzstab hoben erstaunt die Augenbrauen.

„Na, ich sag's doch", meinte der Zwerg. „Also, gehen wir."

Mit diesen Worten strebte Gower dem Ausgang entgegen. Da den anderen klar war, daß sie ohne ihn den Weg zurück zu Durnans Taverne nicht finden würden, folgten sie ihm widerwillig, während sie Mitternacht mit Fragen bombardierten.

16

MYRKUL

„Nein!” zischte Kelemvor. Er nahm die Tafel vom Boden auf und legte sie auf den Tisch. „Hier ist eure Tafel. Nehmt sie und holt euch die andere selbst.”

„Diese Diskussion berührt Euch nicht, Kelemvor”, erwiderte Schwarzstab. Er war es nicht gewöhnt, so unverschämt angesprochen zu werden, erst recht nicht von einem Söldner.

„Das stimmt. Es berührt mich nicht mehr. Und es berührt Mitternacht ebenfalls nicht mehr.”

Schwarzstab sah Kelemvor finster an und spielte mit dem Gedanken, ihm zu unterstellen, ob er ein Feigling sei, doch Elminster stellte sich zwischen die beiden. Er war Schwarzstab einen bohrenden Blick zu und sagte: „Beruhigt euch. Wir können das doch wie Edelleute besprechen, oder etwa nicht?”

Schwarzstabs finstere Miene verwandelte sich zu einem verlegenen Grinsen, da Elminsters Bemerkung vor allem gegen ihn gerichtet war und er wußte, daß sein Freund recht hatte. Der junge Magier sollte sich selbst genügend im Griff haben, um sich von dem starrköpfigen Kämpfer nicht reizen zu lassen. „Vergebt mir”, murmelte er. „Ich fürchte, der Streß fordert seinen Preis.”

Auch Kelemvor wurde ruhiger, entschuldigte sich aber nicht.

Sie waren wieder zurück im Hinterzimmer der Offenen Pforte. Mitternacht lag auf der Couch, wo sie in einen tiefen Schlaf gefallen war. Ihr schwarzes Haar war so rauh und hart wie Roßhaar. Ihr Haut war fahl, und die Augen mit ihren roten Rändern saßen tief in ihren Höhlen.

Das Reich der Toten forderte nun seinen Preis von ihr. Kelemvor konnte sich nicht mit dem Gedanken anfreunden, sie in einem weiteren Kampf zu sehen, wie Elminster und Schwarzstab es vorgeschlagen hatte. „Sie hat sich in Myrkuls Stadt bewährt", sagte der Kämpfer. „Hat sie nicht ihren Teil dazu beigetragen?"

„Andere haben sich ebenfalls geopfert!" gab Schwarzstab zurück. „Ylarell war ein guter Mann."

Kelemvor wußte nicht, was er darauf erwidern sollte. Als er und seine fünf Gefährten in Durnans Taverne zurückgekehrt waren, hatte dort ein Mitglied der Stadtwache auf sie mit schlechten Neuigkeiten gewartet. Nachdem Ylarell die Gruppe, die Mitternacht hatte retten wollen, in den Brunnen hinabgelassen hatte, war er mit einigen Männern aufgebrochen, um die Untoten aufzuspüren, von denen Kelemvor gesprochen hatte. Die Patrouille war schließlich in den stinkenden Tunneln, die die Abfälle und Abwässer aus Tiefwasser forttrugen, auf die wandelnden Leichen gestoßen.

Die Untoten hatten zwei Stunden später die Patrouille angegriffen. Ylarell und seine Leute waren deutlich im Vorteil gewesen, bis auf einmal ein boshaft aussehender Mann aufgetaucht war, um den Zombies mit einem magischen Trank zu helfen. Nur ein Wachmann hatte überlebt, und das auch nur, weil ihn niemand bemerkt hatte. Der Kommandant der Wache wußte davon, daß Schwarzstab sich für diese Zombies interessierte, und er hatte beschlossen, keine weiteren Männer in die Tunnels zu schicken, ehe er nicht mit dem Magier gesprochen hatte.

Das Wissen, das Mitternacht von Bhaal erhalten hatte, und seine eigenen Nachforschungen ließen Elminster zu dem Schluß kommen, daß der Mann, der den Untoten geholfen hatte, vermutlich Myrkul war. Nun wollte der alte Magier und Schwarzstab Mitternacht und die Tafel als Köder benutzen, um den Gott der Toten in eine Falle zu locken.

Kelemvor fand, daß seine Geliebte bereits genug getan hatte. Viel schwerer wog aber, daß sie seiner Meinung nach nicht stark genug war, um sich Myrkul in den Weg zu stellen. „Sie ist zu geschwächt", sagte er und kniete neben ihr nieder.

„So geschwächt sie auch sein mag", gab Elminster geduldig zurück und zeigte mit einem knochigen Finger auf die Magierin, „besitzt sie doch mehr Macht als Schwarzstab und ich zusammen."

„Nein!" erwiderte Kelemvor und stand auf.

„Sie muß die Entscheidung treffen", sagte Durnan, der sich in einen Sessel hinter seinem Schreibtisch geflegelt hatte und einen Krug Ale in der Hand hielt. „In Tiefwasser spricht kein Mann für eine Frau, wenn sie ihn nicht darum bittet."

„Nur über meine Leiche", gab Kelemvor schneidend zurück und stellte sich vor Mitternacht. „Oder überhaupt nicht!"

Mitternacht machte die Augen auf und streckte ihre Finger nach der Hand des Kämpfers aus. „Kel, sie haben recht. Ich muß weitermachen."

„Aber sieh dich doch an", protestierte der Krieger und kniete neben ihr nieder. „Du bist völlig erschöpft."

„Mir geht es wieder gut, wenn ich mich ein wenig ausgeruht habe."

„Du kannst dich doch kaum auf den Beinen halten", sagte Kelemvor und strich mit einer Hand über ihr trockenes Haar. „Wie sollst du gegen Myrkul kämpfen können?"

Elminster legte eine faltige Hand auf Kelemvors Schulter. „Weil sie es muß. Sonst wird die ganze Welt aufhören zu existieren."

Kelemvor ließ den Kopf sinken und starrte zu Boden. Schließlich sah er Elminster an und sagte: „Könnt Ihr mir das erklären? Warum muß Mitternacht Myrkul herauslocken? Warum benötigen wir die andere Tafel?"

„Elminster muß sich deinesgleichen nicht erklären", raunzte Schwarzstab ihn an, doch der alte Weise hob eine Hand, damit der bärtige Magier verstummte. „Er hat ein Recht darauf, es zu wissen", sagte Elminster dann.

Er wandte sich wieder Kelemvor zu. „Während du und deine Freunde sich abgemüht haben, die Tafeln zu bergen, habe ich folgendes herausgefunden." Er deutete auf die Luft über dem Tisch. „Aus den Nebeln am Anfang der Zeit entstand ein Wille, der sich selbst Ao nannte. Ao wollte eine Weltordnung schaffen." Elminster schnippte mit den Fingern, und eine goldene Waage tauchte mitten in der Luft auf. „Er schuf ein Gleichgewicht zwischen den Mächten des Chaos und denen der Ordnung. Die ersten Äonen seines Lebens verbrachte er damit, sie in einer Liste zusammenzufassen und sie gegeneinander zu stellen."

Dutzende von Kohlestücken tauchten auf und sanken in die Waagschalen. „Als er diese Aufgabe vollendet hatte, war das Universum bereits so groß und kompliziert geworden, daß nicht einmal Ao es noch überblicken konnte." Die Waage geriet ins Wanken, Kohle fiel herunter.

„Also schuf Ao die Götter." Die Kohlestücke wurden zu funkelnden Diamanten zusammengepreßt, in die jeweils das Symbol einer Gottheit graviert war. „Um die Ordnung zu wahren, übertrug er jedem Gott bestimmte Aufgaben und stattete ihn mit bestimmten Kräften aus." Die Diamanten kehrten in die Waagschalen zurück, die damit wieder ausgewogen waren.

„Bedauerlicherweise gab Ao den Göttern einen freien Willen, damit er nicht ständig über sie wachen mußte. Doch damit bildete sich bei ihnen auch Ehrgeiz und Habgier, und schon bald begannen die Götter darum zu kämpfen, ihre eigene Macht auf Kosten der anderen zu vergrößern.„

Die Diamanten wechselten von einer Schale zur anderen und brachten die Waage abermals aus dem Lot. „Ao konnte dieses Ringen nicht unterbinden, ohne zugleich den freien Willen der Götter zu beschneiden, also begann er, die Übertragungen von Macht und Aufgaben zu überwachen." In einem gleichmäßigen Strom wechselten die Diamanten hin und her, bis die Waage wieder ausgewogen war.

„Außerdem erschuf er die Tafeln des Schicksals, um die Macht und die Pflichten eines jeden Gottes festzuhalten. Nun konnten die Götter ihrem Ehrgeiz freien Lauf lassen, während die Tafeln Ao die Sicherheit gaben, daß das Gleichgewicht gewahrt blieb. Doch Myrkul und Tyrannos interessierten sich mehr für ihre eigenen Bestrebungen als für das Gleichgewicht."

Zwei dunkle Diamanten stiegen aus den Schalen auf und kreisten in wirren Mustern um die Waage. „Also nahmen sie die Tafeln an sich und versteckten sie, weil sie in der sich anschließenden Verwirrung soviel Macht wie möglich an sich reißen wollten."

Alle Diamanten flogen aus den Schalen und wirbelten durch den Raum. Die Waagschalen zuckten wild umher, bis sie umkippten und auf den Tisch aufschlugen. „In seinem Zorn verbannte Ao alle Götter aus den Ebenen, bis auf Helm. Dem Gott der Wächter trug Ao auf, dafür zu sorgen, daß die anderen Götter den Ebenen fernblieben. Da die Götter damit machtlos geworden waren und ihren Pflichten nicht mehr nachkommen kommen, begannen die Reiche, ins Chaos abzugleiten." Die Diamanten regneten auf den Tisch herab. „Wenn wir die Tafeln nicht bergen und zurückbringen", schloß Elminster, „dann werden die Reiche vergehen." Ein greller Blitz zuckte durch den Raum, die Waage und alle Diamanten vergingen in einer Rauchwolke.

Kelemvor konnte nichts gegen Elminsters Folgerung einwenden. Jemand mußte die Tafeln zurückbringen, doch er verstand noch immer nicht, warum Mitternacht das machen sollte.

Bevor der Kämpfer jedoch aussprechen konnte, was ihm durch den Kopf ging, stellte Durnan seinen Krug ab und sprach: „Es scheint, daß alle – Götter und Sterbliche – in gleichem Maß daran interessiert sind, die Tafeln Ao zurückzubringen. Ich wage kaum, das auszusprechen, und ich komme nur darauf zu sprechen, um sicher zu sein, daß Ihr diese Möglichkeit in Erwägung gezogen habt: Würde es einen Unterschied machen, wenn Myrkul die Tafeln zurückbringt?"

„Einen sehr großen sogar!" sagte Mitternacht ärgerlich und sprang auf. Durnans Vorschlag war ihr zutiefst zuwider. Sie hatte nicht Bhaals Berührung über sich ergehen lassen und Adon sterben sehen und sich dem Reich der Toten gestellt, um nun den Gott des Zerfalls obsiegen zu lassen. „Ao wird sich dem gegenüber erkenntlich zeigen, der ihm die Tafeln zurückbringt. Würde dieses Privileg Myrkul zufallen, dann wäre das für die Reiche sogar noch schlimmer, als wenn die Tafeln für immer verschwunden blieben. Könnt Ihr Euch eine Welt vorstellen, in der der Gott des Zerfalls bevorrechtigt ist?"

Kelemvor fügte hinzu: „Wenn Myrkul die Tafeln ursprünglich gestohlen hat, kann ich mir außerdem kaum vorstellen, daß er sie jetzt zurückgeben will."

„Das ist wahr", stimmte Schwarzstab zu und war erstaunt, daß er mit dem Kämpfer einer Meinung war. „Er würde sich davor fürchten, daß Ao ihn für den Diebstahl bestraft."

„Wir haben keine andere Wahl", sagte Elminster und legte beide Hände auf die Tafel. „Wir müssen Myrkul die andere Tafel abnehmen."

„Aber warum muß Mitternacht das machen?" fragte Kelemvor und sah zwischen Elminster und Schwarzstab hin und her. „Warum könnt Ihr beide das nicht machen? Immerhin seid Ihr doch so große Magier."

„Das sind wir", gab Schwarzstab abwehrend zurück. „Aber wir sind nicht groß genug, um Myrkul zu töten."

„Myrkul töten? Ihr seid verrückt!" brüllte Kelemvor.

„Nein", erwiderte Schwarzstab und sah dem Krieger gelassen in dessen hitzige Augen. „Mitternacht kann das schaffen. Kurz vor der Ankunft habe ich die Kontrolle über einen großen Teil meiner Magie verloren, so wie alle Magier. Doch anders als bei den Klerikern verschwand unsere Macht im Augenblick der Verbannung aller Götter nicht schlagartig und nicht völlig. Einen Grund dafür konnten wir nicht erkennen. Während sich Elminster damit befaßte, was den Göttern zugestoßen war, versuchte ich dahinterzukommen, was mit der Magie geschehen war."

„Und was habt Ihr in Erfahrung gebracht?" fragte Durnan, der sich zum ersten Mal gerade hingesetzt hatte.

„Er fand heraus, daß ich mit Mystra in Verbindung gestanden hatte, unmittelbar bevor Ao die Götter verbannte", erklärte Mitternacht. „Sie gab einen Teil ihrer Macht an mich."

„Korrekt", sagte Schwarzstab. „Irgendwie mußte Mystra von Aos Zorn erfahren haben, noch bevor er die Götter ins Exil schikken konnte. Vielleicht wurde sie von Helm gewarnt, immerhin wird gemunkelt, daß sie ein Liebespaar waren. Sei es, wie es sei, auf jeden Fall vertraute Mystra Mitternacht einen Teil ihrer

Macht an, wohl mit der Absicht, diesen Teil wieder an sich zu nehmen, wenn sie in unserer Welt angekommen war."

Mitternacht seufzte. „Bedauerlicherweise wurde die Göttin der Mysterien von Tyrannos gefangengenommen, als sie in die Reiche kam. Kelemvor, Adon und ich mußten sie retten." Sie erwähnte Cyric nicht, weil sie sich nicht daran erinnern wollte, daß sie den Dieb einmal einen Freund genannt hatte. „In ihrer Gefangenschaft erfuhr Mystra, daß Tyrannos und Myrkul die Tafeln gestohlen hatten. Als sie aber in die Ebenen zurückkehren wollte, um Ao davon zu berichten, wurde sie von Helm vernichtet, da der nicht zulassen wollte, daß sie sich ihm widersetzte. Ihre letzte Handlung bestand darin, ihre Kräfte auf mich zu übertragen, damit ich die Tafeln bergen konnte."

„Und aus dem Grund muß Mitternacht diejenige sein, die sich Myrkul stellt", sagte Schwarzstab und legte eine Hand auf Kelemvors Schulter. „Sie ist die einzige, die ihn besiegen kann."

Kelemvor sagte nichts dagegen. Ganz egal, wie sehr er es auch leugnen wollte, erkannte der Krieger, daß Mitternacht wirklich diejenige war, die sich dem Gott der Toten entgegenstellen mußte.

Dennoch mißfiel ihm die Vorstellung, sie als Köder zu benutzen. Ihre Überlebenschancen wären besser gewesen, wenn sie Myrkul angriffen, anstatt es dem Gott der Toten zu erlauben, sie zu überraschen. „Wenn wir schon gegen den alten Knochenkopf antreten sollen", sagte er, „dann aber zumindest zu unseren Bedingungen, nicht zu seinen. Vielleicht können wir ihn unvorbereitet antreffen."

„Wir sollen den Kampf auf sein Schlachtfeld bringen?" fragte Schwarzstab.

Kelemvor nickte.

„Ich bin seiner Meinung", sagte Elminster lächelnd. „Myrkul wird das nicht erwarten. Der Überlebende von Ylarells Patrouille soll uns zu seinem Hort führen."

„Wenn Kelemvor das für die beste Vorgehensweise hält, dann sollten wir das auch machen", erklärte Mitternacht und schenkte dem Krieger ein Lächeln. „Doch zuvor muß ich mich noch ein wenig ausruhen."

„Dann schlage ich vor, daß wir uns zu meinem Turm begeben und sehen, ob wir dieses Stück nicht von seiner Magie befreien können", sagte Schwarzstab und nahm die Tafel an sich. „Wenn wir Myrkul überraschen wollen, können wir nicht zulassen, daß seine Schutzzeichen jeden unserer Schritte an ihn weiterleiten." Er ging voran und verließ das Gasthaus zur gähnenden Pforte.

Als sie auf die Straße hinaustraten, hielt Mitternacht inne, um zum Himmel zu blicken. Der war von einer kränklich grünen statt seiner üblichen blauen Farbe, und die Sonne war nicht gelb, sondern purpurn. Doch Mitternacht kümmerte das nicht. Nach dem weißen Himmel über der Dämmerebene und dem trüben Grau über Myrkuls Stadt war sie einfach froh, die Sonne und den Himmel über sich zu sehen.

Dann bemerkte sie ein Band aus funkelnden Farben, das sich aus dem Himmel zum Gipfel des Tiefwasserbergs herabsenkte. Es war zu weit für sie entfernt, um Einzelheiten zu erkennen, doch sie vermutete, daß es sich um eine Himmelstreppe handelte.

„Nicht starren", flüsterte Elminster. „Die meisten Menschen können sie nicht sehen und werden denken, daß du verrückt geworden bist."

„Das ist mir egal", gab Mitternacht zurück. Dennoch riß sie sich los vom Anblick der Treppe und folgte ihm durch die Straße.

Sie hatten gerade erst gut ein Dutzend Schritte gemacht, als heftiges Flügelschlagen Kelemvor zusammenfahren ließ. Er wirbelte herum und sah sich einer Krähe gegenüber, die auf Schwarzstabs Schulter gelandet war. Das linke Bein des Vogels war säuberlich geschient worden.

Die Krähe krächzte aufgeregt und hackte nach Kelemvor, der gerade noch einen Arm heben konnte, um sein Auge zu retten.

„Laß mich in Ruhe, du Mistfresser!" rief Kelemvor und gestikulierte wild, im nächsten Moment hatte er die Hand voller Federn.

Die Krähe krächzte abermals, dann begab sie sich wild flatternd auf Schwarzstabs andere Schulter. Von dort spähte sie nervös um den Kopf des Magiers herum, dann ließ der Vogel etwas verlauten, was sich wie ein Satz anhörte.

„Ihr kennt diesen fliegenden Boten?" fragte Schwarzstab.

„So gut, wie ein Mann den Wurm kennen kann, der seinen Leichnam fressen wird", gab Kelemvor zurück und sah den Vogel ärgerlich an.

„Die Krähe entschuldigt sich", sagte Schwarzstab.

Als Kelemvor nichts tat, um die Entschuldigung anzunehmen, krächzte der Vogel noch zweimal.

„Die Krähe sagt, Ihr hättet das gleiche getan, wenn Ihr hungrig gewesen wärt."

„Ich esse keine Krähen", gab Kelemvor zurück. „Und ich unterhalte mich auch nicht mit ihnen." Dann wandte er sich ab und ging weiter in Richtung von Schwarzstabs Turm.

◆ ◆ ◆

Viereinhalb Meter unter Kelemvor blieb Myrkul in dem dunklen Abwasserkanal unter der Regenfallstraße abrupt stehen. Hinter ihm hielten auch zwölf Zombies sofort an, während stinkende Wasser weiter um ihre Beine herum plätscherte.

„Die Tafel ist in der Straße, meine Freunde", flüsterte der Gott der Toten, als würde es die Untoten tatsächlich interessieren, was er sprach. Keiner seiner Anhänger war bei ihm. In den letzten Wochen hatte der Gott der Toten seine gesamte Anhängerschaft von Tiefwasser geopfert, um genug Energie für seine Magie zu haben.

Myrkul starrte zur Decke des dunklen Gangs und berührte gedankenverloren die Satteltaschen, die über seiner Schulter lagen. In ihnen befand sich eine Tafel des Schicksals – die, die seine Zombies in der Drachenspeerburg an sich gerissen hatten.

Vor eineinhalb Stunden hatte Myrkul mit Hilfe einer Objektlokalisation herausgefunden, daß Mitternacht die andere Tafel nach Tiefwasser gebracht hatte. Sofort hatte er sich auf die Suche nach der Magierin gemacht, weil er zuerst die Tafel an sich nehmen wollte, bevor er das Kommando über die Schergen übernahm, von denen er erwartete, daß sie jeden Moment die Stadt belagern würden.

Doch die Dinge waren nicht so wie geplant verlaufen. Er hatte viel länger gebraucht, um seine Zombies durch das Labyrinth zu führen, das die Kanalisation von Tiefwasser bildeten. Nun, da er endlich angekommen war, hatte sich die Position der Tafel verändert. Seine ursprüngliche Absicht war die gewesen, anzugreifen, solange sich die Tafel noch im Gebäude befand, weil der Kampf dort von der Stadtwache nicht hätte beobachtet werden können.

Er hielt es nicht für ratsam, von seinem Plan abzuweichen und auf der Straße anzugreifen. Er hatte bereits eine Patrouille ausgelöscht, und die Kommandanten der Wache würden sich noch früh genug wundern, was mit ihr geschehen sein mochte. Sich nun mit noch einer Patrouille anzulegen, erschien ihm kein kluger Zug zu sein, zumindest nicht solange, wie seine Schergen ihrem Befehlshaber Grund zu anderweitiger Sorge gaben.

Denn leider stimmte irgend etwas nicht. Die Schergen hätten der Frau auf den Fersen folgen müssen, doch es war offensichtlich, daß sie seinen Plan vereitelt und seine Subjekte – und damit die Geister aller Toten – davon abgehalten hatte, ihr nach Tiefwasser zu folgen.

In dem Moment spürte Myrkul, daß die Tafel abermals bewegt wurde. „Wollen wir doch mal sehen, wohin sie die Tafel bringen", sagte er, ohne jemanden speziell anzusprechen. „Dann werden wir entscheiden, wie wir vorgehen." Der Gott der Toten drehte sich um und ging den Weg zurück, den er gekommen war.

30 Meter von ihm entfernt hörte Cyric, daß die Zombies kehrtmachten. Er fluchte tonlos. Seit einem halben Tag hielt er sich in der Finsternis und dem stinkenden Wasser der Tunnel auf, immer dicht hinter den Zombies und ihrem Meister. Seine Nerven ließen ihn spüren, daß er immer wieder nur um Haaresbreite einer Entdeckung entgangen war.

Einmal, gleich nachdem er in die Kanalisation hinabgestiegen war, hätte er die Tafel fast stehlen können. Die Zombies hatten eine Patrouille angegriffen, und im Licht der Fackeln der Patrouillen hatte der Dieb gesehen, wie die Tafel ins stinkende Wasser gefallen war, als ein Wachmann dem Zombie, der die Satteltaschen trug, einen Arm abgeschlagen hatte. Cyric war unter Wasser getaucht und hatte sich an den Beinen der Kämpfenden vorbeigeschlängelt, doch im letzten Moment waren die Satteltaschen wieder aufgehoben worden.

Der Dieb hatte sein Schwert gezogen und war aufgetaucht, weil er denjenigen angreifen wollte, der die Tafel an sich genommen hatte. Doch dann hatte er gesehen, wie Myrkul einen Zauber wirkte, worauf er einen ätzenden Geruch wahrgenommen hatte. Er war wieder untergetaucht, um in Sicherheit zu schwimmen, während die Patrouille von einer Giftwolke getötet wurde. Seitdem folgte Cyric dem Gott der Toten durch die Kanalisation und wartete darauf, daß sich eine weitere Gelegenheit bot, die Tafel an sich zu reißen.

Als er hörte, daß sich die Zombies näherten, bewegte sich Cyric durch den Tunnel voraus, bis seine Hand eine der Leitern ertastete, die in regelmäßigen Abständen zu einem Kanaldeckel hinaufführten. Der Dieb kletterte die Leiter hinauf und verharrte völlig reglos, während die Zombies unter ihm durch das Wasser stapften. Er kehrte erst wieder in den Tunnel zurück, als er sicher war, daß die Gruppe mindestens 30 Meter entfernt war.

Ohne zu ahnen, daß er verfolgt wurde, konzentrierte sich Myrkul einzig darauf, den Kontakt zur Tafel aufrechtzuerhalten. Er folgte ihr durch ein Gewirr aus Tunneln, und manchmal mußte er stehenbleiben, wenn Mitternacht und ihre Begleiter ein Labyrinth aus Straßen durchquerten, ohne sich dabei in eine bestimmte Richtung zu bewegen. Manchmal mußte er sogar ein paar Schritte zurückgehen, wenn der Tunnel einen unerwarteten Knick machte.

Schließlich hörte die Tafel auf, sich zu bewegen, und Myrkul stellte zufrieden fest, daß sie offenbar ihr Ziel erreicht hatte. Er ging den Tunnel entlang, bis er die nächste Leiter erreicht hatte, dann kletterte er nach oben und hob den eisernen Deckel gerade weit genug an, um sehen können, in welches Gebäude sich seine Feinde begeben hatten.

Es war ein großer Turm ohne Fenster oder Türen, der ihm schon zuvor aufgefallen war. Der Turm gehörte Khelben „Schwarzstab" Arunsun, einem der mächtigsten Magier von Tiefwasser.

Myrkul stieg wieder hinab in die Kloake. „Wir lassen die Tafel für den Augenblick bei Schwarzstab", sagte er seinen desinteressierten Zombies. „Wenn wir sie jetzt an uns nehmen wollten, würden wir nur zuviel Aufmerksamkeit erregen, nicht wahr?" Er machte eine Pause und erklärte dann: „Wir begeben uns zum Weiher des Verschwindens, um zu sehen, was meine Schergen aufhält. Und vielleicht kümmern wir uns dann um die andere Tafel." Der Gott der Toten wandte sich ab und führte seine Untoten weiter durch die Finsternis.

Einige Augenblicke später, als Cyric sicher sein konnte, daß Myrkul ihn nicht bemerkte, kletterte er die Leiter nach oben und betrachtete Schwarzstabs Turm. Zumindest einer im Tunnel hatte Notiz von Myrkuls Worten genommen.

♦ ♦ ♦

Das Donnern von fünfhundert Stiefeln auf Kopfsteinpflaster beendete Mitternachts Schlaf, der so tief und erholsam war wie schon lange nicht mehr. Sie drehte sich um und vergrub ihr Gesicht im Federbett, während sie die Stadt wegen des herrschenden Lärms verwünschte. Ein Offizier brüllte einen Befehl, die Soldaten kamen lautstark gleich unter ihrem Fenster zum Stehen.

In ihrem nur schwach beleuchteten Zimmer kehrte mit einem Mal Grabesstille ein. Die abrupte Stille ließ sie schneller und umfassender wach werden, als es jeder noch so große Lärm hätte bewirken können. Neugierig und ängstlich zugleich sprang Mitternacht aus dem Bett und warf sich ihren Umhang um die Schultern.

Am Fuß von Schwarzstabs Turm war eine Stimme zu hören: „Wen darf ich melden?"

„Mordoc Torsilley, Captain der Kompanie des weißen Lindwurms von der Stadtwache von Tiefwasser, für Khelben ‚Schwarzstab' Arunsun. Und beeilt Euch!"

Mitternacht riß den Fensterladen auf, der den Menschen unten auf der Straße auf magische Weise verborgen war. Vor dem Turm standen sicher über zweihundert Mann in Reih und Glied, ihr Kommandant sah die leere Wand am Fuß von Schwarzstabs

Turm an. Jeder der Männer trug eine Schuppenrüstung mit einem umgedrehten Halbmond in Gold, umgeben von einem Kreis aus neun silbernen Sternen. Der gesamte Trupp war schwer bewaffnet, Hellebarden in der Hand, Dolche und Schwerter am Gürtel.

Auch wenn sie alle ihre Aufmerksamkeit nach vorn gerichtet hatten, waren die Gesichter der Männer alles andere als ausdruckslos. Die älteren Männer hatten die finsteren Miene von Veteranen, die in den Kampf zurückkehrten, während die jüngeren Männer nur mit Mühe ihr Zittern unterdrücken konnten.

Die Tür zu Mitternachts Zimmer wurde geöffnet, Kelemvor kam hereingestürmt.

„Was ist los?" fragte die Magierin.

„Ich weiß es nicht", erwiderte er und sah aus dem Fenster, um einen Blick auf die Truppen zu werfen. Auch wenn er nicht länger ein Soldat war und auch kein Verlangen verspürte, wieder ein solcher zu werden, klopfte sein Herz schneller, als er das Spektakel kampfbereiter Truppen erblickte.

„Wie lange habe ich geschlafen?" fragte sie und hoffte, daß die Antwort irgendeinen Hinweis darauf gab, was der Grund für diese plötzliche Aufregung sein mochte.

„Sechs Stunden", sagte Kelemvor, ohne den Blick von den Truppen abzuwenden. Er hatte die Blicke dieser Männer schon oft gesehen, er wußte, was sie zu bedeuten hatten. „Sie ziehen in die Schlacht", sagte der Kämpfer. „Und sie glauben nicht, daß sie zurückkehren werden."

Er wandte sich ab und humpelte zur Treppe. Schwarzstabs Mittel hatte seine Wirkung verloren, und die Füße des Kriegers litten nach wie vor unter den Folgen der Erfrierungen. „Wir sollten uns besser ansehen, was da geschieht."

Mitternacht folgte ihm die drei Treppenabsätze nach unten bis in das Vorzimmer im Erdgeschoß. Schwarzstab und Elminster waren bereits dort, Elminster hielt die Tafel unter seinen Arm geklemmt. Beide Männer sahen so aus, als hätten sie noch keinen Schlaf finden können. Während Mitternacht geschlafen hatte, waren die beiden Magier damit befaßt gewesen, die Tafel von

Myrkuls Magie zu befreien. Sie fragte sich, ob es ihnen wohl gelungen war.

Mordoc Torsilley, Befehlshaber der Kompanie des weißen Lindwurms, zog soeben eine lange Schriftrolle auseinander. Er wandte sich an Schwarzstab. „Seid Ihr Khelben ‚Schwarzstab' Arunsun?" fragte er.

„Ihr wißt, wer ich bin", antwortete Schwarzstab. „Wir sind uns schon oft begegnet."

Mordoc sah entschuldigend von der Schriftrolle auf. „Dies ist hochoffiziell, Euer Herrlichkeit." Er begann, von der Rolle abzulesen: „Zum Wohl aller Bürger von Tiefwasser und um die Stadt vor ihren Feinden zu beschützen, wird Khelben ‚Schwarzstab' Arunsun hiermit angewiesen ..."

„Angewiesen?" schnaubte Schwarzstab voller Empörung darüber, daß jemand es wagte, ein solches Wort in Verbindung mit seinem Namen zu verwenden. Er riß Mordoc die Schriftrolle aus den Händen und las stumm die restlichen Zeilen. Schließlich fragte er: „Ich soll das Kommando über die Lindwurm-Truppe übernehmen?"

„Aye, das drückt es in wenigen Worten aus", erwiderte Mordoc und fügte rasch ein „Sir" an.

„Das ist unfaßbar", murmelte Schwarzstab. „Ich bin kein General."

„Und unser Gegner ist keine Armee", gab Mordoc zurück.

„Sondern?" wollte Elminster wissen, der auf die Störung ungehalten reagierte. „Und macht schnell, da wir uns mit wichtigen Dingen beschäftigen müssen."

„Soweit wir sagen können, Sir, sind sie ..."

„Was?" forderte Schwarzstab. „Was wollt ihr von mir?"

„Es sind Furien, Sir, Hunderte von ihnen, und es werden ständig mehr. Sie kamen aus den Höhlen unterhalb des Tiefwasserberges und begannen, die Stadt zu plündern. Sie haben alles vom Hafenwacht-Turm bis zur Schneckenstraße eingenommen, also den größten Teil des Dockdistriktes. Wir haben ihr Vordringen etwas verlangsamen können, doch mehr nicht. Die Greife müssen schwere Attacken von den Gegnern hinnehmen, die ebenfalls fliegen können. Es wird nicht mehr lange dauern, dann haben sie ganz Tiefwasser überrannt – es sei denn, Ihr könnt sie stoppen."

„Die Schergen", rief Mitternacht. „Sie sind aus dem Weiher des Verschwindens entkommen!"

„So sieht es aus", erwiderte Elminster und kratzte seinen Bart. Ihm war sofort klar, daß Myrkul der einzige war, der etwas gegen Mitternachts Zauber bewirken konnte. Doch er verstand nicht, warum sich Myrkul solche Mühe machte. Selbst für den Gott der Toten konnte es keine Leichtigkeit sein, Mitternachts Sphäre zu zerstören. Elminster konnte nicht nachvollziehen, warum Myrkul seine Energie darauf verwendete, wenn das, was er haben wollte, sich in Schwarzstabs Turm befand. Der alte Weise und der jüngere Magier waren bislang nicht weitergekommen in ihrem Bemühen, die Magie zu entfernen, die der Gott der Toten dem Artefakt auferlegt hatte.

„Wir sollten uns besser beeilen", sagte Schwarzstab zu Elminster. Gleichzeitig drückte er dem Befehlshaber die Schriftrolle in die Hand.

„Die Männer warten draußen, Sir", sagte Mordoc, der annahm, daß der Magier mit ihm gesprochen hatte.

„Männer?" gab Schwarzstab zurück. „Nehmt sie und macht Euch auf den Weg. Ich habe mich um wichtigere Dinge zu kümmern."

Mordoc runzelte die Stirn und griff in seinen Umhang. Er wirkte aus gutem Grund wie ein Hund, dem man einen Tritt gegeben hatte. Es war nicht angenehm, derjenige zu sein, der Schwarzstab Arunsun zu sagen hatte, was der tun sollte.

Mordoc zog einen Ring hervor und gab ihn Schwarzstab. „Sir, der Befehlshaber der Wache befahl mir, Euch dies zu übergeben."

Widerwillig nahm Schwarzstab den Ring an. Er gehörte Piergeiron dem Paladin, dem einzigen anerkannten Herrn über Tiefwasser, Dienstherr der Garde, Befehlshaber der Wache – und Träger eines guten Dutzend anderer Titel. Schwarzstab seufzte und schob den Ring auf seinen Finger. Er war aufgefordert worden, seiner Stadt zu dienen. Wenn er nicht Piergeirons Ruf folgte, würde er seine Bürgerrechte verlieren. Er sah zu Elminster: „Ich habe keine Wahl."

Der nickte kurz. „Geh ruhig. Es wird besser sein, wenn jemand die Schergen zurückhält. Zweifellos haben sie es auf die Tafel abgesehen."

„Ihr wißt, wo Ihr sie verstecken müßt?" fragte Schwarzstab.

Elminster nickte wieder. „Aye, im Gewölbe. Und nun geh."

Bevor er aber wirklich ging, wandte er sich noch einmal an Mitternacht und Kelemvor: „Wenn Ihr irgend etwas braucht ..."

„Einen Dolch", bat ihn Mitternacht sofort, die sich daran erinnert, daß ihr eigener Dolch in der Höhle unter der Drachenspeerburg geschmolzen war.

Schwarzstab nickte bestätigend. „Elminster kann ihn für Euch besorgen." Dann drehte er sich um und ging durch die Wand, während er sagte: „Vielleicht dauert es ja nicht allzu lange."

„Vielleicht", wiederholte Elminster gedankenverloren. Nachdem Schwarzstab gegangen war, schwieg er lange Zeit und überlegte immer noch, warum Myrkul bloß die Schergen freigesetzt hatte.

Schließlich fragte ihn Mitternacht: „Und nun?"

Ihre Frage riß Elminster aus seinen Überlegungen. „Ja – und nun? Nun verstecken wir die Tafel, würde ich sagen."

„Warum?" rief Kelemvor. „Ich dachte, wir wollten Myrkul angreifen."

„Die Lage hat sich verändert", erwiderte der alte Magier. „Es sieht so aus, daß er auf dem Weg zu uns ist."

„Ein Grund mehr, ihn anzugreifen", beharrte der Kämpfer. „Das wird er als letztes erwarten."

„Stimmt", pflichtete Myrkul ihm nachdenklich bei. Ihm gefiel Kelemvors aggressive Strategie, doch er vermutete auch, daß der Krieger die Einzelheiten seines Plans nicht durchdacht hatte. „Wie sollen wir uns an den Feind heranschleichen, wenn er anhand der Tafel unsere Bewegungen nachvollziehen kann?"

Kelemvor blieb ungerührt. „Wir lassen die Tafel hier, damit er glaubt, daß wir uns immer noch im Turm befinden."

„Wir sollen die Tafel unbewacht zurücklassen?" fragte Elminster ungläubig.

„Warum nicht?" gab Kelemvor zurück. „Wenn wir Myrkul besiegen, sind wir die einzigen, die wissen, wo sie sich befindet. Wenn Myrkul uns tötet, muß er sie zumindest aus Schwarzstabs Turm stehlen."

„Und wie sollen wir Myrkul finden?" fragte Elminster und pochte mit seinen dürren Fingern auf die Tischplatte.

„So wie er uns auch finden kann" erklärte Mitternacht. „Ich kann seine Tafel so gut wahrnehmen, wie es ihm mit unserer möglich ist."

Elminster schüttelte zweifelnd den Kopf. „Du weißt, wie unsicher die Magie..."

„Wir kämpfen um das Schicksal der Reiche", sagte der Kämpfer nachdrücklich. „Wir müssen das eine oder andere Risiko eingehen."

„Ich finde auch, daß wir den Kampf zu Myrkul tragen sollten", sagte Mitternacht. „Ich für meinen Teil bin es leid, immer nur wegzurennen. Werdet Ihr mit uns kommen oder nicht, Elminster?"

Der Magier hob angesichts von Mitternachts sanfter Zurückweisung seine Augenbrauen. Sie hatte soeben die Führung über diese kleine Gruppe übernommen, doch das war auch nicht anders zu erwarten gewesen. „Natürlich komme ich mit", erwiderte der Weise. „Du wirst alle Hilfe benötigen, die du bekommen kannst."

Elminster ging in die Bibliothek und legte die Tafel in Schwarzstabs subdimensionales Gewölbe, aus dem er auch einen Dolch für Mitternacht holte. Zur Bestürzung des Magiers konnte er den Raum nicht versiegeln, als er hinausging. Nach ein paar schnellen Versuchen kam Elminster zu dem Schluß, daß sich die Tür wohl einfach nicht schließen ließ, wenn sich die Tafel im Zimmer befand. Myrkuls Magie hielt sie offen, womit das subdimensionale Gewölbe wieder in die normale Dimension zurückgeholt wurde. Das einzige, was die Tafel nun schützte, war die Illusion einer massiven Wand.

Doch so sehr das auch Elminster beunruhigte, war ihm auch klar, daß Kelemvor in einem Punkt recht hatte. Wenn es ihnen gelang, Myrkul aufzuhalten, dann war die Tafel in Schwarzstabs

Turm in jedem Fall sicher. Wenn Myrkul sie andererseits tötete, wäre es besser, wenn sie die Tafel nicht mit sich führten. Der Magier schob ein Regal vor das Gewölbe, dann ging er wieder nach unten.

Während Elminster die Tafel versteckte, wirkte Mitternacht ihren Lokalisierungszauber. Sie wurde fast verrückt, als der Zauber fehlschlug und ihren Verstand mit Informationen überflutete und ihr sagte, wo sich jeder einzelne der Gegenstände befand, die sie jemals besessen hatte. Nachdem sie aber nach ein paar Minuten wieder konzentrieren konnte, bahnte sich die Magierin ihren Weg durch die Fülle von Ortsangaben und konzentrierte sich auf Myrkuls Tafel.

Als Elminster zurückkehrte, waren sie und Kelemvor zum Aufbruch bereit. Nachdem sie von Elminster den Dolch entgegengenommen hatte, führte Mitternacht sie in den Hof, während sie ein komisches Gefühl in der Magengegend verspürte. Ihre Magie zog sie nach Süden und ein wenig nach Osten, so wie ein Magnet nach Norden gezogen wurde. Sie machte sich auf den Weg in die Schwerterstraße und schob sich zwischen Hunderten von Bewohnern durch, die alle in die entgegengesetzte Richtung eilten.

„Wir bewegen uns auf den Kampf zu", stellte Kelemvor fest, der sich mit den Ellbogen durch die Massen vorankämpfen mußte. In einiger Entfernung stiegen dichte Rauchsäulen über der Stadt auf.

Sie hatten gerade erst 60 Meter zurückgelegt, als Mitternacht spürte, daß sich die Tafel weiter östlich als südlich befand. Sie bog in die Keltarnstraße ein und ging sie entlang, bis sie die Straße der Seide überquerte.

„Das ist merkwürdig", sagte sie und blieb auf der Kreuzung stehen. „Jetzt ist es nördlich von uns."

Die Magierin führte ihre Freunde durch die Straße der Seide in einen weiteren Pulk aus flüchtenden Bewohnern. Sie befürchtete, ihre Magie könnte unzuverlässig geworden sein. Doch das Gefühl, das sie nach vorn zog, war noch immer klar und intensiv, also ging sie weiter.

60 Meter weiter bog Mitternacht nach Westen ab. „Die Tafel ist dort drüben." Sie zeigte auf eine Häusergruppe.

„Dann also dort entlang", sagte Kelemvor und eilte die Straße der Seide bis zur Kreuzung mit der Tharleonstraße. Von dort bog er nach Westen in eine schmale Gasse ein und wartete, bis Mitternacht und Elminster zu ihm aufgeschlossen hatten.

„Direkt vor uns!" sagte Mitternacht.

Sie gingen die Straße entlang, bis sie wieder die Schwerterstraße erreicht hatten. Rechts auf der anderen Seite stand Schwarzstabs Turm.

„Wir sind im Kreis gelaufen", stellte Kelemvor fest.

„Vielleicht habe ich die falsche Tafel geortet" überlegte Mitternacht leise und versuchte, abermals des Durcheinanders in ihrem Kopf Herr zu werden.

„Ich denke, das ist nicht der Fall", sagte Elminster und zeigte nach Norden, wo eine Gestalt in einem schwarzen Gewand stand. Der Mann hatte Satteltaschen über seine Schulter gelegt und ging schnurstracks auf Schwarzstabs Turm zu, wobei er brutal jeden umstieß, der ihm in den Weg kam.

„Myrkul!" rief Mitternacht aus.

„Ja", bestätigte Elminster. „Er ist gekommen, um die andere Tafel zu holen."

Kelemvor zog sein Schwert. „Und er hat keine Ahnung, daß wir uns hinter ihm befinden." Der Krieger begann, die Straße zu überqueren.

Damit sie notfalls zu einem anderen Zauber greifen konnte, hörte Mitternacht auf, sich auf die Tafel zu konzentrieren. Die drei Verbündeten gingen über die Straße und begaben sich hinter Myrkul. Endlich hatten sie freie Bahn, als er den Turm erreicht hatte.

Mitternacht beschwor einen Blitz herauf. „Bedeckt eure Augen", warnte sie.

Kelemvor und Elminster gehorchten sofort, die Magierin zeigte auf Myrkuls Rücken und sprach die Worte für den Zauber. Ein lautes Knistern erfüllte die Luft. Ein Dutzend blauer Blitze zuckten aus Mitternachts Finger und schossen quer durch die Schwerterstraße und trafen Gebäude und Passanten. Winzige Explosionen flammten überall dort auf, wo die Blitze auf ein Hindernis trafen, rissen kleine Krater in die Mauern und brannten faustgroße Löcher in die Leiber.

Myrkul blieb am Eingang zum Turm stehen und drehte sich um. Er sah Mitternacht zwischen Elminster und Kelemvor stehen, die voller Entsetzen zur Kenntnis nahm, was ihr Zauber angerichtet hatte. Der Gott der Toten hatte zwar nicht damit gerechnet, das Trio außerhalb des Turms zu finden, doch es machte ihm weiter keine Sorgen. Er hatte seine Methoden, die drei zu beschäftigen, während er die Tafel holte.

Myrkul machte eine Geste auf den Kanaldeckel hinter Mitternacht, dann trat er in den Turm ein. Ein Entsetzensschrei gellte durch die Straße. Kelemvor wandte sich gerade noch zeitig um, damit er sehen konnte, wie mehrere durchtränkte Leichen aus der Kanalisation geklettert kamen. Sie trugen die gleichen gestreiften Gewänder wie die Untoten, die in der Drachenspeerburg die Tafel in ihre Gewalt bekommen hatten. Die Haut auf ihren Gesichtern war runzlig und im Verwesen begriffen, ihre Mienen waren matt und lethargisch.

„Zombies!" rief der Krieger verblüfft.

„Ignoriert sie", rief der alte Magier. „Wir müssen in den Turm!"

Kelemvor und Elminster liefen zum Turm, ihnen folgte Mitternacht, die noch immer verwirrt und verärgert über die Zerstörung war, die ihr Zauber angerichtet hatte. Als sie den Turm erreicht hatten, war von Myrkul nichts zu sehen, doch der üble Gestank der Kanalisation hing nach wie vor in der Luft.

„Nach oben", sagte Elminster. „Zur Bibliothek."

Kelemvor ging auf der Wendeltreppe voran, bewegte sich aber langsam und vorsichtig. Mitternacht folgte ihm, Elminster bildete die Nachhut der kleinen Gruppe. Gerade betrat der Magier die erste Stufe, als der erste Zombie in den Turm eindrang.

Im ersten Stockwerk wies Elminster die beiden an, vor einer geschlossenen Tür stehenzubleiben. „Dort ist die Tafel – also wird Myrkul auch dort sein", erklärte er.

„Wir können keine Magie anwenden", flüsterte Mitternacht. „Ich habe schon zu viele Menschen verletzt."

„Unsinn", murrte Elminster. „Wenn wir Myrkul nicht stoppen, werden die Einwohner von Tiefwasser alle sterben müssen."

„Elminster hat recht. Tiefwasser ist schon jetzt ein Schlachtfeld", sagte Kelemvor. „Es werden so oder so unschuldige Menschen ihr Leben verlieren. Das einzige, was wir tun können – nein, tun müssen – ist, diesen Kampf gewinnen!"

Der erste Zombie kam um die Biegung des Treppenhauses. Elminster drehte sich ruhig um und berührte eine der Stufen, dann flüsterte er eine komplizierte Beschwörung. Kelemvor wollte sich dem herankommenden Zombie in den Weg stellen, doch an der Stelle, an der der Magier die Stufe berührt hatte, entstand im gleichen Augenblick eine Steinmauer.

„Es hat funktioniert", seufzte er erleichtert. Er wandte sich wieder der Tür zu. „Sei bereit, Mitternacht."

Sie nickte, erwiderte aber nichts.

Elminster sah zu Kelemvor, der daraufhin die Tür eintrat. Mitternacht trat in den Raum und sah sich nach der Gestalt in der dunklen Robe um, die sie auf der Straße gesehen hatten.

„Hier ist niemand!" meldete sie.

Kelemvor und Elminster spähten über ihre Schultern. Die Bibliothek war tatsächlich leer und verlassen. Ein Regal war umgeworfen worden und gab den Blick auf die Mauer dahinter frei.

Elminster fluchte, dann sagte er: „Er hat die Tafel schon längst!"

„Es gibt nur einen Ort, an den er sich begeben haben könnte", rief Kelemvor.

„Nach oben!" teilte Elminster seine Ansichten. „Schnell, bevor er uns entkommt."

Sie eilten nach oben und sahen auf jedem Stockwerk in allen Räumen nach.

Unterdessen steckte Myrkul die zweite Tafel in die Satteltaschen, warf die Taschen über die Schulter und verließ das Gewölbe, um in Schwarzstabs Bibliothek zurückzukehren.

„Wirklich bemerkenswert", sagte er, ging zur Treppe und begutachtete Elminsters Wand begutachten. „*Die* jagen *mich*!" Er überlegte einen Moment, dann fügte er an: „Wir können es nicht zulassen, daß ich von Sterblichen vernichtet werde, nicht wahr?"

Myrkul wirkte einen Zauber, der einen Durchgang in der steinernen Barriere schaffen sollte, und tatsächlich löste sich ein rechteckiger Teil der Mauer und fiel die Treppe hinunter. Myrkul sah zu, wie der Steinschlag einen seiner Zombies erschlug und um die Biegung des Treppenhauses herum verschwand. Das sein Zauber so wirkte, kümmerte den Gott der Toten nicht. Er würde bald in Tiefwasser genug Untote rufen können.

„Hinauf mit euch", sagte Myrkul. „Tötet die Frau und ihre Freunde. Sie haben mich die längste Zeit geärgert."

Während die Zombies an ihm vorbeischlurften, dachte Myrkul über seinen nächsten Schritt nach. Er würde zum Weiher des Verschwindens zurückkehren, um die Geister der Toten zu rufen. Mit der Energie ihrer Seelen, die er ernten würde, konnte er sich zur Himmelstreppe begeben. Mit ein wenig Glück würde Helm ihn passieren lassen, da er beide Tafeln besaß. Dann würde der Gott der Toten Ao vernichten. Alles lief genau nach Plan.

Als sie auf dem Flachdach von Schwarzstabs Turm angekommen waren, konnte Kelemvor nicht fassen, daß Myrkul so mühelos entkommen sein sollte. „Wo ist er?" rief er.

Elminster wandte sich Mitternacht zu. „Kannst du die Tafel nicht mehr lokalisieren?"

Mitternacht versuchte, den aufgegebenen Zauber zu reaktivieren, doch er war fort. „Ich kann den Zauber wiederholen, aber das dauert eine Weile", erwiderte sie.

„Die Zeit haben wir nicht. Los", sagte Kelemvor und rannte die Treppe hinunter, dicht gefolgt von Mitternacht und Elminster.

Nur zehn Stufen später kamen dem Krieger Myrkuls Untote entgegen. Der Zombie, der der Gruppe voranstürmte, fügte dem überraschten Krieger eine lange Schnittwunde an der Schulter zu. Kelemvor wich sofort zurück und konterte mit einem Schlag, der den Arm vom Rumpf des Untoten trennte. Im gleichen Atemzug verpaßte er ihm einen Tritt gegen den Oberkörper, woraufhin der Zombie die Treppe hinunterstürzte und den nächsten gleich hinter sich mitriß.

„Lauft!" schrie Kelemvor.

Elminster packte Mitternacht am Arm und floh mit ihr zurück nach oben. In dem Moment stieg ein dritter Zombie über seine beiden Gefährten. Kelemvor wartete ab, dann landete er zwei heftige Treffer am Hals des Wesens. Der Kopf löste sich vom Körper und rollte auf der Treppe nach unten, während der kopflose Rumpf dastand und mit den Armen ruderte. Die beiden Zombies, die Kelemvor als erstes nach unten gestoßen hatte, rappelten sich auf und gingen an ihrem kopflosen Kameraden vorbei, bereit, den Krieger in Stücke zu hacken. Der wich langsam zurück und schlug immer wieder nach seinen Angreifern, um Zeit zu gewinnen.

Von der Falltür, die zur Treppe führte, wandte sich Mitternacht an Elminster: „Wir müssen ihm helfen."

„Kelemvor kann auf sich selbst aufpassen", erwiderte Elminster. „Laß uns die Zeit nutzen, die er für uns herausholt. Wie können wir die Tafeln zurückholen?"

Mitternacht versuchte, an Magie zu denken, die ihnen jetzt helfen konnte, doch das einzige, was ihr durch den Kopf ging, war ihr Geliebter. Die Geräusche von Stahl auf Stein und ein lautes Ächzen verrieten ihr von Zeit zu Zeit, daß er noch lebte. Doch die Geräusche kamen auch immer näher, so daß Mitternacht wußte, daß der Magier recht hatte. Kelemvor schindete für sie Zeit heraus, er opferte nicht einfach nur sein Leben. Dennoch konnte sie nur daran denken, ihm helfen zu wollen.

Mitternacht ging zur Treppe zurück.

„Wohin willst du?" fragte Elminster. „Die Tafeln! Denk an die Reiche!"

„Nur eine Minute", gab Mitternacht zurück.

Sie sah Kelemvor, wie er rückwärts die Treppe hinaufstolperte. Von Kopf bis Fuß war er mit Kratzern und kleinen Verletzungen übersät, und er befand sich kaum außer Reichweite von zwei Zombies. Mitternacht hielt inne und überlegte, wie sie die Untoten aufhalten konnte.

Kelemvor rutschte auf einem kleinen Stein aus und wäre fast hingefallen. Der kleine Stein flog den Untoten entgegen. Im gleichen

Moment hatte sie eine Idee, wirkte fast gleichzeitig den passenden Zauber und verwandelte den kleinen Stein in einen Findling.

Der zermalmte den ersten Zombie, rollte langsam weiter und riß den zweiten Angreifer von den Beinen. Der Findling wälzte sich ein Stück weiter nach unten, doch dann machte er mit einem Mal kehrt und rollte mühsam treppauf. Er gewann aber konstant an Geschwindigkeit und im nächsten Moment sprang er so schnell die Stufen hinauf, wie er nach unten geflogen war.

Mitternacht zeigte auf den Findling und schrie: „Paß auf!"

Kelemvor nahm zwei Stufen auf einmal und sah über die Schulter. Er entdeckte den Findling, warf sich am Rand der Treppe hin und ließ den Stein passieren. Mitternacht konnte gerade noch einen Satz zur Seite machen, da kam der Findling durch die Falltür geschossen und flog in hohem Bogen in die Stadt.

Der Krieger kam hinterhergelaufen, machte die Tür zu und stellte sich darauf, um die Zombies daran zu hindern, sie wieder zu öffnen.

„Vielleicht könnten wir uns jetzt endlich den Tafeln widmen?" fragte Elminster und trat ungeduldig mit dem Fuß auf.

Mitternacht sah zur Treppe. Für den Moment schien Kelemvor die Lage im Griff zu haben. „Ich habe da eine Idee", sagte sie. „Aber ich weiß nicht, was sie bringen wird. Ich kann mit dem Zauber nur eine der Tafeln zu fassen bekommen, und der Zauber wird Myrkul nicht davon abhalten, uns zu verfolgen."

„Mit Myrkul können wir uns befassen, wenn er herkommt", sagte Elminster. „Im Moment gilt unsere einzige Sorge den Tafeln."

Mitternacht nickte, dann schloß sie die Augen und stellte sich die Tafel vor, dann wirkte sie ihren Zauber.

Am Fuß des Turms begab sich Myrkul soeben in den Hof, als die Satteltaschen aus dem Gleichgewicht gerieten und ihm von der Schulter rutschten. Er hob sie auf und sah auf der Seite nach, die leichter geworden war. Die Tafel war verschwunden.

Er fluchte so ungehalten, daß sogar einer seiner Kleriker zusammengezuckt wäre, wenn er ihn gehört hätte. Dann machte er kehrt und stürmte die Treppe hinauf.

Oben auf dem Turm stand Mitternacht und starrte auf die Tafel, die sie in den Händen hielt. Bislang hatte ihre Magie sie nicht ermüden lassen. Doch derart plötzliche Zauber waren kompliziert und anstrengend, und sie fühlte sich bereits ein wenig geschwächt.

„Wunderbar", sagte Elminster. „Jetzt hol die andere, und dann machen wir uns auf den Weg."

„Wie sollen wir vom Dach wegkommen?" rief Kelemvor, der immer noch auf der Tür stand. Die Zombies versuchten unermüdlich, vorzudringen, doch es gelang ihnen nicht, die Tür mitsamt dem Kämpfer anzuheben.

„Wir denken uns schon was aus", gab der Magier zurück.

Mitternacht schüttelte den Kopf. „Ich kann nicht mehr lange. Selbst wenn der Zauber gelingt, wird mir die Kraft fehlen, um noch etwas gegen Myrkul zu unternehmen." Sie hatte keinen Zweifel daran, daß der Gott der Toten in diesem Moment auf dem Weg zu ihnen war. „Holt Ihr die andere Tafel, Elminster."

„Das kann ich nicht", erwiderte der. „Ich habe diesen Zauber seit Jahren nicht mehr studiert. Aber ich kann uns von diesem Dach wegbringen, wenn du die andere Tafel holst."

Seine Worte erinnerten Mitternacht daran, daß Elminster zwar ein mächtiger Magier war, jedoch einen Zauber erst einmal studieren und sich die Runen einprägen mußte.

„Ich werde es versuchen", sagte Mitternacht seufzend und legte die erste Tafel auf das Dach. Sie rief sich den Zauber ein weiteres Mal ins Gedächtnis, dann stellte sie sich die andere Tafel vor und wirkte ihn. Im nächsten Moment erschien über dem Turm ein Hagel aus faustgroßen Steinen, die das Trio unerbittlich bombardierte.

„Ich habe versagt", sagte Mitternacht ein wenig schwindlig. Ihr Körper schmerzte an den Stellen, an denen sie von einem Dutzend Steine getroffen worden war, und ihre Muskeln brannten vor Erschöpfung.

Die Falltür unter Kelemvor gab nach, dann flog sie auf und schleuderte den Kämpfer so hoch, daß er fast zwei Meter entfernt auf dem Dach landete. Er rollte sich ab und war wieder auf den Füßen, in der Hand hielt er noch immer sein Schwert.

Ein Zombie kam die Treppe hinauf, und Kelemvor stürmte so schnell heran, um den Leichnam in zwei Hälften zu zerteilen, daß er dabei fast den Halt verlor.

„Myrkul!" schrie er, als er hinter den Zombies einen Mann in einem dunklen Gewand entdeckte.

Kelemvors Schwert verwandelte sich plötzlich in eine zischende Schlange, die sich um seinen Körper legte. Die Schuppen des Tiers waren mit schmutziggrünem Schleim überzogen, aus dem Maul schoß eine gespaltene schwarze Zunge hervor. Myrkul zuckte mit den Schultern. Eigentlich hätte das Schwert heiß werden sollen, damit es die Hände des Kriegers verbrannte, doch wenn der Mann von einer Schlange erwürgt wurde, sollte es ihm auch recht sein.

Die Schlange zog Kelemvor zu Boden, während Myrkul seine verbliebenen Zombies auf das Dach schickte. Mitternacht packte die Tafel und wich zurück. Elminster blieb dagegen ruhig stehen und wartete, bis die Leichname auf das Dach geströmt waren. Dann wirkte er einen Zauber, von dem er hoffte, daß er sie überraschen würde.

Zur großen Erleichterung des Magiers entsprang seiner Hand ein Schwarm feuriger Kugeln, die jeden der Untoten in die Brust trafen. Die meisten der Geschosse schleuderten ihre Opfer vom Turmdach, andere explodierten und verbrannten die Leichen zu Asche und verkohlten Knochen. Von einem Moment auf den anderen hatte der feuriger Meteoritenschwarm Myrkuls Schutz ausgelöscht.

Nachdem er Elminsters Stimme gehört und die Feuerstreifen über sich gesehen hatte, wußte Myrkul, daß er sich der Frau und ihren Freunden allein würde stellen müssen. Sie hatten es gewagt, ihn zu jagen, und als sie damit gescheitert waren, hatten sie ihm einfach eine der Tafeln gestohlen. Das Trio würde ihn solange belästigen, wie er es nicht vernichtet hatte. Ärgerlich seufzend bereitete der Gott der Toten einen Abwehrzauber vor und stieg die letzten Stufen hinauf.

Elminster sah als erster, daß Myrkul aufs Dach kam. Kelemvor wurde weiter von der Schlange gewürgt, Mitternacht eilte ihrem

Geliebten zu Hilfe. Die Tafel hatte sie sich unter den Arm geklemmt. Der Gott der Toten hatte eine schwarze Kapuze über seinen Kopf gezogen. Darunter sah man schuppige, runzlige Haut, die mit Verletzungen und Knötchen überzogen war, aufgeplatzte Lippen und Augen, die so tief eingesunken waren, daß sein Gesicht eher wie ein Totenschädel wirkte. Feurige blaue Glut brannten an den Stellen, an denen sich die Pupillen hätten befinden sollen. Über seiner Schulter trug er die Satteltaschen, in denen sich die andere Tafel befand.

Elminster wirbelte dem Avatar einen Eissturm entgegen, doch Myrkul hob eine Hand und wirkte den Stillezauber, den er vorbereitet hatte. Alles im Umkreis von anderthalb Metern um den alten Magier wurde ruhig; auch der Mann selbst. Da er nicht länger in der Lage war, ein Wort von sich zu geben, konnte Elminster den gesprochenen Bestandteil und damit den Zauber nicht vollenden.

Mitternacht sah, was Elminster widerfahren war, und richtete ihre Aufmerksamkeit von Kelemvor auf ihn.

„Komm, meine Liebe", sagte der Gott der Toten mit gutturaler, rauher Stimme. „Gib mir die Tafel, dann werde ich deine Freunde verschonen."

Mitternacht hatte keine Zeit, mit dem Gott über Versprechen zu diskutieren. Sie dachte an einen Zauber für magische Geschosse, ließ die Tafel fallen und wirkte den Zauber. Ein Dutzend goldene Blitze schossen aus ihren Fingern hervor und trafen Myrkul, verpufften aber wirkungslos und hinterließen eine goldene Aura, die an der übelriechenden Gestalt des Gottes der Toten haftete.

Myrkul hob eine Hand, um sein neues Leuchten zu begutachten, dann lachte er über ihren mißratenen Zauber. „Willst du mich verspotten, Sterbliche?"

Mitternacht fühlte, wie sie zitterte und fieberte. Auch wenn der Zauber üblicherweise nur von schwacher Art war, hatte sich seine Wirkung mit ihrer Kraft verstärkt. Es hatte sie mehr Energie gekostet als erwartet.

Myrkul streckte die Hand aus. „Ich sage es dir noch einmal: Gib mir die Tafel." Er sah zu Kelemvor und gab der Schlange ein Zeichen. Sofort zog sich das Tier enger um den Hals des Kämpfers, dessen Gesicht sofort dunkelrot anlief. „Du hast nur wenig Zeit, ehe dein Freund stirbt."

Nicht einmal für den Bruchteil eines Augenblicks hätte die Magierin geglaubt, daß Myrkul sein Wort halten und ihren Geliebten verschonen würde. Sie hatte nicht die Absicht, seine Forderung zu erfüllen, doch sie konnte es auch nicht ertragen, mitansehen zu müssen, wie Kelemvor starb. In der Hoffnung, ein Eindruck von Unentschlossenheit könnte ihr die Zeit verschaffen, die sie zum Nachdenken benötigte, wandte Mitternacht ihren Blick von Myrkul ab und sah über die Stadt.

Im Süden stiegen dicke Rauchsäulen aus dem nördlichen Distrikt der Stadt auf. Mitternacht konnte sogar weit entfernte Schreie und das Aufeinandertreffen von Stahl vernehmen. Dutzende von Greifenreitern kämpften in der Luft gegen winzige Gestalten. Einige Greife flogen über andere Viertel der Stadt und fungierten als Boten oder als Späher, die das Vorankommen feindlicher Gruppen beobachteten, die die Verteidigungslinie durchbrochen hatten. Ein Greif, auf dem zwei Reiter saßen, war auf dem Kurs zu Schwarzstabs Turm.

Die Reiter waren noch zu weit entfernt, als daß Mitternacht sie hätte identifizieren können, und sie hatte auch keine Ahnung, warum sie sich dem Turm näherten. Welchen Grund sie auch haben mochten, hielt Mitternacht es doch für unwahrscheinlich, daß sie noch rechtzeitig eintreffen würden, um sie und ihre Freunde zu retten und Myrkul daran zu hindern, in den Besitz beider Tafeln zu gelangen.

„Wie entscheidest du dich?" wollte Myrkul wissen.

„Du hast gewonnen", sagte Mitternacht und kniete nieder, um die Tafel aufzuheben, die zu ihren Füßen lag. Gleichzeitig beschwor sie den mächtigsten Zauber herauf, der ihr in diesem Moment in den Sinn kam: temporale Stasis. Der Zauber war so schwierig, daß er ihr vermutlich die letzten Kräfte rauben und sie möglicherweise völlig ausbrennen lassen würde, doch ihr blieb keine Wahl. Wenn der Zauber funktionierte, würde Myrkul bei lebendigem Leib erstarren. Sie und ihre Freunde konnten dann mit ihm machen, was sie wollten. Wenn er nicht funktionierte, dann hätte Myrkul am Ende doch noch gesiegt.

Mitternacht befreite von allen störenden Gedanken, dann vollzog sie den Zauber. Eine Feuersbrunst raste durch ihren Körper und ließ sie auf dem Dach zusammenbrechen. Jeder Muskel schmerzte, und ihre Nerven stachen, als wäre sie auf ein Bett aus Nadeln gefallen. Die Magierin versuchte zu atmen, doch sie hatte nicht einmal die Kraft, um den Mund zu öffnen. Ein dunkler Vorhang legte sich über ihre Augen.

Mitternacht zwang sich, bei Bewußtsein zu bleiben, den Vorhang zurückzudrängen und endlich ihre Lungen mit Luft zu füllen. Nach und nach konnte sie wieder richtig sehen, auch wenn sie extrem geschwächt war. Myrkul stand reglos vor ihr. Die Satteltaschen mit der anderen Tafel hingen immer noch über seine Schulter.

Ohne den Willen ihres Schöpfers, der sie befehligen konnte, wirkte die um Kelemvor gewickelte Schlange mit einem Mal verwirrt und unentschlossen. Sie drückte nicht mehr so fest zu, da ihre vorrangige Aufmerksamkeit nun der reglosen Form des Gottes galt. Der Krieger schien ebenfalls benommen, doch es gelang ihm, einen Arm unter den Teil der Schlange zu schieben, der um seinen Hals lag, und zu verhindern, daß das Tier ihn erdrosseln konnte.

Mitternacht stand auf, die Tafel in der Hand, und ging zu Myrkul, dessen Glut in den Augen aufflammte.

„Ich bin noch nicht fertig", preßte der Gott des Todes zwischen seinen zuckenden Lippen hervor. Die gesamte Form des Avatars bebte. Er war im Begriff, sich von ihrem Zauber zu befreien.

Mitternacht verlor jeglichen Mut, als sie in die Augen des Gottes sah. Nichts schien ihn aufhalten zu können. In dem Moment bemerkte sie etwas Graues, das vom Himmel fiel. Der Greif, den sie kurz zuvor bemerkt hatte, stürzte herab, um Myrkul von hinten anzugreifen. Mitternacht senkte sofort ihren Blick, da sie den bösartigen Gott nicht auf die todesmutigen Greifenreiter aufmerksam machen wollte. Zwar würde der Angriff Myrkul betäuben, doch er würde ihn nicht umbringen. Die Magierin wußte, daß sie eine Möglichkeit finden mußte, um das Überraschungselement zu ihrem Vorteil zu nutzen.

Während sich neben Mitternacht auch Elminster, der noch immer unter dem Stillezauber litt, darauf vorbereitete, den Greifenangriff zu nutzen, holte Kelemvor wiederholt tief Luft und erlangte einen Teil seiner Kraft zurück. Er schob den anderen Arm ebenfalls unter die Schlange um seinen Hals, dann packte er den Kopf des Tiers und legte eine Hand um den Oberkiefer, die andere um den Unterkiefer. Als seine Griffe saßen, zog er mit aller Kraft, und im nächsten Moment zersplitterten Knochen, während der Krieger den Kiefer des Tiers zertrümmerte. Der Körper der Schlange wurde durch den abrupten und extremen Schmerz schlaff, und Kelemvor konnte sich ihrer Umklammerung entziehen. Er warf das schleimige, zappelnde Ding vom Dach und wandte sich Myrkul zu.

Myrkul sah, wie Elminster sich ihm näherte, und versteifte sich, um dem Angriff zu begegnen. Doch der alte Magier blieb anderthalb Meter vor ihm stehen, was den Gott der Toten verwirrte. Dann wurde Myrkul klar, daß er nichts mehr hören konnte.

Mitternacht, die noch immer als Folge des Zaubers zitterte, der Myrkul in temporale Stasis versetzt hatte, beschwor den Zauber für eine Desintegration und einen weiteren, der eine Dimensionstür öffnen sollte. Wenn es ihr gelang, den Avatar zu zerstören, dann würde sich die Essenz des Gottes verflüchtigen. Durch die Dimensionstür konnte sie dann die Explosion hoch über das Schwertermeer verlagern, wo niemand durch sie einen Schaden erleiden würde.

Im nächsten Augenblick packte der Greif zu. Wegen der Stille, von der Elminster umgeben war, konnte Myrkul nichts vom Schlagen der Flügel hören und wurde deshalb völlig überrascht. Der Gott fiel auf die linke Seite, die Satteltasche mit der anderen Tafel rutschte von der Schulter. Die Bestie folgte dem Gott und bohrte alle vier Krallen in den Avatar. Einer der Greifenreiter sprang ab, und im gleichen Moment, als seine Füße das Dach berührten, hob das gewaltige Tier wieder ab.

Myrkul wand sich und griff nach den Satteltaschen, die er nur mit großer Mühe festhalten konnte.

Kelemvor sah, was sich da abspielte, und stürmte über das Dach. Während der Greif den Gott in die Luft hob, machte der Kämpfer einen Satz nach der Tafel. Seine Hände bekamen die Unterkante der Satteltaschen zu fassen, dann zog Kelemvor die Tafel aus Myrkuls Griff. Er landete auf dem Dach und rollte sich zur Seite weg.

Schmerz jagte durch den Körper des Avatars, während Myrkul hilflos mitansehen mußte, wie er in die Luft gehoben wurde. Er unternahm einen letzten Versuch, nach den Satteltaschen zu greifen, während sich Kelemvor mit ihnen wegrollte, doch der Greif hatte ihn bereits zu hoch in die Luft gehoben.

Myrkul drehte sich so, daß er den Reiter sehen konnte. „Ihr werdet alle dafür bezahlen!" schrie er und schüttelte eine knochige Faust.

Während sie zusah, wie der Greif Myrkul mit sich nahm, bereitete Mitternacht ihre Zauber vor, hielt aber auf einmal inne. Wenn sie den Avatar vernichtete, dann würde dabei auch der Reiter sein Leben verlieren. Die Magierin trat an den Rand des Dachs und sah zu, wie der Greif über Schwarzstabs Hinterhof flog. Myrkul zappelte immer noch im Griff des Tiers, das ungerührt weiterflog.

Auf einmal hörte der Gott der Toten auf, sich zu winden, und zeigte auf den Greifenreiter. Im nächsten Augenblick sackte der Mann in sich zusammen, rutschte aus dem Sattel und stürzte auf das Kopfsteinpflaster der Gasse unter ihm.

Mitternacht wirkte den Desintegrationszauber. Ein grüner Strahl schoß aus ihrer Hand und berührte Myrkul. Der Körper des Avatars leuchtete kurz auf, dann breitete sich ein heller goldener Schein über der Stadt aus. Sofort ließ Mitternacht den Zauber für eine Dimensionstür folgen und versetzte den sterbenden Avatar weit weg von Tiefwasser hoch über das Schwertermeer.

Es gab einen lauten Knall, als der Avatar durch die Tür fiel, und von Westen her fiel ein weiterer Lichtschein über die Stadt. Die Explosion, die Myrkuls Tod folgte, war wie eine zweite Sonne, die über dem Meer westlich von Tiefwasser aufging.

Als die Explosion erlosch, war weder von dem Greif noch von Myrkul etwas zu sehen. Östlich des Turms, dort, wo Sekunden zuvor der Avatar noch zu sehen gewesen war, schwebte eine bräunliche Wolke.

Der Nebel breitete sich über ein Gebiet von zwei Häuserblocks aus. Pflanzen, die er berührte, verwelkten auf der Stelle. Menschen fielen mit Erstickungsanfällen zu Boden. Ganz gleich, ob die Häuser, die von ihm berührt wurden, aus Holz oder aus Stein gebaut waren, sie zerfielen einfach zu Staub. Genauso erging es den Straßen. Binnen weniger Augenblicke waren zwei Häuserblocks von Tiefwasser in eine braune Einöde verwandelt worden.

Mitternacht sank auf die Knie. Sie zitterte vor Erschöpfung und Trauer. Hunderte von Menschen waren gestorben, als sie mit Myrkuls Essenz in Berührung gekommen waren. Sie konnte nicht anders, als sich für deren Tod verantwortlich fühlen.

Jemand trat hinter sie.

„Ich *mußte* Myrkul vernichten", flüsterte sie und starrte auf das vergiftete Areal. „Was hätte ich sonst machen sollen?"

„Genau das, und nichts anderes", antwortete eine vertraute Stimme. „Niemand kann dir einen Vorwurf daraus machen, daß du die Reiche gerettet hast."

Mitternacht stand auf und ignorierte den Schwindel, von dem sie erfaßt wurde, als sie sich umdrehte. „Adon!" rief sie aus.

16

CYRIC

Cyric blieb im Treppenhaus im Schatten stehen. Die Falltür über ihm führte zu einem runden Flachdach, auf dem sich mehrere Personen unterhielten. Auch wenn die Stimmen gedämpft klangen, vermutete er, daß zwei von ihnen zu Mitternacht und Kel gehörten. Cyric hatte beobachtet, wie sie Myrkul in den Turm gefolgt waren.

Behutsam bewegte er sich weiter und spähte hinaus auf das Dach. Elminster hob eben eine der Tafeln des Schicksals auf und steckte sie in die Satteltaschen, in denen Kel und seine Gefährten die andere Tafel seit Tantras transportiert hatten. Der Dieb konnte nicht fassen, wer da neben Mitternacht stand. „Adon!" zischte er so leise, daß seine Stimme auch für ihn selbst kaum zu hören war.

Ich dachte, du hättest ihn getötet, sagte sein Schwert in seinem Geist.

„Ich auch", flüsterte Cyric.

Er runzelte die Stirn und schüttelte den Kopf. Er hatte selbst gesehen, wie sich der Pfeil zwischen Adons Rippen gebohrt hatte, wie der Kleriker dann in die finstere Höhle gestürzt war. Es war ihm undenkbar erschienen, daß der Mann das hatte überleben können.

Deine alten Freunde haben ein Händchen dafür zu überleben, stellte das schwach rötlich leuchtende Schwert fest.

„Ich weiß", erwiderte er. „Allmählich finde ich das beunruhigend."

Mitternacht war noch überraschter als Cyric, Adon wiederzusehen. „Du lebst!" rief sie und drückte ihn an sich. Die Magierin war aber noch zu schwach, um sich auf den Beinen zu halten, und sank zurück auf die Knie.

Adon warf die Keule weg und fing die Magierin auf, um ihr zu helfen, sich auf das Dach zu setzen. „Geht es dir gut?"

Mitternacht nickte. „Ich bin einfach nur erschöpft."

Kel kam zu ihnen und legte Mitternachts Kopf auf seinen Schoß. „Diese Sache hat an ihren Kräften gezehrt", sagte er.

„Schon gut", erwiderte Mitternacht. „Ich brauche nur etwas Ruhe. Erzähl, was mit dir passiert ist, Adon."

„Ich weiß nicht genau. Nachdem mich Cyrics Pfeil getroffen hat, fiel ich in diesen unterirdischen Strom und wurde mitgerissen. Als ich erwachte, kümmerte sich ein Gnom um mich. Er sagte, ich hätte seinen Brunnen verstopft."

„Wie hast du es nach Tiefwasser geschafft?" fragte Kelemvor, der an seine eigene strapaziöse Reise denken mußte. „Du kannst doch nicht so schnell den Rest des Weges zu Fuß zurückgelegt haben."

„Der Gnom ließ von einer Krähe eine Nachricht nach Tiefwasser bringen. Dann schickte mir jemand namens Schwarzstab einen Greif."

„Schwarzstab!" sagten Kel und Mitternacht gleichzeitig.

„Ich frage mich, wie lange Elminster gewußt hat, daß du lebst", überlegte Mitternacht und warf dem Magier einen Blick zu.

„Und warum er es uns nicht gesagt hat", ergänzte Kelemvor.

Adon zuckte die Achseln. „Da müßt ihr ihn selbst fragen. Ich bin nur froh, genau im richtigen Moment eingetroffen zu sein."

Elminster kam zu ihnen, die Satteltaschen in der Hand. Mitternacht und Kel drehten sich zu ihm um und bestürmten ihn mit ihren Fragen, doch aus ihrem Mund drang kein Wort. Myrkuls Zauber wirkte noch und ließ die beiden Gefährten scheinbar verstummen. Nach ihrer verärgerten Miene und den Gesten in Richtung Adon zu urteilen konnte sich Elminster aber gut vorstellen, was die zwei von ihm wollten.

Er und Schwarzstab hatten aus gutem Grund beschlossen, Kel und Mitternacht nichts vom Überleben ihres Begleiters zu sagen. Die Magier hatten sie nicht ablenken wollen. Shaltos Nachricht hatte nur besagt, daß Adon lebte und nach Tiefwasser gebracht werden mußte. Über seinen Zustand hatte der Gnom kein Wort verloren, und die Magier hatten deshalb Mitternacht und Kel keine falschen Hoffnungen machen wollen.

Elminster versuchte, ihnen dies mit Gesten zu verstehen zu geben, doch er machte die beiden nur noch verwirrter und wütender. Schließlich zuckte er einfach nur die Achseln und sah fort.

Zu seiner großen Sorge sah er, daß seine Arbeit noch nicht getan war. Myrkuls Schergen schienen von der Vernichtung ihres Herrn noch nichts mitbekommen zu haben und wüteten nach wie vor im Dockdistrikt. Elminster gab Adon die Satteltaschen, dann wandte er sich Mitternacht zu und beschrieb ihr die Gesten für einen Zauber, der Magie verschwinden lassen konnte.

Mitternacht verstand, was Elminster wollte, doch trotz ihres Wunsches, von ihm zu erfahren, warum er kein Wort über Adon verloren hatte, zögerte sie, wieder auf ihre magischen Kräfte zurückzugreifen. Mitternacht wollte nicht Gefahr laufen, daß noch ein Zauber fehlschlug. Außerdem war sie noch geschwächt und fürchtete, ein weiterer Zauber könnte ihr auch noch die wenige verbliebene Kraft rauben. Sie schüttelte den Kopf.

Elminster wies drängend nach Süden.

Mitternacht und die anderen drehten sich um. Der Kampf kam näher. Die Stadt nördlich von Piergeirons Palast stand in Flammen. Zwischen Schwarzstabs Turm und dem Palast tobten hundert verschiedene Gefechte am Himmel. Sie zeigten eine gewisse Eleganz und wurden von Wesen geführt, die wie in Zeitlupe kreisten. Die dunklen Punkte umschwirrten einander, versuchten, höher zu steigen als ihre Gegner, um schon im nächsten Moment herabzustoßen und anzugreifen. Mitternacht konnte die Wachen von Tiefwasser und Myrkuls Schergen nur an der Größe der Greifen voneinander unterscheiden.

Immer wieder stürzte einer der Punkte ab und verschwand im Gewirr der Straßen. Zu Lande hatte sich der Kampf schon viel weiter nach Norden verlagert. Mitternacht erkannte die Kompanien aus Männern der Garde in ihren schwarzen und aus Wachleuten in ihren grünen Rüstungen, die sich aufgestellt hatten, um die Selduthstraße abzuriegeln, die von Ost nach West verlief. Vor ihnen näherten sich auf den von Norden nach Süden verlaufenden Straßen Tausende jener grotesken Wesen, die auf der Dämmerebene im Hades alltäglich waren. Während die Schergen vorrückten, schoben sie zugleich die blutigen Überreste Dutzender Kompanien vor sich her, die sich bereits dem Schwarm entgegengestellt hatten.

Hin und wieder versuchte ein Magier in den Reihen der Verteidiger, den Feinden einen Feuerball oder Hagelsturm entgegenzuschleudern. In den meisten Fällen versagten die Zauber und sorgten dafür, daß sich auf den Straßen eine dicke Schneedecke bildete oder ein Regen aus Funken und Flammen über den eigenen Reihen niederging. Selbst wenn ein Zauber so funktionierte, wie er sollte, zeigte er bei den Schergen kaum einmal Wirkung. Magische Geschosse prallten wirkungslos ab, Blitze wurden in den anstürmenden Reihen zerstreut und bewirkten überhaupt nichts.

Mitternacht erkannte, daß Tiefwasser kaum Hoffnung hatte, die Schergen zurückzuschlagen, wenn sie nicht etwas tat. Sie bedeutete Elminster, ein Stück zurückzutreten. Dann wirkte sie den Zauber, um ihn von dem Zauber zu befreien, den er Myrkul zu verdanken hatte. Sofort wurde sie von einer Woge der Erschöpfung überspült, vor ihren Augen wurde es dunkel. Mitternacht brach zusammen und zitterte am ganzen Leib. Kel fing sie auf, während sie in die Bewußtlosigkeit abglitt.

Er preßte sie an sich. „Wach auf", flüsterte er. „Wach auf."

Adon kniete neben ihr nieder und fühlte Mitternachts Puls. „Ihr Herzschlag ist kraftvoll", sagte er leise.

Kel ließ Mitternacht in Adons Arme gleiten, dann stand er auf und ging zu Elminster. „Wozu habt Ihr sie getreiben?" wollte er wissen.

„Beruhige dich", erwiderte Elminster und war erleichtert, daß Myrkuls Zauber ihm nicht mehr zu schaffen machte. „Mitternacht wird sich erholen, sie hat sich nur verausgabt."

Er ging zum Dachrand und warf einen Blick auf die Schlacht. Die Schergen hatten die Überreste von 20 Kompanien in die Verteidigungslinie entlang der Selduthstraße getrieben. Die Verteidiger

Tiefwassers hatten Lücken in ihren Reihen geöffnet, um die sich zurückziehenden Truppen durchzulassen.

„Sie hat es für eine gute Sache getan", fuhr Elminster fort und zeigte auf die Schergen. „Sie kommen wegen der Tafeln."

„Wieso?" fragte Kel. „Myrkul lebt nicht mehr."

„Offenbar wissen sie nichts davon", erwiderte Elminster. „Oder es interessiert sie nicht. Ich muss sie auf jeden Fall aufhalten."

„Wie kann ein Mann eine ganze Horde von diesen Dingern aufhalten?" Kel sah ihn verständnislos an.

„Du warst doch Soldat. Wie kann man eine Truppe demoralisieren?"

Kelemvor zuckte die Achseln. „Aushungern. Den Rückweg abschneiden. Aber wer... "

„Genau!" unterbrach ihn Elminster. „Den Rückweg abschneiden."

Er sprach Kel und Adon an. „Wenn Myrkuls Horden sich zurückziehen, müßt ihr mit den Tafeln zur Himmelstreppe gehen. Aber rührt euch keinen Moment früher von der Stelle, weil die Schergen euch sonst verfolgen werden. Verstanden?"

Adon nickte. „Wo ist die Himmelstreppe?"

Elminster sah ihn an, als müßte das jeder wissen. „Da drüben", sagte er und zeigte auf den Gipfel des Tiefwasserbergs.

„Noch zwei Fragen, ehe Ihr aufbrecht", sagte Kelemvor.

„Gut, aber schnell."

„Erstens: Was werdet Ihr tun?"

„Ich bin nicht sicher", erwiderte der Magier. „Ich vermute, ich werde mich zum Weiher des Verschwindens begeben, um ihn zu schließen. Da die Schergen nicht von dieser Ebene stammen, sollte sie das vom Kampf ablenken."

„Aber es wird Stunden dauern, dorthin zu gelangen", warf Kel ein. „Selbst wenn Ihr es durch den Kampf bis zur Offenen Pforte schafft... "

Elminster lächelte. „Meine Junge, hast du vergessen, wer ich bin? Die zweite Frage?"

Kel legte die Stirn in Falten, da ihn Elminsters erste Antwort nicht wirklich überzeugte. Doch er wußte auch, daß der Magier ihm nichts erklären würde, also stellte er seine zweite Frage: „Warum habt Ihr uns nichts von Adon gesagt?"

Elminster wirkte verlegen. „Tja... Schwarzstab und ich haben darüber gesprochen. Die Zeit reicht nicht, um das jetzt zu erklären. Vielleicht später, wenn ich zurück bin."

Damit ging der Magier zur Treppe und legte sich im Geist bereits seine Strategie zurecht. Als erstes würde er in eine andere Ebene wechseln, in der er sich wegen der Unzuverlässigkeit der Magie keine Sorgen machen mußte. Dann würde er auf die andere Seite des Weiher des Vergessens reisen und ihn von dort versiegeln. Es würde zwar anstrengend werden, aber der alte Magier war sicher, daß es seine Kräfte nicht überstieg.

Während er ins Treppenhaus ging, zog sich Cyric in einen Raum im obersten Stockwerk des Turms zurück. Der Dieb hatte alles gehört und beobachtet, was sich auf dem Dach abgespielt hatte.

Gut, daß du die Tafeln nicht sofort gestohlen hast, kommentierte sein Schwert. *Nicht einmal ich hätte dich vor einer Armee von Schergen schützen können.*

Cyric erwiderte nichts, sondern wartete, bis Elminster sich auch wirklich von der Tür entfernte, hinter der er wartete. Dann kehrte er auf seinen Posten am Kopf der Treppe zurück und lauerte darauf, daß sich eine Gelegenheit zur Attacke ergab.

Wenige Minuten, nachdem der Magier gegangen war, kam Mitternacht zu Bewußtsein. Sie bemerkte, daß Elminster nicht länger bei ihnen war, und fürchtete, daß sie ihn zusammen mit Myrkuls Zauber hatte verschwinden lassen. „Wo ist Elminster?" fragte sie.

„Auf dem Weg zum Weiher des Vergessens", erwiderte Kelemvor. „Er will ihn schließen."

„Sobald die Schergen dann beginnen, sich zurückzuziehen, sollen wir die Tafeln zum Tiefwasserberg bringen", sagte Adon.

Kel sah den Kleriker an. „Wieso denkst du, daß sich die Schergen zurückziehen werden?" fragte er zweifelnd. „Elminster ist ein Mann gegen eine Armee."

„Wir werden abwarten müssen", gab Mitternacht zurück. „Ich muß mich ohnehin noch ausruhen."

Sie wandten sich um, damit sie die Schlacht verfolgen konnten. In der Luft schienen sich die Greifenreiter gegen die fliegenden Schergen zu behaupten. Die kämpfenden Punkte hatten sich dem Turm nicht genähert. Zu Land sah es anders aus. Die Schergen hatten die Linie an der Selduthstraße erreicht und kamen über die Verteidiger wie eine Flutwelle.

Die zweite Reihe von Tiefwasser stürmten auf die Schergen los, während die üblen Kreaturen damit befaßt waren, die erste auszulöschen. Jeder Soldat verharrte lange genug, um zwei- oder dreimal zuzuschlagen, dann zogen sie sich zurück, um eine neue Linie zu bilden. Gleichzeitig bildete sich hinter der zweiten eine dritte Reihe von Pikenieren, die im Begriff waren, die gleiche Taktik anzuwenden.

Diese Strategie blieb für die Schergen nicht ohne Folgen und gut zweihundert ihrer aufgeblähten, ledernen Körper blieben auf der Strecke. Doch die Verteidiger Tiefwassers mußten einen höheren Preis bezahlen, da auf jeden toten Schergen zwei ihrer Männer kamen. Dennoch war es die einzige Taktik, die bislang Wirkung gezeigt hatte, also wiederholten die Verteidiger sie immer wieder, während sie sich Stück um Stück in nördlicher Richtung zurückzogen und Schwarzstabs Turm immer näher kamen.

Schließlich hatte der Kampf die Keltarnstraße westlich der Silberstraße erreicht. Sie kreuzte die Straße der Seide und endete – keine 150 Meter von Schwarzstabs Turm entfernt – an der Schwerterstraße.

Entsprechend der üblichen Strategie fiel die Gesellschaft des Mantikor entlang der Silberstraße zurück und verschaffte den Schergen so freie Bahn entlang der Keltarnstraße. Zur Überraschung des Kommandanten der Mantikore bogen die Schergen in die Keltarnstraße ein und trafen die Flanke des dritten Wachregiments, das die Straße der Seide hielt.

In Sekunden wurde das dritte Wachregiment aufgerieben. Die Schergen aus der Silberstraße und der Straße der Seide kamen auf die Kompanie der Chimäre zu, die letzte Gruppe, die die Schwerterstraße verteidigte.

„Das war es dann", sagte Kel. „Wir sollten verschwinden, bevor sie durchbrechen."

„Aber Elminster...", warf Adon ein und fuchtelte mit seiner Keule, als sei sie ein erhobener Zeigefinger.

„... ist gescheitert", fiel ihm Mitternacht ins Wort. „Ich bezweifele, daß ich die Kraft für einen einzigen Zauber habe."

Kel bückte sich, um ihr aufzuhelfen, während Adon einen letzten Blick auf den Kampf warf. „Wartet! Sie scheinen sich zurückzuhalten", sagte er.

Alle drei sahen zu, wie die Schergen die Schwerterstraße erreichten. Die Kompanie der Mantikore jagte sie durch die Keltarnstraße vor sich her. Gleichzeitig kam das Fünfte Wachregiment hinzu, das als Reserve zurückgehalten worden war, und verstärkte die Sicherung der Straße.

Kel wollte nicht glauben, daß diese Entwicklungen die Schergen letztlich aufhalten würden. „Wir können kein Risiko eingehen", sagte er.

Cyric entschied, daß jetzt der Zeitpunkt gekommen war, um einzugreifen, solange die drei in Schwarzstabs Turm festsaßen. Er zog sein Kurzschwert und begab sich so leise wie möglich auf das Dach, um sich Kel von hinten zu nähern.

Mitternacht sah ihn als erste. „Kelemvor!" schrie sie.

„Was?" erwiderte der erschrocken.

Cyric stürmte vor und nutzte die Irritation des Kämpfers. Er wollte ihn schnellstens erledigen. Mit den beiden anderen würde er sich Zeit lassen, doch solange Kel lebte, war er eine Gefahr für ihn.

„Cyric", schrie Mitternacht.

Kel wirbelte herum, um sich seinem Angreifer zu stellen. Cyrics Klinge schoß an der Brust des Kämpfers vorbei und verfehlte ihr Ziel um Haaresbreite. Der Kämpfer schrie auf. Cyric erkannte, daß er noch im Vorteil war, und machte einen Schritt nach vorne, um einen Fuß unter dem Knie des Kämpfers einzuhaken. Kel versuchte, sich zu befreien, doch Cyric brachte ihn zu Fall.

Während der Kämpfer fiel, wich Adon zurück und stellte sich rechts von Cyric hin. Die Satteltaschen lagen über seiner Schulter, er hielt die Keule fest in der Hand. Mitternacht bezog links von ihm Stellung.

Cyric hob sein Schwert, um Kelemvors Leben ein Ende zu setzen.

„Halt!" schrie Adon und trat weit genug vor, um von Cyrics Klinge getroffen werden zu können.

Auch Mitternacht trat einen Schritt vor. Sie wirkte nicht sehr bedrohlich. Ihre Arme zitterten aus Angst um das Leben ihres Geliebten, zudem war sie so erschöpft, daß sie vermutlich nicht mal die Hände heben konnte, um einen Zauber zu wirken.

„Seid nicht so dumm", zischte Cyric. „Waffen weg, sonst schneide ich ihm die Kehle durch."

„Das wirst du ohnehin tun", gab Adon zurück. „Aber wenigstens wirst du auch sterben."

Der Kleriker hob den Knüppel, doch Mitternacht schüttelte den Kopf. „Was willst du?" fragte sie.

„Was ich schon immer wollte", erwiderte Cyric. „Die Tafeln."

„Damit du ein Gott werden kannst?" spottete sie. „Ao wird einen Dieb und Mörder nie zum Gott machen."

Cyric lachte. „Wieso nicht?" fragte er. „Er schuf Bhaal, Tyrannos und Myrkul."

Mitternacht runzelte die Stirn. Ihr war nie in den Sinn gekommen, Ao könne ein böser Gott sein oder einer, der sich nicht um Gut und Böse scherte. Doch das war im Moment egal. Sie trat einen Schritt zurück und rief sich einen Zauber für ein magisches Geschoß ins Gedächtnis.

„Er stirbt!" schrie Cyric, als er ihren konzentrierten Ausdruck bemerkte. „Die Tafeln! Gib sie mir!"

Sie sah zu Adon. „Gib sie ihm", sagte sie und ließ die Arme sinken.

„Nein!" rief Kel. „Er wird mich so oder so töten!"

Er begann sich zu erheben, und Mitternacht wußte, daß Cyric zuschlagen würde. Ihre einzige Hoffnung, ihren Geliebten zu retten, war Magie. Rasch wirkte sie einen Zauber und richtete ihre Finger auf Cyric.

Goldene Blitze zuckten aus ihren Fingerspitzen hervor – und verfehlten ihr Ziel, um in hohem Bogen auf Tiefwasser herabzuregnen. Im nächsten Moment bebte die Erde, Gebäude flogen in die Luft, umgeben von goldenen Flammen.

Mitternachts Knie gaben nach, in ihrem Kopf drehte sich alles. Sie taumelte nach hinten, zwang sich aber, nicht zu Boden zu sinken. Ihre Magie hatte sie im Stich gelassen.

Der fehlgeschlagene Zauber reichte nicht, um den Dieb aus dem Konzept zu bringen. „So ein Pech", meinte Cyric mit höhnischem Grinsen. Er wandte sich wieder Kel zu, der mittlerweile kniete.

Adon trat einen Schritt vor und holte mit der Keule aus. Cyrics Wut wandelte sich zu Furcht. Mitternacht hatte ihn dazu gebracht, einen Fehler zu begehen. Der Dieb riß sein rechtes Bein hoch und trat mit dem Absatz in Adons Rippen, wobei er auf die Stelle zielte, an der das Hemd des Klerikers einen blutgetränkten Riß aufwies. Er landete einen Volltreffer.

Adon schrie auf und ließ Keule und Tafeln fallen. Er klappte zusammen und ging zu Boden. Jeder Atemzug brannte in seinen Lungen, und ihm war, als hätte sich ein weiterer Pfeil in seinen Körper gebohrt.

Kel machte einen Satz nach vorne, da er hoffte, Cyric zu Fall zu bringen, bevor der Dieb nach dem Tritt sein Gleichgewicht wiedererlangte. Doch Cyric hatte mit diesem Angriff gerechnet und wich mit einem schnellen Schritt zur Seite aus. Während der Kämpfer ins Leere lief, drehte sich Cyric um und trat hinter ihn.

Cyric mußte lächeln. Von seiner Position aus und angesichts der Tatsache, daß Adon und Mitternacht beide im Augenblick völlig hilflos waren, konnte er den Krieger mühelos verwunden, dabei aber sein Leben schonen. Statt dessen jagte er die Klinge Kelemvor in den Rücken und stemmte sich aller Macht gegen das Heft, um den Stahl so tief wie möglich in den Leib des Mannes zu treiben.

Mitternacht sah die Tat mit an, erkannte aber, daß die Wunde nicht blutete, sondern daß das Schwert das Blut ihres Geliebten trank. Eine Mischung aus Schuld und Zorn überkam sie. Wutentbrannt schrie die Magierin, zog ihren Dolch und fand die Kraft, auf Cyric loszustürmen.

Der Kämpfer fühlte, wie das Leben aus seinem Leib wich. "Ariel", flüsterte er. Als alles vor seinen Augen verschwamm, fragte sich Kel, ob er wohl in der kurzen Zeit, seit der Fluch von ihm genommen war, genug Gutes getan hatte, um als Held in Erinnerung zu bleiben. Dann starb er.

Gleichzeitig versuchte Adon, sich zu erheben, doch sein Körper tat nicht, was er wollte. Als er sich auf dem Dach abstützen wollte, zuckten seine Arme einfach nur, und sein Körper wurden von neuen Schmerzwellen erfaßt.

Cyric zog in aller Ruhe sein Schwert aus Kels Rücken und drehte sich um, damit er Mitternachts Angriff begegnen konnte. Er wehrte den Hieb der Magierin lässig ab und schlug ihr den Dolch aus der Hand, der in hohem Bogen vom Dach flog. Seine Abwehr verwandelte Cyric in einen Angriff, ließ die Klinge unter den Arm der Magierin sinken und stieß zu.

Mitternacht aber war schneller, als Cyric erwartet hatte. Sie trat einen rettenden Schritt zur Seite und bohrte die Fingernägel in sein Gesicht. Die Magierin hatte die Schergen, die Tafeln und ihr eigenes Leben vergessen. In diesem Moment wollte sie nichts anderes, als daß Cyric für den Mord an Kel bezahlte.

Der Dieb schrie und schickte Mitternacht mit einem kraftvollen Tritt zu Boden. Sie landete zwei Meter entfernt auf dem Rükken. Das Gesicht des Diebes brannte, und er spürte, daß ihm Blut aufs Kinn lief. „Du hast mich verletzt", zischte er.

„Ich werde dich umbringen", sagte sie mit ruhiger, gleichmäßiger Stimme.

„Das glaube ich nicht." Der Dieb bewegte sich so schnell und fließend, daß Mitternacht nicht sah, was er vorhatte. Ehe sie reagieren konnte, hatte er seine Klinge in ihren Bauch gejagt.

Mitternacht verspürte einen stechenden Schmerz, als hätte Cyric sie erneut getreten, die Luft wurde aus ihren Lungen gepreßt. Dann sah sie nach unten und sah, daß die Klinge seines Schwerts in ihrem Leib steckte. Seine Hand hielt das Heft fest umschlossen. Ihre Eingeweide begannen zu brennen, als die Waffe begann, ihr das Leben auszusaugen. Sie war zu schockiert, um sich dagegen zu wehren, sondern legte ihre Hände um das Heft und versuchte, die Klinge herauszuziehen.

Cyric drückte fester, damit die Klinge in der Wunde blieb. „Nur noch ein paar Sekunden", sagte er, „dann bist du bei Kel."

Mitternacht hatte das Gefühl, sich von ihrem Körper zu lösen, als wären beide schon längst meilenweit voneinander entfernt.

„Ich werde nicht sterben", fauchte sie.

„Wirst du nicht?" fragte er mit belustigtem Tonfall und drehte die Klinge in der Wunde.

„Nein!" schrie sie ihn an.

Sie ließ das Schwert los, streckte drei Finger aus und rammte sie mit aller Kraft in die Kehle des Mannes. Der Treffer zerschmetterte beinahe seinen Kehlkopf. Nach Luft schnappend taumelte er zurück und zog dabei das Schwert aus dem Leib der Magierin.

Mitternacht sank zu Boden und nahm eine sitzende Position ein. Sie drückte ihre Hände auf die Wunde, die zu bluten begonnen hatte.

Cyric schluckte und räusperte sich immer wieder, bis er endlich wieder normal atmen konnte. Er hob sein Schwert und bewegte sich erneut auf Mitternacht zu. „Dafür wirst du eines schmerzvollen Todes sterben", keuchte er.

Mitternacht war kaum in der Lage, sich auf den Dieb zu konzentrieren. Dennoch hob sie eine Hand und zeigte auf ihn. Sie wollte einen Zauber wirken, der ihn tötete, doch der Schmerz in ihrem Bauch vernebelte ihre Sinne und ließ sie nicht klar denken. In ihrem Kopf wirbelte ein Sammelsurium aus sinnlosen Worten und bedeutungslosen Gesten.

In diesem Augenblick war aus der Schwerterstraße lautes Kampfgeschrei zu hören. Während er über die Schulter immer wieder zu Mitternacht sah, begab sich Cyric zum Rand des Dachs, um zu sehen, was wohl geschehen war. Nur hundert Schritt vom

Fuß des Turms entfernt waren die Kompanie des Mantikor und das Fünfte Wachregiment in einen wilden Nahkampf mit Myrkuls Horde verstrickt. Getötete Menschen und Schergen lagen zu zweit und zu dritt übereinander, das Blut floß in Strömen in die Kanalisation. Die Gebäude entlang der Straße waren von den verzweifelten Aktionen der Magier verkohlt und teilweise zerstört, da die ihre Zauber nur noch ohne Rücksicht auf Verluste wirken konnten.

Während Cyric zusah, durchbrach eine Gruppe Schergen die Linie. Fünf Magier richteten ihre Zauber auf sie, was zu einer Farbenpracht, einem überraschenden Regenschauer und zwei kleinen Wirbelstürmen führte. Doch einer der Zauber war erfolgreich, und so wurden Myrkuls Krieger von einem Feuerball umgeben. Zu Cyrics Erstaunen blieben von den Schergen nur ein paar verkohlte Reste übrig. Ein Dutzend Soldaten von Tiefwasser jubelten über den Sieg, dann eilten sie vor, um die Lücke zu schließen, die die Angreifer hatten nutzen wollen.

Nach dem zu urteilen, was Cyric vom Turm aus sehen konnte, erging es den Schergen überall in der Stadt ähnlich schlecht.

Das Schlachtglück wandte sich gegen sie, auch wenn Cyric den Grund dafür nicht erkennen konnte. Tatsächlich war es Elminster gelungen, die andere Seite des Weiher des Verschwindens zu erreichen und das Portal zu schließen. Daß der Kontakt zum Hades verlorengegangen war, wirkte sich auf die Schergen demoralisierend aus. Viel wichtiger aber war, daß dadurch auch ihre Unverwundbarkeit gegen Zauber, Feuer und Waffen geschwächt wurde, mit der sie bis dahin aus Myrkuls Reich gespeist worden waren.

Cyric fand, daß es Zeit wurde, die Tafeln an sich zu nehmen und die Himmelstreppe zu finden. Er sah zu Mitternacht, die aufrecht mitten auf dem Dach saß. Sie hatte weiterhin ihre Hand auf ihn gerichtet. Das Gesicht war zu sehr vom Schmerz gezeichnet, als daß der Dieb hätte sagen können, ob sie sich auf ihre Magie konzentrierte oder nicht.

Er überlegte, ob er noch einmal auf Mitternacht einstechen sollte, doch dann sah er die Wunde und die Blutlache, in der sie saß. Angesichts der sonderbaren Dinge, die sie zuvor schon mit ihrer Magie bewirkt hatte, hielt der Dieb es für besser, sie sich selbst zu überlassen, damit sie verblutete. Außerdem kippte die Schlacht langsam aber sicher um, und er glaubte nicht, daß er noch allzuviel Zeit vergeuden konnte.

Der Dieb ging hinüber zu Adon und riß dem Kleriker die Satteltaschen aus der Hand. Adon wollte ihn daran hindern und richtete sich auf, bis er kniete.

„Danke", sagte Cyric gutgelaunt. Er zielte wieder auf den Blutfleck auf dem Hemd der Klerikers, dann trat er zweimal zu – so fest er nur konnte. „Ich würde dich lieber umbringen, aber ich habe keine Zeit."

Dann warf sich Cyric die Satteltaschen mit den Tafeln des Schicksals über die Schulter und verließ den Turm.

18

AO SPRICHT

Nachdem Cyric Schwarzstabs Turm verlassen hatte, brach Mitternacht zusammen und verlor das Bewußtsein. Adon schleppte sich schwerfällig zu ihr. Er riß ein Stück Stoff vom Gewand der Magierin ab und benutzte es, um die Blutung der Wunde zu stoppen, die der Dieb ihr zugefügt hatte. Der notdürftige Verband konnte das zwar nicht leisten, doch wenigstens konnte so der Blutverlust ein wenig gelindert werden.

Während sie auf dem Dach lagen, verfolgte Adon, wie die Soldaten Tiefwasser verteidigten. Zunächst hielten die Gardekompanien und die Wachregimenter die Schergen nur davon ab, ihre Reihen zu durchbrechen. Als damit aber auch die Vorwärtsbewegung der Angreifer ins Stocken kam, begannen die Verteidiger, die Horde zurückzutreiben. Innerhalb weniger Minuten waren die Truppen von Tiefwasser auf dem Vormarsch, und es dauerte nicht lang, da jagten sie die Angreifer zurück zum Dockdistrikt.

Doch die Niederlage der Truppen von Myrkul vermochte nicht, Adon Mut zu machen. Bei jedem Atemzug war es so, als würden sich seine Lungen mit Feuer füllen, und jedesmal, wenn er ausatmete, schossen Schmerzen durch seinen Rumpf. Von Zeit zu Zeit atmete er unkontrolliert schnaufend und pfeifend. Cyrics verächtliche Tritte hatten ihm zwei Rippen gebrochen, wodurch Adon bereits verletzte Lungen noch weiter in Mitleidenschaft gezogen worden waren. Mehrere Male versuchte der Kleriker, die Kraft zu finden, um aufzustehen und Cyric und die Tafeln zu verfolgen, doch eine Woge unerträglicher Pein zwang ihn immer wieder auf die Knie.

Gut vierzig Minuten später näherte sich ein Greif mit zwei Reitern Schwarzstabs Turm und landete. Ein großer, schwarzhaariger Mann sprang von der Bestie und untersuchte zunächst Kelemvors blutleeren Körper, dann sah er sich auf dem Dach um und ging schließlich zu Adon und Mitternacht.

„Was ist geschehen?" fragte Schwarzstab, der sich gar nicht erst die Zeit nahm, sich dem Kleriker vorzustellen. Der Magier war Adon noch nie begegnet, hatte aber keinen Zweifel an der Identität dieses Fremden.

„Cyric hat die..." Adon wurde von einem heftigen Hustenanfall durchgeschüttelt und konnte seinen Satz nicht zu Ende bringen.

Nachdem Schwarzstab einige Augenblicke lang gewartet hatte, daß sich Adon wieder beruhigte, sagte er: „Wartet hier, ich bringe Euch etwas, das helfen wird."

Er verschwand im Turm und kehrte wenige Momente später mit zwei Phiolen zurück, die mit einer trüben grünen Flüssigkeit gefüllt waren. „Das ist ein Stärkungsmittel, es wird den Schmerz lindern." Er gab eine davon Adon, dann kniete er neben Mitternacht nieder und flößte ihr den Inhalt des zweiten Fläschchens ein.

Adon trank die Flüssigkeit in einem Zug. Zwar war er Schwarzstab Arunsun noch nie begegnet, doch das Verhalten des Mannes mit dem schwarzen Bart ließ eigentlich keinen Zweifel an seiner Identität zu. Wie von dem Magier versprochen, linderte der Trank die Schmerzen des Klerikers und setzte seinem Hustenanfall ein Ende. Auch wenn sich Adon alles andere als gut fühlte, fand er die Kraft, um aufzustehen.

„Cyric hat die Tafeln des Schicksals", sagte Adon. „Ihr müßt..."

Mitternacht öffnete die Augen. „Khelben?" fragte sie. „Habt Ihr die Tafeln?" Sie fühlte sich schwindlig und schwach, doch so wie beim Kleriker kehrten auch bei ihr die Kräfte allmählich zurück.

Anstatt Mitternachts Frage zu beantworten, stellte der Magier selbst Fragen: „Was ist mit Kelemvor geschehen? Und wo ist Elminster?"

Mitternacht und Adon wollten jeder eine andere Frage gleichzeitig beantworten. Das Ergebnis war ein unverständliches Gewirr von Worten.

Schwarzstab hob eine Hand. „Noch mal von vorn. Mitternacht?"

Sie berichtete davon, wie sie Myrkul zum Turm des Magiers gefolgt waren und wie der Gott der Toten die Tafel aus dem Gewölbe an sich genommen hatte. Dann beschrieb sie ihm, wie sie den Gott auf das Dach gelockt und ihn zerstört hatten. „Als wir beide Tafeln in unserem Besitz hatten, näherten sich die Schergen Eurem Turm", beendete sie ihre Ausführungen. „Elminster begab sich zum Weiher des Verschwindens, um sie von Myrkuls Stadt abzuschneiden."

„Und dann griff Cyric an", sagte Adon, der mit wenigen Worten schilderte, wie Cyric ihn erneut verletzt, Kelemvor getötet und Mitternacht niedergestochen hatte, um dann die Tafeln an sich zu nehmen und den Turm zu verlassen.

Als der Kleriker mit leiser Stimme die Umstände von Kelemvors Tod beschrieb, wandte sich Mitternacht ab und versuchte vergeblich, ihre Tränen zurückzuhalten.

Schwarzstab dachte kurz über das Gehörte nach, dann sagte er: „Ich werde Elminster aus dem Weiher des Verschwindens holen..."

„Was ist mit Cyric und den Tafeln?" fiel ihm Adon ins Wort. „Ihr müßt ihn aufhalten, bevor er die Himmelstreppe erreicht."

„Geduld, Adon", erwiderte Schwarzstab ruhig. „Wenn er nicht genau weiß, wo sich die Himmelstreppe befindet, wird Cyric Schwierigkeiten haben, sie zu finden. Nur Menschen mit außergewöhnlicher Macht können sie sehen. Wir haben noch genug Zeit, um seinen Standort auszumachen und die Tafeln zurückzuholen."

Der Magier konnte nicht ahnen, daß Cyric in dem Moment bereits auf der zum Meer gelegenen Seite den Tiefwasserberg bestieg. Auf dem Gipfel konnte er ein breites, sich ständig veränderndes Band aus Farben ausmachen, bei dem es sich ohne jeden Zweifel um sein Ziel handelte.

Vielleicht lag es daran, daß er beide Tafeln des Schicksals besaß. Vielleicht hatte er mit der Bergung der Tafeln gezeigt, daß er so außergewöhnlich war wie Schwarzstab und Mitternacht. Doch ganz gleich, welchen Grund es dafür geben mochte, die Himmelstreppe war auf jeden Fall in dem Moment für Cyric sichtbar geworden, als er den Berg erreicht und mit dem Aufstieg begonnen hatte.

Auf dem Turmdach wußte Schwarzstab nichts davon, welche Fortschritte Cyric in diesem Augenblick machte. „Wenn Elminster und ich zurückgekehrt sind, werden wir die Tafeln zurückholen und an Helm übergeben." Auch wenn er es nicht aussprach, war er doch um das Wohlergehen seines alten Freundes besorgt. Wenn Elminster so erschöpft war wie Schwarzstab selbst, dann mochte sich der alte Magier in ernsten Schwierigkeiten befinden. „Für den Moment werde ich jemanden kommen lassen, der sich um Euch beide kümmert."

„Ihr könnt Euch ruhig zu Elminster begeben", sagte Mitternacht. „Aber ich werde Cyric jetzt verfolgen. Ihr kennt den Mörder nicht so, wie ich ihn kenne." Sie sah zur Himmelstreppe und fürchtete, der Dieb könnte schon an ihrem Fuß angelangt sein.

„Ich gehe auch mit", erklärte Adon.

„Aber Ihr seid verwundet!" widersprach Schwarzstab und deutete auf die blutverschmierte Kleidung. „Beide!"

„Ich fühle mich gut genug, um zu kämpfen", sagte Adon. Wegen der gebrochenen Rippen riskierte der Kleriker wissentlich, daß er seine Lungen weiter verletzte. Doch in diesem Moment war seine eigene Sicherheit nicht von Bedeutung. Es zählte einzig, Cyric davon abzuhalten, die Tafeln zurückzugeben.

„Der Trank betäubt nur den Schmerz", warnte Schwarzstab. „Er heilt nicht die Verletzungen. Ihr werdet in dem Moment zusammenbrechen, wenn Ihr Euch überanstrengt."

„Das Risiko gehe ich ein", erwiderte Mitternacht finster, die nicht in der Stimmung war, auf Elminster – oder sonst jemanden – zu warten, um Kelemvors Tod zu rächen. Sie war sich ihrer Verletzung bewußt, doch sie bereitete ihr nur geringes Unbehagen. Schwarzstabs Trank dagegen war ausgesprochen wirkungslos. „Kann ich mir von Euch noch einen anderen Dolch borgen?" fragte sie.

„Wo ist meine Keule?" murmelte Adon, der sich bemühte, seiner Stimme nicht seine Schwäche anmerken zu lassen. Der Schmerz hatte zwar nachgelassen, aber er fühlte sich bei weitem nicht so kräftig wie sonst. Dennoch würde er nicht zulassen, daß sich Mitternacht allein an Cyrics Verfolgung machte.

Schwarzstab schüttelte den Kopf und war frustriert angesichts der Sturheit der beiden. „Wie Ihr wollt. Aber erlaubt mir wenigstens, daß ich ein Paar Greifenreiter dazu bewege, Euch Flügel zu leihen."

Der Magier ging zu seinem Reiter und unterhielt sich kurz mit ihm, dann flog dieser in Richtung Süden, während Schwarzstab in seinen Turm verschwand. Eine Minute später kehrte er mit der Waffe zurück, um die ihn die Magierin gebeten hatte. Kurz darauf landeten zwei Greife auf dem Turmdach.

„Die Reiter fliegen Euch, wohin Ihr wollt", erklärte Schwarzstab. „Aber ich habe sie angewiesen, Euch sofort zurückzubringen, wenn bei einem von Euch Anzeichen für Schmerzen erkennbar werden. Elminster und ich werden noch innerhalb dieser Stunde zurückkehren. Werdet Ihr dann wenigstens hier sein, um uns zu empfangen?"

Mitternacht sah zu dem Toten auf dem Dach, dann sagte sie: „Ja, wenn wir bis dahin Cyric noch nicht gefunden haben." Sie hatte nicht die Absicht, zum Turm zurückzukehren, wenn sie den Dieb entdeckten. Denn dann würde es nur noch um Rache gehen. Sie sah wieder zu Schwarzstab und fügte an: „Danke für Eure Hilfe."

Der Magier reagierte mit einem schwachen Lächeln. „Nein... ich danke Euch. Was Ihr getan habt, ist zum Wohl von uns allen. Erfolgreiche Jagd!" Der Magier wandte sich seinem Turm zu.

Mitternacht und Adon gingen zu den Greifen. Die Reiter, die mit zweifelnden Blicken die Verletzungen des Paars betrachteten, halfen ihnen in den Sattel.

„Wohin?" fragte Adon.

Mitternacht sah zu dem Band aus schillernden Farben, das sich über dem Tiefwasserberg erstreckte. „Ob Cyric es weiß oder nicht, er muß auf diesen Gipfel gelangen. Am besten beginnen wir dort mit unserer Suche."

„Kein Problem", sagte einer der Reiter. „Da sind unsere Greife untergebracht."

Fünf Minuten später landeten die Greife ein Stück nördlich des Gipfels. Auf der Bergspitze war ein Turm aus Steinen errichtet worden, und 15 Meter östlich davon gab es einen überdachten

Stall. In diesem Stall befanden sich über zwei Dutzend Greife, die alle schwere Verletzungen davongetragen hatten – zerfetzte Flügel, aufgeschlitzte Schädel, gebrochene Beine. Weitaus mehr als nur zwei Dutzend Männer kümmerten sich um diese Tiere. Die Greife waren nicht die einzigen, die hier litten. Aus dem Turm erklang das laute Stöhnen von Menschen.

Mitternacht und Adon stiegen ab und sahen sich auf dem Gipfelhorst um. Direkt vor ihnen fiel der nördliche Hügelkamm des Tiefwasserbergs flach ab und verlor sich nach und nach zwischen den prachtvollen Tempelkomplexen und den großen Villen des wohlhabenden Distriktes am Meer. Im Osten fiel der Berg steil ab und endete an einer Klippe, die die westliche Grenze des Burgdistrikts bildete. Die acht Türme von Piergeirons Palast ragten über den Kopf dieser Klippe hinaus. Jenseits der Türme erstreckte sich die Stadt Tiefwasser wie ein grandioses Diorama, mit rauchenden Schornsteinen und wehenden Flaggen. Hinter Mitternacht und Adon, also in südlicher Richtung, säumten etliche hölzerne Piers und Zinnen aus Granit die trüben Gewässer des Hafens.

Im Westen fiel der Gipfel zu einer 30 Meter tiefen Klippe ab, dann fiel das Terrain auf weiteren 150 Metern flacher ab und bildete einen Schutzwall am Fuß des Berges. Unterhalb dieser Mauer fiel ein Vorsprung bis in das azurblaue Wasser des Schwertermeeres ab.

Doch Mitternacht interessierte nicht, was sich unterhalb des Bergs befand. Von der Spitze des Gipfels erhob sich ein schimmernder Pfad in Bernstein und Perlenfarben, der über ihnen im Himmel verschwand. Der durchscheinende Weg wirkte zugleich fest als auch immateriell.

Während Mitternacht hinsah, verwandelte sich die Treppe von Bernstein und Perlenfarben zu einer Reihe von weißen Stufen. Im nächsten Augenblick veränderte sie sich abermals und nahm nun das Aussehen einer Rampe aus purem Silber an. Alle paar Sekunden änderte die Treppe ihr Erscheinungsbild.

„Was siehst du?" fragte Adon, da er westlich des Gipfels nur eine Klippe erblicken konnte.

Mitternacht zeigte in die Luft über der Klippe. „Die Himmelstreppe", antwortete sie.

Adon betrachtete den Himmel, konnte aber nach wie vor nichts sehen. „Ich muß glauben, was du mir sagst."

Die Greifenreiter führten das Paar durch den Turm und die Ställe, doch von Cyric war nirgendwo eine Spur zu entdecken. Als sie den Turm verließen, sagte sie entschieden: „Cyric ist nicht hier." Die Magierin bemerkte, daß ihre Wunde vom Laufen und Treppensteigen wieder stärker blutete, außerdem war ihr ein wenig schwindlig.

„Dann wird es schwierig werden, ihn zu finden", meinte Adon und setzte sich auf die Stufen, die zum Turm führten. Im Gegensatz zu Mitternacht machten ihm seine Verletzungen sehr zu schaffen. Auch wenn Schwarzstabs Trank den Schmerz genommen hatte, fiel ihm das Atmen schwer, und er fühlte sich extrem geschwächt.

„Wir werden ihn finden", brummte Mitternacht. „Und dann werden wir ihn töten."

Der Magen der Magierin schien sich umdrehen zu wollen. Noch nie hatte sie geplant, ihre Magie einzusetzen, um einen Menschen zu töten. Für sie war Magie immer ein Mittel der Verteidigung gewesen, ein Mittel, um Respekt und Macht zu erlangen, eine schöne Kunst – aber nie eine Waffe, die für Rachegelüste benutzt werden konnte.

„Ich werde nicht wieder den Fehler machen, dich davon abzuhalten", sagte Adon und dachte mit Verbitterung daran, wie er seine Freunde überredet hatte, Cyrics Leben zu verschonen. Hätte er den Mund gehalten, dann würde Kelemvor jetzt noch unter den Lebenden weilen. „Aber wenn ich zuerst die Gelegenheit bekomme, dann werde *ich* ihn töten."

Die Greifenreiter runzelten sich Stirn und warfen sich unerfreute Blicke zu. Sie waren an Tod und Kampf gewöhnt, doch ihre beiden Passagiere hörten sich so an, als würden sie einen Mord planen. Schwarzstab hatte über die Fremden nichts weiter gesagt, als daß sie von den normalen Gesetzen der Stadt ausgenommen waren.

„Ich bin mir nicht sicher, ob Ihr so reden solltet", sagte einer der Reiter. „Schwarzstab ließ uns wissen ..."

„Ruhig!" zischte Mitternacht und sah in Richtung Süden. „Ins Gebäude! Schnell!"

Cyric stand an der Südseite des Gipfels und betrachtete die Rückseite des Greifenhorstes. Über der linken Schulter trug er die Satteltaschen mit den Tafeln, in der rechten Hand hielt er sein Schwert.

Damit man ihn von den Straßen Tiefwassers nicht so leicht hatte sehen können, war der Dieb an der Rückseite des Bergs hinaufgestiegen. Dann war er um die entlegene Seite der Klippe herumgegangen, ehe er sich an den Aufstieg zum Gipfel machte. Auch wenn er nicht davon ausging, daß ihn noch irgend jemand daran hindern würde, mit den Tafeln die Himmelstreppe zu bezwingen, machte es sich immer bezahlt, wenn man vorsichtig war.

Cyric war froh darüber, daß er so umsichtig vorgegangen war. Von Tiefwasser aus hatte er bereits gesehen, daß es auf dem Gipfel einen Turm und einen Stall gab, doch er war nicht davon ausgegangen, daß der Turm so nahe an der Himmelstreppe stehen und es hier vor Gardisten wimmeln würde.

Nachdem der Dieb einigen Minuten lang die Situation studiert hatte, ging er weiter in Richtung der Himmelstreppe. Es gab keinen erkennbaren Grund, warum die Reiter ihn anhalten sollten. Und selbst wenn, konnte er die letzten 30 Meter immer noch rennend zurücklegen, damit sie ihn nicht zu fassen bekamen.

Vor der Tür zum Turm aus sah Mitternacht mit an, wie Cyric sich der Himmelstreppe näherte. Als er nur noch 15 Meter entfernt war und Mitternacht glaubte, Cyric könne nicht mehr die Flucht antreten, machte sie sich zum Angriff bereit.

„Jetzt!" rief sie und verließ den Turm.

Adon folgte ihr, dahinter taten es die beiden Greifenreiter ihm gleich. Als sie voranstürmten, versuchte sich Mitternacht an einem Todeszauber, mußte aber feststellen, daß sie dafür noch immer zu schwach war. Die notwendigen Gesten und Worten bildeten in ihrem Geist ein einziges Durcheinander.

Als Cyric Mitternachts Schrei hörte, vergeudete er keine Zeit mit der Überlegung, warum sie nicht längst tot war. Dem Dieb wurde vielmehr klar, daß die Magierin es trotz ihrer Verletzung geschafft hatte, die Kraft aufzubringen, vor ihm auf den Gipfel zu gelangen und einen Hinterhalt zu legen. Er reagierte sofort und rannte auf die Himmelstreppe zu.

Noch während er loslief, ertönte von der Treppe eine dröhnende Stimme. „Nein! Stop!" Die Worte waren so laut, daß sie wie ein Donner über Tiefwasser hinwegrollten.

Eine Gestalt in einer funkelnden Rüstung tauchte am Kopf der Treppe auf und kam die Stufen hinunter. Der Mann in der Rüstung war fast drei Meter groß, sein Körper wirkte stämmig und kraftvoll. Seine Augen waren traurig und mitfühlend, doch sie besaßen auch etwas Kaltes, das verriet, wie entschlossen er seinen Pflichten nachkam. Das niemals schlafende Auge von Helm zierte den Schild des Gottes.

Die beiden Gardisten blieben sofort stehen und knieten nieder. Alle Soldaten, die auf dem Gipfel stationiert waren, kamen aus dem Stall und dem Turm. Als sie Helms prachtvolle Gestalt erkannten, knieten auch sie nieder und regten sich nicht. Einige Greife flogen erschrocken davon.

Der Kampf zwischen den Soldaten von Tiefwasser und Myrkuls Schergen tobte weiter, doch der Anblick von Lord Helm untergrub die Entschlossenheit der finsteren Kreaturen noch mehr. Die mutigen Gardisten und Wachleuten faßten durch das Auftauchen des Gottes oberhalb der Stadt neuen Mut, und viele von ihnen beteten für ein göttliches Eingreifen, als sie sich durch die zurückziehende Horde kämpften.

In Tiefwasser hielten Zehntausende von flüchtenden Menschen mitten in dem inne, was sie gerade machten, und sahen hinauf zur Bergspitze. Tausende von ihnen vermuteten richtig, daß es nur ein Gott sein konnte, der so laut gesprochen hatte. Sie strömten zu den Hängen des Tiefwasserbergs in der vagen Hoffnung, den Sprecher dieser Worte erblicken zu können. Viele andere reagierten verängstigt auf Helms Stimme und suchten in Kellern Zuflucht. Andere Bürger wiederum standen nur fassungslos mitten auf der Straße und sahen mit einer Mischung aus Angst und Ehrfurcht zum Berg hinauf.

Cyric dagegen ließ sich von der dröhnenden Stimme des Gottes nicht beeindrucken. Er lief weiter auf die Himmelstreppe zu. Der Dieb glaubte nicht, daß der Befehl von Helm ihm gegolten hatte. Selbst wenn, hatte er nicht vor stehenzubleiben, solange er die Tafeln nicht übergeben hatte.

Der Befehl des Gottes ließ Adon zögern, doch Mitternacht dachte nicht eine Sekunde lang daran, stehenzubleiben. Cyric hatte Kelemvor und Schnüffler getötet, er hatte versucht, sie und Adon zu töten, und er hatte sie alle verraten und hintergangen. Es kümmerte die Magierin nicht, wer ihr befahl, sein Leben zu verschonen. Sie folgte dem Dieb, den Dolch hielt sie in der Hand.

Helm begegnete Cyric am Fuß der Treppe, dann trat er vor ihn, um den Dieb zu beschützen.

„Es ist nicht an dir, sein Leben zu nehmen", sagte der Gott der Wächter und sah Mitternacht finster an.

„Ihr habt nicht das Recht, mir Befehle zu erteilen", schrie Mitternacht. Sie wurde zwar langsamer, ging aber weiter auf Cyric zu.

„Er muß für seine Verbrechen bezahlen", rief Adon außer Atem, der Mitternacht inzwischen gefolgt war.

„Es ist nicht meine Aufgabe, ihn zu richten", erwiderte Helm.

Cyric behielt Mitternacht unablässig im Auge, während er neben Helm trat und ihm die Satteltaschen überreichte. „Ich habe die Tafeln des Schicksals geborgen", sagte der Dieb.

Helm nahm die Artefakte entgegen. „Ich weiß, wer sie geborgen hat", erwiderte er und starrte Cyric kühl an. „Und das weiß auch Ao."

Adon, der nicht die Ablehnung in Helms Blick hatte sehen können, rief: „Er lügt! Cyric hat uns die Tafeln gestohlen, und dabei hat er einen guten Mann umgebracht."

Helm wandte sein schroffes, ausdrucksloses Gesicht dem Kleriker zu. „Wie ich bereits sagte, weiß ich, wer die Tafeln geborgen hat."

Mitternacht ging weiter auf die Treppe zu. Ihre Beine fühlten sich schwach und wacklig an. „Wenn Ihr wißt, wie böse Cyric ist, warum nehmt ihr dann von ihm die Tafeln entgegen?" wollte sie wissen.

„Weil es nicht seine Aufgabe ist, zu urteilen", sagte eine weitere Stimme. Sie war entschlossen und volltönend, ohne eine Spur von Wut oder Mitgefühl. „Und es ist auch nicht sein Vorrecht."

Eine Gestalt, die noch 60 Zentimeter größer war als Helm, stand auf der Treppe. Auch wenn das Gesicht dieses Mannes kein Alter verriet – er hätte zwanzig sein können, ebensogut aber auch hundertzwanzig –, waren sein Haar und sein Bart weiß wie Alabaster. Das Gesicht dieses Mannes war weder attraktiv noch abstoßend, und seine Züge waren so gleichmäßig, daß es auf keiner Straße in den Reichen irgend jemandem aufgefallen wäre.

Doch der Mann trug ein bemerkenswertes Gewand, das ihn sogar von den erlesensten Höfen in ganz Faerun abhob. Es fiel so wie jeder andere Stoff, mit ein paar Falten hier und dort. Als Mitternacht es aber genauer betrachtete, war ihr, als würde sie in den Himmel blicken. Das Gewand war so schwarz wie das Vergessen und von Abermillionen Sternen und Tausenden von Monden übersät, die alle in einem Muster angeordnet waren, das nicht völlig erkennbar war, das aber harmonisch wirkte. Manche Stellen wurden von hellen Wirbeln beleuchtet, die an anderer Stelle von Bereichen tiefster Schwärze ausgeglichen wurden.

„Ao", sagte Helm und senkte unterwürfig den Kopf.

„Bring mir die Tafeln des Schicksals", wies Ao ihn an.

Helm öffnete die Satteltaschen und holte die Tafeln heraus. In den Händen des Gottes wirkten die beiden Steinplatten klein und nahezu unbedeutend. Helm brachte sie Ao und kniete dann auf der Treppe nieder, um die nächsten Befehle abzuwarten.

Ao betrachtete die Tafeln einige Minuten lang. Überall in den Reichen verfielen die Avatare der überlebenden Götter in tiefe Trance, als Ao ihre Aufmerksamkeit auf sich lenkte.

„Auf diesen Artefakten", sagte der Oberherr und sandte all seinen Göttern seine Stimme und sein Bild, „habe ich die Mächte festgehalten, die das Gleichgewicht zwischen Ordnung und Chaos wahren."

„Ich habe sie Euch zurückgebracht", sagte Cyric und wagte es, dem Gott in die Augen zu sehen.

Ao betrachtete den Dieb ohne eine erkennbare Gefühlsregung. „Ja", sagte er und legte die Tafeln aufeinander. „Und DAS bedeutet es mir!" Dann zerschlug der Oberherr beide Tafeln und zerrieb sie, bis sie nur noch Staub waren.

Mitternacht zuckte zusammen, da sie damit rechnete, daß nun der Himmel einstürzen müßte. Adon schrie vor Bestürzung und Erstaunen auf. Auf Cyrics Gesicht zeichnete sich eine wütende Miene ab, als er sah, wie der Staub zwischen Aos Fingern hindurchglitt.

Helm sprang auf. „Meister, was habt Ihr gemacht?" fragte der Gott, dessen Stimme erkennen ließ, wie verängstigt er war.

„Diese Tafeln bedeuten nichts!" sagte Ao und wandte sich an alle seine Götter, egal wo sie waren. „Ich habe sie nur behalten, um euch daran zu erinnern, daß ich die Götter schuf, damit sie das Gleichgewicht wahren, nicht aber, damit sie ihren eigenen Vorteil suchen. Doch das hat keiner von euch verstanden. Ihr habt die Tafeln als eine Reihe von Regeln betrachtet, um kindische Spiele um Prestige und Pomp zu spielen! Und als die Regeln lästig wurden, habt ihr sie einfach gestohlen!"

„Aber das waren...", setzte Helm an.

„Ich weiß, wer die Tafeln des Schicksals genommen hatte", erwiderte Ao und brachte Helm mit einer knappen Handbewegung zum Schweigen. „Tyrannos und Myrkul haben für dieses Vergehen mit ihrem Leben bezahlt. Doch ihr alle habt euch schuldig gemacht, weil ihr eure Anbeter dazu gebracht habt, verschwenderische Tempel zu errichten und sich so sklavisch eurem Namen zu verschreiben, daß sie nicht einmal ihre Kinder ernähren konnten und daß sie sogar an euren korrupten Altären ihr eigenes Blut vergossen – und das alles nur, damit ihr euch gegenseitig beeindrukken damit beeindrucken konntet, welche Macht ihr über diese angeblich so minderwertigen Kreaturen habt. Euer Verhalten allein genügt, um mich wünschen zu lassen, ich hätte euch nie erschaffen."

Ao machte eine Pause und ließ die Worte auf seine Zuhörer wirken, dann sprach er weiter: „Doch ich habe euch erschaffen, damit ihr einen bestimmten Zweck erfüllt. Ich verlange jetzt von euch, daß ihr exakt diese Aufgabe erfüllt. Von diesem Tag wird eure Macht davon abhängen, wie zahlreich und ergeben die Menschen sind, die euch folgen!"

Überall in den Reichen schnappten die Götter erschrocken nach Luft. Im fernen Tsurlagoi knurrte Talos der Rasende: „Abhängig von Sterblichen?" Das eine gesunde Auge seines jugendlichen, breitschultrigen Avatar war vor Wut und Entsetzen weit aufgerissen.

„Ihr werdet von ihnen abhängig sein – und mehr", meldete sich Ao wieder zu Wort. „Ohne Anhänger werdet ihr verkümmern und schließlich aufhören zu existieren. Nach allem, was sich in den Reichen ereignet hat, wird es nicht leicht sein, das Vertrauen der Sterblichen zurückzugewinnen. Ihr werdet es euch erarbeiten müssen, indem ihr ihnen dient."

Im sonnigen Tesiir machte eine schöne Frau mit seidigem scharlachroten Haar und feurigen rotbraunen Augen eine Miene, als würde sie jeden Moment anfangen zu würgen. „Ihnen *dienen?*" fragte Sune.

„Ich habe gesprochen!" gab Ao zurück.

„Nein", brüllte Cyric. „Nach allem, was ich durchgemacht habe ..."

„Schweig!" dröhnte Ao und zeigte mit einem Finger auf den Dieb. „Ich mag es nicht, herausgefordert zu werden. Das läßt in mir die Befürchtung aufkommen, daß ich für meinen neuen Gott eine schlechte Wahl getroffen habe."

Cyrics Blick wurde leer, während er Ao fassungslos ansah.

„Das ist doch die Belohnung, nach der du gestrebt hast, oder nicht?" fragte Ao und sah den Dieb durchdringend an.

Cyric stolperte die Treppe hinauf. „Das ist es wahrhaftig!" rief er. „Ich werde Euch gut dienen, das schwöre ich. Ihr habt meine unendliche Dankbarkeit."

Ein tiefes, grausames Lachen stieg aus Aos Kehle auf. „Bedank dich nicht bei mir, grausamer Cyric. Es ist kein Geschenk, der Gott des Streits, des Hasses und des Todes zu sein."

„Das ist es nicht?" fragte Cyric verwirrt.

„Du hast nach Göttlichkeit, Kontrolle über dein Schicksal und Macht gestrebt", sagte Ao. „Nur zwei davon – Göttlichkeit und Macht – werden dir zur Verfügung stehen, um im Reich der Toten zu herrschen. Alles Leid in Toris wird ebenfalls in deiner Hand liegen, da du darüber nach Belieben verfügen kannst. Doch du wirst nie wieder Zufriedenheit oder Glück verspüren können."

Ao machte eine Pause und sah zu Mitternacht. „Doch die eine Sache, Lord Cyric, die dir am meisten am Herzen lag, wird dir niemals gewährt werden. *Ich* bin jetzt dein Meister. Du wirst mir dienen und denen, die dich anbeten. Ich glaube, du wirst feststellen, daß du nun noch weniger Freiheit kennst als zu der Zeit, da du noch als Kind in den Gassen der Zentilfeste gelebt hast."

„Wartet", rief der neue Gott des Streits. „Ich will nicht..."

„Genug", donnerte Ao und drehte eine Handfläche Cyric zu. „Ich weiß, daß du deine Aufgaben gut erledigen wirst, denn sie sind das einzige, was du wirklich kannst."

Mitternacht verlor jede Hoffnung. Da Cyric nun über das Reich der Toten herrschte, konnte sie niemals das Versprechen einlösen, das sie Schnüffler gemacht hatte.

„Vergib mir", flüsterte die Magierin und wandte sich von der Treppe ab. „Manche Versprechen kann man einfach nicht einhalten." Sie fürchtete, daß Cyric recht hatte, was das Leben insgesamt anging. Es war eine grausame und brutale Erfahrung, die in Qual und Verbitterung endete.

„Mitternacht!" rief Ao und richtete seine Aufmerksamkeit auf die Magierin.

Als sie ihren Namen hörte, drehte sie sich langsam zum Herrn der Götter um. „Was wollt ihr?" fragte sie trotzig. „Ich bin verwundet und erschöpft. Ich habe den Mann verloren, den ich liebte. Was wollt Ihr noch von mir?"

„Du besitzt etwas, das in den Reichen keinen Platz hat", sagte Ao und zeigte mit einem Finger auf sie.

Sie wußte sofort, daß er Mystras Macht meint. „Nehmt es, ich habe dafür keine Verwendung mehr."

„Vielleicht doch", erwiderte Ao.

„Ich bin zu müde, um Rätsel zu lösen", gab sie ungehalten zurück.

„Ich habe während dieser Krise viele Götter verloren", sagte Ao. „Als Bestrafung für ihren Diebstahl sollen Tyrannos und Myrkul in alle Winde verstreut bleiben. Doch Mystra, die Herrin der Mysterien und Verleiherin der Magie, ist auch nicht mehr. Nicht einmal ich kann sie wieder zum Leben erwecken. Wirst du ihren Platz einnehmen?"

Mitternacht sah Cyric an und schüttelte den Kopf. „Nein. Das war nicht der Grund, warum ich die Tafeln geborgen habe. Ich bin nicht daran interessiert, so korrupt zu werden wie Cyric."

„Welch eine Schande, daß du mein Angebot so siehst", erwiderte Ao und deutete auf Cyric. „Ich habe einen Sterblichen wegen seiner Gehässigkeit und Grausamkeit gewählt. Ich hatte gehofft, eine andere Sterbliche wegen ihrer Weisheit und ihrer Herzensgüte wählen zu können."

Cyric kicherte hämisch. „Vergeudet nicht Euren Atem. Ihr mangelt es an dem Mut, um sich ihrer Bestimmung zu stellen."

„Nimm an", drängte Adon sie. „Du darfst Cyric nicht gewinnen lassen! Es ist deine Verantwortung, dich ihm zu widersetzen ..." Der Kleriker hielt inne, als ihm klar wurde, daß Mitternacht schon längst jegliche Verantwortung mehr als erfüllt hatte. „Vergib mir", sagte er. „Du bist mutiger und ehrlicher als jede andere Frau, die ich jemals gekannt habe, und ich glaube, du bist einer Göttin würdig. Aber ich habe kein Recht, dir zu sagen, was du zu tun hast."

Bei seinen Worten dachte sie an ihr Versprechen, das sie Schnüffler gegeben hatte, und an die treuen Seelen, die in der Dämmerebene auf Erlösung warteten. Dann mußte sie daran denken, wie der Geist ihres Geliebten so wie Millionen andere toten Seelen durch die endlose weiße Einöde umherzog. Aos Angebot würde ihr möglicherweise die Mittel an die Hand geben, um Kelemvor dieses ewige Elend zu ersparen und vielleicht sogar ihr Versprechen gegenüber Schnüffler zu erfüllen. Wenn dem so war, dann hatte Adon recht – es war ihre Pflicht, auf den Ruf des Oberherrn zu reagieren.

„Nein, es stimmt, was du sagst", sagte die Magierin und sah Adon an. „Ich muß gehen. Wenn ich es nicht mache, dann war der Tod von Schnüffler und Kelemvor bedeutungslos." Sie nahm die Hand des Klerikers und lächelte ihn an. „Danke, daß du mir das klargemacht hast."

Adon erwiderte das Lächeln. „Ohne dich wäre die Zukunft in den Reichen sehr finster."

Ao mischte sich in ihre Unterhaltung ein. „Wie entscheidest du dich, Mitternacht?"

Die Magierin gab Adon einen Kuß auf die Wange. „Leb wohl", sagte sie.

„Du wirst mir fehlen", erwiderte der Kleriker.

„Nein, das werde ich nicht", sagte sie und lächelte ihn wieder an. „Ich werde immer bei dir sein." Dann wandte sie sich ab und betrat die Treppe, die sich zu einem Pfad aus Diamanten verwandelt hatte, und stellte sich Cyric gegenüber.

Zu Ao gewandt sagte sie dann: „Ich nehme an." Sie sah Cyric an und fuhr fort: „Und du wirst deinen Verrat für alle Ewigkeit bereuen."

Einen Moment lang machte Mitternachts Drohung ihm Angst. Dann aber dachte Cyric daran, daß er den wahren Namen der Magierin kannte, Ariel Manx. Er lächelte schwach und fragte sich, ob er dadurch wohl noch irgendwelche Macht über sie haben würde, nachdem sie nun eine Göttin war.

Ao hob die Hände, die Himmelstreppe und alles, was sich auf ihr befand, verschwand in einer Lichtsäule, die so gleißend war, daß sie Adon und jeden der Tausenden von Bewohnern blendete, von der Stadt aus das Schauspiel auf dem Gipfel mitverfolgt hatten.

Im sonnigen Tesiir, in Tsurlagoi, Arabel und hundert anderen Städten, in denen die Götter Zuflucht gesucht hatten, flammten ähnliche Lichtsäulen und reichten bis in den Himmel. In Tantras, wo der Gott der Pflicht gegen Tyrannos unterlegen war, erhoben sich die verstreut liegenden Stücke von Torms Löwenkopf-Avatar vom Grund und fügten sich wieder zusammen. Eine goldene Lichtsäule erstreckte sich über das Meer, dann stieg sie in den Himmel auf und brachte Torm zurück nach Hause.

EPILOG

„Hier habt Ihr Euch also versteckt!"

Schwarzstabs Stimme riß Adon aus einem unruhigen Schlaf. Auch wenn er noch immer nichts sehen konnte, wußte der Kleriker, daß er so wie ein Dutzend anderer Leidender im Speisesaal des Horstes lag. Kurz nach Aos Aufstieg hatte Schwarzstabs Trank seine Wirkung verloren, und Adon war zusammengebrochen. Ein paar Reiter hatten ihn in den Turm gebracht und zu den übrigen Verletzten gelegt.

„Wir haben überall nach Euch gesucht – jedenfalls seit ein paar Minuten", sagte Schwarzstab verlegen. Über sechs Stunden war es nun her, seit er sich von Adon und Mitternacht verabschiedet hatte. Am Weiher des Verschwindens hatte der junge Magier Elminster im Inneren einer prismatischen Sphäre vorgefunden, wo er von beiden Seiten von den Schergen belagert wurde, die durch das Tor zum Reich der Toten drängen wollten. Da sich Schwarzstab beim Kampf in den Straßen bereits stark verausgabt hatte, war einige Geduld erforderlich gewesen, ehe er seinen Freund befreien konnte.

„Wir hätten wissen sollen, daß ein rücksichtsloser Kerl wie Ihr nicht auf uns wartet, um erst dann die Tafeln zurückzugeben", fügte Elminster mit gespielter Verärgerung an.

Schwarzstab legte eine Hand auf Adons Schulter. „Gut gemacht, Adon", sagte er schließlich. „Kommt, laßt uns in meinen Turm zurückkehren, dort wird man gut für Euch sorgen."

Schwarzstab und Elminster legten Adon auf eine Trage, dann machten sie sich auf den Weg durch den Speisesaal.

„Macht Platz!" dröhnte Schwarzstab.

Schließlich hatten die Träger des Klerikers das andere Ende des überfüllten Raums erreicht und traten hinaus in einen frischen nächtlichen Wind, der Schnee versprach, wie es um diese Jahreszeit auch der Fall sein sollte.

Schwarzstab wollte nach rechts gehen, doch Adon stoppte. „Ich möchte einen Moment lang die frische Luft genießen, bevor wir in die Stadt zurückkehren." Auch wenn er froh darüber war, daß die Reiche gerettet worden waren, lagen Kelemvors Tod und Mitternachts Abwesenheit schwer auf seinem Herzen. Der Kleriker wollte eine Minute in Frieden verbringen, um seinen Freunden Tribut zu zollen.

Adon sah hinauf zum Himmel, eine Träne lief über die Wange, die von der Narbe verunstaltet wurde. Der nächtliche Wind erfaßte den Tropfen und wehte ihn in Richtung des Meeres, wo er sich zu Millionen anderen Tropfen gesellen und schon bald vergessen sein sollte.

Vielleicht ist es so am besten, überlegte Adon. Es war an der Zeit, den Schmerz der Vergangenheit zu vergessen und den alten Göttern ihre Nachlässigkeit zu vergeben. Jetzt war die Zeit, nach vorn zu schauen, stärkere Bande zu den Göttern zu schmieden und die Reiche zu etwas Besserem, Ehrbarerem zu machen.

Während Adon über die Zukunft nachdachte, tauchte vor seinen Augen ein Kreis aus acht Lichtpunkten auf. Zuerst hielt er es für die Laune eines blinden Mannes und versuchte, sie zu vertreiben. Doch sie verblaßten nicht, sondern wurden immer heller, bis er sie als Sterne erkannte. Aus der Mitte des Kreises wehte roter Nebel unablässig zum unteren Rand des Kreises.

„Mitternacht", sagte Adon, als ihm klar wurde, daß er das Symbol der neuen Göttin sah. Sein Körper wurde von einer Woge der Ruhe überspült, ein Gefühl tiefster Harmonie erfüllte sein Herz. Im nächsten Moment fühlte er sich kräftig genug, um sich auf seiner Trage aufzusetzen.

„Stimmt etwas nicht?" fragte Schwarzstab und wandte sich zu Adon um.

Der Kleriker konnte Schwarzstabs große Gestalt deutlich vor sich sehen. Hinter dem Magier führte ein betrunkener Greifenreiter einen anderen vom Stall zum Turm.

„Es ist alles in Ordnung", sagte Adon. „Ich kann wieder sehen."

„Du wirkst auch viel kräftiger", meinte Elminster.

„Ja", erwiderte Adon seufzend und zeigte auf den Kreis aus Sternen über ihm. „Mitternacht hat mich geheilt."

Schwarzstab sah hinauf zu den Sternen. „Das ist eines der neuen Sternbilder", sagte er. „Es ist heute Abend zum ersten Mal aufgetaucht. Wißt Ihr, was es bedeutet?"

„Das ist Mitternachts Symbol", antwortete Adon. „Und ich schwöre bei diesem Licht und dem Namen der Herrin Mitternacht, daß ich Anhänger um mich scharen werde, um sie zu ehren."

Schwarzstab betrachtete die Sterne. „Dann möchte ich mich Euch als erster anschließen."

Einer der betrunkenen Reiter rempelte den Magier an und brachte ihn fast dazu, Adons Trage loszulassen.

Schwarzstab wirbelte wütend herum. „Paßt doch auf, wohin ihr lauft! Seht ihr nicht, daß wir hier einen Verletzten tragen?"

„Tut mir leid, Sir", sagte der erste Mann. „Er ist blind."

„Bringt ihn zu mir", murmelte Adon und legte eine Hand auf die Augen des Mannes. Stumm rief der Kleriker nach Mitternacht, damit sie dem Mann das Augenlicht zurückgab.

Der blinde Reiter schüttelte ein paarmal den Kopf, dann blinzelte er. Und schließlich betrachtete er Adon von Kopf bis Fuß, als könnte er nicht glauben, was er sah. „Ihr habt mich geheilt!" rief er und fiel neben Adons Trage auf die Knie.

Elminster warf dem Reiter einen mürrischen Blick zu. „Damit fangen wir gar nicht erst an", sagte er. „Adon hat nur gemacht, was ihm am besten liegt."

Schwarzstab mußte lächeln. „Scheint so, als würde sich das Leben wieder normalisieren."

Der dunkelhaarige Magier hatte recht. Nachdem die Götter in die Ebenen zurückgekehrt waren und ihre Aufgaben wieder wahrnahmen, kehrte überall in den Reichen Normalität ein. Auf dem Ashaba, der zu einem so reißenden Fluß geworden war, daß kein Mann sich mehr in die Strömung wagte, befuhr ein Fischer mit seinem Boot das sanfte Gewässer, das er Zeit seines Lebens gekannt hatte. Mit ein wenig Glück würde er bei Einsetzen der Abenddämmerung mit einem Fang zurückkehren, der reichen würde, um seine Familie eine ganze Woche lang zu ernähren.

In Cormyr zog sich eine Armee aus Platanen zurück, die eine Zeitlang die Hauptstadt belagert hatten. Sie marschierten in den Wald, aus dem sie gekommen waren, und jeder Baum kehrte an den Platz zurück, an dem er aus der Erde gerissen worden war.

Doch nicht alles in den Reichen wurde wieder so, wie es vor der Ankunft gewesen war. Nördlich von Arabel, wo Mystra Helm unterlegen war, war die Landschaft von zahlreichen Kratern durchsetzt, in denen Teer kochte. Jede Reise durch diese Region wurde so zu einem komplizierten Unterfangen. Dort, wo Mitternacht die Glocke von Aylan Attricus geschlagen und Torm Tyrannos besiegt hatte, blieben das nördliche Viertel von Tantras sowie alle umliegenden Felder für Magie unempfänglich, was besonders die freute, die rachsüchtige Magier verärgert hatten. Unter der Eberfellbrücke, an der Bhaals Avatar Cyrics Klinge zum Opfer gefallen war, strömte der Schlängelnde Fluß schwarz und übelriechend. Kein lebendes Wesen konnte zwischen der eingestürzten Brücke und der über 160 Kilometer entfernten Trollklauenfurt von dem verschmutzten Wasser trinken. Diese und einige Dutzend andere Narben würden noch für Generationen überdauern und an jene düstere Zeit erinnern, als die Götter auf der Erde wandelten.

Doch Toril war der nicht der einzige Ort, der sich als Folge von Aos Zorn veränderte. In der Dämmerebene erschien ein Gott nach dem anderen in der Luft und machte sich daran, die Geister seiner Anhänger zu sich zu rufen. Die erste in der Reihe war Sune Feuerhaar, die in einem flammenden Triumphwagen erschien. Die Göttin der Schönheit hatte eine rosige Hautfarbe und rote Augen, ihr langes karmesinrotes Haar wehte in der Brise wie ein Banner. Sie trug ein kurzes, smaragdgrünes Kleid, das ihren wohlgeformten Körper betonte und einen farbenfrohen Kontrast zu den Rottönen ihres Gesichts bildete. Sunes Wagen bewegte sich langsam über die endlose Ebene und zog lange Feuerschweife hinter sich her. Während sie vorüberflog, griffen ihre Gläubigen nach den Schweifen und wurden von der Göttin mitgenommen, die im feurigen Strahlen ihrer Schönheit badete.

Dann traf Torm ein, von Kopf bis Fuß in eine strahlende Rüstung gekleidet, das Visier hochgeklappt, um seine unerschütterliche Miene und seinen festen Blick zu präsentieren. Der Gott der Pflicht durchquerte die Ebene auf einem prachtvollen roten Pferd und rief seinen Getreuen zu, sich ihm anzuschließen. Schon bald ritt er vor einer Armee, die größer und treuer war als jede andere, die es je in den Reichen gegeben hatte.

Dann folgte die weißhaarige Loviatar, die ein Gewand aus weißer Seide trug, mit verkniffenem Mund und finster dreinblickenden Augen. Ihr Streitwagen wurde von neun blutigen Pferden gezogen, die sie mit einer neunschwänzigen Peitsche mit Widerhaken vorantrieb. Die betörende Auril, die Göttin der Kälte, folgte in einer Eiskutsche. Trotz ihrer bläulichen Haut und ihres distanzierten Auftretens war sie unglaublich verführerisch. Als nächstes kam Umberlee mit ihren grünen Haar aus Seetang und dem Gesicht eines Lamatins, gefolgt von allen anderen Göttern, die so lange Zeit ihre Pflichten vernachlässigt hatten.

Während die Gottheiten ihre Getreuen von der Dämmerebene einsammelten, marschierte eine kleine, matronenhafter Halblingsfrau durch das Durcheinander auf die Stadt zu, in der die Ungläubigen und die Treulosen dahinsiechten. Sie hatte graues Haar, lebhafte Augen und ging beherzten Schrittes voran. Die Frau war Yondalla, Beschützerin aller Halblinge. Auf Bitten einer anderen Göttin war sie auf dem Weg zur Stadt des Leidens, um dort nach einem Halbling namens Atherton Cooper zu suchen, der vom rechten Weg abgekommen war und dort festsaß.

Nachdem alle anderen Götter ihre Gläubigen zu sich geholt hatten, kam die Verwundete Herrin, die neue Göttin der Magie. Auch wenn ihr langes schwarzes Haar und die erhabenen Gesichtszüge sich nicht verändert hatten, wirkte Mitternacht noch verführerischer und bezaubernder als zu sterblichen Zeiten. Ihre dunklen Augen waren noch geheimnisvoller, hin und wieder blitzten in ihnen großes Leid, aber auch unverrückbare Entschlossenheit auf. Die Verwundete Herrin ritt auf einem Alabastereinhorn, das eine durchscheinende, glitzernde Spur hinter sich herzog. Als

Mystras Gläubige auf den funkelnden Pfad traten, wurden sie von der Göttin der Magie mitgezogen.

Als endlich alle Gläubigen von der Dämmerebene geholt waren, kehrten die Götter mit ihren Schutzbefohlenen in ihre Heimat zurück. Mitternacht und ihr Pferd begaben sich zur Ebene von Nirwana, jenem Ort des absoluten Rechts und der systematischen Ordnung, an dem es Licht und Dunkel, Hitze und Kälte, Feuer und Wasser, Luft und Erde stets zu gleichen Teilen gab.

Während sie sich dem Nirwana näherten, sahen Mitternachts Gläubige einen unendlich großen Raum voller kreisförmiger Unterebenen, die in der Luft schwebten. Diese Unterebenen waren in alle Richtungen angeordnet und waren so mit den anderen verbunden wie die Räder in einem Uhrwerk. Jede Ebene rotierte langsam, ihre Drehung wurde auf die angrenzenden Ebenen übertragen, so daß sich die gesamte Ebene in einer einheitlichen Drehbewegung befand. Mitternachts Pferd steuerte die größte Unterebene an und trug seine Herrin und ihre Gläubigen zu ihrem neuen Zuhause: einer vollkommen symmetrischen Burg greifbarer Magie.

In einer anderen Burg, die sich ganz erheblich von Mitternachts neuem Zuhause im Nirwana unterschied, saß Lord Cyric und brütete über seine Situation nach. Er wurde von seiner besiegten Armee aus Schergen umschwärmt, und die Schreie der Verdammten in der Mauer rund um seine Stadt drangen unablässig an seine Ohren. Der neue Gott des Streits und des Todes mochte sein neues Zuhause, doch was ihm nicht gefiel, war sein neuer Herr, Lord Ao. Vielleicht, so überlegte Cyric, werde ich irgendwann eine Möglichkeit finden, mich gegen den Oberherr der Götter zu erheben.

Als Ao zusah, wie Mitternacht und die anderen Götter mit ihren Gläubigen heimkehrten, empfand er tiefe Erleichterung. Endlich schien es so, als würden seine Götter sich den Aufgaben widmen, für die er sie überhaupt erst erschaffen hatte.

Der oberste Herr saß im Schneidersitz da und war allein, umgeben von einer Leere, die so gewaltig war, daß nicht einmal seine Götter sie hätten begreifen können. Von allen Zuständen, in die er sich versetzen konnte, war ihm dieser am liebsten, denn so war er gleichzeitig eins mit der Zeit und doch von ihr getrennt, gleichzeitig der Mittelpunkt des Universums und doch von ihm losgelöst.

Ao richtete seine Gedanken auf Toril, jene junge Welt, die in letzter Zeit soviel von seiner Aufmerksamkeit erfordert hatte. Von den Hunderten von Existenzebenen, die von einer Fülle von finsteren und wohltätigen Wesen bevölkert wurden, war dies eine seiner liebsten Schöpfungen. Und ausgerechnet sie hätte er fast verloren, was er einzig der Unaufmerksamkeit ihrer Götter zu verdanken gehabt hätte.

Doch in zweien ihrer Bewohner – Mitternacht und Cyric – hatte Ao die Struktur des Gleichgewichts gefunden, und er hatte sie gerufen, die Welt wieder ins Lot zu bringen. Zum Glück hatten sie auf seinen Ruf geantwortet und die Waagschalen waren wieder ins Lot geraten, doch für Toril war es eine gefährliche Zeit gewesen. Nie wieder würde er zulassen, daß seine Götter das Gleichgewicht so massiv gefährden konnten.

Ao schloß seine Augen und leerte seinen Geist von allen Gedanken. Schon bald fiel er in sich selbst zurück und betrat den Ort vor aller Zeit, der Zeit am Rande des Universums, an dem Millionen und Abermillionen von Geschichten wie dieser begannen und endeten.

Eine strahlende Präsenz begrüßte ihn und umgab ihn mit ihrer Energie. Es war eine Wesenheit, die zugleich warm und kalt, nachsichtig und harsch war. „Und wie geht es Eurem Kosmos, Ao?" Die Stimme war sanft und gleichzeitig warnend.

„Sie haben das Gleichgewicht wiederhergestellt, Meister. Die Reiche sind wieder sicher."